面向21世纪课程教材

Zhongguo Xiandangdai Wenxue Shi

中国现当代文学史

（第三版）

（下册）

主编 颜 敏／王 侃

上海教育出版社
SHANGHAI EDUCATIONAL PUBLISHING HOUSE

撰写与统稿人员

第三编　中国现当代文学的历史转换时期
第一章　颜敏
第二章　江腊生　颜敏
第三章　程思义
第四章　熊岩
第五章　陈茜　陈琳　汪雨涛

第四编　中国现当代文学的新时期
第一章　邹忠民
第二章　陈琳　颜敏　张俏静　熊玫　汪雨涛　邹忠民
第三章　汪雨涛
第四章　黄红春
第五章　黄振林　陈茜

目 录

第三编　中国现当代文学的历史转换时期

第一章　现代文学的转向 …… 3
　　第一节　文学新方向：《在延安文艺座谈会上的讲话》…… 4
　　第二节　文学新体制的确定 …… 12
　　第三节　文艺批判运动 …… 20
　　第四节　转换时期主流文学话语的重要理论范畴 …… 30

第二章　转换时期的小说 …… 40
　　第一节　转换时期小说概述 …… 40
　　第二节　农村小说（一） …… 46
　　第三节　农村小说（二） …… 61
　　第四节　革命历史小说 …… 74
　　第五节　"干预生活"小说 …… 87
　　第六节　"路线"小说与"手抄本"小说 …… 96

第三章　转换时期的诗歌 …… 102
　　第一节　政治抒情诗 …… 103
　　第二节　叙事诗与"写实"诗 …… 114
　　第三节　红卫兵战歌与地下诗歌 …… 121

第四章　转换时期的散文 …… 136
　　第一节　转换时期的抒情散文 …… 137
　　第二节　转换时期的杂文 …… 146
　　第三节　转换时期的报告文学 …… 154

第五章 转换时期的戏剧 ································ 160
    第一节 新歌剧：从《白毛女》到《江姐》 ················ 160
    第二节 历史剧创作的繁荣 ································ 167
    第三节 "第四种剧本"与《茶馆》 ······················ 174
    第四节 革命样板戏 ·· 182

第四编 中国现当代文学的新时期

第一章 新时期以来的文学思潮 ······················ 193
    第一节 思想解放潮流与文艺界的拨乱反正 ············ 194
    第二节 新启蒙下的人道主义和现实主义思潮 ········· 196
    第三节 文学观念变革与文化寻根意识、现代主义思潮 ··· 200
    第四节 多元形态的文学话语与写作立场 ·············· 209

第二章 新时期以来的小说 ······························ 223
    第一节 伤痕文学、反思文学和改革文学 ·············· 223
    第二节 从文化小说到寻根小说 ························ 240
    第三节 先锋小说 ·· 252
    第四节 新写实小说 ·· 266
    第五节 新生代小说 ·· 278
    第六节 王朔、王小波的小说 ··························· 291
    第七节 女性小说 ·· 300
    第八节 长篇小说的新收获 ······························· 314

第三章 新时期以来的诗歌 ······························ 344
    第一节 朦胧诗派 ·· 344
    第二节 "归来"的诗人 ···································· 355
    第三节 20世纪80年代中后期的诗歌 ··················· 362
    第四节 20世纪90年代的诗歌 ··························· 378

第四章 新时期以来的散文 ······························ 394
    第一节 反思性散文 ·· 396
    第二节 文化散文 ·· 404
    第三节 杂文和随笔 ·· 415

  第四节　报告文学 …………………………………… 423

第五章　新时期以来的戏剧 …………………………………… 438
  第一节　新时期初期的戏剧创作 …………………… 438
  第二节　现实主义话剧 ……………………………… 444
  第三节　实验戏剧 …………………………………… 453

第三编

中国现当代文学的历史转换时期

第一章 现代文学的转向

转换时期文学在这里既是一个特指的时间概念,也是一个意义概念。所谓特指的时间概念,从现代文学发展史的角度讲,意指发端于20世纪40年代初期延安文艺运动,至中华人民共和国成立后30年这段时期的文学。具体地说,其发生期是40年代根据地、解放区文学,发展期是从1949年(全国第一次文代会)到1979年(全国第四次文代会)这段历史时期的中国大陆文学。按照约定俗成的说法,就是指中国解放区文学和中华人民共和国成立后30年的当代文学。

很明显,这种文学历史的分期具有很强的政治性,因为从社会历史角度讲,转换时期的三个历史关键时间,分别与1942年5月延安文艺座谈会的召开、1949年10月中华人民共和国建立、1978年12月中国共产党十一届三中全会的召开,有着直接的关联。这倒不是说重要的政治历史事件必定导致文学形态的根本性转变,而是想说明这样一个历史事实:在"文学是从属于政治"的观念在文学界处于支配性地位的文化语境下,社会政治的巨大变革致使文学形态发生根本的变化。① 虽然40年代的延安文艺运动是社会主义文学的雏形,但它毕竟限于解放区,社会主义文学能迅速扩张并真正主宰整个中国大陆文学界,从而导致现代文学历史的转向,直接的原因无疑是社会政治历史的重大变革。

所谓意义概念,从文学性质上讲,意指上述历史时期的社会主义文学,它属于一种特殊形态的现代文学。我们认为,社会主义现代性是现代性的一种特殊形态,因而把转换时期的社会主义文学历史纳入中国现代文学历史的整体框架之中。具体地说,转换时期的社会主义文学,突出了五四以来现代文化中的政治文化层面,而遮蔽了现代文化中的思想文化层面;或者说它强调民族国家意义上的现代性,而忽略了思想文化意义上的现代性,因此转换时期文艺思想和文学形态发生了重大的变化。

社会主义文学是在40年代解放区文学基础上发展起来的一种特殊形态的现代文学,其主要特征是一体化的文学生产方式和同质化的文学形态。所谓的一体化,意指从外在的文学体制上,它通过行政化的管理形式,建立了生产——传播——接受一体化的文学生产方式。所谓的同质化,意指在文艺思想和文学审美形态上具有相同的性质。

---

① 毛泽东.在延安文艺座谈会上的讲话[M]//毛泽东选集.北京:人民出版社,1967:823.

在文学观念上,建立了以毛泽东"工农兵方向"文艺思想为理论纲领的文学主流话语,并通过频繁的文艺运动和严厉的文学批判,监控和规范文学主体,从而逐渐形成高度同质性的文学形态。社会主义文学的审美特征,主要表现在以下五个方面:其一,思想内容上以表现社会主义革命和社会主义建设为主;其二,文学作品中的主人公以工农兵形象为主体;其三,艺术形式上倡导民族化和大众化;其四,创作方法上首先是提倡"社会主义现实主义"方法,其次是强调"革命的现实主义与革命的浪漫主义相结合"方法,最后是"三突出"创作原则;其五,文学创作普遍表现理想主义、英雄主义、集体主义和乐观主义的基调。如果违背这些审美规范,就会遭受不同程度的批判,因而在审美特征上必然表现出高度的同质性。这种文艺思想和文学审美特征表明,五四以来新文学所呈现的多元化的文学形态,在转换时期发生了重大的转向。

第一节　文学新方向:《在延安文艺座谈会上的讲话》

我们之所以把转换时期文学的发端定在20世纪40年代初期的延安文艺运动,是因为指导、规范和支配整个转换时期文艺运动和文艺实践的理论纲领,是毛泽东的文艺理论体系,而这个理论体系正是在40年代初期延安时期形成的。这一文艺理论体系以《在延安文艺座谈会上的讲话》为代表,并包括其前后发表的《新民主主义论》《改造我们的学习》《整顿党的作风》《反对党八股》《论联合政府》等著作中关于文化和文艺问题的论述。

周扬1949年7月在中华全国文学艺术工作者代表大会上关于解放区文艺运动的报告中明确指出:"毛主席的《在延安文艺座谈会上的讲话》规定了新中国的文艺的方向,解放区文艺工作者自觉地坚决地实践了这个方向,并以自己的全部经验证明了这个方向的完全正确,深信除此之外再也没有第二个方向了,如果有,那就是错误的方向。"①新中国的文学史应验了周扬的确认,《在延安文艺座谈会上的讲话》(以下简称《讲话》)不仅对解放区文化体制与文艺形态产生了直接而重大的影响,而且对20世纪后半期中国文艺思想和文艺实践同样具有决定性的意义。它作为中国化的马克思主义文艺理论,是继五四新文化运动之后对中国现代文学发展史产生重大而深远影响的文艺理论。

一、《在延安文艺座谈会上的讲话》的历史和思想背景

马克思和恩格斯曾经说过:"一切划时代的体系的真正的内容都是由于产生这些体

---

① 周扬.新的人民的文艺[M]//周扬集.北京:中国社会科学出版社,2000:64.

系的那个时期的需要而形成起来的。"①《讲话》也是应中国革命历史时期的需要而形成发展起来的。首先,反对帝国主义和封建主义的民族民主革命历史,是毛泽东《讲话》的第一重背景。毛泽东当时对中国社会性质和矛盾作了精辟的分析,"自一八四〇年的鸦片战争以后,中国一步一步地变成了一个半殖民地半封建的社会",所以"帝国主义和中华民族的矛盾,封建主义和人民大众的矛盾,这些就是近代中国社会的主要矛盾"。在这种历史条件下,中国革命的任务"主要地就是打击这两个敌人,就是对外推翻帝国主义压迫的民族革命和对内推翻封建地主压迫的民主革命,而最主要的任务是推翻帝国主义的民族革命"。② 以民族革命和民主革命为中心的社会政治革命,是中国现代化的政治诉求,有其历史的必然性。因为民族国家既是启蒙的产物,也是"朝着以征服自然为目标的、对社会、经济诸过程和组织进行理智化"的过程的一部分。由于民族国家作为政治共同体,"在国家体制的有效管理下和民族国家理念之催化下",具有动员和集中社会资源、提高政治效率和加强国家凝聚力的能力,因此可以有效担负对外主权独立和对内政治统一的重要使命。③ 毛泽东领导的中国共产党力图建立独立统一的民族国家,完成对外主权独立和对内政治统一的伟大历史任务。

在社会政治革命的历史情境中,毛泽东作为政党的领袖,更多的是站在革命家和政治家的立场上建构文艺理论,所以《讲话》中的重要内容之一,是从政治革命的需要出发阐释文艺问题。《讲话》的结论部分,专门论述了党的文艺工作和党的整个工作的关系,强调文艺与政治的关系,对革命文艺工作者提出了明确的政治要求,因而革命文艺理论具有鲜明的政治功利主义特征。

其次,五四新文化运动尤其是五四运动后的新文化运动历史,是《讲话》的第二重背景。五四知识分子认为,没有现代思想文化的民族,不可能建立起真正意义上的现代民族国家。然而,俄国十月革命的胜利与中国"巴黎和会"的失败,影响了启蒙者的初设,并再一次激发了知识分子民族国家意识的高涨。故此,新文化运动的过程以五四运动历史事件为界,分为前后两个阶段。前一个阶段是启蒙者聚集在反传统文化的旗帜下,向社会传播现代思想文化,启蒙对象主要是以青年学生为主的市民社会群体;后一个阶段虽然启蒙者因政治思想上失去了同一性而发生分化,一部分知识分子转向政治革命运动,但是整个新文化运动因五四运动而迅速向全社会扩张,民族主义意识明显加强。40 年代初毛泽东根据中国社会的状况,在长期社会革命实践经验的基础上建立起

---

① 马克思恩格斯全集(第 3 卷)[M].北京:人民出版社,1960:544。
② 毛泽东.中国革命和中国共产党[M]//毛泽东选集.北京:人民出版社,1967:589—600.
③ [美]艾凯.世界范围内的反现代化思潮[M].贵阳:贵州人民出版社,1991:3—16.

中国化的马克思主义理论,提出了中国革命分两步走的"新民主主义论"设想。这种理论从政治角度出发把新文化运动分为前后两个阶段,认为前一个阶段的新文化运动属于旧民主主义(资产阶级的文化革命)性质,而后一个阶段的新文化运动属于新民主主义(社会主义的文化革命)性质。毛泽东按"新民主主义论"的思想逻辑,有限度地肯定了具有思想文化意义的前一个阶段新文化运动,而完全肯定了具有政治文化意义的后一个阶段新文化运动,并以继承者的身份继续推动以五四运动为开端的政治文化革命。这一方面为他领导的现代民族革命提供政治上的合理性和合法性;另一方面更为重要的是,他从中国革命的实践出发,认为革命的知识分子深入农村,发动、组织和动员农民是革命成功的关键。动员知识分子与工农相结合,传播"人民大众的反帝反封建的"新民主主义文化。

毛泽东40年代一系列论著中最突出的思想就是"人民本位"的观念。他在《五四运动》一文中强调,知识分子如果不和工农兵相结合,则将一事无成,革命的或不革命的或反革命的知识分子的最后分界,是看其是否愿意并且实行和工农兵相结合。这种观念体现在《新民主主义论》中就是革命的大众文化论。他认为五四运动以前的新文化只是限于"市民阶级的知识分子",即"城市小资产阶级和资产阶级的知识分子",而革命的大众文化"应为全民族中百分之九十以上的工农劳苦大众服务,并逐渐成为他们的文化"。① 这种观念体现在《讲话》中,则形成了系统的"工农兵方向"论。

再次,任何一种比较成熟的理论体系的形成,都有一个生成性的发展过程和实践基础,《讲话》的重要理论来源与实践基础是左翼文艺理论与苏区文艺实践。20年代末期的革命文学论争与30年代初期左翼文艺思潮,初步形成中国革命文艺的理论体系,其主要标志有两个:一是左翼文艺明确宣称革命文学在中国现代文学上具有断代性;二是左翼文艺建构了简明的理论体系。

革命文学的断代性主要体现在对"人"的重新理解上。五四文学中"人的觉醒"和"个性解放"的思想资源,是西方文艺复兴以来的现代启蒙思想。这种"人"的概念建立在自然人性的基础上,以人性需求的合理性从文化上批判封建礼教的禁欲主义。左翼文艺的思想资源是以马克思主义为核心的反资本主义的现代思想,这种"人"的概念建立在人的社会属性上,主要强调社会解放与阶级斗争。从这种意义上讲,如果说五四文学是中国现代历史首次"人"的觉醒,那么左翼文学是现代历史中"人"的又一次建构。左翼文艺简明理论体系的主要观点有五个方面:一是从社会发展的角度阐明无产阶级

---

① 毛泽东.新民主主义论[M]//毛泽东选集.北京:人民出版社,1967:659—668.

文学产生的历史必然性,二是批判和否定种种资产阶级及非无产阶级的文艺观,三是强调文学的阶级性与文学作为阶级斗争武器的社会功能,四是要求革命作家确立无产阶级的立场和世界观,五是提倡革命文学要以工农大众为主要的表现对象。由此可见,左翼文艺运动不仅是一次单纯的文艺思潮,更重要的是一场政治文化运动,它开启了马克思主义在中国社会的政治文化启蒙,为《讲话》提供了基本的理论框架。

毛泽东延安时期的文艺思想,同时也源于苏区文艺实践。丁玲曾在80年代初期回忆中国文艺协会1936年在陕西保安成立的情境时说过,"随着当年苏维埃区域的建立和发展,苏区就有了自己的革命的文艺。这不像后来有人所说,似乎从抗日战争开始,大批知识分子、文化人进入延安之后,苏区才开始有革命文艺"。苏区文艺的特点是"工农大众文艺","毛主席赞扬并且支持这个方向,勉励新成立的文协要坚持这一方向"。① 尽管苏区文艺形态比较粗稚,作品主要是即兴创造和改编的民歌与戏剧,但从苏区文艺与《讲话》及其指导下的延安文艺的关系讲,苏区文艺的特质主要体现为文化体制的一体化及审美形态的同质化。无论是部队还是各级苏维埃政府的文艺团体,都是通过行政化的管理方式开展文艺活动;这种一体化的文化体制有力保障了文艺审美形态的同质化,即在文艺观念和审美形态上具有高度一质的特性:文艺观念上坚持文艺为政治服务、为工农兵服务的方针;审美形态上以工农兵形象为主体,突出现实生活中的阶级斗争关系;艺术形式上倡导民族化和大众化;作品普遍地表现出理想主义、英雄主义、集体主义和乐观主义的基调。

最后,延安整风运动是《讲话》的第四重背景,也是直接的历史背景。1942年毛泽东在延安领导全党开展了一场规模空前的整风运动。整风运动的目的,原本是从思想上和理论上彻底清除王明"左"倾机会主义在党内的影响,解决马克思主义同中国革命的具体实践相结合的问题。但是随着运动的发展,"这个运动从解决对党内路线问题的认识开始,最后发展成为党内外广大干部和群众重新学习马克思主义,改造错误思想的思想教育运动"。②

抗日战争爆发后,大批青年知识分子怀着革命理想,从天南海北奔赴延安。在这批投奔革命圣地的青年知识分子中,来自都市的左翼文艺家占有较大的比重。虽然根据地的环境极度艰苦,但是他们自觉服从党的需要,积极宣传党的路线方针和政策,运用各种文艺形式热情歌颂抗战中的八路军、新四军,抒发对根据地的热爱,有力地鼓舞了军民的抗日情绪和胜利信心。但是,40年代初期以反对教条主义、主观主义和宗派主

---

① 丁玲.延安文艺座谈会的前前后后[J]//新文学史料,1982(2).
② 周扬.三次伟大的思想解放运动[M]//周扬集.北京:中国社会科学出版社,2000:194.

义为主要内容的整风运动,在延安青年知识分子中产生了重大影响,并引发了左翼文学家潜存的五四新文学关注现实、直面人生的批判现实主义传统和深厚的人道主义思想,在延安文化中重现。丁玲的《我们需要杂文》《三八节有感》和罗烽的《还是杂文的时代》等,主张运用杂文形式揭示延安生活的不合理现象。艾青的《了解作家、尊重作家》要求领导为文学创作提供自由独立精神的条件。王实味更为激进,他在《政治家·艺术家》中认为,政治家"偏重于改造社会制度"而文学家"偏重于改造人的灵魂",所以艺术家要"大胆地但适当地揭破一切肮脏和黑暗,清洗它们,这与歌颂光明同样重要,甚至更重要"。[1] 他还在《野百合花》中直接批评了延安生活中的一些问题。这些言论及其思想状况引起了党的领导人的高度警觉,于是整风运动从党内扩展到文艺界,以延安文艺座谈会为标志的文艺整风,也就成为整个整风运动的组成部分。

针对延安文艺界存在的问题,为了规范革命文艺的发展方向,中共中央决定于1942年5月2日到23日邀请在延安的一些文艺工作者举行座谈会,并由毛泽东在会议开始和结束时分别作了启发性的报告和归纳性的总结,报告和总结经过记录整理并经毛泽东重新修改审订,就构成《讲话》文本。

总之,从外部关系讲,民族与民主革命的政治历史和五四新文化运动变异的思想历史,以及延安整风运动的文化现实,构成了《讲话》的历史背景与现实语境;从内部关系讲,左翼文艺理论与苏区文艺实践则是《讲话》的理论与实践渊源。

二、《在延安文艺座谈会上的讲话》的主要内容

《讲话》由"引言"和"结论"两大部分构成。"引言"开宗明义地指出了召开文艺座谈会的目的是"研究文艺工作和一般革命工作的关系,求得革命文艺的正确发展,求得革命文艺对其他革命工作的更好的协助",使之成为"团结人民、教育人民、打击敌人、消灭敌人的有力武器"。[2] 为了达到这个目的,文艺工作者必须解决立场、态度和工作对象问题,解决工作和学习问题。在"结论"部分,《讲话》以文艺为群众和"如何为群众"为中心,系统地论述了以下几个问题:其一,确定了革命文艺的工农兵方向;其二,阐释了普及与提高的关系,以及文艺的源泉与典型化问题;其三,关于党的文艺工作和党的整个工作的关系,党的文艺界统一战线问题;其四,论述文艺批评的标准、"人性论"、歌颂与暴露等问题;其五,明确指出文艺工作者需要开展思想整风运动。

《讲话》作为中国化的马克思主义文艺理论,成为党制定解放区和共和国文艺体制

---

[1] 王实味.政治家·艺术家[J]//谷雨.1942:第一卷第4期。
[2] 毛泽东.在延安文艺座谈会上的讲话[M]//毛泽东选集.北京:人民出版社,1967:804—805.

和文艺政策的理论依据和指导方针,也成为五四新文学转向的重要标识,因而是一篇具有划时代意义的历史文献。从现代文学转向的角度讲,《讲话》的重大内容主要有以下几方面。

第一,文艺与人民的关系,即文艺的"工农兵方向"。《讲话》明确指出革命文艺必须解决为群众和"如何为群众"的问题。这里的群众指"最广大的人民,占全人口百分之九十以上的人民",而人民则包括"工人、农民、兵士和城市小资产阶级"。文艺为人民大众,而且"首先是为工农兵的,为工农兵而创作,为工农兵所利用的"。① 如果联系到中国社会和中国革命的实际,这里所说的工农兵又主要是指农民群众,因为"中国有百分之八十的人口是农民","中国的革命实质上是农民革命","大众文化,实质上就是提高农民文化"。② 既然如此,革命文艺必须最充分地考虑人民群众首先是农民的精神文化需求,因而在如何为群众上,"普及工作的任务更为迫切"。③ 很明显,革命文艺的工农兵方向既瞩目于马克思主义的阶级观点,又立足于中国社会革命的实践。

应该指出的是,工农兵文艺与五四新文学所提倡"平民文学"有着明显的差异。毛泽东认为,"当时的所谓'平民',实际上还只能限于城市小资产阶级和资产阶级的知识分子,即所谓市民阶级的知识分子"。④ 因此从阶级的观点出发,这种差异体现在思想情感上就是立场和态度问题,为人民大众服务的文艺,"就必须站在无产阶级的立场上,而不能站在小资产阶级的立场上",必须是首先向工农兵学习而不是"轻视工农兵、脱离群众"。⑤ 而知识分子要真正解决立场和态度问题,一是必须进行世界观的改造,"需要展开一个无产阶级对非无产阶级的思想斗争";⑥ 二是必须深入农村,接近农民和表现农民,成为农民的忠实代言人。

在文艺与人民的关系上,《讲话》与五四时期知识分子和大众的关系的不同主要表现在两个方面。一是知识分子身份由启蒙者变成了受教育者和被改造者,由实行启蒙教育的"化大众"的社会角色变成了接受教育改造的"大众化"角色;二是五四知识分子思想观念的转变,是由以儒家为中心的传统文化观念转换成科学与民主的启蒙现代性观念,而《讲话》要求的知识分子世界观的转变,是由"小资产阶级"转换成"无产阶级"的社会主义现代性观念。知识分子身份与思想的转变,导致文学形式由西方化(现代化)向本土化(民族化)转换。

第二,文艺与政治的关系,即"革命的功利主义"。《讲话》明确指出:

---

①③④⑤⑥ 毛泽东.在延安文艺座谈会上的讲话[M]//毛泽东选集.北京:人民出版社,1967:812—820,819,813—814,832.

② 毛泽东.新民主主义论[M]//毛泽东选集.北京:人民出版社,1967:652—653,660.

在现在世界上,一切文化或文学艺术都是属于一定的阶级,属于一定的政治路线的。……无产阶级的文学艺术是无产阶级整个革命事业的一部分,如同列宁所说,是整个革命机器中的'齿轮和螺丝钉'。……革命的思想斗争和艺术斗争,必须服从于政治的斗争。因为只有经过政治,阶级和群众的需要才能集中地表现出来。①

文艺从属政治的观点,一方面是将文艺比喻为革命机器中的一部分,把文艺工作者纳入革命组织之中,从而为一体化的文艺体制奠定了理论基础;另一方面是过分强调文学的政治目的而简化其社会生活和人的精神世界的丰富性,忽视文艺自身的自足性规律,很容易导致文学艺术的政治宣传化。

必须注意的是,毛泽东的《讲话》产生在严酷的战争环境中,有其历史缘由。在抗日战争的生死存亡之秋,革命政党必须通过自身的调整,统一组织与统一思想,充分地运用自己所掌握的包括文化艺术在内的一切物质和精神的资源,使自身的力量发挥出最大的效率。尤其在物质力量处于弱势的情境下,他们充分挖掘人的主观精神的潜能。所以信仰唯物主义世界观的中国共产党一直重视思想政治的作用,把政治宣传工作视为有力的战斗武器和珍贵的历史传统。因此,毛泽东从政治功利的角度界定文艺,并把知识分子纳入严整的政治体制之中,应该说有其历史的合理性。然而,从文学发展史的角度讲,问题就在于中华人民共和国成立后以《讲话》为理论依据的战时文艺体制依然延续下来,国家没有及时转换与调整文艺机制与策略,而只是将战争的危机转换成现代化落后的焦虑。政治功利主义依然是中华人民共和国成立后各项文艺政策的中轴,社会文化始终保持着高度的思想同质性。

在文艺与政治的关系上,《讲话》与五四时期文艺与政治关系的不同主要表现在两个方面。一是从文化体制方面讲,五四知识分子的社会身份,由传统社会的政治文化中心移向边缘。大量人文知识分子在国家体制之外从事文化事业,他们对社会的影响主要通过教育、报刊和出版等文化事业来实现。《讲话》的体制化为知识分子群体提供了直接进入国家体制的途径,他们作为社会体制的代言人拥有社会话语权,是国家意识形态的传播者和阐释者。与此同时体制化也使知识分子群体成为革命的螺丝钉,他们作为体制内的成员必须服从组织原则,遵守严格的工作纪律。不过,简单化和格式化地表现政治意志,容易使知识分子缺乏独立的创作意识,忽视思想的自由独立性。二是从文

---

① 毛泽东. 在延安文艺座谈会上的讲话[M]//毛泽东选集. 北京: 人民出版社,1967: 822—823.

艺思想方面讲,五四知识分子正因为他们不依附任何社会利益集团的特殊社会身份,因而保持着权威性的文化能力和权利。他们凭借着理性和以普遍道德法则的名义向社会传播文化思想,其观点没有被特定功能或利益的成见所规约。从这种意义上讲,其理性和道德的声音是比较纯粹的。当然,随着社会的发展和变化,这种纯粹的分化也是不可避免的。

第三,文艺批评的"两个标准",即政治标准与艺术标准。《讲话》明确指出,"文艺界的主要的斗争方式之一,是文艺批评",而文艺批评有两个标准,其中"以政治标准放在第一位,以艺术标准放在第二位"。① 并以这种标准方式具体地批判了两种文艺观点。一是批判"人性论"。《讲话》认为,在阶级社会里没有超阶级的人性,小资产阶级鼓吹的人性"实质上不过是资产阶级的个人主义"。② 我们应该注意到,《讲话》出自革命战争年代,这是一个需要同仇敌忾和集体主义的年代,任何温情脉脉的"人性论"与自由的"个人主义"都显得与战时文化环境格格不入。二是批判"暴露文学"。《讲话》指出:"你是资产阶级文艺家,你就不歌颂无产阶级而歌颂资产阶级;你是无产阶级文艺家,你就不歌颂资产阶级而歌颂无产阶级和劳动人民:二者必居其一。"③《讲话》还认为,从国民党统治区到革命根据地,"不但是经历了两种地区,而且是经历了两个历史时代",前者是半封建半殖民地社会,后者是新民主主义社会;而新的时代要求作家表现"新的人物,新的世界"。④ 这里把文学中的歌颂与暴露问题上升到阶级立场的高度。

五四知识分子传播和宣扬的是西方近代以来的启蒙话语,表现在文艺上则是以人为本位,以人道主义为主要思想内容的批判现实主义话语。"人的觉醒"是五四新文化运动"辟人荒"的产物。五四新文化运动把人道主义作为反对封建专制主义与封建伦理道德的有力的思想武器,而五四文学则把人道主义作为主要的思想内容。周作人的《人的文学》对以人性论为基础的人道主义作了全面的阐述:"我们现在应该提倡的新文学,简单地说一句,是'人的文学'。""用这人道主义为本,对于人生诸问题,加以记录研究的文字,便谓之人的文学";"我所说的人道主义,并非世间所谓'悲天悯人'或'博施济众'的慈善主义,乃是一种个人主义的人间本位主义"。⑤ "个体的觉醒"同样是五四文学的一个重要思想内容,标示个人主义的"个性解放"和"自我表现"可以说是五四知识分子的精神徽标。五四文学中的个人主义的本质,在于强调个体的权利、价值、尊

---

①②③④ 毛泽东.在延安文艺座谈会上的讲话[M]//毛泽东选集.北京:人民出版社,1967:824—826,827,829,833.
⑤ 周作人.人的文学[M]//王运熙主编.中国文论选(上).南京:江苏文艺出版社,1996:105—112.

严和利益;主张发挥和重视个体的精神主体作用与个人的道德选择,重视个体人格的本体建构。至于批判现实主义创作方法,则是五四文学的一种创作思潮。五四作家以人道主义批判传统宗法封建社会的伦理道德,以个人主义反抗社会黑暗和表现自我。但在社会大变革的历史背景下,这种人道主义的抗争往往显得苍白无力。

毛泽东在《讲话》中以文艺批评的政治标准,批判了"资产阶级的人性论"与"个人主义",并从阶级分析的角度高屋建瓴地阐述了"歌颂与暴露"的关系,对五四文学的理论基础和创作方法进行了釜底抽薪的批判。

毛泽东革命政治家的身份,决定了《讲话》对当时的根据地与中华人民共和国成立后的文化体制和文艺形态产生了关键性的重大影响。这种影响突出地体现在它以强有力的民族国家话语形式扭转了五四启蒙文学的发展方向。如果说《讲话》是20世纪中国文学史上继五四文学之后的又一座无法绕开的文艺理论里程碑,那么在它巍峨的身影后面,延展着一条漫长而曲折的共和国文学之路。

第二节 文学新体制的确定

中国新文学的发生和发展,与现代性文学体制的生成与成熟是密切相关的。职业作家、文学社团和现代大学的创作、批评和研究机制,市场经济条件下的报纸杂志和电影舞台的社会文化传播机制,社会化的读者接受和反馈机制等,有力促进和规范了现代文学迅速而正常地成长。同理,延安新文艺运动与在《讲话》指导下的根据地文化体制的转换,也是相辅相成的。特别值得注意的是,转换时期的新中国的社会主义文学创作、文学批评、文艺论争和文艺运动,同五四以来的新文学形态比较有着文化性质上的差异,它由资本主义现代性转变为中国化的社会主义现代性,而这种文化性质上的转变与新中国的文学体制有着至关重要的联系。从某种意义上说,新中国的文学体制不仅促使与规范了新中国文学的生长和发展,而且直接参与了社会主义文学的生产过程,甚至可以说,新中国同质性的文学形态就是一体化文学体制的产物。

一、文学体制的含义与现代文学体制在根据地的转换

德国著名学者哈贝马斯是在"沟通——生活世界——体制"的架构中表达"体制"概念的。"沟通",意指人际间的双向沟通和相互理解,是人存在的基本要求。随着文明的发展,沟通社会化和理性化的结果便是生活世界。"生活世界"包括文化、社会和人格三个层面,"代表着一种规范人类互动的整合准则",构成社会的符号意义层面,由

此而推动社会的发展和更新。①"体制",从社会层面讲就是社会理性化的过程,它通过科层化的制度和组织控制人类行为。或者说体制作为社会制度或组织,具有调节和影响人类行为和人类的生活的作用。此外,体制跟生活世界一样,也是一种研究和阐释社会的分析架构,它把社会作为一个系统去理解,重视它的结构和功能。

现代社会的体制主要有两种,一是市场,二是国家行政机关。市场是指经济体制,主要通过金钱制约人类的行为或生活世界;国家行政机关是政治体制,主要是通过科层式的行政架构所产生的权力去影响人的行为。现代社会的主要困境是体制控制了生活世界。生活世界所涉及的内容存在于公共空间与私人领域,是以个人的意愿和价值取向为基础进行的沟通和人际交往,而实际上这种沟通和人际交往处处受制于行政体制和市场体制。②

中国新文学的体制,与西方的科学技术、政治制度和思想文化逐步导入中国的过程大致同步。晚清出现和形成了文化商品市场和职业作家,五四建立了新文学社团组织和文学传播机制,到20世纪30年代已经具有相当规模的文学创作和批评、文学出版和奖励等制度形式。文学生产的日益现代化,为文学创作提供了相对完善的生成空间和生产场所。当然,由于当时中国整个经济和文化状况的落后和社会的动荡,现代性的文学体制主要存在于一些现代化程度较高的大中城市。而且必须指出的是,中国现代都市制约文学创作的文学体制,主要的还是来自市场体制。尽管国民党政府一度建立起文化审查制度,颁布过《图书审查条例》,但主要是针对左翼文艺,重点审查的对象也只是少数著名而又具有影响力的左翼作家,最终没有在新文学领域确立政治文化的权威性,也没有真正实现意识形态控制,以致30年代左翼文艺思潮成为当时社会的文化主潮。

由于文学体制的差异,根据地的文学形态一开始就与国统区的不同。根据地把文化人和艺术家统统纳入体制内,除了在机关、报刊社和各类学校之外,延安的作家主要集中在鲁迅艺术文学院(鲁艺)和中华全国文艺界抗敌协会延安分会(文抗)。根据地实行的是供给制,作家远离社会市场,"文抗"主办的《文艺月报》印刷500份,大部分是赠送。根据地在作家与社会、文学与读者之间,建立了一种受政治体制制约而不受市场体制制约的新型文学体制。

在延安整风运动之前,根据地的政治体制对文艺界并没有实施严格的思想和组织管理。一方面,共产党管辖的根据地原本就是以意识形态为感召力的,来自大中城市的

---

①② 哈贝马斯.沟通行动论[M]//谢立中主编.西方社会学名著提要.南昌:江西人民出版社,1998:564,573.

文化人都是抱着强烈的政治认同和正义理想奔赴延安的,他们中不少原本就是地下党员,有些虽然不是党员但也是在新文化熏染下成长起来的左翼进步作家。他们对延安有着一种思想情感上的亲近,满腔热情地投入革命的工作。另一方面,当时主持中共中央文化宣传机构的洛甫(张闻天)、博古(秦邦宪)对延安艺术家也表现了很大的宽容。1940年10月10日中共中央宣传部和中共中央文化工作委员会发出的《关于各抗日根据地文化人与文化团体的指示》指出:"党的领导机关,除一般地给予他们写作上的任务与方向外,力求避免对于他们写作上人工的限制与干涉。我们应该在实际上保证他们写作的充分自由。"①当然,也正是如此,延安艺术家仍然保持着一些习惯性的思维和习性,尤其是沿用以人道主义为中心的批判现实主义,无所顾忌地批评延安的一些不合理现象和表现个人的不满情绪,引起了毛泽东的高度警觉,引发了文艺整风运动。

　　文艺整风运动包括思想整风和组织整顿两个方面。对个人而言,先是思想整风而后是组织处理。对于整个整风运动而言,思想整风和组织整顿几乎是同时进行的,因为整风运动原本是从思想理论上彻底清除以王明为首的"左"倾机会主义在党内的影响,解决马克思主义中国化的问题,所以主管意识形态的文化宣传部门首当其冲。也就是说,在整风运动过程中,中共中央明显加强了文化体制的建设和管理。

　　在《讲话》发表的前后,共产党对自己辖区内的文化体制与文艺政策进行了重新调整与规范。一方面是加强对报刊、广播和出版等大众文化传媒的管理和控制,使其成为党的宣传工具。1942年3月16日,中共中央宣传部下发改造党报的通知,指示各地高级党的领导机关"必须亲自注意报纸的编辑工作,要使党报编辑部与党的领导机关的政治生活联成一气"。同年10月,中共中央书记处再次发出关于报纸通讯社工作的指示,强调党组织对于新闻机构的指导职责。② 1942年3月18日,中共中央书记处办公厅发布党务广播条例,明确了广播的播送、收听与广播文件的使用规范。同年4月15日中共中央书记处下发《关于统一延安出版工作的通知》:"兹决定中央出版局统一指导、计划、组织全延安各系统一般编辑出版发行之责,中央宣传部负统一审查全延安一般出版发行书报之责。"③中共中央宣传部明文确定,文艺属于宣传鼓动活动之列:"宣传鼓动是思想意识方面的活动,举凡一切理论、主张、教育、文化、文艺等等均属于宣传鼓动活动的范围。"④另一方面是加强对文艺工作者的体制化建设。在行政化管理模式下,文艺工作者进入社会政治文化中心,成为名副其实的体制知识分子。延安文艺工作者比较集中的地方是"鲁艺"和"文抗"。"鲁艺"原本就是准军事化的组织,而"文抗"作为

---

① 李书磊.六大以来[M]//《走向民间》,济南:山东教育出版社,1998:185.
②③④ 李书磊.中共中央文件选集(13)[M]//走向民间.济南:山东教育出版社,1998:182,183,183.

一个伙食单位在《讲话》发表后予以撤销,其人员并入中央党校第三部学习。与此同时,延安还发起了以思想斗争和组织审查为主要内容的文艺整风运动。王实味、丁玲、艾青、罗烽等人受到批判。延安整风运动之后,中国共产党的文学体制基本成型。这种文学体制的特征是一体化。

二、新中国的文学体制

周扬1949年7月在第一次文代会上预言,"新中国的人民的文艺必将有更大的开展,在中国文学史上将放出万丈光芒来"。① 这个预言充满了胜利者的豪情和信心。应该承认,在延安文学体制下产生的群众性革命文艺,在革命战争年代发挥了难以估量的精神作用,但是面对着一个崭新的和平时代和一个庞大而复杂的社会,它只是一个"伟大的开始"的标示。其实,这次大会真正重要的结果主要有两个:一是明确规定了"新中国的文艺的方向",并且比较系统地阐述了朝着这个方向发展的包括思想内容和创作方法在内的文学道路;二是成立了专门管理文艺的"全国文学艺术界的统一机构"。② 这两个结果标志着文学体制的一体化和文学形态的同质化将在全国范围的推行。这里我们首先讲述文学体制一体化的实现过程,即文学生产、文学传播和文学接受的体制化过程。需要说明的是,由于"文革"文学的特殊性,也由于"十七年"文学与新时期文学的直接联系性,所以我们这里论及的新中国文学体制,主要是指"十七年"的文学体制。

文学体制的一体化,首先体现在文学生产的管理模式上。新中国文艺界的组织形式是按体制化模式建构的。新中国成立了全国性的文学艺术工作者团体"中国文学艺术界联合会"(简称"中国文联"),原名是"中华全国文学艺术界联合会",1949年7月成立于北京,1953年10月全国第二次文代会时改称现名。中国文联采取团体会员制,凡全国性文学艺术协会、省市自治区文联均可申请参加。所属的全国性协会是陆续成立的,最早的有中国作家协会(简称"中国作协")、中国戏剧家协会等,以后又陆续成立了电影、曲艺、音乐、美术、民间文艺、书法、摄影、舞蹈、电视等分门别类的艺术家协会。中国文联中影响最大的文艺团体是中国作协。1956年中国作协增设书记处,以加强协会的日常领导工作;1984年第四次文代会后则成为与中国文联平行的独立团体。

中国文联和中国作协的章程规定,其最高领导机关是会员代表大会,大会结束后由大会主席团主持日常工作。先后担任这两个重要文艺团体的主要负责人,都是中国当

---

① 周扬.新的人民的文艺[M]//周扬集.北京:中国社会科学出版社,2000:85.
② 周扬.新的人民的文艺[M]//周扬集.北京:中国社会科学出版社,2000:63—85.

代影响最大和知名度最高的作家和理论家,曾担任过中国文联主席、副主席的有郭沫若、茅盾、周扬、巴金、老舍、田汉、夏衍等;曾担任过中国作协主席、副主席的有茅盾、周扬、丁玲、巴金、老舍、柯仲平、冯雪峰、邵荃麟等。从组织形式的表面上看,它显示出群众性组织的民主性和民间性,但实际上新中国大型群众性团体的民间组织是不存在的;无论是中国文联还是中国作协,都是受党和国家管理的文艺界机构,机构的驻会成员都是国家公职人员,领导者都是党和政府的文化官员,而且核心领导层是机构中的党组和书记处。

中国文联和中国作协在"十七年"的工作主要有以下几个方面。一是"制订、发布有关文艺的方针政策,包括对一些关系到文艺'路线'的理论和政策问题的阐释";二是总结一个时期文学创作、文艺理论批评和文艺思想的成果和问题,指出值得褒扬的成就和应该纠正的问题;三是"直接领导全国性的文学运动,特别是50年代以来的文学批判运动,或者叫'文艺思想斗争'";四是对所属协会和各省市自治区分会进行协调、联络和指导工作;五是加强国际文化交流工作。① 从中国文联和中国作协的工作性质可以发现,其使命和责任主要是把文艺家组织起来,统一到为社会主义事业服务的轨道上来。因此,它们与中华人民共和国成立前具有同业"行会"性的民间性文学团体相比,无论是具有同人性质的社团如"创造社",还是仅仅由相同或相似的文学倾向而聚集起来的松散性的社团如"文学研究会",都具有本质的区别。

在文学研究机构的组织形式上,新中国也发生了根本性的变化。新中国文学团体被纳入行政体制,大学也是如此,因而大学的文学研究机构同样受体制的辖制。如中国社会科学院文学研究所,前身是北京大学文学研究所,1956年正式归属中国科学院的哲学社会科学学部,而该学部1956年成为独立的行政单位,直接由中宣部领导。它的经费来源、人员配置、规划项目等都由国家统一管理,而且个人项目的资助、个人奖励和职务升迁等都由执行国家权力意志的单位决定。因此文学研究者只能在体制内进行学术活动。

其次,文学体制的一体化体现在文学媒体的管理方式上。文学创作和文学批评主要依靠报纸杂志传播,因此作为文学传播形式的文学期刊和报纸,在文学生产方式中是最为基础的一个环节。新中国文学的转型体现在传播方式上,相当明显的是文学期刊和报纸格局的变化。新中国计划经济的体制决定了期刊和报纸运营的方式。就文学期刊而言,国家在1952年文艺整风后期整顿了全国的文学期刊,各种文学刊物基本上成

---

① 洪子诚.问题与方法[M].北京:生活·读书·新知三联书店,2002:199—200.

为各级文联、作协的机关刊物。它们参照行政组织和计划模式的方式,按照级别、地域和文学类型进行划分。中国作协的机关刊物,也是新中国首家全国性文学期刊是《人民文学》(1949年10月创刊),主要刊登文学作品;还有《文艺报》(1949年5月创刊,最初由中国文联主办,1957年4月改为中国作协主办),主要刊登文艺理论和文艺批评文章,发布文艺会议消息、文艺动态和领导人讲话。由中国作协主办的刊物还有《诗刊》《译文》(后由中国社会科学院外文所主办)、《文学遗产》(后由中国社会科学院文学所主办)、《收获》(后为作协上海分会主办)等。各省市文联、作协也仿照这种方式主办地方性的文学刊物,著名的有北京的《北京文艺》、上海的《文学月报》(后改为《上海文学》),天津的《新港》、湖北的《长江文艺》、陕西的《延河》、广东的《作品》、解放军的《解放军文艺》等。

  在一体化的文学传播体制下,文学期刊的职能主要有三个方面:其一,它们作为传播主流思想文化的阵地,承担着不可推卸的意识形态建设的任务;其二,推进文学创作发展,提高全民族的文化素质;其三,各级文联、作协主办的文学刊物还有培养本地区作家与积累地方文化的任务。① 新中国文学期刊运营和管理方式及其职能的变化,标志着"晚清以来以杂志和报纸副刊为中心的文学流派、文学社团的组织方式"基本结束。② 当然,有的作家对于文学期刊行政化的体制发表过不同的看法,甚至做过尝试性的努力,但都以失败而告终。1954年胡风对此发表过意见,并提出创办同人刊物的建议,但这些意见和建议后来成为胡风的罪状之一。1957年江苏作家陈椿年、高晓声、叶至诚、方之、陆文夫等在"双百"方针的激励下,在南京拟办同人杂志《探求者》文学月刊,可是他们的良好愿望并没有实现,陈椿年、高晓声等人还被打成右派。

  同样,出版社也是文学生产和传播过程中一个最为基础性的环节,新文学史上的社团流派和文学期刊与出版社有着密切的关系,如"创造社"与泰东图书局,"语丝社"与北新书局,"新月派"与新月书店等;商务印书馆的《小说月报》,中华书局的《诗》,现代书局的《现代》和《南国》等,可以说没有现代性的出版业,就不会有现代文学的发展和繁荣。新中国出版业的社会主义改造改变了文学出版原有的格局。

  由于社会意识形态的特殊性,国家对私营出版发行业的社会主义改造有一个较长的过程。自1952年起这个过程就开始了,1954年党的过渡时期总路线的颁布,加快了对私营出版业公私合营的步伐;1956年全国基本实现对私营出版业的社会主义改造,而1958年最终完成全国所有出版社的国营化。新中国私营出版业国有化的过程,以计

---

① 邵燕君. 倾斜的文学场[M]. 南京:江苏人民出版社,2003:24—25.
② 洪子诚. 问题与方法[M]. 北京:生活·读书·新知三联书店,2002:206.

划经济的思维模式为指导思想,就出版社的调整和合并情况来看,最明显的特征是集中化、专业化和等级化。其一是集中化,就是通过调整和合并的方式重新设立具有一定规模出版社。1952年全国有出版社426家(其中私营出版社356家),而到1965年则为87家。① 其二是专业化,即按图书学科专业门类(如自然科学、社会科学、经济学等)、读者对象(如青年、少儿、工人、部队等)和文化类别设立出版社。特别是大量设置与自然科学和经济建设直接相关的专业出版社,如机械工业、建筑工业、国防工业、煤炭工业、农业、卫生等出版社。在有限的人文社会科学出版社中还要细分,如1954年从上海迁往北京的中华书局和商务印书馆,前者成为专门出版古籍的出版社,后者主要是出版工具书和汉译外国社会科学、哲学名著的出版社,大学出版社则只有中国人民大学出版社一家,因此能够出版文学作品和文学研究专著的出版社屈指可数(许多地方性的文艺出版社是在新时期才建立的)。其三是等级化,就是按管理部门级别分为国家级与地方级出版社。"文革"前的87家出版社中,国家的有38家,主要集中在北京,所以北京成为全国出版中心。而且,"地方出版社按照'群众化、通俗化、地方化'的方针,主要出版时事政治读物、干部学习材料、农业生产知识读物、扫盲课本及通俗文艺读物,还负责租型印制中小学课本"。② 在私营出版业的国营化和专业化过程中,原来与现代文学有着直接关系的上海一些中小型出版社逐渐消失。毫无疑问,出版业国营化的结果,明显有利于国家对文学的直接领导和监管。

  此外,发行也是文学生产和传播过程中一个不可忽视的环节。中华人民共和国成立前,在中型出版社往往是出版、印制和发行三位一体。新中国图书生产和传播严格按照计划模式分工,出版、印制、发行各司其职,形成出版社专管编辑出版、印刷厂专门印制、新华书店单管统购包销的格局。1956年全国2 400余家私营书店全部实行公私合营,新华书店成为垄断性的图书销售单位。新华书店的销售网络按照行政等级和地域分布进行布设,一直延伸到县级("大跃进"时期曾一度扩张到公社)。到1965年底,全国新华书店有4 076处。③ 在出版、印制和发行一体化的体制下,确实出现过一些出版发行史的奇迹。"红色经典"成为"十七年"的畅销书就是奇迹之一。这些作品陆续被多次印刷,少则几十万,多则百万册甚至几百万册。《保卫延安》从1954年初版到1959年被禁印,短短的五年内就三次再版,行销近百万余本。"据国家版本图书馆对各种版本的统计",《铁道游击队》的"统计印数为257万多册,加上四川、江西和贵州等地

---

① 吴江江等.中国出版业的发展与经济政策研究[M].武汉:湖北人民出版社,1994:114.
② 郑士德.中国图书发行史[M].北京:高等教育出版社,2000:805—817.
③ 郑士德.中国图书发行史[M].北京:高等教育出版社,2000:818.

的少年版和节编本,已近 300 万册了"。① 与此相类似的还有《林海雪原》《红旗谱》《红日》《红岩》《欧阳海之歌》等。而且,它们基本都被改编成连环画,搬上了银幕、舞台和广播电台;文化界围绕着这些作品的评论可谓连篇累牍,极大扩张了它们的影响范围。"红色经典"庞大覆盖率的实现,当然有多方面的原因,但是关键的原因还是一体化的文化机制起了重大的推动作用;只要书稿通过审批列入出版计划,那么从付梓印刷到出版发行与宣传包装,一路畅通无阻。

最后,文学体制的一体化也体现在文学接受的管理方式上。文学接受与文学教育密切相关。新文学的发生和发展与现代大学制度是密不可分的,文学创作和文学教育形成了相对稳定的互动关系。新文学史上重要的作家几乎都同现代大学有着非常密切的联系,如鲁迅、胡适、闻一多、老舍、曹禺、沈从文、朱自清、钱锺书等,都是将创作与教学、批评与研究结合在一起的学者型文学家。同时,一些文学社团和文学研究机构也与大学有着密切的关系,如"新潮社"和"学衡派"等都是由大学师生组成的真正独立的民间社团,它们是大学独立和学术自由的结果。

中华人民共和国成立后,所有的大学都被纳入国家体制,除农村民办教师外,教师都属于国家公务人员。同时教材规范化,并且严格规定了学制考试制度。一体化的教育制度把经过选择的新文学和社会主义文学列入了正规的文学教育轨道与思想教育内容。由于转换时期文学除了 50 年代与苏俄文学有接触之外,与世界文学基本隔绝,所以国内读者别无选择地接受它们。于是,经过选择的新文学和社会主义文学,尤其是"红色经典",当仁不让地进入大学文学教育,并且渗透到社会文化的各个角落,不仅对于社会主义文学观念与审美形式的传播产生直接影响,而且对一代人的思想成长产生难以估量的精神效果。其实,在一体化的社会体制中,文学的接受过程同样隐含着政治与文化的密切关系。

1965 年 11 月 10 日上海《文汇报》刊登姚文元的《评新编历史剧〈海瑞罢官〉》,引发了延续十年的"文革"。由于这场运动是从文艺学术领域的批判开始的,因此文化领域首当其冲,而且遭受破坏的程度最为严重;不仅大批著名作家和专家学者,文艺界、学术界的领导也都被列为"全面专政"的对象。1966 年 5 月 16 日中央政治局扩大会议通过《中国共产党中央委员会通知》(即标志"文革"正式开始的《五·一六通知》),设立隶属中央政治局常委领导下的以陈伯达为组长、江青为第一副组长、康生为顾问的"中央文化革命小组"。中央"文革"小组下设宣传出版、艺术电影、教育三个小组,直接管理

---

① 刘知侠.铁道游击队[M].上海:上海文艺出版社,1978:554.

原来属于中宣部、文化部、教育部、新华社所辖的文化宣传和教育领域。与1965年相比较,1971年的出版社由87家减少到46家(如上海市原有的10家出版社合并成一家"上海人民出版社"),报纸由343种减少到42种,杂志由790种减少到21种。从1966年到1971年,各种类型的毛泽东著作和政治学习书籍占出版总数的三分之一以上(其中1966年到1968年,各种类型的毛泽东书籍共出版发行10亿册以上),"其他图书出得很少,甚至中小学教科书也不齐全"。① "文革"前出版的人文社科和文化教育类的大部分图书,都成了"封、资、修毒草",只能封存或报废化成纸浆。1966年大学停止招生,直到1971年部分院校才重新招生,招生的方式改为群众推荐、组织选拔和学校审查,生源均为工农兵学员,文化素质参差不齐。这是一个极不正常的动荡不安的年代,在荒芜的文化废墟上被确认为权威的报刊是"两报一刊":《人民日报》《解放军报》和《红旗》杂志,被册封为经典的是八个"革命样板戏"。从文学史的角度讲,一度拥有最多读者和观众的这三种报纸杂志和八个"样板戏",其文学成就在很多方面远不如一些"地下写作"与当时鲜为人知的"潜在写作",当代文学发展的历史出现断裂;从精神文化的角度讲,这种特殊的文化现象造成了一代人的思想荒芜。从某种意义上讲,畸形的"文革"文学,是一体化文学体制和同质化的文学形态走到极致的产物。

第三节 文艺批判运动

如果说新中国一体化的文学体制为高度同质性的文学形态提供了外在的制度保障和物化条件,那么频繁而严厉的文艺批判运动与强制性主流话语的理论建设,则为高度同质化的文学形态的实现提供了内在的心理现实、思想范式和审美品格。

频繁而激烈的文艺批判运动,是新中国文学发展史的一个重要特点。新中国要建构社会主义意识形态的文学话语,以新型的共同想象凝聚社会和维护秩序,必须批判新文学的资产阶级意识形态的文学话语,在否定他者的过程中确认自我。然而,思想话语的建构远远没有社会体制的改变那么简单。一方面激烈的思想批判运动确实可能对人们心理形成震慑,但即使是短期奏效,也不能从理性上彻底改变文学知识分子的思维惯性。另一方面文艺理论正确与否必须通过文艺实践来证明,没有出现令人信服的文学经典,再权威的理论也只能是凌空高蹈。因此文学主流话语的建构过程实际上表现得较为复杂和微妙。这就是新中国的文艺运动频繁的主要内在原因。需要指出的是,在中国当代文学的文化语境中,"批判"与"批评"绝对不是两个可以相互置换的术语。虽

---

① 吴江江等.中国出版业的发展与经济政策研究[M].武汉:湖北人民出版社,1994:123.

然它们指向的对象都是艺术作品,但对所指对象性质的判定、指涉的范围及所需取得的效果和事实产生的影响,有着截然不同的区别。"批判"是"指对错误性质十分严重的言论和行为的严厉批评"。① 当代文艺界经历的历次批判运动,其严厉的程度、涉及的范围及开展的规模,远远不是文艺批评所能够企及的。解放区和新中国文学的高度同质性,一方面与一体化的文学体制相联系,另一方面与一次又一次的文学批判运动密切相关。

1942年毛泽东在《讲话》中指出:"文艺界的主要斗争方法之一,是文艺批评。"②但实际上,每当社会体制上层认定某一作家、作品,某种文学现象、学术思想含有严重性质的错误,与当时主流文学话语发生抵牾或者差异时,对它们的批评很容易上升到批判的层面,以致超出文学批评的范畴,扩展为政治上的斗争和运动,甚至发展到对当事者本人的行政处置。而且每逢其时,都会出现全国范围自上而下的有组织的大规模批判运动,其全党共讨之和全民共诛之的声势,对整个文学界乃至文化界都会产生巨大的精神文化影响。

一、延安文艺整风运动对王实味、丁玲的批判

1942年2月1日,毛泽东在中共中央党校开学典礼上发表了《整顿党的作风》的演说;2月8日,又在延安干部会上作了《反对党八股》的讲演,这是延安整风运动的开始。整风运动开始后,王实味在文艺刊物《谷雨》发表杂文《政治家·艺术家》,又在《解放日报》的副刊上发表一组总题为《野百合花》的杂文。在《政治家·艺术家》一文,王实味论述了艺术家不同于政治家的社会职能和两者的关系,认为政治家的任务"偏重于改造社会制度",而艺术家则"偏重于改造人的灵魂"。他认为,旧中国是一个包脓裹血的黑暗社会,从其中走出来的革命战士也难免受到了沾染,更何况他们还要携带许多落后阶层共同前进。这就决定了艺术家改造灵魂的工作更重要、更艰苦、更迫切。他提出"大胆地但适当地揭破一切肮脏和黑暗,清洗它们,这与歌颂光明同样重要,甚至更重要";呼吁艺术家"要更好地肩负起改造灵魂的伟大任务罢,首先针对着我们自己和我们底阵营进行工作"。③ 而在《野百合花》这一组杂文中,王实味则对延安革命队伍中存在的问题,进行了具体并具有针对性的批评,引起很大反响。

与此同时,丁玲、罗烽、艾青等作家主张文学的真实性与独立性,强调以文学为思想

---

① 洪子诚.中国当代文学史[M].北京:北京大学出版社,1999:52
② 毛泽东.在延安文艺座谈会上的讲话[M].//毛泽东选集[M].北京:人民出版社,1967:824.
③ 罗烽.还是杂文的时代[M].//王实味等.野百合花.广州:花城出版社,1992:44—45.

武器进行批评与自我批评。丁玲先是写了小说《在医院中》,通过一个向往革命的女医生陆萍在延安一个基层医院的见闻,批评了官僚主义和小生产者的思想习气。然后,她又发表了《我们需要杂文》《三八节有感》等杂文,揭示延安生活中存在的不合理现象,主张发扬鲁迅为真理而敢于言说的精神,铲除根深蒂固的封建恶习。罗烽在《还是杂文的时代》中认为,"光明的边区"也有可能有"可怕的黑暗,和使人呕心的恶毒的脓疮",因此作家有责任启用杂文这把"划破黑暗,指示一路去的短剑"。① 艾青则写了《了解作家、尊重作家》,要求给予作家创作自由的保障。

上述在延安发表的杂文和小说,显然表现出左翼作家一贯追求的既重视发挥文学独特的批判作用,也坚持革命理想的现实战斗精神,一时在延安汇成了一股文学潮流。但是这一文学倾向在整风运动中很快遭受严厉批判。王实味首当其冲,先是被打成"托派",然后被开除党籍,丁玲、罗烽、艾青等人的文章也受到批判;他们的作品长期被视为"毒草",并于1958年再次受到批判。这是延安时期发生的一场较大规模的文学批判运动,尽管这场批判运动因其对象不同而批判程度有别,但开了从文学思想批评上升为政治斗争运动之先河。

二、对电影《武训传》的批判

1949年,中国共产党召开了七届二中全会。在这次会议上,毛泽东明确指出了国内的主要矛盾将是无产阶级与资产阶级之间的矛盾,号召要反对那些"否定被压迫人民的阶级斗争,向反动的封建统治者投降"的资产阶级改良主义、唯心主义的"反动思想"。② 这样,政治上与资产阶级的斗争,首先在思想文化战线,尤其是在文艺领域揭开了序幕。以后文艺上连绵不断的论争、探讨,都被简单地定调为两个阶级、两条道路的思想斗争,给当代文学思潮划定了政治标准,并从整体倾向上使之为社会主流意识服务。1951年开展的对电影《武训传》的讨论,就是新中国反对所谓"资产阶级唯心主义"的第一次大规模的文艺批判运动。

武训是清末山东堂邑县的贫苦农民,他热心于教育,因此"苦操奇行,行乞兴学"。导演孙瑜根据武训的生平事迹,编导了历史传记影片《武训传》,并于1950年年底在全国公演。影片描述武训为了让穷苦孩子也能读书,自愿为奴,忍受屈辱行乞四十余年,兴办三个义学;充分肯定武训所走的道路,歌颂武训精神。影片公演后,引起了强烈的社会反响,其中多为赞扬。不久,《文艺报》重新刊载鲁迅的杂文《难答的问题》(《且介

---

① 王实味.政治家·艺术家[M]//王实味等.野百合花.广州:花城出版社,1992:11—15.
② 转引自朱寨.中国当代文学思潮史[M].北京:人民文学出版社,1987:62.

亭杂文末编》),并发表了贾霁的《不足为训的武训》(载《文艺报》1951年4卷1期)等文,对武训、武训形象及其称颂者提出了尖锐的批评。1951年5月20日,《人民日报》发表了由毛泽东撰写的《应当重视电影〈武训传〉的讨论》社论,文章指出,如果承认或容忍对《武训传》的歌颂,"就是承认或者容忍污蔑农民革命斗争,污蔑中国历史,污蔑中国民族的反动宣传为正当的宣传";而且认为电影的出现,特别是批评界对电影的肯定,"说明了我国文艺界的思想混乱达到了何等的程度",并且特别指出这是"资产阶级的反动思想侵入了战斗的共产党"。① 同一天《人民日报》"党的生活栏"发表了短评《共产党员应该参加关于〈武训传〉的批判》,向党的组织和共产党员发出号召,要求他们"不应对于这样重要的政治思想问题保持沉默,都应该积极起来自觉地同错误思想进行斗争"。《人民日报》的社论和短评发表后,全国的主要报纸立即全文转载,并发表了响应的社论,批判影片《武训传》宣扬了资产阶级"唯心主义""改良主义",美化了封建统治者,污蔑了农民革命。数十人被公开点名,如该片的编导孙瑜、演员赵丹等。

对电影《武训传》的批判,涉及如何运用正确的历史观点评价历史人物的问题,完全可以进行学术上的讨论;对有争议的文艺作品进行批评和论争也是可以理解的。但是,一次文艺作品的讨论,结果引发了一场全国范围的大规模群众性思想批判运动,成为新中国首例名为作品讨论实为政治思想批判的文案。这种从政治思想维度批判文艺思想和历史观点问题的方式,体现出新中国文艺运动文艺政治化的特点。

三、对俞平伯《红楼梦研究》及胡适思想的批判

1954年,毛泽东亲自发动了对《红楼梦》研究的思想批判运动。其实,批判俞平伯的《红楼梦研究》不过是导火线,他想批判的主要对象还是胡适及其"资产阶级唯心论"思想,以达到清除政治、哲学和文化学术领域的以胡适为代表的资产阶级思想的目的。

俞平伯(1900—1990),原名俞铭衡,五四时期著名诗人,散文小品作家。大学毕业后一直在大学任教,1952年转入中国科学院哲学社会科学部(现中国社会科学院)文学研究所,任研究员。20年代初开始《红楼梦》研究,是继胡适之后"新红学"的代表人物。他先后整理出版了《红楼梦辨》《红楼梦研究》《红楼梦简论》等研究专著,对《红楼梦》及其作者、小说的艺术成就作出了独到的研究。不过,新中国学术界对俞平伯的"红学"研究发出了不同的声音。1954年,青年学人李希凡、蓝翎在山东大学的校刊《文史哲》上发表了他们的批评文章《关于〈红楼梦〉简论及其他》(原载《文史哲》1954年9月

---

① 毛泽东.应当重视电影《武训传》的讨论[M]//毛泽东选集(第五卷).北京:人民出版社,1977:46—47.

号),其后《文艺报》被指定转载此文。同年10月10日《光明日报》专刊《文学遗产》第24期又发表了他们的另一篇文章《评〈红楼梦研究〉》。李、蓝二人认为,俞平伯的研究方式是从主观唯心论出发的反现实主义的方式,因袭了"旧红学家"所采用的脱离社会现实和作者身世的形式主义考证方法,并且"否认《红楼梦》是一部伟大的现实主义杰作"。但是,《文汇报》和《光明日报》通过编者按语的形式,对这些批评做出了保留的姿态,并对俞平伯的研究持基本肯定态度。这引起了毛泽东的高度重视。

1954年10月16日毛泽东写信给中央政治局成员,从意识形态领域的阶级斗争角度出发,称李、蓝的文章是"三十多年以来向所谓红楼梦研究权威作家的错误观点的第一次认真的开火",提出要开展反对"在古典文学领域毒害青年三十余年的胡适派资产阶级唯心论的斗争"。① 同年11月8日,郭沫若以中国科学院院长的身份,向《光明日报》的记者发表了谈话,要求文化界、学术界应当毫无例外地参加到这场"马克思列宁主义思想与资产阶级唯心论的思想斗争"中来,实际是根据毛泽东信中的精神发出了批判的号召。中国文联主席团和中国作协主席团则于1954年10月31日至12月8日召开了8次联席扩大会议,就《红楼梦研究》中的"资产阶级唯心主义"和《文艺报》的错误开展批判,并做出了撤销冯雪峰《文艺报》主编职务的决议。

这场对俞平伯《红楼梦》研究学术观点的批判完全超出学术领域的论争,混淆了学术思想观点与政治思想立场的界限。它与上一次对电影《武训传》的批判运动的不同之处在于,一是把意识形态斗争从文艺界扩展到学术界,二是由批判俞平伯的学术观点,再深入为对整个学术界与文艺界胡适"资产阶级唯心主义"思想及其影响的批判,实质上是对新文学时期"资产阶级唯心主义"思想的否定。因此,中华人民共和国成立初期,从《武训传》批判运动到《红楼梦研究》批判运动,隐含着毛泽东建构社会主义意识形态的雄心壮志。

四、对胡风文艺思想的批判

从表面上看,对胡风文艺思想的批判是由于他在讨论《红楼梦研究》时的两次长篇发言而引起的,但事实上左翼文学内部的胡风与主流派的矛盾由来已久。胡风(1902—1985)原名张光人,是我国现代著名的文艺理论家、诗人和编辑家。曾主编《七月》《希望》杂志,编辑出版"七月诗丛""七月文丛"和"七月新丛",培养扶植一批青年作家。中华人民共和国成立后,当选第一届全国人大代表、第一届全国政协委员、中国文联委员、

---

① 毛泽东.关于《红楼梦》研究的信[M]//毛泽东选集(第五卷).北京:人民出版社,1977:134.

中国文协常委。他的文艺思想核心是强调作家的"主观战斗精神",提倡主体的"自我扩张"与"自我斗争",主张主观"拥入"客观,表现描写对象的"精神奴役的创伤";他还主张创作方法大于世界观,认为这是现实主义关键所在。这些观点与毛泽东1942年的《讲话》精神形成不同程度的差异,文艺界也曾对此进行过激烈的论争。早在1945年,重庆文艺界的领导者根据《讲话》精神认为,当前主要应该反对"非政治倾向,首先要解决文艺界为什么人,为哪个阶级的问题"。胡风则从国统区进步文艺界的实际情况和文艺创作本身的规律出发,认为当前应该反对的主要倾向是"主观教条主义""公式主义"和"客观主义",首先要求作家"战斗意志的燃烧和情绪的饱满"。① 虽然胡风及其观点的支持者长期以来在政治上追随革命和拥护共产党,但由于不完全赞同《讲话》观点,并坚持自己的文学观念,特别是同毛泽东文艺思想的权威阐释者们存在深刻的歧见,所以在40年代就遭受主流文学话语的批判。1948年一批共产党员在香港创办《大众文艺丛刊》,邵荃麟、乔冠华、胡绳、林默涵等人撰文点名批评胡风等人的文学思想和创作。胡风发表《论现实主义的路》作为对批评者的总答复。

中华人民共和国成立后,毛泽东文艺思想的权威阐释者们把胡风文艺思想作为贯彻《讲话》的思想障碍,所以借助强有力的行政力量从思想上到组织上对胡风进行彻底的批判和清理。原本赞同胡风文艺思想的舒芜在1952年纪念毛泽东《讲话》发表10周年时,发表题为《从头学习〈在延安文艺座谈会上的讲话〉》的文章,检讨自己过去在思想上和理论上的错误。《人民日报》以编者按语的形式肯定了舒芜的检讨,同时指出,"以胡风为首的文艺上的小集团",坚持的是"一种实质上属于资产阶级、小资产阶级的个人主义的文艺思想"。② 同年底,中宣部又连续召开了四次有胡风本人参加的座谈会,清算胡风的"错误思想"。胡风在个别问题上作了一些检讨,但并不承认在根本问题上存在错误。于是中宣部指派由林默涵与何其芳执笔,分别撰写了《胡风的反马克思主义文艺思想》和《现实主义的路,还是反现实主义的路?》先后发表在1953年《文艺报》第2、3期上。这两篇文章都认为胡风的文艺思想是"根本性质的错误","实质上是反马克思主义的,是和毛泽东同志所指示的文艺方针背道而驰的"。

在这些严厉的批评面前,胡风感觉到了林、何二人的文章在理论上和政治上的分量。为了不使自己陷于完全被动的局面,胡风于1954年上半年撰写了《关于解放以来的文艺实践情况的报告》,7月送交中共中央。这份报告约30万字,通称胡风"关于文艺问题的意见书"或"三十万言书"。报告共四个部分:一、几年来的经历简况;二、关

---

① 戴知贤.胡风"反革命集团"案件始末[M]//王实味等.野百合花.广州:花城出版社,1992:358.
② 舒芜.从头学习《在延安文艺座谈会上的讲话》[N].人民日报,1952-06-08.

于几个理论性问题的说明材料;三、事实举例和关于党性;四、作为参考的建议。"三十万言书"全面反驳了林默涵、何其芳文章的批评,申明他在若干重要文艺理论问题的观点,批评中华人民共和国成立以来文艺工作的方针政策,并提出他的建议。其中"关于几个理论性问题的说明材料"全面的陈述了自己的文艺观点,并逐条反驳了林默涵、何其芳的批评。尤其是他从林、何两文中归纳出五个观点:其一是"作家要从事创作实践,非得首先具有完美无缺的共产主义世界观不可";其二是"只有工农兵的生活才算生活;日常生活不是生活,可以不要立场或少一点立场";其三是"只有思想改造好了才能创作";四是"只有过去的形式才算是民族形式";其五是"题材有重要与否之分,题材能决定作品的价值"。他说:"在这五道刀光的笼罩之下,还有什么作家与现实的结合,还有什么现实主义,还有什么创作实践可言?"这就是后来被指斥的所谓的"五把刀子"。①

随后文艺界发生了对《红楼梦研究》的讨论和对《文艺报》的批评,胡风在会上做了两次激烈的长篇发言,引起了许多人的不满。在 12 月 8 日文联作协主席团第八次扩大会议上,周扬作了题为《我们必须战斗》的总结性发言,其中专门有一节讲"胡风先生的观点和我们的观点之间的分歧"。会后,文艺界在开展批判胡适思想的同时,也开始了对胡风的公开批判。胡风本人被迫写了《我的自我批判》。不久,中共中央将"三十万言书"交中国作家协会主席团处理,中国作协将其中的二、四两部分印制成册,随《文艺报》1955 年第 1、2 期合刊附发,为文艺界广泛开展批判胡风文艺思想作材料上的准备。毛泽东批示,"应对胡风的资产阶级唯心论、反党反人民的文艺思想进行彻底的批判,不要让他逃到'小资产阶级观点'里躲藏起来"。② 于是各级党委根据中央指示部署批判运动,对胡风的批判掀起高潮。其中最有权威性的是郭沫若的文章《反社会主义的胡风纲领》,认为胡风文艺纲领就是"三十万言书"中所说的"五把'理论'刀子"。③

从 1953 年《文艺报》发表林、何文章到 1955 年初对"三十万言书"的批判,虽然政治斗争气氛越来越浓烈,但毕竟还限于思想理论范围。胡风问题的性质发生根本的变化,是在舒芜 1955 年 4 月主动交出 1943 年到 1950 年胡风写给他的 34 封信之后。1955 年 5 月至 6 月,《人民日报》相继发表了三批《关于胡风反革命集团的材料》,这些材料从胡风与他的友人间私人通信中摘录分类辑成,毛泽东为这些公开发表的材料亲自撰写了序言和部分按语。于是由批判胡风文艺思想变成了一场"肃清胡风反革命集团"的政

---

① 胡风.关于解放以来的文艺实践情况的报告[M]//胡风全集(第六集).武汉:湖北人民出版社,1999:302—303.
② 转引自李辉.文坛悲歌[M].广州:花城出版社,1998:228.
③ 郭沫若.反社会主义的胡风纲领[N].人民日报,1955-04-01.

治斗争。

当年把对胡风文艺思想的批判上升为与"反革命集团"的政治斗争,与上两次批判运动的不同点主要在于:一是批判规模声势之大、涉及面之广、牵扯人员之多,远远超过了此前的文艺斗争。此案共涉及 2 100 人,92 人被逮捕;胡风等人遭受极大身心痛苦。① 二是批判所损害的不仅是文艺理论与学术思想,而且涉及私人生活领域及其个人的基本生活权利。三是更加助长了极左文艺思潮的畸形发展。1988 年中共中央批准为"胡风反革命集团"彻底平反。

五、反右斗争中文学界和理论界的左倾思潮

1957 年 4 月 27 日中共中央政治局通过了《关于整风运动的指示》,并于 5 月 1 日在《人民日报》上发表。整风指示明确规定,在全党范围内开展反对官僚主义、宗派主义和主观主义的整风运动,以克服党内不良倾向,加强党和人民群众的团结;并且提出要防止关门整风,希望非党同志展开批评帮助共产党整风。中央指示发布后,整风单位进入了鸣放阶段,组织召开了各类人士的座谈会。报纸杂志刊登了各种争鸣的文章和信息,并且发表了一批以整顿"三风"为主题的文学作品。但由于整风进行的过程中出现了一些不利于党的领导的言论,加上当时国际上"匈牙利事件"所造成的世界政治局势的影响,因而毛泽东在 5 月中旬决心在政治领域开展反右派斗争。② 6 月 8 日《人民日报》发表了题为《这是为什么?》的社论,成为反右斗争的第一个公开信号。同时党中央对这场政治斗争作了周密的部署,于是一场声势浩大的政治斗争在全国展开。"当年 10 月反右结束时,全国共划右派分子五十五万人,另有不少人未'戴帽'而受到开除党籍、团籍和降级降薪等处分。"③

1957 年 6 月,中国作协召开党组扩大会第一次会议,批判丁玲、陈企霞等人,揭开了文艺界反右斗争的序幕。文艺界的反右斗争,除了将整风期间不少发表的小说、杂文、理论文章和鸣放的言论裁决为反党反社会主义的"毒草"外,另有一些是与长期以来文艺界的宗派斗争有关,如将丁玲、陈企霞、冯雪峰打成反党集团就是一例。《文艺报》在 1958 年第 2 期还特辟"再批判"专栏,将延安时期丁玲的《三八节有感》、罗烽的《还是杂文的时代》、萧军的《论同志之"爱"与"耐"》等杂文,以及丁玲当年的小说《在医院中》

---

① 关于"胡风反革命集团"案件的复查报告[M].李辉.文坛悲歌.广州:花城出版社,1998:31.
② 毛泽东.事情正在起变化(1957 年 5 月 15 日)[M]//毛泽东选集(第五卷).北京:人民出版社,1977:423.
③ 朱寨.中国当代文学思潮史[M].北京:人民文学出版社,1987:326.

重新刊出,作为与王实味的《野百合花》同样性质的毒草加以再批判。毛泽东亲自写了编者按语,认定他们为"屡教不改的反党分子"。①

文学界和理论界反右斗争还表现在对一些优秀文学作品、文艺理论文章及其作者的错误批判与处理上。一批在"双百方针"激励下出现的"干预生活"和描写家庭爱情生活的作品,如王蒙《组织部来了个年轻人》、刘宾雁《在桥梁工地上》和《本报内部消息》、宗璞《红豆》、陆文夫《小巷深处》等都被视为"毒草"。在这种严厉的批判下,许多青年作家如王蒙、邓友梅、丛维熙、刘绍棠、李国文、陆文夫、方之、张贤亮、白桦、流沙河等,都被划为"右派分子",中断了他们刚刚开始的宝贵的创作生命。文艺理论界涌现的一些有思想创见的文章,如秦兆阳《现实主义——广阔的道路》,周勃《论现实主义及其在社会主义时代的发展》,刘绍棠《我对当前文艺问题的一些意见》,钱谷融《论"文学是人学"》,巴人《论人情》,钟惦棐《电影的锣鼓》等,同样遭受严厉批判。1958 年 2 月 28 日,周扬在《人民日报》发表《文艺战线上的一场大辩论》,作为此次文艺界反右斗争的总结。

文学界和理论界成为整个反右斗争严重扩大化的重灾区,其主要原因有三个。一是在整风中鸣放的大多是知识分子,而文艺界则是知识分子集中的领域。二是在整风前党中央提出"双百方针",在这个方针鼓舞下出现了一批直面现实的文学作品和思考理论问题的学术文章,但在这次运动中它们大多成为"毒草"。三是文艺界长期存在着不同的创作思想间的矛盾。文艺界反右斗争的严重扩大化,给新中国文学造成了极为严重的负面影响。它不仅伤害了一大批文艺工作者,造成了创作队伍的严重损失,而且更为重要的是,作为知识分子的作家和理论家很难直面现实思考问题,导致极左思潮的肆意泛滥。

六、左倾思潮的升级和"文革"的开始

1962 年 9 月中共中央召开了党的八届十中全会。这次会议把阶级斗争进一步扩大化和绝对化,断言在整个社会主义历史阶段资产阶级都存在着复辟的企图,因而党内具有产生修正主义的根源,并向全党全民发出了"千万不要忘记阶级斗争"的号召。② 在这次会议上,康生以抓意识形态领域的阶级斗争为名,把尚未出版的李建彤的长篇小说《刘志丹》打成"为高岗翻案的反党大毒草",并引出了毛泽东的批语:"利用写小说搞反

---

① 毛泽东. 做革命的促进派[M]//毛泽东选集(第五卷). 北京:人民出版社,1977:475.
② 关于建国以来党的若干历史问题的决议[M]. 北京:人民出版社,1983:349.

党活动,是一大发明。"①次年,康生又宣称电影《红河激浪》是小说《刘志丹》的变种,并以此造成了株连千余人的冤案。此后从1963年到1965年,康生、张春桥、姚文元、江青、林彪一伙相互勾结,批判运动在哲学、史学、经济学、文学艺术等领域全面展开,批判的对象有廖沫沙的"有鬼无害论",周谷城的"时代精神汇合论",邵荃麟的"写中间人物论"和"现实主义深化论"等。受到批判的还有五六十年代出版的一大批文艺作品,极左思潮愈演愈烈,严重地摧残了文化事业。1965年11月10日,姚文元在《文汇报》上抛出了九易其稿的《评新编历史剧〈海瑞罢官〉》,以莫须有的罪名诬陷作者吴晗,制造了又一起株连甚广的冤案,也点燃了"文革"的导火索。

1966年2月2日至20日,江青在上海召开部分部队文艺工作者座谈会。根据座谈会整理的《会议纪要》形成了《林彪同志委托江青同志在上海召集的部队文艺工作座谈会纪要》(以下简称《纪要》),4月以中共中央的名义批发给全党全国,助推了"文革"的爆发,使一场政治灾难和一场文学灾难不可避免地发生了。《纪要》完全配合政治斗争的需要,炮制出"文艺黑线专政论",即污蔑文艺界自新中国成立以来的"十七年"基本上没有执行党的方针,而且被一条与毛泽东思想相对立的反党反社会主义的黑线专了政。这条黑线就是资产阶级的文艺思想、现代修正主义的文艺思想和30年代文艺思想的结合。这一论调全盘否定了我国30年代以及"十七年"文学成就。《纪要》还将"十七年"中具有代表性的文艺理论观点命名为"黑八论",即:"写真实"论、"现实主义广阔的道路"论、"现实主义的深化"论、反"题材决定"论、"中间人物"论、反"火药味"论、"时代精神汇合"论和"离经叛道"论。在批判"黑八论"之后,取而代之的是《纪要》规定的"根本任务论":"努力塑造工农兵的英雄人物,这是社会主义文艺的根本任务"。②

"文革"期间,江青等人还推出了八个"革命样板戏",即现代京剧《红灯记》《沙家浜》《智取威虎山》《奇袭白虎团》《海港》,现代芭蕾舞剧《红色娘子军》《白毛女》,以及交响音乐《沙家浜》等。他们将其作为"文化大革命"有破有立的成果大加推广,并提出所谓的"三突出"创作原则:"在所有人物中突出正面人物;在正面人物中突出英雄人物;在英雄人物中突出主要英雄人物"。③ "文革"时期极左文艺思潮发展到了登峰造极的地步,给新中国文学史带来了灾难性的后果。整个"文革"十年的文艺创作只有八个"革命样板戏"以及少量政治宣传意味极为浓厚的作品,绝大多数中外优秀文学作品被

---

① 关于建国以来党的若干历史问题的决议[M].北京:人民出版社,1983:359.
② 朱寨.中国当代文学思潮史[M].北京:人民文学出版社,1987:491—494.
③ 上海京剧团《智取威虎山》剧组.努力塑造无产阶级英雄人物的光辉形象——对塑造杨子荣等英雄形象的一些体会[M]//革命样板戏评论集.上海:上海人民出版社,1976:55—66.

宣判为"毒草",人们的精神生活极度匮乏。

由此可见,文艺斗争和批判运动贯穿了中华人民共和国成立后近三十年的文学历史。所有文学观念、艺术倾向、创作方法上的差别和分歧,都被当作现实的"政治问题"处理,看作对立的阶级力量和政治力量冲突较量的表现。当然在这种持续不断的运动之间,也出现了两次短暂的间隙,文艺观念与政策因此得到相应的调整。前一次是1956—1957年"双百"方针的提出,后一次是1961—1962年三个文艺座谈会的召开(即北京"新侨会议""广州会议"和"大连会议")。但是,这些短暂的文化调整举措及其由此产生的一些文艺成果,很快就被更大规模的运动所摧毁,并在观念和方法上表现出较此之前更为激烈的状态,新中国文艺根本无法改变主流文学话语朝着极左方向发展的趋向。

当然,在"文革"到来之前的"十七年"文艺界中,除了一直存在的大规模的文学批判运动外,也还保留了一些文学批评的空间。1958年对杨沫的《青春之歌》的讨论、1960年对柳青的《创业史》的讨论等,都可看作是比较正常而且具有较大影响的文学批评活动。因为这些文学批评活动主要限定在学术范围内,并未给争论的双方扣上严重政治色彩的帽子。同时,也有少数文学批评家在为建构当代文学的批评话语而努力,如茅盾、魏金枝、严家炎、侯金镜等人。但是除了这种较正常的文学批评外,存在着更多的不正常的文学批评。这首先体现在文学批评并不是一种个性化的或学术性的作品解读,也不是一种鉴赏活动,而是体现政治意图的对文学活动和主张进行"裁决"的手段。其次是被批评的对象往往没有"反批评"的权利,只有被指责的义务。第三,文学批评在引入"读者"概念时,并不具有实际存在性。"读者"往往是被选择出来的,甚至是由某人捉刀代笔,冠以"读者"的名目发表意见,以增加批评的"现实性"和"真实性"。这种精神待遇还确实培养了一批善于跟风、呼应权威的"读者",他们在每次重大争论中总能适时出现,为主流文学话语免去了捉刀代笔之劳。

第四节 转换时期主流文学话语的重要理论范畴

周扬在1949年第一次文代会上所作的题为《新的人民的文艺》的报告中,以毛泽东《讲话》的"工农兵方向"为理论根据,系统地总结了解放区的文艺实践,为新中国文学形态的同质化提供了比较系统的思想内容和创作方法。但是,新中国和平时代的文学形态毕竟要比解放区战争年代的文学形态复杂得多。新中国文学体制针对新中国文学实践,一方面既要严厉批判与主流意识形态不相协调的文学创作和理论批评,另一方面又要防止因行政方式干涉而导致的、明显脱离生活现实的文学创作和教条化概念化的文学理论批评。因此,他们意识到需要建立起一种既能指导和规范社会主义文学创作,又能有效地契合这种文学现状的系统性的主流文学话语,或者说他们意识到应该在《讲话》理论基础上建构起一种具有更大包容性的主流文学话语。然而,由于种种客观和主观的社会文化原因,新中国文学主要还是通过外在性的文学体制和强制性的文艺运动,来有效地保持文学形态的同质性和主流文学话语的权威性,始终没能创建出超越具体历史时代,对不断发展和变化着的文学现实进行有效阐释,并促使文学良性互动的系统性文艺理论。

不过,我们也应该承认,新中国文学提出一些理论范畴至今依然是主流文学话语的坚实基础和中心内容,这些范畴与《讲话》的理论一道构成了文学体制掌控当代文学的规范性的理论原则。这些理论范畴对当代文学具有双重性的规范功能:一是它们整合了与之相关的文艺理论中的诸多问题,因而具有一定的系统性;二是它们成为评价当代文学创作和批评的权威性价值标准,直接影响当代文学的思想价值和艺术品格。对这些范畴的梳理和分析,不仅可以从发生学的角度研究主流文学话语意识形态性的本质特征,而且可以深入理解新中国文学同质化的过程。

一、社会主义现实主义

1953年9月第二次全国文代会在北京召开。这次会议的一个主要议题就是确定将"社会主义现实主义"创作方法作为新中国文艺创作和批评的最高准则。作为创作方法的社会主义现实主义概念源于苏联,但在苏联文艺界也有一个形成过程,直到1934年第一次苏联作家代表大会通过了《苏联作家协会章程》,它才真正成为一个有确切界定的规范性定义:"社会主义的现实主义,作为苏联文学与苏联文学批评的基本方法,要求艺术家从现实的革命发展中真实地、历史地和具体地去描写现实。同时,艺术描写的真实性和历史具体性必须与用社会主义精神从思想上改造和教育劳动人民的任务结合起来。"[①]

较早将社会主义现实主义方法介绍到中国的是周扬,他在1933年11月《现代》杂志上发表了《关于社会主义的现实主义与革命的浪漫主义——"唯物辩证法的创作方法"之否定》一文。这篇文章提出,阐述社会主义现实主义创作方法,主要是为了介绍苏联文艺界否定"拉普"的"唯物辩证法的创作方法"。论文指出:"虽然艺术的创造是和作家的世界观不能分开的,但假如忽视了艺术的特殊性,把艺术对于政治,对于意识

---

① 朱寨. 中国当代文学思潮史[M]. 北京: 人民文学出版社,1987: 126—127.

形态的复杂而曲折的依存关系看成直线的,单纯的,换句话说,就是把创作方法的问题直线地还原为全部世界观的问题,却是一个决定的错误。'唯物辩证法的创作方法'就是这样一个错误的口号。"①周扬之所以批判"唯物辩证法的创作方法",主要是为了矫正受"拉普"影响的左翼文艺界倡导的"无产阶级写实主义"(亦称"新写实主义")的"左"倾机械论倾向。1952年周扬应苏联《红旗》杂志之邀而写的《社会主义现实主义——中国文学前进的道路》,同样是一篇关于社会主义现实主义的重要文章。1953年1月11日《人民日报》转载了这篇论文,文章指出:"社会主义现实主义,现在已成为全世界一切进步作家的旗帜,中国人民的文学正是在这个旗帜之下前进。正如中国新民主主义革命是无产阶级社会主义世界革命的组成部分一样,中国人民的文学也是世界社会主义现实主义文学的组成部分。"论文明确表达了50年代初新中国文学的文化语境:我国在文艺思想和指导文艺的方针政策上全面认同苏联,同时承认苏联的社会主义现实主义的实践经验同样适合中国文艺发展的需要。② 随着同年9月第二次全国文代会正式将"社会主义现实主义作为文艺创作和批评的最高准则",社会主义现实主义不仅一度成为最具权威性的文学创作方法,而且成为新中国文学创作与批评的重要理论范畴。

从社会主义现实主义与五四文学倡导的写实主义相比较的角度出发,社会主义现实主义的主要内容有以下三个方面。

一是"要求艺术家从现实的革命发展中真实地、历史地和具体地去描写现实"。周扬认为,社会主义现实主义主要不在于作品的内容是否描写社会主义的现实生活,"而是在于以社会主义的观点、立场来表现革命发展中的生活的真实"。③ 这里突出作家和批评家的思想"观点"和价值"立场",强调作家和批评家的世界观在创作和批评方法中的主导作用。实际上,这就是要求作家和批评家必须按照抽象的主流话语去描述和阐释历史和现实生活。与此相关的是作家与群众的关系、作家对于生活和学习的态度以及知识分子的思想改造等问题。五四文学倡导的写实主义,主要是以人道主义为思想内涵的批判现实主义,着重强调真实描述社会人生,并从人性的角度揭露与批判不合理的社会现实。

---

① 周扬.关于社会主义的现实主义与革命的浪漫主义——"唯物辩证法的创作方法"之否定[M]//周扬集.北京:中国社会科学出版社,2000:6.
② 孟繁华.社会主义现实主义[M]//洪子诚,孟繁华主编.当代文学关键词.南宁:广西师范大学出版社,2002:14—15.
③ 周扬.社会主义现实主义——中国文学前进的道路[M]//周扬文集(第二卷).北京:人民文学出版社,1985:186—187,188.

二是"艺术描写的真实性"。社会主义现实主义的"真实",不是指生活表象的真实,而是指能够揭示历史和现实社会本质规律的真实。当时主流话语关于社会发展规律的本质观念主要是阶级斗争观念,所以周扬指出:"当我们评论一篇作品的思想性的时候,主要就是看它是否揭露了社会阶级的矛盾——这种矛盾是无微不至地表现在生活的各方面的——以及揭露是否深刻。"①与此相关的是歌颂与暴露、文学与政治、文学的党性原则等问题。五四文学的真实性一方面是指客观意义上的真实再现社会人生,另一方面是指主观意义上的真实表现人的内在思想情感。

三是"用社会主义精神从思想上改造和教育劳动人民"。社会主义现实主义强调文学的社会功利性,明确指出文学要成为主流意识形态的重要载体。周扬指出,文学艺术要"宣传集体主义共产主义思想,宣传共产主义世界观、人生观。……在这里文艺就是进行社会主义教育的一种强有力的工具"。② 因此,从正面表现先进人物的高尚品质和典型人物的不平凡特质,宣扬集体主义、英雄主义和理想主义成为当代文学主流话语的重要思想内容。同时为了达到教育的效果,必须选择为普通群众所接受的大众化和民族化形式。与此相关的是正面形象、英雄人物、新生事物、典型化、民族化和大众化等问题。五四文学的启蒙性主要体现在启蒙的文学(具有现代意识的文学)和文学的启蒙(白话文和现代文学形式)两方面。

二、革命现实主义和革命浪漫主义相结合

1958年5月周扬在中共八大二次全会上代表文艺界作了《新民歌开辟了诗歌的新道路》的发言,同年6月1日《红旗》杂志创刊号公开发表这篇文章。周扬在文章中指出:"毛泽东同志提倡我们的文学应当是革命的现实主义和革命的浪漫主义的结合,这是对全部文学历史的经验的科学概括,是根据当前时代的特点和需要而提出的一项十分正确的主张,应当成为我们全体文艺工作者共同奋斗的方向。"周扬不仅公开传达和阐述了毛泽东关于"革命的现实主义和革命的浪漫主义相结合"(以下简称"两结合")的文学观点,而且把"两结合"创作方法上升为文艺方向的高度。

"两结合"创作方法的成型有一个发展过程。毛泽东1938年给延安鲁迅艺术文学

---

① 周扬.社会主义现实主义——中国文学前进的道路[M]//周扬文集(第二卷).北京:人民文学出版社,1985:186—187,188.

② 周扬.在全国第一届电影剧作会议上关于学习社会主义现实主义问题的报告[M]//周扬文集(第二卷).北京:人民文学出版社,1985:192.

院的题词是"抗日的现实主义,革命的浪漫主义"。不过,作为一种文艺创作方法,"两结合"的正式提出还是在1958年。这年1月7日毛泽东的《蝶恋花·答李淑一》发表于《人民日报》。《文艺报》主编张光年等人致信郭沫若请释疑,郭沫若在《答〈文艺报〉问》中说:"主席这首词正是革命的现实主义与革命的浪漫主义的典型的结合。"张光年立即在《给郭沫若同志的信》中呼应说,"革命的现实主义和革命的浪漫主义相结合的方法"很值得探讨①。同年3月,毛泽东在成都会议上谈及收集民歌的问题时,提出"现实主义与浪漫主义的对立统一"方法;5月在北京召开的中共八大二次全会上,毛泽东再次提出文学上"革命的浪漫主义和革命的现实主义的统一"的创作方法。周扬在这次会议上的发言既是正式阐述毛泽东的文学主张,更是树立它不可动摇的权威性理论地位。

"两结合"创作方法问世后引起文学界的热烈反响,全国性的讨论持续两年之久,文艺界许多著名人士竞相发表文章,从文学理论、文学史等角度论述"两结合"方法的正确性和科学性。1960年7月周扬在全国第三次文代会上作了题为《我国社会主义文学艺术的道路》的报告,其中专列一个部分从理论上阐释"两结合"的创作方法。他在报告中说,"两结合"的创作方法是"主张文艺应当表现革命发展中的现实和对于更美好未来的理想,把革命的现实主义和革命的浪漫主义结合起来"。这是"毛泽东同志对于马克思主义文艺理论的又一重大贡献"。②从此,"两结合"的创作方法正式取代了社会主义现实主义,一直沿用到"文革"结束以后。

无论是西方文学史还是中国新文学史,现实主义与浪漫主义都是两种不同的创作方法,它们之所以在"革命的"限定词修辞下成为统一性的创作方法,一方面是因为外在特定的国际和国内文化语境的变化。从国际环境上讲,当时中国和苏联的裂痕已经出现,中国结束了向苏联"一边倒"的时代。中苏两党意识形态的分歧表现在文艺理论领域中,便是批判苏联"修正主义文艺思想"的影响,建立中国式的马克思主义文艺理论体系。社会主义现实主义是在大规模向苏联学习的年代确立的权威性文艺理论,因此需要用"两结合"来取而代之。从国内环境上讲,社会主义现实主义的创作方法与中国日趋激进的"左"倾文化语境不太协调。1958年春我国在社会主义建设总路线提出后,开展了"大跃进"和农村人民公社化运动,从某种意义上讲,"两结合"的创作方法是"大跃进"激情和幻想的文化特征在文艺理论上的反映。毛泽东1958年两次提及"革命的浪漫主义和革命的现实主义的统一",都是直接针对新民歌而言的,而以"新民歌"为

---

① 文艺报[N].1960(13—14)期合刊.
② 文艺报[N].1958(7).

代表的群众性的文艺创作活动,本身就是"大跃进"年代的产物,也是"两结合"作品的范本。

其实,"两结合"与社会主义现实主义并不是两种根本对立的创作方法,这两者有着直接的内在联系。周恩来早在1953年就指出:"我们的理想主义,应该是现实主义的理想;我们的现实主义,是理想主义的现实主义。革命的现实主义和革命的理想主义结合起来,就是社会主义现实主义。"①茅盾说得更直白,"现实主义结合着革命的浪漫主义的创作方法"。② 也就是说,现实主义加上了"社会主义"的限定词,就包含了理想主义的含义,因此"两结合"创作方法的提法,只是比社会主义现实主义创作方法更为激进一些而已。

浪漫主义作为一种创作方式,在各民族有着不尽相同的含义,但相同和相近的要素在于:一是注重主观情感和自我表现,二是强调直觉想象和高扬人的主体,三是崇拜自然和敬畏神秘等。然而,当代中国的革命浪漫主义理论却与这些理论相悖。周扬认为:"没有高度的革命的浪漫主义就不足以表现我们的时代,我们的人民,我们工人阶级的共产主义风格。"③革命浪漫主义首先是强调集体主义的主观情感而排斥个人主义的自我表现;其次是具有明确目的理想主义而不是直觉的想象,同时也排斥具有独立意志的个人主体性;最后是以"人定胜天"的豪情壮志,反对人与自然的有机和谐。至于现实主义与革命现实主义的差异上文已经分析过,此不赘述。事实上,无论是文学创作还是文学批评,"两结合"的创作方法都无法以文学实绩证明它的文学史价值及其可得性文学知识,而只有令人深思的历史教训。

三、百花齐放,百家争鸣

"百花齐放,百家争鸣"(以下简称"双百方针"),是由中共中央提出并多次重申的一项发展和繁荣文艺和科学的文化方针。从严格意义上讲,既然是执政党的一项文化方针,很难归类于文艺理论范畴。但是我们应该注意,一方面新中国主流文学话语的理论范畴,原本就具有很强的意识形态性。可以说,新时期以前的权威性理论范畴,很少有游离于主流话语之外的纯学术理论范畴的,因此仅仅从学术的角度去归类研究是不可能道清新中国主流文学话语的。另一方面,从新中国文艺思潮发展史的角度讲,"双百方针"与主流文学话语的理论范畴有着难以剥离的联系。这个文化方针提出后的四

---

① 周恩来.为总路线而奋斗的文艺工作者的任务[M]//周恩来论文艺.北京:人民文学出版社,1979.
② 茅盾.文艺创作问题[M]//茅盾文艺评论集(上).北京:文化艺术出版社,1981:28.
③ 周扬.新民歌开拓了诗歌的新道路[J].红旗,1958年创刊号.

十多年来,新中国文学围绕着它有过两次较大规模的讨论,一次是1956—1957年上半年,另一次是70年代末到80年代初。这里主要是结合第一次讨论,来阐述这个具有理论性质的文化方针。正是由于这一次关于"双百"方针的讨论,才出现一些影响新中国文学的真正理论命题。

1956年4月下旬,毛泽东在中央政治局扩大会议的总结讲话中指出:"'百花齐放、百家争鸣',我看应该成为我们的方针,艺术问题上百花齐放,科学问题上百家争鸣。"①同年5月26日中共中央在中南海召开有北京知名科学家、文学家和艺术家参加的会议,中宣部部长陆定一作了题为《百花齐放,百家争鸣》的报告,公开阐述党的这一文化方针:"我们主张的'百花齐放、百家争鸣'是提倡在文学艺术工作和科学研究工作中有独立思考的自由,有辩论的自由,有创作和批评的自由,有发表自己的意见、坚持自己的意见和保留自己的意见的自由。"②"双百"方针的基本内容是,艺术上不同的形式和风格可以自由发展,科学上不同的学派可以自由争论,从而促进艺术繁荣和科学进步。

1956年春天由于拥有"双百"方针而成为新中国文学史上最令人动容的季节,因为这一文化方针给当时的文学带来了勃勃生机。在文学创作上,出现了一批关注社会现实的青年作家,他们陆续发表了一些敢于揭示社会弊端,表现家庭生活和爱情题材的特写和小说,以及张扬个性的诗歌。在社会上产生较大影响的有:王蒙《组织部来了个年轻人》,刘宾雁《在桥梁工地上》和《本报内部消息》,宗璞《红豆》,陆文夫《小巷深处》,邓友梅《在悬崖上》,流沙河《草木篇》等。文艺理论界也空前活跃,一方面是反对文学理论批评中的教条主义、宗派主义和创作上的公式化概念化倾向;另一方面,围绕着社会主义现实主义、世界观和创作方法、歌颂与暴露、人性论、典型形象、形象思维等诸多理论及美学问题,展开了深入的学术讨论,出现一批思想解放并富有创见的文章。如秦兆阳《现实主义——广阔的道路》,周勃《论现实主义及其在社会主义时代的发展》,刘绍棠《我对当前文艺问题的一些意见》,钱谷融《论"文学是人学"》,巴人《论人情》,钟惦棐《电影的锣鼓》等。当然,文艺界对于"双百"方针引发的思想解放和学术自由现象也有不同的看法,部队文化部的干部陈其通、陈亚丁、马寒冰、鲁勒等在1957年1月7日《人民日报》发表了题为《我们对目前文艺工作的几点意见》,坚持提倡"工农兵方向"和社会主义现实主义创作方法。

---

① 洪子诚.双百方针[M]//洪子诚,孟繁华.当代文学关键词.南宁:广西师范大学出版社,2002:45,47.
② 陆定一.百花齐放,百家争鸣[N].人民日报,1956-06-13.

然而,新中国文学中这种相当难得的兴旺景象却是短暂的。时至1957年上半年,形势骤然发生变化。先是社会主义阵营的苏联和东欧各国,出现了一系列要求政治和经济变革的事件;接着在中共中央开展的整风和鸣放运动中,许多知识分子对国家的一些问题提出程度不同的批评,从而导致了反右运动。上述大多数作家和批评家遭到严厉批判,他们的作品和文章被认定为"反党反社会主义的大毒草"。

1957年6月毛泽东公开发表《关于正确处理人民内部矛盾的问题》,文章一方面重申了"双百"方针,另一方面也着重强调了我国意识形态领域的阶级斗争问题。在这种文化语境下,他提出了确定"香花"与"毒草"的六条标准:

（一）有利于团结全国各族人民,而不是分裂人民;（二）有利于社会主义改造和社会主义建设,而不是不利于社会主义改造和社会主义建设;（三）有利于巩固人民民主专政,而不是破坏或者削弱这个专政;（四）有利于巩固民主集中制,而不是破坏或者削弱这个制度;（五）有利于巩固共产党的领导,而不是摆脱或者削弱这种领导;（六）有利于社会主义的国际团结和全世界爱好和平人民的国际团结,而不是有损于这些团结。这六条标准中,最重要的是社会主义道路和党的领导两条。①

新中国文学史证明,"双百"方针无疑是一项正确的文化方针。新时期之初文艺理论和批评的迅速发展和空前繁荣,直接得益于"百家争鸣"中出现的文艺理论和批评的丰硕成果;而新时期"反思文学"的中坚作家(即"归来作家"),正是"百花齐放"中涌现的那批才华卓著的年轻作家。然而,问题的症结在于,迄今为止这个方针的制定者和执行者同时也是这一方针的权威性阐释者,他们对这一方针的阐释往往根据变化着的社会现实和文化语境而变换。因此,"双百"方针概念的内涵和外延总是随着时代的发展有所变化的。

四、"三突出"创作原则

"三突出"原则是"文革"中被推崇为"无产阶级文艺创作必须遵行"的创作原则。这一原则的规范性说法经姚文元修改定为:"在所有人物中突出正面人物;在正面人物

---

① 毛泽东.关于正确处理人民内部矛盾的问题[M]//毛泽东选集(第五卷).北京:人民出版社,1977:393.

中突出英雄人物;在英雄人物中突出主要英雄人物。"①

这一术语最初叫"三个突出",是由参加京剧改革的于会泳根据"样板戏"的创作经验概括出的"塑造人物的重要原则"。1968年5月于会泳撰文纪念"革命样板戏"诞生一周年,他在文中提出:"我们根据江青同志的指示精神,归纳为'三个突出'作为塑造人物的重要原则。"随着"革命样板戏"地位的不断上升,再经过理论家们的阐释和发挥,这个塑造人物的方法被整合成一种以突出主要英雄人物为中心的创作原则。

"三突出"的创作原则,首先是一种人物形象的关系法则。在"革命样板戏"中,以主要英雄人物为中心,其他人物严格按照阶级关系和等级关系进行分类与分层。在敌我关系中,通过激烈的阶级斗争冲突,反衬主要英雄人物的伟大;在正面人物关系中,以金字塔的方式层层陪衬,烘云托月式地提高主要英雄人物的中心地位。这种人物关系法则不仅表现了阶级斗争观念,而且隐含着专制主义的等级观念。其次是程式化的艺术表现法则。其中包括多回合、多波澜、多层次地组织人物关系矛盾,以突出阶级斗争观念;以成长中的英雄陪衬主要英雄、以其他正面人物陪衬主要英雄、以反面人物反衬主要英雄人物的三陪衬方法;通过唱腔、舞蹈、音乐、灯光、服饰等多种艺术手段突现主要英雄人物的方法。最后是把中国传统戏曲中特有的象征艺术方法,推广到各种文学艺术中,从而把程式化的方法上升为"无产阶级文艺创作的根本原则"。于是"文革"中的电影、小说、诗歌等作品不同程度地体现"三突出"创作模式。

其实,"三突出"创作原则是新中国文艺极左倾向走到极致的畸形产物。与"三突出"密切相关的是"根本任务"论和"两结合"方法。所谓的"根本任务"论,就是把"塑造无产阶级英雄典型"作为"社会主义文艺的根本任务"。② 这个根本任务被列入《纪要》之后,成为文艺界不容亵渎的天条律令。说到底,"三突出"创作原则就是为了实现这个"根本任务"的。至于它与"两结合"方法的关系,用"革命样板戏"的参与者和鼓吹者的话说,就是"用革命的现实主义和革命的浪漫主义相结合的方法,通过着重揭示人物内心世界的途径,从各个方面塑造无产阶级英雄人物的光辉形象"。③

---

① 上海京剧团《智取威虎山》剧组.努力塑造无产阶级英雄人物的光辉形象——对塑造杨子荣等英雄形象的一些体会[M]//革命样板戏评论集.上海:上海人民出版社,1976:55—66.
② 江天.努力塑造无产阶级英雄典型[M]//革命样板戏评论集.上海:上海人民出版社,1976:34.
③ 于会泳.让文艺舞台永远成为宣传毛泽东思想阵地[N].文汇报,1968-05-23.

【思考题】

1. 社会主义文学的审美特征是什么?
2. 什么是文学体制的一体化与文学形态的同质化?
3. 试述毛泽东《在延安文艺座谈会上的讲话》的文化语境。
4. 试述毛泽东《在延安文艺座谈会上的讲话》的主要思想内容。
5. 举例说明五四新文学与新中国文学体制上的差异。
6. 简述"文革"前四次文艺批判运动。
7. "文革"时期极左文艺思潮给文学界带来了怎样的恶果?
8. "社会主义现实主义"的含义是什么?
9. 什么是"双百"方针?

第二章 转换时期的小说

第一节 转换时期小说概述

　　转换时期的小说创作,是指中国共产党领导的根据地、解放区和中华人民共和国成立后三十年的小说创作。在革命意识形态的统摄下,作家将自己的文学之思纳入民族革命的洪流,形成转换时期小说主题单一但充满革命激情的文学形态。从解放区文学开始,中国当代小说创作在这一时期无论在文学观念,还是和审美形态上都发生了整体性的转换。其中主要表现三个方面:

　　首先是文学政治功利性的转换。从根据地、解放区开始一直到"文革"时期,文学创作主要在政治话语的直接牵制下单向度发展。毛泽东《在延安文艺座谈会上的讲话》中明确指出:"无产阶级,共产党,新民主主义,社会主义,为什么不应该歌颂呢?"[①]《讲话》精神强调了文艺配合与服务于政治,在文化和精神层面充分保障了抗日战争和解放战争的胜利。而在新中国三十年期间,也在民族自信和精神价值层面配合了社会主义革命的推进。解放区小说中战斗英雄、劳动英雄的书写,土地改革运动中的农村生活、革命历史传奇叙事等,小说每一个英雄人物叙事的背后总有一个集体意识形态的支撑。这种小说功利性、宣传性的强调,体现了现代文学与民族国家血肉联系的特质。同时,小说在强化时代性、战斗性中,也造成了小说多样性、个性和创造性的缺失。

　　其次,作家主体身份的退出,人民意识被推崇到至高无上的地位。自五四以来,作家的使命是文化启蒙。他们往往注重个体小我世界的打造,在个性化的创作中抵达人性的批判和美学的建构,而与广大劳动群众存在着一定的距离感。自解放区文学以来,作家从自我王国走向群众斗争创造的热潮,实现了"小我"和"大我"的有机融合。解放区改天换地的现实斗争生活,广大劳动人民群众表现出的创造伟力都对作家们具有极大的吸引力和推动力。他们向群众学习,同群众密切结合,实现文学话语与群众话语的紧密结合。《讲话》提倡文艺为工农兵服务。"中国的革命的文学家艺术家,有出息的文学家艺术家,必须到群众中去,必须长期地无条件地全心全意地到工农兵群众中去,到火热的斗争中去,到唯一的最广大最丰富的源泉中去,观察、体验、研究、分析一切人,

---

[①] 毛泽东.在延安文艺座谈会上的讲话[M]//毛泽东选集.北京:人民出版社,1967:830.

一切阶级,一切群众,一切生动的生活形式和斗争形式,一切文学和艺术的原始材料,然后才有可能进入创作过程。"①作家们意识到,广大劳动人民群众不只是文学作品的接受者,而且还是直接或者间接的参与者,只有群众及其生活实践才能使文学作品得到正确的评价和鉴定。这种观念转换带有根本性的意义,是划时代的历史性变革。作家纷纷书写人民,及其斗争生活。即使是个体的战斗英雄、劳动英雄,其背后都有一种明显的人民意识。

最后,审美形态上的趋向是大众化和民族化。一方面表现在题材选择上,农村生活成为主要题材。作家将审美目光聚集抗日与解放战争、土改、合作化的乡村世界,书写农民卷入中国革命战争与集体化的艰难历程。无论是农村革命英雄叙事,还是合作化叙事,都呈现出题材上集中于农村的创作态势。即使是来自现代都市的知识分子,如丁玲、陈学昭等人,其创作的《夜》《我在霞村的日子》《太阳照在桑干河上》等,都属于此类。另一方面在审美倾向上,转换时期小说明显偏向传统乡村社会的民间伦理叙事。战斗英雄与劳动模范都明显与传统文化与民间传奇有一定的渊源;既是革命意识形态的表现,又在民间社会的价值层面上达成一致。

可见,转换时期作家的文学观念和审美形态发生了整体性转换,总体趋势是乡村化。小说创作过分强调了工农兵方向,造成了表现对象的单纯化;在强调对农民传统艺术形式的继承中,忽视对艺术多样化手法的自觉追求。这几个层面的转换直接贯穿在转换时期的小说创作中,也极大地影响了当代文学的走向。

在根据地和解放区时期,小说创作以 1942 年的延安文艺整风为界,分为前后两个阶段。前期阶段,一些左翼作家或来自苏区的作家,所表现的内容往往直接反映抗战主题,其中丁玲的《一颗未出膛的枪弹》、孔厥的《收枪的人》和丘东平的《一个连长的遭遇》等小说,它们多为从一个侧面,或一个镜头反映抗日战争的短篇小说。随着大批国统区作家进入延安根据地,五四时期以来的人文主义、个人主义以及批判现实主义思想影响着革命根据地生活的文学表现,产生了一些批判封建伦理和人性缺失的作品。丁玲的《我在霞村的时候》中,贞贞为了抗日而不幸失身,回到故乡后却饱受了乡亲们的白眼。乡里的女人们唯一值得自豪与炫耀的竟是她们没有被强奸。在这里,爱国思想在封建贞操意识和传统伦理道德面前不堪一击。作品以触目惊心的事实揭示了解放区农民身上愚昧麻木的精神状态。其他还有丁玲《夜》《在医院中》、孔厥《苦人儿》、马加《距离》、柳青《在故乡》等,一定程度上真实反映了抗日根据地创建初期的生活状态。

---

① 毛泽东.在延安文艺座谈会上的讲话[M]//毛泽东选集.北京:人民出版社,1967:817-818.

1942年毛泽东《讲话》发表和延安文艺整风以后，根据地和解放区文学进入后期阶段。这一阶段作家心态发生了重大变化，小说创作也有了根本的转变。随着为工农兵服务的文学思想与规范的确立，作家创作的批判意识和个性思想渐渐退隐，小说的英雄化和大众化倾向越来越明显。丁玲、欧阳山、周立波、刘白羽等创作上有了变化，而且涌现出了如康濯、马烽、西戎、孔厥、马加、柳青、束为等一大批新人，更有代表解放区文学方向的赵树理、孙犁等小说家。

赵树理在解放区小说创作中最具代表性。他往往借用中国传统评书的长处，以农民喜闻乐见的方式，表现根据地和解放区农民日常生活的种种矛盾，尤其聚焦于农村社会的政权更迭与人性表现，体现了小说创作的民族化特征。其中有《小二黑结婚》《李有才板话》《邪不压正》和《李家庄的变迁》，以及新中国成立后的《锻炼锻炼》《三里湾》等作品。同时，形成了一个以赵树理为核心的富有民族特色的"山药蛋派"，主要成员有马烽、西戎、李束为、孙谦等。作为小说流派的"山药蛋派"，继承和发展了我国古典小说和说唱文学的审美形式：小说以叙述故事为主，人物和情景描写融入故事叙述之中，情节生动；人物性格主要通过语言和行动来展示，并善于选择和运用内涵丰富的细节描写来表现人物；语言朴素、凝练，具有浓厚的民族风格和地方色彩。在题材、艺术等方面与赵树理较相近的作家有康濯，代表作有《我的两家房东》《灾难的明天》等，着重在新旧两个不同时代的对比中，表现农民精神世界的变化和家庭成员之间关系的变化，作品通俗平易。

孙犁注重将战争生活融入风俗化的诗意描写，以抒情的方式表现农村生活，尤其是女性的心灵美和人情美。其代表作品有短篇小说集《芦花荡》《荷花淀》《采蒲台》《嘱咐》，中篇小说《铁木前传》等。其后，以孙犁为代表，形成了一个以"荷花淀"为名的小说流派，主要代表作家有刘绍棠、丛维熙、韩映山等。这一派作家的共同特色是着力追求诗情画意之美，吐露出荷花淀泥土和水乡的清新气息。

中华人民共和国成立前后的土地改革运动，引发了中国农村翻天覆地变化。反映农村土地改革运动的长篇小说有丁玲的《太阳照在桑干河上》、周立波的《铜墙铁壁》《暴风骤雨》。这些小说在一个广阔的历史背景下，书写了解放区农村土地改革的进程和农村阶级斗争的状态，一定程度上也呈现了农村生存状态。

除了农村题材小说，还有战斗题材创作。刘白羽的《无敌三勇士》《政治委员》《战火纷飞》和中篇小说《火光在前》以及邵子南的《地雷阵》、华山的《鸡毛信》、管桦的《雨来没有死》、峻青的《小侦察员》、杨朔的《麦子黄时》等。这类战斗题材还有一种以章回体形式的抗日英雄传奇创作。最早的作品是柯蓝的《洋铁桶的故事》、马烽和西戎的

《吕梁英雄传》、孔厥和袁静的《新儿女英雄传》等。这类"新英雄传奇"往往以民间传奇的方式,用评书、章回体等形式,来凸显战斗英雄的传奇故事,弘扬民族不屈的抗日精神与英雄气概。小说故事性强,语言通俗易懂。这类英雄传奇叙事,成为新中国成立后小说创作的一个重要分支,其中《铁道游击队》《烈火金刚》《林海雪原》成就较高。

总体来看,根据地和解放区时期小说创作主要集中在短篇小说,这是由当时特定的战争时代特点决定的。此时,小说创作的内容与根据地和解放区的革命进程基本上是同构的,几乎每一个作家都将创作焦点对准根据地和解放区的生活或者战争生活。从苏区文艺的《苏区一日》到《冀中一日》等,都是围绕着一天,写具体的战斗和英雄人物的故事。刘白羽的新闻体小说有《龙烟村纪事》《政治委员》《无敌三勇士》等。这些小说自觉地根据抗日战争与解放战争的需求,在迅速反映革命战争中弘扬了革命精神和战斗意志。

中华人民共和国成立后,革命战争胜利带来了全民族前所未有的自豪与自信。很多作家作为抗日战争和解放战争的亲历者,怀着革命的激情,在情不自禁地回忆中颂扬中国共产党以及在战争中作出伟大贡献和牺牲的英雄们。这一类作品主要以革命现实主义为主要创作手法,再现中国共产党领导的革命政治斗争史、革命战争史。这一类革命题材创作主要在回忆中歌颂,在胜利斗争中找到力量和自信。反映解放战争的长篇小说主要有:杜鹏程《保卫延安》,吴强《红日》,罗广斌、杨益言《红岩》,孙犁《风云初记》,李英儒《野火春分斗古城》,冯德英《苦菜花》,高云览《小城春秋》,梁斌《红旗谱》,杨沫《青春之歌》,欧阳山《三家巷》等。短篇小说主要有:孙犁《山地回忆》、王愿坚《七根火柴》《党费》等。其中,《保卫延安》以西北战场为背景,通过描写沙家店等著名战役,真实地再现了我军从战略防御转入战略进攻的态势,艺术再现了彭德怀等高级军将领的英雄形象。《红岩》则描写重庆渣滓洞、白公馆地下工作者为保卫山城迎接黎明而进行的严酷复杂的狱中斗争。此外,中华人民共和国成立初期的抗美援朝战争也催生了一系列描述这场战争的小说,长篇小说主要有杨朔的《三千里江山》、陆柱国的《上甘岭》等,短篇小说有路翎的《洼地上的"战役"》等。

同时,另一类革命历史题材小说,承袭了解放区时期《新儿女英雄传》的叙述模式,将革命精神的表现融入传统的民间传奇框架中,实现文学的大众化。这类小说以战争生活为写作背景,以通俗演义的写法为叙述手段,以传奇化为写作特色,吸收了大量民间文化的表现模式和艺术手法。其中有曲波《林海雪原》、冯志《敌后武工队》、刘流《烈火金刚》、刘知侠《铁道游击队》等。这些作品所具有的文化同质性,就是建构革命的传奇。《铁道游击队》采用章回体形式,描绘了一幅敌后抗日战争的传奇画卷,成功塑造了刘洪、王强、李正、小坡、林忠、鲁汉、芳林嫂等一大批英雄形象。他们神出鬼没,出奇制胜,在铁路上劫洋行、打票车、扒铁路、拆炮楼、撞兵车、护送党的领导人秘密过路,建立斗争根据地,像一把尖刀似的插在敌人的心脏上。全书由若干个相对独立而又浑然一体的小故事构成,情节惊险紧张而又波澜起伏。《烈火金刚》中"史更新单身出重围""救妇女肖飞只身入虎穴"等,一个个"英雄虎胆""胆大艺高"的传奇故事,与传统武侠小说直接构成对话。日本军官"猪头小队长"凶狠残暴、相貌丑陋,是一个完全脸谱化的恶人符号;伪军军官刁世贵,在目睹了日本鬼子的残暴之后,最后同日军火并。这些作品延续了传奇小说的叙事形式,装进了新的内容,起到了教育人民的作用,取代了过去言情、武侠、侦探等通俗小说的娱乐性功能。

姚雪垠的《李自成》(前两卷)是部"长河式"的历史小说。小说全面反映了明末李自成起义由困厄转到兴盛,复由胜利走向失败的悲剧过程。作品不仅着力描绘了农民军和明王朝之间这场生死大搏斗,而且写出了当时十分激烈的民族战争,尤其是各种势力内部和之间的矛盾。小说中明末社会各个阶级、阶层和势力相互交织和不断变化,构成明末社会壮阔又复杂的生活情景,使整个作品洋溢着悲壮或悲凉的历史气氛,具有震撼人心、发人深省的思想艺术力量。

反映农村生活变化,尤其是农村合作化运动也是新中国成立之后作家最感兴趣的题材之一。农村合作化运动是中国社会主义革命的重要开端,以农民为主体的农村变革自然在全社会引起极大关注。这类反映农村题材的短篇小说主要有:赵树理《锻炼锻炼》、康濯《春种秋收》、李准《不能走那条路》、刘澍德《桥》、骆宾基《夜走黄泥岗》、刘绍棠《青枝绿叶》等;长篇小说有赵树理《三里湾》、柳青《创业史》、周立波《山乡巨变》《山那面人家》,中篇小说有孙犁的《铁木前传》等。此外,还有胡正《汾水长流》、陈残云《香飘四季》、子逢《金沙洲》、浩然《艳阳天》、陈登科《风雷》等。这类小说采取革命现实主义的创作方法,正面表现农村变革,生动刻画出一系列性格丰富的农民形象。其中代表主流话语肯定方向的社会主义新人形象有《山乡巨变》中的陈大春、盛淑君,《三里湾》中的王金生、王玉生,《创业史》中的梁生宝、高增万,《李双双》中的李双双等。他们作为带领农村走向社会主义的新型农民形象,不但具有超越一般农民的精神意志,而且体现出自信、热忱、乐观、智慧和富于牺牲的精神品格。本质上,他们是与革命历史小说中的英雄典型一样,都属于转换时期全民英雄焦虑的产物,代表着全体国民对民族未来的现代性想象。还有一些所谓的"中间人物",如《山乡巨变》中的"亭面糊"、陈先晋,《创业史》中的梁三老汉、郭振山,《三里湾》中的范登高、"铁算盘"等,他们性格的复杂矛盾,与乡村土地及其文化的深厚关系,成为这类小说最具文学史意义的重要形象。透过这些人物,作家们还展现了复杂的乡村文化世界——对乡村的风土和人情关系进行了揭示。因此,这类农村题材小说反映的是现实中正在开展的"农业合作化运动"等巨大变革,描绘的是正经受着巨大政治变动和深刻内心考验的各类农民生活状态。

经过根据地和解放区时期短篇小说与其他叙事文体的准备和铺垫,新中国小说无论在思想内容还是结构布局上,作家都能较为自如的驾驭。革命历史题材与农村合作化题材,成为长篇小说创作的主要文学景观。它们有以下几个特征:

其一是史诗情结。怀着中国革命的历史记忆和面对社会主义建设的现实图景,作家不约而同地坚持革命现实主义的手法,在一个宏阔的历史图景中批判旧世界、歌颂新时代。这些小说往往场面阔大、气势恢宏,在鲜明的阶级对比中呈现一个民族国家的现代性想象。如《红旗谱》被称为"中国农民革命的壮丽史诗",《创业史》为"中国农业合作化运动的史诗性作品"。

其二是英雄崇拜。歌颂英雄成为革命现实主义创作的一种法则,产生英雄的时代转入崇拜英雄的时代。英雄书写意味着革命胜利之后民族信心的自然流露,也意味着社会主义建设时期对英雄的时代召唤与内心焦虑。从解放区时期到"十七年"期间乃至"文革"时期,从英雄书写到"三突出"原则,小说的英雄想象越来越崇高,完美,甚至遮蔽了人性的一些正常因素。不过,《创业史》《山乡巨变》等农村小说中,生活的逻辑和艺术的规律,同政治的观念相互融汇并相互强化,在表现合作化英雄行为的同时,也局部真实地反映了当时农村的文化生态与现实图景。

其三是形式上追求大众化、民间化和民族化。转换时期的长篇小说大都注重故事情节;将严肃的政治伦理寓于生动的民间伦理层面,以简单明快的美学形式呈现一种乐观的阳刚之美。如《红旗谱》《红日》《红岩》《青春之歌》《创业史》《山乡巨变》《三家巷》《野火春风斗古城》《铁道游击队》《灵泉洞》《烈火金刚》《林海雪原》。这些小说往往将严肃的政治意识形态讲述和娱乐的民间传奇故事融合在一起,在一个个通俗而不粗俗的英雄叙述中完成了革命话语的表现,具有较强的娱乐性。

转换时期小说还有一个短暂的历史时期,那就是 1956 年出现的"百花文学"。其中包括"干预生活"和表现人性人情两类。针对当时创作中过于凸显革命意识形态而回避生活中重大矛盾的现象,作家们提出揭示生活中的矛盾冲突和阴暗面。"干预生活就是要研究生活,思索和解释生活,对生活有所行动。即作家应该以主人翁的姿态,勇敢地去探索现实生活里的问题,把它们揭示出来,给腐朽、落后的事物以狠狠鞭打,并且呼唤与鼓舞人民与种种阻碍我们事业前进的丑恶现象作斗争,以推动历史前进。"①这是当时文艺政策调整,实行"双百方针"的积极成果,更是现实主义对写真实的本质要求驱使作家在长期压抑之后一次短暂的突破,也与五十年代苏联文艺思潮影响相关。代表作家作品有刘宾雁《在桥梁工地上》《本报内部消息》,王蒙《组织部新来的青年人》,李国文《改选》,耿简《爬在旗杆上的人》,李准《芦花放白的时候》,刘绍棠《西苑草》,方之《杨妇道》等。这些作品在一定程度上大胆触及了现实生活中的许多尖锐问题,如官僚主义、教条主义,以及一些社会矛盾和阴暗面,体现了现实主义的真实精神。

除了暴露生活的一些阴暗面以外,还有一些作家在人道主义的旗帜下,表现个体的人性人情。最早的有萧也牧《我们夫妇之间》,其后有邓友梅《在悬崖上》,宗璞《红豆》,丰村《美丽》,陆文夫《小巷深处》,李威仑《爱情》,高缨《达吉和她的父亲》等短篇小说。作家通过一些日常的家务事与普通的儿女情,走进个体的心灵空间,书写了人性的真切情感。但在随后的反右运动中,这些作品被当作"毒草"批判,很多作家被打成右派。直到1979年,上海文艺出版社将这批作品集结出版,取名为《重放的鲜花》。

到"文革"期间,英雄话语叙事发展到"三突出"原则,而关于人性人情的有限表露被强硬的阶级斗争话语取代,小说创作只有浩然的《金光大道》《西沙儿女》,还有集体创作的《虹南作战史》《牛田洋》《火红的年代》《青松岭》《战洪图》《激战无名川》等。这些小说着重从阶级斗争理论出发,虚构尖锐的社会矛盾,人物形象完全成为某种精神的化身,公式化概念化严重。从文学史的角度讲,这些作品只能作为一种见证时代的文学现象。另一类是在"文革"期间未能公开出版,只能以手抄本形式流传下来的小说,如张扬《第二次握手》、靳凡《公开的情书》、赵振开《波动》等。这些作品一直到新时期才得以公开出版,并成为后来伤痕文学、知青文学的前奏。

第二节 农村小说(一)

一、赵树理的小说创作

赵树理(1906—1970),原名赵树礼,山西沁水人。自幼家境贫寒,在村塾和小学里读过几年书,担任过小学教师。由于从小生活在农村,赵树理对农民的喜怒哀乐、思想感情等生活状态有着深切感受,对农村风土人情、风俗习惯和文化趣味了如指掌,熟悉和喜爱各种民间艺术。他不满五四新文艺与广大农民群众相脱离的状态,一生致力于

---

① 何直(秦兆阳).从特写的真实性谈起[J].人民文学,1956(6).

文学通俗化努力。"我不想上文坛,不想做文坛文学家。我只想上'文摊',写些小本子夹在卖小唱本的摊子里去赶庙会,三两个铜板可以买一本,这样一步一步地去夺取那些封建小唱本的阵地,做这样一个文摊文学家,就是我的志愿。"①1935年,赵树理发表了小说《盘龙峪》,这是他大众化实践过程中一次有意义的成功尝试。1943年,赵树理在开展农村调查工作中遇到村干部将自由恋爱的青年男女岳冬至和智英祥迫害至死的案件,创作出版了短篇小说《小二黑结婚》,成为解放区文学发展中的一个重要历史事件。彭德怀题词为"像这样从群众调查研究中写出来的通俗故事还不多见。"小说在各地新华书店的一再翻印出版,仅太行一个区销量达三万多册。随后,创作有《李家庄的变迁》《李有才板话》《地板》《孟祥英翻身》《福贵》《催粮差》《邪不压正》《传家宝》《田寡妇看瓜》等具有民族化、大众化风格的作品,在解放区反响很大,在文学工作者中也产生了广泛的影响。中华人民共和国成立后,赵树理先后在《工人日报》《说说唱唱》《曲艺》《人民文学》等刊物工作,1964年回山西工作,兼任中共晋城县委副书记。这时期创作的作品有《锻炼锻炼》《三里湾》《实干家潘永福》《套不住的手》等。"文革"期间遭到残酷迫害,于1970年9月23日含冤去世。

  1946年周扬在《论赵树理的创作》一文中指出,他的作品"把艺术性和大众性相当高度地结合起来了",是"真正的艺术品","实践了毛泽东同志文艺方向的结果"。②1947年,在中央局宣传部的指示下,晋冀鲁豫边区文联召开会议专门讨论赵树理,"在讨论过程中,大家实事求是地研究作品,并参考郭沫若、茅盾、周扬等对赵树理创作的评论及赵树理创作过程、创作方法的自述,反复热烈讨论,最后获得一致意见,认为赵树理的创作精神及其成果,实应为边区文艺工作者实践毛泽东文艺思想的具体方向。"③自此,赵树理的创作在山西,乃至全国产生重大影响。其中影响最直接的是山西省的一批土生土长的作家,如马烽、西戎、孙谦、束为、胡正等。他们有意识地汲取赵树理小说的艺术手法,取材上大都表现普通农民的生活和斗争,语言上带有浓郁的山西地方特色,审美上具有清新的乡土气息与民族风格。这些作家以当时山西文联的机关刊物《火花》为阵地,发表了一批独具特色、风格相近的小说,引起全国的瞩目。短篇小说代表作有马烽《张初元的故事》,西戎《谁害的》,孙谦《村西十亩地》,束为《红契》,胡正《长烟袋》等。人们根据他们作品浓郁的乡土气息,称他们为"山药蛋派"。

  《小二黑结婚》作为赵树理的成名作,集中体现了他将根据地复杂的政治关系与民

---

① 李普.赵树理印象记[M]//黄修己.赵树理研究资料.太原:北岳文艺出版社,1985.
② 周扬.论赵树理的创作[N].解放日报,1946-08-26.
③ 《人民日报》1947年8月10日关于会议的报道。

间话语紧密相融的特点。小说以一对追求婚姻幸福的青年小二黑和小芹的故事为主线,插入三仙姑与二诸葛、金旺兄弟两条辅线,表现了一个根据地青年男女自由恋爱的故事,并讴歌了新社会的胜利。

小芹和小二黑年轻漂亮,小二黑还是一个特等射手,二人青梅竹马,相互爱慕。正当他们二人谈婚论嫁时,却遭到双方家庭的明确反对。小二黑父亲二诸葛胆小怕事,以"命相不对"阻止儿子的美满婚姻;小芹母亲三仙姑,好逸恶劳。他们二人代表着乡村社会传统的家长文化及其愚昧落后的一面,体现了乡村社会的婚姻观念的落后。这种来自旧中国乡村的传统婚姻模式支配着每个乡村的年轻人,因而它讲述的不仅是新一代儿女追求婚姻家庭幸福的故事,也是一种乡村历史长河中真实的人生。乡村地痞金旺兄弟投机钻营,混进抗日新政权内部,迫害二人的幸福婚姻,他们代表了乡村社会结构中恶的一面,也体现了新政权内部复杂的政治关系。最后以区长为代表的民主政权宣布小二黑和小芹婚姻的合法性,并发动群众在斗争大会上批判金旺兄弟,判刑十五年,村干部也得到了大改选。于是一对佳人终成眷属,坏人得到严惩。三仙姑和二诸葛得到了教育,二诸葛收起了他那一套阴阳八卦,三仙姑也把自己的打扮"弄得像个当长辈人的样子"。本质上,这是一个传统的"才子佳人"故事模式在根据地社会的现代翻版,故事超越了简单的自由恋爱模式,在一个最受中国农民欢迎的大团圆结局里完成了一次朴素的幸福人生书写。周扬指出,"他是在讴歌新社会的胜利(只有在这种社会里,农民才能享受自由恋爱的正当权利),讴歌农民的胜利(他们开始掌握自己的命运,懂得为更好的命运斗争),讴歌农民中开明、进步的因素对愚昧、落后、迷信等因素的胜利,最后也至关重要,讴歌农民对封建恶霸势力的胜利。"①在这里,赵树理透过小二黑和小芹这对新一代儿女对爱情与幸福的追求,牵引出乡村社会中家族势力、习俗文化和政权力量互相交错的复杂状态。小说既反映了解放区农村社会结构的变革,又凸显了农民精神状态由压抑到自由的轻松感。

小说中最引人注目的不是小二黑和小芹这一对佳人,而是二诸葛和三仙姑。二诸葛凡事都要论一论阴阳八卦,黄道黑道,因为"命相不合"反对小二黑的婚事,并给儿子收个童养媳,还在区长面前请求"恩典恩典"。三仙姑则不仅装神弄鬼,而且好逸恶劳,喜欢搽脂抹粉,整天和村里的青年男子混在一起,甚至还和女儿争风吃醋。这个形象显然迥异于一般农村作家笔下的老妇人特征。作家用乡间的传统眼光对三仙姑投以善意的嘲弄,却也写活了一个乡间寡居女子人老心不老的微妙心理。

---

① 周扬.论赵树理的创作[N].解放日报,1946-08-26.

《李有才板话》更为深刻地展现了抗日根据地农村社会结构的尖锐复杂，颂扬了解放区农民的斗争精神及其取得的胜利。通过以"模范村"阎家山的变化，展现抗日民主政权成立之初的乡村真实状态。抗战前当了十几年村长的阎恒元横行乡里，残酷压迫和剥削农民。抗战后阎家山成了抗日根据地，并建立了民主政权，阎恒元利用党的抗日民族统一战线的政策，摇身一变成为"开明人士"，暗中操纵选举，让他的侄儿、干儿子轮番当村长，甚至利用小恩小惠腐蚀拉拢一些农村基层干部。后来县农会主席老杨到这个村来检查工作，深入群众，摸清楚阎家山的真实情况，组织农民成立真正的农会，最终清算了阎恒元的罪行，改造了阎家山的村政权。小说浓墨重彩地描述了农村革命力量的发展壮大，反映了变革时期农村阶级关系的复杂与变化。李有才人称"气不死"，是阎家山老槐树下的头号"能人"，他对土霸王的压迫既敢于反抗，又尽量动用自己的智慧展开有效的斗争。抛冷话、编快板，由"小字辈"人物传开去，就成了揭露敌人的有力武器，使地主阎恒元的阴谋诡计无法得逞。如果说李有才身上体现的是老一辈农民身上宁折不弯和机智坚定的反抗意识，那么老秦身上则是传统农民忍辱负重的性格典型。他听说来到阎家山开展工作的县农会主席老杨是长工出身，便不以为然；当老杨同志发动群众斗争土霸王阎恒元时，他竟跪下来叩头，连呼"救命恩人"。他胆小怕事的性格和尊卑等级观念，是中国乡村宗法社会深厚传统文化的产物，也是阎恒元等恶势力能够利用宗族政治等权利，在乡村一手遮天的政治文化根源。这是赵树理乡村社会书写最为深刻的一笔。章工作员和老杨，则是新政权干部不同工作作风和工作方式的区别。章工作员倚靠主义，只做官样文章和公文游戏。老杨同志与老槐树底下的人们一同生活劳动，发动小字辈们自己起来斗争成为农村的主人。简言之，小说体现了赵树理对乡土中国的深刻理解，也体现了他对乡村社会现代性改造的思考。

赵树理 1955 年出版的《三里湾》，是第一部反映农村合作化运动的长篇小说。小说将农村的合作化运动和日常的家庭矛盾、爱情纠葛相互融合，展现了一幅丰富多彩的农村生活画卷。《三里湾》没有按照互助合作运动的发生发展过程进行线性描述，而是通过三里湾的秋收、整党、扩社、开渠等故事情节，以王金生、范登高、马多寿、袁天成四个家庭在扩社过程中的矛盾与变化为主线，生动真实地反映了农业合作化运动中农民在生产关系、家庭关系和婚姻问题上的诸多矛盾冲突，颂扬了新中国农民勤劳、朴实和吃苦耐劳的品质，以及他们的时代激情，揭示了合作化过程中农民的精神面貌、心理状态和人际关系的变化。小说第一条主线是描述村里几个家庭入社的过程。一心想着自己发财的村长范登高，却处处以维护党的利益的形象出现。马多寿用"糊涂"的名声掩盖自己当新富农的梦想，他利用范登高的错误反对扩社，利用老婆"常有理"的胡搅蛮缠阻挠合作社开渠。袁天成"两只脚踏在两条路上",党内受教育,回家又受老婆"能不够"的领导,尽力维护个人利益。党支部书记王金生善于从错综复杂的矛盾中从容分析研究问题,按照现实规律来考虑问题,让顽固维护"马家院"生活方式的马多寿也决定入社。小说的第二条主线是书写年轻一代的家庭、爱情生活。王玉生与袁小俊离异、与范灵芝订婚,以及后来的袁小俊改嫁满喜,马有翼与王玉梅结合,都反映了新社会给他们人生观和恋爱观带来的深刻变化。傅雷认为:"农民的日常生活和家庭琐事写得那么生动,真切;他们的劳动热情写得那么朴素而富有诗意;不但先进人物的蓬勃的朝气和敦厚的性格特别可爱,便是落后分子的面貌也由于他们的喜剧性而加强了现实感;这都是同类作品中少有的成就。表面上,作者好像竭力用紧凑热闹的情节抓住读者,骨子里却反映着三里湾农业的演变,把新事物与旧事物的交替织成一幅现实与理想交融的图画。"①《三里湾》无意凸显两种路线的紧张斗争,而是透过普通农民的家长里短、恋爱婚姻折射出农业合作化运动的时代氛围,更多地从乡土社会内部生活秩序来考察农业合作化运动的变化与发展。书中有欢乐的气象和美丽的风光,也有不乏忠厚的戏谑与善意的讽刺,体现了赵树理对农村社会的深入理解和真切情感。

作为"文摊"作家赵树理,一生的创作都是贴着乡村生活的地面,站在民间立场真实书写解放区和新中国农村的巨大变革与沉重历史负累。他践行文艺大众化的艺术准则,吸取了传统文学与五四文学艺术形式的有益部分,凭借他对中国农村农民的熟悉,在小说结构、人物塑造、语言运用等方面形成鲜明风格,具有独特的文学史意义。

其一,政治认同与乡村生活经验相互融合。赵树理对农村根据地和解放区革命政权拥有强烈的认同感,将政治理念纳入到乡村生活这个深厚的容器当中,形成了一个崭新的文学领域。无论是解放区出现的新变化还是老问题,作家都将其置新政权的阳光之下,体现了作家对革命政权产生的热情拥护与支持。因此,一系列小说中的人物行动与革命政权的要求一致,而反之则成为革命政权斗争的对象;小说的结尾也在民间大团圆与革命胜利中达成和谐。当二诸葛给小二黑养了个童养媳时,小二黑坚决地说:"你愿意养你就养着,反正我不要!"同样,当三仙姑把小芹许给一有钱的退役军官,小芹也坚决地说:"我不管!谁收了人家的东西谁跟人家去!"这对新人寻求婚姻自主的观念,正是出自新政权关于废除旧时婚姻制度的解放宣言。当金旺兄弟把小二黑和小芹捆起来要送往区政府时,小二黑坚持:"你说去哪里咱就去哪里,到边区政府你也不能把谁怎样!"边区政府已经成为他与小芹恋爱行为合法性的政治保证。于是,区长充当了一个

---

① 傅雷.傅雷文集(文艺卷)[M].北京:当代世界出版社,2006:151.

传统乡村社会救世主的想象符号,他的出现,一切问题都迎刃而解。小二黑和小芹不仅被松绑,而且当场办理结婚登记,使得有情人终成眷属;三仙姑撤去了三十年来装神弄鬼的香案,二诸葛也收起了他的鬼八卦;金旺兴旺兄弟二人则受到了人民民主政权的惩罚,落了个被判刑15年的结局。在这里,一个"有情人终成眷属""坏人得到惩罚"的民间故事与根据地政权的革命叙述达成了一致。《登记》中小飞娥与女儿艾艾不同的爱情命运,同样体现了新政权下婚姻制度的变革。在传统的婚姻习俗支配下,小飞娥嫁给一个没有感情基础的张木匠,饱受其毒打。女儿艾艾的自由恋爱原本也遭受到村民事主任等人官僚作风的阻挡与传统习俗的非议,但在新婚姻法的保障下,艾艾的自由恋爱却梦想成真,并成为新政权表彰的"模范婚姻"。人们在她们爱情结局的对比中,感受到新政权带来的新气象。

长篇小说《李家庄的变迁》,以作者对农村社会革命的满腔热情和时代人生的独特感受,在一个非常广阔的社会历史空间描绘新世界的艰难诞生。小说主人公铁锁是黄土地上典型的农民,一个勤劳质朴、忍辱负重的人物。他在一次次的磨难与压迫下,执着地寻找社会革命的真理和人生出路。村长李如珍诬告张铁锁侵占了破厕所和小桑树,判处他赔偿二百块现洋。铁锁典房卖地借高利贷,才得以获释。他大病一场之后外出当工匠。1930年到太原,被小喜收留为勤务兵,又因为参加革命而被投进监狱。抗战后铁锁参加了游击队,在李家庄建立了革命根据地,活捉地主李如珍。在公审大会上,愤怒的群众处决了李如珍。最后铁锁他们赢得了抗战的胜利。小说将传统乡村社会中"官逼民反"的故事与中国农民革命运动紧密结合,在一个广阔的历史背景下书写了一个新世界的诞生过程。显然,在赵树理的小说中,一定历史时代内农民的乡村社会体验与政治革命的推进,很大程度上是一种吻合,二者在富有民间政治想象的基础上,呈现了解放区、新政权下的新气象。

其二,农村社会革命和建设中的问题意识。赵树理凭着自己多年在农村工作生活的经历,对中国乡村农民的真实生存状态有着真切的体验。当他在热情书写乡村革命的新气象的同时,以他的政治敏锐性,更能将目光聚焦到乡村解放区生活的一些缝隙之中,发现其中一些潜在的政治问题和阶级矛盾。赵树理认为,"我的作品,我自己常常叫它是'问题小说'。……因为我写的小说,都是我下乡工作时在工作中所碰到的问题,感到那个问题不解决会妨碍我们工作的进展,应该把它提出来。"[①]他在参与各项社会政治运动中发现其中的偏差与疑难,并通过其积极的政治热情加以穿透和解决,在文本

---

① 赵树理.当前创作中的几个问题[M]//赵树理全集(第五卷).北京:大众文艺出版社,2006:303.

中最后实现对政治革命的认同。《地板》是为了消除农村里"出租土地不纯是剥削"的错误观念;《福贵》是关于解放区改造二流子问题;《小经理》是关于农业合作化过程中文化人才短缺的问题;《传家宝》是关于农村家庭和人际关系中的旧观念问题;《邪不压正》是关于土改干部队伍中不纯和工作偏差等。他将小说着眼于"问题",既带来了扎实与真切的一面,但也限制了作品的美学高度。

《李有才板话》一方面描绘了李有才和"小字辈"农民凭着农民的智慧,在县农会主席老杨同志的带领下与土霸王阎恒元在改选村长和清丈土地中作斗争,最终扳倒了阎恒元。周扬晚年指出:"赵树理在作品中描绘了农村基层党组织的严重不纯,描绘了有些基层干部是混入党内的坏分子,是化装的地主恶霸。这是赵树理同志深入生活的发现,表现了一个作家的卓见和勇敢。"①另一方面他还描述了农村工作中章工作队员主观主义和官僚主义的作风,看到了农村社会运动的复杂性。章工作队作风浮泛,没有深入群众,看到阎恒元等干部清丈土地迅速、民兵服装的整齐划一,就把模范村的称号授予阎家山。老杨则直接走进老槐树的地下,与农民一起劳动生活,打开了农民的心扉,了解到阎家山的真实状况,最终斗败土霸王阎恒元。老杨同志和章工作队员在工作路线、工作作风上的差异,本质上是以什么样的道路和方式进行农村社会民主化改造的重要问题。作品中反映的一系列农村工作问题,有恶霸地主摇身一变混入抗日政权,村民胆小、忍辱负重,工作队本本主义、官僚主义的作风等,构成了赵树理小说的主要用力所在,成为了解放区文艺的反映社会运动复杂性的一个主要模式,直接影响了丁玲的《太阳照在桑干河上》等作品,因而具有了文学史层面上的意义。

同时,赵树理小说中还敏锐地发现了新政权领导下的农村基层政权建设问题。一些在经济上、政治上获得了解放的农民,甚至是党员,由于深受传统小生产者观念和剥削阶级思想的影响,一旦掌握农村的基层政权,有可能重新压迫普通农民,使新政权变质。《李有才板话》中的陈小元,《邪不压正》中的小昌,都属于这一类农村积极分子蜕化变质的艺术形象。陈小元在翻身之前,也是槐树底下"小字辈",他们曾经同甘共苦,勇敢地反抗以阎恒元在村中的统治。可是一旦他当上了村武委会主任后,思想上很快发生了变化,不再参加农业劳动,甚至还派同是"小字辈"的伙伴给自己锄地。《邪不压正》中的小昌,原来也是村里的积极分子,当上了农会主任后,竟然与地主刘锡元的做法如出一辙,强迫中农王聚财将女儿嫁给自己未成年的儿子。当了刘家半辈子狗腿子的小旦,在斗争刘锡元中变成积极分子,分到许多牲口粮食,并将村里一些开荒起家,两三

---

① 周扬.赵树理文集·序[M]//赵树理文集.北京:工人出版社,1980:2.

辈子受地主剥削的中农列入斗争对象。他八面玲珑,拍上欺下,处处以"左"的名义压制人。最后工作队揭了他的底儿,将土改运动中一些投机分子清除,纯洁了干部队伍。赵树理小说中尖锐提出了新政权下民主与法制建设过程中的新问题,并将其纳入深厚的乡村历史文化之中,显示了作品一定的历史深度。

其后,写于1958年的《锻炼锻炼》,延续了赵树理"问题小说"的模式。高级农业社组建的时代,他试图"批评中农干部的和事佬的思想问题"来歌颂高级农业社的发展。《锻炼锻炼》老主任王聚海工作经验丰富,凡事讲究先摸熟群众"脾性"然后再对症下药,上面政策要执行,但对群众也顾及情面,强调因势利导,但这样的基层干部成为"问题"干部。副主任杨小四采取大字报形式批判女社员"小腿疼"和"吃不饱"缺乏参加农业社劳动积极性,当她们前来论理时,又以"政府规定""罚款""坐牢""到法院"等权力帽子来加以威吓,还进一步运用计谋把平时不乐意参加农业社劳动的女社员骗到地里,造成她们"偷"棉花的口实,从而作为农业社"整风"的反面典型公开批判和惩罚。尽管作者当年的创作意图是肯定杨小四的治社有方,需要"锻炼锻炼"的反而是温和朴实的王聚海。实际上,作家敏锐抓住了农业社中复杂的干群关系及普通社员生产积极性低落的问题,也是反映农村农业社的真实问题,但还是纳入政治话语认同的范畴进行思考。赵树理的后期创作深陷政治认同与民间生活体验之间的缝隙中,最终在强大的政治文化语境下无法继续"问题小说"的创作。

赵树理笔下的"问题小说",体现了他对乡村生活经验和工作体验的深度把握,其目的在于解决农村社会革命进程中的一些新问题或政治偏差,体现了他作为一个农民出身的作家的务实作风。他一再指出:"我在做群众工作的过程中,遇到了非解决不可而又不是轻易能解决了的问题,往往就变成所要写的主题。……如有些很热心的青年同事,不了解农村中的实际情况,为表面上的工作成绩所迷惑,我便写《李有才板话》;农村习惯上误以为出租土地也不纯是剥削,我便写《地板》……假如也算经验的话,可以说'在工作中找到的主题,容易产生指导现实的意义'。"[①]这些问题的发现和针砭,建立在他对传统乡村社会历史高度熟悉的基础上,其中高度的政治敏感性和正义感与勇气令人敬佩。小元、小昌、小旦等形象在当时的同类创作中脱颖而出,呈现了农村社会运动中复杂的一面。不过也应该看到,这些问题在小说中往往拘泥于社会运动开展的本身,并没有使人物丰满厚实,将人性的复杂性充满体现出来。这些形象体现了正视社会问题的现实主义创作精神,却止步于具体问题本身,没有进一步将其纳入艺术想象力

---

① 赵树理. 也算经验[N]. 人民日报,1949-06-26.

的层面。

其三,大众化的民族形式。凭着强烈的政治认同与乡村生活经验的熟悉,赵树理始终坚持推动解放区文学与广大农民相结合,沉入民族的、民间的文学传统中,追随乡村百姓的审美趣味。他认为:"中国过去有两套文学艺术,一套为知识分子所享受,另一套为人民大众所享受。……我写的东西,大部分是想写给农村中的识字人读,并且想通过他们介绍给不识字人听的,所以在写法上对传统的那一套照顾得多一些。"①这些见解,无疑是理解赵树理立志成为"文摊文学家"的关键。

首先是赵树理小说在浓郁的乡土民俗中展开农民在家庭关系、政治关系中的变化和冲突。他善于写农村中的阴阳神鬼和夫妇婆媳之间的蜚短流长,善于写窑洞里、土炕头、禾场上、槐树下农民的举止谈吐。刘家峧的二诸葛,"抬脚动手都要论一论阴阳八卦,看一看黄道黑道";三仙姑则"每月初一十五都要顶着红布摇摇摆摆装扮天神。"二人针对儿女的婚姻展开了一场喜剧式的家庭矛盾,并在新政权的改造下有了新气象。李有才编快板能编一大套,引得大家笑个不休;快板成为与土霸王阎恒元斗争的武器,也是与众多乡民沟通的方式。于是本来非常严肃的政治斗争,带有了民间文化的幽默。福贵干的是抬棺打墓、给死人穿殓衣,当吹鼓手一类的"贱业"。《传家宝》中李成娘有一只视若宝贝的黑箱子,"里边除了针、线、尺、剪、顶针、钳子之类,也没有什么别的东西。破布也不少,恐怕就有二三十斤,都一捆一捆捆起来的。……有用布条捆的,有用红头绳捆的,有用各种颜色线捆的,跟机关里的卷宗上编得有号码一样"。李成娘这桩传家宝,凝聚着宗法制家庭中妇女的传统生活方式与悲剧性命运。媳妇金桂走出家门,运煤卖煤、与互助组换工,并当上了妇联主席。两代妇女的人生方式的矛盾,通过这些民间民俗、生活细节凸显出来。这些乡土民俗、人物的一言一行,都渗透了晋东南乡村社会的习俗信仰、趣味与民间智慧,既有民间忍俊不禁的幽默感,又体现了乡村社会生活的血液与灵魂。

其次,赵树理擅长说故事,注重故事情节的行动性与戏剧性。他受传统小说和民间曲艺的影响,经常在一个个曲折的故事情节中与农民交流对话。《小二黑结婚》中由小二黑和小芹的恋爱故事为主导,掺入三仙姑和二诸葛、金旺兄弟的一系列小故事,其中小芹和小二黑一对,三仙姑和二诸葛一对,加上一个对立的金旺兄弟,最后在圣明的区长那里问题迎刃而解。这一情节设置,符合我国农民群众传统的欣赏习惯和艺术审美特点。同样,在《李有才板话》中,以李有才为首的村东头的"小字辈"与以阎恒元为首

---

① 赵树理.《三里湾》写作前后[N].文艺报,1955(19).

的村西头的"老字辈"展开斗争,最后在老杨同志的帮助下,击败了阎恒元的势力,赢得了土地改革的胜利。《李家庄的变迁》,以铁锁寻找人生出路为核心,将蒋阎战争、红军东征、抗战爆发、阎锡山与八路军合作、"十二月政变"、农民政权的建立、抗战胜利等诸多事件纳入李家庄十几年的风云变幻中,铁锁被诬入狱、小喜投降、小常被活埋、公审地主李如珍,诸多事件形成一幅结构宏大、却又简笔勾勒的历史画卷。这些作品情节曲折,是赵树理在文学大众化道路上长期追求的积极成果。

再次,在具体的情节设置上,赵树理往往采用民间说理的方式,凸显抗日新政权下的民主氛围。三仙姑请区长老爷做主,二诸葛请区长"恩典恩典",最后问题得到解决,小芹和小二黑得以成亲。《邪不压正》中工作团出来主持公道,既体现了政府的权力,也和民间说理的解决问题方式一致。"这天的整党会挪在院里开,北房门关着,正中间挂着共产党党旗和毛主席像,下面放着一张桌子和一些椅子凳子。工作团的同志们坐在阶台上,区长和高工作员也在内,元孩站在桌子后当主席,阶台下前面坐的是十七个党员,软英和小宝虽不是党员,因为是支部叫来的,也坐在前面,后面便是参观的群众。"在工作团的主持下,大家说理讨论,最后把小昌、小旦的嚣张气焰打下去,宣布软英和小宝的恋爱合法。这种在一个权威力量的主持下,通过双方说理来加以论断的方式,正是民间传统的一种民主氛围。董之林指出,"这种追求通俗化的传统笔法及其表现,更体现了标志着现代生活的民主氛围"。① 因此赵树理的小说体现了中国传统小说的延续,也包含了五四以来的现代启蒙精神及真正偏向弱者的人道主义精神。

最后,赵树理经常采用说书人口吻,语言清新、朴素、自然;汲取民众方言土语的精髓,显得传神、生动。他是一个地道本色的农民语言大师。"小二黑,是二诸葛的二小子,有一次反扫荡打死过两个敌人,曾得到特等射手的奖励。说到他的漂亮,那不只在刘家峧有名,每年正月扮故事,不论去到那一村,妇女们的眼睛都跟着他转。"这些话平平常常,朴朴实实,传神地体现了一个青年男子的状貌。他的小说沿用古典小说以及民间社会喜欢给人物起绰号的方式,如"三仙姑""二诸葛",《三里湾》中的"糊涂涂""常有理""铁算盘""惹不起"之类。他还引入乡间俗语,李有才常说两句开心话:"吃饱了一家不饥,锁住门也不怕饿死小板凳。"勾画出李有才无牵无挂的身世和"气不死"的脾气。《李家庄的变迁》形容阎锡山滥封官爵:"就是扫帚把戴上顶帽,也照样当县长!"他写三仙姑,"偏爱当个老来俏,小鞋上仍要绣花,裤腿上仍要镶边,顶门上的头发脱光了,用黑手帕盖起来","只可惜官粉涂不平脸上的皱纹,看起来好像驴粪蛋上下了霜。"用

---

① 董之林.关于"十七年"文学研究的历史反思——以赵树理小说为例[J].中国社会科学,2006(4).

农民常见的落上霜的驴粪蛋,形容村野老妇人的面容,在挖苦中又不失宽容,散发着淡淡的泥土味。

二、孙犁的小说创作

孙犁(1913—2002),原名孙树勋,河北安平人。高中毕业后任职员、小学教师。抗战爆发后,在冀中从事抗日宣传和教育文化工作。1949年随军到天津,在《天津日报》负责文艺副刊。三十年代末开始文学创作,至1949年创作了三十多篇小说,结集出版过《荷花淀》《芦花荡》《嘱咐》和《采蒲台》等。中华人民共和国成立后,写有长篇小说《风云初记》,中篇小说《铁木前传》《村歌》和小说散文集《白洋淀纪事》,散文集《津门小集》,论文集《文学短论》等。曾任中国作协理事,天津作协副主席、主席,但平时很少参加文学界活动。负责《天津日报》主办的《文艺》月刊多年。1977年以来主要写作散文。以散文为主的文集主要有《晚华集》《秀露集》《无为集》《远道集》《如云集》《曲终集》《陋巷集》《尺泽集》《澹定集》《老荒集》及《耕堂杂录》《芸斋小说》等。1982年《孙犁文集》出版。他的小说呈现荷花出水般的清新、简洁、明丽,语言如行云流水,富有独特的艺术魅力。他的小说给泥土气和硝烟味甚为浓重的解放区文学平添了一缕馨香和润泽,成为"荷花淀派"的开创者和主要代表,与赵树理相并立的解放区最有特色的两位小说家之一。

孙犁从新的时代精神的角度,挖掘农民身上的人情美和人性美,因而他小说的重点不在于表现激烈的斗争,而是从平凡的日常生活中分离出美好心灵的闪光点。他说:"我的创作,从抗日战争开始,是我个人对这一伟大时代、神圣战争,所作的真实记录。其中也反映了我的思想,我的感情,我的前进脚步,我的悲欢离合";"我最喜欢我写的抗日小说"。① 从《荷花淀》《芦花荡》《白洋淀纪事》到《铁木前传》,孙犁不断以独特的审美诗意和地域文化气息影响了一批作家,也形成了以他为首的"荷花淀派"小说群落。

《荷花淀》是最能体现孙犁小说特色与风格的名篇。小说在一个当时常见的"送郎当兵"的题材中展示了人性美和人情美。开篇展开了一幅月下白洋淀清凉诗意的风俗画:"月亮升起来,院子里凉爽得很,干净得很,白天破好的苇眉子潮润润的,正好编席。女人坐在小院当中,手指上缠绞着柔滑修长的苇眉子。苇眉子又薄又细,在她怀里跳跃着。"丈夫和妻子在院子里静静地坐着,因为部队第二天就要开拔了。水生说"第一个举手报了名",编苇席的妻子手指微微颤动了一下,苇子划破了手,低头说"你总是很积

---

① 孙犁.孙犁文集·自序[M]//孙犁文集.天津:百花文艺出版社,1982.

极的"。话中有鼓励和自豪,又有嗔怪和担忧,一面是家事的繁重,一面是国事的艰难,二者之间要一个女人作出割舍,深刻体现了女人的深明大义和善解人意。"你明白家里的难处就好了",女人理解男人的心,也要男人理解女人的为难。这是战火硝烟中的儿女情长,没有豪言壮语,也无法悱恻缠绵,只有"你干的是光荣事情,我不拦你"。似水柔情的东方女性与荷花淀如诗的世界相得益彰,一切都像身下的苇席那般纯洁本色。村里的几个女人到底还是放不下,她们竟然以送衣裳为借口摇着小船去找丈夫了。不料遭遇到鬼子,她们使劲把小船摇进了密密层层的荷叶深处。埋伏在荷叶底下的水生他们一阵排枪和手榴弹就把鬼子的船炸沉。丈夫们在打捞敌人的枪支弹药时还不忘记捞起一盒子饼干丢在女人们的船上:"不是她们是谁,一群落后分子!"。战争凶险过后的胜利与夫妻恩爱之中的嗔爱,犹如湖里荷叶荷花间的鱼儿活蹦乱跳。孙犁就曾明确地说:"这篇小说引起延安读者的注意,我想是因为同志们长年在西北高原工作,习惯于那里的大风沙的气候,忽然见到关于白洋淀水乡的描写,刮来的是带有荷花香味的风,于是情不自禁的感到新鲜吧。"①

  如果说《荷花淀》等抗战小说带有水乡的诗意氤氲,那么1956年出版的《铁木前传》则是反映了合作化前夕的人情变化。小说的开头匠心独具,以一个儿童惊奇的眼光审视着浑身乡风民俗气味的人物:乡村木匠黎老东和铁匠傅老刚在兵荒马乱的艰难岁月中成为患难知己,下一代傅家九儿和黎家幼子六儿结伴逃难,也产生了青梅竹马的纯洁爱情。在抗战胜利后,傅老刚带女儿回山东故乡,由于解放战争的阻隔,两家失去了联系。土地改革后,黎老东分得不少好地,加上在前线牺牲的儿子的抚恤金和在大城市做生意的儿子捎回的现款,一心只顾个人发家致富。儿子六儿与小满儿开始勾勾搭搭。当傅老刚和女儿推着铁匠车子重返黎家的时候,黎老东想的是"现在运销很赚钱,车轱辘儿一动,就是大把的票子"。两家一同干活时,黎老东像个苛责的监工,工期赶得非常紧,连傅老刚抽袋烟都表示不满。过去的手足关系,在黎老东那里俨然一副东家对伙计的口吻了。傅家父女愤而搬到青年团办公大院去住,为青年团锻造铁钻钢锥。六儿胳膊上架着一只秃鹰和小满儿一起捉兔子,九儿同青年钻井队的伙伴们在一起,为开发水源而忘我地劳动着。失意后的九儿心情明快平静,"她觉得她现在的心境,无愧于这冬夜的晴空,也无愧于当头的明月。"最后,黎老东不愿加入合作社,将打好的大车交给六儿外出跑运销。六儿赶着新车经过过大沙岗,怀抱包裹的小满儿爬上了六儿的车,车子扬起滚滚的尘土而去。此时,铁匠父女围坐在油灯下,作出了参加合作社的决定。小说

---

① 孙犁.关于《荷花淀》的写作[M]//孙犁文集(卷4).天津:百花文艺出版社,2002:610.

没有当时流行的作品那样将两家的对立处理成阶级矛盾,而是立足于两家友情上的合与分,从而体现了思想进步与落后。"它以新颖的艺术视角和艺术方式把握生活,既赋予人际情感以历史的分量,又从社会分化重组的历史进程中提炼出心灵的诗,由此它成了50年代前中期最有艺术魅力的中篇小说之一。"①

孙犁的小说是一种诗化小说。他不注重讲述一个有头有尾的故事,而是随意攫取一些画面、场景、细节乃至一种情感的流动,体现了他独特的才情与气质。形式上多采用淡化情节的散文式结构,在舒卷自然、娓娓道来的抒情笔调中,描绘了一幅幅白洋淀富有诗意的风景画、风俗画,谱写了一系列战争与人性相互交融的新篇章。具体地说,有以下思想艺术特色。

其一,战争时代青年女性的诗意表达。在塑造人物方面,孙犁的小说表现出很强的诗化品格。孙犁说:"我喜欢写欢乐的东西。我以为女人比男人更乐观,而人生的悲欢离合,总是与她们相关,所以常常以崇拜的心情写到她们"。② 所以在孙犁的小说世界里,大量的农村少女、少妇构成一个独特的人物系列画廊。其中主要有《走出以后》里的王振中、《老胡的故事》里的小梅、《丈夫》里的媳妇、《芦花荡》里的两个女孩、《荷花淀》与《嘱咐》里的水生嫂、《钟》里的慧秀、《"藏"》里的浅花、《纪念》里的小鸭、《光荣》里的秀梅、《正月》里的多儿、《蒿儿梁》里的女主任、《吴召儿》里的吴召儿、《山地回忆》里的妞儿等等。这些在战争艰苦环境下成长和觉醒了的农村女性,勤劳淳朴、坚韧善良,顾大体识大义,平凡中闪耀高尚,构成了孙犁小说最富魅力的人物系列。对这些青年妇女,孙犁不是穷形尽相、面面俱到地刻画描写,而是重在发掘她们的人情美、灵魂美。严酷的战争在这里淡化为一种背景,战争中的血与火以及邪恶的东西被刻意回避。她们美好的精神、情操感染和吸引着他,成为他关注和描写的焦点。

《吴召儿》以反"扫荡"为背景,描绘了部队在山上与敌人周旋战斗。本是很残酷的场景,在战士们眼里却是:"我们过得很有趣,差不多忘记了反'扫荡'。"小说在许多富有生活情趣的场景里集中表现了少女吴召儿乐观的精神、活泼的天性和临危不惧的勇气。女孩吴召儿爱笑,行军在山上总是一马当先,每走一段就坐在石头上等我们,还"望着我们笑"。她的笑"像是在乱石山中,突然开出一朵红花,浮起一片彩云来"。吴召儿主动留下掩护,翻过红棉袄,露出白棉花,依然是笑着。笑是孙犁善于抓住吴召儿性格最主要的部分,"强调它,突出它,更多地提出它,用重笔调写它,使它鲜明起来",吴召儿的调皮、活泼、开朗、乐观的精神性格跃然纸上,活灵活现。《钟》里面的尼姑慧秀,冲

---

① 杨义.中国现代小说史(卷3)[M].北京:中国社会科学出版社,2007:433.
② 孙犁.《孙犁文集》自序[M]//孙犁文集(卷1).天津:百花文艺出版社,2002:10.

破一切世俗的阻力，一心爱着大秋。她怀了大秋的孩子，因为地主林德贵的加害，导致孩子难产至死。在日本鬼子来抓捕大秋时，她用自己的身体来掩护，最后她克服自己肉体和心灵上的伤痛，和大秋一起投入革命工作。慧秀的身上，一个坚强、识大体的女性形象夺然而出。《藏》中的浅花，做起农活家务可是一把好手。新婚不久，丈夫夜不归宿，浅花执拗地要弄个明白。当她在一个月黑之夜发现自己的丈夫干的是抗日大事，她挺着大肚子掩护子弟兵，最后生下了一个女孩，取名为"藏"。这些抗日小说中的女性不仅符合时代的要求，也完全符合传统文化对女性的道德和审美要求：温柔、纯真、善良、美好、富于同情心和牺牲精神。她们传承着民族的文化基因，怀抱着人性中的善良与慈爱，举大义，持忠孝。丈夫外出抗日，她们在家里孝顺长辈，忠贞于自己丈夫，细心呵护自己的子女。孙犁以一个个完美的生命形态将中华传统的道德伦理之美附身于一个个灵动的女性，并以诗意的形式与国家的大义紧密结合。

在孙犁笔下，不同于传统文化规范的女性形象，同样显得颇有魅力。《铁木前传》中的小满儿，原是城里一户"包娼窝赌""不务正业"人家的女儿，由于丈夫成年在外，于是她从城里搬到乡下姐姐家里。城里人身份，而且丈夫成年不在家，使得漂亮风流的小满向往秩序之外的自由世界，可以说小满儿身上充满了旺盛的生命激情和充沛的生命意志。小满儿走到街上，"就会在这小小的村庄里引起一场动乱"；她也乐在其中，常借口到街上磨谷子而招摇过市，吸引街上无数男青年驻足观看。同时在下乡干部眼中，小满儿并不像别人说的那样不正经，"她的脸上的表情是纯洁的，眼睛是天真的，在她的身上看不出一点儿邪恶"。显然，小满儿体现了一个逸出主流话语之外的感性生命的美。

这些女性形象的文化人格，既有传统的善良温柔，也有特定的人性色彩。女性形象的外在容貌与内在的复杂情感相互映衬和融合，是作者爱情或生命理想的象征。

其二，战争与社会变革的诗意化表达。孙犁的小说以清新优美的艺术风格为文坛所瞩目。无论是血雨腥风的抗日战争，还是如火如荼的合作化运动，作家都在轻松自然的笔调中体现一种诗意的浪漫和写实的真切，最终形成一种富有荷花淀色彩的创作风格。

《芦花荡》中描写一个"干瘦得像老了的鱼鹰"样的老船夫，为了两个渡船少女而复仇的故事。当大菱陪同发疟疾的二菱坐老人的船退出火线到苇塘疗养，他向少女作了允诺："他们打伤了你，流了这么多血，等明天，我叫他们十个人流血！"当小船无声地飞快地避开探照灯通过封锁线时，大菱被敌军小火轮扫射过来的枪弹打伤了。这激怒了老人，因为枪弹不仅伤害了美，也伤害了老人的自尊心。次日中午，趁着小火轮上的敌兵下水淀洗澡，老人采了一大捆鲜美的莲蓬放在船头，悠悠地撑着船、剥着莲蓬靠近。

敌兵追着要抢莲蓬吃,陷入他预先在水底设好的钩子阵,鬼子们一个个被锋利的钩子缠住。"老头子把船一撑来到他们的身边,举起篙来砸鬼子们的脑袋,像敲打顽固的老玉米一样。他狠狠地敲打,向着苇塘望了一眼。在那里,鲜嫩的芦花,一片展开的紫色的丝绒,正在迎风飘撒。"老人从容地向苇塘芦花望上一眼,天真的少女在芦花下以苇叶遮身观战。其中充满着传奇的浪漫主义色彩,将紧张的战争场面化为诗意的图景。

短篇小说《村歌》以土改运动为背景,描写了一个"好说笑,好打闹,好打扮"的女孩双眉。她长得漂亮还会唱戏,县妇救会下来工作的同志感觉这与妇德不符,不让她参加互助组。后来在区长老邴的坚持下,村民才让双眉领导一个"落后组"。双眉勇挑重担,并向村里最具实力的李三互助组挑战,通过实际行动获得了大家的信任。小说结尾写双眉一个人在台上唱戏:"双眉唱着,眼睛望着台下面。台下的人,不挤也不动,整个大广场叫她的眼睛照亮了。她用全部的精神唱。她觉得:台上台下都归她,天上地下都是她的东西。"无疑,双眉的唱戏已经变成了一个诗意的个性体现,她的精神世界属于自己的孤独世界,体现了一定的现代意义。

其三,语言富有诗意,在清新自然的风景画、风俗画和风情画的描绘中渲染出浓郁的诗意色彩。孙犁上承废名、沈从文的乡土抒情小说传统,擅以诗为小说,以散文为小说,在诗化散文化的小说中,创造清新明丽的意境,形成"荷花淀派"独特的优美婉约的艺术风格。① 赵园指出,"孙犁是一位诗人兼学者气质的小说家。正是那种隔着时间的距离看生活和对生活进行理性探索的倾向,使他的小说尽管以情胜,却决不浅薄,那弥漫着的诗的氤氲,常把你的情思引向高远的境界。他曾教人以'不能胶滞于生活',他自己的创作,因立意不限于记录一种生活状态,虽在极平凡的文字间也别有寄托,使人读之,自然生'淡远之想',体味到无尽的余意。这就是孙犁,一个单纯情调的追求者,冀中平原乡村风情画的画师,诗人和学者。"②

在《荷花淀》中,"这女人编着席。不久在她的身子下面,就编成了一大片。她像坐在一片洁白的雪地上,也像坐在一片洁白的云彩上。她有时望望淀里,淀里也是一片银白世界。水面笼起一层薄薄透明的雾,风吹过来,带着新鲜的荷叶荷花香。"诗意朦胧中画出了一幅冀中风俗风景图,与战争环境下青年男女的恩爱相互交织,揭示了他们如荷花荷叶般的纯洁高尚的心灵。小说《"藏"》写女主人公浅花知道自己丈夫夜间并非外出偷情,而是参加抗日活动后,一时间羞愧、好奇、自豪等情绪交织于心头。"她一个人坐在井台上,风渐渐小了,天空渐渐清朗,星星很稀,那几颗大的星星却很亮。她探进井

---

① 丁帆,李兴阳.论孙犁与"荷花淀派"的乡土抒写[J].江汉论坛,2007(1).
② 赵园.孙犁对"单纯情调"的追求[M]//论小说十家.杭州:浙江文艺出版社,1987:253.

里,井虽然深,但可以看见那像油一样发光,像黑绸子一样颤抖的泉水,一颗大星直照进去,在水井里闪动,使人觉到水里也不可怕,那里边另有一个小天地。"井台、天空、星星、井水、小天地这些景致,在浅花的内心世界幻化成诗一般的意境,完美地将战争、爱情与生活紧密结合。

孙犁的小说既体现了乡村生活在战争与变革中的浪漫气息,也折射了人物的心灵流动;既是富有诗意的风俗图、风情图,又是冀中特色的乡土抒情诗。文中善用比喻,语言富有音韵美和节奏感。当然,由于作家过于追求诗意化效果,导致在战争、变革中的复杂性等方面表现不够,也影响了作品表达的深度和广度。

第三节　农村小说(二)

一、丁玲的小说创作

丁玲(1904—1986),原名蒋伟,字冰之,又名蒋玮、丁冰之,笔名彬芷、从喧等,湖南临澧人。二三十年代著有《梦珂》《莎菲女士的日记》等,以细腻和大胆表现女性心理世界而成名。1936年11月,丁玲到达陕北,是第一个到延安的作家。延安时期,丁玲著有《夜》《我在霞村的时候》《在医院中》《三八节有感》等作品,引起了很大的争议。随后,丁玲响应新的时代号召,参加解放区的土地改革运动,并根据自己的工作经历创作了长篇土改小说《太阳照在桑干河上》。该作品在1951年荣获苏联斯大林文学奖金二等奖。新中国成立后历任中宣部文艺处长,中国作协党组书记、副主席,《文艺报》《人民文学》主编,1955—1958年遭批判并被错划右派,下放北大荒劳动十二年。1979年得到平反,重返文坛复任中国作协副主席。

《太阳照在桑干河上》以宏阔的历史眼光,真实地描绘了一个叫暖水屯的普通北方农村的土改运动,再现了解放区土地改革进程的整体风貌,是20世纪40年代中国北方农村社会巨变的历史画卷。小说以土改运动为背景,真实而深入地走进复杂的农村阶级关系,将地主和农民之间,农民与干部之间,农民、干部与工作组成员之间错综复杂的社会冲突,置于乡村社会的血缘、财产、风俗习惯和权势所造成的各种社会网络之中,叙述了乡村社会新旧社会结构和阶级关系如何被解构和重新建构的过程。

小说从顾涌赶着一辆胶皮车来到暖水屯,揭开乡村土地改革运动的序幕。村里各阶层人物纷纷登上舞台。钱文贵等各个地主侦察密谋,在村里散布谣言,诬陷干部,转移斗争目标,分散财产,给土改设置重重障碍。侯忠全等农民群众怕变天而显得顾虑重重。干部之间因村里血缘关系各有"藤藤绊绊",意见分歧。工作组负责人文采被假象迷惑,导致"初战败阵"。在斗争关键时刻,章品来到暖水屯,和村干部一起深入农民中间进行细致调查,认真总结经验教训,终于斗倒了钱文贵,将斗争推向"决战"高潮。翻身农民获得了土地,纷纷送子女奔赴前线保卫胜利果实。小说没有追求离奇惊险的故事情节,没有着力写对立阶级刀光剑影的斗争,而是通过乡村日常生活事件中的一辆车、一棵树、一亩地等来反映土改斗争漩涡、激流。冯雪峰指出,"这是一部相当辉煌地反映了土地改革的、带来了一定高度真实性的史诗似的作品。"①

小说塑造了一系列富有典型意义的人物形象。钱文贵外号"赛诸葛",老谋深算,"是个摇鹅毛扇,唱傀儡戏的提线线的人"。暖水屯刚解放他就送儿子当八路军,捞取"抗属"身份;他逼侄女黑妮施"美人计",与程仁谈恋爱,在暖水屯编织了一个亲情网。同时,他在村里散播谣言,玩弄假分家,将五十亩土地划给儿子,从而转移了斗争目标,使工作组一度将他错划为"中农",逃避了群众的斗争。张裕民是个出身贫苦的普通农民,饱受地主的压榨和摧残。他曾"染有流氓习气",在极度忧郁和苦闷时去赌博,甚至求神拜佛。直到接受了八路军共产党的教育以后,才懂得了阶级压迫是穷困的根源,逐渐从苦闷迷离的状态中解放出来,成长为农民革命运动的领导者。解放区土地改革运动一开始,当时干部群众"担心八路军打不过中央军",张裕民"摸不清上边意见,又怕下边不闹,又怕出乱子",不敢放手发动群众斗争恶霸地主,错误地认为钱文贵是"中农",是"抗属"。作者毫不掩饰张裕民身上存在的弱点和缺点。农会主任程仁同地主钱文贵的侄女黑妮的爱情纠葛,赵得禄把村长的职位让给地主江世荣,张裕民都没有及时对他们进行批评和帮助。正如他后来在党员大会上做检讨时说的那样,"咱们谁没个变天思想,怕得罪人,谁没有个妥协,讲情面,谁没有个藤藤绊绊,有私心?"最后,张裕民从群众中得到鼓舞、启发,汲取了前进的力量,及时地把群众的斗争指向地主钱文贵。丁玲说:"我描写了土地改革是如何在一个村子里进行的,这个村子是如何成功地斗倒地主,村里的人们又是如何在土改过程中成长起来的。"②小说还写出了一系列颇有特点的人物,像颇有心计并努力作出柔弱的样子,但内心充满恐惧和仇恨的李子俊老婆,天真烂漫但无知因而遭到利用的黑妮,夸夸其谈但是脱离实际的文采等形象,都有精彩的表现。

小说以工作队进驻暖水屯发动土改运动为主线,生动地再现了乡村在土地革命中的巨大变化,并真实地反映了封建宗法社会阶级斗争的复杂性。当时农村各个阶级、阶

---

① 冯雪峰.《太阳照在桑乾河上》在我们文学发展上的意义[M]//袁良骏编.丁玲研究资料.天津:天津人民出版社,1982:340.
② 丁玲.生活、创作、修养[M].北京:人民文学出版社,1981:120.

层,地主和农民之间不单是剥削与被剥削关系,还存在亲属血缘关系。地主钱文贵拥有六七十亩土地,但他的哥哥钱文富是只种二亩菜园地的贫民,儿子钱义是八路军战士,女婿张正典是村治安委员,收养的侄女黑妮又与村农会主任程仁有恋爱关系。农会主任程仁曾经当过钱文贵的长工,在与黑妮的恋爱关系中,一度对地主钱文贵的斗争采取了逃避态度。这些错综复杂的社会生活为人物性格的丰富性提供了可靠的依据。每个人物都是一个历史侧面,都是一个世界。乡村宗法社会复杂的网络关系,决定了作品描述土改斗争的曲折性与复杂性,也体现了作家对乡村生活真实的把握。

小说还在轰轰烈烈的土地改革运动中重点展现农民文化心理的变化。社会制度的变革,带来了深受封建文化积淀的农民社会心理的变化。作家没有一般化地描写农民与地主的矛盾,不是从概念和公式出发去反映土改斗争,而是大体遵循乡村社会的逻辑,把延续千百年的中国农村社会结构与社会心理真实生动地表现出来。因此《太阳照在桑干河上》与写同类题材的作品相比,显得格外凝重、沉实,富有历史的厚重感。老实麻木的侯忠全一方面对地主有刻骨的仇恨,另一方面又有怕"变天"的心理。土改分田的时候,侯忠全将分得的一亩半土地悄悄交还给地主叔叔侯殿魁,因为他根据自己的经验不相信会"变天"。当他与刚斗争过的侯殿魁目光对视时,"觉得像被打了一样","连忙把两手垂下,弯着腰,逃走了"。李宝堂替别人下果子二十年,甘甜的果子不能打动他木然的心。当地主的果园被农会统制了,他"如同一个乞丐发现许多金元"一样兴奋,变得富于智慧和风趣。果树园的变迁,体现了李宝堂之类的农民的心灵史。同样,果树园也为读者提供了一把打开李子俊的女人阴暗复仇心扉的钥匙。面对失去的果树园,她咬牙切齿,向"劫掠者"投过去憎恨的视线,愤愤地想道:"好,连李宝堂这老家伙也反对咱了,这多年的饭都喂了狗啦!真是事变知人心啦!"在这些人物身上,我们看出农民文化心理层面深厚的历史积淀,以及社会制度松动后的心理变化。这是作者擅长的刻画人物的一个特点。这些农民心理的刻画,使作品中的人物形象显得鲜明、丰富。既有现实的针对性,又有历史的纵深感。

在艺术结构上,小说将生动的场面融入宏大的结构中,故事线索纷繁而又主次分明,繁而不乱。作品从顾涌开篇,进而写土改斗争在各个阶级心理上的影响,工作组进村后,斗争逐步展开。农民对翻身斗争的期待、兴奋和一些疑虑;地主阶级在暴风雨前的惶恐、紧张和挣扎都表现得活灵活现。这样宏大的结构对反映巨大的规模的农村土改斗争及其复杂性十分合适,同时也充分显示了作者高度的艺术概括能力。同时,小说在表现广阔的社会生活中深入到农村社会和农民家庭的细小角落,注重场面的细节刻画。如统制果树园和斗争钱文贵的场面生动活泼而又层次分明,特别是"果树园闹腾起来了"一节写得情景交融,有声有色。

《太阳照在桑干河上》也存在一些缺点。首先是小说存在重人物关系、轻形象性格的倾向,真正性格生动的人物形象不多。其次,有些情节发展显得急促,有些地方描写不够充分,影响了小说艺术世界的完整呈现。最后黑妮写得不够扎实。作者在表现她的阶级性格与生活环境时,并没有充分深入其内心世界,让人多少感到她是游离于现实斗争之外,性格形象不够立体。但总的来说,《太阳照在桑干河上》不愧为一部反映土改斗争的优秀作品,它在艺术上的成功标明了延安文艺座谈会以后长篇小说创作达到的新高度。

二、周立波的小说创作

周立波(1908—1979),原名绍仪,字凤翔,笔名"立波"为英语 Liberty(自由)的译音,湖南省益阳市人。幼时熟读《三国演义》《聊斋志异》《红楼梦》《世说新语》《阅微草堂笔记》和《资治通鉴》等文学史学经典,1928 年入上海劳动大学经济系读书,并开始创作。1934 年加入"左联",年底加入中国共产党。抗战爆发后,他担任《抗战日报》编辑,作为战地记者走遍华北前线,写出了许多著名的报告文学作品,后结集为《战地日记》和《晋察冀边区印象记》。1939 年底到达延安,任"鲁艺"编译处长及文学系教员,1942 年参加了延安文艺座谈会。1946 年到东北参加土地改革运动,曾任松江省委宣传处长。1955 年回故乡落户,1958 年担任湖南省文联主席兼党组书记。先后创作长篇小说《暴风骤雨》《铁水奔流》《山乡巨变》等作品,其中《暴风骤雨》1951 年获苏联斯大林文学奖金三等奖。

《暴风骤雨》以东北地区松花江畔一个叫元茂屯的村子为背景,展示了波澜壮阔的土地革命斗争画面,反映了中国农村前所未有的巨大变革。小说共分两部,第一部写的是 1946 年中共中央"五四指示"下达后到 1947 年《中国土地法大纲》颁布前,元茂屯在工作队的领导下开展土地运动,通过发动群众,唤醒贫苦农民的阶级觉悟和斗争勇气,斗垮恶霸地主韩老六。韩老七为了给韩老六报仇,带领匪徒夜袭元茂屯。萧祥、白玉林、郭全海组织村民奋勇抵抗,最后全歼了匪徒。但是赵玉林在战斗中壮烈牺牲。第二部写的是 1947 年 10 月《中国土地法大纲》颁布后,工作队再进元茂屯深入调研,抓捕地主杜善人,挖出暗藏特务,最终取得土改斗争的全面胜利。群众在分享土地和财物等胜利果实时,革命热情高涨,纷纷报名参军,投入到解放战争中去。作品讴歌了中国共产党领导下的农民同地主进行的阶级斗争,取得消灭封建土地所有制的伟大胜利,反映被封建生产关系束缚了千百年的中国农村是怎样在社会结构、生产关系、生活秩序以及风俗习惯等各方面经历的伟大变革,歌颂了中国农民在共产党领导下冲决封建罗网,获取解放的精神。

《山乡巨变》可以看成是《暴风骤雨》的续篇,农民在土改中得到土地之后,在国家带领下废除私有制,走上农业合作化的道路。它透过一个古老乡村的合作化运动,深刻表现了中国农民在新一轮社会革命中产生的内心震荡。在小说中,湖南清溪乡土改运动后出现了新的问题,互助组形同虚设,不能调动农民的生产积极性,劳力少的农民基本又回到了土改前的贫困状况。县团委副书记、共产党员邓秀梅进驻清溪乡来推行中央政策,领导乡村的合作化运动。这个运动关系到中国农村千家万户农民的切实利益,作为合作化运动主体的农民,他们的反应必然决定着合作化的进程。农民真诚地感谢党和政府给他们带来了土地和资产,但出于那种务实的本性,他们不愿意把得到的土地轻易让出,对合作化运动表示了本能的怀疑、不满和担忧。在副书记邓秀梅、乡支书李月辉细致的思想工作和无私精神的引导和感召下,陈先晋、王菊生这一个个固执的、心存顾虑的单干户相继入社,合作社最终建立起来并且得以巩固。龚子元解放前是地主兼绸布商人,曾经称霸一方。解放军过江后,他和姨太太潜逃到了清溪乡,暗中和军统特务保持联系,准备在1956年庆祝夏收组织暴动。他和老婆暗中竭力阻挠合作社的工作,通过请客方式与秋丝瓜、符贱庚、菊咬筋、亭面胡、谢庆元暗中勾结,背后煽风点火,散布山林、耕牛要归公等谣言。最后在他家里搜到了一颗定时炸弹和一把尖刀,以及用国民党党旗包裹着的生了铜锈的步枪子弹,屋后堤沟里挖出了一支九九式步枪。龚子元这个形象可以说开了"阶级斗争和路线斗争"小说模式的先河。小说在二元对立的斗争思维下描写了农村中两条路线之间的尖锐斗争,通过复杂的阶级关系,把农村社会形形色色的人物在巨变时代的行为及其内心世界展示得淋漓尽致。

周立波的小说首先塑造了一系列个性鲜明的人物形象。《暴风骤雨》以土改斗争的过程为主线,凸显了赵玉林和郭全海在革命中成长的过程和战斗精神。上卷的主人公农会主任赵玉林是元茂屯第一个自觉走上革命道路、加入共产党行列的先进农民。他被摊劳工回来后沦为乞丐,一贫如洗。工作队进屯以后,他首先觉醒,在斗争韩老六时冲锋在前,最后在狙击土匪韩老七的战斗中牺牲。下卷的主人公郭全海,在改组农会、追查地主浮财、擒获敌特的过程中,立场坚定、机智勇敢,表现出大公无私和对革命无限忠诚的英雄品质。同时也应该看到,由于创作主体的地主和农民之间的二元对立思维模式,小说对农村的阶级关系进行了简单化的处理,导致这些农民出身的干部形象性格单一。《山乡巨变》则有所不同,表现了李月辉等干部性格上的丰富复杂。犯过"右倾错误"的乡党支部书记李月辉,是一个全乡男女老少都喜欢的"婆婆子"式的干部。他平易近人、通情达理、关心群众疾苦,不随风倒、不人云亦云。针对当时合作化运动中的"左"倾冒进做法,他说:"社会主义是好路,也是长路,中央规定十五年,急什么呢?还有十二年。从容干好事,性急出岔子。"这一干部形象较之其他同类题材中高大完美的合作化运动领导者,更具人情味,更真实可信。

周立波小说写得最真切的是一些富有乡土气息的普通农民形象。作家将这些农民形象置于富于生活情趣的日常生活场景,细致入微地描绘农民家庭日常生活,尤其是抓住对农民在闲暇、聚会、聊天场面的描写,在道地的乡土气息中传神地表现人物的性格。《暴风骤雨》中的老孙头是个赶车把式,走南闯北的生活让他养成喜欢露一手的表现欲,是一个开朗、诙谐中透露出精明的典型农村老头子。他多年受地主欺压,渴望着翻身,又极其胆小。在他看到地主真的倒台以后,就积极起来,十分活跃,而在分东西的时候,嘴上虽然谦让,心里的小算盘其实已经拨了无数遍。正是这种充满生活气息的活生生的人物形象,使得小说在阶级理论的教条展现之外,具有了绵久的生命力。

在《山乡巨变》中,一些农民刚刚经历土改之后的喜悦,但突如其来的合作化运动让他们惶恐、不解,产生本能的抵触。他们有着中国农民倚靠土地发家致富的勤劳务实的传统观念,对土地入社表现出犹豫、无奈,和在强大政治话语之下生存的固执与尴尬。盛佑亭绰号"亭面糊",糊涂中透出精明,精明中又不失糊涂。他对党和新社会有着深厚的感情,"没有党,就没有我盛佑亭";但又好面子、好吹牛,吹嘘自己"只差一点,要做富农了,又有一回,只争一点,成了地主"。他善良胆小、有私心又怕被人揭破,是个热心却常常办砸事的人。小说总是用诙谐幽默的口吻叙述发生在他身上的一桩桩小事,让人啼笑皆非。王菊生绰号"菊咬筋",固执而认死理,为了说明自己单干不比合作社差,调动一家老小和社里进行劳动竞赛,一家人起早摸黑抢种抢收,累倒了仍是硬挺着,最后终于意识到还是集体的力量大而决定入社。陈先晋是个庄家老把式,农活做得漂亮,农具在他手里不管用了多少年都崭新锃亮,他不愿入社的一个重要原因是看不上别人做的活,更怕人多了生产搞不好。他是全村最为老实本分勤劳善良的农民,与土地有着血肉相连的感情。父亲在世时,父子起早贪黑、披荆斩棘在屋后山坡上开出了一亩五分地。土地改革时他分到了田,"喜得几夜没有睡",生命仿佛注入了新的活力。他不想入社,不料成了儿子、女儿陈大春等人的包袱。儿女们站在时代的前列,要求他快入社,"免得人家指我们的背心,说我们落后","连累得我们都抬不起头"。心灰意冷的他,在众多儿女的劝解下,除了入社,实在也没有别的路可走。他一大早走上山头,"蹲在土里,低着脑壳",以一个老农的方式和土地泣别。陈先晋形象,承载着中国传统农民身上沉重的精神负担,尤其在迈向新的体制和生活方式时,他的情感是无法用后进来加以道德判断的。这些人物身上,既有人性的弱点,又体现了中国农民与土地独有的情感和智慧。作家"总是力求透过一些看来是很平凡的日常生活事件,来显示出它们所蕴藏的深刻的社会意义,透过个人的生活遭遇和日常言行,来挖掘人物性格中的社会内容。"①

除了在土改、合作化运动等农村社会变革中表现他们的心理变化,作家还走进农民的家庭生活,通过他们家庭伦理的变化来凸显人性的历史积淀与时代撞击。小说以乡村人家走家串户的结构形态,错落有致地写了赵玉林、亭面糊、陈先晋、菊咬筋、李月辉、刘雨生等家庭,从庭院内室、饭桌卧房把握家庭社会的细微之处,非常贴切地书写了父子、夫妇、亲友之间由于社会变革而新出现的相互关系和矛盾,深刻体现了人们在巨大的社会转型中亲情伦理等层面的社会文化心理变化。社长刘雨生在工作中是一个诚朴踏实、克己奉公的好干部,就连上街买肥料还要冒雨给社里挑回一担粪;菊咬筋送给他熏好的猪腰猪舌,他死活不收。但在家庭生活中他又有婚变的痛苦。他和妻子张桂贞的冲突体现了家庭生活和人性的复杂。刘雨生爱张桂贞,不愿与她离婚,甚至在签写离婚申请书的一刻他还垂泪挽留张桂贞。张桂贞看到刘雨生那可怜的样子也一度想放弃离婚的打算,但她想到自己多年来没有得到丈夫的温情体贴而受的痛苦,内心凄凉的她还是离了婚。家庭伦理遭遇革命伦理时,刘雨生虽有内心纠结,但革命的事业心还是战胜了儿女情长。小说透过家庭情感生活的波折,将人物性格的复杂与社会斗争的复杂紧密结合。盛佳秀是一个"田螺姑娘"式的人物。她被在外浪荡重婚的丈夫遗弃,独撑门户。刘雨生离婚后起早贪黑忙前忙后,发现房门紧锁的家里却已经准备好了热饭热菜,特意提早回家,终于捉住了盛佳秀这个端正壮实的"精怪"。俩人之间的爱情可以说是民间传说在合作化运动进程中的想象变体。

菊咬筋为了堵住他人劝他入社的口,卧床称病,让妻子在他颈根脊背扯痧,甚至夫妻相约着对骂,都是为自己搞单干找点借口。他盗伐了后山的枫树,买回肥田的枯饼,目的是想在田地的收获上和合作社比个高下。他们一家在积肥和夏收的比赛中,妻女都累病了,他才遵照乡村社会的规矩,提着熏好的猪腰猪舌去找社长刘雨生要求入社。陈先晋家里的晚餐四季如一,除了一蒸钵清汤寡水的白菜,就是一碗相差无几的辣椒。他留恋土改的分田,敬奉祖上的规矩,要将土地留给子孙;可是儿女一辈却激情入社。面对大势所向的合作化,他不禁叹息"还没作得热,又要交了"。饱受亲情、土地、入社纠缠的陈先晋,最终难分难舍地退让土地。这些农民身上,家庭伦理、民间伦理与政治伦理相互冲突,又相互扭结,他们的政治"落后",折射了出人性的复杂与可爱。

---

① 黄秋耘.《山乡巨变》琐谈[N].文艺报,1961(2).

其次，史诗性的社会题材融入乡村生活的风俗画。作家把重大的社会运动融入日常生活的丰富细节之中，如数家珍地描绘出一幅幅令人掩卷难忘的风俗画。《暴风骤雨》写的是苍茫的关外世界，这里长满苞米棵子、高粱穗子、榛莽山林，四轮马车颠簸，农民被迫出劳工，胡子横行乡里。《山乡巨变》则是江南山乡世界，这里楠竹青翠挺拔、茶子花飘香，春雨在芭蕉叶、枇杷叶和藤蔓上发出淅淅沥沥的声响。在这些世界中，一个个人物带着乡土的气息，演绎着他们遭遇社会运动后的日常生活。"亭面糊"遇上吃了毒草的谢占元，他首先想到的是一些民间禁忌，如"堂客晒小衣的竹竿底下过过身""用女脚盆洗过澡"等一些带有乡土味道的民间风俗故事。他去劝龚子元入社，却被其一瓶好酒所迷，喝得迷迷糊糊忘乎所以，回家时连人带烟斗滚到了水田里，扭伤了脚。周立波以幽默风趣的笔调描绘了一个世俗可笑，却又不无可爱的农村老汉，及其他们祖辈相传的乡村生活轨迹。陈先晋作为一个旧式农民，生活中涌动着不无愚昧却又有发家致富的强烈愿望。每年大年三十子夜时分，他跟他婆婆总要把一块松木柴拦腰箍张红纸条送到大门外，放一挂炮竹后把门封了，叫作封财门。守了一夜岁，元旦一黑早陈先晋亲自去打开大门毕恭毕敬地把那一块松木柴捧进来，供在房间里的一个角落里。柴和财同音，在陈先晋心里财神老爷算是长期留在自己家里了。这幅陈先晋请财神的乡村风俗图，生动传神地表现了乡村世界农民的发家愿望。

周立波的小说并非只有一条简单的政治情节线索，而是在主线旁边生出一些枝枝蔓蔓的世俗小事件，这些家庭内外的生活小事件与社会运动主线并没有直接联系，却描绘出一幅幅乡村生活的世俗图，充满生活气息。《暴风骤雨》中，郭全海智巧地降伏一匹脱了笼头的儿马，老孙头在"唠嗑会"上讲"熊掰棒子"的故事令人捧腹大笑。《山乡巨变》中，盛淑君因爱情而产生的甜蜜和痛苦，桂满姑娘因妒忌而与丈夫大打出手。刘雨生和盛佳秀的恋爱时，农村插秧，村里有宰猪打牙祭的习惯。单干户已经肉味飘香，刘雨生去向盛佳秀借肥猪，而这只肥猪是盛佳秀准备留到秋后与刘雨生结婚用的。二人既不愿伤害对方感情，又难以挑明，爱情、伦常、风俗相互融合，展现了一幅可叹而又韵味悠长的民间世俗图。

最后，周立波小说的语言洗练自然；清丽流畅，幽默传神。作品中大量运用带有民俗味的方言土语或谚语，既揭示了众多人物的不同性格和心理活动，也营造了一种乡村世界的诗意。其中有为人处世哲学的谚语如"少吃咸鱼少口干"；"不上当，不成相"。谢庆元一直在贫困的锁链中挣扎，感叹"人生一世，不过是草长一春"；"人在世上一台戏"。一些农民出于世间的朴素道理，以俗语表现他们不愿走集体化道路的心理，如"龙多旱，人多乱"；"公众马，公众骑"；"艄公多了打乱船"；"聋子擂鼓，各打各的"；"叫花子照火,只往怀里扒";"野猫借公鸡,有借无还"等,这些看似浅俗却又蕴含积古而来的人生经验,与合作化优越性的话语构成对话关系,使周立波小说中的土改和合作化叙事具有了复调的韵味。还有关于农事之类的谚语,如"雷打冬,十个牛栏九个空";"田要冬耕,崽要亲生";"喂猪没巧,栏干肚饱";"有种有根,无种不生,什么蔸长什么苗"等。这些俗语源于民间,但生动、形象、风趣,能抓住人物的心理活动和生活习惯,颇能体现周立波语言的幽默和知趣。他还深入乡村生活,按照人物性格或宽厚、或俏皮、或油滑地写出农民的情与趣。如盛佑亭老人的"养牛经"把农民对牛的习性和感情写得生动、具体、传神:"人畜一般同,"面糊接着说,"平常人骂人'笨的像头牛',拿牛比笨人。其实,牛哪里笨呢?它机灵极了,就欠阎王老子给它一个活泛的舌头,不会说话,它一天要吃三巡水,田里的水有粪尿,它不肯喝,要到塘边去,越口里的活水,它顶爱吃。一眼塘里的水,水牛吃过的地方,黄牛不肯吃,黄牛吃过的地方,水牛闻一下,就昂起脑壳……"。"养牛经"传达出老农与耕牛之间的亲密感情,又体现了农耕社会悠悠的历史痕迹,既是写人也在写史。

可见,周立波小说将紧贴社会政治的土改、合作化等事件的书写融入富有乡土气息的风俗描写中,贴近农民的生活习惯、思想感情表现人物,写出了农民所具有的幽默感。作品将一个个家庭的故事通过时代主线编织起来,其中不断插入一些具有浓郁地方特色的民俗故事、风俗土语,使得激情奔涌的政治书写变得舒缓轻松,充满幽默风趣的喜剧味道。

三、柳青的小说创作

柳青(1916—1978),原名刘蕴华,陕西吴堡人。中学时代开始练习写作,1936年加入中国共产党,1938年到达延安,先后在陕甘宁边区文化协会和中华全国文艺界抗敌协会延安分会的工作。抗战一开始,发表小说《地雷》,1947年出版长篇小说《种谷记》,反映了解放区农民走集体化生产道路的过程,是中华人民共和国成立后农村合作化小说的桥梁之作。抗战胜利后到大连任大众书店主编,中华人民共和国成立后,调北京参与《中国青年报》创办工作。1951年,他出版了长篇小说《铜墙铁壁》。1952年回到陕西省西安市长安区皇甫村中落户,长达十四年,职务为县委副书记,工作和生活却全在村子里,经历了农业合作化运动的全过程。期间,他创作了中篇小说《咬透铁》(收入集子时更名《狠透铁》)、特写《皇甫村三年》和长篇小说《创业史》。历任中国文联委员、中国作协理事、西安作家协会副主席。

《地雷》发表于1942年茅盾主编的重庆《文艺阵地》,通过一个安分胆小的老农的内心世界折射抗战给人们带来的心理变化。太行山区李道村运来一批地雷,让村里的民兵抬往六十里外的前线。李树元老汉忐忑不安,担心自己当自卫队排长的儿子银宝。虽然日军烧毁他的房屋,他也盼望着早日把侵略者打出去,但他又认为:"抗日,那是要像人家军队说的一样,是全中国的事情,指望咱一家又济事?……反正,这世道,把自己的身子保护住,是正经办法。"当儿子抬起地雷出发之后,他到关帝庙烧香叩头,祈求关老爷保佑儿子平安回来。听说前线胜利了,老头子为自己儿子能"顶一把手"感到荣耀与轻松,还希望银宝手脚灵快,能捞到一点外财。银宝帮助军队炸了铁桥,又参了军。他愤然要村公所出公文追回银宝,一路上听到人们赞扬银宝是抗日英雄,还听村长说银宝事迹登上了报纸,他激动得掉了泪,"我的老天!报上都登了"。小说以细微的心理刻画,表现中国农民是如何考虑生活与战争、家庭与民族的复杂文化心理。

《种谷记》是写解放区农村扩大变工队,集中时间和人力种谷的故事。小说写得最丰满的人物是王家沟村主任王克俭。解放区开展大生产运动,县里要求扩大小组。王克俭一直摇摆不定,未能积极推进。农会主任王加扶带回乡里的指示,要求今年扩大变工队,集中时间种谷,他竟然连安排种谷进度的表册,都被儿媳妇撕去做鞋底了。但是王克俭和地主富农保持距离,宁可和旧皮帽下还留着小辫的看皇历专家王存恩说说心里话,窥测风向,勉强加入变工队。在富农的挑拨之下,王克俭思想反复,致使有八户人家脱离变工队抢种。区长和乡长罢免王克俭的村主任职务,选举一位劳动模范管理行政,协助王加扶开展了变工种谷。王加扶是一个踏实肯干,为工作可以忘掉家务杂事、疏忽给孩子看病的人。他记住区长的话:集体劳动不仅是改变劳动方式,而且改换人的脑筋。他联络各个变工组,在村民大会上一呼百应,笑谈将来"一村就是一家,吃在一块,穿在一块,做在一块",还要办俱乐部、托儿所。柳青在这里写出了集体化运动在抗战后期的前奏曲,深刻揭示了数千年沿袭下来的小农业生产者走向集体互助的生产方式之中的沉重步履。

《创业史》以梁生宝互助组的发展历史为线索,通过对蛤蟆滩各阶级和各阶层人物之间尖锐、复杂的斗争的描写,史诗性地展现出我国农业合作化的历史风貌和农民群众心理世界的巨大变化。小说分为三部分。题叙部分主要以浓缩的方式讲了几个不同家庭的家庭史。几近破产的农民梁三老汉,趁机找了一个逃荒的妇女王氏做妻子,还带来一个叫生宝的小男孩。父子两代人日夜苦干,结果却是累弯了腰,落下了一身病,交完租子后所剩无几。后来赶上拉壮丁,梁家不得不卖掉黄牛,梁生宝躲进深山。全国解放后,梁三老汉土改分得十多亩地,高兴得哭了一场,争取将来能做个三合头瓦房院的长者,有吃有穿,还有尊严。24岁的生宝入了党,成了村里的民兵队长,满腔热情地建立生产互助组,父子俩有了矛盾。同时,题叙还穿插叙述了地主姚士杰和富裕中农郭世富的发家史。小说一方面描绘了农民心酸朴实的发家梦想,也暗示梁三老汉的个人奋斗之路行不通,必须走合作化的道路。正如柳青谈到《创业史》的主题时说:"这部小说要向读者回答的是:中国农村为什么会发生社会主义革命和这次革命是怎样进行的。回答要通过一个村庄的各阶级人物在合作化运动中的行动、思想和心理的变化过程表现出来。"①

小说正文部分一开始描述郭世富盖新房上梁,"三大能人"齐来捧场,姚士杰趁机向盖不起房的贫苦农民挑战,引起了梁三老汉的羡慕。1953 年蛤蟆滩闹春荒,政府提出"活跃借贷",号召余粮户主动借出些粮食给缺粮户。但姚士杰、郭世富偷偷拿粮食去黑市卖高价。村党支部书记郭振山曾经是土改的积极分子,也是村里最早的党员,此时一心扑在个人家庭上,既不热心搞互助组,也不热心活跃借贷。梁生宝从邻县不辞辛苦买来稻种,决心靠科学种田、多打粮食显示互助合作的优越性。为了战胜春荒,梁生宝在县委书记的大力支持与热情鼓励下,带领互助组进山割竹以增加生产基金。地主姚士杰假仁假义地借粮给高增荣,借机奸污了生宝组的组员王拴拴的妻子素芳,还怂恿郭世富也去买稻种,以便向梁生宝发起挑战,一心想搞垮合作组。郭振山组织了几户富裕户敷衍成立了个互助组,并把正热恋生宝的徐改霞和她的母亲带进组,同时又极力劝说改霞进城当工人。生宝沉着应对,割竹归来后,筹集了资金,帮大家渡过了春荒,遏止了倒退的势头。小说结尾是互助组获得了丰收,地主姚世杰遭到批判,郭世富收敛了春天的神气,生了病,吃不下饭。郭振山检讨了错误。梁生宝和互助组的几个主要成员组织起下堡村第一个合作社灯塔社。梁三老汉圆了多年的梦,穿上了一套崭新的棉衣,在黄堡街上暖和而又体面地走过,受到人们的羡慕。

艺术上,首先是作家在深入把握生活的同时,塑造了一系列具有复杂人性的人物形象。《创业史》在讴歌了农业合作化运动的同时,并没有简单地图解政策以配合运动,而是真实、深刻、艺术地再现了他所熟悉的乡村生活。小说里的梁三老汉、梁生宝、郭振山、姚士杰、郭世富、王二直杠、徐改霞等,既代表着一定时代政治的阶级、阶层倾向,又无不来自生活的深处,血肉丰满,个性鲜明,构成一幅真正属于五十年代初期关中农村的真实而又富有诗意的生活画卷。毫无疑问,作品将这些人物对待合作化运动的态度作为区分是非善恶和美丑的一个基本价值尺度,但其中梁生宝他们所追求的共同富裕的社会主义道路,对于今天的中国人来说,依然是一个既具有现实意义又具有理想主义色彩的时代命题。梁生宝是全书的中心人物,这个年轻实干的农民英雄,也是一个社会

---

① 柳青.提出几个问题来讨论[J].延河,1963(8).

主义新人形象。在他的身上,表现了既积极工作、克己奉公,又朴实憨厚的优秀品质。为了节省开支,他节衣缩食出外买稻种,带领组民赴终南山割竹。为了工作,他放弃了爱情,尽管也深爱着徐改霞,可在对方希望能够主动时,他总是以工作忙而忽视了改霞对他爱情的期待。接受二流子白占魁加入合作组更显示出了梁生宝不同凡响的胸襟与魄力。同时,作者又通过展示梁生宝的困惑,县委陶、杨二书记专门找他谈话,使梁生宝牢固地树立了自己的信仰,"有党的领导,咱怕啥"成了梁生宝的"口头禅"和克服困难的"法宝"。柳青指出:"简单一句话来说,我要把梁生宝描写为党的忠实儿子,我以为这是当代英雄最基本、最有普遍性的性格特征。"①梁生宝逐渐摆脱了农民小私有者的狭隘观念,而带有明显的政治英雄化、理想化的色彩。正如严家炎所说,"梁生宝形象的艺术塑造也许可以说是'三多三不足':写理念活动多,性格刻画不足(政治上成熟的程度更有点离开人物的实际条件);外围烘托多,放在冲突中表现不足;抒情议论多,客观描绘不足"②。

梁三老汉既有小生产者自私狭隘的意识,又具有普通农民勤劳朴实的传统品质;既有传统农民的保守倔强,又常显露出善良天真的性格。虽然他勤劳能干,却因天灾人祸、势单力薄,在旧社会奋斗几十年也没能创出一份家业。土改运动给了梁三土地,又让梁三老汉有了做一个"三合头瓦房院的长者"的人生梦想。他作为一个农民的最高理想,是通过自己的辛勤劳动过上富足体面的生活。因而他对能够盖得起楼房的郭世富佩服得五体投地,为自己在发家致富上的无能深感惭愧。他把自己的理想寄托在他的宝娃身上,而宝娃却不"安分守己过光景",这使他失望、愤怒,甚至在分稻种后闹情绪地要吃鸡蛋,下馆子。尽管他不赞成互助组,但为儿子的互助组深感担忧;当互助组成功发展成为灯塔社后,他又感到无比自豪。因此梁三身上,倾注了作家对传统农民的深刻理解与复杂情感。严家炎指出,"柳青同志塑造梁三老汉形象的成功之处,就在于一方面按照生活实有的样子,充分写出了他作为个体农民在互助合作事业发展过程中曾经有过怎样的苦恼、怀疑、摇摆,有时甚至是自发的反对;另一方面,又从环境对人物的制约关系中充分发掘和表现了梁三老汉那种由生活地位和历史条件所决定的终于要走新道路的必然性,从而相当深刻和全面地揭示了生活发展的辩证法。"③

小说中另一个性格鲜明的人物形象是富裕中农郭世富。他早年靠给人家打工为生,"拼命地干活,连剃头的工夫也没有"。他稳重谨慎,处世圆滑,善于见风使舵,"是

---

① 柳青.提出几个问题来讨论[J].延河,1963(8).
② 严家炎.关于梁生宝形象[J].文学评论,1963(3).
③ 严家炎.谈《创业史》中梁三老汉的形象[J].文学评论,1961(3).

蛤蟆滩最令人难琢磨的一个人"。他的人生理想是做一个"五世同堂的家长","为了这个理想,不要说五十几岁苍白头发吧,五十几岁白了头发,他也在所不惜"。于是,他"这辈子三慢一快:走路慢慢,说话慢慢,思量慢慢,做活快快!"他"决心面善一辈子,做'天公地道'的事情:和气生财,大道生财";另一方面,他又是一个"不识字的经济专家",精于心算,也精于在买卖中做手脚。他有心与互助组暗中较量,又时时提醒自己"一辈子也不张狂""寸步要当心"。在郭世富的身上,他的人生理想、处世哲学,还有他的治家方法和生财之道,都体现了一种来自历史深处的中国农民的智慧文化和性格特点。

村代表主任郭振山从土改积极分子蜕变为既得利益保护者,"革命的局外人"。他曾经是"被剥削者的领袖",积极斗争地主。但在收获斗争果实而成为富人后,他对互助组运动产生了抵触情绪。他的工作能力强,威望也很高,却热衷于自己的发家计划,决心赶上郭世富。因此,他陷入"党员这样难当,怎么办呀"的问题而苦恼,一面对上级的号召敷衍应付,一面又嫉妒梁生宝的积极,对他冷嘲热讽。在郭振山身上,集中体现了中国农民革命过程中的一部分农民干部形象的复杂与矛盾。

作者在谴责郭世富的圆滑精算和郭振山的自私固执时,对他们二人精明勤劳的能力和劳动创业的精神又不无赞叹,这充分体现作家对农村现实生活的精确把握和对劳动美德的正面肯定,超越了对他们阶级层次的简单限定。至于富农姚士杰则是批判的对象。姚士杰能干却心狠手辣。他一方面喜听借债人的诉苦,另一方面在"热心帮助困难户度春荒"的幌子下纠集力量与互助组较量。小说中还通过他奸污妻侄女素芳并唆使她嫁祸于梁生宝的情节,揭露了他阴险肮脏的灵魂。

其次,小说在艺术形式上有了创造性的突破,既具有细节烘染和细致入微的心理刻画,又视野开阔,不受情节发展的时间与空间的限制,富有史诗性的雄浑气势。从宏观的历史进程来说,作家以农村社会主义革命在各阶级各阶层引起的心理反响为主体,通过郭世富、郭振山等人与互助组暗中的心理较量,集中展现了社会主义道路上新旧观念的冲突。通过微观的事件,如改霞进工厂、秀兰结婚、韩培生下乡等事件,表现了农村社会人生观、婚姻观和伦理道德观念的心理变化。柳青指出,"《创业史》第一部试用了一种新的手法,即将作者的叙述与人物的内心独白(心理描写),揉在一起了。内心独白未加引号,作为情节进展的行动部分;两者都力求给读者动的感觉,力戒平铺直叙、细节罗列。我想使作者叙述的文学语言和人物内心独白的群众语言,尽可能地接近和协调。"[①]

[①] 柳青.艺术论[M]//柳青文集(下).西安:陕西人民出版社,1991:848.

小说通过一系列心理描写，将人物放置于一定的历史转型之中，凸显了人物性格的发展。作家善于通过心理发展表现人物的性格发展，并揭示其内部动因。梁三老汉看到郭世富盖房上梁，引发了创业致富的羡慕心理，这集中体现了梁三老汉狭隘固执而又根深蒂固的农民自发意识，本质上是几千年农民思维习惯的产物。于是他和梁生宝有了心理隔阂。梁生宝从事的互助合作事业初步取得成功，互助组进山赚到了钱，庄稼获得丰收。灯塔农业社成立之后，梁三老汉在黄堡镇大集上，听到排队买东西的人群里对生宝的称赞以及对梁生宝"他爸叫啥"的询问，穿着全新棉袄棉裤的梁三老汉流出热泪。他想道："人活在世上最贵重的是什么呢？还不是人的尊严吗？"郭振山是个共产党员，资格比梁生宝老，才干也自认为比梁生宝大。他很重视这些优越条件，但所梦寐以求的自发道路又与这一切不能相容，这就必然形成了他骄矜好胜又偏狭自私的性格特点。郭振山内心一直纠结党员难当的问题，其内心挣扎的窘态今天看来同样具有一定的现实意义。

最后，柳青作品富有浓烈的地方色彩和生活气息。它通过具体生动的生活画面，把北方民间生活习俗的描写同人物的生活命运结合起来，表现出农民在合作化运动进程中的困惑、纠结和努力。《创业史》的题叙部分，是写陕西历史上的一场大饥荒岁月。饥民涌到了下堡村，中年丧妻的梁三，收留了一个带着小男孩的中年妇女。他按乡间的规矩，在一个黑天，请了说合人、证婚人、代笔人为中年妇女立下了改嫁的婚书。一位为穷人写卖地契约的乡村老学究，俯身在汤河河滩上的一块磨盘大的石头上，书写了改嫁的婚书。作者通过这幅寡妇改嫁的辛酸画面，写出了旧时代贫苦农民的悲苦命运。富裕中农郭世富盖新屋，新架的梁上挂着太极图，亲戚们送来红绸子，梁柱上贴着红对联，显得"多么惹眼，多么堂皇啊。"作者细致地描绘了北方农村盖房的习俗，写出了土改后农村个人发家的道路及其对互助合作的挑战，也把农村集体创业和个体创业的矛盾凸显出来。尽管如此，作家在正面形象梁生宝的塑造等方面，未能真实反映乡村生活的多面性和复杂性，而更多的是从政治的视角来思考与描写理想的生活状态。广大农民承袭传统文化的重负与奔向新生活的理想所造成的思想矛盾与冲突，也表现得相对比较简单。

第四节 革命历史小说

一、革命历史小说的界定、功能和特征

"革命历史小说"在转换时期的主流文学话语中，特指以 1919 年新民主主义革命开

始到1949年中华人民共和国成立这段历史生活为题材,并且在主流意识形态关于这段历史"本质规律"的规范性理论指导下,按照主流文学话语的创作规范叙述这段历史生活的文学作品。对于历经漫长战争之后的新中国而言,纷纭复杂的现实斗争,需要历史来给出正确的承诺。建构民族存在的自信和强烈的认同感,成为当时文学一个重中之重的任务。文学与民族国家的政治认同,在新中国伊始就以其宏大的民族国家的革命性铺陈来展开历史实践,通过文学叙事及其想象,建构一整套宏大的历史叙事来展现中华民族统一的历史。黄子平认为,革命历史小说是对"中国大陆1950至1970年代生产的一大批作品的文学史命名。这些作品在既定的意识形态规限内,讲述既定的历史题材,以达到既定的意识形态目的。"①因此,革命历史小说不仅明显具有普及主流意识形态的历史观念和历史知识的文化功能,而且由于它们具有主流文学话语的理想主义、英雄主义和乐观主义等审美形态特征,从而具有精神教化的艺术功能。主要的长篇作品有:《新儿女英雄传》(袁静、孔厥,1949)、《铜墙铁壁》(柳青,1951)、《风云初记》(孙犁,1951—1963)、《保卫延安》(杜鹏程,1954)、《铁道游击队》(知侠,1954)、《红日》(吴强,1957)、《林海雪原》(曲波,1957)、《红旗谱》(梁斌,1957)、《青春之歌》(杨沫,1958)、《战斗的青春》(李克,1958)、《野火春风斗古城》(李英儒,1958)、《烈火金刚》(刘流,1958)、《敌后武工队》(冯志,1958)、《苦菜花》(冯德英,1958)、《三家巷》(欧阳山,1959)、《红岩》(罗广斌、杨益言,1961)等。短篇小说方面,孙犁、茹志鹃、刘真、峻青、王愿坚等创作发表了相当部分这种类型的小说,如《山地回忆》(孙犁)、《百合花》(茹志鹃)、《黎明的河边》(峻青)、《党费》(王愿坚)等。

从创作主体来看,从事该类题材创作的作者大多是社会革命的"亲历者",他们的叙事自然具有一定的生命体验和真实记忆。同时,他们关于革命历史的叙事,不仅是个人对自己革命经历的一种追忆,更是在主流意识形态话语整合下的一种国家与民族的自我认同。《保卫延安》的作者杜鹏程以随军记者的身份参加了西北野战军,跟随部队参加了许多次战斗,走遍了西北大部分地方。在此期间,作者利用行军的间隙记下了一百多万字的日记。作者曾这样谈到《保卫延安》的创作经历:"在工作之余,一年又一年,把百万字的报告文学改为六十万字的长篇小说,又把六十多万字变成十七万字,又把十七万字变成四十万字,再把四十万字变成三十万字……在四年多漫长的岁月里,九易其稿,反复增删何止数百次。"②作品取材于1947年3月胡宗南指挥二三十万国民党军队对延安大举进攻,毛泽东、彭德怀先主动放弃后又进兵收复延安的历史事实,重点

---

① 黄子平.灰阑中的叙述[M].上海:上海文艺出版社,2001:2.
② 杜鹏程.《保卫延安》重印后记[M].北京:人民文学出版社,1979.

描写了青化砭伏击战、蟠龙镇攻坚战、长城线上突围战、九里山阻击战、沙家店歼灭战等重大战役的经过。作品歌颂了广大军民浴血奋战、不畏牺牲的革命英雄主义精神，充分展现了惊心动魄的战斗场面，同时也试图揭示战争取得胜利的根源。因此，乐观而又富有激情的革命叙事，源自战争亲历者的"波涛汹涌般的思想感情"，他们的作品也成为革命历史的宏大叙事，并且为新中国成立的合理性和合法性提供有力的见证，一定程度上也为社会大众提供了精神规范和生活准则。

从人物塑造上看，革命历史叙事主要按照二元对立的思维方式处理人物关系，将人物纳入敌我双方的二元对立轨道，最终凸显革命的一方战胜反革命的一方。在这些人物身上，主要体现两种话语，一种是表现阶级斗争的革命话语，另一种是表现民间伦理道德的生活话语。革命话语主要通过民间生活话语的巧妙转换，最终为民众所接受，并成为一种强大的主流话语。《红旗谱》的朱老忠既是革命队伍中的农民英雄，也是民间社会正义的化身；而冯兰池既是革命的对象——地主阶级，又是贪婪荒淫之徒，在民间道德层面处于明显的劣势。当然，革命历史叙事的重点是塑造无产阶级英雄典型。叙事者往往以亲历者的名义讲述历史，却以典型化的方式完成英雄人物编码过程。作家们一方面遵守既定的创作原则，从整体观念上认同主流意识形态，在文本中建构以革命和阶级斗争为主导话语的体系，塑造高大完美的无产阶级英雄形象；另一方面却自觉或不自觉地向鲜活生动的民间文化形态靠拢，从民间传奇中汲取艺术的活力。也就是说，作品中的英雄人物是根据历史记忆与民间想象共同虚构出来的话语符号。

从叙事结构上看，一般而言，革命历史叙事都具有史诗性的特征。作品讲述严肃而伟大的历史业绩，或者选择具有决定国家和民族命运的重大历史题材，以揭示历史发展的本质规律。革命历史的过程，可以用"前途是光明的，道路是曲折的"来概括。作品都是革命起源——曲折斗争——取得胜利的过程一次或多次的反复。小说的结局总是敌败我胜，只是在于叙事过程中有的表现得轻松俏皮，战争有如一场有趣味的游戏；有的则是局部的悲壮氛围，胜利的过程曲折艰难，但并不影响整体的乐观基调。《保卫延安》正面地全景式描述了延安保卫战的全过程。作品以一个基层连队的战斗为主体，从微观的层面上反映整个延安保卫战的激烈程度及解放军战士英勇无畏的战斗表现。同时，作者重点描写了延安保卫战中的五大战役，宏观上展现了解放军由退守到反攻直至胜利的总体发展趋势。另外，作品还交代了刘邓大军挺进大别山、陈赓兵团强渡黄河、陈粟部队转入外线作战的全国战场的大背景，使延安保卫战与全国的解放进程联系起来，从而展示了波澜壮阔的历史画面。《红日》则将笔墨重点放在与国民党整编七十四师相抗衡的军一级的作战单位上,用较多的篇幅直接地、多角度地展现大规模的战役,同时又将笔触伸入到连排班这些最基层的作战单位,点面结合,既有对战争全景式地展现,又有对战争局部的细致入微的描述。这些作品采用宏阔的时空跨度,全景式地呈现波澜壮阔的历史场景和曲折多变的革命历程,表现中国革命的整体风貌与历史本质。其中洋溢着理想主义、集体主义、英雄主义和乐观主义的崇高激情。

由于革命历史小说思维方式上认同主流意识形态对这段历史本质规律的论述,文艺观念上必然受制于新中国主流话语,所以呈现创作模式化、主题政治化、英雄统一化的特征。它们对于历史的偶然性、战争的残酷性、普通人在动乱历史中无法把握自己命运的心理现实、人们在战争情境中面临生死须臾间的恐惧、人性在非常态的生存情境中的扭曲形态等等,缺乏细致真切表现和深入挖掘,因而在思想深度和艺术审美上,表现出一定的不足。

革命历史小说主要分为两大类。一类是红色记忆的英雄传奇书写,其中有《新儿女英雄传》《烈火金刚》《铁道游击队》《林海雪原》《红旗谱》等,一类是以宏大的场景叙述,来记录中华人民共和国建立的历史,或者以个人的成长历史为主线,记录党与革命的辉煌,其中有《保卫延安》《红日》《青春之歌》等。

二、《新儿女英雄传》《红旗谱》

《新儿女英雄传》由孔厥、袁静合著,1949年连载于《人民文学》,同年出版单行本。1956年由袁静修改,由人民文学出版社出版。孔厥(1917—1966),原名郑挚。江苏吴县人。1939年入延安鲁迅艺术文学院学习,毕业后留在该院文学研究所工作。1950年调文化部电影局工作的。袁静(1914—1999)原名袁行规。江苏武进人。毕业于北平艺专。1940年入延安公学学习。1950年调文化部电影局工作的,1957年调天津作协工作,任天津作协副主席。小说讲述"七七事变"之后,河北白洋淀农民牛大水、杨小梅等人在中国共产党的组织领导下,以游击战的形式顽强地同日本侵略者及伪军进行英勇的斗争,直至胜利。作品继承了传统小说的特点,以章回体小说的形式,富有传奇色彩地表现了抗日英雄的战斗精神和牺牲精神,与柯蓝的《洋铁桶的故事》(1944)、马烽、西戎的《吕梁英雄传》(1945)等共同开创了当代红色经典的先河。

首先,平凡的中华儿女在革命集体中成长为英雄,是文本叙事的焦点。郭沫若在《新儿女英雄传》的序言中指出,"这里面进步的人物都是平凡的儿女,但也都是集体的英雄。是他们的平凡气质使我们感觉到亲热,是他们的英雄气概使我们感觉崇敬。"①小说没有将牛大水等人神化,而是重在表现他们在党的领导下,不断克服农民意识,最终成长为坚定的革命英雄的过程。刚开始参加抗日活动的牛大水老实厚道,勤劳肯干,但却胆小怕事,一心守着"五亩苇子地"过小日子。当他被派到县上受训时,大水想到的是"他爹年纪大了,兄弟还小,自己又是穷家难舍,热土难离,心眼儿里也很活动"。对他来说,他不理解整个民族的命运,也不知道什么是民族责任。刘双喜打算吸收他入党,但他还在种地和入党之间"转磨不开"。对他来说,党就是表哥黑老蔡,他怎么说就怎么干。作品真实地写出了大水这个农民起初对党组织的懵懂无知。上级任命他当中队长,领导几个村的武装,可他毫无领导经验,在第一次抓汉奸的战斗当中就失利了。作者把牛大水看成一个生活化的普通人,对他的生活和内心的揭示,充满了人性和人情意味。作品运用一些喜剧性的因素来表现一个农民英雄的成长过程,客观上使人物形象显得较为立体丰满。革命女英雄杨小梅的成长历程似乎也十分艰难。她上训练班时被张金龙的花言巧语迷惑,嫁给张金龙受尽虐待,起初并没有想到反抗。减租减息运动中,小梅听信地主申耀宗的蒙蔽之言,没有将斗争进行彻底。策动崔骨碌投降时,又因对他过分信任自己反而被捕。牛大水和杨小梅二人正是在党的领导下,一步步在挫折和困难中走向坚定、勇敢和成熟。

同时,小说没有将张金龙这个反面人物脸谱化,人性的复杂层面的刻画也比较成功。他好逸恶劳、心狠手辣,但也有特长:枪法准、胆子大、有主见,有时也能听进妻子的劝告,一直是黑老蔡争取的对象。这个人物在敌我两个阵营里左右摇摆,时好时坏,充分表现了一个农民在战争面前的复杂人性。

其次,英雄叙事的传奇化,也是小说的一个重要特征。小说继承了传统的英雄传奇故事的模式,不仅表现了黑老蔡、牛大水、双喜、高屯儿等智勇双全的英雄气概,也构建了一系列有惊无险、神乎其神的故事情节。在第十一回"拿岗楼"的描写中,作者为了突出英雄们的智勇双全,在敌人最疯狂的合击拉网期间,高屯儿等战斗英雄"一枪也没打",凭着智慧和勇敢拿下了岗楼。牛小水巧扮新娘闯入斜柳村,出其不意拿下两个大岗楼。爆炸组地上扔手榴弹掩护,地下挖地道,一直通到敌人的岗楼下面,将敌人炸上了天。他们来去自如犹入无人之境,同敌人的厮杀,总是转瞬间胜负分明,战争之中尽显英雄本色。这些传统英雄传奇叙事的现代翻版,为革命历史勾勒了一个浪漫的想象空间,让读者熟悉和亲切地感受到一种民间传奇的文化气息。

最后,小说形式上采用章回体这一传统小说的表现方式上,故事情节曲折,充满了

---

① 郭沫若.《新儿女英雄传》序[M]//新儿女英雄传.北京:人民文学出版社,1956.

传奇色彩,明显体现出《儿女英雄传》等传统小说的艺术特征。这种在表现形式和手法上模拟旧章回体的小说写法,正是解放区文学所提倡的人民群众"喜闻乐见"的形式的新拓展。章回体的结构方式最大的好处在于每一部分的故事内容都十分明晰,整部小说也看起来脉络清晰、层次分明,易于流传。再加上故事本身的传奇色彩,写的又是身边的人和事,小说更加给人以亲切感。从这个意义上讲,《新儿女英雄传》是继赵树理之后反映农村革命斗争生活的流传较广的通俗小说。语言通俗易懂,往往直接采用原汁原味的民间口语,自然纯朴。小梅被张金龙打了,高屯儿指着他说,"你这小子,还猪八戒倒打一钉耙啊,刚才你把小梅打得鼻子里滴血葡萄,要不是我们把你拉开,还不定打成什么样儿呢。就凭这一条,就可以处分你。"双喜问大水村里谁是共产党,大水说"这可是亲上加亲,不用打听,我看你就是!"老排长对他训练的战士很不满意,双喜安慰他:"你老人家别着急,咱们这些兵是什么兵呀,是拿锄把子的,猛不乍的拿起枪就会打仗呀?这可是'瘸子担水'——得一步步来么!赶明儿咱们开个检讨会,你老人家多点拨点拨吧!"这些生动传神的口语,既体现了乡村社会的民间智慧与文化,又体现了人物的性格。

从美学层面看,《新儿女英雄传》在人物心理的表现和战争场面的描述上,缺乏一定的艺术感觉,有些地方还存在着某些明显的幼稚、粗糙的地方。但从文学史上所起到的承传作用来看,小说对大众化和民族化的自觉追求又明显是解放区文学在新中国文学中的延续。同时,于金戈铁马之中穿插儿女情长,在大开大阖、张弛有致的结构框架内歌咏革命英雄主义豪情,并且注意发挥民间口语讲述与描写的生动活泼、通俗传神的特长,由这些特点共同形成的"革命英雄传奇"的小说模式,直接影响了以后的《林海雪原》《敌后武工队》《铁道游击队》和《烈火金刚》等作品。

《红旗谱》的作者梁斌(1914—1996),原名梁维周,河北蠡县人。参加过保定第二师范学校的"七六学潮"。1932年的"高蠡暴动"发生在他的故乡,极大地影响着他,促使他走上了革命的道路。他1937年入党,此后长期在冀中地区从事党的基层工作和文化工作。1947年随军南下至湖北,担任过地委宣传部部长、《武汉日报》社社长。1955年调回河北从事专业创作,任河北文联副主席。1935年曾以高蠡暴动为题材写过短篇小说《夜之交流》,1942年又根据同一题材写出短篇小说《三个布尔什维克的爸爸》、中篇小说《父亲》,以及多幕剧《千里堤》《五谷丰收》等。1953年他开始创作《红旗谱》,史诗性地概括了中国农民在"民主主义革命"时期的生活和命运。其后,梁斌又创作了第二部《播火记》(1963年,主要写发生于1932年的高蠡暴动)、第三部《烽烟图》(1983年,反映七七事变前后北方抗日救亡运动)。

《红旗谱》在当时是一部好评如潮、影响很大的长篇小说,被文学史家誉为"一部描绘农民革命斗争的壮丽史诗"。一般讨论的《红旗谱》大多指的是第一部。小说总体讲述的是20世纪上半期冀中平原的锁井镇上,朱、严两家三代农民与地主冯兰池父子两代的家族矛盾,并以此为线索串联起30年代党领导的反割头税和保定二师学潮运动,反映了中国农民由自发反抗到有组织斗争的革命历史进程。作者指出,"开始长篇创作的时候,我熟读了毛主席的《在延安文艺座谈会上的讲话》……时时刻刻在想念着,怎样才能遵照毛主席的指示,把那些伟大的品质写出来。"①小说在"楔子"中描写冀中平原锁井镇的老一辈农民朱老巩、严老祥为维护四十八村百姓的利益,赤膊上阵大闹柳树林,以保住公产不被冯兰池霸占。终因势单力薄失败,朱老巩吐血而死,严老祥被逼远走他乡。30年后,逃到关东的朱老巩的儿子朱老忠率全家返乡,准备报仇雪恨。不料复仇未成,其子朱大贵反被冯兰池抓了壮丁。一次次斗争都陷于失败,苦闷之中的第三代人江涛、运涛遇到了革命者贾湘农。"在接触了党,党教导他们要团结群众,走群众路线的道路"之后,斗争最终"取得了很大的胜利"。小说通过将这样的家族复仇小说进行革命叙事的改造,完成了一次主流意识形态的革命历史叙事。

首先,小说塑造了一大批具有中国民族性格气质、精神操守、行为习惯的农民革命的英雄。由于小说的主题即是表现中国农民英雄的成长,即从自发斗争到自觉斗争,由草莽英雄成长为无产阶级先锋战士的过程,而中华民族精神文化中的一些优秀的东西恰恰是实现二者对接、转换的媒介和助力。朱老忠、严志和、朱老明、伍老拔等人,都是中华民族的优秀儿女,他们身上都体现出中国农民,特别是北方农民特有的那种刚毅勇猛、正直无私、疾恶如仇、慷慨好义的血性气质。这种精神气质一经革命思想的引导,转化为无产阶级为了解放全人类而勇于牺牲、艰苦奋斗的品格。

朱老忠一个兼具民族性、时代性和革命性的英雄典型。他的身上既具有旧时代农民的传统优秀品质,又具有新时代无产阶级战士的革命精神;既具有强烈鲜明的阶级爱憎、刚强不屈的反抗精神和坚忍不拔的斗争意志,又慷慨无私、善良正直。父亲被逼死后,他也被迫下了关东,25年后他虽已娶妻生子,算是有了安身立命的家庭,但为了报仇又返回了家乡。经过党组织的教育,家族仇恨在他身上转换为阶级反抗的动力。他从没忘记家族血仇,而且坚忍不拔,"拿铜铡铡我三截,也得回去报这份血仇","出水才看两腿泥","大丈夫报仇,十年不晚","我等不上他,我儿子等得上他。我儿子等不上他,我孙子等得上他"。为了报仇,他在积蓄家族力量,"认为缺少念书人,是咱受欺侮

---

① 梁斌.我怎样创作了《红旗谱》[J].文艺月报,1958(5).

的根苗",让严志和的儿子多念几年书,两家孩子"一文一武"就不会受一辈子窝囊气。所以当他的儿子大贵被抓时,"仇恨敲击着他的胸膛",他拿起铡刀往外跑,但又"犯了思量,还是从长里想的好","咱穷人有了挎枪杆的,将来为咱穷人出力"。他的这种坚忍深沉的性格和父辈那种火爆的直率相比,显然就有了很大的进步。他想依靠家人的发迹以求复仇的思想,有其深厚的民族历史根源。在他身上既继承了中国世代农民传统的精气,特别是讲义气、重然诺,路见不平拔刀相助的侠义精神。同时,他又有疾恶如仇、不畏强暴的革命性一面。当贾湘农作为共产党的代表力量介入锁井镇的农民反抗斗争时,朱老忠自然又成了党与广大农民群众联系的一个纽结。一旦从贾湘农那里获得了革命斗争思想的点拨,他很快从自发反抗走向自觉反抗、从个人复仇走向阶级复仇。因此,他是一个兼有民族性、时代性和革命性的英雄人物典型,他不仅继承了古代劳动人民的优秀品质和英雄人物的光辉性格,而且还深刻地体现着无产阶级革命的革命精神与意志。

其次在艺术形式上,《红旗谱》表现出独特的民族风格和民族气魄。一是,作者把故事情节成功地化进富有地方色彩的生活画面中,通过农村生活习俗、乡土人情和自然风物的描写,来透露蕴含在生活中地主与农民之间那种无法消解的矛盾。朱、严两家孩子纷争的"脯红鸟事件",体现了当地的养鸟斗鸟的习俗;反割头税斗争写到了冀中一带的年关大集及杀猪习俗;严志和葬母一节则写到了当地的丧葬习俗;冯春兰订婚一节则写到当地的婚姻习俗等。农民"反割头税"的胜利后,乡亲们在胜利后过年互相贺喜的情景。这些富有民族特色的风俗描写,使朱老忠等人的每一个革命行动都浸染着民族独有的情感血脉。其中表现了北方大地上农民那种既豪放粗犷、质朴率真又重情义、重然诺的个性,和不畏强暴敢于以死相抗、义无反顾的精神气质。尤其在朱老忠身上,使我们看到了绵延数千年的激越高亢的燕赵之风和民族文化中最可贵的精神传统。

二是,在表现方法上较多地运用了行动性强和富于表现力的对话,自觉借鉴中国古典文学的传统手法。小说没有简单采取传统的章回体结构,而是运用了相对集中的紧凑结构,情节的大步推进与细节的生动描写相结合,疏密错落。如开篇的楔子"朱老忠大闹柳树林"后,小说以反割头税和二师学潮为主线,穿插着"老驴头杀猪""脯红鸟事件""朱老忠济南探监"、春兰与运涛之间的爱情等小故事,在大事件中穿插小故事,波澜起伏,张弛有致。不过,小说在追求行动与对话的戏剧性与传奇性中,缺乏足够的人物心理描写,朱老忠在学潮之后几乎成为党的"顾问",人物内在的性格显得相对简单,缺乏民族土壤的热气。

三、《红日》《青春之歌》

《红日》的作者吴强(1910—1990),原名吴天同,江苏涟水人。1933年在上海参加左联。1938年参加新四军,次年入党,在部队从事文艺宣传工作。解放战争时期,参加了莱芜、孟良崮、淮海、渡江等著名战役,为他的创作积累了丰富的素材。中华人民共和国成立初期,任华东军区政治部文化部副部长,1952年转业到上海,先后担任中共华东局宣传部文艺处副处长、上海市作协副主席。《红日》正式写于1956年,1957年由中国青年出版社出版。"文革"时期吴强受到冲击,被迫停止创作。"文革"后吴强发表了短篇小说《灵魂的搏斗》(1978)等,还出版了长篇小说《堡垒》(1979)等。

《红日》是一部正面反映大规模国内革命战争的史诗性著作。它内容丰富结构宏伟,场面壮观人物众多,艺术地再现了解放战争中人民军队的英勇气概和革命豪情。小说集中书写解放战争初期陈毅、粟裕率领的华东野战军与国民党军队在涟水、莱芜、孟良崮的正面交锋,最终粉碎了敌人的重点进攻这一历史事实为基础,以艺术方式演绎了中国人民解放军从防御转向进攻的历史进程。张灵甫率领的整编74师是全副美式装备武装起来的国民党王牌部队,他们发起了涟水战役,与华东野战军交锋。华东野战军的沈振新部队失利,实行战略后撤,退到山东休整训练。经过修整后的人民解放军在莱芜战役中消灭了国民党军队五万多人,活捉了敌军副司令官李仙洲,赢得辉煌的胜利。随后,张灵甫又率领王牌军整编74师,再一次向沂蒙山区的华东野战军大举进攻。经过三天三夜激烈的战斗,华东野战军英勇的战士们攻上了孟良崮高地,全歼整编74师,最终取得了战斗的胜利。小说的主线是涟水战役失利,莱芜大捷,孟良崮全歼蒋介石精锐部队整编七十四师。在这些大规模的战争场景的叙述中,主流话语的信心与激情成为小说叙事的基调。

《红日》的艺术成就,首先表现在作者善于驾驭大规模战争的叙事能力上。作品将叙事重点放在与国民党整编七十四师相抗衡的军一级的作战单位上,用较大的篇幅直接地、多角度地展现大规模的战役,同时又将笔触伸入到连排班这些最基层的作战单位,点面结合,既有对战争全景式的展现,又有对战争局部细致入微的描述。小说采用先抑后扬的手法,一开始着重描写涟水战役的失利给指战员带来的心理影响,大量篇幅表现了解放军官兵的沉痛、沮丧、失落的情绪,甚至出现逃兵、战士受刺激而精神失常等消极现象。军长沈振新的形象也带有失败英雄的悲愤色彩。这样的安排,为紧接而来的山东莱芜战役和孟良崮战役的胜利作了重要的铺垫,突出后面战争胜利的来之不易。这是《红日》对军事文学美学原则的重要探索。秦守本,在涟水战役时,他听到炮声就心慌,两手遮耳;北撤途中愁闷不语,连自己的枪也由别人代背。担任班长后,老是对新兵不放心,生怕新兵逃跑,点人数时把自己漏掉,以至误认为又跑了一个新兵。在同志们的帮助教育下,他很快成熟起来。在争夺孟良崮最高峰的战斗中,杨军一马当先登上高峰,与敌人短兵相接。他在背腹受敌的情况下顽强战斗,只身阻击和钳制敌人,掩护战友前进,从而把红旗插上最高峰。作品不仅描写了悲壮激烈的战争场面,而且将战争中的一切生活场景和各种人物的思想活动有条不紊地、自然地交织在一起。既有对我军普遍的革命英雄主义的讴歌,也有对敌人内部明争暗斗、互相倾轧的表现。作品视野开阔而层次分明,场面宏大而结构紧凑,充分体现作者高超的叙事能力。从某种程度上讲,这一点在文学史上是具有开创性意义的。

其次,作品成功地塑造了一系列血肉丰满、富有魅力的人物形象。《红日》对我军高级将领的出色刻画,在新中国文学史上是一个比较成功的范例。军长沈振新英武、坚毅、果断,对部下既爱护又严格,对敌人则仇恨又轻蔑。在威严庄重的外表下,拥有一个重感情、讲信义的内心世界。副军长梁波与沈振新的威严稳健相反,他开朗活泼,富有幽默感但又不失政治家与军事家的风度。这种形象的处理,无疑使人物富有生活气息,亲切感人,拉近了读者阅读与作者经验的距离,增强了作品的表现与感染力。

同时,小说对于中低层干部团长刘胜、连长石东根也作了深入的刻画。刘胜作战勇敢、富有经验,但往往看问题片面,脾气急躁心直口快。作者浓墨重彩地描绘了刘胜在攻克孟良崮战役中智勇双全的英勇行为以及牺牲前感人肺腑的场面,这是全书艺术感染力最为强烈的章节之一。石东根同样勇敢善战,不畏艰难,但是为人比较浮躁,容易被胜利冲昏头脑。莱芜大捷后他穿着国民党的军装醉酒纵马的行为,与《水浒传》中阮小七形象如出一辙。作者将他们置于普通人的生存世界,在表现这两个英雄人物的时并没有回避他们身上存在的缺点,从而显得真实可信,立体丰满。

在人物形象塑造上,《红日》值得称道的地方还在于对反面人物所进行的大胆想象和细心刻画上。作者一反当时把反面人物类型化、脸谱化的文学时尚,而是比较客观理性地去塑造张灵甫这个人物,深入地挖掘了反面人物的灵魂,把艺术之笔探入这些人物形象的内心世界。张灵甫既有骄横狂妄的一面,又有较强的军事指挥素质与才能的一面;既有色厉内荏的一面,又有尽忠尽节的愚忠一面;既专断凶残,又爱面子讲感情。整编七十四师已经被解放军的主力部队包围了,试探性的突围已经失败,他感到自己"仿佛是单身进入深山遇到猛虎似的"可怕;同时,周边是李宗仁、白崇禧的广西军,杂牌的四川军、东北军,他们与蒋介石的嫡系部队有着深刻的矛盾,无法指望他们同心协力作战。此时的张灵甫,深陷巨大的内心矛盾,却一直被狂妄自大的外表掩盖着,至死也不曾向任何人透露。作者努力走进历史人物的真实心理状态,没有把解放军的敌手写得不堪一击,而是肯定了张灵甫了作为高级将领所具有的战斗意志和军事才能。尤其是通过人物行动和心理的细致描写,充分表现张灵甫料知难逃全军覆没的厄运时终于产生的绝望、怯懦,体现了超越同类历史小说在人物刻画方面的高度。

最后,作品在紧张激烈的战争场面之中融入大量的日常生活场景的诗意描写,使战争叙述变得张弛有致,从容自如。《红日》生动地描写了部队生活的各个方面。战争之余沈振新和梁波下围棋、谈天;梁波一行来到羊角庄和老乡们久别重逢;石东根连队的军事会议上的民主气氛,这些场面都发散着浓郁的生活气息。关于军人的爱情叙事,小说没有游离出战争的环境,而是在战争之余从爱情生活的一面表现他们对战争的态度和人生选择。沈振新因为打了败仗心情抑郁,后方医院的妻子黎青被组织上安排回来与丈夫见面,做菜、煎饼、劝慰,还原一个普通家庭的生活方式,细致入微地表现了对丈夫沈振新牵肠挂肚、体贴入微的情感。还有梁波与华静彻夜长谈的轻松甜蜜的情调,胡克与姚月琴不时闹点小别扭的情趣。小说写得最成功最富有诗意的是杨军与钱阿菊这对新婚夫妻的爱情。杨军因受伤到后方医院养伤,钱阿菊悉心照料他,二人沐浴在爱河之中。他们二人在小溪边谈笑的那一节,自然地流露着泉水般清澈的温情,仿佛初恋时候的约会,充溢着浓郁的诗情画意。妻子舍不得丈夫离开,为挽留丈夫煞费苦心。热情诙谐的梅福如,导演了一幕小小的喜剧,将新婚后马上又分开的杨军和阿菊,再一次引进洞房。在残酷的战争背景下,这些爱情描写给作品增添了浪漫的情调和温暖的情意。作者指出,"一个以战士生活为题材的长篇小说,有一定的篇章,比较从容地描写一些人物的日常生活,虽然是偏枝旁叶,只要它与整个故事情节有机地联系着的还是允许的,必要的"①。作家声称爱情是生活的一部分,实际上是一种爱情的革命转换,即通过革命生活书写爱情,避免二者的正面冲突。

《青春之歌》的作者杨沫(1914—1995),原名杨成业,祖籍湖南湘阴,生于北京。14岁入北京西山温泉女中读书,初中即将毕业时因家庭破产而失业,先后当过小学教师和书店店员,并在北京大学旁听。1936年加入中国共产党,在冀中根据地从事妇女和宣传工作。1949年回到北京,曾任北京市妇联宣传部部长、北京市文联主席。1934年开始文学创作,发表过中短篇小说和散文。1958年出版长篇小说《青春之歌》。"文革"后又发表《东方欲晓》《芳菲之歌》《英华之歌》,后两部与《青春之歌》内容上具有连贯性,因而被称为"青春三部曲"。《青春之歌》是作者最优秀的代表作,曾在新中

---

① 吴强.谈《红日》的创作体会[J].文学评论,1978(3).

国文坛上产生很大的影响,并在60年代的日本、东南亚等国家和地区,也拥有大量的读者。关于这部小说的主题,杨沫自己曾说是:"想通过她——林道静这个人物,从一个个人主义者的知识分子变为无产阶级革命战士的过程,来表现党的伟大、党的深入人心、党对中国革命的领导作用。"①

茅盾曾经指出,小说通过"林道静这个人物的具体事实,指出了当时的小资产阶级知识分子只有在党的领导之下,把个人命运和人民大众的命运联结为一,这才是真正的出路;指出了小资产阶级知识分子必须经过思想改造才能真正为人民服务"。② 阶级压迫逼死了母亲,并在她的童年生活中打上悲惨的烙印。所以,林道静走出家庭跨入社会,从反抗包办婚姻迅速转向阶级斗争,乃至承担民族革命的重任,由此表现了20世纪30年代中期的社会巨变和中国知识分子的命运。

小说成功塑造了林道静这个中国青年知识分子的艺术典型,她的生命历程演绎着五四以来女性知识分子的时代追求。林道静接受过现代文化教育和五四新文化的启蒙,这使她不再认同传统女性在父权制下屈从、依附的地位和无奈的历史宿命,有了对个人自由和理想的向往与追求。遭遇失学、逼婚后,林道静选择了离家出走。然而,她去北戴河投亲不遇,走投无路的她被小学校长余敬唐收留,却不曾想差点当作礼物去讨好当地的权贵。绝望之中林道静"纵身扑向大海",结果被已注意她多时的大学生余永泽所救。具有"诗人兼骑士"风度的余永泽,很快赢得了涉世不深的林道静的芳心,他们坠入爱河并生活在一起。但余永泽的庸俗和自私让林道静逐渐感到失望,俩人因为思想分歧和家庭矛盾多次发生冲突。林道静一心想出去工作却一再受挫,在邻居那里林道静接触到北大的一些爱国学生,心灵受到很大触动。其后她遇到了共产党员卢嘉川,在他的指导下阅读进步书籍,受到革命思想的启蒙,又在他的带领下去参加游行集会。卢嘉川的被捕,使她下决心离开了余永泽,选择了革命道路,并在共产党人江华和林红的指引下,全身心地投入到革命斗争的洪流中去。实际上,作品在当时之所以产生重大影响,其原因并不仅仅在于小说呈现出了林道静的个人解放之路,而在于它代表了那个时代大多数青年知识分子的人生道路,"呈现了一个个人主义、民主主义、自由主义的知识分子改造成长为一个共产主义者的过程。它负荷着特殊的权威话语:资产阶级、小资产阶级知识分子只有在共产党的领导下,经过追求、痛苦、改造和考验,投身于党、献身于人民,才有真正的自我的生存与出路(真正的解放)。这并非一种政治潜意

---

① 杨沫.谈谈林道静的形象[J].文艺论丛,1978(2).
② 茅盾.怎样评价青春之歌[M]//茅盾文艺评论集.上海:新文艺出版社,1981:52.

识的流露,而是极端自觉的意识形态实践"。① 在这个意义上,小说正是一部知识分子的思想改造手册。林道静舍弃了余永泽式的俗世生活,也否定了戴愉、白丽萍的生活选择,去追求她的革命世界。她的性别特征因而也被革命话语所遮蔽,作为女性独立的精神空间因为爱情的转移或置换而失却。

小说"革命加恋爱"的主题十分突出,林道静和余永泽、卢嘉川、江华之间的爱情故事是小说情节的发展线索,这也是小说曾经受到猛烈的批判,也是今天还能为青年读者关注的原因。《青春之歌》是对青春的赞颂,而这一题旨中的"青春"具有双重的寓意:既有时代青年追求社会革命的青春之歌,还有更为符合人性本真的青年爱情之歌。正是伴随林道静成长的三次恋情,奏响了她生命和革命相互交融的"青春之歌"。余永泽、卢嘉川、江华三个男性先后出现在林道静的生活和生命体验中,传达了林道静对爱情人生的感知。文中对女性心理的描述,优雅、伤感而又清新。林道静不是天生的革命者,而是一个有血有肉、有激情有忧伤、有追求有困惑的时代女性。她与余永泽的短暂同居,虽有些情投意不合,起初却也不乏一见钟情的幸福体验,因而离开余永泽也有些犹豫踌躇,这显得合情合理。她追随卢嘉川,不只是因为卢是一个进步革命的符号,而是在外貌、志向、追求上他都较余永泽更胜一筹,她对卢嘉川的暗恋符合一个青春少女失意后的情感需求和英雄崇拜情结。她与江华的牵手,在革命过程中显得顺其自然,水到渠成。在这种意义上,《青春之歌》将个人的生命体验与时代建构的主题有机地结合起来,成为"十七年"文学中革命性与文学性的最佳体现。

小说带有很强的自传色彩,尤其善于通过一些富有个性特征的细节揭示人物心理的变化。林道静身上那时常伴随着忧伤、孤独、苦闷的个人奋斗历程,也容易引起敏感青年知识分子的共鸣,这种青春的情绪与激情是小说得以广为流传的一个重要原因,而这也是小说在出版时和"文革"期间遭到批判的主要原因。她与"骑士兼诗人"般风度的余永泽之间短暂浪漫、缠绵,与卢嘉川面对面交谈时的推心置腹却又情意浮泛,这些既是一个青春的女性走上革命的过程,又是逸出革命话语的人性常态,成为小说吸引读者的关键点。

对此,一些评论从"阶级本质"的角度指出,小说"没有很好地描写工农群众",林道静也"自始至终没有认真地实行与工农大众相结合"。于此,作家对小说做了修改。1960年的修改本删削了林道静在接受了革命教育以后仍然流露出的那些"小资产阶级

---

① 戴锦华.《青春之歌》:历史领域中的重读[M]//镜与世俗神话.北京:中国人民大学出版社,2004:279.

感情",并增加了表现林道静在深泽县与工农结合的七章,和力图使入党后的林道静更成熟些、更坚强些,参加并领导北大学生运动的三章内容。对于这种修改,小说在凸显革命话语的同时,却阉割了一些人性的常态枝叶。从结构上看,小说后半部结构比较松散,语言不够丰富多彩,很多地方直接通过人物的讲述一些政治的理念和局势的变化,创作手法显得比较呆板。

第五节 "干预生活"小说

20世纪50年代中期,中国文坛曾出现过一个短暂的"百花齐放"时代。在当时文学政治一体化的背景下,这个短暂的历史瞬间犹如一颗流星划过天际,虽疾逝而过,但毕竟留下了自己的明亮轨迹。

究其缘由,一方面是苏联"解冻"文学的影响。50年代初期斯大林逝世后,苏共开始重新调整各方面政策,苏联文学界重新活跃。1953年11月《真理报》刊载一篇题为社论《进一步提高苏联戏剧的水平》,提出作家应当"积极干预生活",反对"对当代一些最尖锐的问题采取畏缩态度"。1956年苏共二十大召开把积极干预生活的创作推向一个新阶段,苏联文学进入了全面"解冻"时代。当时中苏关系正处于密切合作的年代,奥维奇金《区里的日常生活》、尼古拉耶娃《拖拉机站站长和总农艺师》以及肖洛霍夫《被开垦的处女地》等"干预生活"作品进入中国,直接影响了当代文学创作。刘宾雁不仅在介绍苏联作家的文章中强调了"干预生活"的特点,而且身体力行地创作了特写《在桥梁工地上》和《本报内部消息》。

另一方面,"干预生活"的术语和创作思潮的出现,也与50年代中期我国文化政策的调整有关。尽管从20世纪50年代初开始,萧也牧的《我们夫妇之间》、方纪的《让生活变得更美好罢》和路翎的《朱桂花的故事》《洼地上的"战役"》等作品受到批判,但这一干预生活和书写人性的文学精神一直向后延伸。1956年党对国内国际形势的估计以及对各项方针政策所作出的重大调整,是50年代中期的政治和文化形势逐渐趋于宽松的主要原因,而"百花齐放,百家争鸣"方针的贯彻,则直接催生了"干预生活"的创作潮流。1956年4月"毛泽东在政治局扩大会议上的总结讲话",为发展和繁荣社会主义的科学与文化事业提出了"双百"方针,明确提出:"艺术问题上的百花齐放,学术问题上的百家争鸣,我看应该成为我们的方针。"随后,陆定一作《百花齐放,百家争鸣》的报告,对毛泽东提出的"双百"方针进行了阐释。一些批评家呼吁,"不应该在现实生活面前,在人民的疾苦面前心安理得地闭上眼睛,保持缄默的。如果一个艺术家没有胆量去揭露隐蔽的社会病症,没有胆量去积极地参与解决人民生活中关键性的问题,没有胆量去抨击一切畸形的、病态的和黑暗的东西,他还算得是什么艺术家呢?"①唐挚在《必须"干预生活"》一文中呼吁:"作家必须是热爱自己的人民和生活,必须是大胆干预生活,用全心灵支持一切新事物的猛将!"②当然也有人提出反对意见,陈其通等人发表《我们对目前文艺工作的几点意见》,否定了近年来的文艺创作成绩,认为"双百"方针不利于发展文学艺术的战斗性,并且提出要"压住阵脚进行斗争"③。但总体来看,主流意识形态对"双百方针"的竭力倡导,以及苏联"解冻文学"的影响,促使中国当代文学史上"百花齐放"时代的出现。这些论争为中国文学接受苏联"干预生活"文学思潮提供了较为宽松的气氛,从而把处于崛起阶段的"干预生活"文学引向高潮,形成一种创作潮流。

一些作家按照直面生活的现实主义精神去创作,大胆地干预现实,揭露现实社会的问题与矛盾。其代表作首先是刘宾雁的特写《在桥梁工地上》,继后有一批揭露现实生活中的矛盾和阴暗面的特写和短篇小说,如耿简《爬在旗杆上的人》、荔青《马端的堕落》、王蒙《组织部新来的青年人》、何又化(秦兆阳)《沉默》、南丁《科长》、刘绍棠《田野落霞》、耿龙祥《入党》、李国文《改选》等陆续问世,旋即引起了文艺界和广大读者的重视。这些作品抨击了社会消极落后的现象,揭露官僚主义、教条主义及其危害。从创作主体来看,这是一群具有青春激情和干预生活勇气的年轻作者,他们承继了中国传统文化的忧患意识。孟繁华根据当时的文学语境和创作主体的构成,将这种干预生活的写作称为"青春写作"。他指出,"首先突破禁区的并不是资深的、在文学界已经确立了地位的作家,而是在四五十年代之交成长起来的青年作家。这些作家成长的社会环境、接受的社会信仰、文学影响,都与理想主义有关,他们的'不成熟'使他们还不能理解中国的复杂性,看到的只是理想与现实的矛盾。他们还是以年轻狐疑的眼光对现实发出质疑的。因此,我们将这些写作称为'青春写作'"。④ 另一些作家承续了五四文学传统,有的书写复杂的人性,表明"文学是人学";有的突破爱情禁区,深入开掘人们在爱情生活中展现出来的精神世界。主要作品有李威仑《爱情》、邓友梅《在悬崖上》、陆文夫《小巷深处》、刘绍棠《西苑草》、丰村《美丽》等小说。作家凭着激情和勇气参与社会批判和干预社会生活,一直被封存的爱情书写、人性书写也被提上议程,欲遮还羞地进入作家的视野。但是,这股文学创作思潮时间短暂,随之而来的"反右运动"很快把这批"干预生活"的创作认定为"反党反社会主义的毒草",大多数作家也被定为右派。从此,干预

---

① 黄秋耘.不要在人民的疾苦面前闭上眼睛[J].人民文学,1956(9).
② 唐挚.必须"干预生活"[J].人民文学,1956(2).
③ 陈其通,陈亚丁,马寒冰,鲁勒.我们对当前文艺工作的几点意见[N].人民日报,1957-01-7.
④ 孟繁华,程光炜.中国当代文学发展史[M].北京:中国人民出版社,2009:92.

生活的社会弊端、家庭生活和爱情题材的表现都成为文学的禁区,直到新时期后这些"干预生活"的作品重新整理出版,被誉为"重放的鲜花"①。

一、萧也牧《我们夫妇之间》

萧也牧(1918—1970),原名吴承淦,浙江吴兴县人。抗战爆发后奔赴抗日根据地,1945年加入中国共产党,曾任张家口《工人日报》编辑。1949年到团中央宣传部工作,同时发表中短篇小说,其作品受批判后调中国青年出版社任编辑。1957年被划右派。30年代末开始发表作品,有《萧也牧作品选》(1979年)。萧也牧中华人民共和国成立初期的小说取材京津城乡生活,敏锐反映现实生活的新问题,揭示新生活中的矛盾冲突。作品不以情节的曲折离奇取胜,而以生活细节的真实可感、情感表现的温婉细腻见长,文字生动朴实,富有情趣。

萧也牧1950年1月发表的《我们夫妇之间》(载《人民文学》第1卷第3期),讲述的是一对从革命根据地进入大城市工作的青年夫妇,因为出身与观念的差异,在夫妻感情和家庭生活中发生矛盾,经过学习和"反省",各自提高了认识,重归于好的故事。小说采用第一人称写法,走进一对进城不久的年轻干部夫妇之间的情感世界,表现他们对城市生活不同的价值取舍。李克在艰难的战争年代结识了劳动英雄张同志,由自由恋爱到伉俪之情,感情一直融洽,成为"知识分子与工农结合的典型"。但进城后这对夫妻在城市生活态度方面产生了思想分歧。李克是城市出身的知识分子,熟悉城市生活,进城后便非常享受这种生活,而出身农村的妻子很不适应大城市生活,视城市生活状态为小资情调。因此他们矛盾的焦点在于对城市生活的不同看法。丈夫眼中的妻子保守狭隘而且固执。妻子眼中的丈夫丧失了原有的朴实,开始沉湎贪图享受。夫妻关系的严重恶化反而促使了双方各自反省自身的弱点,实事求是地承认对方的长处,并深感互助的必要。小说最后俩人内心的纽结解开,重归于好。小说通过一对夫妇在革命胜利进入北京城后各自的情感变化,提出了革命胜利之后无论是知识分子还是工农干部,都有应对新的工作环境、新的形势的问题。这在中华人民共和国成立初期是一篇很有现实意义的干预生活的作品,小说发表后反响强烈,《光明日报》等四家报刊发表了推荐文章,上海昆仑影片公司很快将它搬上了银幕。总体来看,小说思想内容丰富,情节单纯明显,语言生动朴素,富有一定的感染力。

妻子张同志的形象,是中华人民共和国成立初期,大批进城工作的工农干部某种类

---

① 1979年5月,上海文艺出版社集结出版了小说集《重放的鲜花》。

型的代表。她在路上遇到老板殴打一个小孩,便上前拔刀相助,表现出质朴的阶级感情与鲜明的爱憎立场。当她发现自己误会了保姆小娟后,深感内疚并连忙道歉,表现了她性格倔强爽直又勇于自我批评的品质。她有处理事情简单急躁与狭隘的农民意识等缺点,却又真诚而质朴。小说没有把张同志作为一个高大完美的工农干部来加以塑造,而是把她作为一个普通人来加以描写。作者自叙道:"通过一些日常生活琐事,来表现一个新的人物。这个人物有着坚定的无产阶级立场,憎爱分明,和旧的生活习惯不可调和,这个人物的性格是倔强的,直爽的,然而是有缺点的,那就是有些急躁,有些狭隘。但这些缺点并非是本质的。"[①]作品通过日常生活中一些琐细的事件,如上饭铺吃饭、对待保姆、单位舞会等细节的描写,具体地揭示了夫妇俩不同的生活观念和行为方式,尖锐而深刻地表现出俩人情感冲突的原因。小说以李克的情感起伏为线索,写得情绪饱满,生活气息浓郁并富有情趣,人物语言也富有个性特色。作品对李克的语言行为、内心活动和感情历程的表现,也同样具体而形象,比较深刻地剖析了一个知识分子出身的干部内心丰富的情感生活。

小说一改以往革命斗争的书写模式,将笔触落在日常的工作方式、生活细节上,用朴素的语言,生动地将夫妻之间的矛盾冲突呈现在读者面前。进城后的张同志看不惯女人穿皮衣、抹嘴唇,并将这些日常生活上升到政治伦理层面,给予价值的诘难。丈夫李克却从生活方式上非常习惯于城市的欲望生活:"那些高楼大厦,那些丝织的窗帘,有花的地毯,那些沙发,那些洁净的街道,霓虹灯,那些从跳舞厅里传出的爵士乐……对我是那样的熟悉、调和",甚至还是"强烈的诱惑"。作者没有将夫妻二人对城市的不同态度上升到政治伦理的分歧上,也没有把李克的城市生活享受与物质消费引向向阶级意义或道德意义,而是将李克与妻子之间一次次矛盾冲突,局限在家庭内部的事务处理中。张同志的工农感情也尽量降低到"私性"的层次。比如报纸上报道冀中大水灾,张同志听说后只是在地图上寻找自己家乡,将丈夫的稿费不经同意便汇给了自己家等。小说结尾处,妻子推开了想要吻她的丈夫说:"时间不早了,该回去喂孩子奶啊!"小说从开始的工农冲突,退回到夫妻生活内部的日常性。小说并没有在解放区文学的审美惯性下走向政治伦理的批判,而是强调在日常生活层面反复磨合,走向生活柔软的一面。

这是新中国文学第一个试图表现新时代城市生活感受的作品。作者敏锐地感觉到了生活环境的变化与人的精神生活要求的关系。对于长期处于战争状态的民众而言,

---

[①] 萧也牧.我一定要切实地改正错误[N].文艺报,1951年5卷1期。

城市生活无疑是一个新的命题。妻子以乡村伦理来面对城市文明,甚至还要改造城市。她大声呵斥城市人打扮"男不像男女不像女",对城市的"红男绿女"的行为感到非常不满,甚至认为蹬三轮的小孩也受到了包车的大胖子的压迫。这一切都在"资产阶级"范畴之下。但是妻子在城市的"改造"下,"她在小市上也买了一双旧皮鞋,每逢集会、游行的时候就穿上了! 回来,又赶忙脱了,很小心地藏到床底下的一个小木匣里"。可见,城市生活在不同程度上改造了妻子,夫妻二人在城市情调中逐渐回归了市民生活的平静。

由于具体的文学语境和当时的意识形态话语的限制,《人民日报》《文艺报》同时发表文章批评萧也牧及其小说。丁玲说:"这篇小说正迎合了一群小市民的低级趣味。""他们喜欢把一切严肃的问题都给它趣味化,一切严肃的、政治的、思想的问题,都被他们在轻轻松松嬉皮笑脸中取消了。"①陈涌也认为,"作者在这些地方是把知识分子与工农干部之间的两种思想斗争庸俗化了。"②最终萧也牧作《我一定要切实地改正错误》的思想检查,并在《人民日报》和《文艺报》上全文发表。小说连同作家的遭受批判,标志着城市文化及其日常性叙事逐渐退出新中国文坛,直到新时期才得以重新进入文学作家的视野。

二、宗璞与《红豆》

1956年"双百方针"的提出,巴人的《论人情》、王淑明的《论人情与人性》、钱谷融的《论文学是"人学"》等理论作品的发表,为人道主义、人性、爱情在文学作品中的出现提供了理论的支持。这时较为宽松的文学氛围孕育了一批优秀的爱情小说,迎来了一个人性、爱情书写的春天。其中有宗璞《红豆》、邓友梅《在悬崖上》、陆文夫《小巷深处》、李威仑《爱情》、徐怀中《我们播种爱情》、丰村《美丽》等。这批小说中,作家们从政治、伦理、社会、道德、责任等多种角度来阐述爱情的内涵,试图在主流话语与个体的情感生活之间寻求协调的可能性。这个时期的爱情,虽没有想象中的美丽、浪漫,甚至带有模式化的倾向,但是它们仍在读者心中激起了阵阵涟漪,让人欣喜地看到了爱情之花在文艺界艰难绽放。宗璞《红豆》就是其中的代表作。

宗璞(1928—),原名冯钟璞,原籍河南省唐河,生于北京,成长于书香门第。1948年在清华大学外文系就读期间于《大公报》发表处女作《A. K. C》。1953年调入中国文联研究部工作。1960年调任《世界文学》编辑,后到中国社会科学院外国文学研究

---

① 丁玲. 作为一种倾向来看[N]. 文艺报,1951-08-10.
② 陈涌. 萧也牧创作的一些倾向[N]. 人民日报,1951-06-10.

所工作。1957年出版童话集《寻月集》，同年发表短篇小说《红豆》引起文坛注目，很快在反右斗争中遭到批判。主要作品有《宗璞小说散文选》，长篇小说《南渡记》等。她的作品多写知识阶层的爱情婚姻和家庭生活，讲究氛围和意境，文字典雅蕴藉。"文革"中被迫中断创作，1978年重新发表作品，短篇小说《弦上的梦》获1978年全国优秀短篇小说奖，《三生石》获1977—1980年全国优秀中篇小说奖。其后创作注重现代主义探索，着力心理描写，具有超现实的荒诞和象征，比如《我是谁》《蜗居》《泥沼中的头颅》等，受到批评界的注意。

1957年7月，《红豆》由《人民文学》的"革新特大号"作为"新人的作品"推荐发表，编辑的意图是为了贯彻"双百"方针，但杂志出版时，正逢文艺界全面开展"反右运动"，所以成了短命的"百花时代"的最后绝唱。《人民日报》《中国青年报》《文艺月报》等对它进行了将近一年的批判，认为作品宣扬了资产阶级的"人情味"和爱情观。其实这篇作品所包含深刻的思想内涵与艺术激情，远远超过了一般意义上的爱情小说。

小说在题材上与50年代普遍地表现工农兵不同，它描述知识分子及其爱情生活。作品写1949年北平某教会大学的一对相恋的男女学生，在北平解放前夕面临的艰难选择。女主人公江玫要留下来革命，不得不与一心想飞离大陆的男主人公齐虹决裂。这个青年知识分子在革命与爱情之间两难选择的故事，也是"革命加恋爱"叙事模式在特殊历史情境下的重演。

江玫和齐虹的爱情，开始充满了浪漫温馨的色彩，共同的爱好和互相的倾慕使他们走到了一起。他们心中只有爱情、诗歌和音乐，眼中只有双方脸上的光彩和热情。江玫受同学萧素革命思想的影响，尤其在知道了父亲含冤而死的真相后，逐渐懂得了要走出个人自我的幸福空间，积极地投入到社会革命的队伍中。她的变化自然引起了齐虹的反对。齐虹像一个生活在梦里的人一样，除了物理、音乐和爱情，其他的事情概不关心；他认为人活着就是为自己，要属于他的一切都服从他。江玫和齐虹有着不同的人生观，成为不同道路上的两个人。于是，江玫面临着人生重大抉择的十字路口：是跟着齐虹去美国享受安宁、富裕的生活，还是留在国内在新社会为自己的信仰和理想奋斗。江玫的抉择是痛苦的，作者用细腻的笔触，感人至深地描述了江玫复杂和痛苦的内心斗争。江玫对齐虹的爱没有变，虽然他们有那么多的不同，但她永不会忘掉这个闯入她的生命中的男子。正因为这样刻骨铭心的爱恋，才使得她的选择格外的艰难和痛苦。作者正是通过这一抉择的艰难，烘托出女主人公对革命事业的向往。她舍弃生命中令人难以忘怀的一段爱情，却在革命工作中焕发了新的热情。

尽管小说将齐虹和江玫之间的爱情纳入革命话语体系中进行讲述，但再三流连于二人的爱情缠绵。就像小说中描述的一样:"这种爱情,就像碎玻璃一样割着人。齐虹和江玫,虽然都把话说得那样决绝,却还是形影相随。花池畔,树林中,不断地增添着他们新的足迹,他们也还是不断地争吵,流泪。"作家没有让爱情快刀斩乱麻地分离,而是将爱的力量作极尽的演绎。正是这种爱的留恋,对当时话语系统中的爱情观念构成了强烈的冲击,满足了人们心中压抑的爱情渴求。齐虹认为:"我绝不能忍受看见我爱的人去过那种什么'人民'的生活!你该跟着我!"在齐虹的爱情话语系统中,他极力挽留在是自己的一片爱的天空,而不愿将自己的爱情生活纳入到革命话语体系。他努力维持自己心中的爱情世界,而不是将个人的爱情完全交付给集体话语。小说给人的震撼力量,不是江玫如何克服自己狭小的爱情之圈,而是齐虹所代表的爱情之剑的刺入,给二人的人性世界与灵魂挣扎带来的冲击。随着时间的洗汰,《红豆》愈发闪光的不是二人之间爱情如何走进集体的话语系统,而是二人难以割舍的爱情诱惑与缠绵。

  与此相应的是,齐虹形象的塑造也体现了文本中革命与人性之间的冲突与矛盾。齐虹阳光、俊朗、帅气,"他有着一张清秀的象牙色的脸,轮廓分明,长长的眼睛,有一种迷惘的做梦的神气"。他爱诗、爱音乐、爱大自然;能熟练地朗诵莎士比亚的诗句;能弹一手好钢琴,能够领略和欣赏贝多芬和肖邦的音乐。这是一个让江玫这样的知识分子怦然心动,以至于分手后难以忘怀的男性青年形象。但小说在主流话语的冲撞下,齐虹突然说:"我恨人类!只除了你!"以至于传达室的老赵说,"你们这位齐先生别是用公鸡血喂大的吧?"这个形象与帅气高雅的齐虹显然不一致。当齐虹与江玫真正发生冲突时,作为一个旧社会银行家的大少爷,小说并没有强化他身上的带有纨绔子弟的阶级属性,没有将其置于革命的对立面,而是写他极其体贴地抚着她的肩说:"我太任性,我只是说不出地要和你在一起",当二人分手时,"他的脸因为痛苦而变了形,他的眼睛红肿,嘴唇出血,脸上充满了烦躁和不安。"这是一个身处热恋之中却又为情所困的男孩的真实情态,也是拨动今天读者心弦的地方。

  在艺术上,作者通过温婉细致的心理剖析的手法来刻画人物的精神世界。小说以主人公心灵深处的斗争来反映时代的风云变幻,并将这种内心斗争延伸到外在世界的阶级斗争中,从而深刻地揭露了时代与爱情的悲剧性。"情"的诉说是《红豆》真正的内核,阶级革命只是可以置换的时代背景。其次,小说语言自然清新,富有诗意化的意境和浪漫忧郁的韵致。陈思和指出,"诗意化的意境和散文化的笔法,形成了作品独有的艺术风格,而温馨浪漫的情调和浓郁含蓄人情味则形成作品独特的文人韵味。倒叙手法的使用有助于作家在疾风暴雨的时代氛围中营造出爱情的小天地,而江玫因'红豆'

而引发的怀旧情绪和情不自禁的泪水,则使作品带有一种温情脉脉的'感伤美'"①。小说中反复出现的红豆、夹竹桃等意象,加上作家独有的文化素养,其中温馨浪漫的情调和浓郁含蓄的人情味形成成了作品独特的文人韵味。

三、王蒙《组织部新来的青年人》

王蒙的《组织部新来的青年人》是这一类"干预生活"小说的代表。王蒙(1934—),原籍河北南皮,出生北京,1948年加入中国共产党。中华人民共和国成立后,担任青年团干部,并开始文学创作,长篇处女作《青春万岁》1956年9月定稿,但因反右斗争被禁止出版,直到二十多年后才得以出版。1955年发表第一篇小说《小豆儿》,1956年以一篇"干预生活"的作品《组织部新来的青年人》而引起轰动,次年因这篇小说被打成右派。1958—1962年在北京郊区劳动。1962年曾到北京师范学校任教,同年发表了《眼睛》《夜雨》等小说。1963年赴边疆思想改造,举家迁至新疆伊犁。1978年调回北京市作家协会,重新发表小说《相见时难》《深的湖》《心的光》《夜的眼》《木箱深处的紫绸花服》《风筝飘带》《蝴蝶》《坚硬的稀粥》《来劲》等。1978年重回北京后得到平反。曾任文化部部长。他的创作一直求变求新,经常领风气之先。2015年《这边风景》获茅盾文学奖。

小说《组织部里来的青年人》是在"双百"方针的鼓舞下积极干预生活的代表作,它勇于揭露了党政机关当时出现而人们不敢言说的官僚主义作风。作品以一个区委组织部的日常工作为背景,选择了组织部新来的年轻干部林震作为叙述视角,以处理麻袋厂党支部的问题为中心情节展开叙述。其间塑造了两个非常具有典型性的基层干部,一个是组织部第一副部长刘世吾,另一个是普通干部林震。

作品通过林震的眼光,塑造了一个颇具深度的基层领导干部刘世吾的形象。刘世吾的形象当时被认为是一个官僚主义的典型。他有一定的革命经历,中华人民共和国成立前,是北京大学学生自治会主席,还负过伤。他也有相当的工作能力和魄力,富有经验,懂得"领导艺术",知道如何去把握工作重点;只要一下决心,就可以把工作做得很出色。但他对工作缺乏积极主动的热情,对那些有损于党和人民利益的错误和缺点,有一种职业性的平静甚至漠然。他自我解嘲是得了如炊事员厌食症一般的职业病,他对什么都"习惯了,疲倦了",因而"就那么回事"成了他的口头禅。然而,刘世吾这种对事物冷静理智的观察和分析背后,却是与理想年代格格不入的是革命意志的衰退,甚至

---

① 陈思和.中国当代文学史教程[M].上海:复旦大学出版社,1999:88.

是人性的世故与冷漠。于是,支持林震等年轻一代,批判和揭露刘世吾等官僚主义作风,成为一定时期人们普遍的期待。自然,在相当长的一段时间内它被普遍认为"触及了在一般人看来是神圣不可侵犯的地方——党组织内部,作者如果没有忠于现实的勇气和对党、对人民的热情,是不可能写得这样尖锐的"①。这些作品"激励了那些想要改造我们生活中那种衰退的、不良现象的人们,也刺痛了那些正在衰退和已经衰退的人们,以及那些对生活熟视无睹和善意粉饰太平的人们。"②

相反,王蒙自己认为:"我着重写的不是他工作怎样'官僚主义'(有些描写也不见得宜于简单地列入官僚主义的概念之下),而是他的'就那么回事'的精神状态"。③ 也就是说,王蒙在小说中要探讨的不仅仅是官僚主义的作风,而是生活在其中的人的生存状态与精神状态。然而从刘世吾形象的研究中可以看出,揭示现实生活中的官僚主义,是大多数研究者的聚焦点。尤其到20世纪80年代以后,这些作品因为其"反官僚主义"的干预生活特征,赢得了时代英雄的美誉。这些作品也被称为"重放的鲜花"。因此,有人认为它是一篇"敢于直面现实,真实、深刻地反映人民内部矛盾的作品"④,它的特别贡献在于,为中国当代人物画廊提供了一个前所未见的"颇有深度的官僚主义者刘世吾的形象"⑤。

区委组织部刚上任的年轻干部林震,富有激情、有理想和正义感。作为一名党的工作者,面对现实生活中种种复杂现象,他感到惊疑和困惑,对党的基层组织内部存在着的官僚主义现象表示愤慨,并引发了他的严肃思考和斗争。尤其是组织部的领导同志思想作风也有严重问题时,他显得焦灼不安,忧心忡忡。他有斗争的勇气,但缺少斗争的策略。他坚持:"党是人民的、阶级的心脏,我们不能容忍心脏上有灰尘,就不能容忍党的机关的缺点。"这是一个尚属年轻幼稚,但对党的工作忠诚而富有激情的革命者形象。

其实,这篇小说通过林震这个形象,表现了走向生活、走向社会、走向机关以后的年轻人心灵变化,发掘了他们从真诚的理想追求到失望和苦恼的心理过程,这些表现和发掘超过了对于机关官僚主义的揭露。正如小说中赵慧文指出,"他们的缺点散布在咱们工作的成绩里边,就像灰尘散布在美好的空气中,你嗅得出来,但抓不住,这正是难办的地方"。林震和赵慧文面对的是一堵无形却又无处不在的墙,他们二人一起听美丽的

---

① 长之.可喜的作品,同时是有严重缺点的作品[J].文艺学习,1957(1).
② 刘绍棠,丛维熙.写真实——社会主义现实主义的生命核心[J].文艺学习,1957(1).
③ 王蒙.关于《组织部新来的青年人》[N].人民日报,1957-05-08.
④ 朱寨.中国当代文学思潮史[M].北京:人民文学出版社,1987:247.
⑤ 钱谷融,吴宏聪.中国当代文学作品选读[M].上海:华东师范大学出版社,1999:38.

《意大利随想曲》。听完歌,然后把荸荠皮扔得满地都是,其中的诗意与浪漫,体现了一代年轻人对人生纯而又纯的追求。这种生活状态既是机关无处不在的现实生存状态的对比,也是作家的精神期待。洪子诚指出:"王蒙等的作品的价值,主要不是什么揭露'阴暗面',不是什么表现社会矛盾的'大胆''尖锐',主要的价值是把生活看成一个复杂整体去加以把握。没有这样的起点,没有这样的创作态度,对于建国以来反复提倡、强调的现实主义文学来说,想走向成熟,那大抵只是一种奢谈。"①可是在当时的文化语境中,人们只注重作品揭示社会阴暗面的社会效果。

可见,由于高度的社会责任感和理想的激情,小说在鞭挞机关作风和社会状态强烈情绪中,对于文学自身的生动性与审美性不够重视。同时,小说仅仅停留在社会生活的表层,并没有深度到人性深处,探讨人的具体生存状态。于是,小说的结尾依然按照革命浪漫主义的思维模式,最终完成一个光明的结尾。

第六节 "路线"小说与"手抄本"小说

一、"路线"小说

"文革"开始后,正常的文学创作全部中断,原来活跃在文坛的作家几乎在一夜之间都成了"牛鬼蛇神",文学刊物也几乎全部停顿。但在漫长的"文革"十年间,仍存在着顽强的文学活动——公开提倡的和地下流行的。

"文革"前期唯一具有"合法性"地位的文艺是"革命样板戏",后期也开始出现了以"样板戏"为指导原则的其他创作,包括小说。当时的作者主要为新的"工、农、兵作者",也有些是"文革"前已冒头的老作者,作品的发表阵地多为"党报"副刊。但自1971年12月原《北京文学》以《北京新文艺》之名率先复刊,各地陆续有文艺类的杂志复刊或创刊。1974年上海的《文艺丛刊》和《朝霞》月刊出版发行,1975年北京的《人民文学》复刊,它们成为当时的"文艺重镇"。70年代上半期,一些出版社陆续出版了一些小说作品,除一些短篇小说集外,主要表现在长篇小说方面,如《虹南作战史》《牛田洋》《春潮急》《千重浪》《万年青》《沸腾的群山》《海岛女民兵》《万山红遍》《大刀记》《闪闪的红星》《征途》《分界线》《山呼海啸》《飞雪迎春》《金光大道》《昨天的战争》《桐柏英雄》《前夕》《剑》等,而且有几种长篇小说为多卷本。这类创作,突出地映照出"文革"这一特定时期的政治观念与意识形态。

---

① 洪子诚. 当代中国文学的艺术问题[M]. 北京:北京大学出版社,1986:147.

"路线"小说,是指体现当时"无产阶级革命文艺路线"的小说创作,它以表现"阶级斗争""路线斗争"为主要内容,以"矛盾化""冲突化"为根本的叙事特征,以"崇高化""神圣化"为美学风范。极端的政治文化思潮和文学观念造就了一整套极端的文学创作模式,产生了不少完全属于"观念内容""观念文体"的"观念作品"。

1972 年出版的长篇小说《虹南作战史》,是由"上海县《虹南作战史》写作组"集体创作的。这一写作组又直接听命于当时的上海市委写作组,这部小说是按照所谓"领导出思想、群众出生活、作家出技巧"的所谓"三结合"创作方式制作出来的。作品在"军事化"的题名下,描写的是 50 年代农业合作化运动中的矛盾斗争,完全按照"你死我活的阶级斗争"和"两条路线斗争"的主题模式来写。从情节设置、人物刻画到结构和语言,都紧紧围绕这一主题打转。作品中的第一号英雄人物洪雷生,是按与现实映照的强烈政治意图炮制的"高、大、全"式的无产阶级英雄典型,无个性和形象的可感性。全书充满政治说教,每章开头大讲全国路线斗争形势,后讲本地斗争形势,而且满篇是对"语录"的引用和解释,难以卒读。1974 至 1975 年间,在《文艺丛刊》或《朝霞》上发表的短篇小说《初春的早晨》《第一课》《金钟长鸣》,1972 年由上海人民出版社出版(1973 年 6 月再版)的长篇小说《牛田洋》等,皆为这样的"路线"小说标本。

除了后来被称作"阴谋文艺""帮派文艺"而直接为当下的某一政治斗争目的服务的作品外,当时还有一批这样那样的写"阶级斗争"、讲"路线斗争"的作品。一切历史内容和现实内容都被纳入这种观念模式进行政治裁决与判断,而且在方式上不惜简单化、庸俗化,只是在不同的作品中表现的严重程度不同,使这一时期的文学在整体上表现了一种政治观念盛行而生活内容稀薄的特征。

不过也应看到,由于艺术创作中观念和感受的错动性,在有些作品中历史和现实的面貌还是得到了一定程度的呈现,对生活仍不失一些真实感受的描写。像克非的长篇小说《春潮急》,仍然能够看到一些 50 年代初期农村生活的真实情形,看到中国农民在 50 年代的基本处境,看到他们的心理矛盾和精神愿望及道德情感,嗅到泥土气息,触到村庄实景;人物形象也并非完全是观念的符号,不失其朴素与鲜明。又如蒋子龙的短篇小说《机电局长的一天》,描写了老干部为企业整顿所做的努力,自觉与不自觉地触及当时社会生活中的一些矛盾情形,透露出当时社会中发生变动的一点新信息,结果牵连到发表这一作品的《人民文学》复刊号也"出了问题"。诸如李云德《沸腾的群山》、郭澄清《大刀记》、黎汝清《万山红遍》、李心田《闪闪的红星》及谌容《万年青》和张抗抗《分界线》等,也都有各自不同的可取之处。虽然这些作品总体上都没有摆脱也不可能摆脱"文革"时期文艺思想的影响,但也应当看到作家的生活体验不自觉地却又是"顽强"地在"观念"的"缝隙"中渗透。

即使在"文革"时期,观念、生活、文学之间仍然存在着某种微妙关系,生活因素和艺术因素在不同的作家笔下有着不同的呈现,构成了某种文学创作的复杂性。这一点在浩然身上,特别是在他的《金光大道》上表现得尤为典型。对于"文革"十年间中国文坛,曾有"八个样板戏和一个作家"的概括之辞。这"一个作家"便是浩然。尽管浩然在"文革"前就以农民作家的身份登上文坛,他以描写新中国农业合作化运动的三卷本长篇小说《艳阳天》引人注目,但真正让他闻名于世的还是他在"文革"后期的活动。这当然不仅仅是文学的原因,但他这一时期毕竟有"重量级"作品问世。虽然浩然在这一时期不止出版了《金光大道》,但这部作品无疑是他在这一时期的代表作。《金光大道》写作于70年代,第一、二部于70年代上半期问世,产生了广泛影响。因为众所周知的原因,后两部未能出版。时隔20年之后,第三、四部同第一、二部于1994年以整体面貌出版,它的再次行世在文坛上引发了争论。按其自述:

> 这部书不仅酝酿时间长,而且雄心勃勃,想给中华人民共和国的农村写一部"史",给农民立一部"传";想通过它告诉后人,几千年来如同散沙一般个体单干的中国农民,是怎样在几年间就组织起来,变成集体劳动者的。我要如实地记述这场翻天覆地的变化,我要歌颂这个奇迹的创造者![1]

由此可见,《金光大道》第一、二部虽然写于70年代,但作为描写50年代历史现实作品,其生活积累、艺术准备和文学思维渊源来自50年代。而其写"史"立"传"的艺术自觉,其实是50年代后期中国当代文学中逐渐自觉的"史诗"意识及"宏大叙事"的延伸和继续。然而,这部描述50年代中国农村历史的作品毕竟出版于"文革"时期,当时的"政治观念"与"文学思想"自觉地渗透到了历史的描写中,因而通篇贯穿着"阶级斗争""路线斗争"的思想线索。但是,作家的笔触一旦伸入到具体生活与人物的描写中,又掩饰不住对农村现实的真切感受和对农民心理的深入理解,叙事也就不可能完全成为观念的演义,人物也不可能纯粹变成观念的符号。而且,那种"阶级斗争""路线斗争"观念,又确实是当时历史的一种客观存在,从而在某种意义上这部作品又表达了生活自身的逻辑,它以自身扭曲的形式见证着扭曲的时代。

在70年代前半期出版的长篇小说中,《金光大道》产生了最为广泛的影响,代表了

---

[1] 浩然.有关《金光大道》的几句话[N].文艺报,1994-08-27.

这一时期文学的一个高度,也表征了激进社会的文学所能达到的一个难以为继的高度,从而成为当代文学从 50 年代演化到 70 年代的一种文学模式的具有终结意义的典型文本。

二、"手抄本"小说

"文革"期间在公开发表的文学作品之外,还存在着一个后来被称为"潜在写作"和"地下文学"的民间文学世界。它以"手抄本"或打印稿的形式在民间社会流传,在人们尤其是青年群体中被接受和阅读。"手抄本"小说便是当时流传最广、读者最多的一种文学样式。其中代表性的作品,有张扬《第二次握手》、靳凡《公开的情书》、赵振开《波动》、礼平《晚霞消失的时候》,还有毕汝协《九级浪》、佚名《逃亡》等。

张扬的《第二次握手》是"文革"期间流传最广的手抄本小说。据作者自述:"本书初稿于 1963 年春,定型于 1964 年。以后,在 1967 年、1970 年和 1973 年又重写过 3 次。"[①]这是一部不断书写、再三添加而成的长篇小说。初稿命名为《浪花》,仅 1 万多字,二、三稿《香山红叶》约 10 万字,四、五稿易名为《归来》则已近 20 万字。传抄过程中,约于 1974 年有人据情节将其改题为《第二次握手》,并以此书名而广泛流传开来。1974 年 10 月,因作品"流毒全国"的"严重后果"被下令追查。1975 年 10 月,作者因"利用小说进行反党活动"的罪名被捕入狱。后于 1979 年在变化了的时局下被宣布无罪释放,同年 7 月小说经作者修改后增至 25 万字,由中国青年出版社公开出版,而后还被改编成同名电影上演。作品主要叙写了苏冠兰、丁洁琼、叶玉菡等老一代科学家由青年至中年再到老年的事业、生活和爱情,赞扬了科学家的爱国热情及周恩来总理对知识分子的爱护。作品的主线是苏冠兰、丁洁琼二人的纯真爱情和高尚人格的书写,人物形象鲜明而富于理想色彩,情节曲折动人而富于传奇色彩。小说因其表现出来的对"革命意识形态"清规戒律的触犯,而导致了一次有名的"文字狱"。

靳凡(金观涛、刘青峰)的《公开的情书》写于 1972 年 2 月,先以手抄和打印本的方式流传,定稿于 1979 年 9 月,次年公开发表于《十月》杂志,1981 年由北京出版社出版单行本。小说没有完整的故事线索和具体的场景刻画,而为书信连缀体,侧重于人物心理和思想的传达。它通过四个青年人物——真真、老久、老嘎、老邪门在半年间——1970 年 2 月至 8 月的 43 封书信,反映出"文革"中部分青年知识分子的性格、命运和道路,抒发了他们对理想、爱情、科学、艺术和祖国命运的思考。小说富于诗的况味和思的

---

① 张扬.第二次握手·后记[M].北京:中国青年出版社,1979:410.

色彩,充满青春想象的调式、"生活在别处"的浪漫与迷惘、思想者的寻觅和悲喜,以理想化的方式塑造了青年主人公。而这些主人公带有哲理化的思辨色彩,预示着"思考的一代"的觉醒。

赵振开(北岛)的中篇小说《波动》写于1974年,后以手抄本的形式流传。"文革"结束后,这部小说先在民间刊物《今天》第四、五、六期连载,1981年首次公开发表于《长江》该年第1期。作品采用复调式的叙述方式,通过不同的叙述者表现当时社会上各色人物的复杂心态,展现那个特定年代社会的方方面面。小说主要线索是主人公杨讯和肖凌的命运,描写他们互相冲突又互相补充的个性,展现其爱情悲剧、精神伤痛以及信念的幻灭和绝望的挣扎。这部小说对意识流手法进行了最初的尝试,大量运用了内心的独白和象征手法,而且富于个人化。无论从其思想情绪还是表现手法上看,这部作品都带有现代主义色彩,可谓得风气之先之作。

礼平的《晚霞消失的时候》写于1976年,此后四易其稿,最后定稿于1980年,次年发表于《十月》杂志。这是一部颇具浪漫性和抒情性的小说,描写李淮平和南珊这一对早年有着朦胧爱情的男女主人十几年间的离散聚合、家难情殇,结局则是"文革"后两人在泰山之巅感悟超越,表达了"文明和野蛮"的冲突、"谅解和忏悔"的主题。该书最为特别之处是其所表现出来的宗教倾向,一时成为新时期之初引人注目的文学现象。

"手抄本"小说作为"潜在写作"的一种,在当时环境下尚处离散、破碎状态,但其存在本身便说明了"路线"文艺大一统局面的失败。它的存在意义已不局限于与当时的政治意识形态的直接对立,而更在于显示了新的写作立场、新的文学向度,从而成为新时期文学的来源之一。

【思考题】

1. 赵树理小说创作的思想艺术成就是什么?
2. 孙犁小说的风格特征是什么?
3. 简述"山药蛋派"与"荷花淀派"。
4. 丁玲的《太阳照在桑干河上》是怎样表现暖水屯土改斗争复杂性的?
5. 简述周立波小说的艺术特色。
6. 试述柳青《创业史》中梁生宝互助组的成长阻力。
7. 简述革命历史小说的界定、功能和特征。

8. 从比较的角度论述《新儿女英雄传》《红日》的艺术特色。
9. 简述《红旗谱》的思想内容和艺术特色。
10. 简述20世纪50年代中期的"干预生活"。
11. "路线"小说的特征是什么?
12. "手抄本"小说在当时的背景下"异质"成分有哪些?

第三章　转换时期的诗歌

"十七年"是一体化的文学体制由初创到定型的时期。处在这一历史文化语境之下的诗歌创作,从思想上到艺术上,逐渐地全面推行 1942 年之后由解放区文学形成的文学生产模式。中华人民共和国成立之初,在诗歌理论方面,大力提倡的是对诗歌社会效用的关注,反复强调的是诗人的政治立场与阶级感情,诗歌被视为阶级斗争的思想武器、感知社会的敏锐神经,呈现出一种工具化的特性。诗人与其他作家一样被要求深入到火热的社会生活中去,自觉地充当主流意识形态的代言人,大力反映工农兵生活,为时代歌唱,替人民颂扬。诗歌不但要全方位地为大众服务,而且应该为人民群众喜闻乐见。在这种理论的指导与规范下,"十七年"的诗歌创作,便自然衍生出两大类作品:一是紧密配合现实社会的政治斗争,起着"炸弹和旗帜"作用的政治抒情诗。这类诗歌往往饱含着激越的时代情感,诗人们以高昂的激情歌颂党,歌颂领袖,歌颂新的国家与新的生活,抒发战斗与建设的豪情壮志,唱出了新中国当代新诗的第一个乐章。简单地把诗人的颂歌看作政治倡导的结果显然与历史现实不符。二是投身火热的生活,去寻觅诗情,及时反映祖国工农业建设崭新面貌,展现人们改天换地的时代精神的叙事、"写实诗"。这类具有叙事化、写实化艺术倾向的诗歌,从某种意义上可以被视为政治抒情诗的另一种形式,不仅是因为这类诗歌同样具有浓郁的抒情意味,更在于诗歌所表现的生活图景、生活片段、生活故事同样也承载的颂歌主题。

尽管新诗创作在中华人民共和国建立之后受到了主流意识形态的大力推崇,并且初步同质化和规范化,但其发展过程并非一帆风顺。1956 年春提出的"双百"方针让诗歌创作出现了一股新的潮流,这一诗歌潮流呈现出题材的拓展与艺术风格多样化的创作趋势,自由意识与批判精神的回归对业已初步形成的诗歌创作规范化带来了不小的冲击。然而,这股被视为"诗园春讯"的创作潮流在"十七年"诗歌创作中却只是昙花一现,随着 1957 年秋的大规模"反右运动"戛然而止。曾经直面现实的探索者为自由的歌声付出了沉重的代价,一大批诗人在日后相当长的历史阶段失去了写作的权利,诗歌又回到了更为严格的规范之中。1958 年春,由于政治领袖的大力倡导,在全国范围内迅猛地掀起了一场规模宏大的群众性诗歌运动,文学史上称之为"大跃进民歌运动"或"新民歌运动"。新民歌运动反映了"大跃进"民众精神状貌,创作数量与出版数量规模空前,但其艺术价值非常有限,优秀的诗歌更可谓凤毛麟角。新民歌运动彻底背离了五四新诗传统,把新诗的发展推上了一条越走越窄的道路,同时还导致了一种日后广为流行的"两结合"创作方法的出现。

虽然"十七年"文学在"文革"开始后被极左文艺视为毒草而加以否定,但事实上"文革"文学正是"十七年"文学发展的一种必然结果。"文革"时期的诗歌把"十七年"诗歌的抒情模式推向了一个极致,许多颂歌都充斥着对政治领袖无以复加的个人崇拜,被语言暴力所包裹的战歌在红卫兵当中流行,反映出那个年代青年人普遍存在的理想与暴力的心态,而艺术价值的严重缺失使得"文革"诗歌在新时期到来之后迅速地从文学舞台上彻底地消失。但创作于"文革"的诗歌也并非一无是处,在广袤的文化荒漠深处还顽强地散布着少许零星的绿洲,这就是被称为"潜在写作"的地下诗坛诗人群体的创作。与"文革"时期主流诗坛的浮躁空虚的诗歌风格相比,地下诗坛最大的特点是作品反映了创作主体的真情实感。自我意识与批判精神的回归成为这类诗歌普遍的现象,这些诗人在艰难的社会条件下不断地在诗歌艺术上探索与拓展新的疆域,虽然他们创作的诗歌当时只能在极小的范围内传播,但这些诗歌可以被视为新时期诗歌大潮最初的源流。

第一节 政治抒情诗

一、颂歌与战歌

政治抒情诗是一种具有明确思想内涵和艺术规范的诗体。对这一概念的理解,一般有两种情况。从广义上说,在文学体制化时期公开发表的抒情诗,都不是严格意义上的诗歌作者纯粹个人感受、主体情感的自由抒唱;无论是题材选择、吟唱角度,还是从情感色彩,都具有鲜明的政治倾向性。从这个意义上讲,"十七年"的抒情诗都可以视为政治抒情诗,它既包括"颂歌",也涵盖"战歌"。从狭义上说,它指的是50年代中期,在诗坛上出现的一种可以产生广泛的"广场效应"的、以"楼梯式"形式见长的诗歌体式。

经历了一段艰难而漫长的动荡岁月,新生的共和国如一轮在世界东方冉冉升起、散发烈烈朝辉的旭日,未来的天空映现出理想的光辉,诗人们情不自禁地用诗歌声来赞颂这个崭新的时代,表达对美好前程的无限憧憬。当年一踏进解放区便激动不已地写下《我歌唱延安》的何其芳,如今以历史见证人的身份记载了新中国诞生的伟大场面:"毛泽东向世界宣布:我们已经站起来了,我们再也不是一个被人侮辱的民族了。"五四时期,盼望祖国像凤凰一样在烈火中得到再生的郭沫若,在《新华颂》里激情洋溢地赞美亲生的共和国:"人民中国,屹立亚东。光芒万道,辐射寰空。"他还在《毛泽东旗帜迎风飘扬》中歌唱了对新中国的缔造者毛泽东的热爱。正在苏联访问的艾青,用歌声倾吐了对祖国的思念之情,再现了开国大典万众欢腾的情景:"五星红旗飘扬在北京上空,下面激荡着欢呼的人民,……礼炮震动着整个地壳,全世界都庆贺新中国的诞生!"甚至当时正受到压制和批评的胡风,也在开国大典后一个月就开始创作长达三千多行的"英雄史诗三部曲"《时间开始了》,抒写自己对新中国诞生的喜悦之情和对未来的憧憬。其中老诗人萧三的诗句最传神地表露了诗人们的共同心态:

休看我饱经风霜模样,一辈子不忘赤子心肠。这时代称什么老?——老当益壮!来来来,
我和你大声歌唱!

谁也不会怀疑这些诗歌所表达的情感的真实性,尽管它们在艺术表现上不乏空泛的毛病,也缺乏真正具有撼人心魄的艺术感染力,但由于它们真实地记录了在共和国诞生初期诗人们的心灵变化和情感波澜,所以具有某种特殊的历史价值和认识价值。尽管在中华人民共和国成立之初,由于百废待兴,百业待举,诗歌在社会生活中所处的位置并不显目,不但文学刊物不多,也没有专门的诗歌园地,而且写诗的人也不多,但正是这些中华人民共和国成立初期为数不多的诗作,奠定了共和国成立后诗歌创作的颂歌主调。

当诗歌的主要职能已由战斗武器变为生活颂歌时,我们应该注意到一个不争的事实,即中华人民共和国成立后诗歌创作中的颂歌主题和高昂格调,是20世纪30年代"普罗"诗歌与战争时期根据地和解放区诗歌延伸和发展的结果。根据地和解放区诗歌对中华人民共和国成立后诗歌的影响,既体现在创作方式上,更体现在诗歌观念上。40年代特别是毛泽东《在延安文艺座谈会上的讲话》(以下简称"《讲话》")问世后,延安地区的诗歌主要是颂歌,大部分诗歌表现的主题和内容都是对革命领袖和革命政党的歌颂,对根据地新生活与新气象的赞美。这种创作现象就是毛泽东在《讲话》中谈到"歌颂与暴露"的关系时称赞的"写光明为主"的革命文学:"对人民群众,对人民的劳动和斗争,对人民的军队,人民的政党,我们当然应该赞扬",[1]以及要求文艺直接为政治服务,成为阶级斗争的武器;要求诗人创作更多歌颂延安革命根据地的作品,与鼓舞人民、打击敌人等主张密切相关。所以,当第一次中华全国文学艺术工作者代表大会肯定以《讲话》作为"新中国文艺的方向"后,便使得延安时期的诗歌创作观念和规范在中华

---

[1] 毛泽东.毛泽东选集[M].北京:人民出版社,1964:806.

人民共和国成立后得到全面的继承和推广,并由此决定了之后较长的一段时间里,诗坛上一直回荡着"颂歌"的主旋律。

在50年代中期,闻捷《天山牧歌》称得上是颂歌中表现边疆少数民族农牧生活的代表作。从诗人最初将这些诗作结集命名为《生活的赞歌》,也可以看出诗人歌唱生活、赞美时代的创作意图。此后,其他一些诗人也纷纷奔赴祖国的山南海北,表现各地的少数民族生活风情,如田间《马头琴歌集》《芒市见闻》,阮章竞《新塞外行》《乌兰察布》,张志民《西行剪影》等。

1958年的新民歌可以视为颂歌的变奏。一方面新民歌运动将写作颂歌的创作主体由少数诗人扩展到广大群众;另一方面,新民歌将颂歌的内容作了极大的开拓,除了歌颂党、领袖、时代、新生活,还歌颂社会主义建设的成就、劳动人民改天换地的豪情壮志等。值得指出的是,不少作品歌颂的内容直接表现出"大跃进"中不切实际的"浮夸风""共产风",像"玉米稻子密又浓,遮天盖地不透风,就是卫星掉下来,也要弹回半天空"一类宣扬空想乌托邦神话的呓语狂言充斥诗作,以致泛滥成灾。当然,新民歌所患的这种弊病直接源自狂热的"大跃进",可以说它原本就是"大跃进"的畸形产物,也即"大跃进"的文化符号;但新民歌作为一种文学形式又助长了整个社会"大跃进"中"瞎指挥"和"浮夸风"的盛行。这两者相互影响,推波助澜,最终导致了危害极大的社会后果。

到50年代末60年代初,一些致力于为时代谱写颂歌的抒情诗人,开始注意对艺术美的追求。他们从取法古典诗词和民歌入手,潜心于诗歌意境的塑造,执着地寻找生活中美的因素,通过对自然美、社会美、人物精神美的表现,最后归结到对时代、社会、祖国的歌颂的主题。这些诗一般采用轻盈、欢快的笔调抒写甜美、喜悦的氛围,语言秀丽优美,色彩绚丽多姿,尽情渲染生活的幸福美满。比较典型的有贺敬之《桂林山水歌》、郭小川《秋歌》,另外,严阵诗集《江南曲》《琴泉》和沙白诗集《水乡行》《杏花·春雨·江南》也先后引起读者的注意。诗集中那些表现农村生活的抒情短诗,风格秀丽、意境清新、画面精致、语言华美、韵味悠然,描画出一幅幅江南恬静、美丽的生活图景。不过,在这些诗中,诗人所展示的艺术画面,与现实农村的真实生活状况形成了巨大的反差。新中国历史上最严峻的一页被描绘成歌舞升平的人间仙境,实在称得上是用"两结合"创作方法谱写颂歌的奇迹。

转换时期的诗坛上,与颂歌交错唱响的是战歌。而把战歌唱得最嘹亮的自然要数军旅诗人。中华人民共和国成立初期最早的战歌,是以志愿军战士未央为代表的表现抗美援朝题材的诗作。他的诗歌以火一样炽热的情感,讴歌了志愿军战士的爱国主义和国际主义精神,同时还愤怒地揭露了侵略者犯下的种种罪行。从未央的诗作中,我们可以很明显地看到抗战期间"擂鼓诗人"田间的诗歌对他的影响。这些作品充满了英雄主义与爱国主义精神;语言铿锵有力,像战鼓,似号角,催人奋进,慷慨激昂;在表现手法上,往往从生活中提炼出富有典型意义、撼人心魄的场面或镜头来描写,从而表现强烈的爱憎情感,像《枪给我吧》《驰过燃烧的村庄》等作品;从句式上来说,也是采用田间鼓点式的简短而坚实的句子,朴素、干脆、真诚的语言,排成篇无定段、段无定行、行无定字、韵无定位的自由体,具有热情、质朴、坚实、有力的艺术风格。当时同类战争题材的诗作还有老诗人严辰《祖国》《英雄与孩子》,田间《雷之歌》《北京—平壤》,李瑛《战场上的节日》等。

此后,军旅诗成为战歌的主要组成部分。军旅诗的一度兴盛与当时从军营中迅速升起的一群诗歌新星有关。他们当中有在西南边陲的云、贵、川、康藏高原战斗和歌唱的公刘、白桦、梁上泉、雁翼、顾工、高平、周良沛等,也有保卫南国边疆的李瑛、张永枚、韩笑、柯原、纪鹏等。他们的诗作抒发了驻守在祖国各地的军人保卫国家安全、人民幸福的高度责任感,反映了部队紧张、艰苦的战斗生活,歌唱了军民鱼水深情,展示了诸多兄弟民族群众斑斓多姿的劳动生活和人情风物,勾描了祖国河山的美丽姿容。这些诗人大多是在解放战争或中华人民共和国成立初参军入伍的年轻军人,他们随着人民解放军的铁流来到祖国的西南边陲、南海前哨,部队熔炉的冶炼和走南闯北的经历,为他们的诗歌创作作好了充分的准备,因而在不太长的时间里,他们都能拿出比较可观的诗作来。尤其是在西南地区的部队诗人,独特的地理环境、迷人的少数民族生活风情和复杂的对敌斗争生活,给他们的创作以特殊的滋养,再加上他们当中的不少人还有幸参加了对当地少数民族民间传说、神话故事、长篇叙事诗的收集、整理和再创作,所以他们的诗歌创作一开始就表现出较高的艺术水准。不幸的是,这些在诗坛上刚刚崭露头角的新秀,有不少人在随后的政治风暴中遭到劫难,直到二十年后才得以重返诗坛。

新中国初期最突出的军旅诗人要数公刘,他的《佧佤山组诗》《西双版纳组诗》《西盟的早晨》等诗,以劲健的歌声唱出了边防军战士对祖国的忠诚,抒发了为保卫祖国受尽艰辛也感到骄傲的情怀。如"在哨兵的枪刺上,/凝结着昨夜的白霜,/军号以激昂的高音,/指挥着群山每天最初的合唱……"而整个转换期军旅诗人的代表作者则是李瑛。他一直生活在部队,总是以战士的眼光去观察世界,以军人的胸怀去寻觅诗情,无论是月夜潜听、拂晓巡逻,还是戈壁行军、雾海行船,举凡军旅生活的巨细,都能引发他的艺术感受,他"从战士的脚步获得了节拍,从炮火的红光获得了色泽"。① 部队丰富多彩的

---

① 谢冕. 他的诗,由钻石和波涛组成[J]. 诗刊,1979(10).

生活风貌,在他的诗中都有生动的反映。他的军旅诗中的抒情主人公,也往往是一个战士的形象;他诗中的那些大海骑士、插翅铁鹰、戈壁红柳、哨所雄鸡,都是战士形象的真实写照和恰切象征。只因诗人自觉地充当战士的代言人,"所以才唱出了士兵的情感",抒写了他们的性格与胸襟。

从1963年起,文坛极左思潮盛行,战歌开始走出军营,以高昂激越的情调逐渐地取代了轻盈秀美的颂歌,重大的政治命题成为诗人反复吟唱的对象,诗歌为政治斗争服务的职能得到极端强化。在这些"文革"前夕发表的诗作中,抒情主人公往往是无产阶级战士的"大我"形象,红旗、青松、阳光、烈火是流行的意象,革命历史、英雄的意志和战斗的精神成为再三歌唱的题材,回忆对比、展望未来是反复采用的套路,诗人采用托物言志、象征寓意的手法来表现政治寄托,或直接歌唱社会主义生活和无产阶级革命事业,如严阵《竹矛》、沙白《大江东去》、张万舒《黄山松》、张志民《擂台》等。此时的战歌充满了浓浓的火药味,阶级斗争的调头唱得很高,实际上已为"文革"的到来作了充分的铺垫和舆论准备。

当代狭义的政治抒情诗创作的兴起,是以1955年郭小川为全国青年社会主义建设积极分子大会的召开写下的《投入火热的斗争》和1956年贺敬之为纪念党的35周年诞辰,祝贺党的"八大"召开而创作的长篇政治抒情诗《放声歌唱》为标志的。虽然此前也出现过少量类似的作品,像胡风的大型交响乐式的长诗《时间开始了》(1950)、石方禹《和平的最强音》(1950)、邵燕祥《我爱我们的土地》(1954)等。此类政治抒情诗创作的兴起,与时代要求诗歌放声地歌唱新生活、更直接地为政治服务的时代背景是分不开的,也与那些视诗歌为时代的号角,自觉地、积极地为新生活唱赞歌的诗人的主观要求密切相关。在表现火热的建设生活已显得有些单薄和窘迫时,诗人们突破现有的表现水平,从宏观入手,采用俯视鸟瞰的视角,以充满激情的歌喉去热情歌唱,便是顺理成章的了。正像郭小川所说的:

> 那时候,社会主义建设和社会主义革命的伟大号召已经响彻云霄,我情不自禁地以一个宣传鼓动员的姿态,写下了一行行政治性的句子,简直就像抗日战争时期在乡村的土墙书写动员标语一样。①

政治抒情诗的艺术渊源可以从两个方向追溯。从国外的影响来说,主要是西方

---

① 郭小川.月下集·权当序言[M].北京:人民文学出版社,1959:2.

19世纪的浪漫派诗人,像鲁迅当年在《摩罗诗力说》中所介绍的拜伦、雪莱等"摩罗诗人",以及裴多菲、密茨凯维支、惠特曼的作品,其直接效仿的典范则是苏联革命诗人马雅可夫斯基的诗作。从国内的影响来看,五四时期以郭沫若为代表的浪漫主义的豪迈诗风,30年代慷慨激昂的左翼诗歌,艾青、田间和主张力与美的"七月"诗派及其在抗战期间盛行的政治鼓动诗,对新中国政治抒情诗的创作都产生了相当程度的影响。政治抒情诗中的抒情主人公常以阶级代言人的身份,表达对时代、社会、人生的见解,抒发火热的革命情感,那种把抒情、议论、叙述三者紧密结合的书写方式,那种音步铿锵、节奏明朗、声调高昂的"楼梯式"诗体形式,特别容易打动听众,从而使诗歌与人民的关系更加紧密,产生广泛的社会影响。应该说,在那个特定的历史时代,政治抒情诗不但开拓了诗歌的表现领域,而且丰富了新诗的样式,所以受到诗坛主流话语的肯定和社会读者的赞赏,以致风靡一时。此后,每当有政治运动开展时,这种诗体便会受到人们的青睐。由于政治抒情诗主要以充沛的激情、豪迈的语言、浪漫的想象去歌唱、阐释重大的政治命题,所以往往会显得激情有余而内容贫乏,缺乏诗歌含蓄深远的审美余韵。

二、郭小川的诗歌

郭小川(1919—1976),原名郭恩大,河北丰宁县人。出生于教师家庭,青年时代参加过学生示威游行和南下请愿斗争。他在抗战爆发后投笔从戎,成为一名八路军战士,主要从事文艺宣传工作。1948年起在《群众日报》等报社担任领导工作。中华人民共和国成立后,先后在中宣部理论宣传处、文艺处以及中国作协担任领导工作。"文革"期间,他被隔离审查,遭到了无情的批斗,身心受到严重的摧残。"文革"结束不久,诗人由于服用安眠药后抽烟引起火灾不幸去世。

纵观郭小川的创作生涯可以发现,诗人从青年时代在抗日救亡运动中初展诗才,到"文革"中以诗为武器与"四人帮"进行不屈的斗争,诗歌伴随着诗人走过了大半生。从中华人民共和国成立初出版诗集《平原老人》(1950)到他去世以后出版《郭小川诗选》(1977),共出版诗集11本:《投入火热的斗争》(1956)、《致青年公民》(1957)、《雪与山谷》(1958)、《月下集》(1959)、《鹏程万里》(1959)、《两都颂》(1961)、《将军三部曲》(1961)、《甘蔗林——青纱帐》(1963)、《昆仑行》(1965)等。

郭小川在诗坛上闻名,最早缘于他于1955年起发表以《致青年公民》为总题的一组政治抒情诗。这些诗用火热的激情、高昂的格调,向广大青年提出了如何看待人生、青春的重大命题:

青春/不只是秀美的发辫/和花色的衣裙,不能总在高山麓、溪水旁/谈情话、看流云。(《闪耀吧,青春的火光》)

斗争/这就是/生命,/这就是/最富有的/人生。(《投入火热的斗争》)

诗人提醒年轻一代,在"社会主义的道路上/并非/平安无事",生活中"时常/有风雨来袭","随处都可能/埋伏着坚硬的礁石",他以自己的亲身经历启迪青年人,应该怎样面对前进中的困难和障碍,并满腔热情地号召青年公民"以百倍的勇气和毅力/向困难进军"(《向困难进军》)。这些诗作在主题上应和了社会主义建设的时代主潮,迎合了人们普遍高涨的情绪节拍,唱出了新生活的乐观精神,再加上抒情主人公恳切的抒情姿态、激昂奋发的审美风范、富于哲理的抒情性议论及音步铿锵的楼梯句式,很快在社会上产生了很大反响。

虽然获得了成功,但诗人并不因此而满足,他认为,"文学毕竟是文学,这里需要很多很多新颖而独特的东西"。① 在这种情况下,他又创作了表现探寻自己心灵奥秘的长篇抒情诗《致大海》(1956)、《望星空》(1959)。《致大海》以普希金同名诗作相似的样式,将大海比喻为自己曾经走过的战斗历程,抒写了在投身于改造社会的事业过程中,自己在思想、情感上与集体由龃龉不合到协调一致的变化过程:

我自己呀,/从来也不是剽悍而豁达的勇士,/无端的忧郁/像朝雾一样/蒙住了我的少年。/小小的荣誉或羞辱,/总是整夜整夜地/在我的脑际纠缠。

只是在投身于革命队伍以后,"我再也不想到别处去了,/因为我已经渐渐地/与周围的世界趋于协调"。

写于"大跃进"神话破灭之际的《望星空》,是表现对个人与社会、时间与空间、现实与历史、生命与永恒关系思考的诗作。诗中的抒情主人公在夜晚眺望星空时,面对这个"神秘的世界",心头引发了不尽的思索和遐想。但作品在展开诗情的过程中,诗人的独特的艺术感受与流行的政治观念产生了裂痕,致使主观的创作意图与文本的客观效果产生了反讽的情景:作品所竭力贬低的宇宙,仍以"异样的安详","饱看世界沧桑",而要"把人间的山珍海味,/送往迢遥的上苍"的宏伟志向,却显出了"大跃进"后浮夸遗风的窘相。诗作既暴露了诗人创作动机与效果的矛盾,也是诗人在处理诗歌与现实的

---

① 郭小川.月下集·权当序言[M].北京:人民文学出版社,1959:2.

关系时,那种复杂心绪、矛盾心情的不自觉地展示。

真正体现郭小川在诗歌内容上进行独立思考和探索,并取得突破性进展的作品,是他在贯彻"双百"方针后期至1959年期间写作的,以革命战争生活为内容的系列长篇叙事诗:《白雪的赞歌》《深深的山谷》《一个和八个》《将军三部曲》和《严厉的爱》等。虽然新诗在叙事诗上有所探索,但总体上比较薄弱。延安诗人在汲取民间文学的基础上,在叙事诗上作了有益的尝试。特别值得指出的是,郭小川的这些叙事诗作勇于冲破当时文坛的禁区,言人之未敢言,涉及了诸多敏感的话题。其中,《白雪的赞歌》《深深的山谷》和《严厉的爱》是他同一个写作计划中的有关爱情婚姻题材的"三篇叙事诗","它们的共同之处是都各写了一个男主人公和一个女主人公,体裁和格调也大体一样"。① 不同的是,像《白雪的赞歌》涉及的是当时十分忌讳的"第三者"题材,《深深的山谷》写的是爱情悲剧,而《严厉的爱》表现的是一场不打不相识的爱情喜剧。

《白雪的赞歌》对人们唯恐避之不及的婚外恋问题进行了探讨。女主人公于植因怀孕与战斗在敌后的丈夫分别,孩子出生刚两个月就听说身为县委书记的丈夫在一次战斗中受伤被俘,下落不明。转眼两年时间匆匆过去,这时她的孩子得了重病,医生在给孩子治病的过程中,与处于情感饥渴中的于植卷入了爱情的漩涡。作为长期经受过战火考验的革命者,经过剧烈的思想斗争,他们最终靠理智战胜了情感。医生带医疗队奔赴前线,并帮助于植找到了失散的丈夫。于植的丈夫经受了生与死的考验,终于回到了革命队伍,保持了"忠贞的政治操守";而于植与医生则闯过了情感考验关,他们的襟怀像白雪一样纯洁美丽。诗作表现了在艰苦卓绝的战争年代,革命者应该如何处理生命与事业、道德与爱情之间矛盾的主题。

《深深的山谷》是郭小川诗歌探索中最为成功的一部。诗作写一位叫"大刘"的女主人公对自己一段刻骨铭心的爱情生活的回忆:她"从遥远的南方走向陕甘宁边区",在投奔延安的途中,她被一位青年袭来的目光所击中,后来这位英俊的青年成了她的伴侣,并一起在宝塔山下度过了一段富于罗曼蒂克诗意的幸福时光。这位青年因反抗反动统治投身革命,但孤傲的个性、个体人生价值的追求、知识分子的优越感和清高,使他觉得自己无法真正与"战斗的集体协调",尖锐的斗争和对痛苦的恐怖,使他一直在矛盾的思想漩涡中苦苦挣扎。在一次日寇大扫荡时,他终因经受不住艰苦斗争的磨难,不顾大刘的劝说,跳崖自尽。诗作一方面展示了女主人公的情感遭遇,同时也揭示了在走向革命的征途中,知识分子内心的矛盾、痛苦与困惑。

---

① 郭小川.郭小川诗选(下)[M].北京:人民文学出版社,1985:118.

在思想主题探索上,最具挑战性的作品是《一个和八个》。这篇叙事诗表现革命队伍中因极左思潮造成冤假错案的主题,这一直是新中国文学创作中的禁区。郭小川在处理这个题材时,"打算写一个坚定的革命家的悲剧,表现一种坚贞的出于污泥而不染的性格"。① 诗中一名叫王金的八路军教导员,在从事地下工作时不幸被俘,但在临难时侥幸逃脱。回到革命队伍后,由于受叛徒的诬告而又无法证明自己的清白,他不得不因特嫌与八个犯人关在随军监狱。由于形势发生突变,上级决定将他和八个犯人处决。在刑场上,其余的犯人一致祈求锄奸科长留下王金,受到震惊的锄奸科长决定重新请示上级。当他们回到部队原来驻地时,敌人的炮火炸伤了锄奸科长,于是双手被捆绑的王金毅然指挥战斗。在王金的带领下,他们奋勇杀敌,终于成功突围重回部队。诗作歌颂了革命者忠贞的灵魂与高尚的人格,也探讨了人性善恶问题,客观上暴露了革命斗争的严酷和"左"倾思潮的危害,还涉及残酷的战争本相以及历史和命运的偶然性。这种超前的探索,使得当时《人民文学》和《收获》两大刊物的编辑都无奈地先后把稿子退还诗人,而这首诗的正式发表,已是在 22 年之后的 1979 年。

尽管诗人以充当阶级的代言人为己任,也尽管他绝大多数诗作歌唱的都是时代的主潮,但只是由于在他的诗中出现了与标准化理念和同一的艺术模式相左的内容,所以诗人为此受到严厉的指责。1959 年,在《望星空》发表后不久,中国作协党组对它和尚未发表的《一个和八个》进行了批判,随后《文艺报》刊出了批评指责《望星空》的文章。经受这场批判以后,郭小川明白,像《一个和八个》这类题材"是根本不能写的"。这以后,意识形态的规范进一步约束了他的诗歌主题,从 1960 年起诗人又回到政治抒情诗写作的道路上来,相继写作了《厦门风姿》《乡村大道》《甘蔗林——青纱帐》和"林区三唱"等诗篇。在这些诗中,抒情主人公是一个标准而鲜明的无产阶级战士的形象,作品的主题是对战斗精神的呼唤,而格调则显得慷慨激昂。

由于思想探索的诗歌之路亮起了红灯,诗人则把精力转移到艺术形式的探索上。以前,他曾用"楼梯式"写《致青年公民》组诗,以民歌体写《三户贫农的决心》,如今他熔古典诗词、散曲和民歌为一炉,创作了如"林区三唱"一类诗行简短、节奏明快、音韵优美的"散曲体"。特别是借鉴辞赋的表现特点,以集短句为长句的"长廊"句式为主要特征的,运用对偶、排比、反复咏唱造成两两对称,具有整齐、和谐之美和磅礴气势的"新辞赋体",更是对新诗形式探索所作的一大特殊贡献,将新诗史上闻一多、徐志摩、卞之琳、何其芳等倡导的现代格律诗创作大大推进了一步。

---

① 李新宇.中国当代诗歌艺术演变史[M].杭州:浙江大学出版社,2000:54.

"文革"期间,诗人被打成"文艺黑线"代表人物,受到了迫害。诗人在"五七"干校劳动改造期间,愤怒地写下《团泊洼的秋天》《秋歌》等诗。这些诗表现了一位真正的战士诗人的英雄本色、高尚人格、磊落襟怀和诗情天性。特别是在《团泊洼的秋天》一诗末节所写的"不管怎样,且把这矛盾重重的诗篇埋在坝下/它也许不合你秋天的季节,但到明春准会生根发芽。"这显示了一位诗人敏锐的政治洞察力和对斗争充满必胜信念的自信心。

三、贺敬之的诗

贺敬之(1924—),山东峄县人。1937年考入山东省立第四乡村师范,开始写诗,并在《大公报》《新民晚报》副刊上发表作品。1940年到达延安,进入鲁迅艺术学院文学系学习。在延安,他创作了《十月》《雪花》等诗作。参加了延安文艺座谈会以后,他和丁毅等人集体创作了歌剧《白毛女》,该剧于1951年获斯大林文学奖。中华人民共和国成立后,贺敬之在中央戏剧学院创作室工作,任《剧本》《诗刊》编委、中国戏剧家协会书记处书记等职。1956年,他在参加西北五省(区)青年造林大会时,写下了充满革命激情的抒情诗《回延安》后,又重新开始诗歌创作,陆续写了《放声歌唱》(1956)、《雷锋之歌》(1962)等长篇政治抒情诗,出版了诗集《放歌集》(1961)。"文革"后,他又创作了《中国的十月》《"八一"之歌》等诗作,曾任文化部副部长、中宣部副部长、文化部代部长。进入古稀之年,诗人偶尔会写一些旧体诗。新时期出版的诗集有:《贺敬之诗选》(1979)、《回答今日的世界》(1990)。

贺敬之的诗歌创作大致可以分成两类:一类是短小的民歌体抒情诗,像《回延安》《三门峡——梳妆台》《桂林山水歌》等;另一类是长篇政治抒情诗,像《放声歌唱》《东风万里》《十年颂歌》《雷锋之歌》等。前一类诗主要表现个人生活经历中的某些片断感受,如重回延安、参观三门峡、游览桂林时的观感、回忆、想象和展望等,但这些个人的生活感触又无一不是和政治性的重大主题、社会关注的焦点问题紧密相连的。《回延安》里抒情主人公的感触始终不离开革命战士保持、发扬延安革命传统的主题;《桂林山水歌》对神姿仙态、如情似梦的桂林山水的赞美,目的是兴起歌唱"江山多娇"的祖国到处是仙境的主题,在三年经济困难时期起到美化现实、鼓舞信心的宣传作用。这类诗歌大多采用"信天游"形式或七言歌行体,意境清新,情感细腻,语言通俗上口,风格委婉深沉。而后一类体制宏大的长篇政治抒情诗,则都是针对现实生活中发生的重大事件或开展的中心工作所写的,像《放声歌唱》是为纪念党的35周年诞辰和庆祝党的"八大"召开而写的鸿篇颂歌;《十年颂歌》是献给年轻的共和国十年大庆的颂歌;《雷锋之歌》

是为呼唤青年们投入轰轰烈烈的学雷锋运动而创作的;《中国的十月》写于沉浸在粉碎"四人帮"喜悦之中的金秋;《"八一"之歌》是为纪念建军50周年献上的贺礼。这类诗歌大多采用"楼梯式"长篇政治抒情诗体,意境壮阔,体制宏大,气势恢宏,格调高昂,音韵铿锵,节奏明朗,极具宣传鼓动性。

作为新中国主流意识形态的阐释者和宣传者,贺敬之的政治抒情诗无论在思想上还是艺术上,都是完全符合当时的艺术规范的。从取材来说,诗中表现的内容无一不和时代风云、政治事件密切相关,即使是并不十分出名的作品,像《向秀丽》《回答今日的世界》《地中海呵,我们心中的海》《胜利和我们在一起》等都是如此。这些诗歌的主题也始终围绕着一个中心——表现一个投身革命事业的战士那颗赤诚的心。诗人是自觉以充当时代的歌手、阶级的代言人为己任的,他把祖国、人民、党、领袖作为自己歌唱赞美的对象;诗中的抒情主人公与咏唱的对象则完全融为一体,诗人个人的情感等同于阶级的情感,诗人的个体形象象征着阶级的群体形象。所以,个人在投身时代洪流过程中所产生的矛盾、困惑都被视为非本质性的因素在典型化的过程中被忽略、淘汰了,因此这些诗作自然成为颂歌体抒情诗的典范之作。

贺敬之的诗歌表现了鲜明的浪漫主义色彩,这一特点首先表现在他的诗歌总是洋溢着充沛的政治激情。像《雷锋之歌》的篇末在抒发对英雄精神的感悟基础上,激昂地呼唤革命青年集结在阶级大军的队伍中,在"革命人生的路上",昂首阔步,高歌猛进。其次,诗人善于运用夸张、想象、幻想等手法来创设诗歌意境。在《三门峡——梳妆台》中,诗人赋黄河以生命,把她称为祖国母亲的女儿。过去,"黄河女儿头发白","愁杀黄河万年灾";如今建设三门峡水库,黄河得到治理,于是,"黄河女儿容颜改","无限青春向未来"。诗人通过虚拟的黄河女儿形象所发生的变化,来歌颂黄河和祖国解放前后两种截然不同的命运。在《桂林山水歌》里,诗人眼中的山和水如"云中的神啊,雾中的仙",像"情一样深呵,梦一样美",山有神,水有情,增添了诗作的艺术感染力。

贺敬之的诗歌表现出一种崇高的审美特征。他的政治抒情诗体制大,篇幅长,《放声歌唱》长达1 600余行,《雷锋之歌》也有1 200余行。这些诗构架恢宏,视野开阔。像《放声歌唱》中以宏大的笔力描绘了社会主义建设的壮丽图景,并着力塑造了党的形象:"党,/正挥汗如雨!/工作着——/在共和国大厦的/建筑架上!"像《雷锋之歌》中塑造的雷锋形象:

我们阶级队伍的/生命群山中/一个高峰……党的/摇篮中——此刻/又站起来/一个多么高大的/我们的/弟兄。

贺敬之在诗歌艺术表现形式的民族化方面也进行了有益的探索,其表现主要有两点:一个是选择民歌和古典诗词相结合的道路,在民歌体写作方面下功夫;另一个是致力于对"楼梯式"进行民族化的改造。当然这些探索都是在当时流行的诗歌理论、创作规范允许的范围内进行的。像《回延安》等诗中采用的长于比兴、夸张,用两句一节来蝉联诗情的"信天游"体,是早在延安时期就得到肯定的,而《三门峡歌》则更多地表现出古典诗词的韵味。至于"楼梯式",虽然是直接借鉴苏联诗人马雅可夫斯基的诗歌形式,但诗人根据汉语特征对"楼梯式"进行适当改造时是颇花了一番心思的,像对称的双音词交错出现,可以获得意象叠加的效果,长句的拆行排列能使情感产生抑扬顿挫;跳跃的节奏和整齐的对仗相结合,既能使诗情飞扬、激情四溢,又显得形式大致整饬、音韵和谐。

作为五六十年代写作政治抒情诗的代表诗人,其创作中的不足,现在看来也是十分明显的。由于诗人过于贴近时事,追求与生活的同步,使得他的抒情诗已经带有某种记录建国后政治运动发展历程的"史诗"意味;而政治概念的大量入诗,在很大程度上损害了诗歌的审美价值。部分作品甚至完全背离了当时的社会生活现状,一味宣泄空洞浮泛的政治情感,这对诗人在文学史中的整体艺术评价都带来了一定的伤害。

第二节 叙事诗与"写实"诗

一、叙事诗与"写实"诗

解放区诗歌对新中国初期诗歌的影响,同样表现在叙事诗的创作上。1943年李季创作了《王贵与李香香》以后,相继出现了一批像阮章竞《漳河水》、张志民《王九诉苦》、田间《赶车传》等民歌体的叙事长诗。这些诗歌在思想内容上一般都具有明确的阶级意识,表现敌与我、新与旧的矛盾斗争;诗歌形式上大多向民歌或民间艺术学习,具有明朗、通俗的艺术特色。新中国成立初期从事叙事诗创作的诗人,基本以塑造革命战争年代的英雄、反映战争年代的斗争生活为诗歌表现的内容,像李冰《刘胡兰》,乔林《白兰花》,冯至《韩波砍柴》,李季《报信姑娘》《只因为我是一个青年团员》《菊花石》等。这些诗作非常注重向民歌、唱本学习,借鉴民间文化的有益之处,即使像冯至这样曾致力于现代风格探索的优秀抒情诗人,在表现《韩波砍柴》这种反映现实土改斗争的题材时,也是采用以民间传说故事作为诗歌主要内容的表现手法,在艺术风格上呈现出朴素、明朗、流畅、通俗的特征。

中华人民共和国成立10周年前后,出现了多达百部以上的长篇叙事诗,其中最突出的是反映革命战争和历史题材的作品,像闻捷《复仇的火焰》、李季《杨高传》、郭小川《将军三部曲》。此外,如王致远《胡桃坡》、梁上泉《红云崖》、臧克家《李大钊》、高缨《丁佑群》、田间《赶车传》(上卷)等,都是当时较有影响的诗作。这些作品都是作者深入生活,努力从民歌民谣、古典诗词,乃至说唱文学、古代章回体小说中吸取营养,在运用民族形式表现现实生活方面不懈努力的结果。还有一些是根据优美动人的神话、民间故事和传说创作的长篇叙事诗,像徐嘉瑞、公刘、徐迟、鲁凝分别创作的同名叙事长诗《望夫云》,白桦《孔雀》,韦其麟《百鸟衣》,李冰《巫山神女》,戈壁舟《山歌传》,张永枚《白马红仙女》,高平《紫丁香》《大雪纷飞》等,这些富有传奇色彩的诗作,从不同的侧面反映了中华民族传统的优秀品德和生活理想。

中华人民共和国成立以后,对少数民族叙事诗的收集、整理和改编工作取得了显著的成绩。长期以来,在边远地区非汉族中口头广泛流传而被正统文学拒绝的少数民族叙事诗,被当成文学瑰宝受到人们的珍视,也使中国文学缺少长篇叙事诗,尤其是缺少史诗的偏见不攻自破。其中,创世的史诗有纳西族的《创世纪》、彝族的《梅葛》、彝族阿细人的《阿细的先基》、布依族的《开天辟地》等;英雄史诗有藏族的《格萨尔王传》、蒙古族的《江格尔》、柯尔克孜族的《玛纳斯》,以及维吾尔族的《乌古斯传》、傣族的《相勐》《兰嘎西贺》等。爱情叙事诗有彝族撒尼人的《阿诗玛》、傣族的《娥并与桑洛》《召树屯》、苗族的《仰阿莎》、回族的《尕朵妹与马五哥》、壮族的《唱离乱——〈嘹歌〉之五》、傈僳族的《逃婚调》等。英雄叙事歌则有纳西族的《人与龙》、蒙古族的《嘎达梅林》、苗族的《张秀眉之歌》等。

中华人民共和国成立之初,随着国民经济建设高潮的到来,诗人们响应组织的召唤,纷纷走进工厂、农村和军营,或长期扎根基层,或短期参观体验生活。于是,诗坛上出现了一大批以描写"客观生活",尤其是反映"工农兵生活"见长的"写实诗"。像李季于1952年冬到玉门油矿安家,从此便把自己的全部精力都投入到为石油工人歌唱的事业当中。他致力于在"黑色的琼浆"中提炼诗意,创作了大批反映石油工业劳动生活的"石油诗",如诗集《玉门诗抄》《致以石油工人的敬礼》《玉门诗抄二集》《心爱的柴达木》,长篇叙事诗《生活之歌》等,因而被人称为"石油诗人"。被授予"森林诗人"称号的傅仇,长年在西部辽阔深邃的大森林里与伐木工人一起生活。其诗集有《伐木者》《森林之歌》等,主要反映了伐木工人艰苦创业的奋斗精神。青年诗人邵燕祥以一名新闻工作者的政治敏感,到工厂、矿山和建设工地去挖掘诗情。他的诗集《到远方去》《给同志们》记录了建设者的英雄业绩,也歌唱了他们蔑视困难的满腔豪情。另外,他还创作了批判官僚主义作风的叙事诗《贾桂香》和一些讽刺诗。部队诗人雁翼创作了歌颂筑路工人征服险山恶水壮举的《大巴山的早晨》《在云彩上面》等。

这种大批诗人到生产现场、建设工地、乡村农家深入生活、体验生活的情景,使人很容易联想到当年延安的文艺工作者在延安文艺座谈会以后纷纷奔赴前线、战地、基层的现象。经过1952年在全国开展的文艺整风,大家明确了要"确立工人阶级的思想领导","帮助广大非工人阶级文艺工作者进行思想改造",就必须认清"脱离政治、脱离群众、脱离实际"的危害,只有"在深入工农兵群众、深入实际斗争的过程中",才能把立足点移到无产阶级这方面来。① 所以,诗人们真诚地投入到经济建设的热潮当中去,在生活第一线撷取诗歌素材,提炼激动人心的诗情,为人民送上宝贵的精神食粮,从而履行时代赋予自己的神圣使命。

由于这些诗作大部分得于诗人自身的生活印象,注重将社会信息转化为艺术形象,所以在一定程度上题材的重要与否直接影响到作品价值的高低。诗人往往采用赋体手法,撷取某个镜头、场景、情节或生活片段作为支撑全诗的构架,通过描述刻画生活场景,来表现歌唱经济建设的主题。在追求形象性的过程当中,由于注重摹写生活现象而忽视个人对生活独立思考的情况比较普遍,这也使得诗歌中叙事的成分越来越多,而情与思的因素在逐渐削弱。诗歌在走向社会、服务大众的同时,表现社会、时代的声音在不断增强,而诗人的自我形象则模糊不清,主体的思想、情感在淡化。这种抒情诗中重写实、叙事的现象,最早可以追溯到五四时期提倡新诗的"写实性"主张,到"左联"时期提倡阶级意识,这种见解得到进一步的强调。在延安的根据地诗歌中,采用民歌形式写叙事诗则被视为诗歌创作领域中实践讲话精神的方向而受到大力倡导,并由此对当代诗歌产生了较大的影响,这种影响一直延续到"文革"结束。

二、李季的诗

李季(1922—1980),原名李振朋,河南省唐河县人。1938年入陕西洛川抗大分校学习,毕业后在太行山区任八路军连指导员、联络参谋等职。1942—1947年期间,在陕北三边地区从事文化宣传工作。1946年创作发表的长篇叙事诗《王贵与李香香》是实践《讲话》精神的优秀作品。中华人民共和国成立后,他历任《长江文艺》《诗刊》《人民文学》主编、中国作家协会书记处书记等职,先后出版了诗集《玉门诗抄》《海誓》《石油诗》(一、二集)、长篇叙事诗《菊花石》《生活之歌》《杨高传》等。

李季在诗坛上最为人称道的是他的"石油"诗。1952年,诗人选择了当时全国最大

---

① 胡乔木.文艺工作者为什么要改造思想[M].北京:人民文学出版社,1952:6—7.

的石油工业基地玉门油田作为自己的生活基地,开始和石油工人生活在一起。充满朝气的石油工业吸引了诗人的心,"黑色的琼浆"给了他勃发的诗情,他无法按捺住内心的创作冲动,"为石油和探采石油的石油工人们"献上了一曲曲动人心弦的赞歌。几十年来,李季走遍了祖国的每一个大油田,柴达木、克拉玛依、大庆、胜利、川中……每一处都留下了他辛勤的足迹,每一处都飘荡着他昂奋的歌声。他的石油诗伴随着祖国石油工业的前进步伐,展示了石油工人艰苦奋斗的光辉业绩。石油工人亲切地赞誉他为"石油诗人"。

李季在叙事诗领域中付出了辛勤的劳动并取得了丰硕的成果。中华人民共和国成立初期,他便以革命战争年代的三边生活为题材,创作了两首小叙事诗《报信姑娘》《只因为我是一个青年团员》,热情歌颂了人民革命英雄。1953 年,他又发表了表现民间艺术雕刻、保护盆菊,与恶势力进行斗争的长篇叙事诗《菊花石》。由于在艺术构思上存在某些缺陷,这部长诗没有获得预期的艺术效果。1956 年,他为诗坛奉献了我国第一部反映石油题材的长篇叙事诗《生活之歌》,颂扬了石油工人富于创造性的劳动,其不足之处在于没能从正面展开矛盾冲突,因而削弱了诗作的思想深度。

长篇叙事诗《杨高传》(1959—1960)是他酝酿十多年之久才写就的一部英雄传奇,是继《王贵与李香香》之后代表其叙事诗创作成就的诗篇。作品规模宏大,故事复杂,人物众多,由《五月端阳》《当红军的哥哥回来了》《玉门儿女出征记》组成,分别从少年、青年、壮年等不同时期来表现主人公杨高的成长经历,塑造了一个富有传奇色彩的英雄形象。杨高是一个孤苦伶仃的穷娃,在红军宣传员的指引下走上了革命道路,成为一个机智勇敢的小交通员、侦察员。他在烈军崔妈妈家养伤时,与她的女儿端阳产生了蒙眬的感情。抗战中,他转战太行山,受伤致残后回到三边担任自卫军营长。解放战争中,在一次执行侦察任务时不幸被捕,敌人见他软硬不吃,抓来端阳逼降;最后端阳英勇献身,他被解放军救出后送进医院养伤。中华人民共和国成立后,他转业到石油战线担任钻井队党支部书记。一年后,他又率队奔赴柴达木,建设新油田。诗作通过叙述杨高艰难困苦、顽强战斗的一生,来反映党领导下的人民革命斗争所经历的伟大而艰难的历程;诗中颂扬的杨高那种身残志坚、不屈不挠的斗争精神,也是为人们树立的一个学习的榜样。

中华人民共和国成立之后,李季始终没有离开延安时期写作《王贵与李香香》时的创作模式。在他的艺术世界中,人物大都是与王贵、李香香类似的杨高、端阳、赵明、石油大哥、万红庆等工农兵英雄形象,作品主题几乎都是歌颂作品主人翁在革命战争年代和社会主义建设时期所建立的丰功伟绩。他虽然不像郭小川那样在题材和主题上进行多方的探索,但在新诗的民族形式化方面作出了巨大的努力,取得了不少创新性的艺术成果。李季认为,对于一个诗人来说,他的每一首诗不但应当在诗的主题、思想感情方面是崭新的,而且在诗歌语言、形式方面,也应当有所突破和创新。他的毕生创作,都在努力实现这个目标。他的成名作《王贵与李香香》就是采用陕北民歌"信天游"的形式来表现爱情与革命的故事的。中华人民共和国成立后,诗人先用具有民歌风格的四行体写作了《短诗十七首》等作品,接着又采用五行体湖南民歌及"盘歌"形式创作了长诗《菊花石》。在《杨高传》中,诗人采用民歌与鼓词相结合的形式,通过说书人的叙述来介绍杨高英雄性格的成长史,由于注意设置悬念和巧合,使情节富于传奇色彩,加上大胆吸收民间口语入诗,使诗作显得通俗易懂。当然,这种采用说书形式写叙事诗的方法也曾受到某些评论家的质疑。

李季是一位有独特艺术个性的诗人。他的诗表现出鲜明的写实风格,人物是现实的人物,画面是生活的再现,即使细节也很少靠想象凭空虚构,所以他的诗像生活自身一样朴实。尽管没有华丽的辞藻,也不追求诗思的曲折纵横,更看不到那种火山爆发式的情感宣泄,甚至连诗人的自我形象也往往被隐去,但他却以自己对生活不事雕琢的歌唱,对人民真挚醇厚的热情赢得了读者,并一直为人们所称道。

三、闻捷的诗

闻捷(1923—1971),原名赵文节,江苏丹徒区人。1940年到延安,曾在陕北公学学习,后在陕甘宁边区《群众日报》当编辑和记者,1944年开始发表文学作品。1949年随军进入新疆,先后任新华社西北总社采访部主任、新华社新疆分社社长。1955年,他先后在《人民文学》发表了《吐鲁番情歌》等组诗,这些诗后来与其他诗结集出版,取名为《天山牧歌》。先后出版的诗集有:《祖国,光辉的十月》《生活的赞歌》,长诗《复仇的火焰》(一、二部)等。

在闻捷的诗歌创作中,《天山牧歌》(1956)是他诗歌创作获得杰出艺术成就的代表之作。该诗集由《博斯腾湖滨》《吐鲁番情歌》《果子沟山谣》《天山牧歌》四个组诗和九首散歌及一首小叙事诗《哈萨克牧人夜送"千里驹"》组成。这部诗集称得上是我国第一部真实表现边疆少数民族农牧生活的田园牧歌集。自古以来,我国诗坛多为农业文明的田园诗而少游牧文明的牧歌。由于长期的民族隔阂,诗人们很少涉足边塞地区为当地牧民歌唱。即使是像唐代比较兴盛的反映大西北边塞生活的边塞诗,也主要是抒发边关将士杀敌建功的豪情壮志,吟唱征人于役在外、怀念亲人的边愁乡情;或描写飞沙走石、迷蒙混沌的绝域景观,或表现对国力衰弱、边防未固的忧虑感伤,却从不见为西域少数民族的游牧生活而歌唱的牧歌,这就造成了中国诗歌文体的一大空缺。闻捷的《天山牧歌》热情地为维吾尔、哈萨克、蒙古等兄弟民族崭新的农牧生活歌唱,并以"牧歌"为诗集题名,表现出一种高度自觉的创新意识,从诗体和题材两个方面填补了我国诗歌创作的空白。

《天山牧歌》以热烈欢快的歌声赞美了天山南北的新疆各族人民在经过伟大的历史性变革后的新生活。过去杳无人烟的大戈壁,如今出现了"海市蜃楼"般的新村;昔日以泪敬客的穷牧民,"如今帐篷里铺了和阗地毯","盘子里盛满待客的水果";九月的黄昏,歌声伴着归家的牧民;和硕草原上,骑手策马尽情飞奔。那些勇武的骑手、好客的牧民、多情的姑娘和英俊的小伙,用自己辛勤的劳动建设自由幸福的家园,使这里水草丰美、田野富饶、羊羔如云、苹果红润。

《天山牧歌》中最具特色的是爱情诗。诗人不但热情歌唱了男女青年在劳动中孕育成熟的爱情,同时也赞美了他们忠于祖国、热爱家乡、追求幸福的美好心灵。这里有葡萄园中谈情逗趣的欢快场面,也有舞会结束后姑娘开脱追求者的大方机智,及驻守边卡的战士对家乡姑娘忠贞不渝的感情。《夜莺飞去了》采用起兴手法,表现了一位像夜莺一样可爱的青年,在参加石油城建设时仍然眷念着家乡和美丽多情的姑娘。诗作将坚贞的爱情和缠绵的乡恋与自觉履行建设祖国的神圣职责结合起来。《苹果树下》借苹果在春、夏、秋三个季节的生长、成熟过程,暗寓了爱情的孕育、发展和成熟,既表现了爱情的甜蜜多趣,也赞美了劳动的欢乐自由。这些诗作不仅唱出了爱情的幸福、甜美,同时也反映了少数民族青年一代在爱情、婚姻观念上发生的深刻变化。这些诗作把描写爱情与劳动结合起来,既闪射出新生活的绚丽光彩,又展示了少数民族青年美好的理想、健康的情操、开阔的胸襟和纯洁的心灵,给人以美的享受和情的陶冶。

《天山牧歌》中的佳作,一般都具有叙事与抒情相结合的特点。这些抒情诗或将叙述切割成片段后作为引发抒情的契机,或把情节淡化为人物的背景或氛围,或以简单的故事作为构设意境的框架,或在生活场景的素描上着以抒情的斑斓色彩。这种以叙当歌、以画为诗的表现方式,比单纯的主观抒情诗更富于生活情趣,更能逼真地展示生活的本来面目。这种特点的形成,一方面得力于诗人多年从事新闻工作养成敏锐的观察力和积累了丰富的生活素材;另一方面也离不开诗人的叙事才能。他善于按照诗歌的主题和情感表达的需要对材料进行加工提炼,"把生活里的复杂的事物提炼为很单纯的文学艺术的内容,而且表现得自然,和谐,不露人工的痕迹"。[①] 另外,这也与诗人成功

---

① 何其芳.何其芳文集(第五卷)[M].北京:人民文学出版社,1983:466.

地借鉴了苏联诗人伊萨可夫斯基的爱情短诗的表现形式有关。《天山牧歌》的成功还与诗中鲜明的民族特色和地方特色密切相关。这些诗里所表现的西部民情风俗、少数民族的文化传统,本身就具有很强的审美吸引力和新鲜感。像《赛马》所展示的"姑娘追"游戏,《葡萄成熟了》里面小伙子弹着三弦挑逗正在劳作的姑娘的场景,这些风景画和风俗画都是令生活在内地的读者耳目一新的。

闻捷在当代诗坛上确立自己地位的另一力作,是他创作的长篇叙事诗《复仇的火焰》(1959—1962)。这部具有史诗性质的巨型叙事诗,在当代新诗史上具有举足轻重的地位,与郭小川《将军三部曲》成为"十七年"文学中叙事诗的代表作品。诗作通过描写建国初新疆巴里坤草原平暴事件的始末经过,记载了当时聚居在这里的哈萨克牧民从怀疑、反对到拥护中国共产党的变化历程,表现了党的民族政策的伟大胜利和草原人民历史命运的根本变化。长诗构思宏大,结构繁复,脉络清晰,章法严谨。诗人在广阔的社会背景中,通过设置错综复杂的矛盾纠葛、头绪纷繁的情节线索,成功地表现了深刻的主题。

诗作塑造了众多个性鲜明的人物形象,像足智多谋、誉满草原的智慧老人布鲁巴,出身贫苦、美丽纯洁的头人养女苏丽亚,稳重踏实、英勇不屈的工作组长高志明,立场坚定、性情急躁的民族军战士沙尔拜,身经百战、指挥若定的解放军师长任锐;以及粗野阴狠、诡谲多变的美国领事麦克南,妖艳风骚、泼辣凶恶的反共白俄尤丽,野心勃勃、狡诈如狼的匪首忽斯满,凶恶残忍、首鼠两端的头人阿尔布满金。其中最引人注目的是青年牧民巴哈尔,诗作一开始就在风雪大草原上刻画了他的勇敢镇定,继而在跑马叼羊竞赛中再现了他高超的骑术、英武的身姿和剽悍的性格,而《血泪谣》的吟唱不但显示出他善歌的才能,更揭示了他胸中怀有朴素而深刻的阶级意识。这只勇敢的草原之鹰,本应在解放军进疆后燃起复仇的火焰,但狭隘的民族意识和宗教思想迷惑了他的双眼,头人利用他对养女苏丽亚的爱,诱使巴哈尔跌入叛乱的深渊。虽然他在"保教保命"的大旗下出征参战,但毕竟没有变成死心塌地为头人效命的鹰犬。他那朴实忠厚的品德、纯洁善良的本性和自发的阶级意识,最终影响和支配了他的行为。经过反复的思想斗争,他在护送麦克南潜逃时勒转马头投奔光明。诗作在塑造巴哈尔的形象时,不但注意在尖锐激烈的矛盾冲突中多侧面地展示人物的性格特征,而且善于通过解剖人物的内心世界使人物形象富于立体感。诗人准确地把握住这个人物在思想、性格上的冲突和矛盾,按照生活逻辑和人物性格发展逻辑,真实地展示了他觉醒、成长的过程。巴哈尔是哈萨克牧民的一个缩影,他所走过的道路概括了草原人民思想发展变化的一般进程。

长诗显示出鲜明的民族特色和地方特色。这不仅得力于诗人对题材本身的深入开掘和精心提炼,更与诗人善于通过对巴里坤草原的风景画和风俗画的生动描绘来抒发情感是分不开的。由于诗人具有厚重的生活积淀,十分熟悉草原的自然风光和当地的民情风俗、宗教礼仪,所以他能根据作品的总体构思需要,用多姿的彩笔,为读者描绘出形象逼真、别开生面的风景画和风俗画。像任锐与巴彦拜克前去参加婚礼时看见的草原风光:

　　湛蓝的天空海洋般深远,一轮殷红的落日像火焰辉煌,屹立的雪山披挂着银盔银甲,横卧的冰川放射金光。

壮美的景色令人如痴如醉。而那安详美丽的草原黄昏:"帐篷的天窗升起炊烟,漫游的羊群低鸣着涌进圈栏,飞倦的云雀悄声落入林丛,黄昏笼罩着巴里坤草原",则把读者引入田园牧歌般的意境之中。这些风景描写或给人物提供必要的活动背景,或用来烘托气氛、设置某种生活氛围,或用以象征人物的某种精神品格,成为作品血肉之躯的有机组成部分。诗作还十分注意对西北游牧民族生活中的历史文化的积淀——风物习俗的描写,像生日宴会上举行的跑马叼羊竞赛,吉木赛湖滨狂热喧闹的摔跤角力,塔什库牧场驯服烈马和托里克草原的优美弹唱。另外,诗作的每一章前面都安设有民歌、民谚或题头诗,像"飞翔高空的雄鹰哟,轻抚追随它的彩云,奔驰草原的骏马哟!单等赏识它的英雄";"背弃祖国的人,如同失去树林的夜莺"。它们或概括每章的主题,或暗示情节的发展方向,或表达某种生活哲理,无不起着画龙点睛的作用。作为当地民众集体智慧和艺术才能的结晶,这些民歌、民谚既生动地体现了当地的文化背景和民间的习俗风情,也使诗篇获得一种苍茫、浑厚的历史意识,这种创作方法显然受到了当时苏联文学的影响。

第三节　红卫兵战歌与地下诗歌

一、红卫兵战歌

　　"文革"前期,公开出版的文艺刊物停办,绝大部分诗人失去了创作与发表作品的权利,而红卫兵战歌在这一特殊的历史时期则呈现出一片繁荣的景象。这些由红卫兵群体创作的诗歌数量庞大,主要发表在各地红卫兵自办的报纸上,当时有影响的报纸有清华大学的《井冈山》、北京矿院的《东方红》、石油学院的《长征》等。1968年12月编辑出版的红卫兵诗集《写在火红的战旗上》是一部红卫兵战歌的代表性选集。该诗集选编了在全国产生影响的98首红卫兵战歌,呈现了红卫兵战歌的整体风貌和基本风格。

红卫兵战歌最引人注目的特征是它强烈的政治情感色彩。这种情感色彩首先在于它的真诚。尽管红卫兵战歌体现出来的情感是天真与狂热的,但这种情感是与对革命的信仰结合在一起的,所以我们可以说它偏执和幼稚,但没有理由怀疑这种情感的真诚性。当然,由于红卫兵投入其中的那些"革命"事件和政治斗争本身就是荒谬的,所以红卫兵通过诗歌传达的感情也只能是可悲的。红卫兵战歌的情感呈现出简单而分明的特色,长期的战争文化心态制约让诗人在思考与创作中无法摆脱二元对立的思维方式,这种思维方式在"文革"时期达到登峰造极的程度。黑与白、对与错、革命与反革命、拥护与反对……泾渭分明、界限清晰,不能存有丝毫中间地带。红卫兵战歌中体现出来的情感立场是非常鲜明、彻底和清楚的,对于时代和政治指给红卫兵的"敌人",他们表现出了这样的"革命"姿态:

> 毒打、围攻领教过/最多不过砍脑壳/要想老子不革命/石头开花马生角。//铁气节、英雄胆/提着脑袋来造反/方向一明不回头/敢闯火海上刀山。

诗歌中简单而粗暴的语言形式折射出"文革"时代畸形的审美标准,表达了红卫兵义无反顾的献身精神与"革命"情感。

红卫兵战歌在情感上的另一个特征是豪迈。红卫兵有着天真而狂热的革命信仰,对自己所投身的"革命事业"和"伟大斗争"有着近乎宗教般的神圣感受和非理性认知。所以作为描摹和刻写他们的"革命"与"斗争"的红卫兵战歌,自然就要把表现豪迈的革命气魄作为强烈的艺术追求。在"战歌"中,红卫兵在一种强烈道德意识支配下表达出一种豪迈的革命理想,他们以"革命事业的接班人""无产阶级红色江山的保卫者"自居,把自己视为整个世界的拯救者和革命理想的播火者。在红卫兵战歌中,这样的口号和宣言随处可见:"向莫斯科、华盛顿进军!/杀他个人仰马翻而已,/打他个天翻地覆慨而慷!"由此可见,这种豪迈其实也把红卫兵的狂热和无知推向了极端。

红卫兵战歌的第三个特征就是集体抒情彻底取代了个体抒情。个人意志完全融入了集体意识,个人的声音融汇成为集体的合唱,如"从广播里暴风雨般的欢呼声中/妈妈,你们可听出那一个是你儿子的声音"?集体主义能够增强一个民族的凝聚力,也有利于社会的健康发展,但是当一个庞大的集体中的每个人都沉浸在酒神精神的狂欢之中,理性的声音完全喑哑于集体的喧哗,那么这个集体的意志很有可能被某种力量所操纵,给整个民族带来深重的灾难和巨大的悲剧。

红卫兵战歌是"文革"的产物和必然精神现象。作为"文革"文学的一部分,其思想内容自然是被规定和制约了的。具体来说,其思想内容主要体现在以下几个方面:其一,红卫兵战歌的一个重要内容是对领袖的歌颂。颂歌曾经是中华人民共和国成立后相当长时间内中国主流诗歌的重要形式。在颂歌中,除了对共产党、工农兵、中国革命、社会主义建设的歌颂外,就是对党和国家的领导人的歌颂,而直接对毛泽东的歌颂更是颂歌最普遍的主题。红卫兵通过红卫兵战歌对毛泽东的歌颂,明显地有这样两个情感倾向:一是对政治领袖的虔诚崇拜,如"三十亿人仰望着毛主席,灿烂的太阳!三十亿人憧憬着北京,火红的太阳城";二是把政治领袖作为精神心灵的依靠,如"我手抚天安门红墙,像孩子啊依偎亲娘"。其实,红卫兵战歌是当时整个社会对领袖神话般的盲目崇拜和个人迷信的写照和集中显现。

其二,怀着虔诚、神圣的信仰投身革命,表现为革命而牺牲一切的精神。红卫兵把他们正在投入和参与的"革命"与"斗争"等同于老一辈革命者投入和参与的民族民主战争,把革命战争年代的英雄树为自己的榜样,同时也认为他们所从事的正是决定中国命运和世界命运的神圣斗争。当"革命事业"需要他们奉献和牺牲的时候,他们会豪情万丈、大义凛然地以英雄的姿态去冲锋战斗:

再见了,妈妈!/我们的伟大统帅毛主席,/催令我整装待发,/……不夺取文化大革命的彻底胜利,/儿愿做千秋雄鬼,死不还家!

现在看来,这种精神是荒谬的、滑稽的、幼稚的,但放在当时的时代背景下,确实也反映了年轻的红卫兵的真实的情感。

其三,"文革"中的具体现实任务、斗争形式以及政治事件、政治纲领等,也是红卫兵战歌中重要的内容和题材。这些诗歌,都具有强烈的"文革"色彩。比如围绕1967年夏天武汉两派武斗的武汉事件,便产生了两首红卫兵战歌:《放开我,妈妈》《请松一松手——献给抗暴斗争中英勇牺牲的战友》。套用《长征组歌》形式写成的红卫兵战歌《红卫兵组歌》,真实而具体地记录了北京101中学老红卫兵的历史道路,记录了"文革"中的一系列政治事件。当然,《红卫兵组歌》并不是只有"记录"性质,将红卫兵的精神面貌和特有心态融进具体事件当中,是它的战歌色彩得以体现的方式:

砸烂八股旧学制,/横扫黑帮立奇功。/党给一身造反骨,/唇枪舌剑杀气腾。/主席亲手授战旗,/小将高唱东方红。/……/杀!杀!嘿!!

红卫兵战歌作为群体性创作,数量众多,但能够产生广泛影响并流传下来的只是极少数作品。政治幻想诗《献给第三世界大战的勇士》便是其中一首。这首诗全面、充分地体现了红卫兵战歌的思想情感,在艺术手法和语言形式上都具有可取之处。诗歌共240余行,分5段。诗歌主体是一位参加了"第三次世界大战"的战士,诗的内容是在回忆中展开的:"我"和已经牺牲的战友曾经在"公园里一起'打游击',在井冈山一起'大串联'",后来一起走上了"第三次世界大战"的战场。整首诗篇充斥着好战心理,幻想着第三次世界大战到来,幻想着第三次世界大战是以打败美帝国主义、全球实现共产主义为结果。长诗反映了红卫兵青年圣战式想象和狂热的政治热情,这类诗歌作为畸形年代的产物,不可避免地带有极大的时代局限性。

二、地下诗歌

在"文革"时期,除了上面讲述的红卫兵战歌等公开发表的主流诗歌外,还存在着"地下诗歌",或称"潜在诗歌""隐在的诗歌"等。所谓"地下诗歌",是指那些不是为了在当时公开发表也不可能在当时的社会环境下公开发表的诗歌创作。这类作品的存在方式,或者是以手抄本形式在为数不多的密友之间小范围流传,或者是仅以手稿形式被诗人长久地秘密保存。这类诗作之所以只能以"地下"方式存在,根本原因在于当时那种极端的政治环境无法为文学的自由发展提供一个必要的生存空间。与公开发表的诗作相比,这类作品"更能体现那个时代人们的心理、情绪、思想和情感,也更能够显示那些不见容主流诗坛的艺术探索"。①

值得注意的是,"地下诗歌"并不是"文革"时期才出现的诗歌现象。早在"十七年"文学前期,当颂歌响彻新中国文坛,而文学创作日益受到各种规范的限制,公开探索与讨论文学和诗歌的空间逐渐消失的时候,"地下诗歌"就已经开始零星出现。1955年发生的"胡风反革命集团"冤案很大程度上改变了共和国文坛的生态环境,这一政治运动是一个重要的标志性事件,表明文化思想的争鸣已经转向了严酷的政治斗争。胡风本人及其追随者在这场政治运动中被无情地置于敌对地位,成为人民政权专政的对象。新中国最初的较有代表性的"地下诗歌",就出自胡风冤案的受难者曾卓、绿原等诗人之手。他们既被剥夺了加入颂歌潮流的权利,也失去了通过诗歌创作参与政治、干预现实的可能。因此,他们只能写作"地下诗歌"来记录生命的苦难、抒发心灵的伤痛,表达对个人遭遇和时代命运的思考,也只能通过这种诗歌传达沉郁的悲剧性体验。曾卓和

---

① 李新宇.中国当代诗歌艺术演变史[M].杭州:浙江大学出版社,2000:163.

绿原都是"七月派"诗人,也都是湖北人,并且都是1922年出生,1955年都因"胡风案"被捕入狱。这期间绿原秘密创作的诗歌有《又一名哥伦布》《手语诗》等,曾卓秘密创作的诗歌有《有赠》等。

《又一名哥伦布》是绿原"地下写作"代表性作品之一,创作于1959年的秦城监狱。诗作表现了诗人对荒谬历史的强烈抗争,抒写了诗人在黑暗、孤独与苦难中探行未来的精神历程,同时也体现出深沉有力的思辨穿透力。跨越时空,诗人将自己与伟大的航海家哥伦布联系起来。他们都在一个浩淼无垠的维度中航行,所不同的是,哥伦布是航行于"空间的海洋"中:"四周一望无涯/没有陆地,没有岛屿/没有房屋,没有船只/没有走兽,没有飞鸟/只有海/只有海的波涛。"而诗人所要面对的是更为无边的时间之海洋:"没有分秒,没有昼夜/没有星期,没有年月/只有海——时间的海/只有海的波涛——时间的海的波涛"。诗人将自己无法看到尽头的狱中生活比喻成为"时间的海洋",把他的狭小封闭的囚室看作"圣玛利亚",展示了诗人以不息的信念抵御孤独,反抗绝望,躯体虽被囚禁,而灵魂却自由地"漂流在时间的海洋上",诗人坚信在航行的尽头,"他也一定会发现一个新大陆"。诗歌采用对照的方式,表现了现实的悖谬和生存的苦难,弥漫着庄严的苦涩和难言的隐痛。

曾卓的《有赠》写于1961年,是他写给恋人的组诗中广为流传的名篇。在这样一个特殊的年代里,个体生活与私人情感已经被规定为文学创作的禁区,受到严厉的批判与否定,这类题材的诗歌创作必然会让诗人滑向更为不幸与苦难的深渊。爱情诗《有赠》的出现证明:即使在最为严酷的时代环境中人性的花朵依然会在"生命的炼狱边"悄然绽放。经受了两年牢狱之苦和两年下放农村后,"饥饿、劳累、困顿"的诗人,循着"我的生命的灯",回到家中,与一直等着他归来的那位朴实平凡的伟大女性重逢了。这首诗正是用浓厚的情感和生动的笔墨,细腻而朴素地描绘了相爱者久别重逢的动人情形。多少坎坷、多少苦难、多少期待,化为深沉忧郁的情感,长期地积淀在诗人的内心中,在诗的最后部分终于奔涌而出了:

在一瞬间闪过了我的一生,/这神圣的时刻是结束也是开始。/一切过去的已经过去,终于过去了,/你给了我力量、勇气和信心。//你的含泪的微笑的眼睛是一座炼狱。/你的晶莹的泪光焚冶着我的灵魂,/我将在彩云般的烈焰中飞腾,/口中喷出痛苦而又欢乐的歌声……。

在这首诗中,诗人表现的是孤寂、苦难中的慰藉与温馨,赞美的是孤苦无告的境遇里平凡朴实的爱情的神圣、伟大。诗意真诚、温和而感伤,同时又闪现着刚强的意志,充满了感情的力量。

"文革"中的"地下诗歌"是一种比较复杂和分散的诗歌现象,诗歌作者主要由两类诗人构成,一类是在政治运动中受到残酷迫害被彻底排除于文坛之外的诗人,另一类是红卫兵运动高潮过去之后在苦难中开始觉醒的"知青"诗人。前者是上面提到的"胡风集团案"中绿原、曾卓、牛汉等,以及被打成右派的穆旦、公刘、流沙河等。这些诗人在黑白混淆、是非颠倒的"文革"灾难岁月,身受严酷批斗与迫害,但时代的疯狂与喧嚣可以伤害身体却无法触及灵魂,他们在内心深处守护着自己的独立意志和深沉探索的胆识和勇气,并借助诗歌刻写下灵魂在逆境和绝望中搏斗的剪影、抗争的历程。

"七月派"诗人这一时期的创作,强化的是生命意识,思考的是重压之下的生命、死亡、背叛等主题。绿原在这时期创作的《母亲为儿子请罪》,用一种苍凉而绝望的心理,对这个时代进行了无情的嘲讽和指控:

对不起,他错了,他糊涂到/在污泥和阴霾里幻想云彩和星星/更不懂得你们正需要/一个无光、无声、无色的混沌//请饶恕我啊,是我有罪——/把他诞生到人间就不应该/我哪知道在这可悲的世界/他的罪证就是他的存在。

在这样一个美好、快乐、温暖、希望统统缺席的年代里,只是因为"在冰冻的窗玻璃上,画出了一株沉吟的水仙"。母亲就必须悲愤、屈辱地为自己的孩子请罪,这是诗人对那个疯狂与专制社会现状的有力控诉。

绿原的另一首名篇《重读〈圣经〉》同样也展示出批判和控诉精神指向:

今天,耶稣不只钉一回十字架,/今天,彼拉多决不会为耶稣讲情,/今天,马丽娅·马格达莲注定永远蒙羞,/今天,犹大决不会想到自尽。

创作于"文革"时期的《重读〈圣经〉》是绿原的一首著名诗歌,诗作反映了诗人对那个"颠倒错乱的世界"的清醒的认识,在平铺直叙的抒写中饱含了诗人强烈的主观情感,完成了诗人对那个时代的审判。但绿原在批判和指控的同时,仍然显现出了不屈的生存意志和坚韧的生命信念:"无论如何,人贵有一点精神。/我始终信奉无神论:/对我开恩的上帝——只能是人民。"

曾卓以拟喻化的艺术形式"雕塑"的《悬崖边的树》,可以说是曾卓他们这一代受难者最典型的姿态和精神境界:

> 不知是什么奇异的风/将一棵树吹到了那边——/平原的尽头/临近深谷的悬崖上//它倾听远处森林的喧哗/和深谷中小溪的歌唱/它孤独地站在那里/显得寂寞而又倔强//它的弯曲的身体/留下了风的形状/它似乎即将倾跌进深谷里/却又像要展翅飞翔。

时代的狂风把这棵树吹到了平原的尽头,它似乎已然被喧嚣的世界所遗忘,孤独的坚守在"临近深谷的悬崖上",静默地"倾听远处森林的喧哗和深谷中小溪的歌唱"。面对坎坷与不幸,诗人并没有悲观失望,而是以一种从容与平静的心态面对险恶与无助的生存处境,结尾处的"展翅飞翔",更是给人一种蓬勃向上的精神力量。

牛汉将这时期创作的诗歌自称为"情境诗",他那些语调较为平静的诗突出了浓烈的生命意识,充满了坚韧的反抗精神。这些诗歌借助不同的意象,表达了陷于逆境的生命不屈的抗争与坚韧的生存意志。比如《半棵树》里那棵"劈掉了半边"的树,在"春天来到的时候"仍然会"长满""青青的枝叶",尽管"雷电还要来劈它"。而《华南虎》里那只陷于铁栅栏的老虎,虽然趾爪被"活活地铰掉"了,牙齿"被钢锯锯掉"了,但它仍有"石破天惊的咆哮",仍在"水泥墙壁上"抓下"像闪电那般耀眼刺目"的"一道一道的血淋淋的沟壑"。

40年代已经成名的优秀诗人穆旦是"中国新诗派"代表人物,因为在"反右运动"前夕创作了《葬歌》《九十九家争鸣记》等作品被打成右派,并被长期剥夺了发表诗歌的权利。在接近生命"冬天"的1975年和1976年间,穆旦爆发出了诗人最后的耀眼光辉,一共写下了27首诗。这些诗歌虽然创作于思想大解放的前夕,但在当时的社会历史条件下,诗人同样不可能将这些作品公开发表,因而诗人纯粹是出于个人爱好,以一种无功利的态度来从事创作,这就更能够在个体人格、思想情感、艺术追求等方面体现出独立性与完整性。穆旦这一时期的诗歌创作最显著的特点是强烈的觉醒意识。写于1976年3月的《智慧之歌》,具有浓烈的反讽色彩。当人生走到"幻想底尽头",往昔生命中曾经拥有的"欢喜"——"青春的爱情""欢腾的友谊""迷人的理想",都像一片片飘零的树叶"枯黄地堆积在内心","但唯有一棵智慧之树不凋",它的长青是以诗人痛苦的汁液作为养分。"这棵奇异的'智慧之树'形象而又多侧面地表现了在那个蒙昧与虚伪的时代诗人心灵的觉醒以及这种觉醒带来的痛苦而复杂的感受,并以悖论的形式完成了对那个时代价值观念的颠覆。"①穆旦这一时期的诗歌还表现了诗人在生命晚期对自我生命历程与生存状态的理性思考和总结,如《冥想》:

> 我冷眼向过去稍稍回顾,/只见它曲折灌溉的悲喜/都消失在一片亘古的荒漠,/这才知道我的全部努力/不过完成了普通的生活。

《神的变形》是一首诗人将审视历史、现实所得的观念,作具象化抒情所得的象征性诗剧作品,其内涵包含了历史上的各种权力运作的机密,其直接针对的是"文革"的社会现实。诗剧有四个形象:神、魔、权力、人,通过这四个形象戏剧性的冲突与联系,展示了一个人类悲喜剧的寓言,同时也是一个酸楚、苦涩的预言。比如,其中的"权力"是这样发言的:

> 而我,不见的幽灵,躲在他身后,/不管是神,是魔,是人,登上宝殿,/我有种种幻术越过他的誓言,/以我的腐蚀剂伸入各个角落;/不管原来是多么美丽的形象,/最后……人已多次体会了那苦果。

诗篇具有智性传达的深刻性,显示了现代主义诗歌技巧的成熟。在生命的最后几个月中,诗人以《春》《夏》《秋》《冬》为题创作了一组诗歌,借季节的更替来表达生命各个阶段丰富的特性,其中以《冬》最具艺术感染力。诗作在安详沉静的状态中细致地剖析了灵魂深处的痛苦和欢欣,虽然发出"多么快,人生已到严酷的冬天"这样略带沉重的感叹,但"感情的激流"依然汩汩地流淌在"冰冻的小河"之下,诗人在回顾生命的同时以一种平静、从容的心态面对着即将来临的死亡。穆旦的这批诗中,其他的还有《好梦》《听说我老了》《理想》《友谊》《理智和情感》等。

知青诗歌创作无疑是"文革"时期"地下诗歌"的另一个重要组成部分。当规模宏大的红卫兵造反运动高潮过去之后,作为这场政治运动积极参与者的红卫兵被大规模地放逐到广阔的农村及边疆地区,极其艰难的生存条件和巨大的失落感使他们逐渐从狂热的激情中冷静下来。为数不多的经历了"文革"得以保存下来的书籍,以及通过某些渠道获取的所谓"内部读物",在部分知青中相互交换阅读,成为知青们抗拒心灵寂寞与生存苦难的最为珍视的精神食粮。而且,这些书籍中传播的遥远的"异质文化",

---

① 张宜雷.天鹅的绝唱——论穆旦"文革"后期的诗作[J].天津大学学报,2005(7).

唤醒了他们内心的个体意识与批判精神,为他们重新审视与评判社会现实与既有价值观念,重新思考个体的生存现状和未来命运,提供了一个参照的价值坐标。越来越多的知青拿起了笔,使得处于地下的知青诗歌群落大量地出现,这也成为"文革"后期一种普遍的社会文化现象。"他们的诗歌呈现出一些共同的特征:对政治(命题)的关注,普遍彻底的怀疑精神,被逐之后的疏离感,对语言表达个体经验的追求,风格上思辨与感性的繁复混杂等等"。①

"文革"时期知青"地下诗歌"的最先探索者,是黄翔和食指。黄翔,生于1941年,湖南桂东县人,50年代开始发表诗歌作品,属于最早的诗艺探索者,现旅居美国。他写于1962年的《独唱》具有鲜明的特立独行品格,与当时的主流诗歌显示出了截然不同的艺术特征:

我是谁/我是瀑布的孤魂/一首永久离群索居的/诗/我的漂泊和歌声是梦的/游踪/我的惟一的听众/是沉寂。

显然,诗中的抒情主人公与那个时代的诗歌需要的抒情主人公有着本质不同,这个"我"不再是一个时代或一个阶级的代言人,不再是无产阶级革命战士的化身,不再是空洞的"大我",而是一个真实的"小我""自我":一个没有听众的歌者,一个离群索居的孤独者,一个孤傲不群的漂泊者。

作为"文革"中最早的觉醒者之一,黄翔在诗歌写作上摆脱了主流意识形态话语的制约,回到自己的现实生活体验、想象与思考之中,于60年代末70年代初写作了许多非主流色彩的诗歌,其中《野兽》和长诗《火神交响曲》是其代表作。中国诗歌自进入当代以来,占据主流地位的是那些服务政治、配合时代的颂歌、战歌,其基本精神品格是高昂却虚幻、激越却空洞。而黄翔的这两首诗歌显示了久违的批判精神、正义力量和对时代的哲学思考。作为一个孤独的觉醒者、诅咒者和抗议者,黄翔在《野兽》里让自己以这样的"姿态"出现:"我是一只被追捕的野兽/我是一只刚捕获的野兽/我是被野兽践踏的野兽/我是践踏野兽的野兽。"诗人对那个人性沦丧的所谓革命年代的悲剧体验,作了深刻认识和准确概括。在这样的诗里,不仅作者的意识已跳出了灾难岁月的笼罩,而且诗艺的尖锐、集中,整体意象的变形,都产生出鲜明的形象效果,显示出强烈的探索精神和反抗精神,呈现出与那个时代标语、口号般的干枯诗歌语言迥然不同的审美风貌。

---

① 贾鉴.试论文化大革命中的地下诗歌——以"白洋淀诗歌"为例[J].当代作家评论,2001(1).

在觉醒、诅咒、批判的思想基础之上，黄翔的诗歌还传递了久违的启蒙主义力量。这种先知先觉的启蒙立场在组诗《火神交响曲》中得到明确展示。《火神交响曲》第一组诗就是带有强烈象征意蕴的《火炬之歌》，诗中的"火炬"所要照亮的正是人们的理性，所要点燃的正是人们对现代迷信、偶像崇拜和极权主义的反叛。在这首组诗里，我们听到的是那个时代对人性、科学、真理最高亢的呼喊和吁求："把真理的洪钟撞响吧"，"把科学的明灯点亮吧"，"把人的面目还给人吧"，"把暴力和极权交给死亡吧"，"人性不死人的良心不死人民精神不死/人类心灵中和肌体上的一切自然天性/和欲望/永远洗劫不尽搜索不走"。黄翔的诗歌气势澎湃、情感激越、思考尖锐、立场坚定、态度鲜明，同时善于运用大胆、奇崛、新异的意象投射心灵的力量和热度。

在具有叛逆和异端色彩的知青写作中，影响最大的是食指的诗歌。食指原名郭路生，1948年出生，原籍山东，出生于北京一个干部家庭，现居北京。在60年代末，他的诗作已经在知青当中广为流传，因而被称为"文革中新诗歌的第一人，为现代主义诗歌开拓了道路"。① 主要诗作有《相信未来》《这是四点零八分的北京》《愤怒》《命运》《疯狗》《鱼群三部曲》《海洋三部曲》等。1999年人民文学出版社出版诗集《食指的诗》，2001年与诗人海子共同获得第三届人民文学奖。食指的诗以朴实的语言和丰富的意象唱出了那个时代的青年人普遍的心声，抒写了严酷的社会生态环境中个体生命真实的感性体验与思想情感，这也是他作为"地下诗歌"创作与当时主流话语诗歌之间最大的不同所在。对理想和信念的坚守以及面对未来的犹疑、困惑与彷徨往往共存于食指的诗歌中，两个背道而驰的精神方向相互缠绕在一起，体现出特定的历史情境中诗人食指复杂的精神图景。诗中的抒情主体是热烈而悲壮的时代代言人和苦难承担者的角色。

《相信未来》是食指最著名的诗篇，这首诗歌如同一道耀眼的光芒穿透了那个乌云密布的时代。在充斥着荒诞与暴力的畸形岁月中，抒情主人公发出了青春的呐喊，以一个时代预言家的角色，为我们呈现出一个充满希望、充满热情的光明未来。诗作不长的篇幅中前后六次出现"相信未来"，诗人反复地强调"相信未来"，一方面凸显了抒情主人公对现实生活的迷茫与焦虑，暗示了诗人内心深处对当下自我价值评判的不确定性；另一方面又深刻地体现出诗人在"迷途的惆怅、失败的苦痛"中坚定的信念与乐观的态度。

---

① 杨建.文化大革命中的地下文学[M].北京：朝华出版社,1993：87.

> 当蜘蛛网无情地查封了我的炉台/当灰烬的余烟叹息着贫困的悲哀/我依然固执地铺平失望的灰烬/用美丽的雪花写下:相信未来!//当我的紫葡萄化为深秋的露水/当我的鲜花依偎在别人的情怀/我依然固执地用凝霜的枯藤/在凄凉的大地上写下:相信未来!/我要用手指那涌向天边的排浪/我要用手掌那托住太阳的大海/摇曳着曙光那枝温暖漂亮的笔杆/用孩子的笔体写下:相信未来!……

这首诗以崇高的浪漫主义情怀和神圣的理想主义色彩,点燃了无数青年人青春的激情与梦想,激荡着整整一代人的心潮。

1968年冬天,食指赴山西农村下放插队劳动,就在列车离开北京那一刹那,内心敏感的诗人用一首诗凝固了那个黯然销魂的离别时刻,记录下了对未来的忧虑迷茫和对青春的伤感疑惑的情绪,这就是后来在知青中争相传诵的《这是四点零八分的北京》。对于知识青年的上山下乡运动这一文学题材,当时公开的诗歌就其本质来讲,更切近政治宣传品,诗作所表现的主题思想当然必须服从政治宣传的要求:拥护、歌颂、欢呼。而食指的这首诗歌具有浓郁的私人化叙事色彩,展示了被裹挟在历史大潮中的个体的真实心理感受。诗的首节从视觉与听觉两个方面为读者呈现了一个嘈杂、混乱的场景,"一片手的海洋翻动"与"一声尖厉的汽笛长鸣"同时出现在抒情主人公的感觉世界里,让抒情主体"我"的心理世界突然失去平衡,对正在发生的事件产生了强烈的陌生感与迷惘感:

> 北京车站高大的建筑,/突然一阵剧烈的抖动。/我双眼吃惊地望着窗外,/不知发生了什么事情。//我的心骤然一阵疼痛,一定是/妈妈缀扣子的针线穿透了心胸。/这时,我的心变成了一只风筝,/风筝的线绳就在妈妈手中。

诗歌以一组精妙的意象恰当地将孩子与母亲、知青与北京的双重纽带呈现出来。情感诚挚、体验真切,意象朴素、自然,诗情贴切、流畅,无愧为"文革"时期"地下诗歌"最优秀的篇章之一。

食指的一部分爱情诗在当时也广为流传。那些诗中的爱情是那个变异时代的爱情,因而充满了痛苦,也充满了对爱情无法把握的无奈和矛盾:"眼泪幻想啊终将竭尽,/缪斯也将眠于荒坟。/是等爱人抛弃我呢,/还是我也抛弃爱人?"(《还是干脆忘掉她吧》)事实上,对于这些诗篇中所表达的爱情,我们不能单纯地将其解读为男女之间的情感。诗中的爱情也可以是诗人美好理想与希望的寄托和载体。正因为读者可以从多个维度去理解与把握食指的诗歌,所以这些作品给我们展示了更具层次感、更为广阔丰富的审美想象空间。

值得注意的是,食指在"文革"时期创作的诗歌呈现出两种截然不同的话语形态,除了上述论及的一系列个体性话语诗歌作品之外,诗人在同一时期或稍后还创作了不少具有主流意识形态话语特质的红色战歌式诗篇,如《送北大荒战友》《等地重逢》《南京长江大桥》等。这类诗歌当中所表现出的英雄主义气概和乐观主义精神,以及口号式的抒情模式,完全消解了另一类诗歌中痛苦、迷茫、感伤的个体性的情绪。正视食指诗歌创作中的矛盾性,对其诗歌创作中话语分裂现象作进一步的探究,有助于我们更加全面、深入地了解和认识食指和他的诗。必须承认的是,食指对中国当代新诗的贡献,主要还在于他的个体化的"地下诗歌"创作。食指的这类诗歌显示着一个重要转变,这就是忠实于诗人自己的内心感受。这些"地下诗歌"不仅在思想上表现出对极左政治、个人崇拜、极权暴力等非人道现象的冷峻批判,而且在艺术表现上普遍地走向曲折和含蓄。他们摒弃了直白抒情和政治说教,大量使用象征、隐喻来传达诗人的体验和感受。作为"文革"时期创作的为数不多的"纯诗",食指把20世纪中国新诗重新引入现代主义诗歌的路向上来。

在"文革"的"地下诗歌"中,规模最大、影响也最大的诗歌群落是"白洋淀诗群"。这个诗歌群落培育了一大批诗人,而且形成了风格大致相近的诗歌流派。"白洋淀诗群"主要活动于60年代末期到70年代中期,主要构成人员是一批由北京赴河北白洋淀插队的知青,以及与他们交往密切的文学青年,其中的代表诗人有根子(岳重)、多多(栗士征)、芒克(姜世伟)、林莽(张建中)、北岛(赵振开)等。"白洋淀诗群"成员都经历了由红卫兵到下乡知青的身份转变,从政治风暴的中心被放逐到相对封闭的乡村社会,给他们带来了巨大的精神震荡与心理落差,年轻的诗人开始用一种不同的视角去观察世界、感知生活。"他们在充满末世感的精神深渊前面,停下了脚步,驻足于'文革'的文化废墟之上,回身将目光投向环绕着自我的'小世界',开始收拾属于他们自己的经验碎片,以重整破碎的精神天地。"[①]作为"文革"时期一种典型的"潜在写作","白洋淀诗群"的写作只能是地下沙龙中一种危险的违禁游戏,他们的诗作在当时的社会条件下不可能拥有公开的读者群体,因而他们在写作中也就无须考虑读者的阅读期待视野,这就让他们在诗艺追求实践中获得了更大的自由度。诗人们将诗歌艺术的关注点转向了丰富的内心世界,通过抽象、变形等表现手法,在现实世界与心灵世界之间架起了一

---

① 张闳."文革"后新文学的曙光——从食指到白洋淀诗群的诗歌写作[J].南方文坛,2010(2).

座艺术桥梁;大量地使用非指涉词语来表现主体内心中不断滋生与蔓延的孤独、彷徨甚至幻灭的感觉,在诗歌语言上也完全摆脱了"文革"主流话语的笼罩,呈现出一种鲜明的现代主义诗歌风貌。

根子从事诗歌活动的时间很短,是"白洋淀诗群"中一颗耀眼的流星。曾经流传的诗有《白洋淀》《橘红色的雾》《深渊上的桥》等,写于1971年的《三月与末日》被视为"白洋淀诗群"形成的开端之作:

  三月是末日/这个时辰/世袭的大地的妖冶的嫁娘/——春天,裹卷着滚烫的粉色的灰沙/第无数次地狡黠而来,躲闪着/没有声响,我/看见过足足十九个一模一样的春天/一样血腥假笑,一样的/都在三月来临。这一次/是她第二十次把大地——我仅有的同胞/从我的脚下轻易地掳去,想要/让我第二十次领略失败和嫉妒/而且恫吓我:"原则/你飞吧,像云那样。"我是人,没有翅膀,却/使春天第一次失败了。因为/这大地的婚宴,这一年一度的灾难。

这是一首现代主义特质异常浓厚的诗歌,写这首诗时诗人还不到二十岁,全新的抒情模式所带来的强烈的艺术震撼力,充分显示出根子作为天才诗人的艺术潜质。诗篇中的两个核心意象:"春天"和"大地"的客体自身特征在诗中几乎完全被忽略了,因而意象的传统文化内涵也就被彻底颠覆了。"春天"成为邪恶的诱惑者,"大地"则一再受到重复的欺骗,而我在"蒙受牺牲的屈辱"中,迎接"第一次收获,第一次清醒的三月来到了"。如果我们不能充分了解那个时代的社会文化背景与政治背景,也就无法真正地读懂这首诗,把握那隐藏在文本背后的深深的失望感与强烈的反叛意识。以《三月与末日》为代表的根子的诗歌,透露出一种阴森、血腥的氛围,充满了残酷、凄厉、惨烈的气息,而这些正是诗人疼痛和绝望的心态赋予和施加的。19岁的诗人没有玫瑰色的浪漫,有的是对自己生命历程的清醒认识和一种决绝的态度,以及对现实生活深刻的洞察。

芒克在此期间的诗作包括《阳光中的向日葵》《老房子》《城市》(组诗)、《太阳落了》(组诗)等。芒克是一个天性朴素的诗人,他被"白洋淀诗群"的同伴们称为"自然之子",这里所说的"自然"是指他作为人的自然本质还没有被当时的社会所扭曲。芒克的诗表现了他与周遭世界的亲和关系,善于捕捉微妙的感觉,并且不加修饰地将感觉化而为诗。如《一夜之后》:

  轻轻地打开门/你让那搂着你/睡了一宿的夜走出去/你看见它的背影很快消

失/你开始听到/黎明的车轮/又在街上发出响声/你把窗户推开/你把关了一屋的梦/全都轰到空中/你把昨晚欢乐抖落的羽毛/打扫干净……

芒克诗歌另一个显著的特点是象征手法的大量运用,诗人采用具有隐喻性的复杂意象群落在诗中营构起一个扑朔迷离的世界。在他的诗歌构筑的灰暗和阴冷的世界里,诗歌主体既传递出迷惘和无奈的情绪,也展示着顽强的抗争精神和批判精神,同时还对美好未来发出深沉的呼唤。在《阳光中的向日葵》里,我们可以明显地看到诗人对时代文化由怀疑到反叛到希望的精神理路:

你看到了吗/你看到阳光中的那棵向日葵了吗/你看它,它没有低下头/而是把头转向身后/就好像是为了一口咬断/那套在它脖子上的/那牵在太阳手中的绳索//你看到它了吗/你看到那棵昂着头/怒视着太阳的向日葵了吗/它的头几乎已把太阳遮住/它的头即使是在没有太阳的时候/也依然在闪耀着光芒。

多多的诗在诗艺上也着力于现代主义的探索,彻底地颠覆了主流诗歌固有的抒情模式与话语模式,在思想上执着于对个体生存困境的深刻思索以及对荒谬现实的理性批判。他的重要诗篇有《致太阳》《蜜周》《从死亡的方向看》《回忆与思考》(5首)、《陈述》(10首)等。多多的诗歌往往偏向于选择生僻、模糊的诗歌意象,其整体的情感基调是灰暗、低沉、阴郁的,这正是诗人痛苦、悲愤和忧伤内心世界的对应和投影。在《我记得》中,多多撇开主流文学(包括诗歌)对现实的粉饰、掩盖,义无反顾地托出了现实惨不忍睹的真实图景:

胆怯的房子最先颤抖起来/火,在郊外开始放手行凶:/庄稼被点燃,树木被逼疯/花的世界躺满尸体/河流也停止了屈辱的蠕动/山,也由此失去往日的光荣/……/历史也如石人一般/默默注视灰房子的倒塌……

"白洋淀诗群"是"文革"时期中国地下诗坛的一个重要据点,"个人化对世界的感受,个人性的精神立场与个人性的话语几乎同时诞生,最后导致精神和艺术上的独立与自觉"。[①] 它是新时期先锋文学最初的源头,对当代中国诗歌的影响和意义是深远、巨

---

① 刘志荣. 潜在写作[M]. 上海: 复旦大学出版社, 2007: 424.

大的,新时期开始后的"朦胧诗"诗歌大潮直接承袭的便是它的血脉。

【思考题】

1. 郭小川在诗歌内容上进行过哪些探索?
2. 郭小川在诗歌艺术形式创新方面有哪些贡献?
3. 分析贺敬之诗歌的艺术特色。
4. 谈谈贺敬之在诗歌的民族化方面进行了哪些探索。
5. 李季在诗歌艺术形式方面进行了哪些探索?
6. 分析《天山牧歌》的艺术特色。
7. 《复仇的火焰》的民族特色和地方特色表现在哪些方面?
8. 什么是"地下诗歌"?
9. 谈谈"文革"的"地下诗歌"中知青诗人在艺术形式上的探索。

第四章 转换时期的散文

转换时期的散文创作与现代文学时期的散文创作相比,发生了巨大变化,这种变化始于解放区文学。经过延安文艺整风运动后,表现人们复杂情感和微妙心绪的小品斯文散文显然不合时宜了,以犀利的方式揭示和批判社会现实问题的杂文基本上销声匿迹,而直接鼓舞人们战斗精神的特定和通讯报告成为主流。如果从战时环境角度出发,这是完全可以理解的。但是问题在于,新中国进入和平时代后,频繁的文艺斗争运动,使散文创作继续沿着战时文化的习惯思维轨道继续前行。尤其是"反右运动"后,风行一时的散文往往是歌颂时代与紧密配合具体社会政治任务的作品。

整个转换时期的新中国散文创作,注定走的是一条崎岖而不平坦的道路。具体地说,1949—1957 年这前八年,中华人民共和国成立,国家发生天翻地覆的变化,百废俱兴,文学领域也呈现出一种朝气蓬勃的景象;1957—1966 年这中间九年,政治局势气氛郁闷,文学创作步履艰难,却间或还有峰回路转和柳暗花明;1966—1976 年这后十年,政治局势空前混乱,文学艺术被打入万劫不复的深渊。翻滚不停的时代风云,冷热不定的政治气候,躁动不安的人情世态,都不可避免地在转换时期的文学艺术特别是散文中得到直接或者间接的反映。

共和国成立的最初年代,虽经过长年战乱流离,但许多五四时期的老一辈作家依然健在,30 年代的左翼作家们刚刚进入中年,他们成为新中国文学不可忽视的组成部分。新中国初期的散文文苑,是以他们为主营造起来的。郭沫若、茅盾、叶圣陶、冰心、郑振铎、夏衍、老舍、巴金、冯雪峰、丁玲、胡风、阿英、何其芳、孙犁、李广田、吴伯箫等,这一大批中国读者早已熟知的作家和他们的创作,为 50 年代的散文创作铺下了第一批坚实的基石。50 年代初期散文创作,多数都是以纪实体裁描述新中国的新人新气象,书写作者在新社会的所见所闻,倾注了他们的真诚情感和由衷赞美。接着是抗美援朝战争中涌现出来的洋溢着英雄主义、乐观主义的作品,如巴金《我们会见了彭德怀将军》、魏巍《谁是最可爱的人》等。它们像抗战时期那些饱含抵御强暴、挽救危亡悲壮情绪的作品一样,在特定的时代环境中又一次发挥了鼓舞士气、激励人心的作用。

从 50 年代后期到 60 年代中期的散文创作,有过几度兴衰,同样是随着整个国家的经济生活和政治生活的变幻而起落的。60 年代初期,一方面由于国家治理政策的调整,文艺氛围一度短暂地相对宽松;另一方面因为"大跃进"浮夸风造成的经济严峻形势,客观上需要文艺用精神的食粮弥补物质的极度匮乏,于是出现了一段抒情散文繁荣的时期,出现了一大批抒情散文集。代表作家作品有:杨朔《海市》,刘白羽《红玛瑙集》,吴伯箫《北极星》,峻青《秋色赋》,碧野《情满青山》,方纪《挥手之间》,秦牧《花城》《潮汐和船》,柯蓝《早霞短笛》,郭风《叶笛集》,巴金《倾吐不尽的感情》,冰心《樱花赞》,曹靖华《花》,等等。虽然这些作品不可能完全抹去时代留下的印痕,但却隐秘地表现出作家久久压抑的创作欲望和艺术追求的冲动。还有北京《前线》杂志的"三家村札记"杂文栏目(1961—1964),《北京晚报》副刊"五色土"上的杂文栏目,发表了一些敢说一点真话,问题比较尖锐的杂文。从整体上讲,尽管这个散文创作潮流在思想内容上还缺乏深度和力度,艺术模式上也有种种不足,但是客观地说,它们几乎代表了新中国成立后三十年散文创作可能达到的最高水平,也从某个侧面推动了白话散文创作的艺术发展。

1966年"文革"爆发,正常的社会秩序及其文学创作遭受毁灭性的破坏。如同新中国成立后的历次政治运动一样,首先受到冲击的仍然是手无寸铁的文人,吴晗的历史剧《海瑞罢官》、邓拓的杂文随笔《燕山夜话》、他们两人与廖沫沙合作主办的"三家村札记",成为"文革"的第一批祭品。随后,一大批衷心拥护新时代,曾经努力而热诚地讴歌新中国、新社会和新气象的优秀作家,被"文革"的极左浪潮吞噬,几乎无一幸免。老舍、田汉、赵树理、李广田、丽尼、杨朔、闻捷等人,在十年浩劫中死于非命。"文革"期间整个文坛满目凋零,更遑论散文,可看可读的作品凤毛麟角,寥寥无几。但即便是在这段非常时期,五四以来文学知识分子的精神传统在受到冲击之后并没有彻底消失,而是从公开出版的报纸、刊物、书籍等领域转到了处于民间社会乃至私人领域,以书信、札记、日记等私人话语的形式存在。这些创作到了80年代后得以公开发表与出版,代表作品主要有《傅雷家书》《顾准日记》、张中晓《无梦楼随笔》等。正是这些几十年后公开发表的书信、札记、日记,让我们看到了那个时代精神文化的另一面,发现在主流文学创作之外,仍有一些知识分子并未被主流话语所裹挟,他们固守着个人精神操守,执着地进行着个人的思想探求。这些当时无法公开发表而在新时期出版的作品却代表了那个时代人们创造与思考的高度。

第一节　转换时期的抒情散文

抒情散文创作以表达个人思绪、情感和体验为主要特征,带有鲜明的个人色彩。"十七年"文学的抒情散文有过两次复兴。第一次是50年代中期倡导"百花齐放,百家争鸣"方针的短暂时期。从1956年到1957年上半年,由于对文学题材、创作风格及个人创造精神等限制和束缚的放松,散文出现了一种复兴现象。显示这个时期散文复兴迹象的创作,主要有老舍《养花》、丰子恺《南颖访问记》《庐山面目》、钦文《鉴湖风景如画》、方令孺《在山阴道上》、姚雪垠《惠泉吃茶记》、叶圣陶《游了三个湖》、端木蕻良《传说》、川岛《记重印游仙窟》等一批老作家的散文新作,还有魏巍、秦牧、杨朔等一批后起散文作家的创作,如《我的老师》《社稷坛抒情》《香山红叶》等作品。但到了1957年下半年,这一次复兴进程便随着"反右运动"的日趋严峻而告结束。

第二次抒情散文的复兴出现在60年代初期。1960—1962年这两年多的时间里,散文写作被不少作家所青睐,形成了蔚为壮观的散文作家群。50年代初主要写小说、通讯的杨朔,此时主要转向了散文写作。刘白羽也从小说、通讯写作,转为对散文的侧重。当时被称为"散文作家"的除了后来名为"三大家"的杨朔、刘白羽、秦牧外,还有袁鹰、碧野、郭风、柯蓝、何为、陈残云、峻青、菡子等人。这个时期的报刊发表了一批体现当时创作水准的作品,一批有影响的散文集也在此时出版,如秦牧《花城》《潮汐和船》,杨朔《海市》《东风第一枝》,刘白羽《红玛瑙集》,曹靖华《花》,冰心《小橘灯》《拾穗小札》《樱花赞》,吴伯箫《北极星》,袁鹰《风帆》《花朝》,碧野《边疆风貌》《情满青山》《月亮湖》,郭风《叶笛集》,柯蓝《早霞短笛》,何为《织锦集》,陈残云《珠江岸边》,魏钢焰《船夫曲》,峻青《秋色赋》,菡子《初晴集》,李若冰《山·湖·草原》等。

一、60年代"散文三大家":杨朔、刘白羽、秦牧

在60年代初的散文复兴中,杨朔、秦牧、刘白羽被认为是成就突出而且对当代散文艺术作出贡献的作家。他们的散文创作分别构成了"十七年"散文创作的三种主要模式,在相当长的时期内产生了广泛的社会影响。在当时的社会背景和文化语境下,散文创作的共同取向是日趋政治化,这在刘白羽、杨朔和秦牧等人的散文中也不可避免地带有鲜明的时代印迹,但就这三位作家的创作而言,却又力图在大一统文化体制许可的范围内,创造一种属于自己的风格。

杨朔(1913—1968),原名杨毓瑨,山东蓬莱人。1937年参加革命,先后在延安、山西、广州、桂林和华北抗日根据地从事文化宣传工作。参加过延安整风运动,深受毛泽东《讲话》的影响。解放战争时期,任新华社随军特派记者。1955年转到中国作家协会工作,担任过中国作家协会外国文学委员会主任。1956后从事外事工作,曾任中国保卫世界和平委员会副秘书长。1968年被迫害致死。杨朔是以小说登上文坛的,1938年发表第一篇小说《帕米尔高原的流脉》;1950年参加朝鲜战争,创作长篇小说《三千里江山》。同时兼及通讯特写的创作,从50年代中期开始倾心于散文创作,主要散文集有

《万古青春》《亚洲日出》《海市》《东风第一枝》《生命泉》等。

从表现题材上看,杨朔散文主要有以下两类:一类是通过勾画旧时代苦难生活的背景,用今天与昨天进行美丑善恶的对照,着力描写新时代新生活的绚丽色彩;一类是深情地描写普通劳动者献身祖国建设事业的执着精神和高尚情操。

尽管杨朔散文不能摆脱"十七年"散文那种歌颂性的思想表现模式,但他不满于标语口号式的颂歌,也不满于空洞、说教的文风,力图打破散文艺术表现的沉闷局面。1959 年,杨朔明确地提出了诗化散文的艺术主张。他说:"好的散文就是一首诗",[1]并说自己"在写每篇文章时,总是拿着当诗一样写"。[2] 他主张从日常生活中去发现诗意:"不要从狭义方面来理解诗意两个字,杏花春雨,固然有诗,铁马金戈的英雄气概,更富有鼓舞人心的诗力。你在斗争中,劳动中,生活中,时常会有些东西触动你的心,使你激昂,使你欢乐,使你忧愁,使你深思,这不诗又是什么?"[3]"以诗为文"是杨朔自觉的艺术追求。他是这样主张着,也是这样孜孜不倦地实践着。从构思到意境,甚至选材布局,语言运用,处处追求着抒情诗的美学趣味。循着这一追求,他逐渐形成了自己注重诗境营造、诗意抒发的散文风格。具体说,杨朔散文在艺术处理上具有以下特点。

首先是讲究文章的整体构思与主题提炼。他善于大处着眼,小处落墨,抓住一人一事、一景一物,生发联想,使作品的思想得到寓大于小、寓远于近的艺术表现。如从盛开的茶花联想到新中国欣欣向荣的面貌,以香山红叶蕴含历经风霜、愈老愈红的革命精神,将劳作的蜜蜂比作只问贡献、不求报酬的普通劳动者等等。有些作品还借鉴了古代散文设置"文眼"的艺术传统,如《雪浪花》着力表现浪花咬礁石的"咬"字,《海市》以寻海市的"寻"来经纬全篇等。因此,他的多数散文都显得文思缜密,构思精巧,使作品具有一种玲珑剔透的精致美。

其二是着力营造诗的意境。他的很多散文用诗的比兴手法,托物言志、借景抒情,以创造诗意的境界。如以海边浪花冲击礁石的执着,比喻"老泰山"坚韧的性格与对美好生活的向往(《雪浪花》);以虚无缥缈的海市蜃楼,比喻人间"海市"——长山列岛的美丽富饶(《海市》);以长城山海关的雄浑壮阔,比喻祖国边防的坚不可摧(《秋风萧瑟》)等等。这类散文的思想表现得委婉含蓄、诗趣盎然。正因为杨朔用景物附丽的象征情韵,贯串于作品的始终,使意境的展示虚实相生、曲曲折折,思想的揭示步步开拓、层层转深,因而形成了富有诗美的意境。在一些散文中,作家让人物活动于诗意的画

---

[1] 杨朔.海市·小序[M]//海市.北京:作家出版社,1960.
[2] 杨朔.东风第一枝·小跋[M]//东风第一枝.北京:作家出版社,1961.
[3] 杨朔.东风第一枝·小跋[M]//杨朔散文选.北京:人民文学出版社,1979:220.

面,予以艺术点化,使人、景、情交融为一体,成为动人的艺术境界。

其三是精心设置文章结构布局,注重语言的锤炼。他的作品多结构精巧,曲折有致,善于从平淡中制造出起伏的波澜,同时又善于运用虚实、隐显、疏密、抑扬、张弛等艺术辩证法,对各种材料进行剪裁、缝合、布局。《海市》用虚实相生的手法,曲曲折折地创造了"寻"海市的悬念和意境。《荔枝蜜》以欲扬先抑的手法,写出了"我"对蜜蜂由畏惧厌恶到乐意"变成一只小蜜蜂"的感情变化和历程。杨朔对锤字炼句也十分讲究,有许多散文常常撷拾古典诗词入文,不仅增加了散文语言的凝聚力和精确度,而且强化了散文艺术的美感。杨朔善于将艺术结构与创造意境、抒写诗情完整地统一起来,从而创造了他个人的艺术风格,同时也创造了那个时代的一种颂歌式的散文模式。

必须指出的是,作为一种曾被当作典范的文本,杨朔散文的弊端也是十分明显的。一是颂歌体文本的伪饰性。杨朔写得最多、影响最大的是那些表现新中国革命和建设、歌颂劳动人民优秀品质的作品,如《海市》《香山红叶》《茶花赋》《荔枝蜜》《雪浪花》等。这类作品集中地反映了他创作的思想内容和艺术追求,以致人们提到"杨朔散文模式"时,首先想到的也是这些作品。从表现内容与主题上看,这些作品都是对现实生活诗性的肯定与歌颂,但一部分颂歌体散文的弊端在于:当整个国家处于经济困难中的时候,它们没有直面这些苦难,而以一种失真的描写来粉饰太平。如《蓬莱仙境》和《海市》,这两篇散文都创作于1959年,正是三年经济困难时期,杨朔却把灾难的大地描绘成了"仙境",竭力渲染当地农民所谓富足而安宁的生活,表现出一种浓厚的伪饰性。二是单调、僵化的结构方式。杨朔的散文大多不直接叙述,而用曲笔:开头时欲扬先抑,中间转折,最后点题。由物及人,以事推理,从生活中提炼诗情和揭示哲理的这样一种结构方式,可以说适用于杨朔的大部分散文。文学创作最忌讳的就是模式化与定型化,一旦一种艺术创作走向了定型化,便会落入现代八股的窠臼,再也无法为读者提供心灵的创造性满足。

刘白羽(1916—2005),北京人。1938年参加革命,先后在延安、华北和重庆等地从事文化宣传工作。参加过延安整风运动,深受毛泽东《讲话》的影响。1944年在重庆任《新华日报》副刊编辑,解放战争时期任新华社随军特派记者。1955年后主要从事文化领导工作,历任中国作家协会党组书记、副主席,文化部副部长、中国人民解放军总政治部文化部部长等职。刘白羽以小说首开文笔,1936年发表第一篇小说《冰天》,同时兼及通讯特写的创作,50年代末期起专注于散文创作,写于1958年的《日出》,是刘白羽文学创作的转折点。主要散文集有《朝鲜在战火中前进》《对和平宣誓》《万炮震金门》《红玛瑙集》等。《红玛瑙集》中的《灯火》《日出》《长江三日》《红玛瑙》《樱花漫记》等,是他抒情散文的代表作。

刘白羽的散文素以"诗化的政论"著称。他喜欢以战士的身份观察生活、感受生活与理解生活,选取有象征意义的景物,从中思索出革命、人生的哲理。作品中充溢着豪迈的革命激情,笔触粗放、雄健,善于用铺排的句式造成磅礴的气势。雄浑、崇高、壮丽、豪放,是刘白羽散文风格的基本特征。

将意象的选择与豪迈的战斗激情、人生体验融为一体,寓情于景,借以抒写壮怀激烈的诗情,是刘白羽散文的显著艺术特色。他的散文喜欢选择日出、灯火、启明星、激流、怒涛、长江等壮美景象作为抒情对象,它们与作者渴望不平凡战斗生活的性格相一致,也与其曾经经历的革命征程构成对应。《长江三日》以浓艳的画笔,绘制了一幅五彩缤纷的长江画卷,记述了"江津"号轮船冲破惊涛骇浪、绕过暗滩险礁的三天历程。作品对巍巍群山、浩浩江流、灿烂灯火等壮丽景色的描写,与江轮的航程及革命的时代与生活联系在一起,以"曙光就在前面"的坚定信念贯穿始终,实写航程,虚写革命;"江津"号轮船从重庆到武汉的航程,便成为中国革命"战斗——航进——穿过黑夜走向黎明"的象征。《青春的闪光》《灯火》等许多散文,大体上都有这样的特点:借助于光明、壮美、富有生命力和象征意义的事物——旭日、灯火、大江、大海、江轮、长城等,展开今与昔、血与火的联想,其间贯穿着关于革命、理想与人生信念的哲理思考。

刘白羽的散文语言富丽,无论是描绘自然景物还是抒发激情,都惯用铺排渲染,有声有色,笔墨酣畅,痛快淋漓,具有一种汪洋恣肆的行文风格。文章结构潇洒跳脱,跌宕多姿。他认为"好的结构,应当不是平铺直叙,而是波澜四起"。① 在他笔下,有时以对照的手法制造波澜,时写历史、时写现实、时写战争、时写建设,在相反相成中造成结构的错落有致;有时用重复的手法,让一个诗句、一个情思、一个形象在一篇散文中多次出现。如《灯火》写作者一生中留有深刻印象的三次灯火:第一次是离家出走时,回顾家门口的一星灯火;第二次是雪夜行军中群众迎接部队进村时的一片灯火;第三次是胜利后进城所看到的建筑工地和水电站繁星般的灯火。灯火的变化暗合了革命由星火到燎原的历史进程,而生活中的普通灯火,也就成为革命事业、革命理想的一种象征。

刘白羽散文的缺陷是执拗的政治宣传思维模式。他的散文不仅充斥豪言壮语和政治议论,而且形成相对固定的写作范式,"他的散文有这样一套抒情模式:'日出''晨光'式的景——'日出''晨光'式的人或事——'日出''晨光'式的豪言壮语。……犹如一根耀眼的光带,很壮美,但是也有一种豪迈的单调"。②

---

① 刘白羽.文学杂记[M].北京:北京出版社,1958:186.
② 黄修己.20世纪中国文学史(下卷)[M].广州:中山大学出版社,1998:56.

秦牧(1919—1992),原名林觉夫,广东澄海人。出生于香港,3岁时随父母从香港到新加坡,幼年和少年时代在新加坡度过。1932年回国,曾在汕头和香港就学,并以"卜内门""顽石"等笔名在报刊上发表文章。1938年春,他结束了学生生活,先后在广州、韶关、桂林、重庆等地当教师、编辑,从事文化宣传工作。1939年在韶关开始用"秦牧"这一笔名。1945年加入中国民主同盟。抗战胜利后,在香港过了3年职业写作生活。中华人民共和国成立后,一直在广州从事文化工作,历任广东省作家协会副主席、《羊城晚报》副总编辑、《作品》副主编等职。在秦牧整个文学生涯中,散文是他的最主要的创作体裁,数量最多,社会影响最广。他自己比较满意的作品有《古战场春晓》《土地》《社稷坛抒情》《花城》《潮汐和船》等。

在转换期散文作家当中,秦牧是一个较有思想与独立见解,并对散文艺术较为专注的作家。在那个突出政治的年代,他冒着被视为"技巧主义""趣味主义"和偏离政治、偏离阶级斗争大方向指责的风险,出版文艺短论集《艺海拾贝》,讨论艺术表达、艺术手法对文学创作的重要性,也大胆地表达了自己对时下散文创作内容太过狭窄、太过功利、太政治化的不满:"我们的散文作品内容很不够广泛,在一些文艺刊物上登的散文,题材范围尤其狭窄。……除了国际、社会斗争、艺术理论、风土人物志一类的散文外,我们应该有知识小品、谈天说地、个人抒情一类的散文。通过各种各样的内容给人以思想的启发、美的感受、情操的陶冶。"①正是基于这种认识,秦牧在创作中努力开辟出一片属于自己的散文园地,在特定时代的大合唱中发出了自己的声音。因此相对于杨朔和刘白羽的散文,秦牧散文的文学性与可读性更强。

秦牧的散文独具一格,其创作特色首先是题材多样、知识丰富、内容广博。秦牧是一个驾驭题材的能工巧匠,读他的作品,仿佛在生活和知识的海洋中畅游,就像参观一座"花城",五光十色,令人目不暇接,流连忘返。上下几千年、纵横数万里,宇宙之大昆虫之微,无所不包无所不谈。他善于旁征博引,援古论今,连类无穷。对于秦牧来说,没有什么不可以状写,没有什么不可以描绘,因为题材的广泛性,正是生活的丰富性与多样性的反映。他的散文不仅突破了题材的限制,最大限度地将一切生活表象尽收眼底,量材取用,而且总是力图俯视题材、驾驭题材,充分显示了作家主体在创作过程中的主动作用,如《花城》《潮汐和船》等。

其次,思想性、知识性、趣味性的有机结合,是秦牧长期追求的艺术目标。在重视思想性的前提下,讲究文章的趣味性、哲理性,善于运用联想、比喻等手段组织材料,化抽

---

① 秦牧.散文领域——海阔天空[M]//笔谈散文.天津:百花文艺出版社,1962.

象的材料为具体可感的形象。深刻的思想,可以将知识升华,为情趣提纯;丰富的知识,使知识人物析理,使情趣有所附丽;而生动的情趣,则使深奥的哲理变得易于理解,也为知识生辉。秦牧自觉地把"三性"结合为创作美学,并作为艺术目的来追求。他特别喜爱写历史掌故一类文章,如《社稷坛抒情》,从社稷坛的历史与现状娓娓道来:五色土的含义,帝王们祭拜天地的希冀,胼手胝足的农民在黄土地上的挣扎与反抗。

最后是语言流利酣畅,凝练生动。秦牧选择了"闲话趣谈"的话语形式,在自然流畅的书写里闪现出动人的情思光芒。他的散文语言能恰当采纳古语、成语、谚语、口语和外国文学中富有生命力的语言,妙语、警句及精彩的比喻在作品中随处可见。《社稷坛抒情》发思古之幽情,常用排比的句式抒发作者的思绪与情感,文中引用屈原《悲回风》《天问》的诗句,表现这位古代诗人的悲怆心境与对自然之谜的追索,也大大增加了散文的诗意与文采。《花城》描写春节时节广州花市上人们买花、爱花、赞花的风习,语言生活化而贴近自然:"那千千万万朵笑脸迎人的鲜花,仿佛正在用清脆细碎的声音在浅笑低语:'春来了!春来了!'"既写花,也写人的喜悦心情。"花谢花开无日了,春来春去不相关","天工人可代,人工天不如",浅近的诗句,正与广州普通百姓人家的日常生活相契合。

秦牧散文创作的不足在于,一些知识性材料在不同的篇目中反复使用,失去了新鲜感;有时围绕一个说理中心,过多地罗列材料,难免造成冗杂拖沓之嫌。秦牧散文虽然很注意哲理的开掘,但作者总是有意识地将这种哲理与当时的革命理念机械地捆绑在一起,这就使得文本所推导的哲理未能深入发挥,所容纳的大量知识未能真正"活"起来,而且在某种程度上成了革命理念的注脚,失去了文本主旨的丰富多样性。

二、张中晓《无梦楼随笔》:极度困顿中的个性思考

张中晓(1932—约1967),笔名孔桦、甘河,浙江绍兴人。16岁开始在报刊上发表诗作,1952年至上海新文艺出版社任编辑。因患肺病,动过大手术,1955年5月因胡风冤案牵连被捕入狱,狱中服刑期间旧病复发,1956年保外就医,回到浙江绍兴家中养病。他在病中写了30万字的读书笔记,"文革"前夕,曾回上海新华书店储运部劳动以维持生活,约于1967年间因病去世。十一届三中全会以后,张中晓随胡风的平反得以彻底平反,他的生平和文学才能得到文艺界、出版界的公正评价,遗著《无梦楼随笔》收入《火凤凰文库》,由上海远东出版社于1996年正式出版。

《无梦楼随笔》根据张中晓遗留下来的札记由友人编选而成。这些札记原用毛笔或钢笔写在一些零碎的纸张上。作者生前将它们装订成整整齐齐的三个本子,分别题

以集名《无梦楼文史杂抄》《拾荒集》《狭路集》,按作者自己的说法,写作时间大约在1956至1963年之间。这三本札记内容庞杂零散,无标题,不分类,引文与感想并存,文言与白话串联。《无梦楼随笔》是由笔记中能成段的文字整理而成的合集,由整理者命名。"张中晓在写这些笔记的年月里,既没有工作的权利,更没有发表文章的自由,还失去了与朋友的交流。他的家庭在重压下阴影覆盖了温情,他几乎每一天都面对死亡的威胁。他没有丧失的是他头脑的清醒和意志的坚强"。① 1996年《无梦楼随笔》正式出版时,王元化先生在序中说:"这本书的不平常处,就在于它的作者没有想到能发表供人阅读","当中晓能够苦撑着生存下来的时候,他是相信未来,相信知识的力量的。他决不苟且偷生,能活一天,就做一天自己要做的事,这本《无梦楼随笔》就是一个见证。书中生动地表明他是怎样在困厄逆境中挣扎,怎样处于绝地还在内心深处怀着一颗不灭的火焰,用它来照亮周围的阴霾和苦难。当时他的贫困是难以想象的。我们从他的札记里时常可以读到:'寒衣卖尽''早餐阙如''写于咯血后'……之类的记载。据说他曾把破旧外衣补补缝缝改为内裤。他就是在这种极端艰难困苦中,一笔一笔写下他那血泪凝成的思想结晶。"②《无梦楼随笔》涉及的内容非常宽泛,包括政治、历史、文学、哲学、道德、宗教等问题的思考,对于传统文化与西方文化的代表人物如孔子、老子、庄子、黑格尔、康德等思想的批判和反思,对人性弱点的剖析等。它独立的思想价值主要表现在以下几方面:

首先是让人震撼的大胆质疑与独立思考的精神。张中晓不懈地独立思考着历史和人生的问题,以个体精神的追求作为生命存在的意义,保持着独立知识分子的品格。他尖锐地质疑那些失去了独立思考与个人话语的同时代者:"是像人一样地生活感觉和思想,还是像僵尸一样地不思想?兽一样冲动?百灵鸟一样地学舌?"(《文史杂抄》一一七)他抨击那种扼杀人独立思想和声音的专制手段,"对待异端,宗教裁判所的方法是消灭它,而现代的方法是证其系异端,宗教裁判所对待异教徒的手段是火刑,而现代只是使他沉默,或者直到他讲出违反他的本心的话"(《文史杂抄》八十一)。中国的知识分子历来有"独立人格"和"依附人格"两种类型,前者或"卓立独行",或"外柔内刚"。卓立独行者更多地承受了民族国家和人类的苦难,自觉地负起历史的十字架;他们有着强烈的道德义务感和历史责任感,胸襟坦荡,蔑视权威,而且具有在孤独中不懈战斗的韧性,张中晓正是其中的一员。在那样的年代,有良知敢直言的表现就令人敬仰,更何况形之于笔墨的深刻的思想探求。

---

① 路莘. 张中晓和他的《无梦楼随笔》[M]//火凤凰文库. 上海:上海远东出版社,1996.
② 王元化. 无梦楼随笔·序[M]//火凤凰文库. 上海:上海远东出版社,1996.

《无梦楼随笔》不同于20世纪60年代颂歌式作品的一个明显的标志是,这部书联结着作者自己置身的环境,以及特殊曲折的文学道路。张中晓"对历史、民族文化、民族个性、人生精神等等所作的理性反思,不是为了发表,或'藏诸名山,传诸后人',他是为了弄明白纠缠于自己灵魂和情愫中诸多不解的问号。……《随笔》处处闪烁着人生智慧的火花,恰似满天闪烁而亮度不等的星斗,以零散无序的表现而蕴涵其深广丰实的内容"。①

其二,对真理信仰等一切被视为神圣东西的再认识。张中晓在阅读康德《纯粹理性批判》后的札记中写道:"少年时期,真理使我久久向往,真实使我深深激动。但后来,我感到真实像一只捉摸不住的萤火儿,真理如似有实无的皂泡了,康德的阴影逼近我。……真实是存在的,真理也是存在的,但在人的认识和实践活动中,它都是有限的东西。只有在全人类和全历史中,它才接近无限和绝对。个人应当随着生活的发展而改变他对真实和真理的看法。"(《文史杂抄》十五)他生命的最后十年,正是信仰被异变成迷信的时代,个人崇拜、政治迷信到了登峰造极的地步,对此他的认识非常清醒。"真理存在你心中,心中的真理是无限的,生活中的真理是有限的。"(《文史杂抄》十七)"人们口中越是说绝对、完美、伟大……,大吹大擂,则越应当怀疑那种神圣的东西。因为伟大、神圣之类东西在人间根本不存在。欺骗性与冒险性是狼狈为奸的。当然,对于幼稚者来说是存在的,对于别有用心者来说,也是存在的。前者因外表而迷惑,后者于利用而挥舞。但是,对幼稚者来说,也是不存在的,因他仅是爱而不是理解,他还站在外表。别有用心者根本不以为存在,仅是昧心用之罢了。因之,神圣的东西在这绝望的人间本来是没有的,正如康德的理念那样。"(《文史杂抄》二十)"过去认为只有一个真理,现在感到许多不同的思想都有一定的道理,特别是历史上有地位和成体系的大家,他们都代表真理发展的一个环节。"(《文史杂抄》九十九)

在那些特殊的日子里,张中晓没有沉堕入憎恨与自贱的泥潭中,很大程度上是因了他内心一种崇高的道德律和某种来源于真理的向上的指引,即便生活极度困苦,境遇百般磨难,也没有真正使他倒下去,他的灵魂,他的精神,在《无梦楼随笔》零碎的语句中闪烁着智性的光辉。他只是一个文弱书生,没有能力来对抗强加于身上的不公与屈辱,但他还有笔;在那些是是非非、群魔乱舞终成过眼云烟的时候,他的思想沉淀在文字间,这使他短暂而充满苦难的一生成为一个悲壮的故事,使人深思,使人感愤。在那些震撼他自己也震撼着旁人的字字句句里,表现的是对真理不息的追问和超越。

---

① 路莘.张中晓和他的《无梦楼随笔》[M]//火凤凰文库.上海:上海远东出版社,1996.

其三,自由精神与个性主义的张扬。在1951年5月25日给胡风的信中,张中晓就注意到个体生命的问题。"在目前,却是一个严重的事实,在抽象的工农兵和庸俗的爱国主义的包庇下,多少的有生力量受到了摧残?""抽象的工农兵",即是以一般取代个别,即没有了个体生命的经验感觉和思想要求,就成了空洞的政治招牌。在《无梦楼随笔》中,这种个体意义的认识更加明确和自觉。他说:"一切美好的东西必须体现在个人身上。一个美好的社会不是对于国家的尊重,而是来自个人的自由发展。"(《文史杂抄》一一三)"普遍性必须在个人的心灵中取得它的生存,必须具有人间的形式和血肉的存在,必须表现为一个自由的、理智的心灵的内心倾诉,即个性和人格。""只要成为你自己的,才能从外在的变成内在的。任何对于人的事物都是如此。"(《文史杂抄》十三)

《无梦楼随笔》的整理者路莘女士曾说:"如果没有那些写在发黄的、陈旧的纸张上的文字,如果那些文字没有那份激动人心的力量,那么,死去已快三十年的张中晓也许就不会在今天被重提。然而,他终于没有被忘记。这不是因为他在五十年代初才二十多岁就写了不少有影响的文章而显示出他的才华,也不是因为他在一九五五年以后因胡风冤案的牵连而遭受了极其不幸的经历,而是因为他在一九五五年到一九六六年这生命的最后十年中写下的大量读书笔记而使他短暂的人生成为一个悲壮的故事。"①因此张中晓《无梦楼随笔》的价值,不仅表现在让后人理解那个特殊时代及其文化的历史意义上,而且在于昭示一个文学知识分子坚执个体良知与独立思考的自由精神。

第二节 转换时期的杂文

一、两次复兴与"三家村札记"等专栏杂文

在广义的散文文体中,杂文是最能直接反映作者思想观点,又最容易触及作者思想立场的一种文体。中国现代杂文经由鲁迅的开创和其他作家的运用,已经发展成能够谈古论今、针砭时弊的一种成熟的文体。但在20世纪30年代杂文的第一个发展高潮之后,因为复杂的时局变化,40年代至新中国成立初期的杂文创作一直处于低潮。

转换时期的第一次杂文复兴是在1956—1957年间,"双百"方针提倡发展文艺的各种形式和风格,甚至允许对"人民内部"的弊端和社会生活的"黑暗面"进行揭露和批评。依托报纸副刊这个文学载体,很多杂文是以专栏形式出现的。最早是《人民日报》

---

① 路莘.张中晓和他的《无梦楼随笔》[M]//火凤凰文库.上海:上海远东出版社,1996.

在1956年7月的改版,其副刊推出的杂文立即受到重视,全国各地报刊纷纷仿效也用副刊刊载杂文。因此,一批写作杂文的作家如夏衍、唐弢、巴人、严秀(曾彦修)、秉丞(叶圣陶)、玄珠(矛盾)、卜无忌(邓拓)、秦似等人的杂文创作受到关注。其中,徐懋庸对这次杂文的复兴贡献最大,他不仅以"弗为""回春"等笔名发表了上百篇杂文,而且在《小品文的新危机》中,总结了妨碍杂文写作的七大矛盾,他的观点引起了有关杂文在当代命运的讨论。他还提出了杂文应该多样化,"可以歌颂光明,也可以揭露黑暗","杂文作家要养成对黑暗的敏感"。① 只可惜,这次杂文的复兴,随着"反右派运动"的开始而结束。

转换时期杂文的再次复兴是在60年代初。党中央初步总结了"大跃进"和"反右倾"的经验教训,文艺界随之也召开了一系列重要会议,并制定了关于文艺工作的条例"文艺八条"来纠正50年代中期以后"左"倾思想。在这种社会背景和文化语境下,副刊的杂文专栏再次受到重视,其中《北京晚报》的"燕山夜话"、《前线》杂志的"三家村札记"、《人民日报》的"长短录"等专栏群星荟萃,引人注目。"燕山夜话"产生的直接原因,是1961年1月北京市委分管文教的市委书记邓拓在一次市委常委会上提出的建议:克服经济困难,要有思想工作配合,要改变那种一下班就看不下书的状况。他建议报纸要提倡读书,多发一些古人怎样奋发图强、发奋读书的故事。紧接着《北京晚报》向他组稿,于是,从1961年3月19日至1962年9月2日,邓拓以"马南邨"为笔名在《北京晚报》副刊《五色土》开设"燕山夜话"专栏,共发稿153篇,受到读者欢迎,影响颇大。其中"马南邨"笔名是邓拓为了纪念曾在晋察冀战斗过的地方——马南村。受"燕山夜话"启发,同年9月中共北京市委机关杂志《前线》也向兼任该刊主编的邓拓约稿。邓拓因为太忙,建议再请几个人来写。于是从1961年10月至1964年7月,邓拓、吴晗、廖沫沙三人以"吴南星"为笔名(吴即吴晗;南即邓拓的笔名马南邨;星则繁星,廖沫沙写杂文用的笔名),在"三家村札记"专栏上发表杂文60多篇。

"燕山夜话"和"三家村札记"栏目中的杂文,以"丰富知识、开阔眼界、振奋精神"为宗旨,在广泛介绍文化科学知识和历史知识,歌颂共产党和新风尚的同时,揭露和批判现实中的某些不良作风和倾向。可以说,这两个专栏达到了当时杂文的最高成就:一是具有敢于讲真话的勇气,通过犀利的哲思,对社会现象进行鞭辟入里的分析;二是引经据典,融知识性与趣味性于一体,凸显了新文学创造的杂文文体灵活自如的个性;三是一扫陈言现话八股腔,以平等态度和读者娓娓谈心,传播知识交流思想,有助于破除

---

① 徐懋庸.在《文艺报》召开的杂文问题座谈会上的发言[N].文艺报,1957(4).

单调沉闷的文化氛围,推动了"百花齐放、百家争鸣"的局面。①

受"三家村札记"影响,《人民日报》1962年5月开辟"长短录"专栏,以"表彰先进、匡正时弊、活跃思想、增加知识"为宗旨,由杂文作家陈笑雨主持,夏衍、吴晗、廖沫沙、孟超、唐弢等为特约撰稿人。此外,山东的《大众日报》设置"历下漫话",云南的《云南日报》设置"滇云漫谈",四川的《重庆日报》设置"巴山漫话",中央人民广播电台也增设了"历史故事"栏目等。一时间,这种"短、平、快"兼具知识性、针对性和趣味性的杂文文体活跃于文坛。当然,这时的杂文也存在明显的时代精神烙印,在观察社会问题和现象的思想维度上,基本认同主流意识形态话语,尖锐地直逼主旨的少,平易委婉规劝的多。

遗憾的是,这次复兴也好景不长。1966年5月8日,《北京日报》刊发《关于〈三家村〉和〈燕山夜话〉的批判材料》,紧接着姚文元在1966年5月10日《文汇报》和《解放军报》同时发表《评"三家村"——〈燕山夜话〉〈三家村札记〉的反动本质》,指责邓拓等人是"经过精心策划的、有目的、有计划、有组织的一场利用杂文反党反社会主义的大进攻"。5月16日中央"五·一六通知"号召社会"向反党反社会主义的文艺黑线猛烈开火",自此"文革"的风暴席卷全国。各级地方文化组织纷纷仿效揪所谓的"三家村"分子。于是"三家村"这一原本为《前线》杂文专栏"三家村札记"中的用语(此语出于陆游的《村饮示邻曲》:"偶失万户侯,遂老三家村。"),经过姚文元别有用心地挪用,成为"文革"中对作家进行政治迫害的恶称。从1961年3月"燕山夜话"专栏的设置至1964年7月"三家村札记"专栏取消,不过三年时间。在这短短的时间内发表的一些敢于独立思考和讲真话的文章,成为引发"文革"的一根导火线。邓拓、吴晗先后被迫害致死;廖沫沙受尽磨难,他的难中诗"岂有文章惊海内,漫劳倾国动干戈。三家竖子成何物,高唱南无阿弥陀",愤懑地抨击了那个指鹿为马的荒唐时代。

二、邓拓的杂文

邓拓(1912—1966),原名邓子健,笔名有邓云特、马南等。福建福州人,出身书香门第。1929年考入上海光华大学社会经济系,翌年肄业,参加"中国社会科学家联盟",同年加入中国共产党。1934年又入河南大学历史系学习,致力于中国经济史研究,1937年出版《中国救荒史》。抗日战争爆发后进入晋察冀边区,先后担任《晋察冀日报》社社长、中共晋察冀中央分局宣传部副部长。1941年主持编辑出版《毛泽东选集》(共5卷),这是中国革命史上第一部毛泽东选集。全国解放后任北京市委宣传部长,《人民

---

① 丁一岚.忆邓拓[J].新闻战线,1979(1).

日报》总编辑、社长。1959年调任北京市委书记处书记,主编市委的理论刊物《前线》,还被聘为中国科学院哲学社会科学部学部委员、北京大学教授,因写杂文而在"文革"肇始即罹难。邓拓的杂文作品集主要有《燕山夜话》(1963)、《邓拓散文》(1980)、《邓拓文集》(1980),以及《三家村札记》(邓拓、吴晗、廖沫沙著,1979)等。

邓拓是中华人民共和国成立后第一个在报纸上开辟杂文专栏的作家,而且蔚成风气,影响深远。他开了"知识杂文"的先河,"引经据典、深入浅出","使杂文成为知识的良好载体"。①邓拓在《燕山夜话》的开篇中谈到,"我之所以想利用夜晚的时间,向读者同志们做这样的谈话,目的也不过是要引起大家注意珍惜这三分之一的生命,使大家在整天的劳动、工作以后,以轻松的心情,领略一些古今有用的知识而已"(《生命的三分之一》)。《燕山夜话》153篇杂文中,涉及历史人物284位,引证古书典籍441部,真正实现了"无典不说话""非古不著文"的特色。《三家村札记》中,由邓拓执笔的有18篇,其中的文章也常从古代史书、稗史、文人别集、笔记、历史传说、故事中撷取材料,加以阐发引申,思考现实的社会政治、伦理道德、文化艺术、学术研究等范围广泛的现象及其问题。

邓拓杂文的内容主要由两大部分组成。第一部分是以知识性、艺术性为主,大量的传播知识、开阔眼界、启发思考的广义的杂文;第二部分是以思想性、批判性为主的杂感随笔,也即狭义的杂文。其中《一个鸡蛋的家当》《说大话的故事》《三种诸葛亮》《爱护劳动力的学说》《专治"健忘症"》《堵塞不如开导》《伟大的空话》《"放下即实地"》《王道和霸道》等,被认为对现实社会政治问题含有批判和"影射"的内容。如《智谋是可靠的吗?》一文,针对"左"倾错误越来越严重,某些人利用谄媚邀宠谋取自己的利益的现象,指出:"最好的计谋只能从群众中产生,只有群众的实践才是产生真知的源泉,才是检验真理的标准。""任何智谋都不是神秘的,不是属于少数天才的,而是属于广大群众的。"②他还引用宋代范仲淹的儿子范尧夫劝告司马光的一句话:"不必谋自己出","谋自己出,则谄谀得乘间迎合矣",提醒人们不要自作聪明,看不起群众。《放下即实地》一文则借明代刘元卿的《应谐录》中的一则故事,说明要善于听取别人意见的道理。再如《堵塞不如开导》一文,邓拓引用古代治水分别采取"堵塞"与"开导"的不同办法得到完全不同的结果,用以证明堵塞的错误和开导的正确。作者强调指出:"人们对待事物运动的力量也可以采取种种不同的态度,……一种是堵塞事物运动发展的道路,一种是积极开导使之顺利发展。前者是错误的,注定会失败;后者是正确的,必然会胜利。"这

---

① 于继增.邓拓创造的杂文辉煌[J].书屋,2007(3).
② 邓拓.邓拓全集(第3卷)[M].广州:花城出版社,2002:289—291.

些文字都是有感而发,对于冒进思想、主观主义、浮夸作风以及说大话说空话的风气,具有很强的现实针对性。

著名作家老舍曾赞誉邓拓的《燕山夜话》是"大手笔写小文章,别开生面,不拘一格。"①这里的"大"指作者的笔力和文章的思想容量,"小"指文章的篇幅和形式。邓拓的杂文重视史识、史论,旁征博引,切中时弊而又短小精悍、妙趣横生、富有寓意。这些杂文以渊博的知识谈古论今,从古籍考证一直说到农业生产,从书法、绘画、文学谈到科技与智谋,古今中外的知识尤其是古籍方面的知识,对他来说显得驾轻就熟、挥洒自如。这使他的文章具有相当的趣味性和可读性。因此,有研究者认为邓拓的杂文"创造了中国杂文史上的辉煌,达到了当时杂文创作的最高成就"。②

不过,《燕山夜话》《三家村札记》也有那个时代不可回避的写作困境与弱点,有研究者认为《燕山夜话》和《三家村札记》虽然对"大跃进"运动中的某些具体现象作出了批判,但却并没有从根本上否定"大跃进",相反,一些文章仍然表现出一种"大跃进精神"和"'大跃进'思维","这也是与当时的主流观念是一致的。"③还有的研究者指出:"可能由于两个既定的身份,他们注定'野'不起来。一是政治身份:他们身处权力中心,忠心于党的事业,经过多次政治运动的磨炼后,容易变得谨慎、老练与世故,这也是他们的生存之道。二是文化身份:他们虽有'书生'或学者的'骨气',却缺乏挑战权威的胆量。夹在严峻的现实和这两重身份之间,他们的杂文虽不可能成为香甜的百合花,但也不会是'野百合花'。邓拓、吴晗和廖沫沙这杂文'三家',只能选择以历史知识作为'武器'来面对现实,这是建制内的知识分子所处的'夹缝'状态的一种写照。"④这些看法与廖沫沙1979年编《三家村札记》时肯定了一些不合时宜的文章但又不愿编入文集中的行为应该是一致的。

邓拓夫人丁一岚曾说:"邓拓并不是一个书生,更不是一般意义上所说的那种书生。他是一个革命斗士,是一个在政治上有所作为并有可能大有作为的人。"⑤其实,邓拓身上具有"革命斗士"与知识分子的双重性格,所以《燕山夜话》和《三家村札记》中的重要作品,既呈现了那种谈心、引导式的叙述风格和对知识(尤其是历史知识)重视的风貌,也有尖锐讽刺和主旨明确的针砭时弊的锋芒。这些平易、委婉、朴素的文字中,确有不少"不为陈言肤词,不为疏慢之语"的篇章。

---

① 邓拓.邓拓全集(第3卷)[M].广州:花城出版社,2002:289—291.
② 于继增.邓拓创造的杂文辉煌[J].书屋,2007(3).
③ 王彬彬.邓拓的本来面目[J].粤海风,2004(6).
④ 陈顺馨.1962:夹缝中的写作[M].济南:山东教育出版社,2002.
⑤ 丁一岚.书生累[J].收获,1996(2).

三、吴晗的杂文

吴晗(1909—1969),原名吴春晗,字辰伯,笔名刘勉之,浙江义乌人。1931年吴晗考进清华大学历史系,专攻明史,被视为史学界的新秀,毕业后留校任教。抗战开始,他先后在云南大学、西南联大任教授,1943年加入中国民主同盟,曾是反对国民党黑暗统治的民主人士。抗战胜利后随清华大学回迁到北平任历史系教授、文学院院长、校务委员会副主任等职。中华人民共和国建立后曾任北京市副市长,主管北京市的文教工作,1957年加入中国共产党。吴晗在明史研究方面颇有建树,是我国著名的明史专家,曾出版《朱元璋传》《历史的镜子》《史事与人物》《读史札记》等著作,是中国科学院学部委员。后为响应毛泽东号召,编写九幕剧《海瑞罢官》(1960)。1965年姚文元在上海《文汇报》发表《评新编历史剧〈海瑞罢官〉》一文,开始对吴晗进行批判,揭开了"文革"的序幕。"文革"中吴晗被揪斗批判,惨死狱中。吴晗的杂文集主要有:《投枪集》(1959)、《灯下集》(1960)、《春天集》(1961)、《学习集》(1963)、《吴晗杂文选》(1979)等。

吴晗的杂文风格可以分为前后两个时期,前期是新中国建立之前所写的,以《投枪集》为代表的杂文,它们是"鲁迅风"精神的延续,具有锋芒毕露的批判精神和思想火花。后期指中华人民共和国成立后所写的杂文,数量虽然更大了,但锋芒大减。后期杂文内容分两类:一类是"觉今是而昨非"的回首旧事、控诉旧时代的杂文;另一类是具有知识性、趣味性的文史小品。其中文史小品最受读者推崇,因为它集中体现了作者身为历史学家的博雅雍容之气。①

吴晗是位学问渊博的历史学家,通过说古论今,用丰富的历史知识为现实服务是吴晗杂文最显著的特色。他的文史小品中有很大一部分是直接针对当时的现实有感而作,这些杂文都是以古代历史资料为论据,以古鉴今,提出自己对现实问题的主张。如《反对繁文》《赵括与马谡》《海瑞骂皇帝》《戚继光练兵》《古人读书不易》《古人的业余学习》等,都是深谙历史的吴晗在实践他所信奉的"古为今用"的原则,力图通过历史经验、教训的回顾和总结,以认识和把握现实生活与实践。如《反对繁文》一文,并不像当时一般文章那样直接对冗长而空洞的繁文提出批评,而是从史料中拎出三个典型事例,说明什么是文牍主义,古人在这方面有何教训,又是如何反对与纠正文牍主义的。文章列举的第一个典型事例是秦始皇看公文"衡石量书"——文书多到要论石秤,但作者随

---

① 黄波.重读吴晗的杂文[J].博览群书,2007(5).

即告诉读者,秦始皇的时候还没有发明纸,他看的公文只能是竹子或木头的简牍,一片写不了多少字,一天看个百把斤并不算多,因此秦始皇并不是文牍主义者。真正深受空洞冗长的繁文之苦,从而明确反对文牍主义的是明太祖。他手下的刑部主事茹太素,写了一份一万七千字的时务陈述意见,明太祖读到六千三百七十字时,还没有涉及具体事实,明太祖大怒,把茹太素打了一顿;一直读到一万六千五百字以后,才讲到本题,共建议五件事情,其中有四件可行,而陈述这五件事只用了五百字。明太祖叫人把可行的四件事办了,表扬茹太素是忠臣,承认自己打人的过失,同时也指出茹太素把五百字就可以讲清楚的事情写了一万七千字,这是繁文之过。为了纠正这种文风,他规定了建言格式,要求把事情的经过写成序言印在前面。反对繁文的第三个典型事例是著名人物海瑞,他以右副都御史巡抚应天十府时,一上任就发出布告,其中一项就是改革文移,要求官府公文做到三条:第一简单扼要;第二不说空话;第三要亲自动手,官自作稿,不可假手吏书。海瑞自己所写的文章、信札、奏疏、条约等,也都要言不烦、简洁明了。作者在文章开头即表明了自己的观点:"文牍总是要的,不管是什么社会,什么时代,总得有文牍。但是,一成为主义就坏事了,非反对不可。"文章挑选这三个典型的历史事例来结构全文,既带给读者饶有兴味的阅读感受,也具有非常明确的现实针砭意义。

吴晗讲述历史人物的杂文,篇数最多、最为著名与影响最大的,要数后来给他带来杀身之祸的关于海瑞的文章。他在1959年的《反对繁文》一文中第一次提到海瑞,紧接着在同年6月、7月、9月和1960年11月接二连三地在报刊上发表了《海瑞骂皇帝》《海瑞的故事》《清官海瑞》《论海瑞》《海瑞》等文章。他热心于宣传海瑞,既是响应当时毛泽东的号召,也因有感于现实。他认为封建时代的海瑞,身上有许多仍值得我们今天学习的精神品质,应该"肯定、歌颂他一生反对坏人坏事","反对贪污,反对奢侈浪费","处处事事为百姓设想,为民谋利","不向困难低头,百折不挠的斗争精神","言行一致,里外如一的实践精神"。但这些文章连同他1961年初发表的剧本《海瑞罢官》,都在"文革"中被指控为对党的恶毒攻击,致使他惨遭迫害。

吴晗杂文中也有基本不用史料,而是从当时社会现状出发来探讨社会问题与辨别是非观念的文章。如《论开会》写得细致委婉,对会议的种种情状进行了分析。《说谦虚》《论学习》等亦然。还有杂文如《谈写作》《谈学术研究》《谈戏剧改革》《论修清史》等,以探讨学术思想为主,但落笔针对社会现实问题。从吴晗的杂文看,他是把知识分子的社会热情与他的学术专业结合在一起,使其文富有肌理骨肉,又极有社会指向性,观点鲜明而富有力度。不过,有的文章显得直露,而在考察和分析社会问题时应和主流意识形态,这使他的杂文不可避免地带上阶级论、唯上论的时代烙印。

四、廖沫沙的杂文

廖沫沙(1907—1990),原名廖家权,湖南长沙人。1922 年考入长沙师范学校。1927 年到上海艺术大学文学系旁听,并在《南国月刊》等杂志上发表了《燕子矶的鬼》等戏剧、小说、杂文。1930 年在上海加入共产党,次年参加左翼作家联盟,曾任中共区委宣传部长,《远东日报》新闻编辑。曾经三次被捕入狱。抗战期间他在国统区任报纸编辑,兼写一些历史小说;曾任《新华日报》编辑主任。抗战胜利后去香港恢复《华商报》,任副主编兼主笔。中华人民共和国建立后廖沫沙先后任中共北京市委宣传部副部长、教育部部长、统战部部长等职。1961 年同邓拓、吴晗在《前线》杂志开设杂文专栏"三家村札记",次年同夏衍等人应《人民日报》之约开设杂文专栏"长短录"。1966 年 5 月和邓、吴一起因"三家村反党集团"的罪名,遭到残酷迫害,在狱中关了八年,后被送到江西一个林场劳动三年,党的十一届三中全会后才得以平反。廖沫沙是"三家村"中唯一挺过"文革"之难的人,他生性乐观、风趣,坚忍不拔。廖沫沙主要杂文著作有《分阴集》(1962)、《三家村札记》(1979)、《廖沫沙杂文集》(1984)、《纸上谈兵录》(1984)、《廖沫沙近作选》(1985)、《廖沫沙文集》(4 卷,1986)。

廖沫沙的杂文主要是借史说事,但不同于邓拓和吴晗的文章以史料丰富取胜,而是精选一两则史料,紧扣题旨展开分析。如《怕鬼的"雅谑"》从一本《不怕鬼的故事》提出一本《怕鬼的故事》,以正反两面对比来刻画人性的问题。他有不少谈读书做学问的文章,如《〈师说〉解》一文大力称赞韩愈"弟子不必不如师,师不必贤于弟子。闻道有先后,术业有先攻"的见解,指出老师和学生之间并没有什么绝对不可逾越的界限,今天老师高于学生,明天学生可能高于老师,老师和学生可以互相转换,学生要向老师学习,老师也有需要向学生学习之处。《不叩亦必鸣》则围绕《礼记·学记》的一段话纵谈学与教两方面的正确态度,作者认为,学问学问,"学"是从"问"得来的,不问就学不到知识;欲求学问、取得知识,就要谦虚地向人请教,做到"敏而好学,不耻下问"。而教的一方,不仅要"因材施教""诲人不倦",而且教学态度应积极,不能像寺庙的钟一样"叩则鸣,不叩则不鸣",不仅要"善待问者如撞钟,叩之以小者则小鸣,叩之以大者则大鸣",还要做到"虽不叩,亦必鸣",这才是为师者的"撞钟"。谈读书做学问的文章还有《志欲大而心欲小》《学和用要结合起来》等。

与吴晗因写海瑞文章而获罪一样,廖沫沙也因两篇剧评而倍受冲击,一篇是《"史和"戏"——贺吴晗的〈海瑞罢官〉演出》,一篇是《有鬼无害论》,评孟超改编的昆剧《李慧娘》。《"史"和"戏"》一文以通信的方式,向《海瑞罢官》的剧作者吴晗提出了两个历史剧创作值得探讨的问题:历史的真实性问题、戏中人物性格的发展问题。因为他在文章中称赞吴晗"破门而出",以历史学家的身份写戏难能可贵,这并无他意的四个字,在"十年浩劫"中也便成了邓拓、吴晗、廖沫沙三人的"大罪状"。而《有鬼无害论》一文,尽管作者按照当时流行的阶级斗争观点,一再强调不能把戏台上的李慧娘单单看作一个鬼魂,这是一个敢于反抗压迫,敢于与压迫者做斗争的至死不屈服的妇女形象,但还是在"文革"到来之前的1964年就遭到了猛烈的批判。

作为"三家村"的一员,廖沫沙的杂文创作在取材与内容方面与邓拓、吴晗不无相似之处:紧密联系现实问题,以史论今,纵谈时事,或讽刺或美誉。在艺术表现方面,廖沫沙的杂文更长于说理:有的放矢、循循善诱,主题明确而不隐晦,行文直率而少曲笔,形成了自己的独特创作风格。不过,他的文章缺乏历史的前瞻性。

第三节 转换时期的报告文学

一、转换时期报告文学的概况

报告文学具有新闻的特性,是通讯、特写的统称。它以现实生活具有典型性的真人真事为题材,经过艺术表现而成。报告文学作为一种跨文体的散文形式,20世纪30年代才被引入我国,应该说它存在的历史并不长,但在转换时期的散文创作中,它却是一种引人注目和影响广泛的文体,许多作品家喻户晓。这与转换时期许多主流作家的身份密切相关,如杨朔、刘白羽、何其芳、周立波、丁玲等人都有战地记者的经历。

在新中国的报告文学中,反映抗美援朝战争的作品在数量和质量上都居前列。如刘白羽《朝鲜在战火中前进》、华山《清川江畔》、巴金《生活在英雄们的中间》、杨朔《万古青春》、菡子《和平博物馆》、靳以《呵,"祖国——我的母亲"》等作品。但这些创作主要不是为了表达作家个体的审美体验,而是向社会传递战争信息,鼓舞士气。少数政治效果好、文学性较强的作品就会成为社会关注的焦点,如巍巍写于1951年的《谁是最可爱的人》,因为及时报道了朝鲜战争的信息又符合时代要求的主旋律,也重视题材的提炼和主体的抒情,几乎是一夜成名。

随着经济建设和社会变革的深入发展,报告文学的视野也不断扩大。靳以的《到佛子岭去》《佛子岭的曙光》《五个女钻探工》《先行的人》等,描写了建设佛子岭水库的感人事迹,讴歌了那些"忘记寒冷、忘记疲困,争分夺秒地加速工程的进度,用劳动迎接曙光和黎明"的人们。黄钢的《亚洲大陆的新崛起——从李四光走的道路看新中国地质科学的跃进》既有鲜明的时代感,大气磅礴,又富有内涵和朴素的诗意美。作品写了李四光刻苦认真、不知困倦的执着追求,令人信服地提出了"随着地球旋转加快,亚洲站住了,东非、西欧破裂了,美洲落伍了"这一地质新结论。这是地质科学结论的写实,同时又是政治的象征,它形象地表现了新中国的诞生和一位爱国科学家的觉醒。华山的《童话的时代》描写了征服黄河、根治水害的宏伟规划和美好远景。作品以歌颂"人民的时代!童话的时代"为中心,巧妙地将童话、历史、古代、现代、未来串联在一起,以确凿的资料史实介绍了黄河的历史演变,三门峡的地理情况,并以神话传说来映衬今天伟大时代的光彩,昭示了黄河的美好未来。魏钢焰的《红桃是怎么开的——记党的忠实女儿赵梦桃》,摒弃了一般报告文学的单纯铺陈材料和堆积先进事迹的写法,在生活矛盾与复杂的人际关系中,形象地塑造了一个可信、可爱又可敬的普通女工。作者充满激情地描绘出了她"心灵深处的灼灼火焰",也表达了自己无尽的情思。而李若冰这位同大西北工业建设一起成长的作家,以《在勘探的道路上》《陕北札记》《柴达木手记》等一组作品,记叙了大西北建设的面貌和成就,充分展示了大西北怎样由一个荒凉的高原建设成为我国重要的工业基地所走过的每一步历程和人们精神面貌的深刻变化,以及普通建设者心灵的"纯净、美丽、热烈而富有感情"。总的来说,这些报告文学作品大多新闻性和宣传性大于文学性,有的甚至因为理想主义的要求,导致描写失真和对人性深度的挖掘远远不够。

1956年在苏联文学影响与"双百"方针的倡导下,报告文学一度出现刘宾雁的《在桥梁工地上》《本报内部消息》等作品,在歌颂推动时代前进的朝气蓬勃的先进人物同时,批判了一些不同类型的官僚主义和保守主义者的形象,在一定程度上触及官僚主义产生的根源。为此,作者本人在次年被划为右派。这标志着主流文学话语对于个体性创作的报告文学的否定。

随之而来的"大跃进"年代,报告文学日益朝着回避矛盾和粉饰生活的方向发展。1962年下半年,毛泽东提出"千万不要忘记阶级斗争"的口号,散文发展的峰回路转时期宣告结束。1963年3月,《人民日报》和中国作家协会举行了一个报告文学创作座谈会,提出为"报告文学"正名,把特写、速写、文艺通讯等文学样式统名为报告文学。1964年,《文艺报》又发表了《进一步发展报告文学创作》的专谈,以《报告文学选》等为代表标志着新中国主流文学话语对于报告文学的重视。① 值得提及的是,这个时期出

---

① 商昌宝."双百方针"的"浮沉"与十七年散文的发展[J].鲁东大学学报(哲学社会科学版),2007(3).

现了两篇影响广泛的作品,一是王石、房树民的《为了六十一个阶级兄弟》(1960),详细记叙1960年2月3日人们挽救因集体食物中毒而生命垂危的山西省平陆县61位修路民工的整个过程,描述了全国相关地区和单位的人们为了抢救民工生命所作的巨大努力,表现出感人的人道主义精神。二是穆青、冯健、周原的《县委书记的榜样——焦裕禄》(1966),以中共河南省兰考县县委书记焦裕禄为描写对象,再现了一位共产党干部为改变农村落后面貌而鞠躬尽瘁、死而后已的高深品质,并揭示出人物形象的时代特征和教育意义。作品发表后被收入中学课本,焦裕禄形象广泛流传,在社会上引起广泛而持久的影响。

转换时期报告文学的引人注目,不像后来新时期的报告文学那样使接受者振聋发聩,除了个别短暂阶段(如50年代中期)的作品,以及个别特殊的形象如焦裕禄,绝大多数是因为选择和宣传主流意识形态话语而处于突出地位。茅盾在谈到这种文体形式时说:"每一时代产生了它的特性的文学。'报告'是我们这匆忙而多变的时代所产生的文学样式。"①转换时期确实是充分地运用了报告文学这种文体进行社会宣传和教育,它不仅让读者领略新中国诞生初期生产建设蓬勃发展的社会局面、理想年代的沸腾生活、平凡人物的英雄事迹,更重要的是灌输了一种革命化、理想化和浪漫化的精神。然而历史是残酷的,尽管转换时期的报告文学数量不少,而且有的一度产生过巨大的社会影响,但是真正能够经受时间考验的却很少。原因很简单,在转换时期,报告文学创作从题材内容到艺术形式都被限制在狭窄单一的空间,任何想拓展空间的尝试和探索,都会遭受严厉的批判。在一体化的文学体制下,报纸杂志呈现出高度的思想同质性,人们所接受的只能是被严格选择过的同一种声音。

二、魏巍的报告文学

魏巍(1920—2008),原名魏鸿杰,曾用笔名红杨树,河南郑州人。1937年抗战爆发时参加八路军,1938年加入中国共产党。曾到延安抗日军政大学学习,毕业后赴晋察冀军区做政治宣传工作,此后几十年一直跟随部队转战各地。他不仅是一位作家,而且是一位从事部队政治文化工作的干部,先后担任宣传科长、团政委。中华人民共和国建立后曾任《解放军文艺》副总编辑、北京军区政治部文化部部长。魏巍的主要作品有:报告文学《谁是最可爱的人》(1951)、诗集《黎明风景》(1955)、长篇小说《东方》(1978)、《地球的红飘带》(1987),其中《东方》获

---

① 茅盾.关于"报告文学"[M]//李炳银.当代报告文学流变论.北京:人民文学出版社,1997:5.

1983年首届茅盾文学奖。

魏巍的散文,以文艺通讯为主要形式,属于广义的报告文学范畴,人们也常常把它们称为报告文学或特写。魏巍转换时期的报告文学主要有《谁是最可爱的人》《幸福的花为勇士而开》《春天漫笔》等。抗美援朝题材是魏巍一生文学创作中最重要也最持久的创作内容,《谁是最可爱的人》则是其抗美援朝题材创作中影响最为广泛与持久的作品,多次被选入大中学校语文教材,以致"最可爱的人"也成为新中国社会对军人尊称的代名词。

魏巍报告文学的艺术特色,首先是强烈的现实性、简明的哲理性和高昂的激情和谐统一。作者自觉将组织的要求化为自己的意志,把握时代的脉搏,表现社会急切关注的重大题材。他曾于1950年底、1952年夏、1958年秋三次入朝,被志愿军战士的英雄事迹和英勇气概所感动。为了把志愿军战士及其英雄事迹,连同急剧变化的战局及时反映出来,他决定暂时搁下写熟了的诗歌,采用被称为文艺轻骑兵的报告文学作为表达的体式,写了近20篇、约10万字的报告文学。魏巍1959年出版的报告文学集《谁是最可爱的人》中,共收录他的抗美援朝通讯17篇。正如作者在《我怎样写〈谁是最可爱的人〉》中所说:"我原是个喜爱写诗的,虽然在抗战期间写过些通讯,但对通讯,总不是那么看重。这次回来,又想先写别的,但又老想:这样伟大的斗争和伟大的战士,必须要很快写出来呵,如果慢慢在那儿钻长的,刻细的,最后又弄不成,怎么对得起战士们呢?"1951年志愿军入朝不久,他就写了《谁是最可爱的人》;1952年志愿军将美军赶过"三八线"时,他写了《挤垮它》;1958年志愿军回国时,他又写了《依依惜别的深情》,这些极富感染力的作品在社会上产生巨大影响。他在这一系列作品中确立了志愿军"最可爱的人"的时代形象,宣传和赞美了他们的爱国主义和国际主义精神,同时也让作者极力赞赏和主张的"革命英雄主义"在社会上得到广泛关注。《谁是最可爱的人》等报告文学作品中表现出的"朝气蓬勃的革命精神,激扬的爱国主义、国际主义精神,不怕苦、不怕死,任何敌人也压不倒的革命英雄主义精神",正是50年代刚刚从近半个世纪的战争中走过的人们所拥有的也是那个时代所需要的精神。

其次,魏巍的作品在当时众多表现抗美援朝题材的创作中脱颖而出,与他善于提炼主题、开掘生活和饱含激情密切相关。魏巍在谈到自己抗美援朝系列作品的创作过程时曾说:"《谁是最可爱的人》这个题目不是硬想出来的,而是在朝鲜战场上激动的情况下从心里跳出来的,从情感的浪潮中蹦出来的。我能写出《谁是最可爱的人》,最基本的原因是我们战士的英雄气概,他们的英雄事迹是这样的伟大,这样的感人,把我完全感动了。""在写作中,我从20多个最为生动的故事中,几经推敲、删减,最后选定了3个最能表现本质的典型事例。由于感受深刻,下笔时十分顺畅,一气呵成,一天多就完成了。"①1951年4月11日《谁是最可爱的人》在《人民日报》头版发表,立即引起读者的强烈共鸣,在全国产生巨大社会反响。从此,"最可爱的人"深入到新中国读者的心里,成为对志愿军最亲切的称呼。可见,魏巍作品的"革命英雄主义"是作者几次深入战争深刻体会的结晶,是"部队生活活生生的写照"。

当然,魏巍作品在当时读者中引起如此重大的反响,与50年代主流文学话语认同的英雄主义思想与蓬勃向上的时代精神息息相关。丁玲最先肯定《谁是最可爱的人》,她说魏巍的文章"有人以为虽然写得好,不过只能说是通讯,算不得是文学作品。……今天我们文学的价值,是看它是否反映了在毛主席领导下的我们国家的时代面影,是否完美地、出色地表现了我们国家中新生的人,最可爱的人为祖国所做的伟大事业。因此我以为魏巍这两篇短文不只是通讯,而且是文学,是好的文学作品"。"魏巍是钻进了这些可尊敬的人们的灵魂里面,并且同自己的灵魂溶合在一起,以无穷的感动与爱,娓娓地道出这灵魂深处所包含的一切感觉"。② 时隔9年之后,吉悌在回忆这篇通讯当时带给人们的震撼时仍然激动不已:"'最可爱的人',是我们时代精神的光辉的形象化。……'最可爱的人',在抗美援朝的那个历史时期里,几乎成为我们全民的道德标准。在我们志愿军里,最严厉的批评,无过于'你称得起一个最可爱的人吗!'。同样,在最广大的人民群众中,最严厉的批评,恐怕也无过于'你对得起最可爱的人吗!'。真正表现了、发扬了时代精神的作品,它的威力才可能达到这样的高度。它的影响才会如此的深刻。"赞誉他的抗美援朝散文"是政论、特写和抒情诗的完美的结合。而把这三者合而为一的是奔腾澎湃的战斗热情。"③

进入新时期以后,仍有研究者从不同角度肯定《谁是最可爱的人》的经典意义与文学价值。究竟应如何评价这篇20世纪50年代的文学"经典",或许还是评论家李建军的思考更耐人寻味,他说:"埃德蒙·威尔逊在谈及文学的影响力和生命力的时候,曾经用过'长效文学'和'短效文学'两个概念。我不知道《谁是最可爱的人》到底属于长效文学,还是短效文学,但它的确是一篇与时代生活的'相关性'很强的作品——它之所以引起如此大的反响,之所以获得如此高的评价,正是因为它满足了时代对文学的这种'相关性'要求。……但是,随着时代生活的变化和阐释语境的转换,或者,换句话说,当直接的'相关性'被间接的'历史性'取代的时候,对这种作品进行解读和评价的难度

---

① 陈辉.他告诉世界谁是最可爱的人——追思著名军旅作家魏巍的传奇人生[J].党史博采,2014(2).
② 丁玲.读魏巍的朝鲜通讯《谁是最可爱的人》与《冬天和春天》[N].文艺报,1951-05-25.
③ 吉悌.战斗热情最可贵——漫谈魏巍同志抗美援朝时期的散文[J].解放军文艺,1960(8).

就会增加,甚至会有完全不同的阅读感受和评价,除非这些作品本身包含着丰富的历史感和普遍的情感内容,否则,它就很难感动后来时代的人们或不同社会的读者群。那么,《谁是最可爱的人》具有经得住时间之水洗磨的'长效性'吗?……这个问题也许只有时间自己能够回答。"①

【思考题】

1. 分析刘白羽散文抒情风格的得与失。
2. 试述杨朔散文创作模式的现代审视。
3. 简述秦牧散文的知性特色。
4. 试析张中晓《无梦楼随笔》的文化品格。
5. 转换时期有哪两次杂文的复兴?
6. "三家村札记"杂文的创作形态如何?请举例分析。
7. 谈谈魏巍报告文学的时代价值。

① 李建军.重读《谁是最可爱的人》[J].文学自由谈,2009(5).

第五章 转换时期的戏剧

1942年延安文艺座谈会之后,糅合传统民歌演唱旋律和西方歌剧形式而诞生的民族新歌剧,在解放区和新中国舞台上异军突起。由《白毛女》发轫而陆续诞生的《洪湖赤卫队》《江姐》等舞台名剧,将民族歌剧推向高峰,成为"十七年"戏剧舞台的主要亮色。与歌剧双峰并峙的是历史题材的话剧。郭沫若、田汉、曹禺、吴晗等老剧作家创作的《蔡文姬》《武则天》《胆剑篇》《关汉卿》《海瑞罢官》等话剧,是历史剧空前繁荣的标志。在"干预生活"指导思想下产生的所谓"第四种剧本",则是转换时期昙花一现的戏剧奇葩;而老舍的《茶馆》则代表了新中国话剧创作的最高成就,迅速提升了中国话剧在世界的影响力。"文革"期间的"革命样板戏",携带着特殊年代深刻的意识形态痕迹,成为新中国舞台上的特殊记忆。

第一节 新歌剧:从《白毛女》到《江姐》

一、从歌剧到新歌剧

歌剧(opera)是将音乐(声乐与器乐)、戏剧(剧本与表演)、文学(诗歌)、舞蹈(民间舞与芭蕾)、舞台美术等融为一体的综合性艺术,通常由咏叹调、宣叙调、重唱、合唱、序曲、间奏曲、舞蹈场面等组成。早在古希腊的戏剧中,就有合唱队的伴唱,有些朗诵甚至也以歌唱的形式出现。中世纪时期一些音乐形式也为歌剧的产生奠定了基础,首先是10世纪末的宗教剧,后来宗教剧被神秘剧(mystery)和奇迹剧(miracles)取代,盛行于14—16世纪;其次是田园剧,这种体裁用音乐、诗歌、戏剧的手段表现乡村生活的场景,它一直盛行到16世纪,成为歌剧的重要起源之一。但真正称得上"音乐的戏剧"的近代西洋歌剧,却是16世纪末至17世纪初伴随着文艺复兴时期音乐文化的世俗化应运而生的,先出现在意大利的佛罗伦萨,既而传播到欧洲各国。五四时期西方歌剧引入中国后,也有人为创立中国现代歌剧进行尝试。作曲家黎锦晖在1921—1929年间共写了12部儿童歌舞剧,在当时的中国产生了很大影响,开中国歌剧创作之先河。

新歌剧是新中国文学出现的既有别于传统戏曲,又不同于西洋歌剧的音乐形式。具体说来,它是为了反映与表现中国人民的现实生活,在民族传统文化基础上,继承了民族戏曲的表演形态,并吸收借鉴欧洲戏剧艺术的有益经验而发展起来的有歌有舞、有唱有白的为广大群众所喜闻乐见的具有高度综合性的戏剧表演形式。在 30 年代的左翼音乐运动中,聂耳与田汉合写过《扬子江暴风雨》;在当时的革命根据地,也演出过《砍柴女郎》等小歌剧;这些是中国最早以音乐剧的形式反映群众革命斗争的作品。但是,新歌剧的真正繁荣是在根据地,尤其是在毛泽东的《讲话》发表之后。抗日战争爆发后,延安鲁迅艺术学院的工作者们,曾先后演出过多部歌剧,其中以向隅等集体创作的《农村曲》和冼星海作曲的《军民进行曲》较为重要。前者在音乐上受民歌和群众歌曲的影响较大,风格较朴实亲切;后者在音乐上更多借鉴了西洋歌剧的经验,力图创造出具有中国风格的歌剧朗诵调。这两部作品在艺术形式上都作了新的尝试和努力。除此之外,在上海、重庆的一些专业作曲家也纷纷进行试验,主要作品有《西施》《桃花源》《上海之歌》《大地之歌》《洪波曲》《沙漠之歌》,以及未完成的《荆轲》《郑成功》等。

上述这些现代歌剧的题材内容,大多结合了当时社会变革的需要,在寻求适合于表现中国人民生活的歌剧形式以及借鉴西洋歌剧的创作经验等方面,作出了一定的成绩,但还未能建立起为广大群众喜爱的歌剧的新民族形式。1943 年在延安文艺整风运动的推动下,延安出现了秧歌运动的热潮。延安鲁迅艺术学院的文艺工作者创作了一大批为群众喜爱的秧歌剧,如《兄妹开荒》《夫妻识字》《烧炭英雄张德胜》《两种作风》《周子山》等。新秧歌剧是一种熔戏剧、音乐、舞蹈于一炉的综合艺术形式,是一种新型的广场歌舞剧,同时也是劳动者自己的秧歌。新秧歌剧的产生与繁荣为后来新歌剧的创作作了准备。1945 年歌剧《白毛女》问世,标志着新歌剧的正式诞生。

1956 年 8 月,毛泽东接见参加全国音乐周的代表,在交谈中反复强调音乐的民族性。不久,中国戏剧家协会和中国音乐家协会联合在京召开了"新歌剧讨论会"。就中国歌剧的特征,中国歌剧与西方歌剧的关系,歌剧与戏曲的关系,中国歌剧的发展基础、发展方向、民族化问题进行了热烈讨论。这是中国歌剧有史以来的第一次,也是在百花齐放、民主平等氛围下的有益争鸣,对新中国歌剧事业的发展产生了重大影响。正是在这种历史背景和文化语境下,出现了以《洪湖赤卫队》和《江姐》为代表的"十七年"新歌剧。

二、以《白毛女》为代表的解放区新歌剧

早在 20 世纪 30 年代末,晋察冀一带的村民口耳相传一个"白毛仙姑"的故事。后来边区的文艺工作者为破除迷信,将它写成小说和报告文学,并编成民间形式的歌舞表演,以教育当时的农民。40 年代初期,往来于延安和晋察冀革命根据地的西北战地服务团的文艺工作者,又把根据这个故事创作的文本带回延安。1945 年延安鲁迅艺术学

院的师生为了向即将召开的中共七大献礼,在进一步扩展细节、提炼主题和优化民歌曲调基础上,改编出了情节和风格都更为复杂的歌剧《白毛女》。

《白毛女》五幕16场,是在延安秧歌剧运动的基础上形成的新型民族歌剧,也是中国新歌剧创立过程中的里程碑。这部歌剧由延安鲁迅艺术学院集体创作,贺敬之、丁毅执笔,马可、张鲁、瞿维、李焕之、向隅、陈紫、刘炽等作曲。1945年4月,在延安中国共产党第七次代表大会上首次演出,受到观众的热烈欢迎,同时也获得中国共产党中央委员会给予的高度评价,并获1951年度斯大林文学奖金二等奖。据说《白毛女》在延安演出时是场场爆满,老百姓扶老携幼,万人空巷,产生了极大的社会效应。而且,随着解放战争的展开和深入,《白毛女》在全国各个解放区传播,成为共产党领导的社会革命的一个标识性文化符号。

这是一个将新文学与民间文学、革命文学融为一体的艺术作品。首先它是一个关于毁灭与复仇的革命叙事。剧中主人公喜儿原本是一个纯朴活泼的女孩,她向往美好的生活与爱情。除夕之夜,她独自和着面等候着相依为命的爹爹回家过年团圆,可就在大年团圆之日,她所有的梦想与希冀全被破灭。父亲杨白劳被地主黄世仁逼债惨死在雪地里,她被抢到黄家,受尽虐待。未婚夫王大春痛打了地主狗腿子穆仁智后,投奔八路军。黄世仁奸污了喜儿并使之怀孕,还要将她卖掉以灭罪迹。经女仆张二婶帮助,喜儿逃往深山野林,苦熬了三年:"穿的是破布烂草不遮身,吃的是庙里的供献、山上的野果,头上发了白。"喜儿不会忘记这深仇大恨:"话不尽我的千重冤、万重恨,/万恨千仇,千仇万恨,/划到我的骨头——记在我的心。"她一遍遍呼喊:"我要撕你们!我要掐你们!我要咬你们哪!""我是人!我有血肉,我有心……"凭着这种强烈的反抗性、顽强的求生意志和坚强的复仇愿望,以及"人"的觉醒,她在非人的环境中活了下来,她坚信苦日子总会熬到头。1938年春,大春所在部队来到杨格村,把喜儿从山洞中救出,并发动群众清算了黄世仁的罪恶,为喜儿和千千万万的受苦人报了仇。

《白毛女》不仅表现了喜儿的毁灭与复仇,而且试图从一个悲剧性的故事中表现旧中国农民苦难的生存状态。杨白劳是个老实厚道的农民,虽然受尽地主的压迫剥削,但仍然怀揣生活的希望。歌剧开头的一场戏充满了农村生活的情调,把杨白劳和广大受压迫农民的愿望作了充分的表现。他年关出外躲债带回的三样东西:两斤白面、一根红头绳、一张门神,生动地展示了一个勤劳善良的贫苦农民的十分朴素的生活愿望,他希望能有一个起码的人的生活:吃饱肚子,不受欺凌,与女儿欢欢喜喜过个年。但是他的这种卑微的生活要求却不能得到满足,反而被逼上绝路,含恨而死。杨白劳本分老实,对地主阶级的残酷压迫不敢有反抗的表示,他忍辱负重地生活,到了无法忍受、无处逃生时，就只有一死了之。杨白劳是在地主阶级长期压榨之下，尚未觉醒的老一辈农民的典型形象。他的悲惨结局是对地主阶级的有力揭露和血泪控诉。

作者在剧中还增加了一些政治性情节，如赵大叔讲述红军故事，大春、大锁痛打穆仁智，大春在赵大叔指引下参加红军，后回村开展反霸斗争、拯救喜儿等。在歌剧结尾处，全体演员合唱主题曲《太阳出来了》，喻示共产党领导穷人翻身解放。作品将一个民间传奇提升为一种言说"阶级""解放""革命"的宏大叙事，承载了"旧社会把人变成鬼，新社会把鬼变成人"的重大思想主题，成为一出催人泪下的红色传奇。

浪漫主义色彩是该剧的一大特征。《白毛女》的情节并不复杂，但比较奇特。喜儿传奇的人生经历，尤其独居深山老林三年，生子、育儿、偷供品、成为白毛女，甚至接受民众祭祀等，这都是日常生活中少有的事件，使剧作极富传奇性。同时，作品抒情性强。剧中抒情场面大加渲染，并且运用大段的独白来揭示人物的内心世界。歌词中大量采用比兴、对偶、排比、重叠等手法，既富有诗意，又生动活泼。简而言之，传奇的情节与主观的抒情构成作品的浪漫主义特色。

《白毛女》在音乐上也受到广大人民群众的喜爱。它的成功之处主要表现在以下三个方面。其一，它开始解决了通过音乐来刻画剧中人物形象的问题；其二，它较成功地通过广泛吸取各种民间歌谣（包括西北民歌、说唱、戏曲和器乐等）作为创造剧中各种人物主题的旋律基础，并根据人物性格和剧情发展的需要，给予富于独创性的改造和发展，使歌剧音乐既有鲜明的民族特点，又有强烈的戏剧性；其三，在创作的形式和手法上大胆而又谨慎地借鉴了西洋歌剧的经验。

《白毛女》成为老百姓喜闻乐见的具有民族气派的优秀新歌剧作品，它标志新中国民族新歌剧的正式诞生。《白毛女》之后，解放区又有大批新歌剧上台，较著名的有《王秀鸾》《刘胡兰》《赤叶河》等。这些作品，都是以农村妇女为主角，倾诉她们在封建压迫下的深重苦难，歌颂她们为创造新生活所作的英勇斗争，表现她们从不幸走向解放的战斗人生历程。

阮章竞编剧的《赤叶河》叙述的是在30年代初的太行山区，王禾子和燕燕成亲不久，日子过得艰难，仍然对生活怀着希望。可是地主巧立名目，任意敲诈勒索，使他们家完全破落下来。地主一再调戏燕燕，都被禾子看见，他愤而出走。燕燕自思"活着咽不下这坏名声"，投河自尽。十多年以后，该地解放了，禾子回家，和地主清算这笔血债。全剧贯串了农民才是土地的开拓者和真正主人的思想；并且配合土改斗争的需要，充满了呼唤农民起来控诉与复仇的战斗激情，因而具有明显的时代色彩。作者以写诗著称，剧中不少歌词本身就是很好的诗句。像"赤叶河，灾难多，不开荒山人挨饿；开荒山就是打铁锁,千年万年逃不脱!""夜月明,山风吹,诉苦没完心要碎,众人前,难忍下,早已烧干的两眶泪。""拉破了的衫儿还能补,撕碎了的心儿怎能缀?火烧过的青山山还在,东流的河水,它永不回!"文字凝练,形象生动,具有扣人心弦的力量。

魏风、刘莲池、朱丹、严寄洲、董小吾编剧的《刘胡兰》又名《女英雄刘胡兰》,是根据真人真事创作的新歌剧。它典型地表现了共产党人的崇高品质和英雄气概,反映了解放区军民不惜牺牲一切迎接民主革命彻底胜利的战斗精神,同时也突出地暴露了垂死挣扎的反动派的凶残。

傅铎编剧的《王秀鸾》书写一个农村家庭的悲欢离合故事。事情发生在"五一扫荡"后的冀中根据地。公公在外经商,当家的婆婆好吃爱赌、专横无理,把钱花完了就变卖家当典当土地。她把儿子(王秀鸾的丈夫)气跑了,又把王秀鸾母子赶回娘家。王秀鸾一向孝敬婆婆,后来又独自含辛茹苦,种地纺线,使家中生活有了好转。这时当上八路军的丈夫回家探望,失业的公公也带了流落异乡的婆婆回来,一家人重新团聚。婆婆十分羞愧,王秀鸾对她依然尊敬体贴。最后,王秀鸾当上了劳动英雄。在我国的传统戏曲中,有过不少贤惠忠贞、任劳任怨的劳动妇女的形象,王秀鸾在品格和气质上与她们颇为相似,作品着重表现的似乎也是农村妇女身上最宝贵的传统性格。剧作提出的劳动发家的主题,就经过战争的摧残破坏、农村需要休养生息、发展生产而言,自然是有积极意义的。

必须指出的是,新歌剧创作在部队最为活跃,为此部队的文艺工作者作了很多努力,创作了不少新歌剧。除了前面提到的战斗剧社的《刘胡兰》,像晋冀鲁豫军区的《王克勤班》(军区文艺工作团、六纵文艺工作团集体创作,史超、江涛等执笔)和根据新秧歌剧改编的《军民一家》(改编者不详),第四野战军的《杨勇立功》(白华编剧),西北军区的《英雄刘四虎》(军区政治部文工团集体创作)等,也都是受到战士欢迎的剧目。

三、以《洪湖赤卫队》和《江姐》为代表的"十七年"新歌剧

中华人民共和国成立以后的"十七年",我国歌剧创作进入了高潮。在创作思维上形成几种不同的方式:第一种是继承戏曲传统,代表性剧目有《小二黑结婚》(田川、杨兰春执笔,马可等作曲)、《红霞》(石汉执笔、张锐作曲)、《红珊瑚》(赵忠等执笔,王锡仁、胡士平作曲);第二种是以民间歌舞剧、小调剧或地方歌舞作为参照系创作的新型歌舞剧,其代表作为《刘三姐》;第三种是以传统的借鉴西洋大歌剧为参照系,代表作有《王贵与李香香》(于村执笔、梁寒光作曲)、《草原之歌》(任萍执笔、罗宗贤作曲);第四种是以《白毛女》创作经验为参照系,在观念和手法上坚持以内容需要为一切艺术构思

的出发点,既不受制于、也不拒绝任何一种手法,只要内容需要,可以兼取西洋歌剧手法、板腔手法或话剧加唱手法。这种创作模式有两部歌剧杰作:《洪湖赤卫队》《江姐》,足可证明其卓有建树。

1959年秋,在国庆10周年之际,湖北省歌剧团用一出歌剧《洪湖赤卫队》(杨会召等编剧,张敬安、欧阳谦叔作曲)向共和国敬献了一份厚礼。故事发生在土地革命时期的湖北洪湖地区。以洪湖赤卫队党支部书记韩英、队长刘闯为代表的共产党人,为了保卫农村苏维埃政权,保卫翻身解放的胜利果实,与彭霸天、白极会、保安团、叛徒等反动势力展开了殊死斗争,谱写了一首大智大勇、宁死不屈的英雄诗篇,再现了革命先辈在中国共产党领导下为中国人民的翻身解放而斗争的历史画卷。这部剧作形式上具有如下几个特点:

其一,戏剧结构张弛相间,跌宕起伏。全剧一共六场,第一场敌人猖狂反扑,枪声紧密,赤卫队员摩拳擦掌,剑拔弩张;第二场彭霸天宴宾庆寿,张灯结彩,气氛为之一变;第三场在轻快舒畅的歌声之后,敌人围攻,韩英被捕,气氛突转紧张;第四场韩英在牢房大段抒情歌唱;第五场营救韩英,处决王金标,情节跌宕顿生;第六场奇袭成功,枪毙彭霸天。一张一弛,张弛相间,符合观众审美心理期待。

其二,该剧塑造了一批性格鲜明的人物形象。韩英是剧中着力塑造的主要人物形象,由作者根据洪湖地区流传的蔡大姑和贺英的传说创造而成。作品从不同的角度来表现这个大智大勇又有儿女情长的共产党人形象,既抒发了她的革命豪情,也表现了她的儿女柔情。在革命斗争中,她智勇双全,沉着果断;关心群众,细致入微。例如赤卫队员撤退后,韩英、刘闯与张副官里应外合,周密部署和指挥了一个漂亮仗——摸庄劫枪,赤卫队员称她"胜过当年的诸葛亮"。而当身陷囹圄,面对彭霸天的威逼利诱软硬兼施的时候,她坚强不屈视死如归,"砍头只当风吹帽","洒尽鲜血心欢畅",表现共产党人的凛然正气。韩英对故乡、对人民、对母亲却无法掩饰自己的热爱之情:"洪湖啊,我的家乡!/洪湖啊,我的亲娘!娘啊,儿死后,/你要把儿埋在那洪湖畔/将儿的坟墓向东方,/让儿常听洪湖的浪,/常见家乡红太阳。/娘啊,儿死后,/你要把儿埋在那大路旁,/将儿的坟墓向东方,让儿看到红军凯旋归,/听见乡亲再歌唱。"这些儿女情长的语言,使革命的韩英更丰满,更有人情味。

刘闯是《洪湖赤卫队》所着力刻画的一个成长中的英雄人物。他疾恶如仇,作战英勇,有着火一般的革命热情,但性情急躁,做事有时显得鲁莽。后来在韩英的帮助下,在血的教训面前,他渐渐走向成熟,终于成为一位有勇有谋的指挥员。剧本生动地描写了他性格由急躁到沉稳的发展过程。

剧中的反面人物彭霸天也写得很出色。作者通过多方面的刻画，揭露了他的残暴、阴险、狡诈。

其三，歌词通俗易懂，诗意浓郁，曲调优美流畅，声情并茂。《洪湖赤卫队》中的歌词有大段大段的抒情，语言清新优美，诗意盎然。如剧中主题歌："洪湖水，浪打浪，/洪湖岸边是家乡。/清早船儿去撒网，/晚上回来鱼满仓。/到处野鸭和菱藕，/秋收满畈稻谷香。/人人都说天堂美，/怎比洪湖鱼米乡。"清新朴素的语言，充满着诗情画意，展现出一幅"渔舟唱晚、稻谷满仓"的优美意境。

《洪湖赤卫队》的音乐以天沔花鼓戏和天门、沔阳、潜江一带的民间音乐为主要素材，同时在创作中较好地运用了欧洲歌剧主题贯穿发展的手法和戏曲板腔体的结构原则，营造了连贯的戏剧冲突，刻画了生动的人物形象，在民间音乐个性化、戏剧化方面取得重大收获。剧中的主要唱段《洪湖水，浪打浪》《没有眼泪，没有悲伤》《看天下劳苦大众都解放》等都成为民族歌剧的永恒之作，代代相传，久演不衰，并荣膺"20世纪华人音乐经典"荣誉榜。

1963年由部队作家阎肃编剧、羊鸣等作曲的《江姐》是中国新歌剧又一可喜的收获。这部歌剧根据长篇小说《红岩》改编，反映了解放战争时期川东地区地下党为配合我军战略反攻，解放全中国，同国民党反动派进行的一场尖锐、复杂、激烈的斗争。剧作着力塑造了江姐这一英雄形象，表现出革命烈士们坚贞不屈的大无畏精神，构成了一首激动人心的革命英雄主义的颂歌。

江姐是一位年轻的共产党员，其原型是川东某地下党负责人江竹筠。1949年冬，她按照党的指示，身负重任，奔赴华蓥山寻找游击队。当她来到华蓥山某县城时，发现她的爱人彭松焘不幸被国民党反动派杀害，头颅悬挂在城头上。丧夫之痛让江姐悲恸欲绝，但她决心化悲痛为力量，把血海深仇记在心上，昂首挺胸奔赴战场。到了华蓥山，她带领群众抗丁抗粮，率领游击队截军车缴军火，发展武装斗争，搞得国民党反动派惶惶不可终日。由于叛徒的告密，江姐不幸被捕。在敌人的威逼利诱面前，她铮铮铁骨，威武不屈，像是一位通身透明的光明使者，用灼眼光亮、铿锵誓言、沸腾热血谱写共产党人生命的辉煌。剧中主题歌《红梅赞》中的红梅就是江姐的象征。她不惧三九严寒，昂首怒放花万朵，朵朵向阳开。江姐的高尚情操和博大胸怀尽现其中。

强烈的抒情是该剧一大特色。作者为了表现江姐崇高的精神境界，将戏剧性和抒情性紧密结合。如《红梅赞》《绣红旗》《我为共产主义把青春奉献》等，用优美动人的旋律，将一个共产党人的坦荡心灵和壮丽情怀表现得淋漓尽致。

这部歌剧的创作吸收了四川地区语言、民歌、戏曲等艺术成分，形成了浓郁的民族风格和地方特色,是我国民族歌剧中的一部力作。此剧演出后受到广大群众的欢迎,其中《红梅赞》《绣红旗》等经典唱段,在群众中广为传唱。

这两部歌剧从内容上看,都属于革命新传奇;从写作方法上看,都归为革命通俗文学。它们真正做到了革命抒情和革命激情的统一,浓厚的生活气息和鲜明的人物的统一,地方色彩和兼容并包的统一。

从《白毛女》到《洪湖赤卫队》《江姐》,综观转换时期中国新歌剧的发展,文艺工作者在创作上始终不断地进行各种探索,并逐渐形成一些共同的特点:一是在创作原则上既力求坚持现实主义传统,又尽情抒发浪漫主义理想,努力反映群众的斗争生活;二是重视对剧中主要人物音乐形象的刻画,力求创造出形象鲜明和性格突出的唱腔,做到既优美动听又通俗易唱;三是力求正确地解决继承民族音乐传统和借鉴西洋音乐经验的问题,通过不同途径去创造既具有时代特点,又具有鲜明民族风格的新歌剧形式。

第二节 历史剧创作的繁荣

20世纪50年代末至60年代初,当代文学史上出现了一个历史剧创作的高潮,产生了大批质量高、影响大的作品,如话剧《蔡文姬》《武则天》(郭沫若)、《关汉卿》《文成公主》(田汉)、《胆剑篇》(曹禺)、《甲午海战》(朱祖贻、李恍等)、《神拳》(老舍),以及新编历史剧《海瑞罢官》(吴晗,京剧)、《谢瑶环》(田汉,京剧)等。

这个高潮的出现有着特定的时代背景与文化语境。1957年文艺界反右斗争及1958年兴起的"浮夸风""共产风"等左倾思潮的泛滥,使话剧创作受到极大挫折,粉饰生活、美化现实、公式化、概念化的剧作风行一时,而那些忠于生活、诚于写实、真正写人的好剧本却受到了粗暴的批判和否定,像"第四种剧本"中的《布谷鸟又叫了》(杨履方)、《同甘共苦》(岳野)、《洞箫横吹》(海默)等敢于触及社会矛盾的作品,最终都难逃批判的厄运。而且通过批判人为地设置了一些创作禁区,不少剧作家不愿违心去歌颂那些浮夸不实的东西,于是纷纷遁入历史世界,转向历史题材的创作。这个时期的历史剧从内容上看,有的是为历史人物翻案,如《蔡文姬》《武则天》;有的发掘历史精神为现实社会服务,如《胆剑篇》《海瑞罢官》;也有对历史上有影响的人物进行歌颂的,如《关汉卿》。它们都用历史唯物主义的观点去评价历史,力求做到历史真实与艺术真实的统一,以达到以古鉴今、古为今用的目的。

一、田汉的《关汉卿》

田汉(1898—1968),中国现代话剧的奠基者之一。原名田寿昌,曾用笔名陈瑜、绍伯等,湖南长沙人。1916年赴日本留学。五四时期开始发表文艺论文和独幕剧。既是创作力旺盛的剧作家,也是现代话剧运动的积极组织者,1925年创立南国社,为现代话剧文学作出了开拓性贡献。其话剧代表作有《获虎之夜》(1924)、《名优之死》(1929)、《南归》(1929)、《回春之曲》(1935)等。30年代参加左翼作家联盟,抗战期间组织领导抗日救亡宣传工作。中华人民共和国成立后,他历任文化部戏曲改革局局长、艺术事业管理局局长、中国戏剧家协会主席、中国文联副主席等职,成为新中国戏剧界的最高领导人。同时,他在戏剧创作上勤耕不辍,先后创作了《关汉卿》《文成公主》《白蛇传》《谢瑶环》等十部话剧、戏曲。尤其是话剧《关汉卿》(载《剧本》1958年第5期),成为新中国田汉戏剧创作的巅峰之作。

1958年世界和平理事会决定举行纪念世界文化名人关汉卿诞辰700周年活动,《关汉卿》就是为了配合这一活动而创作的。剧本发表后,受到国内外一致好评。关汉卿是我国古代著名剧作家、中国戏曲的奠基人,其身世史料并没能得到很好地保存,田汉只能从流传下来的关汉卿的剧作及散曲中去体察他的性格、为人及精神。田汉以历史唯物主义的观点深入研究了元代的政治、经济、文化状况,研读了关汉卿的全部著作,从而创作出这部戏剧杰作。这个剧本的情节基本上是虚构的。田汉围绕关汉卿创作并演出《窦娥冤》这一中心事件来设计情节,热情地讴歌关汉卿不畏强权不怕牺牲、充满正义感、勇于为民请命的崇高精神,树立起一位理想化的戏剧家形象。

"为民请命"是该剧的政治主题,而"铜豌豆"的精神则可谓关汉卿的性格特征。关汉卿在散曲《不伏老》中曾把自己比作"蒸不烂、煮不熟、捶不扁、炒不爆、响铛铛一粒铜豌豆",田汉紧紧扣住这一点,让关汉卿置身于"蒸、煮、捶、炒"的险恶环境中,完成了对其"铜豌豆"性格的塑造。剧本围绕关汉卿创作与演出《窦娥冤》这一中心事件展开戏剧冲突。戏一开场,关汉卿就处在尖锐的矛盾关口:无辜弱女子朱小兰衔冤枉死,"杀一个汉人还不如杀一头驴"揭示出元代社会尖锐的民族矛盾与阶级矛盾,为全剧的戏剧冲突展开提供了典型环境。这一人间冤屈极大地刺激着关汉卿,他决心"写成一个杂剧,一定得把这些贪官污吏的嘴脸摆在光天化日之下示众;一定得替那些负屈衔冤的好心女子鸣鸣冤,吐吐气"。在朱帘秀、杨显之、王和卿等好友的鼓励支持下,他完成了《窦娥冤》的创作,上演后获得极大成功,被誉为"为万民除害",但同时也触怒了权臣阿合马。阿合马滥施淫威,责令修改。而关汉卿针锋相对,"宁可不演,断然不改"。在狱中,关汉卿表现出"玉可碎而不可改其白,竹可焚而不可毁其节"的高尚情操。直到最紧急关头,仍不改为民立言的初衷:"我们的死不就是为了替人民说话吗?人家说血写的文字比墨写的要贵重,也许,我们死了,我们的话说得更响亮。"就这样,在三次考验——修改剧本、避祸远走、投降自保面前,关汉卿坚守正义,矢志不屈,充分体现了一种威武不屈、贫贱不移的响铛铛的"铜豌豆"性格,也充分表现了全剧为民请命的主题。

田汉在将关汉卿塑造为一个人民代言人、一个社会良心代表的同时,还特意设计了一个反面的知识者形象——叶和甫。他是一个"猥琐的文人,交通官府而与杂剧界混得很熟,他也以此为资本向官府讨好",在剧中充当的是统治阶级帮凶的角色,"威胁利诱,双管齐下"来劝降关汉卿。与关汉卿坚持理想伸张正义的立场相反,叶和甫所持的是媚俗立场。作为对照,叶和甫的卑劣进一步反衬出关汉卿的伟岸品质,二者的决裂反映了知识分子在污浊社会现实面前的分化,价值高低自现。

名歌妓朱帘秀的形象也是光彩熠熠的。她坚定果敢、舍己为人,充满侠妓性格,充分体现了中国下层妇女的优秀美德,她与关汉卿是一棵树上的两朵自由之花。在关汉卿犹豫矛盾时,朱帘秀鼓励关汉卿大胆创作,而且不畏权贵,不改台词;为了保护关汉卿,她主动承揽责任;在狱中面临生死考验时她视死如归,一曲《双飞蝶》倾诉了她的衷情:"将碧血、写忠烈,作厉鬼、除逆贼,这血儿啊,化作黄河扬子浪千叠,长与英雄共魂魄!……俺与你发不同青心同热,生不同床死同穴;待来年遍地杜鹃红,看风前汉卿四姐双飞蝶。相永好,不言别!"此曲将全剧的抒情气氛推向高潮,也将两人的忠贞爱情及战斗情谊推向极致。

《关汉卿》艺术上一个突出特点,是戏剧性与抒情性的有机统一。在情节结构上,戏中戏是一大特色。剧本就是在写与不写、改与不改、演与不演的冲突中逐步锤炼关汉卿的坚强性格。《窦娥冤》被公认为是关汉卿的代表作,是关汉卿一生战斗精神和不屈个性的集中体现。剧中围绕《窦娥冤》的创作、演出的曲折经历来展开戏剧冲突,从窦娥对敌人的刻骨仇恨及至死不屈的坚强性格中体现出关汉卿的战斗的现实主义精神,剧作把窦娥与关汉卿的形象有机地融为一体,虚实结合。这种戏中戏的精巧构思,既丰富了剧作的思想性,也提高了其艺术性。浓郁的抒情性也是田汉这个剧作的重要特色。田汉一直提倡"话剧加唱",《关汉卿》根据剧情进展恰到好处地安排歌唱性曲词,如第八场两位主人公狱中相逢时、第十一场两人洒泪而别时,由朱帘秀来演唱《双飞蝶》和《沉醉东风》。这些曲词不仅有效地强化了关汉卿、朱帘秀两人的思想情感,而且也大大增强了戏剧的抒情性。剧本结尾处卢沟桥畔长亭垂柳、关汉卿与好友们依依惜别的场面极具余音绕梁的无穷意味。

二、郭沫若的《蔡文姬》

郭沫若(1892—1978),原名郭开贞,笔名郭鼎堂、麦克昂等,四川乐山人。他是中国现代新诗的奠基人,同时也是著名的历史剧作家,中华人民共和国成立初期,就写出了《三个叛逆的女性》(1926)、《棠棣之花》(1942)、《虎符》(1942)、《屈原》(1942)、《高渐离》《孔雀胆》(1943)、《南冠草》(1944)等剧作。中华人民共和国成立后,郭沫若曾任全国人大常委会副委员长、中国文联主席等职,1958年重新入党,成为我国文艺界的组织者、领导者。公务之余,他创作了著名的历史剧《蔡文姬》和《武则天》。郭沫若新中国历史剧创作的主要特色是:首先,作者渊博的历史知识和独到的历史眼光,常常使他在错综复杂的历史现象中,提炼出卓尔不群、耐人寻味的见解,作为历史剧创作的思想基础。其次,强烈的浪漫主义气息。他的历史剧是在历史真实与艺术真实相统一的基础上驰骋想象,在充分尊重历史精神的基础上大胆进行虚构。最后,浓郁的诗的意境营造也是他历史剧创作的一个显著特色。

《蔡文姬》(载《收获》1959年第3期)是一部五幕历史剧。关于其创作意图,作者在剧本序言中曾明确指出:"以前我们受到宋以来的正统观念的束缚,对曹操的评价是太不公平了。……我们今天的时代不同了,我们对于曹操应该有一种公平的看法。"郭沫若以"失事求似"的历史剧观为指导,主要围绕曹操赎文姬归汉撰述《续汉书》之事来重新建构曹操形象。其实,早在40年代郭沫若就形成了一套比较系统、成熟的浪漫主义史剧观,提出了"失事求似"的历史剧创作原则,即在尽可能真实与准确把握历史精神的基础上,作者可以大胆想象,自由虚构,灵活表现,以达借古讽今的效果。这为历史剧如何处理历史真实和艺术真实之间的关系开辟了一条有效途径。他说,"剧作家的任务是在把握历史的精神,而不必为历史的事实所束缚。剧作家有他创作上的自由,他可以推翻历史的成案,对于既成事实加以新的解释,新的阐发,而具体地把真实的古代精神翻译到现代"。①

《蔡文姬》中的曹操,不再是历史演义中的那个"宁教我负天下人,休教天下人负我"的乱世奸雄,而是一个"以天下之忧而忧,以天下之乐而乐"的杰出政治家——"锄豪强,抑兼并,济贫弱,兴屯田",还是个"会用兵"的出色军事家,同时精通文学,"广罗人材,力修文治"。更难得的是,曹操作为最高统治者虚怀若谷,高风亮节。他误信周近谗言令董祀自裁,可听了蔡文姬的解释后,他知错认错,并以"兼听则明,偏信则暗"的古语诫勉自己,显示了坦荡的胸怀。另外,他生活俭朴,不喜奢华,剧本通过其夫人之口,说出曹操的被子已经盖了十年且打了很多补丁。这就是说,曹操不仅具有平民政治家的风度,还有许多传统的生活美德。通过前三幕的侧面描写和后两幕的正面描写,郭

---

① 郭沫若.郭沫若论创作[M].上海:上海文艺出版社,1983:373.

沫若成功塑造了一个具备雄才大略、文治武功、深谋远虑、襟怀坦荡的崭新的政治家曹操形象。

当然,想要通过一部戏剧为一个历史人物翻案并非易事。郭沫若认为,曹操"有功于民族发展与文化发展",因而在剧作中极力肯定他的才、学、识及历史功绩,但是不免有些"理想化""现代化"。尽管剧作为了达到翻案目的,虚构了很多情节,但曹操性格发展仍然缺乏必要的历史基础,形象显得生硬和苍白。田本相说:"既然曹操一生的好事做的不少,何不找一些典型事例来写曹操,使曹操的翻案有充分理由。这个剧本,似乎翻脸有余,翻案不足。"①

本剧浓墨重彩刻绘的灵魂人物当数蔡文姬。蔡文姬是一位才华横溢的女诗人,同时又一生坎坷,饱经忧患。她在战乱中被掳掠到匈奴,嫁给左贤王,育有一子一女。在匈奴的12年中她无时无刻不在思念故土,可曹丞相派人赎她归汉的消息却又使她陷于尖锐的矛盾之中,因为重返家乡重建建安文化,势必要与丈夫儿女长久分离。"到底是回去,还是不回去?"最终,为了汉朝与匈奴世代友好的民族大业,她承受着抛夫别子的巨大痛苦,毅然归汉。然而人的理智与情感的矛盾不可能轻易克服,途经长安,蔡文姬夜不能寐,独自一人到父亲墓上哭诉,借《胡笳诗》倾诉衷肠。后经董祀劝告点拨,她终于跳出了狭隘的儿女私情,决心"乐以天下,忧以天下",归汉后专事于蔡邕遗著的整理工作。而且当曹操误信谗言欲加罪董祀时,蔡文姬披发跣足,直言相谏,表现出过人的胆识。至此,一个德才兼具、有情有义的杰出女诗人形象跃然纸上。

郭沫若在《蔡文姬·序》中说过:"蔡文姬就是我! ——是照着我写的。""其中有不少关于我的感情的东西,也有不少关于我的生活的东西。"如果说郭沫若是以历史学家的身份来写曹操的,那他则是以诗人的身份来写蔡文姬的。《蔡文姬》全剧充满浓郁的诗情画意,在人物塑造和事件设计上具有丰富的想象力和强烈的主观抒情色彩,对白及独白多为诗一般的抒情性语言;而且《胡笳十八拍》的选曲贯穿始终,前后渲染,不仅有效地烘托了抒情氛围,更细腻地揭示了蔡文姬的内心波澜。结尾一首《重睹芳华》,在表达蔡文姬幸福心情,歌颂太平盛世的同时,也把全剧的抒情气氛推向高潮。

三、曹禺的《胆剑篇》

曹禺(1910—1996),原名万家宝,字小石,天津人。他是中国话剧史上一位杰出的剧作家,他所创作的《雷雨》(1934)、《日出》(1937)、《原野》(1937)、《北京人》

---

① 田本相,杨景辉.郭沫若史剧论[M].北京:人民文学出版社,1985:234.

(1942)等经典剧作,众口交誉,影响深远,成为中国现代话剧成熟的标示,也由此确立了他中国现代话剧大师的地位。中华人民共和国成立后,曹禺历任中央戏剧学院副院长、北京人民艺术剧院院长、中国戏剧家协会主席等职,1956年加入中国共产党。同时完成了《明朗的天》(1954)、《胆剑篇》(1961)和《王昭君》(1978)等三部戏剧。其中影响较大的是与于是之、梅阡合作的《胆剑篇》(发表于《人民文学》1961年第7、8期)。

发生于两千多年前的越王勾践"卧薪尝胆"的历史故事,在我国家喻户晓,并激励着历朝历代仁人志士奋发有为。戏曲史上以此为题材的戏曲也很多。曹禺的《胆剑篇》较好地把历史真实和艺术真实统一起来,在借鉴前人剧作成果基础上,把重点放在正确总结吴越之战正反两方面的经验教训上。此剧描写春秋时期越国人民不畏强权同仇敌忾,反抗吴国侵略,经过"十年生聚、十年教训"的艰苦历程,终于反败为胜,喻示人们:"一时强弱在于力,千古胜负在于理。"强国若奉行扩张主义政策,因胜而骄,必遭失败;而弱国能发奋图强,坚持斗争,必将转败为胜。作者运用历史唯物主义的观点再现二千四百多年前的历史生活,对于鼓舞处于三年经济困难时期的中国人民的斗志起到了一定的积极作用。

《胆剑篇》艺术上的一个突出成就,是成功地塑造了勾践、伍子胥、夫差、范蠡、文种、伯嚭等历史人物的形象。其中,越王勾践是剧本的中心人物。他是一个饱受屈辱的亡国之君,满怀家国之恨,同时又是一位矢志复国的有为君主,剧作突出刻画了他坚忍不拔的性格和刚强不屈的意志。他不仅拒绝拜谢吴王夫差的不杀之恩,还据理力驳,严词斥责。他被囚三年仍不屈服,誓言"摩顶放踵,粉身碎骨,我也要越国成为富强之邦,天下景仰";他知人善用,礼贤下士从谏如流;他卧薪尝胆,与夫人亲自耕织,带领百姓复兴越国,并忍辱负重地与敌人周旋,为了国家大义甚至不惜牺牲自己的女儿季婴。作者在揭示其性格积极有为一面的同时,也没有忘记他作为一位君王不可避免的弱点。为了复兴大业,勾践可以听取忠言,但当苦成老爹直言批评他赈发夫差的米"真是没有骨气"时,他怒其无礼,觉得君王尊严被冒犯,命令卫士逮捕苦成。对于共患难的心腹臣子,他也时有不满和防范,足智多谋的范蠡使他有"难驾驭"之叹,忠心耿耿的文种使他有"不驯服"之感。剧作既凸显他有容人之量,也揭示他只是在患难中才有容人之量的事实,这就突出了勾践性格的复杂性,还历史人物以本来面目。

《胆剑篇》对夫差、伍子胥、范蠡、文种、伯嚭等人物的刻画也是成功的。夫差愚而不仁,骄狂自恃,喜功贪杀,听不进逆耳忠言,杀害了忠臣伍子胥,最后国灭身死。伍子胥是先王老臣,为人精诚廉明,倔强忠直,但又骄傲自负不敛锋芒,最终被夫差所不容。范蠡、文种则强毅果敢,巧文辩慧,有智有勇,忠于祖国。伯嚭"智而愚,强而弱",目光短浅、巧言利辞、诡诈贪佞、贪功诿过，为一己私利而背叛国家。剧本围绕吴越两国之间及其各自内部激烈的矛盾纷争来展开戏剧冲突，使人物性格得到鲜明丰满的刻画。

本剧作为描写两个国家兴衰成败历史过程的大型历史剧，时间跨越二十余年，五幕戏季节包括春、夏、秋、冬，时间包括黎明、正午、黄昏、黑夜，形象地喻示了越国二十余年"昼夜辛苦、不敢怠慢"的艰苦岁月。全剧首尾场次均安排在秋收季节的会稽江边禹庙前，而胜利者却由吴国变为越国，前后形成鲜明对比，有力地表现了"一时强弱在于力，千古胜负在于理"的深刻主题。情节错综而不散乱，结构严谨，气势宏阔，节奏沉稳。语言音律铿锵，富有诗情，大段独白有利于开掘人物幽深的心灵世界，同时也将戏剧性因素与抒情性因素有机结合。最为典型的例子，是第四幕勾践在徘徊沉思时的四大段独白，反映了勾践在困境中的痛苦焦虑、反省自励与希冀，非常富有艺术表现力和感染力。

剧本也存在一些不足。如勾践作为一位君主，个人作为的深度刻画尚嫌不足，有待丰满。苦成冒死献稻、勇拔"镇越宝剑"、不食吴米、舍身保护兵库等行为确实感人，但联系其普通农夫的身份，难免过于理想化，有人为拔高之嫌。

四、吴晗的《海瑞罢官》

在新中国历史剧的热潮中，戏曲舞台上出现了大批"海瑞戏"。除了最著名的《海瑞罢官》外，还有《海瑞上疏》《齐王求将》《十奏严嵩》《五彩桥》《花打朝》等，一时间形成了全国范围内编演"海瑞戏"的热潮。

这股热潮的出现，最初源于毛泽东的提倡。1959年5月，毛泽东在观看湘剧《生死牌》后，针对干部不敢讲真话的问题，提倡学习海瑞"刚正不阿，直言敢谏"的精神。于是，作为明史专家的吴晗创作了《海瑞骂皇帝》《清官海瑞》《海瑞的故事》《论海瑞》等文章。这期间，著名京剧表演艺术家马连良约请吴晗为他创作一部"海瑞戏"，吴晗七易其稿，终于创作出了这部以颂扬封建社会清官为主题的戏剧《海瑞罢官》（载《北京文艺》1961年第1期），目的在于宣传海瑞除霸、退田、平冤的刚正不阿精神。

剧本描写明朝隆庆年间，曾经斗倒严嵩的宰相徐阶，告老还乡后大肆霸占土地，纵容儿子徐瑛强抢民女赵小兰，并贿赂官府打死告状的贫苦农民赵玉山。"公正为官""美政多端"的应天巡抚海瑞上任后，决心明断公案，"今日定要平民怨，法无宽恕重如山"。他铁面无私地除恶霸，平冤狱，责令豪强官吏退田地，哪怕因此罢官也在所不惜。最终海瑞处决了徐瑛及华亭知县王明友，并将松江知府李平度革职后才挂印而去。通过清官与贪官的激烈斗争，此剧赞颂了海瑞忠贞刚烈、执法如山的优秀品质，揭露了贪官们贪赃枉法、昏庸残暴的本质，抨击了封建社会的黑暗腐朽。

该剧上演后,社会反响很好。但由于60年代尖锐复杂的政治环境,围绕着《海瑞罢官》掀起了一股政治风暴。作品及作者的命运急转直下,吴晗因此而蒙冤饮恨身亡。其实,毛泽东最初是想利用海瑞这个历史人物来鼓励干部讲真话,但"海瑞戏"却偏离了此精神,变成了颂扬为民请命、不畏强权的精神,这便引起了高层的不满。这个历史剧写于特殊年代,即在庐山会议前后。在庐山会议上,彭德怀因说真话而被罢官,而《海瑞罢官》恰又写嘉靖皇帝罢了海瑞的官。这一历史的巧合被江青等人大肆渲染。1962年江青提出要批判《海瑞罢官》,并于1965年初到上海秘密策划炮制批判文章。1965年11月10日《文汇报》刊出江青和张春桥策划、姚文元执笔的《评新编历史剧〈海瑞罢官〉》,捕风捉影地把《海瑞罢官》中"退田""平冤狱"同"单干风""翻案风"联系在一起。1966年4月《人民日报》《红旗》先后发表《〈海瑞骂皇帝〉和〈海瑞罢官〉的反动实质》《〈海瑞骂皇帝〉和〈海瑞罢官〉是反党反社会主义的大毒草》等文章,进而把皇帝罢海瑞的官职同庐山会议撤销彭德怀的职务联系在一起,上纲上线地加以批判,使对《海瑞罢官》的批判带上越来越浓重的政治色彩。史学界、文艺界、哲学界由此开始全面的"揭盖子",而对《海瑞罢官》的批判,最终也成为引发"文革"的导火索。

第三节 "第四种剧本"与《茶馆》

一、"第四种剧本"

从1956年夏到1957年夏,在"双百"方针的倡导下,新中国文艺界出现了一个早春季节,从理论到创作都呈现出繁花似锦的景象。虽然从新中国戏剧发展史的角度讲,这一时的创作繁荣不过是昙花一现,但也就在这个短暂的时期内,戏剧创作在题材和主题内涵上都具有重大的突破,以致出现后来被称为"第四种剧本"的戏剧现象。"第四种剧本"的代表作有海默《洞箫横吹》、杨履方《布谷鸟又叫了》、鲁彦周《归来》、岳野《同甘共苦》、王少燕《葡萄烂了》、苏一萍《如兄如弟》、赵寻《人约黄昏后》等。

"第四种剧本"的提法,源自剧作家黎弘(刘川)评论杨履方的话剧《布谷鸟又叫了》的文章《第四种剧本——评〈布谷鸟又叫了〉》。黎弘借对《布谷鸟又叫了》一剧的评论,尖锐地批评了当时戏剧创作中的公式化、概念化现象:

记得有人说过这样的话:我们的话剧舞台上只有工、农、兵三种剧本。工人剧本:先进思想和保守思想的斗争;农民剧本:入社和不入社的斗争;士兵剧本:我军和敌人的军事斗争。又总是敌强我弱,我军以弱胜强。在人物塑造上,总是按阶级配方来划分先进与落后。除此以外,再也找不出第四种剧本了。①

为此他提出:"我们能不能写出不属于上面三个框子的第四种剧本呢?"他认为《布谷鸟又叫了》就其"提出问题的独特性和表现方法的独创性"而言,当之无愧属于"第四种剧本";因为《布谷鸟又叫了》忠实于生活本身的独特形态,其忠实而勇敢地向一切清规戒律挑战的做法,是艺术创作中必不可少的。它"完全不按阶级配方来划分先进与落后,也不按照党团员、群众来贴上各种思想标签",突破了阶级配方和政治思想配方的老套,忠于生活,敢于创新。显然,黎弘提出的"第四种剧本"的概念,就是指1956—1957年反右斗争前夕敢于突破当时描写工、农、兵概念框架和公式化定律,忠实地描写生活,大胆地揭示生活中矛盾与问题的剧本。黎弘的这篇文章成为最早提出"第四种剧本"这个概念的论文。不过,反右斗争后"第四种剧本"不再出现,而且在1959年第二次批判"修正主义文艺思潮"运动中,《布谷鸟又叫了》《洞箫横吹》等"第四种剧本"遭到围剿式的批判。

当时"第四种剧本"的绝大多数作者,关注他们身处其中的现实生活和社会矛盾及其问题,审视现实生活中真正的人性和他们灵魂中的弱点。他们直面真实人生,敢于干预生活,勇于挣脱公式化、概念化、"主题先行"等无形的创作束缚。人物塑造上,完全不按照阶级与思想的配方来划分敌我、先进与落后,也不按照党团员和群众的政治身份来贴上各种等级标签,而是按照生活的本来面目写人,塑造形象。就当时的戏剧舞台而言,这在文学史上是有较大价值的。具体来说,主要表现在以下几个方面:

其一,直面现实,大胆而尖锐地揭露了社会生活中存在的问题,从生活底蕴中发掘出令人深思的思想内涵。海默的《洞箫横吹》堪为典范。海默(1923—1968),原名张泽藩,山东黄县人。1941年奔赴晋察冀根据地,后到延安鲁迅艺术学院学习。1950年任中南文联创作组组长,1956年任北京电影制片厂编剧。他是个热忱而有社会责任感的作家,冯牧曾说,海默"总是自然地甚至是本能地迫使自己的生活实践与人民的沸腾的生活紧密地连在一起",他的作品"热忱到近于奔放、顽强到近于固执、单纯到近于天真、粗犷到近于不拘细节、严格到嫉恶如仇"。在海默众多作品中,话剧《洞箫横吹》影响最大,也最能代表他的创作倾向。

《洞箫横吹》(载《剧本》1956年11月号)是由海默自己的中篇小说《洞箫横吹曲》改编而成的。1957年公演后,在各地引起热烈反响。1958年拍摄成同名电影在全国放

---

① 黎弘.第四种剧本——评《布谷鸟又叫了》[N].南京日报,1957-06-11.

映，许多报刊相继发表文章，赞扬该剧展示了农民的社会主义积极性和农村走社会主义道路的美好远景，同时也赞扬它能突破创作上的清规戒律，艺术地表现了生活冲突。1953—1955年，海默曾到东北走访多个有名的合作社和集体农庄。他在那里看到广大农民走社会主义道路的积极性和对合作化的热情的同时，也以特有的敏锐发现了合作化运动中存在的一些带有普遍性的问题。他发现，在这些重点的合作社和集体农庄中，也就是这些有名的社会主义旗帜和灯塔的周围，还存在着大批贫困的农民。这些农民的生活较之先进的合作社社员生活悬殊，人们起了个有趣的名字叫"灯下黑"。海默是一个怀有赤子之心的作家，他对生活的光明和阴暗不能视而不见，所以他决定用文字记下高潮到来之前这段时间的农民生活场景。

《洞箫横吹》的思想尖锐性，主要表现在县委书记安振帮这个形象上。这是一个专横且怀有个人私欲的政治家。他在农业社辛辛苦苦"蹲点"，既不是为了带领广大农民走社会主义道路，也不是为帮助广大农民群众提高生活水平，而是想在这里竖起一张梯子，使他能够从县里爬到省里，再从省里爬到中央去。他在那里辛辛苦苦地培养典型，不是为了积累经验，推广开去，使合作化运动健康发展，而是为了从典型的培养中积累自己的政治财富，以换取更高的乌纱帽。因而他对那些敢于自发地走合作化道路、并威胁到他树立的"典型"的人视若仇敌，必欲除之而后快。结果在他树立的典型社里问题成堆，"灯塔"社之外的大批农民依然在贫困生活中挣扎。安振帮这个人物在当时至少具有三个方面的意义。首先，从这个人物身上体现出我党干部队伍的纯洁性不够。有些人表面看起来是社会主义建设的领导者，实际上是革命事业的蛀虫。其次，揭示了我党组织路线和干部任用制度的一些弊端。像安振帮这样的干部，对我们国家的事业是有害而无利的。他们掌握一个县就危害一个县，掌握一个地区就危害一个地区。这些人有时靠着欺瞒手段获得上级的赏识，而大批地被提拔到更高的领导岗位上。这不能不说是社会发展的一个隐患。最后，像安振帮这样的干部有损党在人民心中的地位和形象。他精心设计培养出来的"典型"，表面看起来轰轰烈烈十分光彩，实际上虚假浮夸，问题成堆。《洞箫横吹》正是通过安振帮的形象塑造，深刻地揭示出社会主义改造初期社会现实的严重矛盾和问题，突破了当时农村题材单纯表现"入社与不入社斗争"主题的框框，表现出作家的高度社会责任感。这种直面现实的真实描写和大胆暴露，在中华人民共和国成立以来一直高压的文化语境下是非常可贵的。可惜的是，海默因《洞箫横吹》受到批判和处分，虽然1962年在周恩来关怀下恢复了名誉，但"文革"期间被迫害致死。

王少燕的《葡萄烂了》也尖锐而辛辣地揭露与讽刺了一个官僚主义者形象。这是一出讽刺喜剧,剧本描绘了某市供销合作总社负责人陈主任这个形象。陈主任好大喜功,凭主观臆断行事,对国家和人民财产损失极不珍惜,冷漠无情。他主观认为人民生活水平提高了,必须按全市每人一斤的数量去外地采购葡萄。于是数十万斤的葡萄在炎热的夏季陆续运到某市。葡萄虽好,但市民并没按陈主任的想象去购买,结果葡萄因大量滞销而逐渐腐烂。就在这个时候,陈主任还顽固地坚持他的主张,终于使几十万斤的葡萄全部烂光,给国家和人民造成极大损失。更为严重的问题是,陈主任的出发点是好大喜功,对国家和人民财产的极端漠视:"反正不要自己赔。"剧作的尖锐之处也就在此,揭示了我们党的有些干部不仅仅是工作作风问题与眼光问题,而是对国家事业与人民财产冷漠无情,极不珍惜的问题。由此也引发了关于干部职责督促检查和奖罚分明制度是否健全的问题。陈主任的人物形象,折射出当时部分基层干部的盲目指挥和不负责任的工作态度。

其二,真实描写和思考当代爱情婚姻生活及其道德伦理问题,并有意识地从人性与人道主义的视角进行探索。代表作有鲁彦周的《归来》(1956)与岳野的《同甘共苦》(1956)。新中国的戏剧舞台上并不缺乏描写当代人恋爱婚姻的家庭伦理戏剧,但这些戏剧大都由于最终指向一个宏大的社会问题与政治主题,而成为"社会问题剧"或"社会政治剧"。鲁彦周的《归来》尤其是岳野的《同甘共苦》,不仅是典型的家庭伦理剧,而且也是当代最早有意识地从人性和人道主义视角进行大胆探索的剧目。剧中虽然涉及农业合作化问题,但作者并没有将它作为连接冲突双方的纽带,而是作为一种生活背景加以淡化。作者倾心表现的是一个家庭围绕着爱情婚姻问题所展开的性格与灵魂的冲突,并通过不同的伦理道德观念的冲突来剖析人性,表现出作者对于美好人性的礼赞。

鲁彦周的《归来》描写一个从农村来到城市的新干部王彪,刚当上百货公司的经理不久,便嫌弃在家乡苦守的结发妻子童蕙云,并通过各种手段胁迫妻子离婚。王彪这个形象在新中国初期的干部队伍中具有一定的代表性,但作为一个艺术形象还是有点概念化痕迹。作品比较成功的地方是细腻地刻画了王彪妻子童蕙云的心理变化及其高尚情操:她听说丈夫要回乡时的那种喜悦,受到冷遇时的那种忍辱,丈夫提出离婚时的那种吃惊与害怕,希望丈夫回心转意时的那种委曲求全,最后绝望时的那种凛然正气。这种真诚而细腻的描写,使两个人物在对比中显示出道德情操的优劣。该剧在1956年3月文化部举办的第一届全国话剧观摩演出中,获独幕剧剧本创作一等奖。

岳野的《同甘共苦》克服了当时直接为政治服务的强大思维惯性,大胆从人性和人道主义角度审视当代爱情婚姻生活。剧中男主人公孟时荆有点像王彪,但剧作的重点不是描写他和发妻离异的惊变,而是细致地描绘数年后,孟时荆、华云与孟的前妻刘芳纹突然相遇时,各自内心的微妙冲突和相互间无法忘却的错综复杂的感情纠葛,表现了人物丰富复杂的内心世界和人性弱点。孟时荆是一个年轻而又身居省委农村工作部副部长要职的高级干部。他在工作上兢兢业业,但在个人生活上却屡起波澜。虽然作品并没有原谅或袒护他的错误,但也没有简单地站在道德高度谴责他的喜新厌旧,轻率浅薄。其实,孟时荆与发妻刘芳纹的离婚,也含有反抗父母包办婚姻的合理因素。他与华云结婚八年后,当刘芳纹以一个精明强干的农村女干部形象出现在他眼前时,他被刘芳纹身上的新气息所吸引,而对华云不满意,并提出要与华云离婚,和刘芳纹复婚。值得赞赏的是,作品着重表现了孟时荆崇高与卑微、光明与阴暗交织着的复杂内心世界,并表达出希望孟时荆克服自身弱点、复归人性的愿望和信念。剧中的女主人公刘芳纹,是凝聚中国传统文化人性美的典型。她为了不伤害曾与她相依为命的婆婆的心,与丈夫孟时荆暗自离婚后,仍然一如既往地侍奉婆婆,抚养孩子,充分显示出她的忍耐、大度、善良和舍己为人的高贵品质。更为感人的是,虽然她对孟时荆旧情难忘,但当孟时荆对她萌生新的爱情时,为了不让孟的现任妻子华云遭受她当年曾经遭受过的痛苦,断然拒绝了孟的复婚请求。她说:"要别人牺牲,那还算什么幸福!"刘芳纹正是在这种悲壮的痛苦中表现出她的崇高人格和美好人性的。

其三,表现当代青年个性化的爱情观,剖析爱情生活中丰富复杂的内心世界,挖掘具有时代意义的文化意旨。杨履方的《布谷鸟又叫了》(载《剧本》1957年第1期)是最早在戏剧领域突破爱情禁区的剧作。该剧以农村男女青年王必好与童亚男的爱情冲突为线索,充分展示了当代青年追求自我实现与封建夫权思想的冲突与斗争。王必好虽然是个新社会的青年团员,但思想观念中却隐藏着许多封建社会的思想残余。他观念中的爱人只是他个人的私有物,并不具有独立平等的人格。这种封建夫权思想自然形成了他自私狭隘、多疑妒忌的心理和强烈的占有欲。他曾为童亚男与别的男青年一起唱歌而痛不欲生:"你这种行为我早就受不了啦,我看见你跟别人一块儿唱歌、跳舞、演戏,我的心就像锉子锉一样、锥子刺一样、刀子割一样,现在整夜地睡不着觉,做梦也净做噩梦……(哭了)"这段倾诉把王必好的自私心理表现得淋漓尽致。正是这种心理构成了他独特的行为逻辑,他要童亚男"退出剧团,不得跟青年男女在一块儿。唱歌、跳舞、演戏、读书",甚至"不许跟青年男人单独谈话",还要童亚男"发誓永远不学开拖拉机"。他一心想把"布谷鸟"(童亚男的绰号)装进他的金丝笼,给童亚男规定的人生目标就是躲在家里给他"怀孕、生孩子、带孩子、管家务",建设他所谓的"模范家庭"。可是童亚男恰恰不是一个旧式女性,不仅活泼开朗,而且还有着强烈的独立意识和人格尊严。正如她鼓励她姐姐童亚花时说的那样:"妇女自己劳动,自己养活自己,不像从前,嫁汉嫁汉,穿衣吃饭。现在,你还怕什么?"她爱王必好,也信任他,甚至迁就他,可是当她发现王必好想把她当作一头牲口一样拴在自己家的槽头时,她怒吼了:"你想把我手脚捆起来。办不到!你想把我嘴巴堵起来,办不到!办不到!"断然与王必好决裂,并苏醒了与青年申小甲的爱情。童亚男女性独立意识与外柔内刚的性格,昭示了当代青年爱情婚姻观的个性化趋势。为此她被开除了团籍,"布谷鸟"哑了。最后在党支书的支持下,恢复了童亚男的团籍,"布谷鸟"又叫了。党支书也认识到,关心人比关心生产更重要。剧作正是通过农村青年恋人之间的冲突与破裂,反映了新社会条件下传统的封建思想文化在爱情、家庭和劳动关系上的种种表现,及其对社会生产和进步的妨碍,从而深刻地揭示了反封建思想文化的长期性、艰巨性和必要性。

特别值得指出的是,新中国初期的戏剧,都必须按照阶级斗争和路线斗争的模式进行构思和创作,不仅存在着题材狭隘、主题浮浅的弊端,而且戏剧样式也比较单纯,正剧多而喜剧少,悲剧更是绝无仅有。杨履方《布谷鸟又叫了》是部难得的风格清新、题材优美的抒情喜剧。全剧充满了农村生活情趣和喜剧色彩,赞扬了青年农民的生活理想和对真正爱情的渴望。它在对王必好徒劳无益地企图限制童亚男的行为描写中,在王必好的陈腐观念与新社会生活极不协调的矛盾中,对王必好的传统封建思想进行了辛辣的讽刺,制造了强烈的喜剧效果。同时,剧作还表现出优美的抒情特点,使喜剧与抒情形成完美的统一。

二、老舍的《茶馆》

老舍(1989—1966),原名舒庆春,字舍予,满族,北京人。他既是杰出的现代小说作家,也是著名的剧作家。他在40年代创作了《残雾》《回家至上》(与宋之的合作)、《大地龙蛇》《面子问题》《归去来兮》等话剧,但主要成就还是小说。1946年3月应美国国务院邀请赴美讲学一年,后留在美国继续文学创作。1949年底应周恩来的感召回国,曾任中国文联副主席、北京市文联主席等职,逐渐由一个小说家转变成了一个戏剧家。中华人民共和国成立后,他创作话剧、歌剧、曲艺和改编的京剧有二十五种之多,其中《方珍珠》(1950)、《龙须沟》(1951)、《茶馆》(1957)等剧作经中国青年艺术剧院和北京人民艺术剧院成功演出后,对当代戏剧创作产生了积极影响。老舍也因勤奋的创作和突出的艺术成就,获得北京市政府授予的"人民艺术家"光荣称号。"文革"开始后遭受残酷迫害,于1966年8月在北京太平湖投水身亡。

中华人民共和国成立后,老舍剧作的艺术价值参差不齐。大部分作品证明了他的政治热忱,也显示了他的冒险精神:"冒险有时候是由热忱激发出来的行动",而且"不顾成败";因而,有一部分作品,正如他后来所说的,"我从题材本身考虑是否政治性强,而没想到自己对题材的适应程度,因此当自己的生活准备不够,而又想写这个题材的时候,就只好东拼西凑"。① 在他的大量剧作中,《龙须沟》,尤其是《茶馆》,普遍认为最有价值。《龙须沟》写北京天桥附近下层百姓聚居区。旧社会统治当局对危及民众生命安全的污水沟不仅不加整治,反以修沟为名,摊派捐税、敲诈勒索;中华人民共和国成立后,政府便开始了整治工程,从而表现了"新政府的真正人民的性质"的主题。这三幕话剧,表现了作者一贯的对社会底层小人物的关切。

写于1957年的三幕话剧《茶馆》,无疑是老舍当代的杰作。它借北京城里一个名为裕泰的茶馆在三个时期(清末1898年初秋;袁世凯死后军阀混战的民国初年;1945年抗战结束,内战爆发前夕)的变化,来表现19世纪末以后半个世纪中国的历史变迁。在这个急剧动荡的历史时期,虽然统治者不断更换,由封建帝制改为民国,再由国民党当权,但广大人民所得到的却是日益深重的灾难。按老舍的话来说,"这出戏虽只有三幕,可是写了五十年的变迁",剧本的主题就是"要葬送三个时代"。② 剧作以北京一个茶馆的兴衰和茶馆老板王利发个人命运为主要线索,串联大小二十多件事情、主次七十多个人物。其间的纵横交错、左右勾连,可谓大手笔。具体地讲,《茶馆》的成就主要表现在以下三个方面。

一是立足茶馆的特殊性,通过三个人物的性格命运来勾勒社会人生世相,透露时代风云的变幻。茶馆是一个三教九流、各色人等聚集的绝佳场所。老舍从小就十分熟悉这种场所,他说:"我不熟悉舞台上高官大人,没法子正面描写他们的促进与促退。……我只认识一些小人物。这些小人物是经常下茶馆的,那么,我要是把他们集合到一个茶馆里,用他们生活上的变迁,不就侧面透露出一些政治消息吗?"③ 老舍设计了茶馆掌柜王利发、满怀抱负的民族资本家秦仲义、由旗人沦为普通劳动者的常四爷这三位主要人物,由他们贯穿全剧;若干次要人物子承父业,如老(小)刘麻子、唐铁嘴、二德子等;再加上其他来来往往的人物,共同组成一个个戏剧片断,在舞台上拉开了一副老北京多姿多彩的人情世态的浮世绘。贯穿全剧的茶馆老板王利发,是塑造非常成功的时代见证人。为了保住裕泰茶馆,他真诚遵循父辈的为人之道,"多说好话,多请安,讨人人的欢喜";养成了委曲求全、逆来顺受的处世之道。同时,为了适应世道变迁,他费尽心机进行改革,传统长桌、方桌、条凳一律改为小桌与藤椅;撤掉神龛,用时装美人图取代墙上的"醉八仙",甚至一度想增添女招待以招徕顾客。但这一切都无济于事,在混乱不堪

---

① 老舍.题材与生活[N].文艺报,1961(7).
②③ 老舍.答复有关《茶馆》的几个问题[J].剧本,1958(5).

的社会中,茶馆终被霸占。常四爷是个旗人,豪侠仗义耿直刚强,只因不无惋惜地说了句"大清国要完",就被当作谭嗣同的余党锒铛入狱,终致一生穷困潦倒。而茶馆的房东秦仲义,在维新思想的影响下走上实业救国的道路,卖掉家产办工厂,但总是被阻挠受打击,最后工厂也被国民党作为"逆产"没收。这三位主要人物分别走了三条道路:王掌柜的逆来顺受,常四爷的个人反抗,秦仲义的实业救国;可在那个黑暗社会这三条道路都走不通。而子承父业的反面人物变本加厉越发无耻,却过得比他们的父辈更为风光。剧作告诉人们:在那个腐朽动荡的时代,社会改良、个人奋斗、实业救国都是走不通的路;唯有埋葬那个旧时代。

二是在悲剧中穿插喜剧的元素,充分展现特定时代的荒谬性,有效地扩展历史容量与拓深戏剧内涵。《茶馆》三幕戏的贯串经线是裕泰大茶馆由兴到衰的变迁,在这条主线上穿插交织着三个时代里各种小人物的悲欢离合。社会黑暗腐朽的本质决定了正直善良的人们生活越过越艰难,反动势力的各色人物却越过越张狂,因而从根本上讲《茶馆》是一出悲剧。但是老舍却在悲剧中分别插入了一些让人忍俊不禁的荒唐小故事,从看似荒诞的世相中透露这个时代的不可理喻。第一幕是戊戌变法失败后,行将就木的庞太监居然还买娶媳妇。他"家里连打醋的瓶子都是玛瑙做的",可是乡下"五斤白面就可以换一个孩子",乡下农民为了生计不得不卖儿卖女。第二幕是袁世凯死后的民国初年,恶势力越来越肆无忌惮,恰如戏中的松二爷所说,"大清国不一定好啊!可是到了民国,我挨了饿"。因为经济困顿,两个逃兵打算合娶一个老婆。第三幕写抗战胜利了,可是胜利之师却成了疯狂掠夺的"接收大员",以致沉渣泛起,群魔乱舞。小刘麻子勾结国民党沈处长筹办所谓的"妓女托拉斯",子承父业相面的小唐铁嘴成为反动道门会的"唐天师"。他们得意地说:"我们是应运而生,活在这个时代,真是如鱼得水。"这些社会混混小丑式地滑稽表演,以狂欢的方式展现一个乱世的虚无本质。第三幕接近尾声处,三位贯串全剧的老人们为自己撒纸钱送葬,以自嘲的方式表达他们对这个变幻无常的世界的彻底绝望,具有强烈的悲剧震撼力,也把全剧的悲剧内涵推向顶峰。简而言之,秦二爷、常四爷、王掌柜等人努力进取却无法避免失败的人生,印证了鲁迅先生关于悲剧的定义:"将人生有价值的东西毁灭给人看"。① 而类似庞太监买媳妇、小刘麻子与政府官员合办"妓女托拉斯"这样的荒诞的现实现象却以喜剧式的方式表现了真实的社会本质,喻隐这时代彻底丧失历史的合理性,丰富和加深了戏剧的悲剧含义。

三是经典的北京风俗画与形神兼备的戏剧对白,充分显示了老舍深厚的艺术功力。

---

① 鲁迅.再论雷峰塔的倒掉[M]//鲁迅全集(第1卷).北京:人民文学出版社,1981:192.

老舍生在北京,长在北京,熟悉北京。茶馆老板,吃皇娘的旗人,清宫太监,信洋教的教士,相面的,拉纤的,算命的,读书的,遛鸟的,拉车的,保媒的,写谁像谁。《茶馆》中的京城生活如同画卷,立体生动。剧中话响人立,精彩的片段随处可见,这是《茶馆》成功的一个重要方面。如第一幕,茶馆里出现了一位卖女儿的村妇,满怀实业救国理想,雄心勃勃的秦仲义不屑管这等小事,叫王掌柜将她轰出去;常四爷可怜她们,叫了两碗烂肉面给她们垫饥,无意中得罪了秦仲义。王利发赶紧打圆场:"常四爷,您是积德行好,赏给她们面吃!可是,我告诉您:这路事太多了,太多了!谁也管不了!(对秦仲义)二爷,您看我说的对不对?"这个场面话不多,却一下子就活现出王掌柜、秦仲义和常四爷三个人的性格特征。老舍对次要人物的语言也决不马虎,哪怕是只有三句台词的马五爷,他也能叫观众立刻听出他"吃洋教饭"的身份及其在那个时代特殊的地位。甚至上场只说几个"好"字的国民党官僚沈处长,也活现出装腔作势、自命不凡的丑恶嘴脸。

《茶馆》在当代戏剧史上经典地位的确立可谓一波三折。1957年《茶馆》首次公演后,虽然受到广大戏剧观众的欢迎,但也受到当时极左批评思潮的挑剔,被戴上"旧现实主义""自然主义"的大帽子。直到1979年,在思想解放的大背景下,人们才重新认识了《茶馆》的思想艺术价值。1980年《茶馆》在西欧演出获得巨大成功,被称为"东方舞台上的奇迹",更加确定了它在当代戏剧史上的地位,并对后来的话剧创作产生了深远的影响。

第四节 革命样板戏

一、革命样板戏的历史成因

20世纪60、70年代,新中国文艺舞台上出现了历史上从未有过的稀有景观:360多个剧种和数千个剧团家家搬演"样板戏",人人学唱"样板戏",千篇一律地将"样板戏"移植到地方戏中。至于诸多的传统戏、新编历史剧,连同一切古典形态的文化艺术在内,都被冠以"封、资、修"的称谓,全被封杀。① 这一时期,确切地说从1964年到1976年的12年间,是新中国戏曲史上空前绝后的现代戏与革命样板戏时期。

革命样板戏的出现并不是奇峰突起式的孤立事件。中国戏曲现代化滥觞于20世纪初的戏剧改良运动,其艺术革新的中心在上海。虽然最初的现代戏受政治改良思潮的濡染,富有民主精神和政治热情,但随着整个海派京剧的日益商业化,现代戏的内容

---

① 谢柏梁.中国当代戏曲文学史[M].北京:中国社会科学出版社,1995:179.

逐渐由时事政治转向市民社会的世态人情。戏曲现代化的衍变形式之一的戏曲革命化,则是 1942 年《讲话》确立并一直坚持和强化的"为工农兵服务"文艺方向的产物,其过程具体分为三个阶段:一是延安时期的尝试阶段,二是中华人民共和国成立后"十七年"大规模的现代戏编演阶段,三是"文革"时期"样板戏"的垄断阶段。

延安时期的戏曲革命化,主要表现为传统旧戏的改编和新编现代戏的编演。1942 年 10 月,由"鲁艺"平剧研究团与八路军 120 师战斗平剧社合并而成的"延安平剧研究院"(平剧即"京剧"),提出改造京剧的主张,毛泽东为之题词"推陈出新",这个题词成为后来中国戏曲改革的指导方针。1943 年底延安平剧研究院改编演出《逼上梁山》,毛泽东观后称赞此剧是"旧戏革命的划时期的开端"。① 虽然延安的戏曲现代化在创演方面成就不大,其创作和演出的约 17 种京剧现代戏剧目,没有一个流传下来成为经典,但它们是《讲话》指导下的戏曲革命化的最初实践,它们在战时环境创演过程中陆续建立起来的一体化文化机制和话语形态,成为新中国戏曲革命化的指导性法则和思想资源。

中华人民共和国成立初期,随着解放大军的进城及各项政治运动的展开,以"改戏、改人、改制"为内容的戏曲改革运动也掀起热潮。首先是地方戏推出了大量现代戏曲剧目,京剧也随之加入到现代戏的编演中来,《三座山》《罗盛教》等剧目便成为最早出现的京剧现代戏。在中华人民共和国成立初期的这次现代戏热潮中,现代戏剧目的数量并不算少,因多是急就章,质量普遍不高,因而这股现代戏的初潮很快褪去。1958 年,为了配合"大跃进"运动,戏曲现代戏的编演又掀热潮。全国各剧种、各戏曲剧团争先恐后地创演新编现代戏。1958 年 6 月 13 日—7 月 4 日召开的"戏剧表现现代生活座谈会",提出了"以现代剧目为纲"的号召,"样板戏"的基本理念较清晰地表现在这一时期所提倡的现代戏里。不过,当时戏曲界内外对此看法并不一致。彭真、周扬等都曾指出,不必勉强编演京剧现代戏,而主张多编演历史剧。1960 年文化部正式提出"现代戏、传统戏、新编历史剧三者并举"的方针,②因此 50 年代末至 60 年代初,革命现代戏和新编历史剧就成为戏剧舞台上两股相抗衡的势力。

1962 年"阶级斗争"理论的提出和 1964 年"四清运动"(即"社会主义教育运动")的展开,加剧了社会的紧张气氛。文艺问题作为上层建筑中一个重要问题受到高度重视,而戏剧作为一种具有广泛社会影响的特殊文艺形式,得到了更多的关注。从此,现代戏与历史剧之争便被纳入政治斗争的轨道。这一斗争从批判"鬼戏"开始,至

---

① 毛泽东.看了《逼上梁山》以后写给延安平剧院的信[J].红旗,1967(9).
② 王新民.中国当代戏剧史纲[M].北京:社会科学文献出版社,1997:176.

批判新编历史剧《海瑞罢官》达到白热化程度。毛泽东连续发表一系列针对传统戏和戏剧界的严厉讲话，指责"文化方面特别是戏剧大量是封建落后的东西"。① 与此同时，江青开始频繁插手文艺工作，她一方面访问中国有名的京剧团，劝他们多演现代戏，演适合社会主义阶段的戏；另一方面将《沙家浜》《红灯记》和《智取威虎山》等几部具有良好基础的剧作培养成自己手中的"样板戏"。

　　1964年6月召开的第一届全国京剧现代戏观摩演出大会，是戏曲改革从现代戏到样板戏的分野标志。这次观摩演出的规格和声势是前所未有的，几乎所有的文化官员和知名艺术家都出席了开幕式，并纷纷在各种场合发言或发表文章表态支持。以后被改编并册封的京剧"样板戏"均在这次观摩演出中成形。1966年12月26日《人民日报》发表的《贯彻执行毛主席文艺路线的光辉样板》一文，首次将京剧《红灯记》《智取威虎山》《沙家浜》《海港》《奇袭白虎团》，芭蕾舞剧《红色娘子军》《白毛女》和交响音乐《沙家浜》，并称为"江青同志"亲自培育的8个"革命艺术样板"或"革命现代样板作品"。1967年5月31日《人民日报》发表社论《革命文艺的优秀样板》，正式提出了"样板戏"一词。之后又陆续出现京剧《龙江颂》《红色娘子军》《平原作战》《杜鹃山》等第二批样板戏。后来，大部分样板戏被拍成彩色电影。通过地方各级文艺团体对样板戏的复制演出，以及电影的传播，一度形成"八亿人民八台戏"的文化现象。也就是说，在相当长的一段时间内，中国人民主导性的娱乐方式就是观看以及学唱样板戏。

　　样板戏之所以会成为"文革"中一个受到主流话语极端重视的艺术种类，首先是基于在新中国创立"无产阶级文学艺术"的激情构想。毛泽东早在延安时期就对拥有广大接受者也便于政治宣传的传统戏曲这一艺术形式予以相当的重视。在1962年八届十中全会上，毛泽东更是明确指出"要提倡演为社会主义服务的现代的革命戏"。② 其次，这牵涉"文革"初期对"十七年"文艺成就的判断问题。"十七年"期间毛泽东在多个批示中都曾表达对文艺界不满，到"文革"前夕更是认为，"十七年"的文艺界被一条"黑线"专政，一直为资产阶级、小资产阶级知识分子所主宰，工农兵的光辉形象没有得到很好的表现。样板戏的出现就是要改变这种局面，反击"修正主义"的"文艺黑线"。正是基于毛泽东对"十七年"文艺界的定性判断，戏剧改革特别是"京剧革命"，便包含了当时文艺领导阶层中的"激进派"从"稳健派"手中夺回了文艺领域的"领导权"的明确意图。因此，江青主持的"京剧革命"被认为创造了一种崭新的划时代的文艺形式："八个闪耀着毛泽东思想灿烂光辉的革命样板戏，为无产阶级新文艺的发展，吹响了嘹亮的进

---

① 薄一波.若干重大决策与事件的回顾(下卷)[M].北京：中共中央党校出版社，1993：1225.
② 谢柏梁.中国当代戏曲文学史[M].北京：中国社会科学出版社，1995：247.

军号!"①因此,样板戏不仅成为宣传主流意识形态的文艺样板,而且由样板戏抽象出的文艺思想与创作原则,也成为衡量其他文艺创作的价值标准。

二、革命样板戏的创作原则、思想内容及艺术形式

革命样板戏的创作理论集中体现在所谓"一线""两结合"(两革)、"三突出"等基本原则中。其实,这些基本原则原本是在戏曲革命化的过程中逐步形成的,"样板化"的过程只是将这些原则极端化与抽象化,并使之成为样板文艺不可更改的理论基础和操作规程。

所谓"一线",是指一元化的毛泽东革命文艺路线。革命样板戏要体现这条路线的历史必然性,并将这条"红线"有机地贯穿到全部创作之中,使之成为剧中的政治灵魂。较早系统地提出此说的是1967年第6期《红旗》杂志社论《欢呼京剧革命的伟大胜利》。该文认为,在毛泽东革命文艺路线(红线)之外,一直存在着另一条"反革命修正主义文艺路线"("黑线"),后者一直在混淆、干扰甚至反对前者;"黑线"最终在革命样板戏的胜利面前宣告完全破产与彻底失败。"一线"论文艺思想实际上是把文学艺术完全划入意识形态斗争。因此,本着"文艺为政治服务"的原则,通过以阶级斗争为主题的剧目突出"敌我"矛盾对立,以对人民进行意识形态的教育,这堪称"样板戏"的政治功能。具体反映在"样板戏"的情节设计和戏剧冲突方面,则表现为把歌颂毛泽东革命路线在各个历史时期的伟大胜利,作为创作的唯一准绳。所有的革命样板戏(京剧样板戏共9个)只有两大题材类型:一是反映民主革命时期斗争生活的剧目(如《红灯记》《沙家浜》等),一是表现社会主义建设时期斗争生活的剧目(如《海港》《龙江颂》等)。在前一题材的剧作中,则必须突出毛泽东以武装斗争为主的军事路线的正确与至高无上。如《沙家浜》(原名《芦荡火种》),主要写苏南地下党交通员阿庆嫂的传奇事迹。改编过程中,将郭建光(武装斗争代表)突出在阿庆嫂(地下工作者)之上,结尾让他率领战士月夜奔袭,正面进攻,消灭敌人。《红灯记》(原名《自有后来人》),主要写铁路工人李玉和一家三代继承革命的故事。改编后突出武装斗争主题,结尾亦突出了柏山游击队伏歼敌人,乘胜前进。而在后一题材的剧作中,则贯彻毛泽东"以阶级斗争为纲"的方针,组织戏剧冲突,推动剧情发展。《海港》和《龙江颂》的剧情十分相似,都表现为只要抓住阶级斗争这条总纲,就会纲举目张,就能不断发现明里暗里的阶级敌人,从而无往不胜,生产活动和工作任务永远立于不败之地。简而言之,无论是民主革命时期的武

---

① 《人民日报》社论.革命文艺的优秀样板[N].人民日报,1967-05-31.

装斗争,还是社会主义建设时期的政治思想交锋,阶级斗争无疑是整个"样板戏"系列贯穿始终的总纲。

"两结合"是指革命的现实主义与革命的浪漫主义相结合的创作方法(也称"两革")。按样板戏理论家们的诠释,"两结合"乃是毛泽东为无产阶级文艺所提出的"最先进、最科学、最正确的创作方法",而"样板戏"则正是贯彻与实践"两结合"的最佳载体。① "两结合"的创作方法与西方文艺理论中的"现实主义"和"浪漫主义"都不相同。根据"两结合"方法创制的"样板文艺",并不像现实主义那样客观地再现现实,而是对现实加以变形处理;也不像浪漫主义那样主观地表现自我,而是赋予作品内容以某种宏大叙事的"寓言性"。这种用历史和现实生活质料包裹起来的"寓言性",轻而易举地转化为一个公共"寓言",成为一个富于教育意义的"革命寓言"。

这种具有教谕性的"革命寓言",体现在样板戏的思想内容上,革命历史就是一个故事情节大致相同而细节有所变化的宏大叙事。因此,革命样板戏在叙事模式上具有惊人的相似性。如果把这7个革命历史题材的现代京戏,排列在结构主义叙事学的平面上加以辨析,那么不难发现,它们的叙述结构大致可以分为三种类型:拯救型、成长型和殉道型。拯救型是"样板戏"的基本类型,《智取威虎山》《奇袭白虎团》《平原作战》以及《沙家浜》都属于这种类型。拯救型"样板戏"中的人物可分为三种角色:英雄、反面人物和帮助者。剧中的主人公都是英雄人物(无一例外均是人民解放军的下级军官),他们以拯救者身份出现在舞台,宣谕着"马上天下"的历史必然性。帮助者(均为苦大仇深的平民百姓)也是剧作情节链上不可或缺的链环:他们既是被拯救者,又是拯救者不可或缺的支持者,他们的身份标示着样板戏的又一题旨——革命战争中政权与群众的关系。剧中反面人物的功能是历史罪恶的具体承担者。英雄人物正是通过战胜他们来体现出历史向善的合理性。成长型"样板戏"有《杜鹃山》和《红色娘子军》,在这一类型的剧作中,剧情往往是成长者(雷刚、吴琼花)在英雄(柯湘、洪常青)的帮助下,由一个自发的反抗者,成为自觉的革命者。成长者情节功能的作用和意义,完全体现了中国农民革命的特色和权威理论对这种革命的阐述:中国革命的主体无疑是农民,但农民必须从属于无产阶级领导,在斗争中不断地克服自身的小私有者思想,成长为一个无产阶级战士。殉道型"样板戏"是京剧《红灯记》,《红灯记》的题旨,无疑是以民族寓言形式投射的政治观念。殉道者(李玉和)的悲壮和无畏,经过阶级意识的再定

---

① 谢柏梁.中国当代戏曲文学史[M].北京:中国社会科学出版社,1995:250-251.

义后,成为充满革命道德色彩的牺牲,他们的死与生的关系在新的价值体系中得到确认。①

革命样板戏的理论核心是"三突出"创作原则。这个概念最早出现在《让文艺舞台永远成为宣传毛泽东思想的阵地》一文中。1969年,姚文元将它简化为"在所有人物中突出正面人物;在正面人物中突出英雄人物;在英雄人物中突出中心人物",并且把它上升为"无产阶级文艺创作必须遵循的一条原则"。② "三突出"实际上是阶级斗争理论在文艺上的表现。根据"三突出"而确立的人物关系具体地体现了阶级斗争理论:"一定的人物关系,从根本上说,都是一定的阶级关系,是处于不同阶级地位中的各种各样人物之间矛盾斗争的关系";"英雄人物与反面人物的关系,是革命与反革命的关系,是一个阶级消灭另一个阶级的生死搏斗的关系";"正面人物与英雄人物的关系,是阶级弟兄的关系,前者是后者存在的基础,后者是前者的代表和榜样"。③ 围绕着"三突出"的具体操作规程是"三陪衬",即反面人物要反衬正面人物,一般英雄人物烘托、陪衬主要英雄人物。④ "三陪衬"也被认为具有体现阶级关系和阶级斗争的意义:谁陪衬谁就是谁服从谁,是在舞台上谁被谁专政的问题,也就是哪个阶级主宰舞台的问题。

"三突出"创作原则,意味着样板戏必须设置一个由低级到高级的人物谱系。在这个谱系里,主角一般选择像杨子荣、郭建光、洪常青、柯湘、方海珍这样的党员军人、党代表或党支部书记,让这些基层党员或基层党组织的领导成为战无不胜的正义力量中的代表人物;而其他正面人物,只能作为主角服务的配角;反面人物则只具有反面陪衬的价值。在戏剧中,角色自然有主角与配角的功能之分,但功能之分不等于政治价值之分,而样板戏恰恰是将角色的功能等级按照政治价值等级进行排列。这就使得英雄与反面人物,主要人物与次要人物无法展开情或理的正面对话和正面交锋,已经设定好的人物等级模式只有一个任务:让英雄人物越来越高大,反面人物越来越渺小。

根据"三突出"原则,样板戏形成了一整套形式规则,这包括戏剧冲突、人物结构、舞台调度、镜头运用、歌舞乐的安排等。戏剧冲突必须"多侧面""多层次""多回合";在人物结构上,"一出戏、一步电影只能由一个中心人物,不能有两个或两个以上的中心人物,多中心就是无中心";⑤舞台调度上,主要英雄人物始终占据舞台中心;镜头运用上

---

① 颜敏.“文革”的历史叙述——论“样板戏”的文学剧本[J].荆州师范学院学报(社会科学版),2002(4).
② 上海京剧团《智取威虎山》剧组.努力塑造无产阶级英雄人物的光辉形象[J].红旗,1969(12).
③ 小峦.用对立统一规律指导文艺创作的典范[N].人民日报,1974-07-29.
④ 江天.努力塑造无产阶级英雄典型[N].人民日报,1974-07-13.
⑤ 辛文彤.让工农兵英雄人物牢固占领银幕[J].人们电影,1976(3).

必须突出英雄人物的高大形象,"我近敌远,我正敌侧,我仰敌俯,我明敌暗";歌舞乐的安排则必须是器乐服从舞蹈,舞蹈服从歌唱。这些极其细致繁琐的形式规则,都是为塑造高大全的无产阶级英雄形象服务的。京剧样板戏《智取威虎山》就是贯彻"三突出"原则的典型个案:舞台人物"分成欲向不同目标出发的两组人员,杨子荣一组位于前,参谋长一组位于后。在前一组中,杨子荣昂然挺立于舞台之主要地位;他的侦察班战士,以较低的姿势簇拥在他身边。在后一组中,参谋长位于台侧,杨子荣示意,众战士以有坡度的队形,衬于参谋长之身旁。整个造型的画面是:众战士烘托了参谋长;参谋长一组又烘托了杨子荣一组;在杨子荣一组中,他的战友又烘托了杨子荣。于是形成以多层次的烘托突出主要英雄人物的局面"①。由此可见,"三突出"是"社会政治等级在文艺形式上的体现",②按"三突出"原则创作的"革命样板戏"中的人物谱系,是国家机器致力打造出的"想象的族群",其中的英雄形象被偶像化甚至神话化,成为一种具有文化价值及道德信仰的实体。

如果说"样板戏"的创作与改编过程有什么正面的经验值得今人记取,那就是"样板戏"创作过程中的精雕细刻。尤其是在"文革"前期,"样板戏"的创作与改编,经历了完全可以称得上"十年磨一剑"的精心打磨,它们在艺术上能有所成,并非毫无道理。"样板戏"围绕"古为今用、洋为中用",进行了多方面的艺术探索:第一,写实与虚拟相结合。传统京剧是虚拟的艺术,舞台上没有布景,道具简单,完全靠演员"随意赋形"的虚拟动作来表现空间环境和时间流转。"样板戏"吸收了话剧的写实手法,布景拟实、道具丰富,给人身临其境之感。在塑造形象方面,打破生、旦、净、丑等行当,取消脸谱,根据人物的身份、地位、性格和环境需求来化妆打扮,设计唱段、道白、动作,对京剧程式化表演体系进行了重大变革。在整体写实风格的基础上,在某些重要场面,又发挥京剧虚拟的特长,达到写实与虚拟相结合的艺术效果。第二,打破主演体制,调动各种力量为剧情和塑造人物服务。传统京剧经过二百多年的发展,形成了众多流派,各流派都有自己的代表人物、经典剧目和独特的表演风格;而且在整个演出体制上,形成了台上台下围着名角转的常规。"样板戏"的排演打破了这种旧有体制,使剧本和人物塑造成为核心,无论哪一流派的演员都必须按剧情和人物的规定性去表演。第三,音乐创新。"样板戏"的艺术成就,最重要的就是在音乐唱腔方面。"样板戏"在音乐创作过程中一直自觉探索妥善处理声与情、流派与人物、韵味与形象三方面的关系;通过新的手段尽

---

① 上海京剧团《智取威虎山》剧组.源于生活,高于生活[J].红旗,1969(12).
② 赵祖谟."样板戏"及对它的评价[M]//温儒敏,赵祖谟主编.中国现当代文学专题研究.北京:北京大学出版社,2002:234—237.

可能地发掘本土艺术自身的魅力,还采取了诸如使用大乐队和西洋乐器,用指挥替代鼓板以整合文武场等做法。"样板戏"创作了许多优秀的音乐唱腔,这些音乐唱腔甚至获得了超出它所承载的剧本文学内涵的独立价值。如《红灯记》中李玉和《临行喝妈一碗酒》、李铁梅《我家的表叔数不清》唱段,《智取威虎山》中杨子荣《胸有朝阳》唱段,李勇奇《早也盼,晚也盼》唱段,脍炙人口并传唱至今。尤其是《智取威虎山》第五场开幕那段《打虎上山》前奏音乐,以铿锵有力、急速奔腾的管弦合奏,在琵琶和弦乐模拟马蹄翻腾的节奏声中,圆号吹出根据"导板"唱腔,"穿林海……气冲霄汉"的音调发展而来的高亢旋律,并以模进的方式在更高区重复再现,中间插以小提琴震音演奏快速上下行级进的旋律模仿着风雪的呼啸,将杨子荣挥鞭纵马驰骋林海,由远而近的生动场景,表现得极其准确和精彩。

  总之,革命样板戏是"文革"时期极左政治开创"无产阶级文艺新纪元"的集中体现。它在文艺观念上将"文艺为政治服务"图解为对政治斗争的直接参与,把"文艺为工农兵服务"简化为工农兵形象占领舞台。"样板戏"在题材和内容上,力图勾勒中国无产阶级的革命历史。在表现方式上,则以"三突出"原则塑造"高、大、全"式的英雄人物,再次实施并推广"三结合"创作方法。"样板戏"把那个时代整体的社会、文化,以及个人经验都加以定义和收编合理化,这就使得它的上述诸种戏剧创作原则和方法成为当时文艺创作中不可违背的铁律。这直接导致了"文革"文艺千部一曲、千人一面的机械复制现象,严重破坏了艺术创造的生命力。

【思考题】

1. 什么叫"新歌剧"?其艺术形态有什么特点?
2. 简述《白毛女》的戏剧主题和人物特点。
3. 简述田汉《关汉卿》主人公的性格特征。
4. 简述吴晗《海瑞罢官》的思想主旨。
5. 什么叫"第四种剧本"?
6. 老舍《茶馆》的思想和艺术成就表现在哪里?
7. 什么叫革命样板戏?
8. 具体阐述革命样板戏的创作原则及艺术特点。

第四编

中国现当代文学的新时期

第一章　新时期以来的文学思潮

新时期文学,是指 1976 年 10 月以来的当代文学。这一年秋季发生的改写历史的事件——粉碎"四人帮",既标志一个政治时期的结束与另一政治时期的开始,也标志着一个文学时期的结束与另一个文学时期的开始。"新时期"这一概念的提出,是随着国家政治语境的剧烈变动而出现的。它最初是在社会政治层面的意义上来使用的,后被转换用以概括"文革"以后的当代文学。鉴于 80 年代末 90 年代初文学出现的新变化或转型,也有"后新时期文学"之说。而在这里,我们将 1976 年这个历史转折点以来的整个时期的当代文学,统称为新时期文学。①

新时期以来的文学思潮,大体上经历了三个阶段的演化过程。第一阶段文学思潮(70 年代末期至 80 年代中期)具有强烈的社会与政治的现实倾向性,新启蒙旗帜下的人道主义思想和现实主义观念成为主潮。文学形态上具体表现为"朦胧诗""伤痕文学""反思文学""改革文学"等创作潮流推波助澜。第二阶段文学思潮(80 年代中期至 80 年代末期),朝着历史、文化和审美的向度延伸深化,彰显文学的自主性追求和现代性转换,文学观念变革下的文化寻根意识和现代主义相为主潮。这又具体表现为思想艺术形态上与前期不同的寻根文学、新潮小说、新生代诗歌、实验话剧、先锋小说、新写实主义、新历史主义等创作潮流扬波激浪,流派纷呈。第三阶段文学思潮(20 世纪 90 年代以来),随着社会环境的整体变化,文学思潮则出现了多种流向的分化。市场经济条件下的世俗化写作与人文精神张扬下的精英式写作互为两端,女性文学与个人写作兼容,知识分子写作和民间写作相济,"晚生代"众调喧哗,"跨文体写作"四下蔓生等。至此,形成多元共生的文学格局。

这一时期的文学思潮,重新接续曾经中断的中国现代性演进的思想文化线索,表现出由一到多、新潮迭出、相互激荡、交替衍生的总体风貌。而于其中,又贯穿着由"反思的文学"到"文学的反思","人的自觉"到"文的自觉"的演进;由政治意识形态制约性向市场经济、技术或媒介意识形态制约性的演化,由"主义"到"话语"、由"批评"到"运作"、由"文学研究"到"文化研究"的流变,并逐步纳入到"全球化"的语境之中。

---

① 近年来又有"新世纪文学"之说。这个概念主要是按照自然时间划分的,所谓"新世纪文学",是指 21 世纪的当代文学。我们认为,迄今为止的新世纪文学还是 20 世纪 90 年代文学的延续,并没有出现文学价值上的断代性。

第一节　思想解放潮流与文艺界的拨乱反正

一般认为,新时期文学是以粉碎"四人帮"的政治事件为历史契机,以"思想解放"运动为序幕,以文艺界的"拨乱反正"为起点的。

随着1976年的历史转折,历时10年的"文革"宣告结束,中国的政治、经济、社会和文化状况发生了重大变化,步入了"社会主义新时期"。① 存在于这一阶段的中国社会意识或集体意识中的"新时期"意识,内核是沉积大半个世纪的以"科学、民主"为内容的对于"现代化"的热望渴求。它又主要表现为互相联系的这样两个方面:对过往历史的质询和未来道路的思考。但无论是总结历史还是规划未来,都因受制于当时最高政治权威意志的"两个凡是"路线,②而明冲暗突不已。终于在各种力量的推动下,出现了以反对"现代迷信"、反对个人崇拜和"真理标准"讨论为中心的"思想解放"的运动。

1978年5月11日,《光明日报》发表了特约评论员文章《实践是检验真理的唯一标准》。由此引发的关于真理标准的讨论,在全国各地轰轰烈烈地展开,最终导致"两个凡是"路线的终止和"实事求是"政治路线的确立。1978年12月,中国共产党十一届三中全会召开,会议肯定了支持思想解放的"实践"标准,否决了维护僵化教条的"两个凡是"规限,并撤销了1976年作出的有关"反击右倾翻案风"和"天安门反革命事件"的文件。会议确定停止使用"以阶段斗争为纲"的口号,并且提出把工作重心转移到社会主义现代化建设上来。"真理标准"大讨论和十一届三中全会决议,成为中国思想解放和改革开放的时代标志。

与此相应,文艺界大举进行了"拨乱反正"的工作。它包括两个基本方面:其一是批判"文革"中盛行的"革命文艺现象"、走红的"革命文艺作品",它们被作为"阴谋文艺"和"帮派文艺"加以清算。其二是批判"文革"中出台的"文艺黑线专政"论,并清理由此造成的大批冤假错案。这一"文艺黑线专政"论体现的那种文化专制主义,否定与打倒一切的历史与文化虚无主义态度,不仅把人类历史上几乎所有的文化遗产都以"封、资、修"的名义扫荡一空,也把同一社会制度下的"十七年"文学借"文艺黑线专政"之名予以全面否定。随着清算和批判的深入,中共中央于1979年5月发文,撤销了"文革"初颁发的《林彪同志委托江青同志召开的部队文艺工作座谈会纪要》。这一"文革"

---

① 周扬. 在斗争中学习[N]. 文艺报,1978-07-15.
② 1977年2月7日,著名的"两报一刊"(《人民日报》、《红旗》杂志、《解放军报》)同时发表了《学好文件,抓住纲》的社论。社论在强调要"抓纲治国"的同时,正式提出了"两个凡是":"凡是毛主席作出的决策,我们都坚决维护,凡是毛主席的指示,我们都始终不渝地遵循。"向全国人民传达了"以华国锋为首的党中央"的声音和执政意志。

中"文艺革命"纲领性文件的注销,也意味着由此出台的"文艺黑线专政"论彻底消亡。与此同时,是上上下下为文艺界从 50 年代到"文革"期间受到不公正对待和迫害的作家"落实政策",为受到错误批判的作品恢复名誉。一时间,一批在文坛消失已久的作家,又重新活跃于文坛;一些昔日被批作"毒草"的作品重新出版,成为"重放的鲜花"。

文学界的拨乱反正,也体现在对一些中华人民共和国成立以来一直被视为圭臬的文学观念和理论规范予以重审。其中,关于文艺与政治关系问题的讨论,是新时期之初震动最大、涉及面最广的一次理论争鸣。这场讨论,集中表现为对"文艺为政治服务并从属于政治","文艺是阶级斗争的工具"命题的重新审视,提出了"为文艺正名"的主张。强调恢复文艺特性,反对变为政治附庸;重审文艺以审美为中心的多种社会功能,反对狭隘的政治功利主义和庸俗的社会学观念。这一讨论打破了"文艺从属论""文艺工具论"等长久支配文坛的刚性理论框范,推动文学挣脱教条束缚、概念图解和僵化艺术模式的控制;动摇了文艺对政治的附庸关系,维护了文学自身的相对独立性。在重视文学社会担当、批判职能方面寻求一些新的可能。

正是在这样的背景下,中国文学艺术工作者第四次代表大会于 1979 年 10 月 30 日至 11 月 6 日在北京举行,时称"文艺界的盛会"。与会代表达 3 200 多人,由于各个时期的作家代表都有,因而一时有"五世同堂"之说。会上"文艺民主""创作自由"的诉求得到热烈响应,这也与其时作家们普遍存在的"第二次解放""文坛回春"之感相合。这次会议的重要性在于,它集中表现了中国共产党作为执政党对文艺工作方针政策的重要调整。邓小平代表中共中央和国务院向大会致辞中提出:

> 党对文艺工作的领导,不是发号施令,不是要求文学艺术从属于临时的、具体的、直接的政治任务,而是根据文学艺术的特征和发展规律,帮助文艺工作者获得条件来不断繁荣文学艺术,提高文学艺术水平,创作出无愧于我国伟大人民、伟大时代的优秀文学艺术作品和表演艺术。①

会议之后,他又在《目前的形势和我们的任务》的讲话中进一步强调:"不再继续提文艺从属于政治的口号,因为这个口号容易成为对文艺横加干涉的理论根据,长期的实践证明它对文艺的发展利少害多"。② 1980 年 7 月 26 号,《人民日报》发表社论《文艺为人民服务、为社会主义服务》,社论用这一新的提法取代了过去惯用的"文艺从属于政

---

① 中国文学艺术工作者第四次代表大会文集[M].成都:四川人民出版社,1980(7).
② 邓小平.目前的形势和我们的任务[M]//邓小平文选.北京:人民出版社,1983:220.

治,文艺为无产阶级政治服务"的提法。这一新的提法,与对"百花齐放、百家争鸣"方针的重审并举。至此,"二为"方向和"双百"方针便被作为新时期"社会主义文艺的基本方向和基本政策"确立下来。这些调整的"合法化",使新时期文学创作开始进入了一个较前自由和宽松的环境。

当然,文艺界的"解冻",并不意味着长期形成的"禁区"一下全部敞开,而是一个在"禁忌"中开放、开放中破"禁"的过程。随着被誉为"三只报春的燕子"的放飞文坛——白桦的剧本《曙光》(载《人民戏剧》1977年第9期)、刘心武的短篇小说《班主任》(载《人民文学》1977年第11期)、徐迟的报告文学《哥德巴赫猜想》(载《人民文学》1978年第1期),伤痕文学与反思文学的闸门打开了。新时期文学的滥觞是从"文革"过后那带着惨伤苦痛的伤痕文学发出的,一时"敢有歌吟动地哀"。反思文学携着暴露题材和反思主题,带着"神圣的使命"相并而起,为时代提供锐利而警醒的注释。虽然这些作品还存在着思想上的简陋与艺术上的粗糙,但是它们符合了当时社会和文学自身发展的迫切现实需要,引发强烈的社会反响。

总之,"文革"结束和思想解放运动,是新时期文学发生的历史背景与思想文化语境。同时需要指出的,新中国的文艺界一向被称为"政治晴雨表",无论是文艺界的拨乱反正,还是文学"解冻"与"回春"的历程,始终与中国的政治气候相伴随,并以自己独特的方式参与到这一历史进程之中。文艺界拨乱反正的矛头直指极左政治,促进了新时期的历史转型;文艺理论和文学创作不断冲破"禁区",拓展了思想解放运动的深度和广度。因此,新时期文学一开始便为当代中国的历史转型作出了特有的贡献。

第二节 新启蒙下的人道主义和现实主义思潮

新时期文学初期的文学话语,与主流意识形态话语具有高度的重合性。它们把刚刚过去的"文革"视为对现代历史进程的反动,因而更新民族思想文化观念的"新启蒙"话语,便成了当时思想文化的主潮。蒙昧本来是由各种神圣化、妖魔化造成的,启蒙意味着去神除魅,而这也是对五四以来的启蒙现代思想的继往开来,是促使中国重新走向觉醒和改革之途。其实,新时期文学的复苏,正是通过对五四以来新文学传统的复归来实现的,就其思想观念层面来说主要表现为人道主义精神的反思,就其创作观念层面来说主要表现为现实主义道路的复归。

一、人道主义思潮

从20世纪70年代末到80年代初,人道主义的思潮在中国勃然兴起。它是这一时期整个中国思想意识领域中的一个基本主题,并成为新时期之初文学潮流涌动的起点和发展的方向。人道主义思潮的兴起,既是出于巨大历史灾难过后痛定思痛的普遍性情感趋向,反思反省的必然性精神追寻,也是出自对新中国以来的文艺方针和政策没有把"人"放在重要位置,以致漠视人情和抹杀人性表现的反感反拨。这个思潮从理论探讨和文学创作两个方面双向互动,同构进行。

新时期之初的"人道主义论争",是一场遍及整个思想文化领域的大论争。先是理论界和美学界开展关于"共同美"和"共同人性"的探讨,对以往流行的"阶级论"只讲人的"阶级性"进行审弊纠偏。这一探讨必然延伸到关于人的问题的讨论,即对人的属性、人的价值和人的命运问题的辨析。认识"人"、理解"人"、尊重"人"、重视"人"、发展"人",成为当时人们普遍关注和探求的理论命题和现实课题。文学界也进入了这一语境之中,一时间,人情、人性、人道主义成为焦点话题,"文学是人学"的命题成为热点问题。从1979年到1983年之间,全国多家报刊纷纷就如何认识人性、人道主义,如何认识文学与人性、如何看待文学对这一现象的描写,展开了热烈讨论。这次大讨论,既牵扯起对五六十年代文学中关于"人情""人性"和"共鸣"等问题批判的重新审视,也表现出对五四新文学"人的文学"传统的回顾,并对当前文学中那些揭露历次政治运动中非人道和反人性现象的作品加以肯定,重构呼唤人性、发现人性、抒写人性的文学价值理想,并导致对"文学是人学"命题的重新确认——即文学是从人出发、以人为对象又回到人本身的。人作为时代和历史的一种价值理想,在新启蒙的旗帜下得以回归。

人情、人性、人道、人本,构成了这一时期文学的基本精神。它流贯在创作潮流之中,并沿着这样几个层面延伸开来,深化下去。一是关注人之本。伤痕文学与反思文学通过对现实的观照和历史的省察,广泛而尖锐地触及了种种压抑摧残人性的社会现象,弘扬肯定人的价值、维护人的尊严、关注人的权利、关注人的命运的人道精神。伤痕文学对人"外伤"和"内伤"的揭示,反思文学中对现实和历史的反省,无不借助了人道主义的思想资源来进行表现的。二是还原人之性。这主要是针对多年来极左政治把人高度抽象化的反拨。它们不是把人理解为"砖""瓦""石""螺丝钉"那样一种物,便是把人当作阶级的符号、斗争的工具;要么把人净化为"清教徒","神"化为"高、大、全"的"英雄",或"鬼"化为"牛鬼蛇神"。把人从教条中解放出来,使人回到自身,这是这一时期文学表现的重要内容之一,是人道主义的内涵之一。戴厚英的《人啊,人!》,表现了"应该有自己的人的价值,而不应该被贬抑为或自甘堕落为'驯服的工具'"的思想。刘心武的《我爱每一片绿叶》,借一则个人隐私得不到尊重的故事,呼吁给"个性落实政策"。蒋子龙的《赤橙黄绿青蓝紫》,引入鲜活多彩的个性光谱。这些作品,在艺术观念上也启发人们去理解种种丰富与复杂的个性与性格。三是张扬人之爱。新时期之初的文学创作一反过去长期的束缚和压抑,爱情和爱欲描写破禁而出。从张洁《爱,是不能忘记的》小心翼翼地描写婚外情的"精神之恋",到张贤亮《男人的一半是女人》的大胆直露性爱,无不引发文坛和社会的热烈反响与争鸣。作为思想解放的总趋势之一,情爱描写成为一种鲜明的挑战行为,成了观念开放的别名。从追求人的自由、人的完整而言,情爱描写又成为确证人、丰富人的表现手段。四是体现人之价值。这主要是针对无视人的价值、甚至敌视人的价值的社会现象而来的,当时更多的是针对知识分子的人格被歧视、才能被埋没的命运而发的。这也因为多年来知识遭贬与知识分子受难的遭遇,使人的价值问题在他们身上表现得更加尖锐突出。徐迟《哥德巴赫猜想》和张贤亮《绿化树》中的知识分子主人公,一个为实现人的智慧创造而付出惨痛人生代价,一个则"劳动"的意义被"劳改"所取代。通过对人和人才的价值无法实现的痛苦的揭示,对权力意志和蒙昧主义与科学和民主对立的揭示,发出让人体现价值和实现价值的呼喊,是这一时期人道主义悲歌和启蒙话语之一。

  人道主义问题讨论的高潮与落潮,大致以1983年周扬《关于马克思主义的几个理论问题的探讨》(载《人民日报》1983年3月16日)一文的发表与遭受批判为标志。周扬文章的引人注目之处在于,它不仅认为马克思主义包含了人道主义,还认为在社会主义条件下同样存在着"异化"问题,因而它不仅包含着对特定历史时期极左政治路线的清算批判,而且还体现出完善"社会主义"社会的价值理想。由于周扬的身份和地位,这篇论文将讨论数年之久的人道主义和异化推至高潮。但因这篇论文逾越了当时主流话语的思想框架,受到来自有着强大意识形态背景的政治权威的批评,代表作是胡乔木《关于人道主义和异化问题》(载《理论月刊》1984年第2期)。1983—1984年间开展的"清除精神污染"运动,还有一些当时被认为"走过了头"的作家作品及创作倾向被列入其中受到批评。这说明,新时期文学并不能与"十七年"文学决然"断裂",在文艺观念和文艺政策上,或者也可说是一种变异中的延伸。

  这一时期的人道主义文学思潮,重新接续了曾经断裂的新文学的现代思想文化,为当代文学的发展开辟了广阔的前景。它的局限则是带有明显的人文政治化的倾向。然而,新时期文学经历了充满理想激情的一段人道主义高歌之后,开始朝着渐趋苏醒过来的人文理性和历史理性向度开掘,在沉潜中向新的层次迁升。

二、现实主义思潮

  从创作观念层面来说,现实主义成为新时期文学伊始的主导潮流。一方面是文学外部现实关系的变动和社会矛盾的推动之迫,另一方面是文学曾被用以无视现实的"瞒"和"骗"及粉饰现实的"假、大、空"之非,因而对于回到现实和人自身的新时期文学来说,现实主义之途的复归便是顺理成章之事。这是因为在当时的社会文化语境下,现实主义观念不仅与主流话语倡导的"实事求是"精神经脉相通,而且当代文学受到五四现实主义传统和俄苏现实主义长期影响,现实主义被认为可更直接地体现文学的基本精神。所谓"复归",就是朝向现实主义作为一种关注现实、关注人的现实处境与现实命运的艺术精神复归,向着现实主义作为一种以现实为本、以写实为基本特征的艺术方式复归。在这个回归过程中,现实主义的文学论争和现实主义文学创作,交相呼应。

关于现实主义问题的讨论,是围绕着如何恢复、坚持和发扬现实主义这一主旨展开的。一方面现实主义讨论缘于对于现实主义的"正本清源",因为它曾遭到简单化、庸俗化甚至扭曲的变异;另一方面也是对当下创作的回应,如对当时伤痕文学、反思文学的"暴露"现实矛盾及阴暗面创作倾向的争议,引发了对现实主义的重新认识。现实主义讨论的中心问题是关于"真实性"的理解,并由此牵连到"写本质""倾向性""典型性"等问题。通过讨论,把恢复文学的真实性作为现实主义精神的第一要则,把"参与"和"介入"生活视为现实主义的必备品格,得到了多数认同,并日益彰显。至于文学形式问题,还不及议及,仍沿用了"内容决定形式"的既成定规,因而现实主义作品的一切形式都应该为内容服务,满足"形式透明性"的约定,而其本身并没有独立价值。

新时期的现实主义复归,主要是从两个向度来进行的:一是标举真实性,要求文学描写真实生活、抒写真情实感、表达真实思想;二是张扬批判性,要求文学"参与"现实、"介入"人生、"干预生活"。这二者,又是紧密联系在一起的。现实主义是"参与"和"介入"的社会意识在艺术上的"审美"和"审丑"表现;而坚持立足现实、面对现实地去审视生活所到达的真切程度和透视力度,便使作品具有了批判性。现实主义复归,首先便是恢复中断已久的真实尺度和批判精神这一基本指向,使文学突破政治教条的强制而走向真正的生活和生命的真实。此时的文学,用"写真实"的精神突破了许多题材"禁区""雷区",用启蒙式的话语触及了不少尖锐的社会问题与沉痛的人生问题,而这些又无不出自对人们亲历亲见的现实生活的描述和真情实感的传达,无不指涉人们久蓄待发的心理宣泄和久问无答的思想疑虑。因而这时的许多文学作品,无论是抚摸伤痕、反思历史,还是针砭现实、呼吁改革,一经发表即在社会上引起强烈反响,获得人们的广泛共鸣,成为众所瞩目、议论纷纷的现象。应该说,是真相、真情、真话拨动了作者与读者共同的心弦,是直面现实、忠于现实、介入现实的创作精神使文学起死回生,重获活力。

其实,现实主义复归也是当时文学观念尚未得以全面更新的产物,其主要思想与文学资源是对此前较长时间遭受贬抑的现代文学传统的重新启用,并没有注入多少新的文化成分。当然,当时的历史条件下也不可能马上出现一个全新的文化视野,作家的创造力和文学的生产力只能在原有的基础上,以回旋的方式释放与展开。事实上,由于创作思维的惯性制约,当时的文学创作有意无意地认同"十七年"文学中的一些观念模式和结构模式,如理想主义或乌托邦主义的情结、"二元对立"的模式等,依然处处可见。伤痕小说与反思小说的"问题模式",与20年代的"问题小说"模式明接暗通,长短得失都较明显。

相对而言,这一时期文学中较多地体现了新质而被目为带异端色彩的是"朦胧诗"。就其创作群体的集结方式及其所办的《今天》杂志来说,颇具"民间性"和"同人色彩",这在新中国文学中是极其罕见的;就其思想文化资源来说,较早杂取了西方现代主义思想和艺术资源,这在当时也是少有的。无论是他们强调的"表现自我"的创作立场,还是他们对"人"及历史与现实处境的诗性观照,抑或艺术自身新形式表现因素的生长,都显得颇为"新锐",以致在当时遭到激烈非议,但也被敏锐的批评家誉为"新的美学原则在崛起"。

第三节 文学观念变革与文化寻根意识、现代主义思潮

时至20世纪80年代中期,随着国家不断加强与扩大改革开放的力度与程度,人文环境开始快速地由单一化向多元化过渡。此前精神文化领域的那种"统一性"弱化,人们思想和生活的空间大幅扩大;附着于政治意识形态的写作成规和话语系统开始松动,文学出现了多样化的新选择。当然,新选择更得自经过多年的文化闭关锁国以后,现代西方的各种哲学观念、社会思想、文艺思潮和文艺作品,以一种空前的速度和规模被介绍进来所产生的巨大冲击和深远影响;而在选择与抉取的同时,也在进行中国式的现代转换。这一时期,中国社会还开始经历着从计划经济向市场经济转变的冲击,人们的传统信念和文化范型发生裂变,这也改变着文学对人的价值的体认。

文学观念的变革,是与整个中国现代性演进的复杂的思想文化线索串联在一起的,是因其本土自生性与外来成分交互作用、相互激荡的结果,也是文学在内容上突破单一的政治内涵、形态上独尊的现实主义模式的自身发展需要。这一变革,集中表现在文学的自主性追求和现代性转换上。就前者而言,"反思文学"变成了"文学反思",作家普遍表现出由"人的自觉"转向"文的自觉",批评家关注的重心由文学"外部"转向文学

"内部";"文学的注意力第一次回复到它自身,回复到自身存在的形态和理论准则,回复到艺术生命的本质体现"。① 就后者而言,继"人道主义"思潮过后,出现了一些对人的更深层次的价值关怀和哲学思考的表达;继"新的美学原则"崛起之后,以反传统为特征的新的感受方式和表达形式广为流布,并要求确立"现代理论范型"与"现代感性方式"。在文学观念变革之中,寻根意识和现代主义相为主潮,并与变异和深化中的现实主义潮流构成互补并存的关系。在文学创作倾向上,寻根文学、新潮小说、新生代诗歌、先锋文学、新历史主义、新写实主义等纷至沓来,一时流派纷呈,蔚为大观。

一、文学理论观念变革

1985年对于新时期文学的意义非同小可,文学出现了"全方位的跃动":一批在思想艺术形态上与前不同的作品集中涌现,诸如马原《冈底斯的诱惑》、莫言《透明的红萝卜》、韩少功《爸爸爸》、残雪《山上的小屋》等;"寻根文学"和"现代派"文学这两个重要的文学流派几乎同时出现,前者突出了文学存在的文化意义,后者有着和西方现代派文学相似的主题。这一年还出现了文学"方法热",文学批评和文学研究方法更新的热烈讨论,使这年有"方法年"之称。这一年文学因集中发生了一系列变化,昭示着重要的转折,以致被追认为"文学的1985年"。它也与同年美术界的"八五新潮美术运动"、电影界"第五代导演"的崛起相呼应。

文学观念的变革在理论批评层面上的跃动,是在"方法热"与"观念热"的文化语境之下展开的,其中以"主体性理论"的提出与"重写文学史"的讨论影响最大。

在反思以往的文学批评传统与更新既有的文学观念的过程中,"方法论"问题愈益突出。"方法热"的"预热",最初是以引进与吸收自然科学方法为标志的。借用自然科学的方法,这是20世纪科技革命影响下的时代之好,也是破"禁"之器。这一时期被大量引进国内的以系统科学为代表的自然科学方法,也被吸收到文学理论批评中,并陆续出现了一些运用这些方法来研究美学、文学的论文,其中较有成效、影响最大的是林兴宅1984年发表的《论阿Q的性格系统》。既有的批评模式,难以适应当前变动着的文学现实;开放后的视野,使人看到了新的选择的必要性和可能性。文学"方法年"里,关注和讨论"新方法",引进与运用"新方法",一时甚热。所谓"新方法",主要包含了这样两个方面的内容:一是引进以"三论"——从"旧三论"即系统论、控制论、信息论到"新三

---

① 宋耀良.十年文学主潮[M].上海:上海文艺出版社,1988:247.

论"即协同论、耗散结构论、突变论——为代表的自然科学方法论,其相关概念、知识和方法,一时被看好与借重。二是借鉴西方现代以来流行已久而国内还颇为陌生的各种理论批评方法,如精神分析、原型批评、阐释学、现象学、符号学、结构主义等。"新方法"的讨论与引进,是文学新观念出现的信号。对方法论的认知成为打开文学新思维、新角度的重要参照,新概念的流行、新方法的运用亦扩大了文学的话语领域。但一时新方法生搬硬套、新名词满天飞的流弊也不小。

文学方法的变更,进而激发文学观念的变革。《文学评论》从1985年第4期开始,推出了"我的文学观"专栏,参与专栏笔谈的作家、批评家观点不尽一致,但都意识到了文学观念的变革与重建是一个更带根本性的问题。"回到文学自身""关注文学本体"的命题相继提出。从文学方法论层面推进到文学本体论构架这一理论热点的转移,使得继"方法年"而来的1986年被称为"观念年""本体年"。探讨文学之所以为文学的根本特性及其基本规定,成为这场讨论的焦点,也成为各种理论倾向的交汇处。当时出现了各种各样的"文学本体论"建构,其中影响最大的有两种:人本主义的文学本体论和形式主义的文学本体论。

人本主义的文学本体论,以主体论的文学本体论反响最大。它直接发端于哲学、美学、文学上关于人的主体性和文学主体性的讨论,哲学上以李泽厚"主体性论纲"之说为代表,文学上则以刘再复"文学的主体性"之说为代表。1985—1986年间,刘再复的《文学研究应以人为思维中心》和《论文学的主体性》,主张"把人的主体性作为中心来思考","构筑一个以人为中心的文学理论和文学史研究系统"。他认为:

> 文学中的主体性原则,就是要求在文学活动中不能仅仅把人(包括作家、描写对象和读者)看作客体,而更要尊重人的主体价值,发挥人的主体力量,在文学活动的各个环节中恢复人的主体地位,以人为中心,为目的。具体说来就是:作家的创作应当是充分地发挥自己的主体力量,实现主体价值,而不是从某种外加的概念出发,这就是创造主体的概念内涵;文学作品要以人为中心,赋予人以主体形象,而不是把人物写成玩物与偶像,这是对象主体的概念内涵;文学作品要尊重读者的审美个性和创造性,把人(读者)还原为充分的人,而不是简单地把人降低为消极受训的被动物,这是接受主体的概念内涵。①

---

① 刘再复. 论文学的主体性[J]. 文学评论,1985(6)、1986(1).

刘再复的文学主体论，包括三个重要部分：作为文学创造主体的作家、作为文学对象主体的人物形象和作为文学接受主体的读者；其核心观念是人在艺术的审美活动中"自我实现"。刘再复的"文学主体性论"，针对"当代文学"诸多创作和理论上长久缠绕的问题，试图在文学观念层面上进行整体上的清理和反思。它反映着文学研究视角从政治到社会再到人的本体的转换，思维方式由认识论向价值论和本体论的转换，并努力使之转化为那一时期文学实践的驱动力，从而成为80年代中后期绕不过去的重要文学现象。它既受到"我们时代的文学理论"的赞扬，也遭到"思想上存在原则错误"的指责，还有一些来自学理上的"逻辑混乱"的批评。当然，主体论本身及其争论的歧义迭出，表现出"前现代"与"现代"之间某种理论的杂糅性。理论建构者对于主体精神的超级想象，在日后的文化语境中也显出裂隙。

人本主义的文学本体论的另一理论观点，是存在论或生命论的本体论。它更多地受到现代西方哲学思想的影响，因而持此论者大多不满足于主体论者所驻足的古典式人本主义立场。它认为文学艺术的本体只能是人类本体，但其所理解的人类本体是人的生存或存在，而艺术活动与人的生命活动形态是同构的，文学活动的过程与文学的本体只能在人的生命活动中去求解释。这一理论强调生命意识和存在体验对艺术作品所具有的本体意义，从而试图建构审视文学的某些"现代理论范型"。

形式主义是文学本体论建构中又一主要倾向，表现为由作品本体论或形式本体论向语言本体论的流贯。这一理论的思想文化资源，来自西方现代形式主义文论、结构主义诗学及索绪尔的语言学、卡西尔的文化符号学等。它既反映着当时作家普遍表现的对语言、文体、意象、叙述等形式构成的关注，也显示着文学研究从"人本"转向"文本"之势。作品本体论强调"回到文学作品本身"，并视作品为一个"独立的自足体"。形式本体论则强调文本形式之于文学的本体论意味，认为文本结构即为内容构成，可谓"有机形式主义"。这两种本体论都高度重视文学的语言，从而向语言本体论汇聚。语言本体论强调，作为语言艺术的文学，不仅以其语言性为深层动因，也必然以此作为自身的最直接目的。形式主义的文学本体论，有力反拨了此前在文学观念上占主导地位的"内容决定形式"的独断论，但也包含着离弃历史现实与文化语境的另一极端化倾向。

关于"重写文学史"的讨论，是"方法热"和"观念热"在文学史研究领域中的延伸。1985年陈思和发表《新文学史研究中的整体观》一文（载《复旦学报》1985年第3期），提出文学史的分期与社会发展史应有所不同，主张打通"现代文学"与"当代文学"的隔墙。紧接着，黄子平、陈平原、钱理群发表《论"二十世纪中国文学"》的论文（载《文学评论》1985年第5期），认为文学史研究的主要对象是文学自身发展的阶段完整性。

1988年,《上海文学》第4期上开辟"重写文学史"专栏,并连续9期以大量的版面对"重写文学史"予以"实践"。这一举措引起了文坛的关注,讨论持续而热烈。改变关于文学史的观念,提出重写文学史的构想,主要是针对以往的中国现代文学史,用"专栏主持人"陈思和与王晓明的话说:"改变这门学科原有的性质,使之从从属于整个革命史传统教育的状态下摆脱出来,成为一门独立的、审美的文学史学科。"①

然而,由"重写文学史"扩展开去的问题,不仅涉及打破原来文学史单一的政治史模式及与之相应的思维模式,还关联到对整个中国现当代文学的总体评价。其时,不断发表的"作品重读"和"经典重估"终于串联起来,汇进文学史叙述所采取的另一种方式:更多按照政治观念和阶级意识进行创作的作家,受到了冷落;而更多注重从人性、诗性以至"日常性"进行创作的作家,在文学史上地位上升。50至70年代被湮没的钱锺书、沈从文、张爱玲等作家,被文学史重新发现和重视,成了文学生命力的证明。与此同时,针对50年代到70年代文学与政治关系过于紧密这一历史状况,分析造成现当代文学史上有代表性的作家创造力衰退的现象,及其创作陷入矛盾与困境的原因。一时间,"茅盾的矛盾""曹禺现象""柳青现象""赵树理现象"等,成了创作滑坡的代名词。这些文学史的研究,与新时期文学创作的趋向构成互动和影响的关系。

二、文化寻根意识

在文学观念变革之中,"文化热"下萌动的寻根意识,成为此时文学思潮的一大主潮。所谓寻根意识,表现为对民族文化身份的体认,对自身传统文化的追认。这一文学思潮的主要缘由在于:其一是从历史反思走向文化反思,从而成为面向文化的思索;其二是从反思文学走向文学反思,从而成为面向文学自身的求变;其三是对以现代主义为代表的西方文学的顺应与反拨,从而成为面向西方文学的应对。

80年代初的文学,在"文化热"渐热的社会思潮背景下,在政治性较强的伤痕文学、反思文学、改革文学之外另辟新路的文学自身律动中,艺术观照的文化视野渐至取代单一和既定的政治视野。传统文化、地方文化、民间文化一时成为创作者乐于开掘和表现的富矿。汪曾祺的苏北乡镇风情小说,陆文夫的姑苏风味小说,林斤澜的"矮凳桥"风情小说,邓友梅与冯骥才的京、津文化风味小说等,显示着地域文化小说的兴起成为一个新的创作倾向。这类创作,貌似与现实生活中作家们的政治追求和社会实践的主流有所偏离,实则是把反思的触角深入到民族文化层面,并悄然启动了文学赖以衡量自身

---

① 陈思和,王晓明.主持人的话[J].上海文学,1988(4).

的审美价值目标。从文学流向来看,它形成了寻根的先声,实际上也有部分作品汇入了萌动期的寻根文学。

事实上,80年代初杨炼、江河等人以民族历史及其神话传说为题的诗作和诗论,较早地表现出寻根的意向和意味。汪曾祺1982年就发表了一篇题为《回到民族传统,回到现实语言》的文论,并在此前后发表了践行这一主张的《受戒》《大淖纪事》等小说。而在寻根文学的旗号亮出之前,阿城便写下了先于"寻根"又代表"寻根"的《棋王》。文化寻根大潮的潮汛发自1985年底的"杭州会议"上,起潮于与会作家韩少功、阿城、李杭育等相继发表的被称为"寻根宣言"的一批文章,涨潮于其后涌动不已的理论探讨和创作实践中。这是新时期文学中第一次从理论到创作都具有自觉性的文学潮流。

综合寻根派的理论主张,一是强调文学有"根","根"是文化,它深植民族历史的土壤里;二是"根"有区别和优劣之分,因而寻根同时包含了植根培根和挖根剥根;三是文化知根知底,方能与今天对接;四是文学有根有底,方能与世界文学对话。从寻根文学的创作表现来看,它突出文学存在的文化意义,在价值取向上扬原始而抑现代、褒民间而贬正统、崇非规范而排斥规范;在艺术形式上则倾向于叙事方式上的"土"与"洋"的转换性和互文性,表现手法的魔幻化象征化,语言上的诗化与文白交杂。寻根文学很快发展成一个颇有声势的创作潮流,并成为普遍的乃至泛文化的文学思潮。

总体而言,寻根文学潮流以文化性、地域性和民间性为基本特征。文化性体现出这些作家的共性:对传统文化积淀和民族心理深层的探寻;地域性体现出这些作家的个性:开掘民族特色中具有地域特色的文化资源以获取鲜明的创作个性;民间性则体现出其价值立场:对正统文化或主流文化的疏离或批判。它们的同构互动,共同表达出对民族文化的批判反思和修复重建的创作母题。这之中,草蛇灰线地体现着对五四知识分子精英传统和民间文化价值的二维向度的接续,也显现出了鲁迅、老舍、萧红、沈从文等人文脉的一线传承。横向来看,它与拉美"文学爆炸"的冲击波和"魔幻现实主义"风靡世界的影响有着直接关联。拉美文学及其创作方式使当代中国作家发现确定自我"文化身份"的重要性,与世界文学对接的可能性,从而以返回和深入民族自我的方式对追赶西方文学的潮流作出反拨,并顺应世界各民族文学向本土本族传统文化回归的文学趋势。

寻根文学思潮中存在着"文化回归"和"文化批判"的双重流向,但有时二者互相包涵,不能一概而论。而寻根文学在寻根过程中对传统文化的过度阐释和展示,使之不时受到失去了对当代生活的有效阐述的批评。寻根派作家在文化积累不够的情况下与世界文学"抢答"对话,亦显出对现代西方文学的"影响焦虑"和难免的浮躁心态。虽然寻根派作为一种创作流派,潮起潮落不过数年间,但文化寻根作为一种文学思潮,却广为绵延,影响深远。寻根过后,作家的文化意识普遍增强,作品的文化意蕴受到关注,整体上提升了新时期文学的层次。

三、现代主义思潮

现代主义或称"现代派",是20世纪上半期欧美诸多具有反传统特征的文艺流派的总称,但它在刚"开禁"的中国被指认和接受的范围则要宽泛得多。它作为一种世界性的文艺思潮登陆中国文坛后,掀起一浪接一浪的讨论与论争。80年代前期争论甚多,1982年由徐迟的《现代化与现代派》一文引发的争论最为激烈,而在1981年到1982年间围绕着高行健的《现代小说技巧初探》的讨论中达到高潮。与此同时,文坛围绕着现代主义色彩的"朦胧诗"、吸收了现代派某些技法的"意识流小说"的争论,也此起彼伏。这些论争主要围绕着如何评价西方现代派文学、现代化与现代派的关系、我国新时期文学发展方向等问题进行,其焦点是中国要不要现代主义。肯定者认为,现代派的出现是历史的必然,中国社会要现代化,文学必然出现和需要现代派;否定者则认为,把现代化和现代派直接联系起来简单而机械,产生于西方的现代主义与我国"国情"相抵牾。这些讨论,同当时的不少讨论情况一样,因主流意识形态权威意见的介入而中断,或不了了之,这反映了当代中国文学界的特殊性。

随着文学与社会政治的关系不再像80年代初那样的粘连状态,文学的自主性追求及艺术创新与形式变革的自觉力量越来越强,现代主义思潮以创作实验和理论探索的双重变奏方式逐步前行,到1985年前后产生突变。中国文坛集中出现了一批具有鲜明现代主义倾向的作品,如刘索拉《你别无选择》、徐星《无主题变奏》等小说,高行健《车站》、陶骏与王治东的《魔方》等戏剧。随即前者被命名为"新潮小说"或"现代派"小说,后者被称为"实验话剧"或"探索戏剧"。对此,肯定者的看法是,中国文坛终于有了自己的"现代派";而否定者则觉得,就其文化语境和作品质地来说还不够纯粹,与西方现代派的"真经"仍有差异,从而认为还只是"伪现代派"。于是展开了一场关于"伪现代派"的讨论,相争双方的批评家主要有李洁非和黄子平等。不过,这是"现代派"文学提倡者的内部论争,问题已经不是中国要不要现代主义,而是需要什么样的现代主义或现代派文学。颇具意味的是,所谓"真""伪"的评判标准都源自西方的理论。时隔不久,中国文坛现代派文学便成既定事实,而且很快修成"正果":马原的"叙述圈套",残雪的"梦魇世界",莫言的"感觉画面"。马原的创作因其形式主义特质,揭开新时期小说全新作法的一页;残雪和莫言的创作不但深具现代主义精神气质,而且为现代派小说注入了切实的本土内容。

如果说"新潮小说"是现代主义思潮的"第一波冲击",那么随之而来的"后新潮"则构成了"第二波冲击"。"后新潮小说"的命名后被"先锋小说"及扩展开来的"先锋文学"所取代。先锋作家不约而同地以文学群体、"创作方阵"的面目出现,并在80年代中后期的文坛表现得十分活跃,其代表作家除了被认为标志先锋小说起点的马原外,有余华、苏童、格非、孙甘露、北村等。他们分别从生存状态、叙事革命、语言实验三个方面,实行了文学的集体哗变,表现了与此前文学迥然不同的特征。他们创作的普遍主题是生存的孤独和人生的荒诞,这一主题下的关键词则是欲望、性爱、暴力、罪恶、死亡,从而表现出精神上的虚无主义和认知上的相对论。他们创作的普遍追求是,叙事本身便是审美对象、叙事方式即为语言构成,这一追求下的多样实验则是"反体裁写作""叙事迷宫""叙事空缺""语言游戏",从而呈现出审美表现的形式主义和技术主义。

总体而言,现代主义文学思潮的基本特征是否定性、自律性、形式性。它的基本精神内核是否定性,这表现为对日常生活经验的解构和传统美学经验的颠覆,既反叛业已确定的理性秩序、价值观念、文化传统,也反叛自古典主义、浪漫主义、现实主义以来的美学精神、文学观念、表现方法和艺术形式。它的文学观念法则是自律性,这表现为文学自主性和文本自足性的追求,视文学为独立的世界,文本和语言为文学的自洽,从而不追求文学对现实的客观再现而追求作家主观的心灵真实,发掘和表现人的深层心理。它的文学创作圭臬是形式性,这不仅表现为对文学构成方式的极端关注,并且意味着用非常技术的方式来表现世界的构成,至于世界的本原或终极是什么,这往往是一个疑问或悬置起来的问题。从一定意义上讲,现代主义思潮既暴露出这一社会转型时期所具的深刻精神问题或危机,并使自身也成为这一问题或危机的表征,如价值的失范与意义的渺茫。

现代主义思潮中存在着对西方现代文学的模仿借鉴,展现出对于自身文学传统"解构"与"重构"的双重倾向。这既体现在意义层面,也体现在形式层面。就前者而言,它的反叛立场与批判锋芒一开始就指向一个特定的社会与文化时空,而重新认识"人"是其思想探索的一个重要标志。随着现代西方关于"人"的种种学说被陆续引入中国后,作家们对人性的表现是在一个深刻得多的思想背景下展开的,他们几乎是不约而同有意无意地调整自己的认知模式,展开对人的属性多层次、深层次的揭示,打开了以往被意识形态重重遮蔽的向度,并表现出新的价值立场。就后者而言,借鉴和运用西方文学形式与技巧所进行的艺术实验与创新,以前所未有的力度和幅度打破了许多既定艺术形式的范式和模式,拓展了文学的表现力。其意义不仅局限于形式本身,也使文学增加了"自立"。然则这一"自立"又带来新的问题,纯文学真的能继续"纯"下去吗?过度关注自我感觉与追求极端形式化的现代主义先锋小说,几年之后便走向了疲惫,尽管这不仅是它自身的问题。

四、现实主义的承接、变异和深化

人们熟悉的现实主义在经过一段相对沉寂的阶段后,也在酝酿变化。新写实文学便是现实主义寻求突破与超越的结果,既是对当时的寻根文学与先锋文学疏离社会现实和读者大众的反拨,也是对现实主义关注现实这一文学精神和写实手法的承接、变异和深化。

20世纪80年代末期,在《钟山》等文学刊物与传媒的倡导与运作下,新写实小说形成了具有相当影响力的文学潮流。与此前的文学思潮相比,这次小说潮流出现了一个新的特点,这就是文学刊物与大众传媒对文学思潮发展的推波助澜作用,且由"幕后"走到"台前",成为推动创作思潮的主导性因素与力量。这个特点,成为此后的文学思潮的一个较为普遍性的特点。

新写实主义之"新",首先是它对曾经极度政治化和过分观念化了的现实主义的消解,不再以某种政治激情、某种思想观念为先导,去俯视、分析、评判生活。其次是"还原",回到"原初"的现实主义。其基本精神是"写实",基本手法是"实写",并着意呈现出其本色化、凡俗化和中性化的新特征。本色化是还原生活本相,呈现生存状态;凡俗化是平民化而非英雄化,从"大写的人"转到"小写的人";中性化是客观的叙事态度,采用退出作品的"不动情观照"或"非人格化叙述"的方式叙述故事。"新写实"改变了小说中对于现实的认识及反映方式,消除观念形态对现实生活的遮蔽,使生活现象本身成为写作的对象。但其主体性黯淡和叙事的庸常化、片段化、零散化,也使之受到批评,并认为是折射出社会转型时期的文学创作在理想、激情等精神价值方面的一种失落。

从这一时期的文学整体状况来看,现实主义思潮不再唯我独尊,而变成了一种更为开放开阔的形态,以写实为主而兼容多种艺术手法,表现出其丰富的复杂性。这体现在80年代后期和90年代初期的一些长篇小说中,如王蒙《活动变人形》、刘心武《风过耳》、路遥《平凡的世界》、贾平凹《废都》、张炜《古船》和陈忠实《白鹿原》等,从中可以更为清楚地看出以一总多的艺术形态和风貌。

这一时期的文学思潮,不仅呈现并存共生之态,而且形成交叉之势。这在新历史主义思潮中有着鲜明的体现。新历史小说主要是与传统"革命历史小说"相比较而确立的,旨在消解意识形态化的历史小说传统,进入一个相对主义的、个人化的或民间性的历史叙事状态。这一文学思潮的作者,一部分是先锋小说作家,如格非、苏童、叶兆言等;另一部分则是新写实作家,如刘震云、方方等。

这种并存共生之态和相互交叉之势,在作为"后朦胧诗"或"后新潮"的新诗群——"新生代"诗人中,表现得更为多彩。总体上,他们皆以"先锋诗歌"相榜,以更为激进的态度倡扬"现代主义"。在具体的创作流向上,既有张扬"回到诗歌本身""诗到语言为止"的"他们"派诗人,又有力主与文化和语言"断裂"而以"非崇高""非理性"知名的"非非"诗人,亦有颇带"行为主义"色彩和嬉皮士味道的"莽汉主义"的诗歌,还有主张"新传统主义""整体主义"的新"文化"诗,以及或嘶鸣着或呢喃着抒发女性生命体验的女性主义诗歌等。

这一切,无不显示着文学多样化的基本走势。

第四节　多元形态的文学话语与写作立场

进入 20 世纪 90 年代尤其是 1992 年后,社会转型转轨提速,整体文化形态也由政治意识形态制约性向市场经济与媒介意识形态制约性转变。这一文化转型必然影响文学的转型。文学的体制和机构,文学的存在形式和传播方式,作家的创作和接受方式,作家、文本和读者的关系等,都在发生深刻变化,并使 90 年代文学呈现出与 80 年代迥异的特征,以至出现了"后新时期文学"的命名。

一、文学转型

90 年代的文学体制从作家管理到出版掌控进行了全面改制。新中国的作家被看作专门从事文学创作的"文艺工作者",作为这样的工作者依附于一体化的社会结构中,而与国家的文艺观、文艺政策构成一个整体。并且,国家艺术观和政府化行为对每一个公职作家的统一化管理,不仅是含观念形态的,而且还是含生活方式的。如今由国家供养的作家人数在日渐萎缩,体制外作家或自由撰稿人与作为"第二职业"的创作者在逐步扩大。这种"身份"的转换,使作为自由的创作个体按文学与市场的关系来进行自己的创作活动,从而调整了国家和主流意识形态对文学创作的控制与规约的方式。在出版方面,中华人民共和国成立后的文学杂志一直是由国家出资出人,统管统销的。1949 年前的"同人刊物"或民办刊物完全消失,代之而起的是由各级文联或者作协主办的文学杂志。70 年代末后,则还有一批隶属出版社的杂志创刊。但自 90 年代中期后,国家下拨的经费逐年减少,而须杂志社自筹经费和自负盈亏。一时引发许多文学刊物为适应市场而从改版到改刊的连锁反应,改版的模式主要有两种:综合化与专志化,这使得文学杂志和文化杂志的界限日益缩小。而在国家出版渠道之外,代替人与私人出版商的兴起,则为文学的流通打开了另外的渠道。这两方面的变化,使得作家和编辑不再像过去那样完全受制于体制,主流意识形态的束缚减少,而增加了文学选择的自由度。不过,市场环境下的这一选择无疑会渗透经济因素和非文学因素的许多考虑和干扰。

随着文学生产、传播和消费方式的转轨,作家、文本和读者的关系也在发生变化:

> 我国的文化市场逐步建立。文化产业迅速兴起,大众文化以前所未有的态势迅速发展,影视媒介文化、广告文化和信息传播业异军突起,日见勃发,在国民生活中愈益显示出某种举足轻重的地位。①

文学体制的转轨不仅打破了主流意识形态在社会文化生产机制中长期形成的垄断权,同时也弱化了文化精英在社会文化结构中的特殊地位。"俗文学"与"雅文学"纷争四起,"人文精神"在讨论"突围"。读者作为"上帝"君临市场,纯文学花园缩小,"写诗的比读诗的多";知识精英在边缘化,作家在民间化;文学在不断"触电"(电影电视)。但是,一个开放、多元、共享的文化空间在逐渐形成,各种文学话语流布文坛,各种写作立场纷纷出示。其中,大众文学思潮中的世俗化写作与人文精神张扬下的精英式写作互为两端,相生相克;个人化写作、民间写作、知识分子写作的三种价值立场并存,分化而又有所相兼。

因文学体制转轨带来的文学形态的变化是结构性和功能性的,也是多方位、分化性的,形成了多元共生的文学格局。

二、大众文学思潮与世俗化写作

早期的大众文学更多地可以理解为文学的大众化,服务于作为社会主导文化的单一化的政治文化。而80年代后期,尤其进入90年代社会文化转型以来,文学的大众化发生了文学的文化转向,以大众文化的形态呈现自己,大众文学遂成大潮。大众文学思潮是伴随着文学走向市场、文学商品化的趋势而来的,以其商业性、多媒性、消费性、通俗性、复制性为基本特征,反映着大众阶层审美口味的广泛需求。

商业性表现为市场之手的策划和运作,伸展到文学活动的各个方面,以使其经营内

---

① 金元蒲,陶东风. 阐释中国的焦虑——走向文化的焦虑[M]. 北京:中国国际广播出版社,1999:68.

容和形式占有巨大的市场份额。从"琼瑶热""三毛热""金庸热""梁凤仪热"到"汪国真热""王朔热""余秋雨热""余杰热",从"异类"文学、"新新人类"文学到明星自传、领袖书籍霸市,从"小女人"散文、"神童"小说到"美女作家""美男作家",从文稿拍卖热、文学改编热到性文学热、"官场小说"热,从"布老虎"丛书到"红月亮"丛书的品牌"家族系列",等等。这些文学现象、文学事件、作家和作品的出现和流行,都有市场之手在寻找卖点、实施包装,予以命名、进行"炒作",以实现利益的最大化。

多媒性表现为与大众传媒的联手联动,尤其是借助影视媒体以其视觉化特征和日常化传播方式,来对受众施加普遍和持续性影响。通过影视改编而使文学作品伸展到四面八方,同时又带动文学销售。钱锺书的《围城》在1990年被改编成电视剧热播后,小说正版销售逾百万;而《红高粱》《伏羲伏羲》《妻妾成群》《活着》分别被改编为电影并获国际大奖,更使莫言、刘恒、苏童、余华文名彰显,原作畅销。影视消除了书籍存在的阅读上的阶层划分,从而也把文艺的展示性价值变成了媒体消费。互联网和网络文学的兴起,更是以其多媒体性、超文本性、动态互动性,构成天罗地网之势。

消费性表现为追求快感经验的趋向,休闲化的方式,抚慰性的接受,作为一般文化教育过程和社会化过程的无意识实现。刺激性、伤感性、梦幻性的作品大为流行,以言情、武侠、侦探、恐怖为主的通俗文学愈演愈烈,生活性的闲话小品、怀旧性的随笔,具有一定品味的文化散文、"小资"情调的美文也大行其道,各种社会热点纪实文学、名人传记明星艳事、带"禁忌/消费"性质的历史解密报告等大众读物持续升温。这使读者在快餐式的文化读物中,在都市传奇的故事里,在扬善惩恶的江湖武侠那儿,在盈耳的奇事异闻中,消解现代社会生活的身心紧张,宣泄被压抑的情感,完成某种精神修复或一般性的文化进修。

通俗性表现为意义的平面化、形式的透明化和风味的谐趣化。大众文学回避抽象的崇高与高渺的理想,转向现实的日常生活,旨在表达具有群体共同特征的愿望和审美趣味,满足于文本激起的情感本身;遵守常规的审美习惯与表现程式,关心语言的生活化和世俗化。在审美风尚上,长期以来居于文化正堂的史诗、颂歌、悲剧悄然遁形,而一直隐身幕侧的滑稽、调侃、戏谑、奇趣成为盛行的审美文化的狂欢形态。大众文学或通俗文学虽然欠深度乏创新,但有着深厚的集体无意识。

复制性表现为写作的复写性和制作的重复性。这些文学读物呈模式化的倾向,且像工业产品一样被分门别类地制作出来,大批量地印刷发行,占据了图书市场的大半壁江山,从而保证使其有效地大规模地进入大众生活。

商业社会和大众文化是审美互动的,存在着日常生活审美化与审美意识世俗化的双向扩张运动。文化市场将社会性话语或形象,与文本的审美性话语或形象构成两种既相互对立又互相融合的语境与景观。从语境来说,环绕人们的各种话语,包括街头广告、畅销书报、各种印刷符号都流动着艺术的气息;从景观来说,围绕人们的各种形象,也无不流露出审美的气息。这造成一种类像化的景观,以类像取代历史和现实,它们已经被电视广告、畅销书报以及各种大批量生产而讲究包装艺术的商品所取代。这形成当代商业社会的特有景观,既使大众文学思潮呈现出一种泛文化倾向,也使精英文学泛大众化。顾城和王小波便是这样两个突出的例子,"诗人之死"和"作家之死"在新闻媒介大肆渲染和反复报道之中,它们本身已转化为叙事行为,具有很强的"可读性",也使顾城的《英儿》和王小波的《黄金时代》等红遍大江南北、畅销大店小摊,并成为这个时代的特殊文化符号。这种情形,存在于这个时期构成社会热点的几乎所有的畅销书中。

　　如果说大众文学思潮是巨潮,那么世俗化写作则是其中的大浪。它以重视"当下生存关怀"为导向,以民间价值为支点,以欲望化的叙事为主,张扬作家、读者和市场的双向互动关系,既有通俗作家弄潮,也有严肃作家嬉水,呈现出强劲走势和多面形态。王朔作为当代文坛世俗化写作的代表性作家,是在消费文化兴起的商品经济时代一炮而红的风云人物。他以"痞"化的"侃"和"玩"的写作姿态侧身文坛,演示商业文化背景下的当代市民文化精神。他的作品反正统、反崇高、反诗意、反知识分子;以反讽的新式文本挑战精英文学和主流文学,解构传统文学理念和文学形式,对文学的性质和功能作了感性化和世俗化的定位。他不仅以其独树一帜的作品及骄人的收益在文坛及影视界占据着一个无法替代的位置,并通过他的作品以及大量的言论和行为,提供了独树一帜的人生哲学、生活方式,产生了广泛影响,构成了名副其实的文化现象。

　　如果说王朔在 80 年代末 90 年代初,是作为社会文化转型期的一个变数异调,那么接下来世俗化写作就遍地开花了。"布老虎"这个创下良好售销业绩的长篇小说丛书的著名品牌,定位在沟通雅、俗之间,而实近俗。这个牌子,是靠多位著名作家加盟打造出来的。其中有富于社会理想激情、惯持启蒙话语的王蒙的《暗杀——3322》、梁晓声的《泯灭》,也有曾为先锋作家的洪峰的《苦界》与《中年底线》、叶兆言的《走进夜晚》,又有纯文学名家的铁凝的《无雨之城》与《大浴女》、张抗抗的《情爱画廊》、赵玫的《朗园》,还有作为"后起之秀"的卫慧的《上海宝贝》、皮皮的《渴望激情》与《比如女人》等。这些作家的"雅俗互化",与其说是对世俗化写作的提升,不如说是向世俗化写作的沉降。90 年代中后期出现的沿着"新写实"的路子"视线下移"的"新体验"小说、"新状态"小说,以及被称为"现实主义新冲击波"的作品,如谈歌的《大厂》、何申的《年底》、关仁山的《大雪无乡》、刘醒龙的《分享艰难》、许建斌的《乡村豪门》等,就不仅仅是叙事策略的考虑。它还意味着作家自我社会角色向大众趋同,从而以一种兼具个体写作者与大众生活参与者的姿态注视着凡俗人生,并以其作为他们提供了演绎着自己喜怒哀乐和生活酸甜苦辣的舞台。

先锋小说作家也发生"转向",纷纷走出意义颓败的"超验家园",而向"民间立场"转移、世俗价值靠拢。"新生代"或"晚生代"作家是90年代继"先锋派"之后出现的一个"异质同构"的作家群体,成员庞杂不一,但在创作倾向上有相同之处。号称"断裂的一代"的他们,以对价值的放弃、对个人叙事的提倡,打着"欲望的旗帜"进军文坛的。欲望——物与性,成为他们最醒目的创作标志。其中的代表性作家,或如邱华栋与何顿,以欲望为商品化大潮中的通道,在城市奇观中游走;或如朱文与韩东,将性"还原",进行本质"性"写作;或如述平与毕飞宇,以欲望为人生原野上的舞蹈,写出历史或现实意义的虚无。"晚生代"的写作姿态表明,在这样一个市场化的时代,欲望以越来越积极的姿态,成为此时众多写作者在文学中选择与行动的动力与编码,成为世俗化写作中对自己存在姿态的一个定位。

这是一场在现代化和世俗化同步下,"人的解放"和"消解"双重变奏下的文学时代。从历史上看,西方的文艺复兴、宗教改革都以强烈的世俗化取向,促进了社会和文化的现代转型。在五四新文化运动中,"人的文学"价值取向和白话文运动,无不以世俗化为先导而揭开了中国现代文学转型的序幕。对于新时期以来的中国来说,世俗化也是现代化的程序之一。它对思想解放潮流中破除现代迷信,在改革开放中促进现实生活的变革,都起了重要的推动作用。不过,对于世俗化写作来说,世俗化的冲动更直接地来自当时的文化语境,它主要包括两个相辅相成的方面:一方面是乌托邦理想的衰微,道德激情的受挫;另一方面是在社会转型中人们世俗欲望的激活,而后这种欲望逐渐获得了合法性并表现出进一步强化的倾向。然而,它能否作为一种更深的力量催生出新的价值目标,这引起了激烈争议。

三、"人文精神大讨论"与"精英式写作"

"人文精神大讨论"是发生在90年代的一次文学和文化论争,起于1993年,延续到1995年夏秋。讨论的触发点是文学在市场化和商品化的冲击下,是否存在危机和人文精神失落问题,讨论的焦点是社会转型期知识分子价值取向和精神立场问题。这些问题引起了社会广泛争鸣,这场讨论成为90年代波及面最广的一场大讨论。

这场讨论,最初是由王晓明、张宏、徐麟、张柠、崔宜明五人在1993年第6期《上海文学》上发表的对话录《旷野上的废墟——文学和人文精神的危机》引发的。他们对其所认定的当前文学危机和人文精神失落进行了激烈的抨击。随后,《上海文学》在发表这一对话录的"批评家俱乐部"栏目下,相继发表了陈思和、陈平原等人的对话录或笔谈。《读书》连续五期发表总题为"人文精神寻思录"的对话,把各方专家学者都吸引进来。讨论得以扩展开来,引发多家报刊的参与。此间,文坛上的"二王"——王蒙、王朔也卷了进来,"二张"——张承志、张炜的"抗战文学"行为也纳入到了这场论争之中。而这些论争,又与北京大学谢冕、洪子诚组织的"关于当代文学理想"的讨论遥相呼应。至此,这场论争此起彼伏、声势浩大,直至1998年余波犹在。"人文精神大讨论"主要围绕着以下几个焦点性问题展开。

一是文学是否存在危机,人文精神是否失落。这涉及对市场化和商品化条件下的文学艺术的认识,意味着对当时文艺发展的整体评价,也意味着对整个社会人文精神状况的整体评价。关于文学危机和人文精神失落的判断分歧很大,两种观点鲜明对立。一种观点认为,文艺的大众化和商业化表明文学和人文精神在当时出现了危机。王晓明说:

> 今天,文学的危机已经非常明显,文学杂志纷纷转向,新作品的质量普遍下降,有鉴赏力的读者日益减少,作家和批评家当中发现自己选错了行当,于是踊跃"下海"的人,倒越来越多。……今天的文学危机是一个触目的标志,不但标志了公众文化素养的普遍下降,更标志着整整几代人精神素质的持续恶化。文学的危机实际上暴露了当代中国人人文精神的危机,整个社会对文学的冷淡,正从一个侧面证实了,我们已经对发展自己的精神生活丧失了兴趣。①

与"失落"说相关的还有"遮蔽"说,如张汝伦所说的,这一人文精神"一是始终处于文化主流之外,遭冷落,受批评,被否定。二是指为主流倾向支配的思想史对这部分内容进行了排斥性解读,从而又添一层遮蔽"。② 张承志、张炜、韩少功、李锐等也发表文章,对于价值的迷失、理想的放弃、批评立场的回避等现象进行了抨击。

另一种观点则认为文学的大众化和商业化并不意味着文学和人文精神的失落,相反,这种文学现状是正常的、合理的,也是可以理解的。被"人文精神"论者列为批评对象的王朔,则反唇相讥他们是"假崇高道德主义理想主义者"。"我对有些人所讲的文

---

① 王晓明,张宏,徐麟,张柠,崔宜明.旷野上的废墟——文学和人文精神的危机[J].上海文学,1993(6).
② 张汝伦,朱学勤,王晓明,陈思和.人文精神:是否可能和如何可能[J].读书,1994(3).

学和文化上的滑坡很感怀疑,也不以为然。我认为,我们恐怕在文化上压根就没有辉煌过。……1985年以来文学出现多元化之后,才有了比较大的发展。""有些人大谈人文精神的失落,其实是自己不像过去那样为社会所关注,那是关注他们的视线的失落,崇拜他们的目光的失落,哪是什么人文精神的失落。""需要重视的不是人文精神失落不失落的问题,而是要不要尊重别人的选择的问题。"①王蒙也对"人文精神失落"说深表质疑,在他看来,中国本来就没有什么人文精神,也就无从谈什么"失落",倒是"市场经济的发展终于使人文精神有了一点点回归","反而大喊失落"。②他认为"失落"的也许只是一部分人所认准的那一种人文精神,但是"人文精神似乎也并不具备单一的与排他的价值标准,正如人性并不必须符合某种特定的与独尊的取向。把人文精神神圣化与绝对化,正与把任何抽象概念与教条绝对化一样,只能是作茧自缚。"③

二是何谓"人文精神"。争论的分歧,不仅在于对文艺现状所见不同,还在于对"人文精神"到底作何理解,这也成了论争中常提到的问题。"人文精神失落"论者,多从启蒙主义、理想主义或普遍价值与终极关怀的角度去理解人文精神。因此可说"'人文精神'是对'人'的'存在'的思考;是对'人'的价值、'人'的生存意义的关注;是对人类命运、人类的痛苦与解脱的思考与探索。人文精神更多的是形而上的,属于人的终极关怀,显示了人的终极价值"。④从此出发,当会以忧虑的眼神、批判的目力抵达如此现状。

反"人文精神失落"论者,则更多从社会理性、世俗立场来理解人文精神。王蒙便说:

> 我不认为人文精神就是一种高了还要更高的不断向上的的单向追求,我不认为人文精神、对于人的关注就是把人的位置提高再提高以至"雄心壮志冲云天"……人文精神应该承认人的差别而又承认人的平等,承认人的力量也承认人的弱点,尊重少数的"巨人",也尊重大多数人的合理的与哪怕是平庸的需要。⑤

从这一立场出发,王蒙提出了"躲避崇高",刘心武提出了"直面俗世"。由于普遍主义的人文精神定位太高,容易导致走向"道德理想国"的宗教信条、政治神学秩序,反

---

① 白烨,王朔,吴滨,杨争光.选择的自由与文化姿态[J].上海文学,1994(4).
② 王蒙.沪上思絮录[J].上海文学,1995(1).
③ 王蒙.人文精神问题偶感[J].东方,1994(5).
④ 高瑞泉,袁进,张汝伦,李天纲.人文精神寻踪[J].读书,1994(4).
⑤ 王蒙.人文精神问题偶感[J].东方,1994(5).

之则会导致陷入道德相对主义的迷魂阵,因而讨论中有了重要补充。认为:人文精神必须有一个非常重要的限定,即"一个普遍主义的人文原则,在实践中却必须是个体主义的"。① 否则,人文精神有可能走向反面。

三是人文精神是否可能和如何可能。人文精神的讨论转到实践层面,是人文精神是否可能与如何可能。既然失落,如何检视,如何重兴。前者主要体现为对知识分子自身问题的检视,批判其弱化、虚化、痞化,寻求自救之道、再生之道;后者则主要表现为对人文精神的重建的探讨。这又分成两种观点。一种观点的代表性意见为:"人文精神只有与世俗的社会功利需求相对抗,才能得到彰显和阐扬。要在这个意义上,强调知识分子对于承担人文精神的责任;也要在这个意义上强调知识分子的生存选择和价值立场。"②另一种观点则认为,知识分子必须首先认同社会,与大众"合谋",与大众文化"沟通",或达成"审美文化与人文精神转化",③从中寻求人文精神的重建或新的生成。

人文精神大讨论首次呈现出一种纯粹的学术争鸣形态,在某种意义上也可以说是社会经济文化转型间公共话语空间初显的产物。它及时关注了社会转型期中国人文精神的状况,也暴露出知识分子自身的问题,从而引起双向反思与批判。虽然讨论中各方意见不一,对话有错位、论战带意气,但对"人文关怀"的倡扬、知识分子价值规范的寻求、商业化文化及文学的物化欲化俗化乃至异化之批判,都对中国社会现代化的负面,初步以制衡性的批判。

其时,文坛上张承志、张炜的"以笔为旗"、为"理想"而战的"抗战文学"行为,也纳入到了这场论争之中,并在"知识分子的沉沦与拯救"中一时被视为精神英雄,被认为是人文精神张扬下的精英式写作的典范体现。精英式写作的主体姿态是介入、批判、抗衡式的。

张炜愤怒地质问:"诗人你为什么不愤怒?你还要忍受多久?快放开喉咙,快领受原本属于你的那一份光荣:你害怕了吗?你既然不怕牺牲,又怎么能怕殉道?!"④张承志则大声宣布:"此刻我敢宣布,敢应战和更坚决地挑战,敢竖起我的得心应手的笔。让它变成我的反旗。"⑤

"二张"成为敢于立于方今潮流异端的"以笔为旗"的"精神圣战"者。精英式写作的文本模式是深度的人文关怀的底蕴,诗性的灵光与智性的思考。这两位作家,在他们

---

① 张汝伦,朱学勤,王晓明,陈思和.人文精神:是否可能和如何可能[J].读书,1994(3).
② 吴炫,王干,费振钟,王彬彬.我们需要怎样的人文精神[J].读书,1994(6).
③ 王一川.从启蒙到沟通[J].文艺争鸣,1994(5).
④⑤ 张承志等.诗人,你为什么不愤怒?[N].文汇报,1994-08-07.

的美文中也分别表现出诗性、智性乃至神性的超拔。但是他们也受到一些质疑和批评，认为他们二者的写作更多地体现了"审美乌托邦"和"道德理想国"的色彩，人文激情多于人文理性。精英式写作，自身也包含着深刻的精神矛盾。

四、个人化写作、民间写作与知识分子写作

在 90 年代的文学语境中，随着转型社会中心化价值体系的逐步消解，出现了文学话语的多元化，并显示着文学价值取向分化的总体倾向。而在这总体倾向下，"个人化写作""民间写作""知识分子写作"是三种主要取向，它们实际上都是关于写作立场的不同表述。围绕着这三种写作立场及其关系，文学界展开了对话与争鸣。写作立场这一问题变得重要起来。当然，这也与 80 与 90 年代之交的"价值失衡"或"价值危机"的文化状况有关。

其一，关于"个人化写作"。个人化在此，并非一般意义上的创作的个体性或创作个性之谓，而是显示着一种人文姿态——疏离公共书写的集体话语，是对"个人"身份的强调和书写自由的确认，昭示着写作立场的转变。它作为对"普遍性话语"的反拨，萌发于 80 年代初"朦胧"诗人的"自我表现"。他们痛感过去诗歌中自我的丧失，从而对艺术创作中自觉地表现真实的自我、自由地抒发自我之情的审美原则予以重审。在伤痕文学、反思文学里，自我作为主体得以苏醒，但那是一个大写的人、大写的我、大写的主体，最大限度地担负起文学的反思和启蒙作用，普遍采用的是"宏大叙事"。带有个人化倾向的寻根小说、先锋小说、新写实主义，在写作姿态和叙事角度上虽有调整，但基本上还是"思潮""观念"的感性符号显现，仍然缺乏感性个体的独特和具体体验，作家的自我往往是集体无意识的呈现。"个人化写作"作为 80 年代中后期文学中出现的个人化倾向发展的结果，成为 90 年代文学中一种主要的写作立场和文学姿态，它在"诗歌界""晚生代"作家、"女性文学"那儿有着突出的表现。

相对于 80 年代"新生代"诗人乘先锋之舟一波又一波的冲浪，90 年代诗界则相对沉寂，更倾向于以写作态度和作品体现诗人的存在方式，相继提出"个人写作""叙事性"等命题。诗歌"个人化写作意味着反对与自身的本真生存相脱离的行为"，强调"既能承担我们的现实命运而又向诗歌的所有精神与技艺尺度及可能性敞开"。但是，指向个人自身内在世界的审美倾向使人沉于诗性语境，也可能疏离现实社会。1998 年发生的"个人化写作"与"社会化写作"的论争，起源于对 90 年代的诗歌的评价，焦点在于个人化写作的诗作。反对个人化写作的观点认为，个人化写作失落了应有的社会视野和社会责任，缺乏目前特定时代急需的人文精神和价值关怀。肯定的观点则认为，个人化

写作是"生存问题是国人最大的问题"的特殊时代的产物,个人世界才是保持自由的最后一块净土,对个体的关怀才是对人类的关怀。还有的人提出,能够提高个人生活质量的诗歌才是当今最需要的诗歌。

对于个人化写作身份的认定,在"晚生代"作家那儿,以个性与共性的分手、对集体话语的排斥为鲜明标志。他们作为"70后"作家的人生经历,决定了对"文革"等历史缺少记忆,而与市场经济下的现代社会有着更深的精神关联。社会的转型与人格的再造在他们身上同时经历,写作从集体身份退场到"个人"身份出场的格局在他们身上得以确定。他们所强调的个体意识、个体真实、个体叙事,导向对个人生命经验的关注,真切地表现个体在现代社会中的欲望追求、困惑经历和人生挣扎。相对于80年代的启蒙人文叙事,他们摆脱了那种群体性、意识形态依附性的创作模式,发出在"一代人"声音中断了的个人声音,但也在非常个人化的价值系统和"小叙事"中飘散着人生碎片。

90年代的女性写作更是凸显出极端的个人化写作气质,并得到"个人化写作"命名之外的"私人化写作"的别名。其代表性作家之一的陈染声称:

> 抛开国家等宏大的范畴,仅从个人的角度,我们为一个人若能安于像缓慢无声的流水在时间这个庞大的容器里舒缓而行,那么她就获得了相对而言的自由。①

90年代以陈染、林白、海男等为代表的女性个人化写作,以一种边缘化的写作姿态、"自叙传"的文体形式、私语化的话语方式,书写自我体验的女性本真的生命史与精神史。她们对于隐秘的女性意识、女性欲望、女性躯体等的"言传身说",既充分地呈现了那些被遮蔽的女性经验,彰显了女性意识,又在对于男性化叙事的抗拒中,开辟了新的文学及人文向度。继之而起的卫慧和棉棉们,则高扬欲望的旗帜和消费主义的态度,推崇更为彻底的个人趣味和"身体写作",流于形而下的审美风尚。

时代的迁移性变化,使叙事者或抒情者由"阶级"而"精英"再变为"个人"。个人化写作作为写作立场,既是写作的准则,也是写作的范围。而在看似相同的强调个体生命意识觉醒的同时,由于对于自我表现和实现的理解有所差异,因而其旨归和形态是多层次的。个人化写作的意义和问题并存,它始终存在着关注自我与背离大众,疏离现实与介入现实,生命欲望的遂欲与纵欲,个性的张扬与失落同在的悖论性色彩。

其二,关于"民间写作"。"民间",照陈思和的解释,是"泛指非权力文化形态或非

---

① 陈染,萧钢.附录:另一扇开启的门[M]//私人生活.北京:经济日报出版社,2000:356.

知识分子精英文化的新空间"。① 在 90 年代的文化语境中,这个可以在多个层面进行阐释的复杂概念,主要包含了三个层面的含义:现实中自在的民间生活世界,具有审美意义的民间文化空间,知识分子的民间价值立场。

写作的民间立场之说最初源自诗歌领域。在 80 年代中后期的"新生代"诗坛,诗歌流派和诗歌民刊甚多。其中影响较大的几种,如"他们""非非""莽汉主义"等,都显示了诗歌写作的平民意识和写作倾向,精英主义的诗歌立场及其文化身份遭到了空前的质疑和嘲讽。这一诗人民间立场的自觉位移,开启了写作民间化的先声。在《诗探索》1998 年第 1 期、1999 年 2 月《1998 年中国新诗年鉴》上,于坚等人系统提出了"民间诗歌"或诗歌的"民间立场"主张,倡导日常性写作、口语化写作,指出"好诗在民间"。谢有顺等批评家发表理论文章,呼应于坚等的基本观点。至此,也拉开了与"知识分子写作"的大论战。

陈思和在《鸡鸣风雨》(1994)论文集中,把"民间"概念引入 20 世纪中国文学史的研究中。他认为在政治权力话语与知识分子精英意识之外,存在着一种民间文化形态。随后,他又陆续提出了一些文学研究关键词,包括"多层面""潜在写作""民间文化形态""民间隐形结构""民间的理想主义"等。在文学史观上,体现出他对政治权力话语、知识分子精英意识及民间文化形态三足鼎立的文化主体位置关系的分析方式。

90 年代的写作立场向民间位移,包含了这样的三种向度。首先,从现实中自在的民间生活世界来说,"民间"与"主流""正统"相比处于弱势地位,但又可以处于相对自由的境地。欲坚持独立精神和自由创造品质的作家,既清醒意识到个体价值的渺小,又不愿就范公共书写,转而借助于民间这一相对舒缓自由的文化空间,使之成为自由表达的可行性空间。而在 90 年代的社会文化转型中,更有一部分知识分子自我放逐为民间写作者,疏离政治和意识形态,成为自由作家。如王小波与韩东、朱文、吴晨骏、李冯、李大卫等人都是体制外作家,自由撰稿人,"边缘人"是他们的身份标志。他们大都靠稿费生活,虽然生存并不轻松,但保留了不为主导文化直接编码的意愿,不直接表达时代共同想象的自由,从而坚持个人化的写作姿态和方式。另有一些作家则不但反省自己与调整自己,主动放弃主流地位和启蒙姿态,而且积极适应市场,适应市民,其创作基点与民间化、大众化或世俗化紧密联系在一起。

其次,从具有审美意识的民间文化空间来看,则包含了自由自在的生命精神与实实在在的世俗意识这样一个双向同构的审美范型。写作立场的位移,便顺着这一"民间范

---

① 陈思和.民间的沉浮:从抗战到文革文学史的一个解释[J].上海文学,1994(1).

式"的超常性与日常性这样两个层面来进行。自由自在是民间最基本的审美品格,在一个生命力普遍受到压抑的文明社会里,人们对自由自在的向往便往往通过民间的这一审美精神来表现,这构成了艺术"飞扬"的一面。与此同时,创作基点沉降,与世俗化、日常化相应相合,知识分子的人文叙事的主体姿态与深度模式被抹平,并尽可能减少表现的装饰性和技术性因素,努力使艺术与现实世界的存在形态能形成或实现一种对应关系,从文学观念到文学实践都彻底生发一种"平民意识"。

最后,从知识分子的民间价值立场上说,主要有两个层面:一是知识分子从自身的精英立场出发,发现了民间文化世界中所具有意义的内容,进而使知识分子的精英价值取向与民间价值取向得到统一;二是走向民间,从中感觉着民间世界的丰富、博大与深厚,并在其间找到了自己的本源或灵魂栖息地。前者更多地保留了知识分子的精英立场,后者则更多地保留了民间文化的特点。90年代具有民间倾向的作家,从张炜《九月寓言》、李锐《无风之树》,到韩少功《马桥词典》、余华《活着》与《许三观卖血记》,都表现出这样的走向走势及过程。

"民间"的含混、丰富、包容性质,使其呈现出多元性。对民间写作立场的质疑和批评也一直存在。民间固然是地负海涵,却也"藏污纳垢",从而不能只作民粹主义的指认。当下的民间社会是在市场经济的催动下形成的,因而它同时也就形成了与之相适应的一种文化形态,即大众文化,艺术需要的倒是对此文化形态的批判和超越,包括写作者对自我世俗性的批判和超越,而不能囫囵地强调写作的民间立场。

其三,关于"知识分子写作"。"知识分子写作",按照诗评家程光炜的解释,"它要求写作者首先是一个具有独立见解和立场的知识分子,其次才是一个诗人"[①]。作为一种写作立场,它被认为其核心在于拥有广阔的文化视野、专业的写作态度、独立自主的精神空间、深厚的人文价值关怀、强烈的批判意识和自省意识。

"知识分子写作"这一命题,是由诗界的一部分诗人率先提出的,并由一个诗学命题发展为整体性的写作精神命题。80年代末,"知识分子写作"被作为一个诗学命题提出。西川自述:

> 我提出了"诗歌精神"和"知识分子写作"等概念,并以自己的作品承认了形式的重要性。我的所作所为,一方面是希望对当时业已泛滥成灾的平民诗歌进行校正,另一方面是希望表明自己对于服务于意识形态的正统文学和以反抗的姿态依

---

① 程光炜.《岁月的遗照》序言[M].北京:社会科学文献出版社,1998:17.

附于意识形态的朦胧诗的态度。从诗歌本身讲,我要求它多层次展开,在感情表达方面有所节制,在修辞方面达到一种透明的、纯粹和高贵的质地,在面对生活时采取一种既投入又远离的独立姿态。①

王家新则认为,知识分子应该有一种对人类、人性的承担意识,而"知识分子写作","它首先是在中国这样一个社会,对写作的独立性、人文价值取向和批判、反省精神的要求,对作为中国现代诗歌久已缺席的某种基本品格的要求。……如果它要切入我们当今最根本的生存处境和文化困惑之中,如果它要担当起诗歌的道义责任,那它必然会是一种知识分子写作"。② 欧阳江河的"知识分子写作",则是建立在"诗人的本职"的体认之上的。强调诗人、诗对社会的责任绝非是一个政治家、社会学家的责任,而是作为知识分子——不是作为知识分子的诗人——的责任。

在《90年代诗歌:另一意义的命名》一文中,程光炜提出了他对"知识分子写作"含义的"更精确的区分":

  一,受当代政治文化深刻影响的知识分子写作,这种写作,往往带着时代或个人的悲剧的特征,它总是从正面或反面探讨社会存在的真理性。二,西方文化意义上的知识分子写作,从事这类写作的人,喜欢将西方文化精神运用到对中国语境的审察之中,力图赋予个人的存在一种玄学的气质。三,有着中国传统文化特点的知识分子写作。他们执着于对当下存在诗意问题的探询,由于不太与写作者的亲身感受发生更直接的关联,因此与读者的关系表现出一定程度的疏离。③

1999年,诗歌界内部主张"知识分子写作"与"民间写作"的诗人发生了一场激烈的争论。两种最有代表性的诗歌写作,一种是以于坚、韩东、吕德安等人为代表的力求表达中国当下日常生活经验的"民间写作",一种是以西川、王家新、欧阳江河等人为代表的更多接通西方文学资源而力求表达人普遍境遇的诗性沉思的"知识分子写作"。两种观念冲突不已,乃至出现混乱迹象。这一论争发生在诗歌界,而作为"转型时代的思与诗"也影响到整个文学界。但在社会商业化程度日深之时,它已不可能像过去的一些

---

① 西川.答鲍夏兰·鲁索四问[M]//大意如此.长沙:湖南文艺出版社,1997:246.
② 王家新.知识分子写作,或曰"献给无数的少数人"[M]//中国诗歌九十年代备忘录.北京:人民文学出版社,2000:154.
③ 程光炜.90年代诗歌:另一意义的命名[J].山花,1997(3).

理论讨论那样具有强大的辐射力了。

"知识分子写作"命题的提出,反映出文学知识分子对于当代文化语境中的自我身份定位的一种自觉意识,即如何保持知识分子的基本精神,又对传统的知识分子角色有所反思和突破。它是一个至关重要而又屡屡受挫的未完成性话题。

上述三种写作立场的关系,既各个相对,又有相容。当个人化写作几乎成了90年代对各自的立场有着不同表述的作家们的共识时,这三者之间就有了高度的同一性。它们之间的关系,既有相对,又有相容。当个人化写作更注重私人空间,描写极端个人化的生存体验和心理意识,此时一般说来它与知识分子写作是相对的;另一种个人化写作,既浸润着自身真切深切的生命体验,又显示着普遍的生存困境,从中透出人文关怀的精神底蕴,那么它与知识分子写作是合而为一的。当作家在写作之中将自己的文化精英形象改造成日常状态中的平民形象,更内在的是叙事者成为与平民平等的个人,这时候知识分子写作与民间写作呈同一性关系;当其更多的保留自己对大众化、世俗化的批判性和超越性意识时,知识分子写作与民间写作是相对的。这三者既保持各自独立的意义而又展开对话之时,则成同构互补关系。

【思考题】

1. 简述人的主题在现实主义文学思潮中的表现。
2. 简析寻根思潮中的"文化回归"和"文化批判"的双重流向。
3. 怎样看待西方现代派文学与中国文学创作的关系?
4. 大众文学的特征是什么?
5. 简析人文精神大讨论中有关"人文精神"内涵的几种观点。
6. 个人化写作、民间写作与知识分子写作的关系如何?

第二章 新时期以来的小说

第一节 伤痕文学、反思文学和改革文学

一、伤痕文学

新时期小说是以"伤痕文学"为开端的。伴随着1976年10月粉碎"四人帮"的伟大胜利,中国当代文学发展进入了一个新的历史阶段。长达10年的"文革"终于结束,历经劫难的人们产生强烈的宣泄与控诉的情感要求。文学感应着人民的需求和历史的召唤,率先承担起了揭批"文革"的社会使命,引起了强烈的社会反响,形成了"伤痕文学"潮流。

一般认为,当代文学史上的"伤痕文学",概指20世纪70年代末到80年代初期普遍流行的一股文学潮流。顾名思义,伤痕文学是"文革"造成的人间悲剧在文学中的必然反映,它以特定历史时期由于政治谬误导致的个人不幸遭遇以及社会集体创伤为主要内容,表现荒谬的"文革"政治戕害人性、桎梏思想、践踏真理、放逐理性的罪恶现实,形象地展示了"文革"及相关意识形态给社会、人们肉体和精神留下的缕缕伤痕。

1977年第11期《人民文学》发表的刘心武短篇小说《班主任》,是"伤痕文学"的起点,也是新时期文学的"三只报春燕"之一;而"伤痕文学"的命名则直接源于卢新华短篇小说《伤痕》(1978年8月1日《文汇报》)。被视为"伤痕文学"代表作品的小说还有:郑义《枫》、孔捷生《在小河那边》、冯骥才《啊!》《铺花的歧路》、张洁《从森林里来的孩子》、丛维熙《大墙下的红玉兰》、韩少功《月兰》、王亚平《神圣的使命》、竹林《生活的路》、遇罗锦《一个冬天的童话》、金河《重逢》、陆文夫《献身》、陈世旭《小镇上的将军》、莫应丰《将军吟》、周克芹《许茂和他的女儿们》等。这些作品都从政治视角切入,把"文革"当作清算对象,控诉"文革"对党、国家和人民造成的灾难,为人们带来的伤痕;同时赞美正义力量的不屈斗争,歌颂黑暗年代里不曾泯灭的人性美。

"伤痕文学"通过历史创伤记忆和个体生命创伤体验的真实书写,传达对中国当代历史的忧思,真诚关心民族和国家的命运;高扬"文学是人学"的旗帜,在思想价值取向上表现出浓厚的人道主义倾向及主体觉醒意识,体现出强烈的文化启蒙品格。在审美价值取向上,则表现出强烈的批判性、暴露性和悲剧性,开启了现实主义回归的潮流。

作为新时期文学的起点,"伤痕文学"在历史转折之际,敢于直面现实,表现出极大的批判勇气,有力地否定了"文革"期间"瞒"和"骗"的文学,重新确立了人们对现实主义文学的基本认识。它以真正的悲剧意识破除思想藩篱,打破文学艺术的种种禁区,关心人民疾苦,成为历史灾难的证言,继承、恢复了现实主义传统。在持续不断地产生社会轰动效应的同时,"伤痕文学"也存在某些局限。首先,"十七年"文学仍然是其重要的思想和艺术资源,这导致在主题发掘和人物塑造上缺乏真正的创新性;政治意识形态烙印明显,有的作品在思想倾向上存在硬伤,且叙事语言亦显示了与权力中心话语的同构性。其次,"伤痕文学"情感真实,情绪强烈,但较多作品停留在历史生活的表层,创作较为粗疏,深度探掘不足,少有真正忧愤深广的作品出现。最后,在叙事手法上,"伤痕文学"一般采用传统的叙事模式,如正邪二元对立的情节结构、全知全能的叙事视角、直线型的叙事推进,相对而言显得较为单调。但即使如此,"伤痕文学"所产生的社会和文学影响,却是不容低估的。

刘心武(1942—)是"伤痕文学"阶段最具社会影响的作家之一。他出生于四川成都,1950年以后定居北京,北京师范专科学校毕业,1958年开始发表作品。担任过中学教员、出版社编辑,1980—1986年是北京市文联的专业作家,曾任《人民文学》主编,20世纪90年代后致力于《红楼梦》研究。主要代表作有:《班主任》《如意》《醒来吧,弟弟》《我爱每一片绿叶》《立体交叉桥》《钟鼓楼》《风过耳》《四牌楼》《栖凤楼》及《飘窗》等,其中长篇小说《钟鼓楼》荣获第二届茅盾文学奖。

刘心武始终是一位"写人生"的作家,经历了从"问题小说家"到"人生和人性奥秘探索者"的转变。① 他的文学创作大致可分为三个阶段:70年代末期的"伤痕小说";80年代的世情小说;90年代以来的探掘知识分子心灵及命运题材的小说。刘心武在伤痕阶段的文学创作,大体采用"问题小说"的模式,如其成名作《班主任》。《班主任》是"伤痕文学"的发轫之作,小说讲述光明中学初三(3)班班主任张俊石老师对深受"四人帮"封建专制思想毒害的学生宋宝琦、谢惠敏同学进行教育挽救的故事。玩世不恭的"小流氓"宋宝琦、深受思想戕害而不自知的团支书谢惠敏虽然表面上不太一样,但在本质上都是"畸形儿",特别是谢惠敏不仅愚昧无知,而且思想僵化偏执、迷信盲从。可以说,《班主任》在当时所取得的轰动效应以及它的文学史价值的确立,很大程度上就在于对谢慧敏这个"问题孩子"的"发现"。小说借助班主任张俊石的视角,揭示了"文革"对青少年灵魂扭曲所造成的普遍性的精神内伤,控诉了"四人帮"的文化专制主义

---

① 陈骏涛. 从"问题小说家"到人性的探秘者[J]. 文艺争鸣,1994(1).

和愚民政策给年轻一代所造成的伤害。20世纪初鲁迅先生曾经以"救救孩子"的呐喊开启了一个文学的新时代,半个多世纪之后,刘心武再次发出了"救救孩子"的呼声,这种呼喊既饱含政治意味,同时也标志着"人"的觉醒。

如果说《班主任》铭记着民族心理的创痛,那么《醒来吧,弟弟》《大眼猫》《爱情的位置》等则揭示了青年们的精神困惑及其苦痛,触及了"文革"后青年的信仰危机问题,突破了爱情禁区。《我爱每一片绿叶》和《如意》揭露了极端政治环境中正常的人性被扼杀、人的尊严和价值遭受踩躏的触目真相,表现出尊重人、理解人、善待人、把人当成人的主题,重树了"人学"旗帜。这个时期的小说基本上采用的是"失落——寻回、毁灭——拯救"的叙事模式。①

第二个阶段的《立体交叉桥》《钟鼓楼》开辟了一条多角度、多层次、立体交叉地观照人生和人性的开阔的道路,偏重于考察市井细民阶层的生存状态和文化心态。而《5·19长镜头》《公共汽车咏叹调》等纪实小说则敏锐反映了与北京市民日常生活直接相关的各种社会问题,表达了对世相人心背后的各种心灵隐忧的关注。在20世纪90年代以来的第三阶段创作中,《风过耳》是一部知识分子的痛史和展现当代知识分子卑微灵魂的"百丑图";而《飘窗》(2014年)则意在通过当下时代知识者"看"与"被看",切入并问诊这个时代最为本质的精神实质。总体来看,刘心武的小说创作在新时期之初率先表达政治苦难,并努力在社会政治道德层面进行人道主义关照和人性呼唤、关切灵魂重塑和精神拯救,这与作家关注"民心""民气"的社会政治视角和强调"社会性""铸灵性"的文学观念息息相关。

卢新华(1954—),江苏如皋人。高中毕业后入伍,1978年初考入复旦大学中文系。就读期间因发表《伤痕》而一举成名,大学毕业后在《文汇报》任记者。现居美国,著有长篇小说《紫禁女》(2004年)等。《伤痕》1978年8月11日发表在《文汇报》上,描写了一个"文革"中屡见不鲜的悲剧故事。9年前,年轻的王晓华在母亲被打为"叛徒"后主动与母亲划清界限,断绝母女关系,奔赴辽宁插队。直到"文革"后才得知母亲是被冤枉的,于是她带着悔恨的心情赶回上海与母亲团聚。遗憾的是,母亲在"文革"中备受折磨,身心受到极大摧残,没能等到女儿就溘然离世。作品从中国人最为重视的家庭伦理情感角度切入,通过王晓华的愧疚、自责和悔恨之情,以梦魇和回忆的形式展现着极左路线对人性的戕害。小说通过王晓华错认"文革"信仰而彻底沦为灵与肉的全面受难者的悲剧,揭露冤假错案及血统论、株连政策的罪恶,以忧伤的情感基调和浓重

---

① 孟悦.刘心武创作简论[J].当代作家评论,1988(4).

的悲剧性冲击了以往小说的"文革"模式。作品虽然艺术上较稚嫩，但勇敢涉入悲剧、人性及爱情禁区，引发广泛的社会影响。

在"伤痕文学"潮流中，丛维熙以其独具特色的"大墙文学"创作占据重要的一席之地。丛维熙（1933— ），河北省玉田县人。1950年考入北京师范学校，并于同年开始发表作品。曾任《北京日报》文艺编辑，1958年加入中国作家协会。早期创作师法孙犁，具有田园牧歌式的"荷花淀"气质。1958年被错划右派，在北京、山西等地接受了长达20年的劳动改造。复出后其创作风格转向悲壮与激越，代表作有《大墙下的红玉兰》《第十个弹孔》《燃烧的记忆》《远去的白帆》《雪落黄河静无声》《风泪眼》《北国草》《走向混沌》等。这些小说将个人生活与社会历史紧密相连，大胆地以监狱、劳改生活为题材，选择了无产阶级专政的"大墙"内这个特定的社会环境，展现了身陷囹圄却矢志不渝的共产党人、知识分子苦难的身心历程，深刻地批判和反省了极左路线所造成的历史悲剧，被评论界称作"大墙文学"。丛维熙的"大墙文学"既反映了庄严毁灭的悲剧性，又表现了精神升腾的崇高感，始终高奏着爱国主义和人道主义的主旋律，具有沉郁的悲剧美。但小说往往着力刻画主人公（如范汉儒、陆步青、鲁泓等）的灵魂纯净和道德完美，未能充分表现出他们精神个性的复杂性，人物塑造呈现出一定程度的简单化、绝对化倾向。

冯骥才（1942— ），祖籍宁波，出生于天津，是20世纪80年代前期伤痕、反思、文化小说潮流中的弄潮儿，曾大力倡导"现代派"文学。90年代以来积极投身于对传统文化特别是民间文化的保护工作，是津味文化的代表人物。曾任天津市文联主席，中国文联副主席。

冯骥才的小说创作主要有三个领域：早期的历史题材小说，以《义和拳》《神灯》为代表；叙写"文革"中普通人的命运和遭遇，展示他们精神痛苦和心灵创伤，如《铺花的歧路》《啊！》《高女人和她的矮丈夫》《一百个人的十年》等；"津味"文化小说，如《神鞭》《三寸金莲》《阴阳八卦》等，它们分别从不同角度对中国传统文化的"顽根性"进行批判。"伤痕小说"《铺花的歧路》写的是一个被"文革"扭曲了的年轻灵魂的痛苦觉醒。纯洁、幼稚的白慧受到荒谬政治的蛊惑，不自觉地成为邪恶力量的帮手，沦为政治阴谋的牺牲品。经历了精神上的惨痛挣扎后，她最终觉醒。《啊！》可视为"文革"时期中国普通民众的"生存寓言"。主人公吴仲义谨小慎微，但由于"鸣放"时期的言论以及一封重要信件的"丢失"让他吃尽苦头。小说为我们展示了"文革"时期"阶级斗争"的天罗地网对中国社会公共空间、私人空间乃至个人意识空间的全面侵蚀。《高女人和她的矮丈夫》将政治现象和复杂人生况味熔于一炉，既歌颂了患难夫妻在"文革"动乱中相濡以沫、坚贞不渝的爱情,更揭露了极左政治路线与封建传统文化积习合力践踏人性、造成人间悲剧的事实,通过凝重的伤痕书写试图重塑民族精神。

二、反思文学

1978年,在全国范围内开展了"实践是检验真理的唯一标准"的大讨论,它揭开了新时期思想解放的序幕。思想解放运动的兴起荡涤着极左思想的积垢,开启了拨乱反正的新趋向,促使人们走出现代迷信的泥沼,摆脱沉重的历史枷锁。在思想解放运动和重新认识、评价历史的社会思潮推动下,"反思文学"应运而生。"反思"原本是个哲学术语,是近代西方哲学中广泛使用的概念,指具有较高价值的内省认识活动。而新时期"反思文学"中的"反思"则有特定的含义,即对"文革""十七年"以至更早的社会历史进行思考,从而在意识形态、国民性等方面挖掘社会现实问题的根源,同时在社会历史背景中展开对"人"的价值的思考。

"反思文学"形成于1978年真理标准问题大讨论以后,大体出现于1979年到80年代前期。1979年,茹志鹃在《人民文学》第2期发表了短篇小说《剪辑错了的故事》,它率先从历史角度揭露了1958年"大跃进"运动中的"左"倾冒进路线的错误,批判"共产"风、浮夸风的危害,成为新时期反思小说的发轫之作。此后出现的如鲁彦周《天云山传奇》、刘真《黑旗》、张弦《记忆》、王蒙《蝴蝶》、张贤亮《灵与肉》、李国文《月食》、张一弓《犯人李铜钟的故事》、方之《内奸》、古华《芙蓉镇》等小说,均被认为是"反思文学"的代表作品。它们描写的重点不再仅是单纯地展示伤痕与萃集苦难,而是从多个侧面省察"文革"之前政治生活中已经积存的种种错误,如反右斗争、"大跃进"、人民公社化运动、"反右倾",等等,从政治、经济、文化、社会、思想、心理等角度对历史是非的根源进行梳理,从而具有比"伤痕文学"更为深邃的历史纵深感和更加厚重的思想艺术容量。

"反思文学"的创作主体构成主要是"归来者"群体,包括王蒙、张贤亮、刘宾雁、高晓声、方之、陆文夫、李国文、丛维熙等。他们均为历史政治运动的亲历者,在反右斗争中受到重大打击,不幸被错划为右派,沦为政治体制的"异类",丧失了正常的人身权利,也被剥夺了知识分子的话语权利,经历了20余年底层苦难的折磨。"文革"结束后,他们重返文坛,"重放的鲜花"成为这一个作家群体在文坛上的共同标识。他们凝聚自身惨痛的人生经历及对当代社会政治生活的痛切体认,创作出了一批兼具思想深度和历史深度的小说。而"反思文学"的另一创作主体构成,则是相对比较年轻的知青作家群,他们创作出一批反思知青上山下乡运动的小说,如孔捷生《南方的岸》、王安忆《本次列车终点》、梁晓声《今夜有暴风雪》、张承志《绿夜》等,在"反思文学"潮流中独树一帜。

"反思文学"和"伤痕文学"有着内在的逻辑联系和历史继承性,"反思文学"正是在"伤痕文学"止步的地方起步。"伤痕文学"率先对"文革"作出了文学的批判与否定,与政治上的拨乱反正互为呼应,标志着文学的觉醒;而"反思文学"着力思考的问题是:为什么会出现"文革"这场政治浩劫?这场劫难是在怎样的政治、历史、文化、心理基础上发生的?它利用了怎样的民族文化缺陷和人性弱点?与"伤痕文学"偏重悲情的宣泄不一样,"反思文学"思想视野更为开阔,侧重探索"文革"的历史根源、形成过程、性质和责任问题,有着更为深沉的历史意识。如果说"伤痕文学"以"情"为美学特征,那么反思文学则是以"思"为美学特征。

按照思考对象的不同,"反思小说"大致可分为三类:一是以农民和农村问题为反思对象,如茹志鹃《剪辑错了的故事》、刘真《黑旗》、高晓声《李顺大造屋》、张弦《被爱情遗忘的角落》、张一弓《犯人李铜钟的故事》、古华《芙蓉镇》等;二是以革命干部为反思对象,如王蒙《蝴蝶》、张弦《记忆》、李国文《月食》、韦君宜《洗礼》等;三是以知识分子为反思对象,如张贤亮《灵与肉》、谌容《人到中年》等。从具体内容上来看,"反思文学"包括对历史是非的反思、对党群关系的反思、对知识分子政策的反思等;其中较为常见的方式是,将个人的苦难与民族的苦难联系起来,以启蒙式话语揭露极左政治路线与封建思想如何合而为一造成社会与人的异化,同时赞美人性力量与执着信仰。

"反思文学"作品大多从时间和空间两个维度展开,对民族的政治创伤和历史苦难进行溯源式反思及理性批判,使现实主义文学精神得到了进一步深化。相较"伤痕文学"而言,"反思文学"的主体意识、文体意识进一步觉醒,在艺术手法与审美空间上有所拓展,已不完全采用纯写实手法。总体来看,情节结构与心理结构并存,直线性、单义性叙述与放射性、板块状叙述兼具,时空跳跃、蒙太奇、意识流等手法及多声部叙述、多视角聚焦方法被一些作家有意识地采用。"反思小说"叙事方式的转变,既适应了作品的主题需要,在有限的篇幅中浓缩了无限时空的美学追求,又使作品在深化现实主义精神的同时,开始获得某些现代倾向的艺术审美特性。

"反思文学"检视中国当代历史发展的曲折进程,追溯创伤背后的根源,探寻历史悲剧的成因,由单一的政治批判模式转为对社会、历史、文化和民族心理的全面反思,理性思辨色彩大大增强。现实主义精神、悲剧意识和人道主义倾向在"反思文学"中达到高度契合,相对"伤痕文学"而言,在题材开掘、主题深化、人物塑造和艺术表达等方面都有所拓展和深化。但由于当时政治环境及文学环境的束缚,"反思文学"对"文革"和对极左政治的批判往往受到主流意识形态的较大影响,还存在着简单的二元对立思维模式，如小人得志、君子不遇、忠奸争斗；带有较为明显的道德理想色彩，如常见的"大团圆"结局、善恶因果报应，又如受难的知识分子、干部形象及善良正直人民群众形象往往都具有理想化与圣洁化的倾向，为呼应主旨而人为将其美化和提纯等。

王蒙（1934—   ），河北南皮人，生于北京。1948年加入中国共产党，1953年开始文学创作，历任《人民文学》主编、文化部部长、中国作协副主席等职。主要作品有长篇小说《青春万岁》《活动变人形》《恋爱的季节》《失态的季节》《踌躇的季节》《狂欢的季节》《青狐》，以及大量中短篇小说和散文等。2015年8月王蒙的《这边风景》获得第九届茅盾文学奖。他一生创作丰硕，也是当代文坛上创作生命最长的作家之一。

1956年王蒙以积极干预生活的《组织部新来的青年人》引起文坛轰动，但随后在1957年反右运动中被错划为右派，1963年去新疆工作改造，1978年才重回北京。经过边陲放逐而重返文坛后，王蒙以急先锋的姿态开始创作喷发，成为"反思文学"潮流的中坚人物，建构了"故国八千里，风云三十年"的独特文学时空。

作为曾经的"少年布尔什维克"，王蒙青年时期的革命经历给他留下的精神资源是多方面的，其小说如《青春万岁》《组织部新来的青年人》中的革命情结、政治意识、理想主义色彩特别显著。对复出的王蒙来说，即使历史曲折让他遭受重大的政治打击，也仍不能改变其"虽九死其犹未悔"的"少共"情怀，不能摧毁其对于理想及信念的虔诚、对革命事业始终不渝的追求及为之献身的热望。受此影响，王蒙的"反思小说"成功地塑造了一批革命知识分子形象，如《布礼》中的钟亦成、《蝴蝶》中的张思远、《春之声》中的岳之峰、《杂色》中的曹千里、《相见时难》中的翁式含、"季节"系列中的钱文等，他们饱经坎坷、历经沧桑但矢志不渝，忠贞不贰。从这些人物经历可概括出一条基本主线："新世界"对个体的沉重伤害——个体在建构新的自我认同过程中产生的惶惑感和迷失感——对理想信念的辩护坚守。通过记录革命知识分子的命运沉浮来反思共和国曲折历史的教训，是王蒙反思小说的一大重要内容，如《布礼》《相见时难》；与此同时，剖析与拷问革命知识分子的思想灵魂、重构民族精神是王蒙反思小说的另一主要内容，如《蝴蝶》《杂色》。《蝴蝶》是一篇充满反思力量的佳作，它通过高级干部张思远三十年间由八路军指导员到军管会副主任、市委副书记及后被诬为"大叛徒""大特务"、被揪斗被囚禁的命运沉浮，传达出"庄周梦蝶"般的迷幻感和身份危机，追问革命知识分子对权力意志的依附性和盲从心理对自身独立精神与自由思想的损毁。张思远是悲剧的制造者，也是悲剧的承受者，而张思远最终对灵魂进行自审，重新寻回加强与人民群众的血肉联系这一共产党员最宝贵的品质，传递了共产党人须反思历史、寻求真我的主旨。

长篇小说《活动变人形》是一部深入到民族文化心理深层的现实主义力作。倪吾诚的心灵历程,正是20世纪中国知识分子心灵历程的缩影。倪吾诚是中西两种文化夹击下的畸形儿、"零余者",典型地表现出20世纪中国知识分子在西方文明与传统文明夹缝中的悲哀处境。王蒙于90年代以后创作的"季节"系列长篇小说,则通过一群革命知识分子在新中国风雨历程中的命运沉浮,对历史作了回顾和总结性反思。

王蒙不仅是当代中国社会的精神旅程的探索者,更在艺术手法方面求新求变。在1979—1980年间,他相继发表了《布礼》《夜的眼》《风筝飘带》《蝴蝶》《春之声》《海的梦》等一组被称为"集束手榴弹"的中短篇小说,率先对西方意识流手法进行了借鉴运用。他创造性地运用了意识流小说的叙事形式,如自由联想、内心独白、梦境幻化等,选用象征意味浓厚的意象,打破传统小说的时空观念,淡化故事情节,采取时空颠倒、心理时间的结构方式,极大地拓展了小说的表现空间。如《春之声》摒弃了传统小说的情节模式,运用了以人物意识流动为核心的放射状结构。通过出国考察归来的工程物理学家岳之峰在春节期间返乡途中身处闷罐车厢中的意识流动来结构全文,岳之峰的所见所闻与所思所感,反映了丰富繁杂的时代脉动,传达出"春天的旋律",表现了新时期新的希望和转机的主题。稍后,王蒙的艺术探索进一步朝向"杂色"追求迈进,存在大量的王蒙式的调侃、幽默、俏皮、夸张、反讽、狂欢,形成了他自己丰沛驳杂、奇崛多变的审美风范。

值得注意的是,在王蒙小说中,始终充溢着强烈而炽热的"少共情怀",加之王蒙半生多事,阅世极深,深谙世态人心,这些与传统儒家文化的中庸思想、幽默豁达等精神人格因素相生共融,形成了王蒙以"和解"为核心的伦理道德立场,这在一定程度上淡化了他对历史的理性探寻,削弱了对历史的反思力度。

张贤亮(1936—2014年),祖籍江苏盱眙,生于南京。高中毕业后自愿报名去西北,在甘肃任教师。1957年在反右运动中因发表诗歌《大风歌》被错划为右派,劳动管制20多年。1979年复出后重新发表作品。曾任宁夏回族自治区文联主席、宁夏作家协会主席等职,是新时期前期最具代表性的作家之一。

张贤亮的小说创作大致可分为三类。第一类便是表现知识分子苦难历程的小说,如《灵与肉》《土牢情话》《绿化树》《男人的一半是女人》等,这类小说最能体现张贤亮独有的创作风格。第二类作品主要描写政治动乱对农村社会多方面的冲击,以及农民生存的物质艰难与精神苦痛,如《邢老汉和狗的故事》;第三类作品主要描写改革生活,展现改革者的强者风姿,如《龙种》《河的子孙》《男人的风格》。

张贤亮"反思小说"的重心聚焦于中国知识分子的历史苦难,据作家自述,从1958年到1976年间,他经受了两次劳教、一次管制、一次"群专"、一次关监,这样严酷的政治经历,对于张贤亮精神气质的影响是深刻的。他的小说多取材于他自身经历的苦难生活、生命挣扎和罪孽反思,具有强烈的悲剧氛围,较为典型地展示了知识分子的受难史,构成民族灾难的证言,也深刻剖析了知识分子在特定历史背景下的心路历程与精神求索。

《灵与肉》中许灵均的命运遭际折射出极左路线给中国知识分子造成的"灵与肉"的严酷打击,知识分子在逆境中和普通劳动人民建立起相濡以沫的亲密联系,灵与肉都发生了深刻变化,从而获得崭新的感情气质和稳固的人生信念。《绿化树》和《男人的一半是女人》是系列中篇《唯物论者的启示录》中的一部分,着重考察章永璘如何由一个具有"朦胧的资产阶级人道主义和民主主义思想"的青年转变成马克思主义信仰者的过程,突出"苦难的历程"在这其中的关键作用。两部作品均具有很强的"自叙传"色彩,主人公章永璘是被流放、劳改的右派,他被弃置于严酷的境遇中,被迫面对着饥饿、性饥渴及精神困顿等多方面的残酷折磨。在理性之光的烛照下,章永璘净化灵魂,不断超越苦难。通过对自我的质疑、审判,导向"超越自我",最终确立了马克思主义信仰。

如果说《绿化树》是通过"食"这个最基本的生理需求来控诉极左路线,那么《男人的一半是女人》则是通过"性"来暴露政治对人的精神阉割。对于这些被遗弃的知识分子、被流放的右派来说,饥饿的折磨、性的煎熬成为活命挣扎的显层次考验,而来自阶级出身原罪感导致的精神痛苦,则迫使他们顺从政治的压抑扭曲,在不断的自我否定中寻求精神的解脱。在不断的"灵"与"肉"的搏斗厮杀中,在深刻领悟了马克思政治经济学理论的基础上,在善良宽厚的"荒原人"的拯救下,受难知识分子得以战胜自我,超越苦难,救赎灵魂。张贤亮细腻地勾画了特定的历史时期受难知识分子丰富复杂的精神世界,同时,也营构了一个充满良知和生命力的民间底层世界。海喜喜、谢队长、放牧员、汽车司机等劳动人民散发出高贵的人情美和人性美,而秀芝、乔安萍、马缨花、黄香久等女性则美丽多情,兼具妻性与母性,包蕴着极大的精神力量和道德力量。由于作品大胆描述性爱,这在当时引起广泛而热烈的争议。

张贤亮的"反思小说"努力追求哲理性思辨和诗意美的有机融合。他笔下的主人公多为自省式的知识分子,对个人与历史、自我与环境都有较为冷静的思考,这使他的小说获得了超出同时期作品的心理深度。诗意美则表现为伤痕痛苦中的"缺陷美"、粗犷质朴的内心美、大西北边陲的风情美。必须指出的是,张贤亮的小说题材比较狭窄,从80年代的"反思小说"到1993年的《我的菩提树》、1999年的《青春期》等,"劳改"生涯成了挥之不去的"题材牢笼"。且其小说对哲理思辨的追求有时表现得过于直露和急切,存在理念大于形象的局限。

高晓声(1928—1999),江苏武进人。1948年就读于上海法学院,1950年毕业于苏南新闻专科学校。先后在苏南文联、《新华日报》社从事文化宣传工作。1954年以短篇小说《解约》引起文坛关注。1957年他与叶至诚、方之、陆文夫等因成立"探索者"文学社团遭到批判,被错划为右派,发配回家乡务农改造,直到1979年4月才获平反。曾任江苏省作协副主席。

高晓声的小说大体可以归纳为三种类型:农村题材小说,代表作有《李顺大造屋》以及"陈奂生系列"(《"漏斗户"主》《陈奂生上城》《陈奂生转业》《陈奂生包产》《陈奂生出国》等);知识分子题材小说,代表作如《蜂花》《系心带》和《青天在上》等;哲理喻世小说,代表作有《钱包》《鱼钓》《飞磨》《山中》等。① 其中农村题材小说成就最高,高晓声的创作也以表现新中国的农民命运著称。特殊的底层人生经历使他兼具知识分子与农民的双重身份,他既具备知识分子的思想、识见和理性素质,同时对农民的感情、思维和人生体验也了然于心。他始终保持着高度的历史责任感和人道主义情怀,树立了宏大的"摆渡人类灵魂"的创作目标,超越了单一的政治批判和情绪化宣泄的表达方式,以对农村、农民的苦难书写来反思中国当代历史的悲剧性和荒诞性,确立了自己在反思文学潮流中不可取代的地位。

《李顺大造屋》中李顺大积三十年之辛劳和哀怨,终于造屋成功,如此荒诞的遭际揭示了极左路线带给农民的苦难。《陈奂生上城》探讨的则是解决温饱后农民的精神层面问题。小说通过主人公陈奂生上城卖油绳、买帽子、住招待所的经历极其微妙细腻的心理变化,写出了背负历史重荷,处于经济、政治、思想弱者地位的农民在跨入新时期变革门槛时的精神状态,对中国农民的文化心理和精神结构进行了深入剖析,并由此引发出国民性改造问题。陈奂生性格特质中最值得关注的是和阿Q之间存在的千丝万缕的精神血缘联系。高晓声小说获得高度评价的缘由,是他不仅着眼于"住""吃"这样最日常的角度写出了农民的"苦",还理性地审视了在极左政治和物质贫困的重压下农民心灵和思想的异化。在《〈李顺大造屋〉始末》中,高晓声感慨:"李顺大在十年浩劫中受尽了磨难,但是,当我探究中国历史上为什么会发生浩劫时,我不禁想起像李顺大这样的人是否也应该对这一段历史负一点责任。"② 高晓声承接鲁迅先生改造"国民性"的文学思想,揭示出农民愚昧、麻木、盲目、僵化、狡黠、奴性、"跟跟派"、看客心态等精神局限,塑造出深具民族文化心理内涵的农民形象。令人遗憾的是,高晓声的创作高峰期持续时间较短,后期创作如长篇小说《青天在上》几乎未引起反响。在艺术手法上,高晓

---

① 段崇轩.在精英、农民与智者之间——高晓声小说创作论[J].文学评论,2007(5).
② 高晓声.《李顺大造屋》始末[J].雨花,1980(7).

声擅长以小见大,将心理描写、细节刻画、议论融为一体,幽默俏皮,韵味较足,"含泪的笑"催人警醒。讲究语言的形式美,文字干净利落有气势,既整饬又灵动。

张洁(1937—),祖籍辽宁抚顺,生于北京。1960年毕业于中国人民大学计划统计系,在第一机械工业部工作多年,1978年开始文学创作,1980年至北京电影制片厂工作,后为北京市作协专业作家。代表作有中短篇小说《爱,是不能忘记的》《方舟》《祖母绿》及长篇小说《沉重的翅膀》《只有一个太阳》《无字》等。《从森林里来的孩子》《谁生活得更美好》《条件尚未成熟》先后获得1978年、1979年和1983年全国优秀短篇小说奖,《祖母绿》获1983—1984年全国优秀中篇小说奖,《沉重的翅膀》获第二届茅盾文学奖,《无字》获第六届茅盾文学奖。

张洁是新时期富有才情且备受争议的女性作家。1978年在"伤痕文学"大潮中,她以一篇《从森林里来的孩子》初登文坛,以忧伤而明朗的审美风格开启了道德和精神世界的重建工作。《爱,是不能忘记的》可视为张洁爱情理想的宣言,讲述了身为作家的母亲钟雨和一位优秀的领导干部之间的刻骨铭心却又无法实现的爱情悲剧。女主人公钟雨与"老干部"心心相印,爱得高尚纯洁,而造成相爱者不能获得"爱的回声"的是漠视无爱婚姻之痛苦的传统道德和社会习俗。钟雨的"痛苦的理想主义者"形象承载的是作者对理想婚恋生活的希冀和倡导。小说批判将爱情和婚姻分离的庸俗观念,发出了对以爱情为基础的文明婚姻的呼唤,也引发了评论界关于爱情与道德的激烈争鸣。《方舟》被称为"愤世之作"和"泣血之作",理论工作者曹荆华、翻译柳泉和电影导演梁倩勇敢地舍弃无爱婚姻,体现了女性自我人格的坚强和自觉,但这三位知识女性虽然挣脱了没有幸福可言的家庭之束缚,却无法逃脱世俗与偏见的罗网,饱受磨难和歧视。她们所处的生存困境,证明了现代女性寻求自立道路是何其艰难。小说对历史与现实环境中阻碍中国女性解放的种种积弊进行了尖锐批判,昭示真正、完全意义上的妇女解放是一个艰巨和漫长的时代课题。《祖母绿》依然是张洁女性意识的形象表述,她将《爱,是不能忘记的》之纯美与《方舟》之激愤做了调和,女主人公曾令儿刚强、隐忍、忠贞,通过纯洁的爱和不计回报的奉献而获得博大高贵的精神品性。"祖母绿"在小说中具有强烈的象征意味,"无穷思爱"是张洁赋予曾令儿这一女性形象的理想内核。作品对卢北河和左葳的贬抑及对曾令儿的褒扬,传达了张洁鲜明的女性中心价值立场。应该说,张洁创作的女性意识是中国当代女性文学的先导。这三篇名作从爱情与婚姻的相悖、灵与肉的压抑与冲突、女性困境的反省与救赎等层面,来考察在男权阴影笼罩下的女性生存际遇,呈现了作家对女性问题思考的深刻性和持续性。

80年代中后期,张洁的文学想象和审美方式发生了明显转变,《她有什么病?》《日子》《上火》《红蘑菇》《她吸的是带薄荷味儿的烟》《只有一个太阳》等小说,以尖酸刻薄的言语无情嘲讽世间丑类,特别是对丑陋、卑劣、病态的男性形象进行"以毒攻毒"的猛烈抨击,文风一反之前的温情诗意,变得粗鄙、尖锐、锋利,创作由审美进入了审丑阶段。

为张洁带来盛誉的长篇小说《沉重的翅膀》与"改革文学"潮流同步,围绕重工业部因改革而产生的矛盾斗争,披露了体制改革的繁难与艰辛,"沉重的翅膀"也成为改革开放进程最形象贴切的比喻。《无字》是张洁用长达12年的时间构筑起的悲怆苍凉的女性生命史和心灵史。作品共80万字,以女作家吴为和老干部胡秉宸的情感经历为主线,讲述了吴为母系家族墨荷、叶莲子、吴为、禅月四代女性的婚姻故事,从女性的视角对20世纪的中国历史进行了痛切审视,表现出对男权文化价值观念的决绝否定,为女性的真爱理想奏响了"无字"的挽歌。

张洁是富有激情的主观倾诉型作家,作品长于抒情,注重对人物心理的刻画,具有水墨画和抒情曲般的阅读效果。但作者未能很好地超越个人经验,在反叛传统和男性中心意识时情绪有时过激,导致走向了另一极端。在人物形象的处理上有时存在观念化、简单化的毛病,显得有些失真。

三、改革文学

1978年12月,党的十一届三中全会在北京召开,会议作出了把全党的工作重心由阶级斗争转移到社会主义现代化建设上来的重大决策。随着改革开放政治路线的确立,经济、社会体制改革随之展开。改革成为时代主调,发展经济、实现现代化、提高生产力和人民生活水平成为全党的中心任务,成为全社会的共识与时代的期许。文学迅捷地对此作出反应,许多深具社会责任感和历史使命感的作家开始把目光转向现实,用文学创作来为改革事业摇旗呐喊、推波助澜,"改革文学"应运而生。

作为文学潮流的"改革文学",一般是指20世纪70年代末至80年代前期形成的以反映社会改革进程,以及由此所引发的经济、体制、思想观念和民族文化心理变化为主题的文学创作现象。具体而言,这个创作潮流大致出现在1979—1984年这个特定的时间范围内。1979年7月,蒋子龙的短篇小说《乔厂长上任记》在《人民文学》发表,标志着"改革文学"的诞生。此后,涌现出如《三千万》(柯云路)、《祸起萧墙》(水运宪)、《改革者》(张锲)、《跋涉者》(焦祖尧)、《乡场上》(何士光)、《鲁班的子孙》(王润滋)、《沉重的翅膀》(张洁)、《花园街五号》(李国文)、《男人的风格》(张贤亮)、《新星》(柯云路)等大批优秀之作,它们对中国当代社会的改革大潮作了及时和全面的反映。

"改革文学"可分为农村题材和城市工业题材两大类别。农村题材改革小说的代表作有何士光《乡场上》,贾平凹《小月前本》《鸡窝洼的人家》《腊月·正月》,矫健《老人仓》,王润滋《鲁班的子孙》,张炜《秋天的愤怒》,蒋子龙《燕赵悲歌》等,它们反映的多为现代的经济制度与传统的乡土世界碰撞所引发的骚动与震荡。而城市工业题材的改革小说更多的是从正面关注政治经济体制的现代化改革进程与矛盾冲突,如蒋子龙《乔厂长上任记》、张洁《沉重的翅膀》、李国文《花园街五号》以及柯云路《新星》等,这些作品的叙事模式大多按照典型的"改革—保守""先进—愚昧"的冲突展开,在新旧的交锋较量中,改革的合理和合法性不容置疑地凸显出来。

"改革文学"贴近社会生活与直面现实人生,积极揭露现实社会改革中的矛盾斗争。面对擅长权谋和精于内斗的对手,迎着重重阻挠改革的障碍,改革者们知难而进,除旧布新,诠释着新的时代精神。在改革者的形象塑造方面,"改革文学"表现出了极大的创造力,形成了著名的"开拓者"系列形象,主要代表有乔光朴(蒋子龙《乔厂长上任记》)、车篷宽(蒋子龙《开拓者》)、武耕新(蒋子龙《燕赵悲歌》)、傅连山(水运宪《祸起萧墙》)、徐枫(张锲《改革者》)、郑子云(张洁《沉重的翅膀》)、刘钊(李国文《花园街五号》)、李向南(柯云路《新星》),等等。他们呈现出相似的理想性格:具有强烈的社会责任感与坚不可摧的意志和超常的韧性,富有果敢善断的开拓精神和勇于进取的创新精神,同时还具备现代科学头脑和管理能力。在积重难返百废待兴的复杂社会环境中,改革者们常常是四面受困,步履艰难,壮志难酬,这使得主人公往往具有沉郁悲壮的特质。但他们历尽磨难终不悔,充溢着强者气质,承递着时代精神。"改革文学"在反映复杂的现实矛盾斗争的同时,倾注热情来塑造改革者、开拓者形象,歌颂他们那坚定的信念和开放的胸襟,赞美他们的奉献精神与担当意识。这样的改革者形象契合了时代需求,产生了巨大的社会轰动效应。

"改革文学"经历了不断发展、持续完善而走向成熟的过程。早期的创作基本沿着改革与反改革的冲突模式构架小说,富于理想主义色彩,艺术思维较为单一和封闭;而后期的创作开始表现出在艺术思维与审美建构等方面,极力挣脱既定创作模式的努力。王润滋的《鲁班的子孙》较早地触及改革发展与道德文明的非同步性这一复杂现象;张炜的《秋天的思索》深刻地揭示出在经济改革的同时,对农民进行精神文化启蒙的重要性。另如路遥《人生》《平凡的世界》、贾平凹《浮躁》、张炜《古船》等中长篇小说,敏锐注意到改革给个体命运与心灵,以及整个社会结构和精神文化带来的冲击与影响,将审美视角从社会改革中的政治、经济层面扩展至文化心理层面,表达了对改革的更为深刻厚重的理解。

"改革文学"是新时期继"伤痕文学""反思文学"之后的又一个现实主义文学思潮。

"改革文学"的兴起源于当代中国的现代化追求,它既是新时期现实改革动向的审美反映,又集中表现了社会变革意识的觉醒、民族文化心态的更新,体现出新时期作家强烈的社会责任感和积极入世的文化情怀。兼具纯洁道德理想、现代特质和铁腕气魄的改革英雄,正好迎合了改革时代人们渴望英雄的社会心理。"改革文学"以崇高悲壮又充满理想色彩的美学特质,在一定程度上推动了新时期以来的现代化进程,参与了民族精神的现代重构。值得注意的是,"改革文学"的局限也是较为明显的。不少作品往往以二元对立式的叙事模式来设置人物关系,导致作品中改革英雄具有类型化的倾向,主要人物近于"扁平"而非丰富的"圆型",这虽然成就了改革者的理想人格,但背离了人物形象的复杂性建构原则。某些作品主题明确,思想浅露,理念大于形象。而且,由于社会体制的原因,有些创作有意无意地依附"清官意识""青天意识"和个人强权意识的推崇,从而引起争议。

蒋子龙(1941—),河北沧县人。1958考入天津重型机器厂技工学校,1960年参军,复员后回天津重型机械厂,曾任办公室秘书、车间主任。1965年发表第一篇小说《新站长》,1976年因发表《机电局长的一天》而成名。1979年,短篇小说《乔厂长上任记》问世,蒋子龙由此声名大震。其后历任天津市作协主席、《天津文学》主编等职。其短篇小说《乔厂长上任记》《一个工厂秘书的日记》及《拜年》分获1979年、1980年、1982年全国优秀短篇小说奖,中篇小说《开拓者》《赤橙黄绿青蓝紫》及《燕赵悲歌》分获1977—1980、1981—1982、1983—1984年全国优秀中篇小说奖。另著有长篇小说《蛇神》《农民帝国》等。

蒋子龙是新时期较早把创作注意力转向描绘现代化建设的作家,其小说的开拓精神首先表现在对中国当代工业题材的突破上。中华人民共和国成立以来,工业题材的创作出现了像《乘风破浪》(草明)、《铁水奔流》(周立波)、《百炼成钢》(艾芜)等优秀作品,但相较农村题材和革命历史题材而言,工业题材创作仍然是一个薄弱环节,无论从数量和质量上都与新中国大规模的工业现代化建设极不相称。蒋子龙紧扣时代脉搏,以自己熟悉的工业战线为阵地,率先擎起了"改革文学"的旗帜,发表了《机电局长的一天》《乔厂长上任记》《一个工厂秘书的日记》《拜年》《赤橙黄绿青蓝紫》《开拓者》等一系列以工业改革为主题的小说。《乔厂长上任记》中的主人公乔光朴放弃公司经理美差,立下军令状去收拾电机厂这个烂摊子。面对重重困难,他迎难而上,革故鼎新,锐意改革,勇于开拓。小说以磅礴的气势和浓重的理想主义色彩奏响了"改革文学"的先声。蒋子龙的改革系列小说揭示了进行经济体制改革、管理体制改革的重要性与紧迫性,挣脱了以往狭隘的"车间文学"的窠臼,赋予作品广阔的社会容量和深刻的现实意义。

蒋子龙小说的成就,还表现在他塑造出一批勇于开拓进取的新时期改革者形象,丰富了我国工业文学的人物画廊。这个"开拓者家族"包括霍大道、乔光朴、车蓬宽、应丰、解净、刘思佳、牛宏等人物形象。其中霍大道、乔光朴、车蓬宽等工业领导干部尤为引人瞩目,他们富有远见卓识,同时又精通业务;以社会主义现代化事业为己任,肩负提升我国工业水平的使命感,大刀阔斧锐意改革,在他们身上凝聚了呼唤改革、渴望振兴的时代情绪和民族愿望。年轻的改革者们如牛宏、解净、刘思佳、凤兆丽等则不甘平庸,善于思考,敢闯新路,在他们身上折射出强烈的时代色彩,喻示着民族国家的前途和希望。

虽然这些勇于进取的改革者兼具才能与气魄,但积弊难除,面对因袭守旧和愚昧保守势力的顽抗,改革进程呈现复杂胶着的格局,这使得蒋子龙的改革小说在创作风格方面浸染着浓重的悲壮感。走在时代前列的先行者不被众人理解而导致的"高处不胜寒"之孤独感,也加深了作品的悲剧色彩。在创作手法上,蒋子龙善于从正面切入,把人物置于紧张尖锐的情势之中,在激烈的矛盾冲突中刻绘人物,表现主人公的坚毅品性和强者气质。而在赋予"开拓者"共同秉性的同时,也能注意凸显他们各自独特的个性,如霍大道的勇猛火爆、乔光朴的耿直豪放、车蓬宽的干练沉稳等。从结构布局上看,蒋子龙的小说不太讲究情节的精雕细琢,具有粗犷、豪放的风格,但有时不免流于粗疏,少了几分细腻与柔韧。惯用的两军对垒、黑白分明的叙事模式让人觉得失之于浅,人物形象的塑造有时偏于理想化。

蒋子龙立志于反映现代化的"全景社会",除了擅长的工业领域,他在城市改革、农村改革等领域亦有所建树。《锅碗瓢盆交响曲》是蒋子龙的第一部以商业服务领域改革为题材的作品,《燕赵悲歌》是蒋子龙第一部反映农村改革的作品,它们标志着蒋子龙小说创作视野的拓展。《蛇神》由工业领域转向不太为人们所关注的梨园界,而它在主题立意上所进行的调整则更具有突破意义。《农民帝国》则延续了蒋子龙从《燕赵悲歌》开始的对于中国农民问题的思考,它站在更高更新的历史制高点上,对中国农民复杂的人性构成和精神世界进行了深刻的艺术透视。

张洁《沉重的翅膀》(载《十月》1981年第4、第5期)是新时期第一部以改革为题材的长篇小说,也是改革文学潮流中带有标志性意义的重要作品,修订后荣获第二届"茅盾文学奖"。小说以重工业部及它所管辖的曙光汽车制造厂作为重点描写对象,围绕重工业部企业管理的体制改革展开,以改革者副部长郑子云与反对改革的部长田守诚之间的矛盾为中心情节,揭示了改革进程中革新与守旧、文明与愚昧、解放与僵化的种种冲突,涉及政治斗争、经济管理、爱情婚姻、世态人情等各方面。副部长郑子云是一位思想解放、精通业务的改革家,具有坚定的政治信仰和强烈的使命感,在改革开放大潮初起之时锐意改革;厂长陈咏明是工业战线上的一员改革主将,富于开拓创新精神,工作雷厉风行,改革举措卓有成效。而部长田守诚和副部长孔祥等则思想僵化,因循守旧,惯唱高调,善耍手腕。他们之间的矛盾,不仅仅是现实政治冲突和权力较量,更是传统因袭、历史惰性对于现代化事业的牵制和阻碍。

《沉重的翅膀》对于作者自身创作而言可谓新的突破。她之前的爱情及道德伦理题材的小说文笔细腻,抉幽发微,而《沉重的翅膀》雄浑豪放,气象阔大,它标志着张洁艺术风格的嬗变。小说激情充盈,语言锐利,揭示了改革的繁难与艰辛,歌颂了改革者义无反顾、勇往直前的宝贵品格,同时抨击落后的思想作风和历史堕力,显示了作家敏锐的社会洞察力、驾驭纷繁复杂的现实生活的艺术才能。作品不乏政治的敏感和识见,提出应该重视有个性的人才的价值、改革家自身也需要"改革"等见解。但由于缺乏必要的文学化的处理转换,难免给人以直接宣讲的感受。另外,小说结构较为松散,大段议论显得沉闷。

张贤亮的"反思小说"通过对知识分子苦难历史的书写,实现了他对民族灾难的政治反思,在新时期初的文坛引起强烈反响。同时,张贤亮也较早地参与到"改革文学"的建构中来,80年代初发表了《龙种》《河的子孙》《男人的风格》等改革题材小说,引起文坛关注。《龙种》聚焦于国营农场的经济改革,揭示出如何让经济体制与生产力发展相适应这样一个紧迫的时代课题。《河的子孙》对中国农民的命运进行了严肃的思考,通过对魏天贵等普通中国农民的历史遭际的描写,关注民族品性的"自我净化",揭示出农村改革的历史必然性。

《男人的风格》(载《小说家》1983年第2期)是张贤亮创作的第一部长篇小说,作品以西北一个中小城市T市为窗口,绘制了一幅新时期之初城市改革生活的宏伟画卷。它力图通过对一个城市具体而全面的改革过程的描写,展示轰轰烈烈的时代大变革的全貌,相较之前的同类题材作品,气势更为壮阔。作品浓墨重彩地塑造了当代改革家陈抱帖的艺术形象。陈抱帖出身于农民家庭,毕业于名牌高校,长期任首长秘书,如今升任为市委第一书记,仕途可谓一帆风顺,前程无量。作者赋予他练达的外形、过人的识见和阔大的气魄。陈抱帖敢想敢闯,走马上任后,坚定果敢地推行改革路线。他在广场向市民发表施政演说,在公园与市长孙玉璋促膝长谈,将反对派"杯酒释兵权"……原始政治资本在逐渐积累,一系列政治、经济改革措施有条不紊地展开。从调整领导班子、实行经济责任制,到推进市政建设等改革措施,都显示出他时代弄潮儿的豪健作风。

这个人物身上凝聚着作家的审美旨趣，洋溢着理想主义色彩。另外，小说中的市长孙玉璋及书记夫人罗海南的形象也刻画得别具特色。

正如书名所示，《男人的风格》整部作品感情炽热，文笔酣畅，风格粗犷雄浑，充满雄性气魄，以其鲜明的时代精神和浓郁的生活气息吸引着读者。随处可见带有哲理性的议论加深了思想的丰富深邃性，但其中有些议论还显得比较浮泛。作者没有为陈抱帖的改革事业设置充分的障碍和矛盾，因此改革的复杂曲折性表现得不够充分，偏于理想化；作者也没有设计错综复杂的情节，改革线和爱情线在后半部分结合不紧密，整个结构布局相对显豁粗疏。作品对陈抱帖心灵世界的开掘亦较为薄弱，给人留下有些理念大于行动的感觉。

李国文（1930—　），江苏盐城人，生于上海市。1949年毕业于南京戏剧专科学校理论编剧专业。1952年参加抗美援朝，在某部文工团任职。1954年任铁道部工会宣传部文艺编辑。1957年在《人民文学》发表批判官僚主义的短篇小说处女作《改选》，被错划为右派，下放到铁路工地劳动改造。经历了20年的磨难后，李国文任中国铁路文工团创作员，曾任《小说选刊》主编。新时期复出文坛后，短篇小说《月食》荣获1980年全国优秀短篇小说奖，长篇小说《冬天里的春天》荣获首届茅盾文学奖。李国文创作成果丰硕，无论是50年代《改选》的积极干预生活，抑或新时期伊始《月食》《冬天里的春天》《花园街五号》等对社会历史的凝重思考，还是后期的《危楼纪事》《垃圾的故事》《涅槃》等的社会世相剖析，都始终贯穿着对社会现实的热切关注，政治倾向性较为明显。

《花园街五号》（载《十月》1983年第4期）是"改革文学"大潮中的一部长篇小说力作，同时也对中国政治文化进行了深刻思考。花园街五号这幢神秘的别墅是权力与利益的象征，在五十年的历史风云变幻中，它先后更换了五位主人，现任主人、临江市委书记韩潮正面临着挑选接班人的艰难抉择。两位候选人刘钊和丁晓分别代表了两种不同的政治品格类型：刘钊正直单纯，不擅权术，不谋私，不盲从，思想开通，具备独立意志和实干精神，积极改造拖拉机厂和建设沿江新村，一心为人民谋利益。而丁晓则代表了另一种深厚的政治传统，是中国官场中常见的成功人物。他精明圆滑，藏而不露，热衷名利，惯走上层路线，深谙官场规则，在当代官场中游刃有余，常常使用阴谋手段打击他的政治对手刘钊。韩潮是小说中塑造得最为成功的艺术形象。他是花园街五号的历史变迁的见证人，是接班人问题的重要决策者，经验丰富，老成持重，有着变革意识，但又患得患失，缺乏改革的锐气；他品质作风过硬，但又担心失去既得利益；他赞赏刘钊有能力，善决断，却又认为他不够成熟，容易碰壁闯祸；虽然明白丁晓是庸才，但觉得他比刘钊更稳妥、可靠，因而情感的天平始终在摇摆。作者将韩潮这个"矛盾的实体"的性格色彩塑造得十分丰富。韩大宝是"文革"的牺牲品,时代的畸形儿,他的存在昭示着历史的罪孽,警示人们必须肃清"文革"遗毒。这个形象深具象征意味,又充满对历史的反省。

《花园街五号》借助对80年代初临江市的风起云涌的改革进程的叙写,勾画了一部跨越五十年的权力兴废史。小说主要围绕改革进程中新旧力量的角力而不是具体的方案斗争来展开,对中国悠久的政治传统进行了反思和总结,贯穿着自新图强、改革兴邦的现代话语,充满了历史纵深感。小说采取双线结构,历史和现实双线交错,并行发展。既注意情节的传奇性、戏剧性,又注重人物内心世界的精微刻画。但对主要人物刘钊的内心世界还挖掘得不够深入,形象还不够饱满。有的情节设计的雕凿痕迹较为明显。

第二节 从文化小说到寻根小说

一、从文化小说到寻根小说的内在缘由和外在原因

新时期文学发展到80年代中期,出现了一个重大转折;由于这种转折,当代文学呈现出空前繁荣的景象。从小说创作方面讲,这种转折和繁荣的标志就是出现了文化寻根小说和现代派小说,从而打破了现实主义创作一统天下的文学格局。

大约从1982年开始,文坛出现了散文化或诗化的文化小说,这种创作思潮发展到1985年,引发出具有自觉意识的寻根派小说。促使小说形态从文化小说走向寻根小说的内在缘由和外在原因,主要有以下几个方面:

首先,这是现实主义文学自身发展和深化的结果。80年代初期,现实主义小说经历了"伤痕小说""反思小说""改革小说"的一波又一波文学浪潮之后,发现了新的文化思考层面。一方面,现实主义小说对十年"文革"中极左思潮给中国社会造成的巨大灾难进行了真实呈现,与此同时,作家对造成这场民族灾难的原因进行深入反思。这种反思开始主要是在社会历史的政治和道德层面展开,但是随着反思的不断深入,人们发现,单纯的社会政治和道德规范并不能够完全回答人们的困惑,于是反思的维度逐渐突破政治和道德的层面,有的作家兼及文化层面的反思,即对社会文化心理与传统文化积淀进行思考,以探究极左思潮的根源与人格变异的原因,如古华的《芙蓉镇》(载《当代》1981年第1期)。另一方面,随着社会现实中的改革不断拓展和深化,当"改革小说"面对复杂的社会矛盾现象试图开出医治的药方时发现,改革不是单纯的社会问题,它往往是牵一发而动全身,必然全面触及社会体制、价值观念和文化心理。因此,要解决涉及方方面面并且积重难返的社会现实问题,蒋子龙笔下乔老爷三板斧式的改革无疑是近

乎天真的理想主义。这场关乎民族命运的社会改革注定是漫长而艰难的,"沉重的翅膀"同样引发作家们对社会现实深层次的体制文化、价值观念及其精神渊源的思考,如水运宪的《祸起萧墙》(载《收获》1981年第1期)。于是,"反思文学"和"改革文学"自觉或者不自觉地深入到对造成这场民族巨大灾难与制约社会改革的深层体制文化、心理文化和传统文化的深入思考。应该指出的是,文化思想批判并不是新时期作家的首创,而是五四新文学的发明。继承新文学现实主义传统的新时期作家,自然也承袭了五四新文学的文化思维向度——不管是肯定性的认同还是批判性的反思。

其次,中国现代小说发展形态的自身传承和影响,也是深层的内在缘由。在中国新文学传统中,原本存在着一种或隐或现却延绵不断的文化小说传统。鲁迅和周作人是先驱者,其后从废名、芦焚、沈从文、老舍、萧红到汪曾祺、孙犁等,他们的作品以关注民间社会和乡土文化的特性而闻名于世。虽然他们的创作从来没有取得文学的主流地位,但他们的审美个性成为当代文学文化小说的先导。事实上,现代与当代的文化小说作家也有着一种影响性的直接关联:沈从文之于汪曾祺,老舍等"京派"小说之于邓友梅,孙犁等"荷花淀派"之于刘绍棠、冯骥才,他们之间形成一种自觉的艺术传承或者创作影响的关系。尽管寻根小说的创作主体还有知青作家群体,他们的寻根意识很大程度上并不是直接来自前辈的文化小说,而且他们大多数人的文化思想与前辈作家相比,显得较为杂芜;但在将审美视野投向本土文化,着重对民间社会生存本相的历史和现状进行重新审视方面,他们与前辈作家相似。也许,这是一种民族文化心理上的深度契合。

再次,这是一体化文学体制中的现实主义文学寻求突破的结果。我们应该注意到,无论是"伤痕文学""反思文学"还是"改革文学",他们都高扬五四新文学以来的现实主义精神及其人道主义价值观念,自觉充当社会代言人,在作品中对历史和现实社会的种种弊端予以尖锐的揭露和批判。但在80年代的社会背景和文化语境下,这种批判毕竟是有限度的。新时期文学一开始原本是主流话语的有机部分,它是在否定"文革"和批判极左思想的思想解放运动的文化语境下兴起和发展的,也是否定"文革"和主张思想解放的有力见证。但是主流话语不可能放任文学无节制地历史控诉、思想反思和社会批判,而且一体化的文学体制也完全可以制约这种文学的发展。1983年的"反对精神污染"与80年代中期的"反对资产阶级自由化",实际上逼迫继承新文学现实主义精神传统的新时期文学,不得不思考怎样突破原有的政治与道德层面的批判和反思及写实的方法。这就是说,在一体化的文学体制下,现实主义文学的发展肯定是有限度的,不可能自由拓展和任意深掘。这从客观上迫使新时期文学重新进行自我调整,选择新的文学发展向度和突破点。简言之,外在的客观文化情境迫使新时期现实主义文学创作从社会政治向度转向思想文化向度,其实,这也是80年代中期社会形成文化热的重要社会原因。

最后,从更为宽阔的文化背景上考察,新时期文学文化热的兴起,与闭关锁国的结束和国际文化交流的重新开始密切相关。新时期西方文学观念和文学流派的涌入,开阔了当代中国文学的人文视野,现代主义思潮打破了现实主义文学在当代文坛一统天下的局面。同时,这也将一个全新的课题摆在文学知识分子面前,这就是当代文坛如何应对来自西方的思想文化。是唯现代化还是把西方现代化和中国文化传统结合起来,成为当时文学知识分子共同关心的问题;对传统文化的人文价值进行多元考察和重新评价,也成为人们关心的一个话题。而且,知青一代作家具有强烈的世界参与意识,他们深切感受到,缺乏民族文化精神底蕴支撑的文学,无法获得与世界平等对话的权利。新时期文学高扬的是新启蒙旗帜,即继承和光大五四新文化的现代文化传统,而这种话语恰恰是从西方引入的,仅仅据此作为当代中国文学的思想底蕴来与世界文学对话,显然很难获得平等的权利。因而文化热恰好适应他们的这种自我焦虑的迫切需要。因此80年代中期,弘扬民族文化的国家意志与引进西方现代主义的文学思潮,以文化寻根的方式巧妙地结合在一起了。

如果我们把"寻根文学"放在具体的文化影响坐标中考察的话,那么不难发现,"寻根小说"也是一种世界性的文化潮流在中国的反映。1981年前后由于长篇小说《根》的影响,美国出现过寻根热。1982年诺贝尔文学奖的桂冠被哥伦比亚作家加西亚·马尔克斯摘取,这意味着"民族的也是世界的"这样一个论题,在诺贝尔文学奖面前获得了确证。拉美文学及其马尔克斯给中国作家的最大启迪,就是深入本土文化与表现自己的民族文化。急于获得世界认同的中国当代文学,似乎从拉美文学中看到了摆脱困境和走向世界的最好路径,马尔克斯的《百年孤独》和魔幻现实主义也就成为当时中国作家的热门话题。特别是知青作家,当他们用完了知青生活给他们带来的文学素材之后,正面临一种共同的困惑,即如何深化他们的创作;拉美文学则给苦于突破无门的知青作家带来了成功的希望,因此当这批年轻作家走向创作成熟的时候,寻根便成为他们标示自我的精神徽章。

总之,从文化小说到寻根小说有个逐步发展演变的过程。究其缘由,既有当代文学自身发展的内在趋势,也有社会历史和文化语境的外在原因;既体现出新时期文学对中国传统文化某些方面的继承和批判,也有受西方文艺思想与外国文学影响的因素。因此它从某个侧面表现出80年代中国文学的整体发展态势。

二、文化小说

80年代初期,现实主义小说以一波又一波的创作思潮冲击社会,牢固占据文坛的主流地位。但也就在这个时期,开始出现一些甘愿身处边缘的非主流作家,在政治性和道德性较强的"伤痕文学""反思文学"和"改革文学"之外另辟蹊径,他们的作品以宽阔的文化视野与独特的审美个性悄然出现。这批作家中最早出现的是汪曾祺,还有刘绍棠,其后按两个系列纷纷出现,一个系列是以陆文夫、邓友梅、林斤澜等为代表的中年作家;另一个系列是以贾平凹、李杭育、张承志、何立伟等为代表的新进作家。由于他们的创作并非聚焦大众社会关注的现实和历史的重大问题,因而缺乏特殊的社会震撼力,并没有引起社会的广泛关注。直到1984年这批作家的作品汇聚成流,地域文化小说逐渐成为一个创作思潮,人们才惊讶地发现,"中国的人文地理版图,几乎被作家们以各自的风格瓜分了"。[①] 一方面是这个时候文化热开始在大陆中国风行一时,而现实主义创作步履艰难;另一方面他们的创作已经汇聚成流,呈现出相似的文化关怀倾向,所以引起文坛的关注。但与稍后的寻根派不同,他们既没有群体的自我认同,也没有自我的文学命名,只是后来的批评家对他们的创作进行归类和命名。在此,我们把这类创作称为文化小说。这类创作貌似偏离当时主流的现实主义,实则是把反思的触角深入到民族文化的层面,并自觉追求文学的审美价值。

80年代初期文化小说的审美特征,主要表现在以下三个方面:一是关注民间社会与突显地域文化。这些作品自觉关注民间社会的乡土生活与市井人生,普遍地描述凡人琐事;营造不同人文地理区域的风俗人情,创作出极富地域文化特征的艺术世界。如刘绍棠的《蒲柳人家》,以富饶秀美的运河故乡为背景,着意描绘健康明朗的农家民风人情,讲述善良美丽的少男少女的传奇爱情。邓友梅的《那五》则是另一种市井生活,它传神地描绘出旧北京的世风民俗和市民阶层的众生相,通过没落贵族纨绔子弟那五的混迹人生,传达普通市民的人情冷暖及世态炎凉。地域文化特质在汪曾祺、林斤澜、陆文夫、李杭育等作家的创作中,有着更加自觉和持久的关注,也有着更为独特的艺术表现。汪曾祺江苏高邮的家乡纪事,营造了一个生动的民间社会的日常生活世界;林斤澜的"矮凳桥风情"系列则融变动的现实生活与传说的民间故事为一体,描绘了一幅梦幻般的温州风俗画;陆文夫的姑苏风味小说以文学园林般的"建筑群落"和"小巷人物志"的形式,展现民俗民情的社会世相;李杭育的"葛川江系列"书写南方水上人家的生

[①] 季红真.历史的命题与时代抉择中的艺术嬗变[M]//忧郁的灵魂.长春:时代文艺出版社,1992:36.

存状态,映现人间一隅的民风民俗,探寻吴越文化的底蕴及其衍变。

二是在表现世俗人生和文化习俗的同时反思传统文化。这些作品将民间习俗、地域文化、传统文化与特定的历史背景联系在一起予以表现,从中融入创作主体的历史反思和现实思考。有的作家具有明显的反思传统文化的意味,也有的作家带有深情回顾传统文化的倾向。陆文夫的《美食家》,在半个世纪社会风云变迁的背景下展示一个吃客的生涯和心态,对中国传统的食文化进行了深刻反思,流露出深深的人生忧虑。邓友梅的《那五》着力表现一个在时代风雨飘摇中的破落八旗子弟"玩"和"混"的寄生哲学,透视某些国民性的弊端和人性的弱点。冯骥才的《神鞭》和《三寸金莲》讲述天津卫的趣闻逸事,在男人的辫子与女人的缠足这样的"国粹"里,审视民族文化心理的扭曲与精神文化的病态。汪曾祺则是深情地反顾民间社会及其价值精神的作家;张承志的《黑骏马》对草原文化有一种难言的内心留恋而又不得不告别的复杂心态;史铁生的《我那遥远的清平湾》深情回望陕北那片古老而贫瘠的黄土地,怀念那些在苦难中自寻其乐的普通农民,并从独特的角度领悟他们坚韧而顽强的生命力。值得注意的是,有的作家在反思传统文化时表现出矛盾的心理:有意识地讲述一种精致文化的没落,却情不自禁地沉浸于蕴含在风俗文物中的传统文化的神韵,意识上的批判理性与下意识中的把玩迷恋并存,不免陷入文化价值的迷津。

三是散文化的叙事风格和个性化的审美追求。文化小说的作家普遍注重小说整体的诗性氛围和主观情愫,具有明显的文化审美意识,这种叙事特质体现在文体上,便是舍弃情节化的矛盾冲突和戏剧化的叙事结构,呈现出散文化的叙事风格。同时,他们悉心构筑富有审美意味的艺术世界,显现自己独特的创作个性,这种审美个性体现在语言上,质朴而蕴藉,活泼而生动。刘绍棠"运河系列"的中短篇小说《蒲柳人家》和《瓜棚柳巷》,把自然美、人性美和人情美融于一体,构筑了一个理想化的艺术世界,散发出浓郁的田园牧歌式的浪漫主义气息。邓友梅和冯骥才的小说,分别描述历史中京、津地域民间社会的凡俗人生,显现出地道的"京味"和"津味";邓友梅小说透露出烂熟的雅,而冯骥才小说迷恋陈旧的俗。

文化小说的代表作家首推汪曾祺。汪曾祺(1920—1997),江苏高邮人,从小接受传统文化濡染。他1939年考入西南联大中文系,成为沈从文的学生。大学期间发表作品,新中国成立后在北京市文联编辑文艺刊物。1958年被打成右派,后调入北京市京剧团任编剧。1949年出版第一部小说集《邂逅集》,1963年出版第二部小说集《羊舍的夜晚》。1980年发表短篇小说《受戒》,受到好评,此后创作了大量小说和散文,其中《大淖记事》1981年获第二届全国优秀短篇小说奖。文集有《晚饭花集》(小说集)、《晚翠文谈》（评论集）等十余种，1993年《汪曾祺文集》（四卷本）出版，1998年《汪曾祺全集》（八卷本）出版。他的小说大都写故乡童年、记忆中的人和事，在普通人的平凡琐事中发掘生活的诗意和生命的价值，透过深挚的乡情显现人生和人性的感悟。自然浑朴的描述中体现出一种诗化意境与和谐的美，散发出一种源远流长的中国传统美学的古典情韵。

  汪曾祺的短篇小说《受戒》（载《北京文学》1980年第10期），写13岁的小明子到荸荠庵当和尚，4年后受戒。然而，他与农家姑娘小英子之间纯真而质朴的爱情，却使他无法真正地"受戒"。小说描述民间社会的和尚生活，但笔墨集中在佛门之外的世俗凡人的日常生活场景上，为我们描绘了一片充满了人情美和人性美的理想世界，意在赞美自然而富有生命力的自由人性。是一曲梦幻般的田园牧歌。短篇小说《大淖记事》（载《北京文学》1981年第4期），充分表现了淖边下层劳动者的生活情趣及其对命运的抗争，在民俗民情的描述中张扬率真的人性和淳朴的人情。作品比较集中地讲述了挑夫的女儿巧云与小锡匠十一子的纯洁爱情故事。虽然他们相爱，但由于保安队刘号长的出现，爱情遭受摧残；又由于锡匠集体上街抗议，巧云重新回到小锡匠身边，而且事后他们情爱更笃，生死不渝。小说既映现了下层人生活的苦涩，更揭示出民间社会的道义力量和生命韧性。

  汪曾祺小说的主要艺术特色，首先在于他的小说富有诗性特质，在日常的世俗生活和平凡人生下蕴含丰富的想象和充沛的情感。汪曾祺擅长构筑审美乌托邦，这是个由梦幻和现实组成的艺术世界。说它具有梦幻性，是因为它着意书写童年眼中的故乡生活，与现实有着不可逾越的时间和心理距离，充满善良或者悲愤的主观情愫。如《受戒》是写"四十三年前的一个梦"，这是用童年的目光装点的迷人的理想世界，在这里即使是佛寺，也可以在殿上杀猪；是和尚也可以恋爱。这里充溢着自由人性和欢愉生命，是个诗性盎然的乡土田园世界。说它具有现实性，是因为它并不远离尘世，就发生在自然淳朴而善恶交集的世俗民间社会。再如《大淖记事》，尽管淖边充满了生活情趣，但也有保安队的刘号长，他轻易地破坏了巧云的童贞。还有短篇小说《陈小手》，虽然名医陈小手技艺高超，并挽救了团长夫人的生命，但最终倒在团长的一声枪响中，他的死亡体现出作者对黑暗现实难以言表的悲愤。可见，汪曾祺的艺术世界既是寄托他美好理想的伊甸园，也是他悲悯情感的升华处。

  其次，他的小说大多采用散文化的叙事方式。汪曾祺的小说故事性不强，往往由大量隐含人生意义和人性感悟的风俗画面和生活细节构成。如《大淖记事》，巧云和小锡匠的爱情故事只是整个作品中的一部分，小说大量讲述淖边的风俗人情。他的作品似乎是个开放性的艺术世界,随时可以插入生活中的掌故逸事,近似节奏舒缓的散文。这种叙事方式的艺术效果,是无意之中消除了小说的戏剧化痕迹,使之贴近日常生活的自然形态。再如《故人往事》《桥边小说三篇》等,皆起笔拈出一地一景或一人一事,娓娓道来,其中信笔插入几许相关的掌故逸事与情景情状,共同构成一个混融的民间生活世界。就叙事方式而言,这种文体类似随笔体散文,叙述简洁平缓,运笔如行云流水。

最后,汪曾祺小说的语言质朴明澈,简约冲淡。他的叙述语言多用短句,接近口语;文白相间,雅俗互化。写人物往往是淡淡几笔,形神俱出;叙事状物,自然中显神韵,平淡中见性情;对话则凝练传神,富于生活气息。整体而言,简约清新而韵味醇厚。如《受戒》。

汪曾祺的小说创作,在20世纪80年代初期出现,是对当代小说观念和小说文体的一次更新,意味着当代小说向自身审美功能的回归,对促进当代文学的审美意识,无疑具有积极意义。它不仅对本土传统文化和民间文化的精神资源进行了创造性的现代转换,而且重新接续了现代文学史上废名、沈从文的文学薪火,使一度被新中国现代文学史遮蔽的审美传统得以重新光大,并且赋予这种诗化小说文体以自己独特的风格,成为一种成熟的诗化小说的典范。

在寻根文学还没有形成自觉意识和创作潮流时,一批知青作家涉入文化小说。在当时引起较大影响的是贾平凹和张承志,前者的代表作是散文化小说《商州初录》(载《钟山》1983年第5期),后者的代表作则是中篇小说《黑骏马》(载《十月》1982年第6期)。

贾平凹(1953—),陕西省丹凤人,1972年被推荐到西北大学中文系学习,毕业后分配到陕西人民出版社做编辑工作。1978年发表的短篇小说《满月儿》,获全国优秀短篇小说奖,引起文坛注意。自《商州初录》起,他连续创作了"商州系列"小说。《商州初录》由一则引言和13则笔记体短篇小说构成,《黑龙江》《桃冲》《白浪街》等6篇,主要铺写商洛山的地理风貌、民俗野趣,间或夹入人情奇事,合成一种古朴淳厚的气氛,是全文的最佳部分。《一对情人》《屠夫刘川海》等7则偏重写人写事,人性美和人情美寓于人生悲剧之中。作品分成"过去"和"现在"两个系列。在"过去"的人物故事中,作品着重讲述了这块苍茫厚重的土地上各种人物悲欢离合、喜怒哀乐的人生故事。这些勤劳、节俭、坚韧的乡民,一代又一代地生活在这块贫瘠的土地上,活下去的欲望支配着他们艰苦的劳作,他们付出了所能付出的最大人生努力,获得的却是并不富裕的生活和仅能满足基本生命需求的人生享受。在"现在"的人物故事中,小说讲述了乡民在新与旧、现代与传统交错下的人生追求和生活憧憬。小说在对农民普遍行为心理的透视和拙朴的乡风民情描述之中,流溢出丰富的文化意蕴;同时在艺术上汲取中国古典美学的精粹与民间文艺的养料,重视文本的整体气韵。应该说,当贾平凹重新回到商州这块天荒地老和苍茫厚重的土地上,便获得乡土性和传统性的创作源泉与写作灵感。

张承志的《黑骏马》1982年荣获第二届全国优秀中篇小说奖。小说以辽阔壮美的内蒙古大草原为背景,以一首哥哥寻找妹妹的古老民歌《黑骏马》为贯穿全文的旋律,描写了蒙古族青年白音宝力格的成长历程,其中主要讲述了他和索米娅的爱情悲剧。小说以舒缓的叙事节奏与优美的抒情笔法,再现了草原民族的风俗人情,赞颂了草原民族质朴善良和勤劳坚韧的美德。当然,作者不仅仅是单纯地向我们讲述这个生活故事,而是将笔触深入到草原民族凝重的文化积淀深层,使作品具有了深邃而厚重的历史纵深感和现实人生感。主人公白音宝力格是一个追求现代文明的蒙古青年,他的人生追求体现了蒙古人民对美好生活的向往。奶奶和索米娅是善良纯朴而坚韧的蒙古人民的象征,她们仁慈博大的胸怀和宽容的精神,支撑着她们默默承受生活中的一切困苦和灾难,同时也混杂着对一些愚昧传统习俗的无奈认同和认命式的接受。作者在情感倾向上就像白音宝力格一样,似乎感受到草原民族厚重的文化底蕴和深层的传统积淀,他的感情深处是深深眷恋着那片草原,因为那是生他养他的草原故乡;同时他又不得不怀着深沉而复杂的感情离开那块土地,因为他毕竟经受过现代文明的洗礼,怀有自己的人生追求。因此,白音宝力格的曾经回归与终于离去,充满情感生命的价值张力。张承志的小说是真正意义的审美乌托邦,具有强烈的抒情色彩,洋溢着诗性的崇高美。他的小说语言气势恢宏、感情饱满、绚丽多彩。

总体而言,文化小说以文化的地域性、文化的反思性和文化的审美性为特征。"文化的地域性"表现出这些作家的个性:开发民族精神中具有地域特色的文化资源,这是获取鲜明创作个性的一条有效途径;"文化的反思性"体现出这些作家的共性:反思和探寻传统的文化积淀和深层的民族心理;而"文化的审美性"既有自我追求的个性意识,又有审美认同的共性意识。这三者的互动,表达出文化小说对民族文化反思和重建的创作母题。

三、寻根小说

"寻根小说"思潮发生在80年代中期,它是以文化寻根为思想标示,现代性为精神尺度,重塑和复兴民族文化为目的的一场文学思潮。"寻根小说"内容上将文化作为观照和反思现实与历史的思维向度,突出文学存在的文化意义;在文学形式上,也进行了一系列的文学实验和探索。

"寻根小说"的创作群体,除了作为寻根先导的少数前辈作家外,主体部分是知青作家,此外还有部分少数民族作家。作为寻根先导的前辈作家,是指汪曾祺、林斤澜、陆文夫、邓友梅等,他们的文化小说开启了寻根小说的先河;寻根派的主体成员由知青作家构成,是他们正式亮出"寻根文学"的旗帜,掀起"寻根小说"的创作思潮,使之成为从理论到创作都走向自觉的文学潮流;而一些少数民族作家以表现本民族的文化特性而成为寻根派的一个独特部分,构成了寻根文学的一道独特风景线。

1984年12月,《上海文学》杂志社与杭州《西湖》杂志社等文化单位在杭州市举办座谈会,与会的一些青年作家和评论家提出了一个较有共识的文化寻根问题。一些作家认为,中国自五四新文化运动以来出现了长时间的"传统文化断裂",希望以文学来弥补这一文化的断裂;中国人的现代意识,应当从本民族的总体文化背景中孕育出来。这次会议的讨论促使了寻根派公开亮出文化寻根的旗帜。

1985年韩少功首先发表《文学的根》(载《作家》1985年第4期),正式提出"文化寻根"的文学口号。文章明确提出:"文学有根,文学之根应深植于民族传统的文化土壤里,根不深,则叶难茂。"所谓寻根,"不是出于一种廉价的恋旧情绪和地方观念,不是歇后语之类的浅薄的爱好,而是一种对民族的重新认识,一种审美意识中潜在历史因素的苏醒,一种追求和把握人世无限感和永恒感的对象化的表现"。1985年夏,一些作家在《文艺报》展开文学寻根问题的讨论。郑万隆《我的根》、李杭育《理一理我们的根》、阿城《文化制约着人类》、郑义《跨越文化断裂带》等文章先后发表。尽管这些作家在对待传统文化的态度上缺乏同一性,创作倾向和表现手法也不尽一致,但是有一点是相同的,这就是希望通过文化寻根来增强文学的文化底蕴和民族特色,据此跻身世界文学之林,同世界文学对话。这些文章的发表,标志着寻根文学的理论自觉。也就在这一年,出现了阿城《孩子王》、韩少功《爸爸爸》、王安忆《小鲍庄》、郑义《老井》、扎西达娃《系在皮绳扣上的魂》等小说,以及郑万隆的"异乡异闻系列"、李锐的"厚土系列"、李杭育的"葛川江系列"等小说,形成了批评理论与创作实绩并进的态势,形成了寻根文学的思潮。

从寻根文学的创作和理论可以发现,文化寻根主要有两种探寻的指向:一是寻中国文化历史之源,如楚文化、秦文化、晋文化、吴越文化等;二是寻民族文化精神之源,如儒、释、道。① 寻根意识大致包括三方面:一是发掘当代社会心理中存在的传统文化积淀,批判其否定性或负面性的传统文化因素,如韩少功的《爸爸爸》、王安忆的《小鲍庄》等;二是对民族文化的重新认识和阐释,发掘其肯定性或正面性的文化价值,如阿城的

---

① 潘旭澜. 新中国文学词典[M]. 南京:江苏文艺出版社,1993:506.

《棋王》、李杭育的《最后一个渔佬儿》等;三是以现代人感受世界的方式去想象历史或古代文化遗风,寻找激发生命力的精神文化源泉,如郑万隆的《老棒子酒馆》,莫言的《红高粱》等。"寻根小说"的代表作,当推阿城的《棋王》、韩少功的《爸爸爸》、王安忆的《小鲍庄》,以及郑万隆的《老棒子酒馆》等。特别值得提及的是,上述三种寻根意识,都包含现代意识。

阿城(1949年—),原名钟阿城,四川江津人。读中学时遭逢"文革",先去山西插队,后去云南农场做工。1979年回城,曾在中国图书进出口公司工作,后任《世界图书》编辑。1984年以处女作《棋王》崛起于文坛,以后接着写了《树王》和《孩子王》,并有短篇小说集《遍地风流》。他的小说深受传统文化和民间文化的影响,流露出明显的文化回归意识。

《棋王》(载《上海文学》1984年第7期),被认为是出于知青文学又超乎知青文学、先于寻根文学又是寻根文学代表之作,曾获第三届全国优秀中篇小说奖。小说以知青生活为背景,着力刻画了一位知青"棋呆子"王一生形象。作品通过"吃"与"棋"的故事,展示王一生的生存状态与生存方式,从简单的生活现象提炼出深厚的文化意蕴。"吃饭"代表平凡普通的生活方式:衣食起居乃人生之本;"下棋"代表超功利的爱好和执着:精神自由乃人的本真。小说重点描写他的耽迷象棋和淡泊处世,以及他作为棋迷棋呆棋圣而从棋道中悟出的为人之道。棋道,其实是中国传统文化及其基本思想道、禅、儒的象征,不过这篇小说主要是表现道家的文化思想。正如王一生得到捡烂纸老头这位隐于江湖的高人的棋道真传那样,下棋之道也即造化之道:无为而无不为、阴柔和阳刚相互转化,生命归于自然、随其大化而获无限自由。作品如此描述他与九大高手的"车轮大战":

  王一生孤身一人,坐在大屋子中央,瞪眼看着我们,双手支在膝上,铁铸一个细树桩,似无所见,似无所闻。高高的一盏灯,暗暗地照在他脸上,眼睛深陷进去,黑黑的似俯视大千世界、茫茫宇宙,那生命聚集在一头乱发中,久久不散,又慢慢弥漫开来,灼得人脸热。

作品通过王一生的形象表现出传统文化的活力与文化人格的魅力,也寄托了作者向往的风骨。对于这种毫无保留地认同传统文化的倾向,不少批评家持有不同的看法。然而,无论是否赞同作者的文化思想观念,关于作品本身的艺术成就,则是广为赞赏的,尤其是作品的语言。《棋王》的语言简洁传神,返璞归真。正如有的评论所说:口语化而不流俗,古典美而不迂腐,民族化而不过"土"。①

韩少功(1953—),湖南长沙人。1968年初中毕业后赴湖南汨罗市插队,1974年调县文化馆工作,同年开始发表作品。1978年考入湖南师范学院中文系,毕业后任记者、编辑,1984年进入湖南省作协从事专业创作,1988年调海南省,曾任海南省作协主席。主要作品有中短篇小说集《月兰》《飞过蓝天》《诱惑》《空城》等,长篇小说《马桥词典》《暗示》等,还有多本散文集、文艺批评集,另有《生命中不能承受之轻》等译作。他是一个能同时驾驭几副笔墨的作家,作品多次获奖。他"寻根小说"创作的一个基本主题,是对封建愚昧的传统文化心理的反思和批判。

韩少功的中篇小说《爸爸爸》(载《人民文学》1985年第6期),讲述一个充满现代寓言意味同时又类似神话传说的故事。作品从整体上描述了荆楚巫文化背景下一个宗族的衰落,通过农民的家族史隐喻国民史。作品的内容相当丰赡,它以追根溯源的眼光去审视鸡头寨的历史变迁,描写了诸如初民观念、原始禁忌、迷信掌故、祭祀打冤、畏天祭神,以及千奇百怪的迷信解释、盲目的祖先崇拜、长辈权威等充满荆楚巫文化色彩的民俗风情。显然,鸡头寨的这些生活习俗及其文化形态,隐喻着一种封闭、凝滞、愚昧落后的民族文化形态,而这种文化形态最终又阻碍着民族现代文明的发展。小说的中心人物是丙崽,他有许多奇异之处,长到十几岁,却只会说两个词:"爸爸爸"和"×妈妈"。与他同龄的孩子,一个个长成壮年汉子,他却仍然只有背篓高,仍然穿着开裆的红花裤。小说结束处鸡头寨的老弱病残都服毒自尽了,喝了双倍分量的丙崽却奇迹般地活了下来。显然,作者赋予这一意象以特殊的象征意义,即传统文化的原始性、丑陋性和顽固性,如丙崽只会运用阴阳两极的思维方式认知外在世界,其思维方式与思想水平还停留在人类的蒙昧时期。因此可以说,丙崽是国民劣根性的象征,民族文化的荒诞变体。小说运用魔幻荒诞的审丑方式与象征暗示的艺术手法,表现出强烈的理性批判精神。作品的风格沉郁苍凉。

王安忆也许不能算是寻根派的代表作家,但是她的《小鲍庄》(载《中国作家》1985年第2期)却被视为"寻根小说"的代表作。偏僻的小鲍庄是个古风犹存的义礼之乡,这里的乡民按照代代相传的信仰、习惯和伦理规范生活,显现出一种超稳定的生存形态。然而,透过小鲍庄的世态众相可以发现,在这貌似平凡而卑微的平静生活下面,潜藏着丰富而复杂的真实人生,这种人生是愚昧与人性相交、凄婉与温暖并杂,卑微与崇高消长、沉重与欢欣缠绕。作品中捞渣这个形象无疑具有象征意义,他因搭救他人而

---

① 潘旭澜.新中国文学词典[M].南京:江苏文艺出版社,1993:681.

丧生，被乡民们视为义举，引为宗族的骄傲，但他的事迹被新闻媒体大加渲染，成为一种宣谕思想道德的工具。于是，内在的"仁"与外在的"礼"出现显豁的悖论。可以说，捞渣的死揭示出"仁义"文化不可避免走向衰落的历史命运。

郑万隆的《异乡异闻》主要写黑龙江边古称为"野蛮女真使犬部"的山林生活，《老棒子酒馆》是这个系列小说中的一篇。这个短篇小说着力刻画一个既是英雄又是土匪、既让人恨又让人想的硬汉子形象。小说仅仅呈现了一个场面，这就是硬汉子陈三脚最后一次出现在老棒子酒馆的情景。这时，陈三脚刚刚经历了一场生死恶战，原有四十二处伤的身躯又添一处致命的刀伤，他在退隐山林前夕来到老棒子酒馆，归还曾经赊欠的酒钱。从此他远离江湖，隐居山林，直至孤独地默默死去。小说悉心营造了一种生的追求和死的崇高的特殊艺术氛围，渲染一种强悍的生命力，力图用丰富的历史想象激活过于成熟而委顿的民族生命力。当然，这种文化意向，在莫言"红高粱系列"小说中有着更多表现。

"寻根小说"的创作高潮是在1984—1986年，虽然它们的文化指向不尽相同，寻根意识也不尽一致，但是作为一个小说创作潮流，共同的特点主要有以下三个方面。

其一，关注民俗风情，凸显地域文化。"寻根小说"将民俗风情当作特殊的文化对象加以历史观照，并通过民俗风情来表现与之密切相关的民族文化心理，给读者以思考和启迪。值得注意的是，"寻根小说"中的地域文化与一般意义上的乡土文学中的地域文化色彩有所不同的是，特定的地域文化与民俗风情，被作者赋予了文化象征的对应物。例如韩少功的《爸爸爸》中鸡头寨的种种祭祀崇拜和文化习俗，都是原始思维的落后象征，而丙崽这个形象则是愚昧的传统文化观念的象征。阿城《棋王》中王一生深奥的棋道，气贯阴阳，汇道禅于一炉。他的大智若愚，其实就是神奇的传统文化的集中象征。

其二，文化探索的笔触，生命本体的思考。"寻根小说"赞美人的顽强意志和歌颂人的强悍生命力，以探询生命存在的方式和意义。在郑万隆的《异乡异闻》和莫言的"红高粱系列"等作品中，人的生命本质力量凸显：强悍、舒展、豪放、顽强；洋溢着英雄主义的气息，表现出刚正不阿的自由人格。在这类作品中，最具代表性而且也最为成功的是张承志的中篇小说《北方的河》（载《十月》1984年第1期，1984年获第三届全国优秀中篇小说奖），这部作品充满着激情与诗意，堪称一代青年的精神历程。小说的表层是写一个应届大学毕业生克服重重困难，报考人文地理学研究生的故事；但深层蕴意是一个具有英雄情结的青年，历经沧桑而坚忍顽强的心理现实。主人公与"北方的河"的对话，透露出道德理想主义和审美浪漫主义的时代气息和精神价值，可谓理想年代的青春赞歌。

其三,人物的象征性,现实的超越性。"寻根小说"有意模糊具体的时空观,以获取更为广阔的时空效应;有意虚化具体的政治经济环境,以凸显更为广阔的文化历史景象,从而使某种具有象征性、荒诞性的人物事件呈现多义性、暗示性和哲理性,这是"寻根小说"的共同特点。在这里,我们也可以发现寻根文学与现代主义文学的有机融会。如韩少功的《爸爸爸》就是一部这样的作品。作品中鸡头寨的打冤家、瘟疫,还有匪夷所思的人物丙崽等,无一不是某种文化精神象征的对应物。作者有意识地模糊具体的时空环境,就是为了使这种象征对应物具有更为广阔的所指性,使作品获得更大的艺术表现空间。它就像一把有许多匙孔的锁,可以用不同的钥匙去开启。

寻根文学的文学史意义与影响主要在于,一方面它对民族文化的重新体认和反思,开拓了一个文学认识和表现生活的新的文化维度,使当代文学开始摆脱现实主义这个主流文学话语的束缚,从而进入到一个更为广阔的艺术表现空间。另一方面,它对传统精神文化的重新探究和思索,开掘了文学认识和表现人性的新的心理深度,使当代文学关注个人心理的集体无意识层面,极大丰富了当代文学的表现力。

自此,当代文学创作的文化意识增强,作品的文化意蕴受到关注,新时期文学的层次得以提升。特别值得提及的是,尽管寻根文学作为一种文学思潮在80年代后期逐渐式微,但它作为一种可得性的文学资源广泛地渗透进以后的诸多文学创作里,因此"寻根小说"在当代文学史上占有重要的一席之地。不过,我们也应该注意到,由于作为寻根文学主体的知青作家自身文化积累的有限,寻根文学负载的文化民族主义情怀过于急切和强烈,从而难免浮躁、片面和偏激。他们对传统文化的过度阐释,使之有时失去了对当代生活的有效参照;象征化与寓言化的写作,固然是对民族文化普遍性和概括性的追求,但也可能使作品存在着观念化的倾向,甚至出现主题先行的弊端。

第三节 先锋小说

一、先锋小说及其审美特征

20世纪80年代是中国当代新时期小说剧烈嬗变的时期,其中最为显著的变动,是从现实主义到现代主义的艰难开拓。1985年前后,就在"寻根文学"仍处于高潮的时候,现代派开始了它暗潮涌动的文学之旅,并在此后很长一段时间里对中国当代文学观念的更新与小说叙事的转型发生了重要的革命性影响,几乎引领了此后的新时期文学的创作路径。现代主义彰显个性,追求神秘感,推崇艺术形式技巧,而且这种表现形式往往以反传统的抽象、象征和变形等实验方式加以表现,因而总是具有先锋派的探索精神。因此,批评家们将80年代中后期这一小说潮流指称为"先锋文学"或"实验小说""新潮小说"。① 简言之,"先锋文学"标志着一种充满创造欲望的前卫艺术姿态,既具有艺术创作的自觉意识,又表现着对既成社会规范和艺术传统的叛逆或超越企图,它们构成了这个时期最有生气的文学现象。

新时期的"先锋文学"创作,最初可以追溯到王蒙80年代初期发表的《春之声》《夜的眼》和《海的梦》等小说,这些小说将中国人久违的西方意识流小说的叙事形式带进中国当代文坛。不过,虽然它们有力冲击了僵硬的社会心理与审美图式。但思想内容依然沿袭主流话语认同的道德理想。新时期现代派小说,还应提及1985年问世的刘索拉的《你别无选择》和徐星的《无主题变奏》。《你别无选择》描写一群大学生对自我的充分自信,表现出反传统的激烈情绪。小说书写当代青年的那种无聊感和荒诞感,体现出黑色幽默的意味。《无主题变奏》讲述一个自认为没有出息的青年,嘲弄一切现有的世俗价值观,鄙视成功成名,表现出生活的荒诞、无聊和空虚。这两篇小说的叙事焦点都是主观的自我感觉,这与强调客观世界的现实主义构成明显反差。当然,这两篇被称为典型现代派的小说,实质上还是张扬一种个性至上的人生观念,而且侧重表现个体独特的生存感受,并没有强调叙事形式的变革。

"先锋文学"的先锋意义,正是在于把叙事形式上升到文学的本体意义。因此1984年马原的小说《拉萨河的女神》的问世,才真正标志新时期"先锋小说"的诞生。不过马原的意义直到1987年才为文坛普遍关注,他的小说叙事方法后来被批评家归纳为"马原的叙事圈套"。② 马原之后,洪峰、残雪、扎西达娃、莫言、苏童、余华、格非、叶兆言、孙甘露、北村等人加入"先锋小说"的创作行列,并且纷纷建立起具有自己文学观念与风格的叙事模式,先锋文学的意义由此获得当代文坛的认同。此前的当代小说创作基本局限在"说什么"的窠臼中,而马原等先锋作家则把创作的重心挪移到了"怎么写"上面。他们在小说的叙事策略、叙述语言等技术性方面进行大胆的实验,从而在小说创作中唤起了对形式的自觉,由此引发了一场小说叙事革命,这对传统文学观念和传统审美习惯无疑是一个重要的突破。因此,从狭义的角度讲,新时期的先锋文学是指以形式主义为旗帜、以叙事革命为轴心,彻底颠覆既有文学传统的文学创作。

---

① "先锋小说"在当时或被称为"新潮小说""实验小说"。最早对这一文学现象进行命名、研究的文章,有吴亮《马原的叙述圈套》(载《当代作家评论》1987年第3期),李劼《论中国当代新潮小说》(载《钟山》1988年第5期),张颐武《小说实验:意义的消解》(载《北京文学》1988年第2期),李陀《昔日顽童今何在》(载《文艺报》1988年10月29日)等。

② 吴亮.马原的叙述圈套[J].当代作家评论,1987(3).

客观地讲,当先锋文学以群体的方式出现后,创作情况就比较复杂了。也就是说,当代中国先锋文学的整体形态较为庞杂和含混:形式主义与存在主义并存,现代主义与后现代主义甚至现实主义彼此渗透、互相融合。从艺术源流与美学倾向上看,大致分为两种情况:一是以马原、格非等为代表的小说模式,其美学趣味则与南美博尔赫斯联系密切;二是以残雪、余华等为代表的小说模式,其美学趣味就与西方现代主义大师卡夫卡有着密切的血缘联系。但不论哪种美学倾向,都不影响它们在当代文坛上的"先锋"性质,因为它们在事实上都构成了对当代中国文学传统的超越与颠覆。"先锋小说"的登场亮相,表明了新时期文学的一个基本转折的到来——从追求以意识形态价值体系为基础的"现实主义"表现到追求以文学本体为基础的无限艺术创新。于是,"新时期文学的基本问题,由在现代化背景上自我与世界关系的基本问题,被转化为在形式主义诗学层次上的存在与技术的关系问题"。① 简而言之,新时期"先锋文学"的审美特点主要表现在:一是在精神文化上表现为对主流意识形态的回避与消解,怀疑甚至反叛既有的文化价值;二是在文学观念上颠覆旧的真实观,一方面放弃对历史真实和历史本质的追寻,另一方面放弃对现实的真实反映,文本只具有自我指涉的功能;三是在文本特征上,体现为叙述游戏,更加平面化,结构上更为散乱、破碎,因为意义的消解也导致了文本深度模式的消失。人物趋于符号化,性格没有深度,放弃意义追求模式,追求文本的游戏性,通常使用戏拟、反讽等写作策略。"先锋文学"极大拓展了小说创作的艺术空间。具体地说,"先锋小说"审美特质主要体现在以下几方面。

首先,"先锋小说"普遍重视小说的叙事形式。先锋小说作家认同"形式就是内容"的说法,刻意追求叙事形式创新,全面背离以往的艺术传统。马原是最重要的代表作家,为此他被某些批评家称为"形式主义者"。他小说构筑的艺术世界有意混淆现实与虚构的界限,叙事者及其朋友直接以自己的本名出现在小说中,并让多部小说互相指涉,进一步加强虚构的效果。他的小说总是设置许多有头无尾的故事,似乎暗示生活经验的片断性与现实的不可知性和不确定性,让人产生似真似幻的艺术效果,如《冈底斯的诱惑》。马原这些叙事的探索形成了著名的"马原的叙事圈套",并以引人注目的方式消解了此前人们熟悉的现实主义手法所造成的真实幻觉,成为以后作家的模仿对象和小说实验的起点。

格非的小说也非常注重叙事。在先锋作家群体中,他的小说表面看起来要传统一些:情节单纯,语言纯净,风格优雅。但格非小说情节上引人注目的"空缺"又往往是他

---

① 肖鹰.真实与无限[M].北京:中国工人出版社,2002:117.

偏离传统进入"先锋"的重要标志。他最初引起广泛关注的小说当属《迷舟》,这个战争毁坏爱情的传统故事是以优雅纯净的抒情风格叙述的,小说中的战争背景和大战前夕的紧张气氛并未影响优美的情节和浓郁的感伤气氛。但整个故事在关键的地方出现一个"空缺"——主人公"萧"去榆关到底是暗中递送情报还是去幽会情人"杏"?在传统小说的故事情节中这无疑是一个可以引起兴味的高潮。然而,在格非笔下它被故意悬置了。最终这个"空缺"不仅断送了"萧"的性命,而且使整个故事的解释突然变得困难重重,于是一个优美的古典故事被送进解释的怪圈。在某种意义上,作家这样处理小说情节就是要让小说创作从"真实"的现实关系中摆脱出来,使不确定性和偶然性成为审美空间的主角,在这里,"真实"这个要素已经无关宏旨,"想象"与"虚构"的合法性在小说中确立了地位。他的另一篇小说《褐色鸟群》被认为是当代小说中最玄奥的作品之一。格非在小说中把对时间、实在、幻想、现实、永恒、重现等的现代主义哲学理念的思考,与后现代主义式的重复性的叙事结构紧密地融合在一起。小说中"我"与女人"棋"的三次相遇如梦如真,似乎有几个不同的"棋"存在于一个共时的世界中,但在小说进行的历时层面,每一个"棋"都对前一"棋"起着解构的作用。这隐含着格非对现实的怀疑:被抽象与先验的理念统摄的现实,其实是个空洞的世界。所以他着重描写人与物的相互脱离,在这样"错位"式的情景中,人亲历的事件比传闻还要虚幻,人就是这样的从未证实过而又永远走不出相似的陷阱的一种假定状态中。他的另一篇小说《青黄》可以说是这种情境中的世界图像的一个寓言。在这里"青黄"到底是指代什么?不同的记载与不同的人,有着各种各样迥然不同的叙述与阐述,而叙事者根本无法判断谁是谁非。这种叙事与判断的不确定,使得小说的世界变得恍惚起来。

  其次,"先锋小说"都很注重小说的叙事语言。先锋作家对叙事语言情有独钟,他们极力回避以往被宏大叙事污染的附着明显价值意义的语言表述方式,在小说创作中渗透着对语言可能性的探索。在语言实验上走得最极端的是孙甘露。他的代表作有《信使之函》《访问梦境》《请让女人猜谜》《我是少年酒坛子》等。孙甘露的这些小说似乎彻底截断了小说与现实的关系,而专注于幻象与幻境的虚构,但这些幻象与幻境又都只是一些无关紧要的不屑与线索,无法构成一个条理贯通的虚构世界。在他的小说中,传统中国文学的宏大叙事杳无踪影,梦、幻想、瞬间的感觉、语词的自我衍生,以及优雅的风格,构成孙甘露小说叙事的主要套路。孙甘露1986年创作的《访问梦境》把梦境与现实融为一体,想象奇特,结构却流畅自如,语言瑰丽奇谲,但人们对此的感觉非常复杂。《信使之函》写一个投送一封信使之函的信使的遭遇。小说通篇用五十几个"信是……"的句式结构全文,这种句型表明:对于信使,信使之函什么都是,但同时又什么都不是,信使的旅程是一个充满未知可能的过程。孙甘露式的叙事模式,把语言变成了一封永远不能投送出去的"信使之函"。这篇小说没有明确的人物,也没有时间、地点和故事,它将语言的自身繁衍与沉思默想结合;把人类庸常的生活细节与艰深的哲理联系在一起;将对语言表达可能性的探索转化为优雅的理趣。孙甘露的作品尽管不多,然而他对语言在表达与叙事上的诸般可能性进行了顽强而罕见的探索,使语言经常处于表达的极限状态。由于孙甘露的小说叙述是在一个虚拟的超验的语言世界中进行的,因而阅读他的小说常常只能在虚拟的语义空间中获得虚假的诗意慰藉。正如作者本人所言,这种叙述只是"虚假的文学癔症"。由于孙甘露小说语言探索的这种实验性质,以致令众多的批评家们手足无措,但孙甘露的小说语言确实代表了小说创作的一种超越的维度。还有,残雪小说的叙事语言一扫女性世界的阴柔和温驯,充满阴鸷的张力。余华小说以毫无人性温度的冷静眼光观察死亡和暴力,甚至以戏谑的语言讲述人性的残忍。

再次,"先锋小说"关注与表现人的生存状态,并以象征与隐喻的方式表达对荒诞人生的体认。说到底,"先锋小说"是当代中国的现代主义文学。现代主义主张表现主观自我,强调直觉和下意识,并且广泛运用个性化的意象,象征与隐喻不可理喻的外部世界与焦虑不安的内心世界。1986年,残雪的几篇代表作相继问世:《苍老的浮云》《黄泥街》《山上的小屋》等。这些小说彻底颠覆了中国传统小说的创作与审美规范。人类精神乖戾的现象占据了她的小说空间,或者用她的话说,她想表现的是"人性中的矛盾"。① 残雪以她冷僻的女性气质与怪异的感觉方式进入小说创作领域,其作充斥极端的女性意识和极端的个人感觉,非理性倾向非常突出,如《黄泥街》和《山上的小屋》。这使她既与此前的中国女性创作迥然不同,又与同时代的男性作家们判然有别。残雪小说中的冷峻怪异的感觉,对暴力的幻觉式的处理方式,以及混淆幻想和现实的叙事方法,深刻影响了许多同时代青年作家。她的小说显示了一种梦魇式的文本的降生。余华的创作对人的存在进行了深入探索。他的小说以一种冷静的笔调描写血腥的死亡与残忍的暴力,并在此基础上揭示人性的残酷与存在的荒谬。在《四月三日事件》《河边的错误》《现实一种》《难逃劫数》等作品中,他细致而不动声色地描述人与人之间的残杀。还有北村,从神学生存论的角度来考察人在缺少神性维度后的生存状态,如《施洗的河》《玛卓的爱情》等。值得提及的是,虽然先锋文学有意忽略甚至干脆抹去小说具体的时空标识,但我们还是可以从残雪和余华的创作中感受到,他们深受"文革"生活

---

① 残雪.《残雪散文》自序[M]//残雪散文.杭州:浙江文艺出版社,2000.

经验和生命体验的影响。

最后,"先锋小说"迷恋历史世界,通过叙述历史获得解构历史和隐喻现实的双重快意。先锋文学往往回避现实而遁入现代历史,而这个现代历史常常是个任叙事主体虚构和想象的艺术世界。洪峰的《瀚海》、苏童的《一九三四年的逃亡》代表着对历史客观性的消解。与莫言在《红高粱》中把祖父辈人塑造为刚烈的草莽英雄不一样,在这两部追溯"我"的家族史的小说中,洪峰和苏童都对祖父们的禀赋和血气发生了根本性的怀疑。不论是对于有几十年革命斗争史的"我姥姥"一家,还是对经历了现代苦难史的"我爷爷"一家,"我"都不再对他们怀有深深的虔敬之意。在《瀚海》中,祖辈们往往都是陌路相逢、野合成婚、生命力强悍,但父辈们继承的,除了旺盛的情欲外,生命无一不呈现萎靡退化的状态。在"我"的记忆中,唯一称得上革命功臣的"舅舅",其真正的革命壮举也不过是以一个土改工作队队长的身份,娶了恶霸地主的美丽女儿为妻。在《一九三四年的逃亡》中,"我爷爷"的苦难史对于"我"是虚幻空洞的;相反,他的嫖娼纳妾的荒淫生涯却显得真实而鲜明。对于这样一位最后病死于淫乱之际的爷爷,"我"有何敬意可言呢?传统的历史价值因为历史偶像的瓦解,失去了意义的支撑。这样,历史文本的绝对真实性就不复存在,取而代之的是"我"对历史的主观记忆。换句话说,"我"的历史叙事不再是对一种外在史实的客观回溯,而是对"我"的历史记忆的重新体验,而且这种关于历史的生命体验充满人性自私而贪婪的欲望。格非的《迷舟》则通过"空缺"关键的故事情节来表达历史的神秘性,从根本上否定了历史的确定性,从而使历史成为一个缺乏价值意义的空洞的生活世界。

二、马原、格非的小说

马原(1953—),辽宁锦州人。当过知青、工人。1978年考入辽宁大学中文系,毕业后赴西藏工作7年。1989年调回辽宁,曾任沈阳市文学院专业作家,上海同济大学文化艺术系教授。20世纪70年代末开始创作,1982年以来陆续出版了中短篇小说集《冈底斯的诱惑》《虚构》《西海无帆船》《拉萨的小男人》《游神》,长篇小说《上下都很平坦》《牛鬼蛇神》《纠缠》等,1997年有《马原全集》(4卷)问世。马原早年从事过驳杂的职业,当过农民、渔民、装卸工、泥瓦工、电焊工、记者、编辑等。这一方面丰富了他的人生阅历,成为他创作素材的主要来源;另一方面也折射了他的性格特征:兴趣广泛,性喜历险和闯荡。这种个性特征也贯彻在他的小说艺术追求中。在中国当代小说家中,马原最早开始对小说叙事形式的探索,在小说的叙事策略、叙述语言等方面进行大胆的实验。他是小说家中的技术至上论者,率先将"形式"从中国传统小说中的附庸地位推向了主导位置,从而在一个缺乏小说形式感的国度里唤起了形式的自觉,终于引发了一场小说叙事革命。

马原认为,"文学首先是游戏"。① 因而他在小说中往往把读者诱入预设的叙事圈套中与之一起进行叙事游戏。马原首次把叙事置于故事之上的实验,是1984年发表的《拉萨河女神》。就标题来说,小说似乎要讲述一个寓意深长的故事。但是,作家只描述了"我"与一群无名无姓的青年文人在拉萨河畔一天中的冗长散漫的过程,所谓"女神",也不过是两位无聊的同伴用泥沙堆积的一个粗糙而感性的女性形体。作者在小说中采用的非线性的叙述,瓦解了叙事可能受传统叙事技巧的诱惑而带来的统一性和整体感,从而构成对传统的元叙事的消解。这种叙事手法以后被马原一再娴熟地运用到他的小说创作中,把读者的期待视野由对统一故事和确定意义的期待转移到叙事本身。1985年以后,马原陆续发表了《冈底斯的诱惑》《虚构》《大师》等,在这些小说中马原把传统小说的"写什么"改变为"怎么写",预示了新时期小说创作的转变。马原的文学观念属于现代主义与后现代主义混合物,这部分源于他接受南美著名作家博尔赫斯小说的影响,部分源于他对当时的文学潮流的反叛。马原的立场标志着小说创作从对叙事内容的依赖转向对叙事形式的强调,历来毋庸置疑的作家与生活的"现实关系"被作家与生活的"想象关系"所取代。

《冈底斯的诱惑》(载《上海文学》1985年第2期)是马原的代表作之一。小说以几个外来的年轻旅行者在西藏的所见所闻,描写了冈底斯高原神秘的风土人情。所谓"冈底斯的诱惑"其实就是西藏高原神秘的自然史和文化史对现代人的诱惑,作者用这个极具诱惑力的背景来诱使读者进入他的叙事圈套。小说没有完整的故事情节,只是交错叙述了三个各不相关的故事:一是探寻野人踪迹,剽悍的藏族神猎手穷布被人请去猎熊,结果却意外发现了喜马拉雅雪人。二是观看天葬过程,陆高和姚亮去看"天葬",可遭到天葬师的拒绝;探险者陆高邂逅一位漂亮的藏族姑娘央金,央金却意外地死于车祸。三是顿珠、顿月和尼姆的婚姻,表现生性耽于幻想的弟弟顿月和老实木讷的哥哥顿珠传奇般的生命历程。首先,小说以苍莽神秘的冈底斯山作为人和事遥远的背景,叙述了西藏迷人的景致与神奇的风俗,展示了充满魅力的生存方式和生存氛围。它对西藏生活的表现,并不注重外部世界影响下的变化,而着眼于藏民的基本生存状态,如狩猎、放牧、天葬等;刻意突出西藏氤氲于宗教氛围中的神话世界:天葬、雪夜中的温泉景观、高耸于沼泽地的巨大羊头形石块等。这个神话般世界与西藏自然景色的原始荒凉、神

---

① 马原.阅读大师[M].上海:上海文艺出版社,2002:216.

秘奇丽相一致,也与藏民生活的粗犷传奇相协调,完整地构成了独特的"初民的世界"。其次,与这个神秘的世界相契合的是小说独特的叙事方式。小说中的几个故事没有任何关联,它们单独成立又串联在一起。小说所述的故事是平行发生的,不具任何现实意义上的因果联系,偶然性和宿命感笼罩小说的全部事件和人物;小说中的事件常常没有确定的时间、地点,故事线索也不很明确,往往突如其来,倏然而去。叙述者在不断改变,从头至尾没有统一的人称、没有贯穿的人物,而是不停地转换人称;这种把作者——叙述者——人物糅合在一起的叙述方式,打破了读者传统的阅读期待。马原无意于用人为的情感和形式去迎合读者审美接受的期待,摒弃了传统小说中的戏剧化观念,有意消解了传统叙事模式中的因果链,意在唤起读者新的感应方式,获得比故事本身更为丰富的整体感受。可以说,马原对传统小说的叙事方式进行了一次彻底的颠覆,《冈底斯的诱惑》是当代小说叙事革命的一次有益尝试。

如果说《冈底斯的诱惑》发现了叙事本身的诱惑力而建立起"马原的叙事圈套",那么《虚构》则完全排除真实性的基础,在纯粹的假定性中展开马原式的叙事圈套。《虚构》这一题目就向读者表明,小说中的故事是虚构的。它写了"我"——马原,为了杜撰一篇小说而去藏北一个叫玛曲的麻风村的奇特遭遇。那些麻风病患者身上许多地方都已溃烂,他们赤裸着下身,毫无羞涩之感。但就在马原小心翼翼地观察与规避他们时,他本人却不胜野外风寒,成为一个女麻风病人的"病人",并且与一个身体溃烂的女麻风病患者发生性爱。真幻交错的故事中充满人性的复杂信息。小说的结尾处,作家没有忘记呼应小说的开头,再次故弄玄虚地告知读者,这只是一个"虚构",因为从时间上看,它似乎是来不及发生的,但也似乎是可能发生的。这个故事当然是"虚构"的,但是这个整体上虚假的故事被作者处理为细节上真实的故事:"我"在玛曲村内的一切遭遇都是合逻辑的,并且具有细腻的真实性。作者是崇奉"局部逻辑全体不逻辑"的叙事方法的。《虚构》整体上的反逻辑和局部上合逻辑的效果,否定了叙事的逻辑性来自叙事以外的现实。叙事在马原的小说创作中确实由手段蜕变成为目的。

格非(1964—),原名刘勇。江苏丹徒人。1981年考入上海华东师范大学中文系,毕业后留校任教。现为清华大学中文系教授。主要作品有《追忆乌攸先生》《青黄》《迷舟》《褐色鸟群》《边缘》《欲望的旗帜》《敌人》《唿哨》《雨季的感觉》。理论著作有《小说艺术面面观》《小说叙述研究》《卡夫卡的钟摆》《塞壬的歌声》等。21世纪创作的长篇小说"江南三部曲"(《人面桃花》《山河入梦》《春尽江南》)获第九届茅盾文学奖。

格非是最具优雅气质的先锋作家,他饶有兴致地摆弄"叙述空缺",是一艘先锋文学的"迷舟",他所荡入的文学世界,既清新迷人又疑团重重。1986年格非的处女作《追忆乌攸先生》，就已具有先锋元素。小说融合了回忆体和探案体的叙述方式，但又随着小说的不断推进，消解了这两种叙事方式，一切追忆都与真实的历史形成不可弥合的距离。最能代表格非先锋意义的小说是《青黄》《褐色鸟群》和《迷舟》。在这些小说中，格非采用了"叙述空缺"的叙事方式。长久以来，小说完整律一直在小说理论界占据霸主地位，这种状况一直到博尔赫斯才打破，提出小说要有"叙事空缺"。格非是中国大陆第一个自觉运用"叙事空缺"的先锋作家。他不仅用它叩问了传统叙事法则，还催生了读者填补空缺的冲动，从而思考人类生存的真实状态。"叙述空缺"是格非先锋小说的关键所在，他经常隐去小说的关键情节与结果，切断读者习惯的想象思路，使小说的意义变得艰深玄奥。《褐色鸟群》对于传统小说理论无疑是公然的拒绝，所谓主题，典型人物和典型环境之类的观点，无助于理解这篇小说。也许这是一篇关于"性诱惑"的小说；也许在讲述男人成年的困难经历；也许是关于时间、回忆、重复等形而上的思考。格非在小说中运用了情节"空缺"的方法。谁也无法回答"我"回忆中的女人进城没有，第二次来临的少女是不是棋。这些疑问构成小说的动力，情节的重复构成格非小说的特色。它就如棋说的那样："你的故事始终是一个圆圈。它在展开情节的同时，也意味着重复，只要你高兴，你就可以永远讲下去。"格非就是在重复中，在情节前后因果关系上的空缺中，否定了自我的回忆，让人捉摸不定，猜测不已。这样，人们从格非的"空缺叙事"中，不由自主就对历史的存在产生怀疑。

　　格非总是借助情节的重复使历史的关键环节"空缺"，那些重复出现的事实不是使存在变得可靠，而是变得似是而非。格非用这种空缺达到一种人生的隐喻：记忆（历史）在时间的流逝中不得不面临必然的散失，从而使人们对认为是正确的历史产生怀疑，生存因此有迷惑虚幻或不确定。其实，格非的文本意义是想表达生存意义的空缺。《迷舟》描写的是爱情与战争，格非在故事的关键性部位出现了一个"空缺"。"萧去榆关"是递送情报还是与情人会面，被空缺了。不管是作为战争还是爱情线索，这原本都是情节的"高潮"，然而它被格非轻易省略了。三顺认为萧去榆关是为了爱，警卫则认为萧是去传递情报。人们只好对这个主题进行猜测揣摩。《青黄》是围绕"我"想搞清一个历史问题展开叙述的。"我"对早在四十年前就已经消亡了的，漂泊于苏子河上的九姓渔户妓女船队发生了兴趣，想通过对有关她们历史的一个有争议的名词——"青黄"的解释，期望找到那段不确实的历史。但是，格非的叙事掉进一个圆圈般循环不止，某些人认为理解了"青黄"，事实上却是对"青黄"的远离。因此，尽管人们对"我"有过许多帮助，"我"却不能指出真正"青黄"的确指意思，甚至在作品最后，作者自己还写出一条否定先前的解释。格非在80年代中后期创作的先锋小说，以叙事的"空缺""重复"和"圆圈"来完成了对传统小说努力再现历史真实的怀疑、颠覆和反叛。

三、残雪、余华的小说

残雪(1953—　),原名邓小华,原籍湖南耒阳,生于长沙。小学毕业后当过"赤脚医生"、街道小厂铣工,开过个体裁缝店。自1985年以后,她连续发表了《污水上的肥皂泡》《山上的小屋》《苍老的浮云》《阿梅在一个太阳天里的愁思》《天窗》《旷野里》《黄泥街》等大量的中短篇小说,长篇小说《突围表演》。现为中国作协会员,湖南省作家协会专业作家。她的具有"先锋色彩"的小说《山上的小屋》《苍老的浮云》《阿梅在一个太阳天里的愁思》等,在国内外产生很大反响。残雪的小说从语言、主题到风格都冷僻、阴郁和怪异,尤其是在1986年后发表的《苍老的浮云》《黄泥街》《山上的小屋》等作品,奇特的感觉、敏锐的体验和丰富的想象一直深入到人类潜意识的核心地带,传递出令人震惊的非理性信息。她无疑是当代少有的真正写出深刻人性内容的作家之一。

残雪作为女性作家,更多地关注个人灵魂的秘密和人性的扭曲残缺。她将现实与梦幻加以"混淆",以精神变异者的冷峻感觉创作了一个处处透露出人性"恶"的怪异世界。小说的这种品格无疑来自对创作主体"文革"时期社会黑暗的深刻记忆。残雪的作品具有十分强烈的个性色彩。透过"苍老的浮云",她刻意表现南方阴湿、闭塞和狭小环境中阴郁琐碎的生活场景,与这种场景中压抑焦虑、窥探和变态的人物心理,小说中充满着让人惊惧迷惘、不寒而栗的丑恶的人与事。同时,高度敏感与细腻的女性体验力和阴郁晦涩的叙述笔法,又放大和强化了这场景与人物的特点。她的小说有两个突出特点,一是"只描绘印象,不叙述过程";二是刻意"对于一种'困兽'意识的强调",这大大突出了她小说的变形和心理特征。①《苍老的浮云》写了一对夫妇噩梦般的生活境况,他们生活在无止境的互相鄙视与厌腻中,生活在邻居的恶意窥视中,生活在阴暗可怖、充满谋杀预感的恐惧里。这个家庭及周围的每个人,包括夫妻和亲人间都充满着暗算、侵吞和伤害。"更无善"这个仿佛患了恐惧症与臆想症的人物,他眼中的生活世界完全是一幅地狱式的图景。他"惶恐地发现,他的老婆原来是一只老鼠",他的岳父向他揭发自己的女儿是个坏女人;而他的妻子慕兰,一个丑陋而阴鸷的女人,在这种地狱般的生活中明确感受到死亡的逼近。在这篇恍如噩梦的小说里,残雪向人们展示了人性"恶"的复杂图景。

残雪的全部小说几乎都是她对外部存在的主观体验的变形。残雪的小说有一种对

---

① 王晓明.疲惫的心灵[J].上海文学,1988(5).

人性丑恶的近乎残酷与阴鸷的透视力,以及对人类生存的悲剧本质的无保留的暴露欲望。这是她的作品极具激进的"先锋"色彩的独特之处。在《天窗》里,她以几近残忍的笔调写了一个被家人遗弃的火化场的焚尸工,写了那些"被死人骨灰养殖的葡萄"的"舞蹈";《山上的小屋》以泯灭亲情的冷酷和充满恶意的仇视表现"我"与家人的关系。一边是我"永远也清理不完的抽屉",这喻指个人生存的历史及其意义的模糊;一边是母亲的恶意注视,狼一样的父亲的冷漠,"我"自己无数次地被窥视。"我"希望有一座"山上的小屋",象征着独立于罪恶人世的个人生存空间,但这只是一个幻觉。全篇是几个噩梦的复制,父亲的噩梦、母亲的噩梦和自己的噩梦,彼此重叠着呈现出来。不但那些丑陋的意象颠覆了人们的阅读欣赏习惯,而且颠覆了东方的家族伦理神话。窥视与防范、侵犯与被侵犯,形成一个恐怖的生存景观,而灵魂则如被囚禁在小屋中的那个男人,借助叙事的过程,完成了一次主体精神的痉挛与缓解的过程。《阿梅在一个太阳天里的愁思》则是将这种被囚禁的感觉,转换到另一种伦理关系中。小说以透彻骨髓的暴露欲写一个被母亲一手操纵的女儿的婚姻悲剧,一种暧昧的岳母与女婿的关系;叙事者的女性立场,在这个关系中因情感的疏离而表现出极度的厌恶感。这比恐惧感更日常化,因而也将这种伦理关系的神话颠覆得更加彻底。《黄泥街》和《突围表演》则是这个家族伦理神话在社会范围中推衍。

总体上看,残雪以梦魇似的内心体验,完成了对中国生存状态的整体概括。这种概括具有寓言式的总体象征效果,隐喻出特殊时代个体生存的价值深渊。生存的无意义构成了她小说的全部意义,只有偶尔出现的一只红蝴蝶标本,启示着人们内心不曾磨灭的希冀;但抗争总是以呻吟而完结,灵魂的囚禁永难解脱。残雪的小说叙事语言具有强烈的审丑效果,全面刷新了中国小说的语言。她借助各种丑陋的意象,淋漓尽致地表现出个人孤独处境中的厌倦与恐惧、病态的女性经验,以及高度抽象的中国生存的困境,以致达到寓言的效果。残雪的天才与献身精神都来源于女性被压抑与自闭的经验,写作则是她成功抗拒压抑与自闭的唯一形式,她借助这种形式宣泄出对价值虚无的生存恐惧、厌恶和无奈。残雪之后的"先锋小说"作家的创作中,我们似乎可以看到这位女作家的某些启示和影响,如苏童小说中"南方"和"香椿树街"等系列小说中刻意表现的阴湿的氛围,余华小说中猜忌与死亡预感的近乎残忍的描写,都可找到与残雪创作的某种联系。

余华(1960—),浙江杭州人。中学毕业后曾行医数年。1983年开始文学创作,现从事专业创作。主要作品有中短篇小说《十八岁出门远行》《四月三日事件》《一九八六年》《河边的错误》《现实一种》《鲜血梅花》《在劫难逃》《世事如烟》《古典爱情》等,长篇小说《在细雨中呼喊》《活着》《许三观卖血记》《兄弟》等。在所有的先锋小说作家中,余华的小说是叙事上最为"冷酷"的一个,谋杀、死亡和暴力则是他小说中的常见主题。他有一种特别的才能,能让生命的惨痛在冷漠的叙述中转化为一种令人怅惘的审美形态。余华早期的"文革"经历和生命体验使他从小看到残酷的杀戮与各种各样的迫害,在一个近乎癫狂的社会中,理性却无能为力;他首次发现,人性一旦扭曲将比野兽还要残酷无情,扭曲的人性将摧毁一切合理正常的人类的真挚情感。① 于是施虐与被虐、暴力与癫狂就成为他小说的主要话语内容。

1987年,余华发表《十八岁出门远行》,这篇小说为他在文坛上带来了很大声誉。莫言曾称余华为"当代文坛上第一个清醒的说梦者",认为《十八岁出门远行》是一篇"条理清楚的仿梦小说"。小说自始至终充满了种种令人难以捉摸的不确定情境。小说以一个涉世之初的孩子——"我"抱着对成人世界的热切向往,"像一匹兴高采烈的马一样欢快地奔跑"着冲出家门,以单纯理想的眼光打量世界,介入世界。然而,不但他的真诚未被成人世界接纳,而且此后所遭遇的一切更让他错愕不已。汽车的突然出现,然后又无端地突然抛锚;老乡涌上来抢苹果,"我"为保护苹果被打得满脸是血,而司机不仅对眼前发生的一切视若无睹,还似乎是这帮"暴民"的帮凶,对着"我"快意地大笑。最后"我"被成人世界所抛弃,"天色完全黑了,四周什么都没有,只有遍体鳞伤的汽车和遍体鳞伤的我。……那时候开始起风了,风很大,山上树叶摇动时的声音像是海涛的声音,这声音使我恐惧,使我也像汽车一样浑身冰凉。"整个过程恍如梦境,充满了怪诞和不可思议。一个涉世之初的孩子以其充满期望的视角直视社会、直视人生,然而进入眼帘的却是罪恶和欺诈,于是,"我"对这个布满着陷阱、阴谋的世界充满了困惑和恐惧。余华曾说:"人类自身的肤浅来自经验的局限和对精神本质的疏远,只有脱离常识,背弃现状世界提供的秩序和逻辑,才能自由地接近真实。"余华在这篇小说里生动地描写了少年人进入成人世界所遇到的障碍和发生的心理动荡,揭示了世界的荒诞无常和青年人在这种荒谬人生面前的深刻迷惘,表现了一个"个体的经验与神话之间的差距,正好形成一种反讽的关系,拆解神话就成为原初的叙事动机之一"。② 小说中青春初旅的明朗欢快与荒诞人生的阴暗丑陋,构成鲜明的反差和剧烈的碰撞,使文本产生很强的审美张力。

如果说《十八岁出门远行》中所蕴含的丰富信息全被压缩在一个象征意味浓郁的情节里未被完全释放,那么从《现实一种》开始,随着余华对于这个世界和人性本体思

---

① 余华.自传[M]//余华作品集(第3卷).北京:中国社会科学院出版社,1995.
② 季红真.众神的肖像[M].北京:人民文学出版社,1996:177.

考的深入,世界黑暗、人性丑恶这些原本模糊的信息得以完全释放开来。余华对精神异常状态的观察与感受极为敏锐,许多时候癫狂成为一个创作的动机的展开叙事。他的这种创作癖好显然包含着对人类残酷本性的好奇、震惊与探寻企图,渗透了对理性的强烈怀疑倾向。余华说:"我更关心的是人物的欲望,欲望比性格更能代表一个人的存在价值。"①人性之恶是包括暴力在内的粗鄙欲念对人的腐蚀结果。《现实一种》就是充分说明余华暴力血腥美学的作品之一,这一故事可以视作是对中国家族神话的尖锐的讽刺。作品中的家庭尽管几代人生活在一起,但维系他们的血缘亲情已然逝去。他们生活在一种感情的虚空之中,冷漠埋下了暴力残杀的种子。哥哥山岗的儿子皮皮不小心摔死了弟弟山峰的儿子,怒不可遏的弟弟山峰就踢死了皮皮,山岗设计残忍地杀了山峰,山岗不可避免地被警察抓获并被处以死刑,最后他的弟媳将他的尸体卖掉作解剖之用。在这亲人间骨肉相残的血腥场景中,呈现出这样的惊人一幕:山峰在踢死侄儿以后精神崩溃,他极度恐惧心虚,以致山岗轻而易举地收拾了他;而山岗以奇异而残酷的方式处死山峰以后同样也陷于精神崩溃,他实际上处死了自己。面对残暴而能不动声色地冷漠叙事,在这篇小说中达到了极致。在余华所展示的暴力罪恶、血腥杀戮的背后,隐藏的是创作主体对人性本身的沉重绝望。可以说,人性罪恶和人性沉沦导致了生命沉沦黑暗之夜的降临,它笼罩了这个如荒野般孤寂而残酷的世界。余华笔下的丑陋人性及其畸变消解了人本身,展现的是人的危机。然而,这种对人性的强烈绝望正是深含在对人性的热切呼唤之中,绝望越是彻底,期盼越是深沉。山岗山峰兄弟俩犯罪后的趋于精神崩溃,似乎又显示了人的天良和道德感并未在欲望驱使下彻底的泯灭。

余华另一部梦魇般的作品《一九八六年》,把一个疯子推到叙事的中心。疯子作为"文革"疯狂历史的精神遗产,不过是历史疯狂的凝聚。然而,现实中的人们完全漠视了这个历史凝聚之物。疯子的存在不仅是在道德的水准上对人性良心的诘难,同时也是对笼罩在生活之上的虚假性的全部解构。余华从这里出发走进一个由阴谋罪孽、暴力刑罚和死亡怪诞交织而成的世界,他在那里尽情地运用语言去捕捉永远不在的实在之物。只要他愿意,他的笔触就可以挥洒出比《现实一种》中家族暴力参与人数更为众多、报复手段更为残酷的集体施暴。但是,小说将施暴受暴的主体集中在了历史教师一人身上,我们看到的是"疯子"一人的"自戕"表演。这样集中的暴力事件,一方面使读者更为鲜明地目睹了血腥死亡;另一方面,暴力的范围得以缩小,尽可能少的人成为暴力欲望之下的牺牲品。当"疯子"死去,人们麻木而平静地生活着,新的家庭得以继续

---

① 余华.我能否相信自己[M].北京:人民日报出版社,1998:55.

("疯子"的妻子再婚),孩子("疯子"的女儿)得到更好的关爱。这一切归功于"疯子"心中的道德感、善良和爱。作为一位深知暴力对人类社会发展有着多大破坏作用的历史教师,一名深爱其妻女的丈夫,即便心中淤积着再大的仇恨和报复的冲动,也不愿去毁灭这个世界。于是,他只能选择自己作为复仇的对象,进行了极端残酷和血腥的"自戕"。从他冗长而从容的自戕表演中,我们看到了人性极度扭曲而导致残忍和毁灭,也看到了道德温情在人的本能欲望中的力量。当然,在余华不遗余力地渲染人性恶的暴力叙事中,他并未将人性推向绝望的深渊,人性善与人间温情仍潜伏在他冷漠叙事的字缝里,给予人们淡淡的慰藉和希望。

阴谋、暴力和死亡是余华小说中屡见不鲜的内容,与此同时,在余华的那些怪诞不经的叙事中又散发着某种发人深省的历史宿命论的意味。余华作品那些表面上看起来被剔除了理性的人物,总是处于过分敏感与过分麻木的两极,而且总是发生错位,因而他们注定了是些逃脱不了厄运的角色,一系列的错误构成了他们的必然命运。人们生活在危险中而全然不知,这也正是余华小说令人震惊之处。

总体上看,"先锋小说"为新时期文学的发展作出巨大贡献,它极大地推动了当代小说艺术观念的变革。传统的当代文学曾经认为世界是有序的,文学是对这个有序世界的摹写,先锋文学则拒绝了这个价值预设;传统文学总是力图让读者相信他们所描述的历史是真实的,先锋文学则对这种"真实性"提出了质疑。先锋文学全面唾弃了功利主义文学观,将文学从意识形态的重压下解放出来。先锋文学改写了现实主义文学机械"反映论"的传统,强调个人化的艺术感觉,将写作当作一种与自我相关的艺术创造行为,作家的想象力应该在创作中发挥更大的作用。在叙事风格方面,先锋文学实现了文本结构从封闭向开放的叙事转变:用偶然性甚至宿命论来打断叙事结构的因果链条;用文本的空缺或重复,使叙事线索复杂化,造成叙事的迷宫或圈套;抛弃全知视角,大量运用限制视角,故意混淆了小说与现实之间的分野;通过解构"元叙事"的方式破除文学"真实性"的神话;频繁调动时间因素参与叙事,使故事时间与叙事时间错位,让故事在不同的时空组合中产生意义的延宕;用近乎零度情感的语言展示生活的"原生态";用梦幻、夸张和隐喻等手法使叙事语言呈现出杂乱无序化特征,毫无节制的话语欲望形成语言狂欢的奇景。

当然,在20世纪80年代后期"先锋文学"也形成了一种"形式"的崇拜,小说语言的游戏成分越来越多,现实和思想的气息越来越少。在他们的创作中技巧代替了激情、智力代替了精神、语言代替了思想。尽管先锋作家对中国当代文学的文体贡献显而易见,但他们的文体实践大多停留在技术和游戏性的层面上,在形式创新枯竭之后,在读者的新鲜感丧失之后,先锋文学的使命终于式微,曾经作为先锋旗帜的马原终于搁笔。除了少数的作者之外,他们大多数在90年代初期纷纷从形式探索的极端境地中脱身而出,重返现实。如余华90年代创作的长篇小说《活着》和《许三观卖血记》,晓畅可读。再如格非的"江南三部曲",是从20世纪90年代中期开始酝酿构思,沉潜求索,到2011年终于完成定稿的系列长篇巨作。作者在坚守高贵艺术性的同时,用具有穿透力的思考和叙事呈现了一个世纪以来中国社会内在精神的衍变轨迹。深入思考并描写了一百年来中国社会、历史、知识分子等问题。格非新世纪的小说创作褪去了先锋的色彩,却没有放弃独立精神气质的创造,他小说的转变既有从中短篇转为长篇的形式变身,更有艺术再现作家精神层面的清醒自觉。

第四节 新写实小说

一、新写实小说及其审美特征

"新写实小说"是80年代中后期继"寻根小说""先锋小说"之后出现的一种"回归写实"的创作潮流。"写实主义""新写实主义"原本是中外文学史上的一个文学术语,①但"新写实小说"在当代文坛的兴起,却有着深刻的历史背景和文学自身的原因。新写实小说的产生在某种意义上深受西方后现代主义思潮的影响。后现代主义所提倡的反英雄、反崇高、反文化,以及零碎化、叙事化、平面化、无中心的主张,为新写实主义提供了创作的哲学思想基础。同时,中国的改革开放所带来的世俗化的社会思潮也对其产生了一定的影响。从文学自身来说,在新时期初期文学中现实主义得到了大力弘扬,伤痕文学、反思文学和改革文学都体现出强烈的现实主义精神,但因受到"清除精神污染"等政治运动指责,新时期文学的关注焦点从社会现实转向历史文化(寻根文学),或者文本形式(先锋文学)。20世纪80年代中后期,先锋小说家虽然在小说艺术形式的探索上取得了相当成功,但是由于过分追求"无主题、无情节、无人物",相对普通读者的阅读习惯而言,明显地存在着艰涩怪异的特点,因此先锋小说作品出现了专家叫好读者冷落的尴尬现象,这就使得先锋作家审美意识开始经历一次新的调整。大约从1989年开始,出现了一大批关注社会现实并获得好评的作品,如李锐的《厚土》、刘恒的《白涡》、方方的《风景》、池莉的《烦恼人生》、谌容的《懒得离婚》、刘震云的《一地鸡毛》

---

① "写实主义"是五四初期关于现实主义的一种称谓。20年代末期,无产阶级文学也提倡过"新写实主义",意指马克思主义世界观指导下的现实主义,后统称革命的现实主义。从新时期"新写实小说"本身的创作特质看,它更多地受40年代意大利的"新写实主义"电影运动的启发。

等。这既是对先锋文学的反拨,也是对现实主义精神的重新呼唤。

这些新写实小说的出现,引起理论界的众说纷纭。《钟山》和《上海文学》等刊物对新写实小说投以关注的目光。《钟山》杂志1989年第3期推出"新写实小说大联展",这成为新写实小说正式亮相的标志,这一期《钟山》在卷首语中指出:

> 所谓新写实小说,简单地说,就是不同于历史上已有的现实主义,也不同于现代主义先锋派文学,而是近几年小说创作中出现的一种文学倾向。其创作方法仍是以写实为主要特征,但特别注重现实生活原生形态的还原,真诚直面现实、直面人生。

自此这一文学现象引起了文坛更大范围的瞩目,相关的创作与批评迅速跟进。被归入新写实名下的作家比较广泛,包括刘震云、刘恒、方方、池莉、范小青、苏童、叶兆言、王安忆、王朔、李锐、李晓、杨争光、赵本夫、周梅森、朱苏进、黄蓓佳等作家。他们的作品多以中篇和短篇小说为主。新写实的审美特征主要表现在以下几个方面。

其一,生活本色化。新写实小说极力还原生活本相,呈现原生态的生存形态。新写实小说之"新",在于更新了现实主义的"写实"观念。传统现实主义创作的经典性表述是:除了细节真实之外,还要真实地再现典型环境中的典型性格;艺术上的"真实"不仅是反映生活表象,还必须揭示出生活背后的"本质"。这种"典型化"和"本质化"导致了政治化与观念化的伪现实主义文学泛滥。新写实小说家不再努力去展示体现生活必然趋向的"真实"历史现实,而是主张立足于个体的生存体验,试图还原生活本相,展现出毛茸茸的原生态生活,表现当代人的实存状态。这种"纯态事实"生活,往往呈现出生活的"平常性""庸常性"和"平凡性"的本相。如池莉《烦恼人生》,记述了一个普通工人印家厚平凡而单调的一天工作,以及个人与家庭的烦恼琐事。刘震云《一地鸡毛》则写一个普通公务员忙碌而平庸的人生,表现一个基层公务员的生存困境。

其二,人物凡俗化。所谓凡俗化就是小说人物平民化而非英雄化,人物从以往"大写的人"转为"小写的人",因而又称"凡俗化叙事""小叙事"。新写实小说的作者认同反英雄、反典型的意识。在新写实小说中,既无骇人听闻的事件,也无大义凛然的英雄,更无戏剧性的矛盾冲突,通常是用人物的心理体验来推动情节的发展和折射现实的存在。他们的创作力图表现普通人物、下层人物的卑微生活,描写各类小人物的生存困境,着重表现他们物质性和精神性的人生烦恼,揭示他们各种尴尬的生活处境。因此新写实小说中这些地位低下的小人物,往往为自己的日常生活琐事所包围所淹没。其实,他们的生活就是普通人都可能经历或遭遇的东西、柴米油盐酱醋茶、锅碗瓢盆、人情世故、喜怒哀乐、生老病死。池莉《不谈爱情》以美好的"爱情"作为表现凡庸人生的切入点。小说从庄建非和吉玲纠结的婚姻人生捕捉到一种普遍的社会心理,这就是从家庭成员到社会组织都不把婚姻视为爱情的结晶,所以在婚姻中溶解了更多的社会关系和世俗利益。"不谈爱情"的主人公庄建非最终无奈认同这种世俗化的婚姻人生,彻底消解了爱情的理想和憧憬,而李锐《厚土》这组小说的时代背景都在"文革"期间,但作者并没有直接从政治角度切入,而是从普通农民入手,叙述着当地人司空见惯的细小事情,其中不乏民风民俗的色彩。如《合坟》中的农民以迷信的传统行为举办冥婚仪式,以表达他们对女知青的哀思;《眼石》中车把式用野蛮而公平的交易补偿心灵上的歉疚;《假婚》中的女人不顾廉耻地奉献肉体以换取家人的生存。这些作品客观地呈现非人境遇下人性扭曲现象,完整而真实地将一种特定情境下的农民生存状态近似惨烈地摆在读者面前。

其三,价值中性化。新写实小说与以往的现实主义小说的最大的一个区别,是作家客观的叙事态度,采取不动声色的情感价值或者非人格化的叙事方式。新写实小说的作家在对待生活和人物方面放弃了理性或理念的观照,也就不再居高临下地介入,而是采用了"零度叙事"的价值立场,尽量将作者的倾向和价值取向隐匿起来。因而新写实小说的叙事者,往往都是充当单纯的旁观者或书记官的角色,叙事中很少夹杂解释、说明、议论、抒情等非叙事话语,把自己的倾向或情感取向含混在故事人物的意识之中。这种缺乏价值判断的冷漠叙述,可以说是新写实小说家自觉的客观化叙事策略。从叙事的角度看,新写实小说由于缺少终极的价值指向,让人物、事件、场景按照生活的本来面貌自然而然地展现,情节的发展往往充满了随机性和偶然性,故事也大多以平面化零碎化的状态呈现,从而构成一种似乎是未经任何选择加工的"生活流"或"叙事流"状态。叙事结构上往往没有一个贯穿故事始终的中心情节,大多是以散落的生活单元组合而成。如叶兆言的《艳歌》、范小青的《顾氏传人》等作品,对日常琐碎无序的生活和人的心态不作任何主观化的过滤和理想化的升华,而是客观而不动声色地呈现人的生存状态和生活流程。周梅森的《黑坟》同样如此。在宏大的篇幅中,对于那些世世代代依附土地并为土地流血死亡而今又下了矿井的农民,那些既刚烈坚韧又无灵魂自主的田家铺的穷人,那些遭遇比男人更悲惨的女人们,作者只是把他们的命运逐一罗列出来,除此之外,更无他言。再如《伏羲伏羲》《黑洞》《烦恼人生》等作品,新写实作家们一方面尽量不对贫困的生存状态直接褒贬什么,但是对这种贫困的生存状态的生动的、细腻的、无可奈何的呈现,却往往显示了作家的态度,从而无形中引导着读者的阅读和思考。

进入 90 年代以后,新写实小说作者们开始把目光转向对历史世界的挖掘。如池莉《你是一条河》《预谋杀人》,刘震云《故乡天下黄花》,方方《何处是我家园》等,这些作品形式上仍旧采取客观描写方式和不作主观评价的平行叙事角度,主题上力求在虚拟的背景中建立一种新的历史眼光。同时,作家们加强了对小说故事完整性和可读性的重视。如《预谋杀人》以王腊狗处心积虑想杀掉世仇丁宗望却最终失败为线索,叙述了历史风云的变幻对个人私欲的嘲弄。小说中,王腊狗不断得到机会可以杀掉丁世宗,但丁世宗不断化险为夷,整个故事一波三折,使读者欲罢不能。

新写实小说的这些"新"质,使其切入过去现实主义小说的盲区,呈现了为传统现实主义所有意摈弃或遮蔽的一些生活经验,开拓了对现实的新的表现空间,终结了文学造神的时代。同时,它也为读者展开了一个新的艺术世界,打破了读者原有的思维模式和审美图式。新写实小说对题材的拓展和叙事方法的多种运用,还为许多其他作家所借鉴,运用到各自的创作中去,总之,新写实主义已经成为一种新的创作方法,丰富着中国当代文坛。但是,我们也应该注意到,新写实小说较多地致力于生活琐事和生命本能的铺陈,过度地抑制创作主体的情感价值,折射出社会转型时期文学创作在理想和激情等精神价值的失落。

1987 年以后,武汉女作家方方、池莉不约而同地将她们的目光投注到当代都市市民的身上,推出《风景》《落日》(方方)、《烦恼人生》《不谈爱情》《太阳出世》(池莉)等一系列新写实小说。这些小说的题材多涉及普通市民的婚丧嫁娶、生老病死、柴米油盐等日常生活方式,呈现一种生活的本真状态。她们着力展示都市世俗人生中无处不在的生活烦恼以及由此带来的人性扭曲和变异,加之她们冷静的叙述态度,使她们成为 80 年代末新写实小说的代表作家。

二、方方、池莉的小说

方方(1955—),原名汪芳,祖籍江西彭泽县,生于江苏南京,成长于湖北武汉。1974 年高中毕业后在武汉当过装卸工,1978 年考入武汉大学中文系,毕业后分配至湖北电视台工作。1982 年发表处女作《"大篷车"上》,颇具影响。1989 年调湖北作协从事专业创作。曾任湖北省作家协会主席。方方的主要创作有中短篇小说《风景》《祖父在父亲心中》《行云流水》《白雾》《桃花灿烂》《落日》《奔跑的火光》,长篇小说《乌泥湖年谱》《武昌城》《软埋》,文化随笔《汉口的沧桑往事》等。方方的小说创作大致有三类题材:一是描述武汉底层市民生活和心理,如《风景》《黑洞》《落日》《桃花灿烂》《一唱三叹》等。二是讲述城市知识分子人生,如《祖父在父亲心中》《白梦》《白雾》《行云流水》等:虽然城市知识分子也是市民,但他们在志趣追求、生活方式、行为规范和性情癖好等诸多方面毕竟与一般市民不同,而在小说的表现风格上也有不同。三是书写女性生活,如《船的沉没》《随意表白》《奔跑的火光》《水随天去》《在我的开始是我的结束》《树树皆秋色》等,这些作品消解了男女情爱的神圣诗意。

方方的新写实小说以武汉三镇为背景,描述底层市民的尘世沧桑和文化心理。她的小说着重展示底层市民吃喝拉撒、生老病死的庸常琐事,以及喜怒哀乐、酸甜苦辣的情感心理,并通过对这种凡俗生活的描写揭示底层市民的生存境遇和人生困窘,以及底层市民在这种困顿境遇中在人格扭曲和变异,从中道出了具有哲理性的精神思考。《风景》(载《当代作家》1987年第5期)是方方小说创作的第一个里程碑,也是新写实小说的奠基之作。小说以武汉平民区"河南棚子"为背景,描绘"父亲"一家粗俗恶劣的生存境况,展现了这个穷苦家庭卑微粗鄙的生活状态与冷酷残忍的扭曲性格。小说以一个出生后不到16天就夭折的"小八子"为叙事视角。他曾是父亲最爱的孩子,因此死后就被埋在窗下,得以全景式地观察这这家人的生活:父亲是码头工人,母亲是搬运工人,家有儿女9人,一家11口栖息在铁路边一个11平方米的小房里,过着蝼蚁似的生活。大哥15岁进工厂做工,其他哥哥都是十来岁,最小的七哥才5岁,他们有的爬火车偷煤,有的打零工,有的捡破烂,待稍长大就学会酗酒打架、勾心斗角。父亲的乐趣是酗酒和打骂妻子儿女,母亲站在门口毫不掩饰地与男人调笑;大哥与有夫之妻通奸,五哥六哥轮奸带回家的女孩,四哥自杀。当初处境最惨的是七哥,因为父亲认为他不是自己的亲骨肉而百般虐待他,他挨的打骂最多,睡在潮湿阴冷的床底下,从五岁起就捡菜叶;他长大后,不择手段泡上了"高干"的女儿,由"非人"成了政府机关里的"人上人",开始变本加厉地报复社会。而真正向往理想主义者的二哥,却被残酷的生活欺骗,最终自杀。在这个拥挤混乱狭窄的生存空间里没有伦理亲情,人们像丛林中的野生动物一样自生自灭;而且艰难粗鄙的活法酿成病态粗陋的心灵,日复一日地上演着野蛮荒诞的非人生活。作品真实的现实场景和卑微的底层生活,独特的叙事视角与冷静客观的叙事语调,典型地体现了新写实的创作特征。

同样,《落日》写的也是市井生活,可以看成《风景》的续篇。它用冷峻的笔调不动声色地讲述着一个惊心动魄的故事。《落日》中的两代人出于各自的利益而配合默契地制造了老祖母的"死亡"。丁老太守寡50年,为儿孙奉献她的一生。可是,狭小逼仄的居住空间、局促的经济条件、老太的暴躁脾气,都使她的儿孙们期待她迅速死亡。最终,在二儿子的策划和众人的默许下,一息尚存的丁老太被亲人们毫无留恋地送进火葬场。在这部小说中,血缘伦理及其亲情全被残酷的生存环境所抹杀,以往小说中蕴含的温情脉脉在这里全为卑污扭曲的人性所替代。小说展示的是困境中的亲情如何扭曲成自私残忍的丑陋人性。小说笔触简洁,节奏明快,在该铺叙之处又不忘大肆渲染。《桃花灿烂》中粞的父母劫后重逢,但他们见面后就开始无休止的争吵,他们互相谴责攻击,直至最后离婚。传统文化中的亲情、道义、良心等许多美好的东西,在现实生活的窘迫生存环境中发生变异,生存空间的促狭、生活物质的匮乏等物质方面的因素使市民人格扭曲,人性堕落。方方小说所揭示的,是窘迫的生存环境与市民人格变异这二者之间的某种必然性的联系。

方方从 90 年代创作《一波三折》《桃花灿烂》《埋伏》始,更加注意对小说整体艺术世界营造。虽然小说的主人公依然是不起眼的小人物,但作品所写的生活现象却超越了琐屑的日常生活,开始以影响主人公一生命运的大事件为叙事对象,而且事件比较完整,如《一波三折》精心营造着事件的开端、发展、高潮、结局。装卸工卢小波作为劝架人偶然卷入流氓斗殴事件,但当公安局抓凶手时,单位领导出于利害关系的考虑劝诱他承担罪责,并信誓旦旦绝不记入档案。可卢小波不仅在拘留期间遭受了非人待遇,而且领导不守诺言,卢小波因此承受了双重打击,只有以玩世不恭发泄自己的不满。这篇小说注重情节的曲折和完整,并通过故事的一波三折反映小人物的无奈和生存困境。

总之,方方的小说创作一直是痛快淋漓地描述凡夫俗子的日常生活,揭露现实社会的真相,直面人性的丑恶,以此探究恶劣的生存境况与人性堕落之间的关系。需要指出的是,在方方小说看似客观的平凡人生展示背后,隐含着创作主体的深刻忧虑。也就是说,面对着残酷的生存境遇和困顿的命运,创作主体并没有一味地冷酷无情,字里行间还是蕴含社会现实的深刻批判,并情不自禁地流露出对人性弱点的深深理解和悲悯。

池莉(1957—),湖北仙桃人。当过知青、教师。1977 年考入武汉冶金专科学校,毕业后在企业从医。1978 年开始发表作品,后在《芳草》杂志社任编辑。曾为湖北省文联副主席、武汉市文联主席。主要创作有新写实小说代表作"人生三部曲":《烦恼人生》《不谈爱情》和《太阳出世》,以及《冷也好热也好活着就好》《你是一条河》《来来往往》《小姐,你早》《生活秀》《有了快感你就喊》《怀念声名狼藉的日子》等,散文作品《怎么爱你也不够》《真实的日子》《给你一轮新太阳》《老武汉》等。1998 年出版《池莉文集》(6 卷)。池莉持续关注市民阶层的日常生活,不厌其烦地描述他们的平凡人生及其琐屑生活,诸如恋爱结婚、怀孕生子、上班挤车、经济拮据、住房拥挤、夫妻吵闹、同事矛盾,生活的烦恼构成普通市民不可或缺的人生内容。池莉既表现了市民生活的庸常无奈,更主要的是肯定了底层市民顽强的生活态度,由此乐生主义的世俗生活哲学构成了池莉小说的精神支柱。

《烦恼人生》(载《上海文学》1987年第8期)以其特定的叙事方式揭示出普遍人的凡庸生存状态,是新写实小说的代表之作。小说以一个普通工人一天的生活流程展示"烦恼"的人生,透露出坚韧乐观的世俗人生态度。主人公印家厚作为一个平凡而普通的操作工,工作了十七年还没分到房子。半夜里孩子掉下床的惊慌,早晨排队上厕所、排队洗漱的尴尬,带儿子挤公共汽车,只得了三等奖的怨怒,中午食堂饭菜中有虫的恼火,为父亲祝寿买礼品的奔波,菜市价格上涨的不满,房子面临拆迁的困境,这都让印家厚总是陷于难以摆脱的烦恼之中。其实,这种呆板单调、琐碎疲惫、尴尬难堪的烦恼人生,就是普通人生活的原生态,任何回避凡庸与烦恼的诗意超越都是徒劳的。因而印家厚的一天是普通市民日复一日的生存状态,极具普遍意义。但是印家厚作为一个没有任何特征的普通工人,他疲惫而快乐地活着,从不脱离实际地怨天尤人,这种知足能忍、安贫乐道的努力生活态度,体现了一种踏实而没有奢望的人生态度。《烦恼人生》以冷静平淡的叙事方式传递出普通人的生存窘境、凡俗世态,婉转地透露出作者对印家厚们的将心比心的无奈认同和关切理解。

《不谈爱情》从爱情婚姻的角度切入普通人的世俗人生。小说彻底放弃了以往爱情小说的浪漫诗意,明确表明结婚不是为了爱情,而是为了生活。知识分子家庭出身的庄建非和小市民家庭长大的吉玲,由于各自的理由保持着一段貌合神离而同床异梦的婚姻。小说不动声色地将这段婚姻背后双方的各种功利的算计细细道出,表明这个在旁人的眼里似乎男才女貌的理想婚姻,实际上混杂和承载着过多的生命欲望、世俗利益和社会关系,唯独缺乏相爱的情感。庄建非的生理需求和对出国进修的迫切渴望使他最终低头,而吉玲的急于摆脱自己卑贱出身的心理让她在庄建非的面前一次次地假戏真做。最后男主人公庄建亚经过反复的现实考量和思想斗争,最终意识到婚姻的社会和人性本质,从而在现实面前彻底妥协,与妻子吉玲重归于好。这篇小说完全颠覆了男才女貌的神话,无情地抹去笼罩在爱情上的玫瑰色光芒,写出了生活中实实在在的爱情与婚姻。

《太阳出世》真实地描述了赵胜天夫妇从结婚到孩子诞生的生命过程:排场时髦的迎新车队,因怀孕而取消的蜜月旅行,越来越重的妊娠反应,痛不欲生的生产过程,照料孩子的忙碌苦痛,为孩子申报户口的四处奔波,因孩子生病的惊慌失措,为孩子做周岁的欢愉快乐。苦恼与欢乐交织在一起,艰难与成熟相依相存,这就是平凡而真实的人生。而女儿的诞生、成长最终使两个不谙世事的青年的生活态度发生改变,他们由衷地体会到生命的力量。《冷也好热也好活着就好》描写的则是武汉市民在炎炎夏日中的生活状态:猫子卖体温表当场暴坏的奇事,酷暑中挥汗如雨在厨房忙碌的女人们,晚上家家户户在狭窄的街道上晚餐和睡觉,大家看电视、打麻将、聊天,在一系列琐事中池莉给我们展示了武汉市民自足自乐的生活街景图。充斥全篇的是当代都市的嘈杂、喧嚣,当今市民的人情世故与生命过程和生活过程紧密相融,武汉风情画也由此得到了一种新的诠释。

池莉的新写实小说描摹了武汉普通市民凡俗庸常的原生态生活。普通人的琐屑烦恼、欲望困窘以及忙碌乐活是池莉饶有兴致的表现题材。池莉对于市民生活的喜怒哀乐、风俗习惯和文化性格并非取完全的批判态度,相反而是先予以充分的理解和同情,并从下层市民的生存实际出发,尊重他们的生活态度和生活乐趣。在这一点上,池莉与方方有着明显不同的价值取向。

尽管方方和池莉在创作风格上不尽相同,但是描写普通人生的生存状况和生命本相,并努力从中挖掘出具有普遍意义的人生命题,是她们共同的创作追求。她们的创作展示出武汉地区普通人阶层生存状况中的喜怒哀乐、爱恨悲欢,呈现出武汉地区特有的文化意蕴。在他们的作品中,武汉地区一些有代表性的场所,如汉正街、花楼街、河南棚子等屡屡可见。同时,她们也善于将武汉地区的方言运用得泼辣明快、幽默俏皮,富有浓郁的生活气息。不过,我们还是应该指出,就她们面对社会现实与市民心理的价值取向而言,方方更多地坚持现代知识分子的批判立场,池莉则更多地偏向现代民间社会的理解立场。

三、刘震云、刘恒的小说

刘震云(1958—　)河南延津人。1973 年参军。1978 年复员,在家乡任中学教师。同年考入北京大学中文系。毕业后在《农民日报》从事编辑工作。1982 年开始创作,从 1987 年发表了《塔铺》《新兵连》开始,连续创作了《头人》《单位》《官场》《一地鸡毛》《官人》《温故一九四二》等"单位系列"作品。这些作品在丰厚的政治和文化背景上,将目光集中于社会现实中的权力与民生问题;确立了创作中的平民立场,书写普通人的普通生活,被称为"新写实主义"代表作家。90 年代始发表长篇小说故乡系列:《故乡天下黄花》(1991)、《故乡相处流传》(1993)、《故乡面和花朵》(1999),他开始追求新的创作境界,体现着他在文体和内容上的双重探索。进入 21 世纪以来创作了影响颇大的长篇小说《一腔废话》《手机》《我叫刘跃进》《一句顶一万句》《我不是潘金莲》等,2011 年 8 月,《一句顶一万句》获第八届茅盾文学奖。

刘震云的新写实小说代表作主要有《塔铺》《一地鸡毛》《单位》《官场》《官人》等,

侧重关注人与环境的关系,或者说在社会结构中人的处境。他对于"单位"这一特殊的当代社会机制,以及这一机制对人所产生的规约,作了具有发现性质的描述。个人的欲望、人性的弱点和严密的社会权力机制,在刘震云所创造的普通人生活世界中,构成难以挣脱的网。生活于其间的人物面对强大的"环境"压力,对个人命运有种无奈的宿命感;同时又在适应这一生存环境的过程中,经历了人性的扭曲。对于小说人物的互相折磨、倾轧,以及所表现的猥琐、自私、残忍,小说有着冷静又深刻的揭示和批判。这种批判,往往以喜剧的、嘲讽的方式得到有力的表达。刘震云的小说,持续追踪和揭示发生于体制社会日常生活中的无处不在的"荒诞"和人的异化。

《塔铺》以不掺杂主观感情倾向的叙述策略,描写了恢复高考后的农村,那种想通过高考改变命运的美好理想和与之相差甚远的贫乏的物质环境所产生的冲突。《塔铺》中一批青年农民走进了高考补习班。青黄不接时,已经结了婚的王全家中断炊,最终王全含泪退学回家种田;父亲病重的李爱莲回家嫁人;家境贫寒的磨桌躲在厕所用幼蝉充饥。小说揭示了农村学子比常人更为艰难的沉重生活。即使是这样,这群农村青年依然努力地追寻一种切切实实的生活,在他们的身上蕴藏着一种如乡土般质朴而粗砺的生命力,他们的挣扎和努力虽然最终没能成功,但造成这些农村青年不幸命运的环境已经清晰可辨。

《新兵连》将《塔铺》中萌芽的对人性黑暗的揭示加倍放大了。一群来自农村的新兵在"新兵连"这一临时单位里,为了能分得一个好些的岗位和工作而努力奋斗。他们相互竞争,以致勾心斗角,尔虞我诈。在这里,作者既写出了人性的丑恶与卑鄙,同时也写出了现实的荒谬。李上进为了赢得未婚妻的欢心,拼命表现想入党、烧锅炉、带新兵,吃苦流汗却屡遭挫折;最终被一再的考验摧毁了意志,在不能经受漫无边际的折磨的情况下,向指导员开了黑枪。王滴为了能当上连里的文书,偷偷给连长送塑料皮日记本,结果连长退给排里,排长因他越级找连里而心怀不满,认为"这个战士品质有问题",最终的去向是给军长瘫痪的爹端屎端尿。这些原本淳朴的农民,毕竟受狭隘自私而愚昧的传统文化影响,为了实现那个特定时代最高的人生价值,在一个狭窄的体制中历尽人间悲苦,最终反而为自己所笃信的价值标准所嘲弄,从而酿成人生悲剧。"新兵连"表现出对体制人生的某种洞透,对人性丑陋、畸形以及荒谬的世态现状都有较为深入的理解与批判,并透露出悲观主义的人生观。可以说自《新兵连》之后,刘震云确立了自己的人生哲学和文化批判立场。

《单位》的发表开创了刘震云"单位"题材的小说创作,在单位里人与人之间的猜忌、倾轧、消耗以及人的异化,都被作者细致入微地刻画出来了。小说写在一个由老张、老孙、老何、老乔、小林、小彭组成的科室中,似乎谁也离不开谁,但谁也不能信任或依靠谁。老孙和老何为升官而结盟,最终分道扬镳;小林为入党、分房讨好同事,但谁也没有为他解决实际问题;老张虽然升官,同样是夹着尾巴做人。这个集体中,无论男女老少都活得窝囊猥琐。作品中生动的细节随处可见,小林买了一只烧鸡祝贺自己要入党,却遭到妻子的埋怨;小林分到一间谁也不要的房子,接受上次的教训而买一根香肠,又被妻子埋怨,因为没买烧鸡!这些细节将小公务员那种灰色而尴尬的人生渲染得细致入微。刘震云始终保持着叙述者的中立态度,与每个人物保持着相当的距离,从而使读者面对这一群人的生存状态生发出深沉而悲凉的思索。同时,小说在纪实的框架下融入了象征、超现实、黑色幽默等表现手法,老张、老孙、老乔这些只以姓氏和性别出场的人物,也可看作是现代生活中某种人的生存状态的象征。

《一地鸡毛》将小林的故事从"单位"转向家庭,着力表现体制社会普通人的人生烦恼。日常琐碎生活的描述,占据了小说大部分篇幅,而这琐碎的日常生活本身正构成了小说的主人公小林的全部家庭生活内涵:起早排队买豆腐、豆腐馊了跟老婆吵架;偶尔一次偷水被人毫不留情地揭穿;妻子想调动工作却无能为力;孩子的入托困难重重,好容易解决却发现只是为人"陪读";妻子单位新增班车线路却是为厂长小姨子"陪坐";老家时而来人,让妻子心烦……围绕着主人公的全是鸡毛蒜皮的细琐小事,但又无一不是现实生活的实录。这样一些生活琐事一点点地磨蚀主人公的生命意志和人格尊严,小公务员平庸而黯淡的生活方式使曾经有过理想和激情的小林夫妇完全萎缩。正如小林自己所感受到的那样:

> 两人都是大学生,谁也不是没有事业心,大家都奋斗过,发愤过,挑灯夜读过,有过一番宏伟的理想,单位的处长局长,社会上的大大小小机关,都不在眼里,哪里会想到几年之后,他们也跟大家一样,很快淹没到黑压压的千篇一律千人一面的人群之中呢……什么宏图大志,什么事业理想,狗屁,那是年轻时候的事,大家都这么混,不也过了一辈子?

小说中所展示的,绝不仅仅是现实生活中的特例,差不多是所有像小林那样生活着的市民群体所要面对的人生真相。在这种看似无价值、无意义的生活的形而下的描述的背后,蕴含着一种有着真实深度的形而上的人生思考。刘震云对这个悲剧故事倾注着深深的同情,但这种同情是掩藏在平实的甚至是不带一点个人色彩的文字背后的,是在原生的生活潜流中悄悄渗透出来的。

《一地鸡毛》之后,刘震云作品的批判锋芒更加锐利,如《官人》和《官场》。小说不再关注生活细节,而是用心勾勒出一幅幅勾心斗角的官人脸谱。作品中的局长老袁,副局长老赵、老方、老张、老王、老刘这些人,表面上风度翩翩道貌岸然,满嘴仁义道德,可是为了权力互相诽谤攻击,所有想得到的损招统统用上。在一场场的权力追逐战中,他们如痴如醉不能自拔,成为彻头彻尾的权力的奴隶。小说的开头意味深长:蛆从厕所爬出,向会议室爬去。这便有了一种反讽的意味:蛆和那些官人一样,都是想从底层通过将对手踩下而浮至上层。而小说的段落冗长正与官场机制的沉闷气氛吻合。

综观刘震云的新写实小说,我们可以发现,这是一个恶劣的生存情境与丑陋的人性相互纠缠在一起的令人窒息的生活世界,这里充满卑微躁动、猜疑忌恨、焦灼混乱。叙事者深入这些人物的内心世界,揭示并思考官场病态人生的根源。小说创作技巧上,刘震云既吸收了中国传统小说的一些叙事方式,如注重情节的连贯,有一定的故事性等,又采用了现代小说的一些叙事技巧,如叙事角度的转换。因此刘震云的新写实小说既贴近生活原貌,呈现出一种生活流的质朴本相,又超越了生活本身,渗透现代意识的思考。

刘恒(1954—),本名刘冠军,北京人。1969年中学毕业入伍,在海军服役。1975年退役,在北京汽车制造厂当装配钳工。1979年调到《北京文学》任编辑。1977年发表处女作《小石磨》;1986年发表《狗日的粮食》,获全国优秀短篇小说奖,开始引人注目。主要作品有长篇小说《黑的雪》《逍遥颂》《苍河白日梦》等;中篇小说《白涡》《伏羲伏羲》《虚证》《贫嘴张大民的幸福生活》《天知地知》等;短篇小说《教育诗》《拳圣》等;散文集《乱弹集》;出版有《刘恒自选集》(5卷本)。1988年开始撰写或改编影视剧本,有电影剧本《本命年》《菊豆》《画魂》《红玫瑰与白玫瑰》《漂亮妈妈》等;电视剧本《大路朝天》《贫嘴张大民的幸福生活》《少年天子》等。多部作品在国内外电影节或电视节上获奖,并屡次被评为最佳编剧。刘恒的新写实小说从原始欲望出发探求人的命运。《狗日的粮食》《伏羲伏羲》和《白涡》等作品,关注人的食、性、权力等基本的生存欲望,对深陷欲望陷阱而难以自拔的人性给予悲悯的关切。

《狗日的粮食》(1986年)讲述了一个在特殊年代里发生的农民因粮而生、为粮而死的悲剧。洪山峪的农民杨天宽用二百斤谷子买来媳妇曹杏花,而后生育了六个用粮食命名的儿女。但他们的生活始终与饥饿相伴。为了一家人的生计,曹杏花一有机会就去扒偷粮食,全然失却羞耻之心。这个逞强了一辈子的女人最后因丢了购粮证而寻了短见。小说不仅从粮食这个独特的角度展现杨天宽一家所走过的窘迫而又艰难的生活道路,而且将人物置身于20世纪五六十年代物质极度匮乏的恶劣环境中,展现面对生存危机时人性良善与尊严的荡然无存,特别是表现了曹杏花们因粮食的欲望长期得不到满足而产生的生物性的退化。这种看似荒诞的现象,蕴涵着刘恒对人性深刻的洞察和发现。

《伏羲伏羲》(载《北京文学》1988 年第 3 期)则写人的性本能欲望与伦理道德之间的激烈矛盾冲突。50 多岁的杨金山以 30 亩地换来 20 岁的年轻妻子菊豆后,用对妻子的百般折磨来掩饰自己的无能和自卑;而其侄子杨天青被王菊豆的美丽吸引了,他与菊豆之间的乱伦导致了天白的诞生。于是,整个家庭的成员都陷入种种颠倒而错乱的关系。杨金山、菊豆、天青三人都因为欲望而陷入了不可自拔的境地,最初的快乐最终使他们陷入痛苦自责、仇恨、死亡之中。杨天青最终由于他对传统伦理文化的背叛而为他的后代所否定,而菊豆在绝望中默默地老去。一方面是人伦关系的现实错位,压抑不住人的本能欲望的冲动。从杨天青的身上,我们看到了人的本能的巨大能量。另一方面,这种本能的欲望又因受到内心道德感的约束而不能得到满足,从而产生波澜起伏的心灵历程,形成了性格的丰富性和复杂性。小说用平静的语调讲述着一个惊心动魄的故事,爱的疯狂、抑制的疯狂、仇恨的疯狂、绝望的疯狂都隐藏在作者云淡风轻的语言中。

从表面上看,《白涡》中的主人公周兆路堪称精英人才,但在一场蓄谋已久的艳遇中他主动卷进了"白涡",这位踌躇满志的谦谦君子就开始失去平衡了。他和情人在肉欲的漩涡里陷溺着、挣扎着,他们最终认清对方的真实面孔却依然互相利用。周兆路是一个自私而冷漠的双重人格者,在道德与情欲、自我与本我的冲突面前,他善于自我开脱。他时而因自己俘获了对方而自慰,时而因发现对方的污点而大感轻松,时而因想到此事或会危及名声地位而不安;等到危险消失,又能心安理得地享受她……周兆路在冲撞了社会原有的道德准则之后,为了个人利益不得已进行欲望压制但欲罢不能的琐屑、猥琐心理,在小说中细腻而微妙地表现出来。

刘恒 1998 年发表的中篇小说《贫嘴张大民的幸福生活》一改往日新写实小说的持续紧张的风格,变为戏谑幽默的风格。《贫嘴张大民的幸福生活》是一部描写北京市民的小说,它用文学的显微镜去观察琐碎的生活细节和渺小的人生困境,以浓厚的生活气息和淡淡的喜剧效果、切实的人生内涵,凸显了心地善良的城市平民张大民一家人追求平凡的幸福生活的过程。小说以写实的方式,表现普通人生的生老病死、偶然意外、亲人之间的相互伤害……通过苦难叙事表现以张大民为代表的底层百姓身上所具有的生命韧性。幸福是每个人所追求的精神境界,而张大民的幸福是民间社会世俗人生的知足常乐。他那脚踏实地的生活状态,锲而不舍的乐观精神,以自嘲的方式无奈地屈从生活苦难的艰辛人生,正是底层社会世俗人生的生存智慧,也是北京普通市民的生活缩影。作者对底层市民琐屑艰难的生活给予了深刻的同情与理解。

刘恒的新写实小说大致可归为农村与城市两类,其创作侧重于把人物作为类的存在进行考察,往往从人的基本生命需求出发,进而对人的自然存在与社会存在的关系以及人的发展所面临的现实障碍等,进行多方位的深入探究。刘恒擅长用心理分析的方式描摹浸透文化意蕴的人生情态,或者揭示性心理的社会文化内涵,或者演示社会动态对人潜意识的介入。这种叙事手法既能保持一种客观冷静的态度,又能鞭辟入里剖析人物的内心世界。因此,刘恒的小说凡涉及人物的内心冲突时,总能以节制的叙事来追求一种淋漓尽致的表现效果。

第五节　新生代小说

一、新生代小说及其审美特征

20世纪90年代,一批被称为"新生代"的年轻作家群体在当代文坛崭露头角,成为世纪末文坛引人瞩目的文学景观。对于"新生代"通行而简便的指称,是生于60年代而活跃于90年代文坛的作家群体,归于这一名下的作家主要有:韩东、朱文、鲁羊、刁斗、张旻、李冯、何顿、邱华栋、毕飞宇、刘继明、述平、东西、张旻、王彪、陈染、林白、徐坤、海男等。这其中既包括成名较早的韩东、何顿,也包括90年代中后期知名的东西、李洱、李冯等,还包括从陈染、林白到卫慧、棉棉等坚持"私人化写作"的女性作家群体。由于"新生代"这一概念的命名内涵不明确,因而引起较多争议。"新生代"常常与"晚生代""新状态""新体验"等名称相互交叉,又相互替代。

这里以"代际"来划分作家群体,与其说是一种美学意义上的命名,还不如说是一种约定俗成的称谓。在韩东、朱文等人于1998年在新生代作家中发起的一次名为"断裂"的问卷式文学行动中,他们明确表达"断代"的意识。尽管这些作家在题材选择、艺术追求和创作风格上都互有差异,他们却有着"个人化写作立场"这一群体创作的共同胎记,由此形成他们在作品的主题取向、形象设置和艺术表现上的诸多共性特征。应该说,他们的创作主要是对80年代后期"先锋小说"与"新写实小说"的双重反叛与继承,在凸显个体日常生活体验的同时,抵达对个体存在命运的思考。

对于缺少历史记忆的"新生代"作家,他们的"个人化写作"主要是缘于对传统文学启蒙姿态的失望,对于政治化、群体性创作的反感,对于文学崇高责任的躲避。他们更愿意相信自己的感受和体验,更倾向于关注自我人生,凸显个体的生活经历与感受,真切地展现现代人在现代社会中的欲望追求、困惑心理、人性挣扎。具体地说,之所以在

90年代会产生"新生代"小说的"个人化写作",主要的原因体现在四个方面:一是90年代人的观念不断从过去的集体观念下的群体向个体演变。后现代主义的解构思潮为个体独立提供了思想文化上的资源,而市场经济则为个人自由提出了要求,也提供了一定的物质保证。两者共同促进了90年代人的观念的变更。主体的破碎、人的精神性品格的降低和生物性本能的放大,构成了90年代小说人的阐释最基本的路径。"先锋小说"形式革命的惯性继续在"个性化"的旗帜下不断与大众化、本土化的思维相互融合而开始接地气,一反原来的高蹈姿态,而走向世俗化与欲望化。王干称之为"游走的一代"的"个体的精神凹度","人的自由状态在面临商业、政治、历史、文化多重压抑之下的一种抗争和解放"。[①] 二是长期处于统治地位的单一的意识形态叙事,促成了90年代小说以个人形式对压抑性集体写作的反叛和突破。过于庞大和牢固的集体意识形态写作,总是以"大我"的形式出现,严重压抑和束缚了"小我"的存在自由和写作自由。三是当代文学本身求新求异的审美惯性追求,导致了90年代小说通过展示鲜活的、惊奇性的,甚至夸张性的生活经验和生活场景,来体现文学审美的陌生化。四是市场经济规则对文学创作的直接影响。文学写作为了自我追求和体现一定的商业效应,不惜进入自我的隐秘世界,将个人自我的经验和体验做一番夸张性或袒露式的兜售。因此,"个人化"写作正好充当了这么一个既有"人文深度",又兼有市场效应的写作方式,成为90年代"新生代"小说创作的一面旗帜;它不仅产生了韩东、鲁羊、朱文、陈染等人的"新生代"小说,更重要的是带来了整个小说界主体精神和价值追求的变化。"新生代"小说的审美特征主要表现如下。

其一,碎片化的个体生活经验的真实书写。"新生代"作家普遍地拒绝文学的"宏大叙事",他们的创作不但回避主流意识形态话语,不再追逐社会的巨澜,刻意规避时代的重大命题,而且对发轫于五四而在80年代处于强势地位的启蒙话语,也保持着不以为然的疏离态度。诸如个性自由、民主人道等启蒙话语中的核心价值理念受到他们的质疑和颠覆,无论是传统文学宣谕真理的神圣意识还是知识精英启蒙下的导师情结,都遭到"新生代"创作前所未有的亵渎和嘲弄,相反,对生活表象的经验式捕捉和对粗鄙现实的认同式叙写,成了许多"新生代"作家的叙事选择。简言之,"新生代"作家对于群体性的观念写作逐渐失去兴趣,他们转向个体自我的狭小圈子。90年代的作家大体达成一种共识:越是个人的,就越具有社会性。个体经验的开掘,成为凸显文学个人性的秘籍。对于"新生代"作家来说,个体经验不仅是消解过去主流意识形态的主要工

[①] 王干.游走的一代——序"新状态小说文库"[M]//朱文.我爱美元.北京:作家出版社,1995:3.

具,而且为他们提供了一系列鲜活、逼真的生活素材,打破过去写作的程式。如果说城市经验体现的是当下年轻一代的青年作家对现代化生活的直接感受,那么个体性的经验书写则是文学努力个人化的一种大胆而简便的方式。很多作家把对于真实生活与感受的叙写置于首位,不追求创作的史诗意义,也不营构作品的宏大构架,常常在人生碎片的真切描述中展示世俗的人生。

韩东的作品往往在琐碎生活的描写中突出人物的卑微处境与生活。《新版黄山游》以游记式的纪实手法,细致地描写主人公"我"与朋友一起游黄山却找不到旅馆时的尴尬与疲惫,以及忍痛花240元住进宾馆时的感受。《树权间的月亮》以一孩子的口吻描述与父母下放农村时的生活,着重描述村中放鸭青年九月子的生活:他替村民放鸭,他与妇女一起劳动,他帮我家下河拎水,他借我家手电去抓黄鳝。这些作品没有复杂的故事,更不在乎情节的曲折,似乎只是实实在在地记录下他所经历过的生活细节,录下其对于生活的体验和感受。朱文的《磅、盎司和肉》写"我"和女友、肉贩、中年男子、老太太等围绕肉、西红柿、胡萝卜的重量产生分歧、冲突,还包括电费和电话费、"我"和"我"的两个女友之间的矛盾等,构成了"日常生活中的矛盾"。在鸡毛蒜皮的叙事中,呈现的是吵架、做爱、吃饭等碎片式的生活经验。鲁羊的《立秋以前的一个早上》叙写马余在立秋以前的一个早上做了一个关于衰老的梦。《此曲不知从何来》描述马余因胯下的皮肤感染而去医院诊治,尤院长却弄破了马余的皮肤。王干指出,鲁羊"追求这样一种语言和文字的舞姿,便是鲁羊写作的意义所在,而这种语言和文字势必要将故事冲击得支离破碎,只留下一个个闪闪烁烁的美的片断与诗的残简以及声音的痕迹在空中奇异地回旋"①。何顿的《我不想事》《无所谓》《不谈艺术》《我们像野兽》《就这么回事》等,表现城市底层市民进入市场时"不想事"和追求吃喝玩乐的精神状态;刁斗的《城市浪游》、徐坤的《三月诗篇》、鬼子的《上午打瞌睡的女孩》描写人们在生存的挣扎与磨难中失落悲哀的心理,等等。这些小说集中表现了生命中不能承受之轻,日常生活的诗意消失,而世俗化、粗鄙化特征突出,被称为"平面写作"。可见,新生代小说创作常常不将对于故事情节的跌宕起伏作精心安排,而是努力把自己对于生活的感受与体验作为作品叙写的重要内容。

其二,欲望化的体验也是"新生代"小说个人性的主要表征。市场经济对个体欲望的刺激,后现代主义文化思潮对于生命欲望的肯定,决定了"新生代"的作家打破以往欲遮还羞的状态,大张旗鼓地展示个体的各种欲望,包括致富欲望、享乐欲望、性爱欲望

---

① 王干.枪毙小说——鲁羊存在的可能性[M]//鲁羊.佳人相见一千年.北京:作家出版社,1995.

等。葛红兵指出:"那种将审美作为一种生活理念的写作态度已经消失不再,那种将文学当作社会责任感之表现的写作已经不再。新生代的写作重点已经不再放在思想内容上,而是放在一种个人性的情绪、感受上。这和他们在20世纪80年代所受到的个人主义、个性解放思想的影响息息相关,同时也和我们这个时代的市场化处境相联系。"①这里的欲望不再具有文本背后潜在的文化批判功能,而成为冲破道德尺度的纯粹的生命存在方式。何顿对于小中产者积累财富过程中无限膨胀的人生欲望的纪实,邱华栋对于都市"玩主"追逐金钱、游戏爱情的欲望化生命的放大,朱文对于知识分子欲望心理的剖析,韩东对男女之间欲望的展示等,无疑都是对90年代整体生存景观和个体心理的一种观照。

张旻的《情幻》等小说似乎重复着校园内的暧昧恋情这一主题。其笔下的性爱并非通过直白的话语发泄来展示,而是将情欲置于真实与虚幻之间,人的情欲若有若无,却无处不在。因此,情欲活动在张旻的小说中表现为一种性感觉,即一种或真或幻、不确定的"第三种状态"。②为传统社会所不齿的通奸、情杀、师生恋等暧昧行为,都作为性的本真状态直接展示出来。这里幻象化的爱欲比我们正经历着的生活更显出别一种真实,它导向我们每个人内心深处的隐秘欲望,指涉着每一个人对自身另一种现实替代性的执着向往。朱文以狂欢的姿态,将传统伦理道德置于尴尬的局面。性与爱被完全隔离,成为一种交易。朱文《我爱美元》中父亲乘出差之际特意前来看望"我","我"却千方百计要满足父亲的欲望。"我"与父亲在小酒馆与女招待闲聊、"我"花钱雇女子陪父亲看电影,因为妓女开价太高"我"难以承受,居然要求自己的女朋友陪父亲睡一觉。在这里,"美元"不但是一种所能指涉一切物欲的符码,同时也是一种价值尺度和生活观念;"父亲"道德形象的溃败并还原为一个自然主义个体,反映了"新生代"文化"弑父"的狂欢冲动,同时也成为时代文化嬗变的一个敏锐信号。作家笔下对孝道的揶揄与情欲的直白构成了强烈的反讽,肆无忌惮地亵渎了道貌岸然而又极度脆弱的文化禁忌。相反,一向被视为人文理想标杆的神圣爱情在"新生代"作家的笔下则成了滑稽的闹剧。韩东直言:"我写性,就是写那种心理上的下流,性的心理过程中的曲折、卑劣、折磨、负荷以及无意义的状态。"③本来,欲望属于极端个人性的范畴,却成为90年代文学市场运作的一个重头戏。90年代以前所未有的反叛姿态来书写欲望,其目的似乎在彰

---

① 葛红兵.障碍与认同——当代中国文化问题[M].上海:学林出版社,2000:29.
② 张旻.一种状态[J].作家,1995(2).
③ 林舟.韩东——清醒的文学梦[M]//生命的摆渡——中国当代作家访谈录.深圳:海天出版社,1998:59.

显过去难以实现的个人性,但在市场成为主导力量后,反叛本身成为一种市场资源。他们大胆书写物欲、性欲,因为他们知道这种书写正受市场的欢迎,正迎合大众的阅读需求。他们反叛之后没有创新,所做的只是在认同和强化世俗。反叛的精神不知不觉滑向了欲望享受的前卫姿态,反叛行为与市场本身暗通款曲。

其三,抵达生命本真的哲学化思考。"新生代"作家不满足既有宏大叙事的哲学理念及其现实表象的书写,而是以个体生命经验的方式切入对生命的哲学追问。不过,新生代作家并不能完全摆脱深度的诱惑,与前期"先锋小说"对西方现代派理念的观念性认同与趋附不同,"新生代"创作赋予哲学问题以强烈的生命性体验。他们或以自己隐秘的私人化生命体验来揭示人类的生存之痛和哲学之思(如陈染、林白等),或个体通过现实观照和历史窥探重新寄托人文主义的巨大关怀和形而上学的意义追问(如毕飞宇、刘继明等)。

张旻的《校园情结》、鲁羊的《银色老虎》《九三年的后半夜》、朱文的《我爱美元》、邱华栋的《环境戏剧人》、何顿的《无所谓》等小说,也都在极具现实经验性的画面中触及现代人的生存困境和心灵痛楚。陈染的《时光与牢笼》《无处告别》《潜性逸事》等充满女性自我生命体验的小说,对人类生存之痛的抚摸与言说,对女性成长史的回顾,都赋予其对"存在"的哲学思考以鲜明的体验性和生命性。王德威在评论"世纪末的私小说"时说:"'孤独的人是无耻的',陈染如是写道。这里有多少无奈与反讽!但也就因着这'无耻'的生存环境,作家们反而抛弃了随俗从众的负担与舆论的局限,自顾自地开始窃窃私语起来。"①这些小说往往具有感性化和表象化的外观,但总能在欲望化书写中抵达人性生存的哲学思考。朱文的小说总是具有一种情绪化的抒情外壳,但在《我爱美元》这样直接书写欲望的小说里,"反讽"的叙述基调中传达出作家思索人类生存困境的哲学之思。刘继明的《海底村庄》被称为"文化关怀的小说",作品关注的是历史本身的失落及其背后精神向度的缺席,透露出强烈的人文情怀和深层的忧患意识。小说写一个叫佴城的村庄在经受村庄被海水淹没的厄运之后,幸存的佴城人只想尽快地忘记这一不幸的历史,以便能保障自己幸福地生活在现实之中。于是,作为历史见证的海底村庄遗址便成为少有人光顾的景点,甚至被刻意地忽略。尽管小说中作为作者代言人的欧阳雨秋一心"企图激活佴城人心中有关的记忆",结果却是"徒劳无功"的,无声无息地消失于海底的村庄,也无声无息地从佴城人的记忆中消匿。显然,作者执着寻找被遮蔽的历史为的是寻找支撑现实存在的意义。

---

① 王德威.夜半无人私语时——世纪末的私小说[M]//众声喧哗以后.台北:麦田出版社,2001:380.

其四,新生代作家致力创造纯虚构的文本,坚持平面化写实或独语式叙事。由于"新生代"作家对现实背后深度意义的质疑,导致他们心目中传统文学真实观的瓦解。在他们看来,只有虚构才是通向真实的可能途径。实际上,他们只是试图反抗那种强调必然性导向的主流意识形态和固有的先验观念的所谓客观现实。这样,一方面一些作家(如邱华栋、何顿等)常常描述一些游历式的线性故事和平面化的生活经历,这种生活质感鲜明的平面化写实,并无意揭示生活背后的形而上意蕴;另一方面还有些作家(如韩东、朱文等)注重叙述者对情感和体验控制的独语式写作,主体深度体验的凸显稀释了传统文本的故事性要素,而返回到生活的本真状态。鲁羊的《红杉飘零》写一群都市漫游者在一天深夜中的漫游,他们无所事事,到处闲逛,内心被种种欲望折磨得焦灼无比,同时又无聊荒凉、极度疲惫。表面上的客观化叙述中渗透着主体无聊的伤感和刻骨的悲凉。张旻的《情幻》等小说似乎重复着校园内的暧昧恋情这一主题。主人公总是以一个白日梦者的身份游弋于现实和幻觉之间。余宏与小岚的爱情,在唯美温馨与粗鄙冷涩之间倏忽蜕变给人以庄生梦蝶般的感觉恍惚和心灵惊悚。这里幻象化的爱欲比我们正经历着的生活更显出别一种真实,它导向我们每个人内心深处的隐秘欲望,指涉着每一个人对自身另一种现实替代性的执着向往,显示了作者对人性孤危摇摆的深切隐忧。

二、邱华栋、毕飞宇小说

在众多新生代作家中,邱华栋和毕飞宇具有一定的代表性。邱华栋着重表现个体在城市空间的青春欲望,文本在光怪陆离的城市物象中传达一种后现代主义式人文反思。而毕飞宇重在表现乡村世界中的人性挣扎,将人物的性格作为人物命运的主体,将读者引向一个人性本身的空间。他们的创作,体现了新生代小说创作的个体性体验与多元性表现的融合。

邱华栋(1969—),祖籍河南西峡县,出生于新疆昌吉市,少年时期在新疆度过。1988年被保送入武汉大学中文系,1992年毕业并被分配至北京工作,曾任《中华工商时报》文化版主编,《人民文学》杂志副主编。出版有长篇小说《夜晚的诺言》《白昼的消息》《正午的供词》《刺客行》等,中短篇小说集《哭泣游戏》《都市新人类》《黑暗河流上的闪光》等,被誉20世纪90年代"新生代"作家群中的代表作家之一和"活跃的实力派作家"之一。

邱华栋作品中的背景通常是光怪陆离的现代都市,具有美轮美奂和狰狞阴郁的双重性:一方面,"到处都缀有金光闪闪的玻璃幕墙构成的不夜狂欢城"(《哭泣游戏》),

富丽堂皇大堂酒吧、奔驰跑车、"塑料花一样美"的年轻女孩,美式麦当劳汉堡包连同大款、歌星、影星、画家、制片人、公关人、时装人等汇成了喧嚣拥挤而又生机勃勃的一条欲望的河流。另一方面,"城市是一条混浊而肮脏的河流,所有人的面孔都将漂远"(《手上的星光》)。这个日夜充斥着喧嚣的城市其持久永恒的动力便是欲望:"在这样的夜晚,我可以闻到夜空中飘散的欲望的气息,它和灰尘一起被每一个在黑夜中游走的人的鼻孔所呼吸。"(《哭泣游戏》)这里的欲望有着远比韩东朱文们笔下的欲望更为丰富的涵盖域:它不仅仅是肉体官能的,而且还包括金钱、物质、体面以及进入"上层社会"。这里"贫穷"是镌刻在都市人脸上的类似于霍桑笔下的耻辱的"红字",而对欲望的追逐则成了在这个物质天堂里唯一通行的"城市法则"。

邱华栋笔下的主人公往往是一个拉斯蒂涅式的城市闯入者和最终征服者。最初也许是一个小小的欲望促使主人公逃离乡村,当他来到霓虹闪烁的现代城市后,便成了人欲横流中的一叶随波逐流的扁舟,从一个不乏纯朴幻想的城市闯入者变成野心勃勃的城市征服者,而城市在他的眼里成了巨大的欲望图腾。在邱华栋笔下,城市是吞噬一切的"老虎机",是人生赌博的"轮盘",是能把一切磨平磨灭的"磨盘",或者是淹没一切的"河流"。他就像巴尔扎克小说中的拉斯蒂涅,野心勃勃地从外省来到欲望的中心地带,被城市的繁华景观与上流社会的豪奢生活震惊得目瞪口呆,内心深处的种种潜埋的欲望全部苏醒了过来。邱华栋将这一过程理解为对城市的征服:成功者意味着能在这个城市里占有一个位置,失败者则意味着在城市中无立锥之地。然而这种向都市的挺进是一次不归之旅:人在征服欲望的同时最后却被欲望所征服。《别墅推销员》中的眉宇,为了换取一套住房,竟不惜用与大款睡觉的方式。她拥有了房子,却只能空守。沈方辞去了工作,在一家公司当上了别墅推销员,并且最终买到了属于自己的房子。然而,当他买了妻子喜欢的鲜花满天星、兴高采烈地准备告诉她时,妻子却不知去向。人在被欲望主宰的同时又被生活所抛弃,悲剧性命运这一主题在这里得到了揭示和表达。

邱华栋的小说常常交织着欲望受挫时的焦虑和欲望满足后的迷惘这两种情绪。他笔下的主人公既怀有想征服、占有都市的欲望,又有深藏着极端憎恶都市的情感;既愤愤地以一个都市征服者的心态与都市搏斗,又无奈地以一个都市漂泊者的面目游走在都市里。这里,主体追逐物欲时的秘密欢欣与心灵遭受异化时潜隐的恐惧是并存的。《环境戏剧人》中,"我"是一个外省知识青年,无意中闯入北京这座陌生的都市。城市既充满敌意又强烈地诱惑着"我","我"虽然无法拒绝仿佛旋转着万花筒般色彩的当代都市,然而"我"对城市仍有一种根深蒂固的疏离:"城市已经彻底地改变与毁坏了我们,让我们在城市中变成了精神病患者、持证人、娼妓、幽闭症病人、杀人犯、窥视狂、嗜恋金钱者、自恋的人和在路上的人。我们进入都市就回不去故乡",以致"我"对城市的高楼有一种想"推倒积木的强烈愿望"。于是,"我"作为一个环境戏剧人开始对情人龙天米的戏剧性的寻找以及对所谓"爱达荷"(理想之地)的追求。然而这个男人痴情地寻找着一个情人,却意外地找出了情人的无数个情人。"爱达荷"也成了永远无法抵达的精神乌托邦。尽管如此,作品仍强烈表达了"我"对都市异化人性的反抗。于是小说在结尾处不无悲壮地宣称:"我们永远也不能卸妆,并准备再次登场。"在《电话人》《公关人》《时装人》《钟表人》等小说中,作者更是揭示了都市人在遭受都市现代技术文明的统治以及过细化的职业分工对人的整体属性的撕裂。因此,"我"承认自己"已是一个面具人,没有深度的人、假设人"。痛切地感到"人是贫乏的,人的肉体是让人厌弃的,人的灵魂没有固定的面孔,只有面具才真正能显现出当代人的灵魂"。(《公关人》)人日益成为马尔库塞所称的作为现代工业文明异化产物的"单向度人"。这种人丧失了批判意识,丧失了合理地批判社会现实的能力,再也没有否定原则,商品成了他们全部幸福意识的体现和他们"最流行的需求"。

邱华栋的小说除具有新生代的共同的"家族纹章"外仍具有其独特而鲜明的艺术个性。一是在情绪色调上,邱华栋的作品充满着对现代城市的旺盛的青春激情,无论是对城市的向往和征服还是对城市的焦虑和反抗,都反映了未来时代赋予"新人类"的生命力和自信力,这在他的早期作品中尤为明显。《沙盘城市》中,当主人公面对由许许多多象征物质胜利的豪华酒店、摩天大楼、超级市场、歌舞厅、时装模特、立交桥等拼贴或嫁接而成的具有诱惑力的怪物,对于一个充满自信、具备能力的外省闯入者来说,它像个沙盘上的城市,占有它只是时间的问题,他们只是还未找到自己的介入点。因此,他们敢于在这座还不属于自己的都市里横冲直撞,化装自己,推销自己,解放欲望,实现梦想。二是在内涵表达上,邱华栋的作品广泛运用情绪的意象和寓意的符码。尽管我们称邱华栋的小说仍属用体验式平面写实铺叙都市人生碎片,但并不妨碍作者用意象和符码传达他对现代大都会的感受。在《沙盘城市》中,大到令人眼花缭乱的各种社会场景,小到每一粒被污染的灰尘,都能够自如地变成他小说构成的鲜活的道具,进而扩展为作品整体的象征和寓意。如《沙盘城市》所表达的便是对建立在精神流沙中物质的高楼大厦会由于缺乏人文存在的根基而免不了"会沿着马路像多米诺骨牌一样依次倒下去"的忧思。三是在叙事策略上,邱华栋的作品对神秘的气氛似乎情有独钟。他的小说常设置悬念,在情节弱如游丝时突然柳暗花明。无论是《环境戏剧人》中神秘消失的龙天米,还是《直销人》中直销人对个人生活空间旁若无人的强行介入,事实上它所隐含的恰恰是个人对生活无力把握的茫然感,那神秘的气息宿命般的让人在劫难逃。

另一方面,它调动了读者的阅读兴趣,让人在水落石出的过程中体验刺激和快感。直销人任意闯入个人生活空间的行为,虽然夸张,但它更深刻地表达了物的强权统治,表达了人在这一统治面前的脆弱与无力。四是创作方法上,邱华栋的作品具有后现代小说手法汇集与拼接的特点。在《环境戏剧人》里,现代城市爆炸般的信息在小说中的作用得到前所未有的强调:富有时尚色彩的名物,如变形金刚、流行音乐、名牌服装、同性恋、私人侦探,还有城市的现代怪病等都能从小说中找到。从某种程度上说,它是最新信息与各种现代或后现代小说手法的汇集与拼接,因而使得小说无论在形式和内容上都充满了当代都市万花筒般的色彩。

尽管邱华栋小说集中表现了现代都市文化尤其是城市欲望,对人性的异化作了反思和批判,但大都为城市世界中"后现代个体"[①]或者"单向度人"的主题言说。一定程度上,作家主体对城市的理性认识和感性体验直接取代了文本形象的塑造,导致小说的理念化大于审美性。他的小说大量运用后现代拼贴手法,汇集各种城市信息和物象符码,传达他对现代大都会的感受和体验;但因创作主体面对欲望世界的复杂与矛盾,影响了小说对人性异化主题的凸显。

以上谈到的主要是邱华栋最有影响的前期小说特征。到了后期,邱华栋的小说发生了某些微妙的变化:对城市热情而稍带自卑的城市闯入者悄悄转换为慵懒而不免有些得意的都市成功者;原先主人公"青春赌明天"的自信与一试身手后的感伤所形成的内在的情绪张力,转换为对城市慵懒的思索与随机的观察,外加人文批判的价值深度(也许与作家本人的身份和心态的变化有着某种关联)。这在他的小说《哭泣游戏》中得到典型的体现。这篇小说中的"我"是一个"学过海商法的英文相当过硬的外企白领",却患上了不可医治的"周期性厌烦症"。他遇到了一个初闯京城的女孩黄江梅,决心帮助她实现城市的"梦想";因为女孩"梦想"的实现也预示着"我"也实现了自己"行为艺术"的"梦想"。"我"从患"周期性厌烦症"到要立意成为"行为艺术家"的举动表明,"我"是一个在城市生活中沉沦的人;"我"的成功没有获得预期的快乐与幸福,相反在这一过程中"我"失去了许多,尤其是梦想。因而"我"对城市中"携带梦想"的人从心底升起强烈的爱怜,希望能帮助他们实现夙愿,"我"所做的这一切就是"行为艺术"。然而"我"又清楚地知道,黄江梅实现城市梦想的代价是丧失其纯真的本性,这正是厌倦了都市欲望游戏的"我"所珍视的品质。因此,小说表达的城市对人的异化的批判主题,在对城市欲望法则的膜拜面前只能是一种叙事拼贴和欲望修辞,类似于讽一劝百、

[①] (美)波林·罗丝诺. 后现代主义与社会科学[M]. 张国清,译. 上海:上海译文出版社,1998:77.

曲终奏雅的汉大赋,原本悲哀的"哭泣"终于成为后现代滑稽的"游戏"。

与邱华栋形成明显对照的,是毕飞宇代表的"新生代"中另一种不同的写作倾向。这种倾向与秉持虚无解构立场的较为激进的"新生代"作家保持着谨慎的距离。80年代文学中的某些元素,如激情、终极关怀、深度意义、乌托邦等在毕飞宇作品中依然存在。在最能体现毕飞宇个性的作品,仍是关注当下社会现实的创作,不过它往往与一段虽已逝去但同现实血脉相通的历史场景相连接。毕飞宇从变动不居的都市现实潜入乡村背景的历史深处,拷问业已板结化的历史存在,从中提取鲜活真实的历史精神,用来滋养贫血的当下现实。从这个意义上说,毕飞宇在"新生代"中是一个较为传统的作家。

毕飞宇(1964—),江苏兴化人,1987年毕业于扬州师范学院中文系。南京大学教授、江苏省作协副主席。著有中短篇小说近百篇。主要著作有小说集《慌乱的指头》《祖宗》等。著有长篇小说《平原》《推拿》等,其中《推拿》获第八届茅盾文学奖。毕飞宇得奖众多,其中《哺乳期的女人》获1995—1996年度首届鲁迅文学奖短篇小说奖、冯牧文学奖和小说月报奖;《青衣》《玉米》获两届小说选刊奖和首届中国小说学会奖。

毕飞宇小说通常存在着一个乡村背景。这个背景可能是一幕鲜明的近景,也可能是一角模糊的远景,而且它们几乎都与苏北平原的兴化农村相关。这一方面与作家以一种体验式的想象选择进入历史深处的切入点有关,这一背景正是作家本人童年、少年时期的生活环境,它凝聚着作家的文化记忆和情感体验;另一方面,乡村背景是一个和城市背景对立的文化范畴。在作者看来,城市是矗立在时间的流沙上的,而乡村扎根在历史的岩层。同时这也意味着,乡野是一种屏蔽了先验观念的原初本真的视角,有助于重新发现所谓历史真相中的裂隙。乡村背景的重现,显然表明作家拥有对当下文化价值和固有意识形态的重新审视和质疑的意图。《卖胡琴的乡下人》通过一个卖胡琴的乡下人五指仙琴道没落与知音难寻的遭遇,寓意性地揭示了传统文化精魂在消费主义盛行的浮躁当代都市被弃之如敝屣的命运。乡野还衍生出童年视角,类似于安徒生的《皇帝的新装》中那个看出皇帝没穿裤子的孩童的那种纯真无邪的眼光。《枸杞子》通过童年叙事视角,写出对未来生活有着美好憧憬的纯朴善良的村民受到欺世盗名的勘探队的愚弄,可当成一篇政治历史寓言来读。《雨天里的棉花糖》里乡村背景,仍是小说对位结构和复调主题得以生成的一个重要的视角。乡村、市镇、战场对应着生命意识、商业文化、英雄情结。它是红豆生命的诞生地和归宿地。

毕飞宇小说总是郁结着一种历史情结。这种历史情结与新历史小说有着明显的渊源关系。新历史小说最早兴起于80年代中后期,苏童、莫言等家族史小说,及杨争光等作家的其他题材的现代历史小说都曾在当代文坛产生过较大的影响。进入90年代后，这种以历史虚构为主要对象的写作随同新写实小说一道，逐渐丧失了其内在的文化驱力，在90年代甚嚣尘上的快餐消费主义文化大潮中，它被编织进了伴有浓厚猎奇、艳情、暴力色彩的市场化生产机制之中。在此背景下，毕飞宇携带着具有新历史小说意味的创作进入文坛，无疑是需要一定的见识和勇气的。不过，毕飞宇的这类小说并非是先前新历史小说的翻版，他在对历史的勘探和怀想中更多地融入了个体的生命体验、冷峻的哲学思辨和现实的文化批判。同时狂欢化的反讽手法和寓言化的隐性结构，也是毕飞宇这类小说在艺术特色上的新创造。

毕飞宇小说中的历史情结既有对历史形而上本体论的追问，也有对历史所蕴含的传统文化的反思，还有对历史的政治乌托邦的解构。《是谁在深夜说话》是将对历史本体的形而上思辨，与对历史情境的形而下体验融为一体的作品。小说以一段明代的南京古城墙作为立足点，由此衍生出两条线索，一是"我"深夜在城墙根下散步，心中怀想明代历史，并想象自己似乎进入那段旖旎的时空。恰好，我在楼口遇见了佳人小云，看到了明代秦淮名妓的风韵。春风一度后还沉浸在英雄救美豪情中的"我"才发现，小云只是现代商业社会思想和情感平庸的市民群体中的一个小女人。二是一支来自兴化的建筑队来这里修复明代城墙，宣称要把旧城墙修复得和明代一模一样，甚至比明代"更完整"。当不惜拆迁房屋、收集城砖把城墙修复如初时，"我"却发现原先的旧城砖仍在那里，并未动用。作者表达了这样的理念：无论是历史的个体体验者还是历史的权威阐释者，对历史场景的进入和对历史真相的接近也许都是徒劳的，或是一种自恋式的意淫或是一种自欺式的僭妄。《楚水》中抗日战争仅仅是一种历史拷问的背景，而同源同宗的中日两国文化的较量才是作者关注的聚焦点。在北平读过大学的乡绅冯节中在日本军队占领楚水城后，所能做的便是从刚遭过水灾的家乡骗来一群姐妹，开了一家妓院供侵略者淫乐。更为可耻的是，他竟然用宋词中的"满江红"等词牌名来为妓女们命名。作者的讽喻是辛辣而深刻的：中华民族博大而灿烂的文化传承到冯节中这里，只剩下精致烂熟而腐朽无耻的文化渣滓。作为抚琴博弈高手和字画鉴赏名家的冯节中，根本就不是手握"菊"与"刀"的日本军人的对手。

无论是早期的虚拟历史小说，还是后期的关注现实小说，毕飞宇对历史蕴含的传统文化的反思，对政治乌托邦的解构，都会延伸到对权力文化的质询。所谓权力文化，是指政治权力不仅完全掌控社会秩序，而且权力意识在整个社会泛化，以致社会个体对权力顶礼膜拜并且疯狂追求。在权力批判中表现人性是毕飞宇小说的一个重要特征。"我们身上那个'人在人上'的鬼……不仅依附于权势，同样依附于平民、大众、下层、大多数、民间、弱势群体乃至'被侮辱与被损害的'身上。"①毕飞宇指出这种似魔鬼一般的压迫他人的阴暗心理,正是无处不在的权力,它不仅存在于达官贵人之间,也存在于平民百姓之中,渗透在生活的每一个角落里,甚至在家族亲人与邻里朋友之中。《玉米》中的权力以性的形式存在。对于男性来说,权力是占有性的一种特权。高高在上的权力,可以换来人生性爱的快感,自由地实现着享乐原则。王连方睡遍村中女人,郭家兴可以娶一个年轻的小姑娘为二房。对于弱势的女性来说,性成为权力之下的附属品和牺牲品,成为换取利益的一种快捷方式。柳粉香则将性作为与王连方权力的交易品,换取自己不用参加生产队劳动的特权。在权力的角逐中,性也成为女人追求权力的唯一筹码。施桂芳嫁给王连方,生下一个男孩,成为支书夫人,连嗑葵花子都透出一股傲气。玉米将自己许身给相貌不佳的国梁哥,为的是国梁今后的复员转干,也是用性来换取权力。当然,权力还可以泛化为文化话语,统摄社会心理。《雨天的棉花糖》集中反思了舆论对生命、对人性造成的戕害:"爱脸红、爱忸怩的假丫头片子"红豆参加了对越自卫反击战,他牺牲的消息使他成了一个英雄。但不幸的是红豆"死而复生",他以"俘虏"身份被放回来了,这使包括他父亲(曾是抗美援朝的英雄)和母亲在内的多数人失望。红豆受尽冷眼,终日处于焦虑、自憎和罪孽感中,精神崩溃,自杀未遂后被送进疯人院,在自责与痛苦中孤寂地死去。红豆的悲剧反映了由荣誉、舆论、亲情等织成的政治权力文化网把人逼向绝境的残酷现实。

毕飞宇小说的艺术特色,首先表现在他的创作遵循人物的性格逻辑,从社会、人性和心理等多重维度探寻人的悲剧命运。《青衣》中的京剧演员筱燕秋,有着极强的事业心,而这种事业追求又是与强烈的嫉妒心和为达目的不择手段的心计交织在一起的。她因为师傅抢了风头而将开水泼在师傅脸上的残忍,为了演戏而跟出资扶持剧团的老板上床的心理,为了与自己的徒弟抢风头而不顾身体在风雪之中的剧场门口边舞边唱的场景,无不令人叹服作者对女性性格及其命运的精到把握。长篇小说《平原》则重在表现农村青年端方对于土地和苏北故乡的恐惧和恨。他在弟弟闯祸以后忍受仇家的毒打,后来,又凶猛地报复仇人,以此树立自己的威信,成为一乡的强人;自己的恋人差一点被不知情的镇上人娶走时,他蛮横地教训了镇上人,并在恋人自杀后想刨开恋人的坟"好好看一看";他住进养猪场,乘着酒劲跪在女支书的面前磕头哀求;甚至逼着小兄弟以吃猪屎的方式发誓保密不将自己卑贱的一面说出去。强横、恐惧和仇恨,在他身体内部左冲右突。筱燕秋、端方、玉米等人令人悲叹的悲剧性格中,同时包含人性的强悍和

---

① 毕飞宇.我们身上的鬼——《玉米》创作谈[J].小说月报,2001(5).

韧性,人性的自私与残忍。在对他们性格命运的表现中,小说呈现出悲悯情怀与批判意识相互交融的状态。毕飞宇的创作将人性悲剧纳入当代人的生存体验之中,以一种新的审美现实表现出来。

《推拿》以沙宗琪盲人按摩推拿中心为舞台,分别讲述每个盲人按摩师的故事,沉默、生计和爱情构成了他们黑暗世界的人生。盲人永远也看不见阳光,看不到外面的世界,只有靠自己的耳朵、鼻子、手去感受世界,但他们都有七情六欲,也有自尊。都红为了自己的尊严,不想博取大家同情,毅然离开了推拿中心。小马平时"和心中的时间玩,整天数着'嘀嗒——嘀嗒——嘀嗒'",当他遇到嫂子之后,"无休无止地做白日梦",最终因为自己的爱找不到支点,也离开了那里。他们的尊严、善良、爱情,包括沉默都构成了人性黑暗之中的亮光。相反,王大夫的弟弟,身体健全却好吃懒做、游手好闲,整天在外面赌博,欠钱后携妻在外面躲债逍遥,让年迈的父母和残疾的哥哥替他还钱。他的心被黑暗包围,身体正常也无法走出人性的黑暗。黑暗是小说探求的空间,作家却从中找到人性的亮光。

其次,毕飞宇的小说常常暗含寓言结构。由于作者仍然十分钟情于叙事的"深度模式",执着于对世俗现实的超越性表达,同时又明白"在小说里,超越、超验和形而上必须通过世俗、经验和形而来传达",①因此他的小说在鲜活充盈的世俗描写和经验叙述背后,常常还暗含着一层寓言结构。小说《武松打虎》是以童年视角写成的。武松被视作是古代英雄的象征,武松打虎的故事被当作英雄神话流传,它通过说书的过程不断被忠诚的崇拜者们重温。颇为滑稽的是,当崇拜者们都在等候"打虎"这一刻的间隙,却发生了一些与"武松打虎"这一历史记忆有些关联的事:小孩子们的游戏,两个泼妇("母老虎")的当众打斗。当下现实中戏拟的场景与历史想象中的打虎英雄神话,构成了戏剧性的反讽。这表明充满英雄的古典时代一去不复返,只留下虚幻的英雄图腾供贫乏时代的庸人们凭吊和自我安慰。小说《枸杞子》的政治历史寓言色彩更明显。手电筒的遗落之于民众朴素的理想的幻灭,勘探队的钻井打油之于政治乌托邦的美好承诺,少女"北京"贞操被骗而蒙羞之于人们纯真信仰的被践踏,这些都可以看出,毕飞宇小说叙事与80年代先锋文学的"深度模式"紧密联系。

最后,毕飞宇的小说语言简洁而蕴藉。他的小说基本上没有故事发生场景的叙述和时代环境的描写,造成一种模糊的时空效果,使人物不必负载过多的政治话语。玉米、筱燕秋、端方等人的行动,既来自内在的性格驱使,也来自无形权力与命运的左右。

---

① 王彬彬.城墙下的夜游者[M]//毕飞宇.祖宗.北京:中国华侨出版社,1996:297.

同时，丰富的想象与奇特的比喻，又使他的语言达到意想不到的效果。如《玉米》中的句子："权力就这样，你只要把它握在手上，捏出汗来，权力会长出五根手指，一用劲就是一只拳头。"无形的权力表现得可谓生动之极。《青衣》中的议论："青衣是接近于虚无的女人，或者说，青衣是女人中的女人，是女人的极致境界。青衣还是女人的试金石……"这些语言乍看平淡无奇，细细读来却感觉别有深味。

新生代作家作为文学先锋的继承者，大都将自身的人生方式与小说方式同构重叠，小说写作与作家的个体存在于本质上对应等同了起来，直接导致了新生代作家对自我经验的偏执和坚守。李冯与邱华栋在谈到他们这一代作家时说："这些作家与先锋派作家的联系是分享了他们在文学技术上革新带来的成果，如结构、语言、叙述等，但在关心社会现实的态度上，则较为鲜明地有所区别。"①总体来看，新生代作家关注个人感受与体验的叙写，忽视对于社会转型期社会变革与民众生活的关注与描写，创作题材显得较为狭窄。他们执着书写现代人膨胀的欲望、自私的追求，往往使作品在真实的生活与真切的痛感描述中，缺乏审美的内涵与意味。然而，"新生代"以一种个人存在的方式去孤独探求的立场及其视点，以向现实社会提供属于自己的那一份思想情感的表达，从而以自己的方式履行一个作家对时代社会所应承担的那部分责任。正如新生代作家韩东所说："我想剔除的是那种凭借的力量，直接以一个敏感、脆弱的灵魂暴露在一个力量的漩涡里，这是非常重要的。"②这一表白恐怕代表了这一群体的创作心态。如果说未来的文学必然会走向自由化、多元化，那么这种探索是值得肯定的。

第六节 王朔、王小波的小说

王朔与王小波的小说常被划入"异类小说"的范畴，这里所说的"异类"主要有两层含义：一是指他们两个人的小说不好归类，很难将他们的创作归于某一类小说创作之中进行阐述。二是王朔、王小波的小说尝试着在大家都关注的题材中展现出自己独特的思索角度和叙述方法。他们的小说都采用反讽的手法去消解传统的严肃话题，展示着幽默的艺术魅力。在此，我们把他们归为当代中国文坛上真正的具有自由主义特质的作家。尽管这种表述有待确认，但足见这二位的创作在中国当代文学史上的独特位置。

从全景的视野观察这二位作家的小说创作，他们的自由主义特质至少包含了以下两个层面的内容：第一，他们的创作游离于80年代浪潮式推进的"文学思潮"之外。由

---

① 李冯，邱华栋．"文革后一代"作家的写作方式[J]．上海文学，1998(5)．
② 韩东．反抗经典的写作[M]//张英．文学的力量．北京：民族出版社，2001：297．

于50后、60后作家经历的生活洗礼有着相当趋同的色调,因而在新时期进入文学主潮仿佛是顺势而下的必然选择。然而王朔和王小波作为50年代生人,却主动从主流文学视野中跳脱出来,走出了一条相对独立的创作道路。他们与80年代一波又一波的文学思潮无缘。这种特立独行的自我选择,表现出他们创作上的个体自由追求。第二,这种特立独行的自我选择使他们的创作摆脱了主流文学思潮的束缚。即便是和同时代作家讲述相似题材的故事,比如青春、爱情、"文革"等,二位的叙事方式也逸出任何主潮所惯常使用的套路。面对相似的对象,王朔、王小波的叙事表现出了十足的自由性、灵动性。他们的话语方式往往是出于其中,化之于外,充分体现了他们在主流之外建构自我的创作心态。在俗和雅之间,他们似乎是同时选择了"俗"作为进入作品的起点,而在"俗"背后所掩隐着的对于生活的哲理般的穿透和诘问,实质上将之推入"雅"的现代文化高地。王朔和王小波的"自由主义"也就在于其创作中共同表现出来的对现实与历史的祛魅和反思上,他们更多地选择的是颠覆和解构,而不是简单地认同和附和。

王朔(1958—　),曾用名王岩,祖籍辽宁岫岩,出生于江苏南京,成长于北京。1976年中学毕业后入伍,1980年退伍回京,进入北京医药公司工作。1983年辞职,成为自由撰稿人。1978年发表处女作《等待》。王朔创作的种类较广,数量较多。小说主要有:《空中小姐》(1984)、《浮出海面》(1985)、《一半是火焰一半是海水》(1986)、《顽主》(1987)、《玩的就是心跳》(1988)、《一点正经没有》(1989)、《永失我爱》(1989)、《我是你爸爸》(1991)、《动物凶猛》(1991)、《你不是一个俗人》(1992)、《许爷》(1992)、《过把瘾就死》(1992)、《千万别把我当人》(1992)等。有散文集《天敌者无畏》《美人赠我蒙汗药》。1992年出版《王朔文集》(4卷本),开在世作家出版文集之先河。王朔1997年1月赴美半年,回国后从事自由写作。2007年出版以佛经为材料的小说《我的千岁寒》,2008年发表《和我们的女儿谈话》。1992年后王朔的小说创作开始处于"疲软"状态,但他的名字越来越多地出现在影视作品中。参与电视剧本《渴望》《编辑部的故事》和《爱你没商量》等的创作。

王朔及其参与的文学、影视行为是80年代以来中国文坛一个引人注目的文化景观,我们称之为"王朔现象"并不为过。对于被称为"痞子"和"痞子文学"的王朔,学院派批评家表现出对评价的矛盾甚至是对抗的心态。但是王朔的作品得到了来自民间社会的追捧,成为老少咸宜的文学读本,甚至一度成就了洛阳纸贵的文学神话。王朔作品中信手拈来的新北京口语,也随着王朔文集和《编辑部的故事》等影视作品的热播风行于中国几大方言板块。不可否认的是,王朔创作的"阳光灿烂"不仅仅是作家的个人行为,而是从写作、出版到流通各个环节都受到市场选择和干预的集体行为。他的文学和文化创作行为,生逢其时地成为中国社会从计划经济转型为市场经济的醒目文化标识。他的多部作品被迅速改编成电影,仅1988年就有4部电影由王朔的作品改编而成:《顽主》《一半是火焰,一半是海水》《轮回》《大喘气》等,以致这年被中国影视界称为"王朔电影年"。1990年他参与策划的50集电视连续剧《渴望》,创造了中国电视剧发展史上收视率的最高纪录,1990年参与策划的《编辑部的故事》则是中国情景喜剧的开山之作。

王朔的小说一直被归入"通俗文学"的范畴,但它与市场上流行的言情、武侠、推理、科幻等通俗文学形式又截然不同,它以通俗的形式承载了不通俗的内容,其小说中仍然蕴涵着需要这个时代来思索的严肃问题。中篇小说《过把瘾就死》演绎了"我"与杜梅的婚姻变奏曲。在二人为期不长的婚姻事实中,男女两性对于情感及其表达方式的理解呈现了巨大的裂缝,因而家庭纷争与矛盾成为其婚姻变奏曲中的高音区,而短暂的低音区往往是打闹过后的反思及冷战阶段。一对完全可以相濡以沫的夫妻硬是把生活过得鸡飞狗跳,而背后的支撑性力量竟然是对于"爱情"本身的过度迷恋。女主人公极尽所能甚至捆绑丈夫,操刀相逼,为的就是得到关于"爱"的确凿回复。而男主人公"我"却是在离异之后偶遇妻子才顿悟"爱"的强烈存在。整部小说有着鸡毛蒜皮似的外形,甚至和彼时的"新写实小说"存在着遥相呼应的同质性。不同的是,王朔借助这样一个俗气的故事抵达的是对于两性关系的深刻洞察和思考。由于人性自身的特质,婚姻实际上就是"围城"。而王朔的高明在于,他一直是个讲故事的人,而不是评判者。其实,他采用的非干预性的叙事,实际是最亲近读者的一种思考形式。普通的通俗小说套用类型化的叙事方式迎合大众社会的审美图式,而王朔小说的通俗外观却通往永恒与经典的位置,这便是俗与雅根本区别。

王朔的小说表现了一种立足于民间立场的颠覆意识,他在先自我卸除精英姿态的同时,对一切自命不凡的精英意识进行了辛辣的讽刺。他要传达出的文化新信息是"卑贱者最聪明,高贵者最愚蠢",占据着庙堂位置的主流文化和文化精英在他笔下都成为被调侃的对象。王朔的小说尝试着以一切的不正经去反正经,解构神圣、颠覆权威和嘲讽严肃都是它常用的方式。"文革"为王朔小说提供了重要的叙事背景和思考人生的基点。历史积淀下来并渗透于人们潜意识中的神圣权威,经历了社会动荡尤其是"文革"十年的冲刷,已经失去了某些严肃的品质,先前的对神圣顶礼膜拜的虔诚在社会现实面前已然沦落,也彰显出了其幼稚的一面。"但是我们必须公正地说,首先是生活亵渎了神圣,比如江青和林彪摆出了多么神圣的样子演出了多么拙劣和倒胃口的闹剧。我们的政治运动一次又一次地与多么神圣的东西——主义、忠诚、党籍、称号直到生命——开了玩笑……是他们先残酷地'玩'了起来的!其次才有王朔。"①王朔小说思想上的价值在于,它张扬着自己的不正经腔调,招摇着异端人士的一脸坏笑,把一切崇高至神圣的标准、事物统统解构掉,让神圣的因子开始溃散和不断游离。王朔在小说《你不是一个俗人》里给"圣人"下了定义:"圣人是什么人呢?就是最早的捧人专家,这你从圣人们流传下来的语录中可以看到,里面全是讲的怎么捧人。在所有人都要干活、打仗的时代,只有圣人是靠捧人吃饭。所以叫圣人,以区别俗人。"在王朔的小说中,根本无所谓神圣,神圣早已被他搅成浑水,陷入了混沌之中,与平庸亲密接触无法区分,分界线的消除使得神圣和平庸都已经没有绝对的分界。"神话"解构的直接结果是使普通人长期受压抑的状态得到调适,这对于长期生活在重压甚至高压下的中国人尤为重要,也为王朔的小说在民间社会的通行奠定了必要的基础。

可以说,王朔的出场实际上是用最油滑的真诚为中国人挠痒,这一痒挠得可谓正中下怀。王朔在小说《一点正经没有》中把作家等同于流氓,越是权威作家越是老流氓,作家的本质是玩文学的。"老权威"古德白认为,现代文学宝库中的大师除了他没有别人;而方言这些年轻人,对他根本不屑一顾,并对他曾经制造的无意义的精神垃圾,毫不留情地进行揶揄和颠覆,于是新老作家不可避免地针锋相对。老古说:"我一辈子辛勤笔耕从来就是教大家教咱们的人民充满理想无私奉献艰苦奋斗情操高尚做个完人甚至不惜编一个完人在作品里叫大家学——我怎么玩文学了?""你这还不是玩文学?古大爷,确实我这么说有点不尊敬您,但要不这么说,我看您到老了也明白不过来。您当您还小啊!编点瞎话说说大家还能原谅您?您也是一把岁数土埋脖梗子按老话儿讲棺材瓢子了,还不学着说点老实话办点老实事当会儿老实人您也不怕……"文学曾经被高置神坛的历史,在王朔笔下遭受解构,从某种意义上讲,这实际上是一次关于文学回归之旅的质询。王朔对原先界定为具有严肃特质的一切事物进行了调侃和嘲弄,在他看来,严肃的东西历经历史现实的洗练已失去了其严肃的本质,严肃的一切已经变得落伍和些许愚昧。但是,我们也应该看到,王朔与商业文化、媒体文化之间缔结着紧密的攻守同盟,因而他与主流文化的针锋相对所碰撞出来的思想火花始终处于商业目的的宏观调控下,对人性与价值的揭示和反思这些原本隐藏在王朔小说中的闪现着厚重与严肃的光华被不断削弱,逐渐流于表面,仅仅呈现出文字游戏的宣泄快感。

王朔小说在嘲笑一切高贵和神圣的同时,也涌动着对生命纯真的怀念和向往,他

---

① 王蒙.躲避崇高[J].读书,1993(1).

既展示着精神的虚无和混乱,又撩拨着隐藏在人内心深处的温情。《动物凶猛》就是他对逝去青春的一次总体缅怀,对昔日纯情的一次全面告慰。他对少年的初恋情怀、强烈的性心理和青春期叛逆与逃避的种种潜意识,进行了细致的体察和描摹。小说设置了一个相对封闭自足的领域,让"我"、米兰、于北蓓、高晋等人的青春故事在这里得到了张扬。他们并不成熟,或者正在试探成熟装扮成熟的年龄,但丝毫不匮乏粗野背后隐藏的细腻和生动,正是这如动物般的生命本态使得其青春的色泽鲜亮起来。最后"我"从米兰身上获得了"动物"般的满足,却同时失去了多元青春中最美的一笔。无论这一凶猛的"动物"行为是虚构抑或是现实,都见证着一个"童话"时代的必然终结,所以小说末尾"我"在游泳池所遭遇的尴尬和绝望不啻为对逝去青春的一次祭奠,亦可视为对于"凶猛"动物的精神惩治。其实,《动物凶猛》是在单纯时空中的一种血性表达,创作主体在小说中尽可能地控制着其对青春和道德之间的双向态度,在记忆的深处,那个永远也回不来的时代充满着莫名的兴奋与哀伤。他们的青春是一次人性发酵的过程,内心的袒露与所谓的道德无涉,这使读者获得某种微醺的青春记忆感觉。

　　王朔小说对价值和精英的嘲弄与颠覆,在艺术上首先表现为调侃的运用。一切事物和任何人都可以成为王朔小说调侃的对象,他自称"我是流氓我怕谁",调侃他人也调侃自己。调侃是民间文化滋养着的表达方式,它以一种温和的手段达到比较深层次嘲讽的艺术效果;它对一切进行谐谑化处理,比讽刺更加生动,在不经意间消解了严肃和权威的价值观。王朔对调侃的成功借鉴和化用,使他的作品迎合了民众寻求轻松与趣味的心理诉求,在民间赢得了广泛的市场。"读他的作品你觉得轻松地如同吸一口香烟或者玩一圈麻将牌,没有营养,不十分符合卫生的原则与上级的号召,谈不上感动……但也多少地满足了一下自己的个人兴趣,甚至多少尝到了一下触犯规范与调皮的快乐,不再活得那么傻,那么累。"[①]王朔的小说,洋溢着谐趣,闪烁着智趣,当代社会长久以来的政治化生活与惯性思维定式,被王朔用调侃的手段戏弄进而消解。当然,王朔及其调侃的出现可谓适逢其时,应运而生。也就是说,在整个社会经济文化转型期间,王朔的调侃来得正当时,因而也就更能激发作者与读者之间的双向互动。因此调侃不仅是一种叙事策略,也是转向市场的一种经济手段。但是,调侃的反复运用会不可避免地令读者出现审美疲劳,智慧的元素也逐渐暗淡,导致王朔小说堕入"油"与"滑"的艺术误区。调侃最初引发的一系列惊喜,带来的叙事方式的变革,由于长久得不到突破

---

① 王蒙.躲避崇高[J].读书,1993(1).

和超越,反而成为王朔小说思想性与艺术性进一步拓展的阻滞和镣铐,在某种程度上也掩盖了小说理性智慧的闪现。

其次,王朔的小说并不具备十分严谨的叙事结构,而时常体现为一种片段化的组合。小说《顽主》中"三T"公司(替人解难、替人解闷、替人受过),每一项为人排忧解难项目的出现和完成,都如同一个个独立的情景剧。先有不得志的作家宝康成为他们的服务对象,他迫切需要一个正式的获奖来体现自己的创作实力,于是公司为他安排了一个"三T"奖;杨重代替王明水医生去和他的女朋友(手绢柜柜长)刘美萍约会,在黔驴技穷于不断被追问"现代派的问题"后,杨重三人带她去玩碰碰车以实现彻底摆脱;于观又遇上了一个活着没劲的青年,恳求打于观两耳光以求发泄;马青的任务是代替一位丈夫去接受他妻子的一顿臭骂。几个故事的主人公各不相识,他们的故事也是相对独立的,"三T"公司是把他们的故事链接起来的纽带。其实,小说所呈现的实际上是对社会百态的总体性思考:好不容易才从被设置的人生意义束缚中挣脱出来,世纪末的人们遭遇的却是一个无助与无聊的世界。因而调侃的背后是对这个世界的冷观,所谓繁华之后见真淳。王朔小说的片段式叙事模式与电影镜头语言存在着某种程度的相似,小说的发展具有镜头片段性与流动感的交替跳跃的特点,所以他的小说适合改编成影视剧。

最后,王朔小说的语言在呈现着生活语言的本来面貌的同时,有着"一点正经没有"的艺术效果。他最擅长通过吸收城市流行语的方式来化用政治语汇,达到调侃或者自嘲的艺术效果。这些流行语原本来自"语录"、重大事件和一些新典故等,人们依循它们的规律制造了一些口语化的语汇。王朔的小说不加入过多人为的调适,把它们放置在特定的语境下呈现出来,既表达了言语表面的意思,又激活深层的解构思想。作为"新京派"的代表人物,王朔小说的语言实际上有着一种天然的话语优势,因为普通话就是建立在北京方言基础之上的。因而,无论南北的读者,皆容易产生对"京味"小说本身的亲近感。而当王朔无所顾忌地而且是有意识地展示着北京口语里的"贫",尤其是对被奉为"红色经典"话语的刻意语境误置时,语言背后的思想逻辑被激活,其内在生命得以重生,就会让人忍俊不禁。最日常也最时髦的大众词汇出现在小说中,使得王朔小说从一开始就摆脱了位居庙堂启发民智的神圣姿态;民间社会的血缘为王朔小说迅速获得大众社会的喜爱与推波助澜。一方面王朔小说的语言魅力体现在他随心所欲地运用着城市市民语,甚至可以用最下里巴人的话语达到最阳春白雪的效果;另一方面,由于王朔小说的广泛流行和由小说改编的影视剧的热播,使得他的很多调侃话语,甚至达到了南北方语系都可以接纳和理解甚至热捧的艺术效应。而当书面语言转向有声语言的过程中,老北京的温醇、地道和幽默就更加从立体上丰富了中国人的文化心结。从某种更深刻的文化情结来看,北京及其方言,一出口便是一种文化的召唤力量。应该说,王朔的创作是准确地选择了抓手,并且将这一抓手使用得淋漓尽致。

王朔的小说创作丰富而复杂。它语言上的"贫"和过度的调侃自嘲,掩盖了小说思想性的闪光,隐含着一种民间社会消解价值的本能快意;而且它在以特殊的话语方式破除主流权威话语和精英意识的同时,混杂着大院子弟没落的伤感、庸碌的颓废和反精英倾向等诸多元素,也损害了有价值的社会意识和文化价值。然而,它在当时,对于正在进行社会转型的现实场景下告别过时的伪崇高,有着不可或缺的意义;他还在表达批判和嘲弄所有精英立场的同时,坚持关注小人物的命运和喜怒哀乐。应该说,王朔的小说与世纪末青年人心态有着某种程度的契合,这是不可否认的事实。

王小波(1952—1997年),生于北京。父亲逻辑学家王方名1952年被错划为"阶级异己分子",家庭际遇突变。1968年下放云南农场,先后当过知青、民办教师、工人。1978年考入中国人民大学贸易经济系,1984年赴美国匹兹堡大学东亚研究中心求学,两年后获得硕士学位。1988年回国,先后在北京大学、中国人民大学任教。1992年9月辞去教职,成为自由撰稿人。1997年4月11日王小波因心脏病突发逝世于北京。王小波的创作涉及小说、杂文和剧本等多种文学样式。主要小说作品集为"时代三部曲",包括代表作《黄金时代》(1991)、《白银时代》(1997)、《青铜时代》(1997),后又出版了《黑铁时代——王小波早期作品及未竟稿集》等。他的成名作《黄金时代》1991年获"第13届台湾《联合报》文学奖"。他还创作了大量杂文和随笔,主要文集有《思维的乐趣》《我的精神家园》《沉默的大多数》等。他的唯一一部电影剧本《东宫·西宫》获1997年阿根廷国际电影节最佳编剧奖,并且入围1997年的戛纳国际电影节。王小波的作品生前并未在中国大陆得到广泛的认识和褒奖,对他作品的评价更多地来自民间,其重要作品都是在他逝世后陆续出版,并为更多的读者认识和喜爱。

王小波是一个纯粹的自由知识分子,思想人格始终贯穿着自由的人文主义,以平常心态看待世界。他认为文学知识分子"成为思维的精英,比成为道德的精英更重要"。[①] 王小波在散文创作中倡导宽容,推崇理性和良知,反对一切霸道的、不讲理的教条主义;他思考和书写自由,愿意做"一只特立独行的猪"。而他的小说创作在思路上正好与其散文形成对接,他以"文学骑士"的自由文人姿态,在想象的世界拉开另一重

---

① 王小波.我的精神家园[M].北京:文化艺术出版社,1997:118.

帷幕。

王小波的小说批判"文革"历史,反思民间社会,张扬本真的人性,闪烁着理性与自由的光华,并且由此通达对人之生存的形而上学的哲学式追问。《黄金时代》以"文革"为叙事背景,但不同于以往以知青视角讲述"文革"受难史的作品,不直接描写人们经历了怎样的生活苦难,遭遇了怎样的心灵重创,而是运用自己客观冷静的"史笔",向伪崇高和伪神圣挑战。小说"在一个广大的层面上写下了那个悲惨时代诸多的情景事件,而且更用自己独特的睿智揭示了这些悲惨的事件后面深刻成因及荒诞逻辑,从而使人们对'文革'的认识有可能进入一个新的层面和维度"。① 王小波关注的是普通人的"文革"经历,思考着在"红色风暴"席卷下的民间生存状态。他在卸除了知识分子的精英武装后,反思权力对民众生存和精神的负面效应;同时批判了大众社会盲从和迷信的社会心理,揭示出民众的苦难接受者和制造者的双重身份。当然,要使大众相信不可能也不合情理的事,让他们忘却现实生活的日常逻辑,最好是让他们处于仪式性的会议之中,这时他们很容易放弃个人思考的权利,丧失个人的理性能力和批判精神。② 大批判会议就是"文革"运动的标志性符号。小说中描写"我"王二和队医陈清扬接受批斗会,无论是斗人的还是被斗的人,已经把这种荒诞的斗争形式视作了日常生活中习以为常的一部分。批斗会变成了一场群众的狂欢活动,被斗争者从容接受了分配给他的角色,尽力完成好自己的工作;而参与斗争的人在兴致勃勃地观赏的同时,从中获得征服他人与自我优越的满足,荒诞的摧残人性的事件演进为日常化的表演。"文革"批斗的荒诞性在此可见一斑。特别值得注意的是,被批斗者陈清扬最初只是被误解的"破鞋",在大众的质疑声中,她无从辩解,最终成为真实意义上的破鞋。"文革"最终带来的是集体性的迷狂与自我的迷失,由此可见,"文革"带给民众的身心苦难是一个潜移默化的精神蚕食的过程。西方哲学中的原生性问题在此遭受了坚硬的撞击。

王小波的小说创作多涉及性,以性来隐喻政治。他不是单纯为写性而写性,不是以渲染肉欲来刺激读者的阅读,而以一种极其平常自然的叙事语言把性作为一件自然的事娓娓道来;真正的主题是对人的生存状态的反思。王小波所写的性,有常态的,也有变态的,"在常态性的叙述上,性是自然的、干净的,就如生活本身;性又是反抗的,具有颠覆性,在压抑的环境中,像一阵自由奔放的劲风。在他对变态性的叙述中,性有时是隐喻的,影射现实中的权力关系"。③在小说《黄金时代》中,王二与陈清扬通过性的结合达到了严密政治控制下灵魂的互助与安慰。两个孤独的灵魂以性为突围的方式走向

---

①③ 艾晓明,李银河.浪漫骑士[M].北京:中国青年出版社,1997:268,189.
② [法]勒庞.乌合之众——大众心理研究[M].桂林:广西师范大学出版社,2007:81.

"性"抑或是"爱",性成为两者自证和表演的方式,成为反面人物和正面人物沟通的唯一纽带。只有在性中,他们才能缓解政治造成的不可承受的生命压力。可是他们的性爱关系毕竟不是情爱的结晶,他们这种以性爱冲动来反抗荒谬人生的代价,也许只能在生物性的层面证明自我的存在。

《革命时代的爱情》则从精神分析学的施虐与受虐角度揭示政治对人性与人的心理的残害。X海鹰是厂里的团支书,她受派来帮助王二这个"失足青年",但在与王二的接触中萌生了爱意。但她不仅在正常的意识中始终不肯承认自己的爱,而且在潜意识中也把自己作为一个被"坏人"强暴的对象;X海鹰只能在受虐的痛苦中享受本能的生命快感。这种非常态的性爱,深刻揭示出由权力意识构成的超我,不但有对正常人的思想意识的伤害,而且有对人的深层心理的残害。因此,王小波的小说创作,"打破了传统的性主题和文学实践,把性从社会的深层结构里显露出来,说明对性的压抑并不是简单的戒律,而是对肉体和思维的控制。在性的领域里对肉体和思维实行控制,是政治行为和政治关系,为人对人施以权利暴力提供了快感"。① 正是因为"文革"对性采取了集体性的人为压抑,而中国传统文学对正面描写性也一直采取着规避的姿态,因此王小波小说的性爱具有两个方面的意义:一方面是要把性还原为人性的合理需求。这是生活中平常的事,是人的生命力的自然展现。另一方面,是要通过性的张扬来反抗政治与权力对人的控制,揭示钳制自由所造成的文化环境伪善和畸形的本质,尤其是揭示非正常的压抑对人的思想与人的心理造成的伤害。

王小波的小说不仅具有深厚的思想内涵,而且在艺术上也有其独特的审美特征。一方面他的小说呈现出幽默与荒诞的艺术特征。它用幽默来消解层出不穷的苦难给人的心灵带来的重扼和撞击,轻松俏皮的实话实说与冷嘲热讽的挥洒,给读者一种不同以往"文革"书写的新的惊喜。当然,王小波的幽默来自他思想的自由驰骋、理性的如影随形和敢于嘲弄一切严肃和神圣的勇气。《黄金时代》讲述的历史现实,实质上是一个黑白颠倒并无法自我实现的时代,是一个群体狂欢而个体失语的时代,冠之以"黄金时代",足见其反讽背后的深层隐忧。又或许,这样沉重的历史代价是我们将来力图规避的,而且其沉淀出来的对人类生存困境的哲学式思考,犹如"黄金"般的珍贵。另一方面,他的小说以夸张变形的手法表现生活常事,呈现着一种荒诞的"狂欢"艺术氛围。王小波在小说中开着各种玩笑,生活及其中的人都是他可以用来开玩笑的道具,他以笑谑为手段来揭示荒诞的历史和不合乎人性的一切。特别值得提及的是,王小波往往从

---

① 王毅.不再沉默——人文学者论王小波[M].北京:光明日报出版社,1998:253.

反面切入生活中看似约定俗成或是习以为常的现象,营造出了狂欢的戏谑氛围;通过荒谬的无处躲藏和穷形尽相达到了小说喜剧元素与悲剧元素深层次的统一;表面上拥有着嘉年华的狂欢,骨子里翻滚着时代的悲伤。总之,王小波常常从事物的反面重新审视它们的存在,用荒诞与夸张的形式把大众所忽视的生活逻辑中的常理揭示出来,呈现出人性平常的质地。深邃的思索和诗性的浪漫统一于王小波的小说之中,所以李银河认为,王小波兼具着"浪漫骑士,行吟诗人和自由思想家"的三重特质。①

王朔与王小波都常把"文革"作为他们小说创作的历史背景,这是因为他们共同见证了那段史无前例的岁月,"红色风暴"在他们心中留下了或深或浅的记忆。他们的小说创作在反思和书写"文革"时,不约而同地把审美的目光投向了民间社会,描写"文革"中普通人物的生活形态和精神状态,以及延续至今的影响。但是,他们反思"文革"的价值取向大相径庭。王朔讲述的"文革"是孩子们的一场狂欢,他专注的是欲望和情感的冲撞和妥协,从而凸显出精神上的无归属感。而王小波笔下的"文革"是一场集体的狂欢,他思考的是人性与社会性、政治性的抗衡和较量,有意识地揭示出精神归属的严肃性被荒诞性越俎代庖的悲哀。

在当代中国社会转型的初期,王朔和王小波率先自觉地要求被社会"放逐"而选择去做"流浪"的自由撰稿人,因为对于个体自由这一身份形式的选择,使得他们的创作具备了在主潮之外寻找新的生长点的可能。他们的选择,在某种程度上意味着中国当代文学的一次开放性行为的最初展开。不过,同为自由主义的作家,王小波比王朔更加具有文化的自觉性,他把文学创作作为一项他想追求的事业去经营,其灵魂中涌动着重建价值和回归人性的责任感和使命感;相比之下,王朔写作的商业性目的更加突出。王小波所做的是榨出崇高中的"小"来,而王朔则是乖巧地选择"躲避崇高"。但无论如何,他们的出现在一定程度上扩展了当代文学的疆域和视野,当视为当代文学的重要历史景观。

第七节 女 性 小 说

一、当代女性小说

20世纪90年代,中国女性文学在世纪末文坛众声喧哗的多元化格局中脱颖而出,成为显学,并以"超乎以往任何时期的盛势,锐利耸起于中国文坛"。② 这种"爆发式"的

---

① 艾晓明,李银河. 浪漫骑士[M]. 北京:中国青年出版社,1997:189.
② 李洁非. 城市像框[M]. 太原:山西教育出版社,1999:136.

繁荣景观,充分显示了中国当代女性意识的觉醒已转化为女性写作的主动行为,从性别歧视、性别压抑、性别遮蔽而真正浮出当代文化历史的地表;同时它也标志着当代中国女性主义文学创作潮流的形成,从此,批判男权文化中心的女性意识和女性写作从无意识场景走向历史场景,从边缘楔入中心,成为90年代最引人注目的一道文学—文化景观。

如果把女性小说的这一"爆发式"繁荣仅仅理解为90年代中国文坛上的突变,可能就显得过于简单了。应当看到,尽管西方女性主义的引进促成了中国当代女性写作的自觉,但中国女性写作的传统深藏在女性作家自己的创作中。

在20世纪以前的漫长历史中,中国女性的文学活动本质上仅作为男性中心文学传统的附属而存在,基本上是一种增添别趣的点缀。辛亥革命特别是五四新文化运动以后的妇女解放运动,使中国女性浮出了历史地表,一批率先觉醒的文学女性在同一的启蒙与救亡的历史使命中与先进的男性比肩偕行,并努力寻找属于女性的视角、叙事方式和女性话语,从而标示着中国现代文学女性写作的生成。冰心、陈衡哲、冯沅君、庐隐、石评梅、凌叔华等女作家,形成了中国文学史上第一个现代女作家群体,她们的出现宣告了女性作为一个性别群体已不再缄默无语。而后,随着中国现代文学所经历的转换折叠,五四时期女性群体的"娜拉言说"出现分流,形成诸如萧红对女性心灵历程的诉说,张爱玲对殖民都会与闺阁政治的书写,以及丁玲的走向民族叙事等既相互区别、又可相互参照的多样化的女性书写样式和文本形态。

中华人民共和国成立后,女性解放被简化为生产斗争与阶级革命。于是在50年代至70年代这一革命/男权话语重合的时代,由于主流意识形态的强大引力,女性写作必须与革命话语结合才能够取得叙事的合法性,由此中国当代女性写作开始陷入"花木兰式境遇"——化妆为超越性别的"人"。但即使在这一阶段,仍然存在疏离主流英雄主义叙事倾向的女性写作,茹志鹃以其流连于时代大主题和大场面之下的日常生活的小说叙事(《百合花》《春暖时节》),在重大题材无暇顾及的边缘处,将女性写作的笔触深入。不过这其中也存在着一种悖论式情境:茹志鹃的写作在相对摆脱"无性别境遇"的同时,又陷入纯净、细腻、抒情等传统"女性化"风格的规约。

如果说五四新文化运动作为中国文化第一次现代化转型,直接导致了现代意义上中国女性文学的诞生,那么20世纪70年代末开始的思想解放潮流作为中国文化的第二次现代化转型,则在催生新时期文学黄金时代的同时,也引发了当代中国女性文学的潮汐涌动。七八十年代之交的这一"新启蒙主义运动"被描述为五四精神的回归,而随着这一运动所借重的人性的复苏、人道主义的整体话语而来的,是新时期女性意识的觉醒。80年代女作家大量涌现,不同年龄、阅历的女作家在创作的数量和艺术质量上都取得了不同凡响的成就,成为80年代文学的重要构成。不过,新时期女性作家的文学创作成就往往是被"纳入文学发展的线性历史和主流意识形态的象征秩序中予以肯定"的,[①]而这也大体符合女性作家的创作实际及其价值认同。于是,自新时期伊始女作家们就同男作家一道推动人道主义文学潮流,并在"伤痕—反思—改革"的文学行程中,留下了她们清晰而深刻的足迹。可以说,新时期的女性写作相当大的程度上延续了此前当代女性写作的"花木兰境遇"。尽管新时期的文化语境发生变化,但女性性别的边缘身份与彼时知识分子群体的边缘身份的"天然"契合,使得其间潜在的女性话语不断为男性精英知识分子的话语所遮蔽。不过,在与男性作家们共同推进主流文学发展的进程中,被遮蔽的女性意识终究会以各种方式突围而出,这使得女作家们的创作往往率先将一些新质渗入主流文学中:遇罗锦率先把个人际遇导入"伤痕文学",将叙述民族大劫难的宏大寓言变为宣泄个人怨愤的私小说;张洁和王安忆则把两性关系的探讨从主流意识形态的话语体系中剥离出来,使之真正成为一个题材而非政治的附庸;张辛欣、刘索拉、残雪等以各自的文学表述,先于同时期的男作家表现出艺术上的先锋性或精神上的反叛性,等等。可以说,新时期的女性写作体现出与当时主流文化既顺应又偏离的关系,而偏离的一面则恰恰是在主流文学框架中受到抑制的女性文化特质。关于新时期的女性写作,张洁的《方舟》(载《收获》1982年第2期)是当代中国女性文学的真正起点。[②] 在《方舟》中张洁塑造了中国当代文学史上第一个"女性性别群体",正是她们,发现了新中国所制定的"男女都一样"妇女解放政策所掩盖的父权制结构和性别差异,发现了当代女性在双重角色(社会角色和家庭角色)纠结中的不堪重负。张洁在小说中借她们之口喊出了"为了女人,干杯!"这句极富象征意义的话,它集中表现了中国当代知识女性的话语权力诉求,标示着中国当代女性文学自觉行程的开端。

80年代末至90年代初,中国社会发生第三次急剧的现代转型。这次社会转型的突出标志是市场经济的出现。伴随着社会的转型,当代文学被一种难以遏制的力量全面推向市场,女性文学作品也以各种系列形式纷纷问世;尤其是1995年,以北京世界妇女大会为契机,女性文学作品的出版数量达到了历史的最高点。1995年之后,女性文学由"爆发期"转入平稳发展时期,虽然作品及其研究论文的数量有所减少,但在国内出版市场与各类文学刊物上依然占据着相当显眼的位置。然而,市场经济是一柄"双面

[①] 王又平.顺应、冲突、分野——论新女性小说的背景与传统[M]//人大复印资料《中国现、当代文学文摘》.2001(3).

[②] 荒林,王光明.两性对话——20世纪中国女性与文学[M].北京:中国文联出版社,2001:118.

刃",它既能"消解意识形态的遮蔽,但也会消解一切精神性的存在,显现为一种破坏性及粗鄙化的向度"。① 显赫一时的90年代女性写作,便是市场经济这种"双面刃"效用最鲜明的体现。一方面市场经济对传统意识形态的一元性规范的消解,为女性写作空间的拓展提供了理论上的可能。女性文学借助市场经济的力量,也由于北京世界妇女大会的契机,于1995年前后达到创作、评论与商业出版的高峰。在90年代文学日趋边缘化的现实面前,女性文学与市场经济的联手取得了"双赢"。另一方面,市场经济下的商业出版是以最大利益的获得为旨归的,在此意义上的女性文学实际上是经商业包装之后推出的文化商品,它必须符合市场的热点和卖点。于是我们可以发现,90年代比较重要的女性作家的小说,几乎都是以商业炒作的方式被推向市场。90年代崛起于文坛的女作家陈染的《私人生活》和林白的《一个人的战争》,因其前所未有地对女性幽秘内心世界的剖露与对女性性别成长历史的书写,而被加以艳丽、诱惑的商业包装,在文化市场晦暗复杂接受心理的作用下成为当年文坛经典性的文学事件。女作家如王安忆、铁凝等,到90年代也创作出一个女人与一座城市爱恨纠缠的《长恨歌》和女性之间相互仇视争斗的《大浴女》,从而跨出纯文学的苑囿,吸引来自不同视角的目光的关注。90年代女性写作的另一个极端,则是70后的卫慧、棉棉等"新新人类",她们在创作中张扬自我情绪,诉说个体经验的"酷""性""尖叫""疯狂"等主题词,以敞开的女性身体为叙事策略,更是为后新时期文化市场注入一剂兴奋剂,上演了一场"真人秀"。

应该说,价值标准多元的90年代文化现实,为当代女性写作设置了一个悖论式情境。一方面正是90年代的多元文化,形成了五四以来中国女性的第三次解放。90年代女性作家充分的性别意识与性别自觉,使90年代女性写作走出"共同人类处境"的幻觉,从男性精英文化的"镜城"中突围出来,"在解构与颠覆中求发展,强调个人性、抨击男性中心的精神理性和逻辑"。② 她们以性别鲜明而理直气壮的"身体书写",昭示女性的卓然独立:从社会的人到性别的人再到充分正视女性身体的人,演绎了20世纪女性解放的行程,也标志着女性解放的纵深进程。另一方面,正如有评论家所指出的:

> 一个十分引人瞩目的危险在于,女性大胆的自传写作,同时被强有力的商业运行所包装、改写。……于是,一个男性窥视者的视野便覆盖了女性写作的天空与前景。商业包装和男性为满足自己性心理、文化心理所作出的对女性写作的规范与界定,便成为一种有效的暗示,乃至明示传递给女作家。如果没有充分的警惕和清

---

① 蔡翔.私人性和相关的社会想象[J].花城,1996(4).
② 李银河.女性权力的崛起·绪论[M].北京:中国社会科学出版社,1997:7.

醒的认识,女作家就可能在不自觉中将这种需求内在化,女性写作的繁荣,女性个人化写作的繁荣,就可能相反成为女性重新失陷于男权文化的陷阱。①

二、女性文学、女性主义文学、女性写作

"女性文学"看起来是个不言自明的概念,但严格地说,"女性文学"直到20世纪90年代才成为中国文学界和学术界一个类型化的话题与课题,而且遗憾的是,"女性文学"一直未得到必要的界定,以致总是尴尬地处在一种"无边"的状态。对女性文学的偏见、误解以及话语上的抵牾,使得"女性文学"几乎成为一个内涵模糊的概念。

"女性文学"最初出现在20世纪初的五四新文化运动中。五四启蒙运动所提出的"个性解放""民主自由"打破了传统文化对女性的束缚,使一批知识女性参与到写作中,出现了第一个现代女性文学群体。她们的创作实绩带动了理论、批评的展开,随之出现了谢无量《中国妇女文学史》(1921)、谭正璧《中国女性文学史话》(1930)、黄英《中国现代女作家》(1931)等女性文学研究专著。这些专著虽未直接界定"女性文学"的概念,但在他们的具体论述中可以看出,这一时期的"女性文学"基本上是指女性作家创作的文学;这个概念的划分标准,建立在女性作家与男性作家天然的生物学差别基础上。

80年代初,随着新时期文学话语的转型,出现了中国女性文学及其研究的第二次高潮,这主要体现为对日益繁荣的女作家创作的关注和对西方女性主义批评理论的初步吸收与运用。于是,"女性文学"这一概念得以深入和具体的探讨。吴黛英曾撰文指出,女性文学有广义与狭义之分,前者指一切女作家的作品,后者则专指那些从妇女的切身体验去描写妇女生活的作品。② 随着对当时女性创作的深入研究,这一时期对"女性文学"的界定,由作家的性别区分,到作品所表现的内容或形象的性别区分,再到作品是否具有特定的"女性风格"与"女性意识",都作了或宽或窄的限定。需要指出的是,这一时期女性文学研究的共同倾向,是试图确立女性的主体性和独立意识,使表述女性性别差异的文学行为合法化,而这无疑是对50—70年代因强大的"阶级话语"所导致的文学"无性别化"("中性化")的历史反拨。有趣的是,80年代较为出色的女作家大多不愿意被当作"女作家"来评论,她们往往声称"我首先是一个人,然后才是一个女人"。这种与评论界相背离的文学现象,其实昭示了80年代前期受新启蒙主义思潮影响所形成的"女性文学"概念的内在悖论:一方面这一概念的提出,是为了给"女性"的文学提

---

① 戴锦华.犹在镜中[M].北京:知识出版社,1999:204.
② 吴黛英.新时期"女性文学"漫谈[J].当代文艺思潮,1983(4).

供正当性;另一方面,由于当时新启蒙主义是将"性别"当作标识"人性"的主要认知方式之一,当作"人性"修辞的一部分,所以当"女性文学"与"人的文学"并列时,它必然处在"次一等"的位置上。这正是形成于80年代特定历史语境中的"女性文学"这一范畴的独特内涵及其局限性。

80年代中后期,随着西方女性主义理论的逐步引入,批评界对"女性文学"涵义的认识开始有了新的突破,主要表现在"女性主义"(feminism)概念的引入。"feminism"一词在刚引入中国时被译为"女权主义",后被译为"女性主义",张京媛在《当代女性主义批评》中对这一转译作出了解释:"女权主义"和"女性主义"反映的是妇女解放运动的两个时期,前者是"妇女为争取平等权利而进行的斗争",后者则代表着"进入了后结构主义的性别理论时代"。①"女性主义文学"理论中一个至关重要的方面就是"社会性别"(gender)概念的引入,它使得性别差异的讨论不再局限在"sex",即女性研究的生物性别的自然主义立场,而进入了"gender",即性别角色、性别制度的文化分析层面,这在一定程度上也突破了前一阶段"女性文学"从非历史化的抽象"人性"角度来谈论性别差异的局限。女性主义文学理论出发点是西蒙·波伏娃的著名论断"女人不是天生的,而是变成的",②着重对女性的文化身份和生存处境进行探讨,由此揭示出父权制文化结构中女性被压抑的从属位置。值得注意的是,90年代前中期,当女性主义文学理论成为显学时,它与90年代女性写作中的"个人化写作"形成互动。"个人化写作"对女性成长的生命经验的重视,对父权制社会中女性受压抑意识的自觉,无疑是对女性主义文学理论的实践。

"女性主义文学"概论有着庞大的社会文化及其文学理论背景,但是理论与创作之间的紧密关系,很可能限制文学本身的可能性与丰富性。因此基于一种开放视野,90年代中期以后批评界逐渐开始采用略显"平缓"的"女性写作"概念。"女性写作"概念是由法国女性主义批评家埃莱娜·西苏提出的,它本来着重强调女性写作与女性身体的关系,认为"妇女必须通过她们的身体来写作,她们必须创造无法攻破的语言,这语言将摧毁隔阂、等级、花言巧语和清规戒律"。③ 不过,中国女性主义批评家在使用"女性写作"一词时明显包含一种意义的转换,正如戴锦华所指出的,"女性写作"的概念"包含了一定的开敞性,它包含着文学的书写、非文学的书写,包含了具有文学价值的优

---

① 张京媛.当代女性主义批评[M].北京:北京大学出版社,1992:4.
② [法]西蒙·波伏娃.女人是什么[M].北京:中国文联出版公司,1998:24.
③ [美]埃莱娜·西苏.美杜莎的笑声[M]//张京媛主编.当代女性主义文学批评.北京:北京大学出版社,1992:201.

秀作品,也包括可能在文学意义上我们很难给予高度评价,但可能具有作为女性的自传、女性的反抗、女性的口述史、个体生命史的意义和价值的作品"。很明显,这样宽泛的概念无疑可视为"一种文化策略",一种"逃离女性文学自我束缚、腹背受敌的文化处境"的文化策略。①

三、陈染、林白等人的小说

陈染(1962—),北京人。1982年考入中国人民大学中文系。大学毕业后曾在北京做过大学中文系教师以及编辑。主要小说集有《纸片儿》(1989)、《嘴唇里的阳光》(1992)、《无处告别》(1992)、《与往事干杯》(1993)、《独语人》(1993)、《在禁中守望》(1994)、《潜性逸事》(1995),长篇小说《私人生活》(1996)和散文集《断片残简》(1995)等。1996年出版《陈染文集》(4卷)。

陈染的小说创作始于80年代中期,1986年她以小说《世纪病》在文坛脱颖而出,尔后又连续发表《定向力障碍》《消失有野谷》《孤独旅程》等作品。这些小说主要是写大学生、年轻的知识女性的内心生活;在不安分的情绪描写中,表现彷徨不定的青年人急欲冲破旧的观念,对封闭僵化的传统秩序不满的苦闷、孤独和叛逆。陈染早期创作的这类宣泄"青春忧郁症"情绪的作品,与稍早的刘索拉的《你别无选择》十分类似。尔后,陈染又创作了以《纸片儿》《小镇的一段传说》《不眠的玉米鸟》为代表的小镇系列小说,这些小说异秘怪诞,弥漫着忧伤、扭曲与死亡之气,基本上属于当时受拉美作家马尔克斯《百年孤独》影响形成的"寻根小说"一派。不过,即使在这些"乱流镇"或"罗古镇"的传奇中,着力呈现的亦非民族文化或历史寓言,而是某个"古怪女人"的故事,已经显示出了陈染小说的性别特征和意识倾向。

陈染的重要作品集中在90年代以后。90年代初《与往事干杯》《无处告别》《嘴唇里的阳光》等作品刊出后,陈染才声名鹊起;其间,先是被指责为"女子隐私文学",后又被女性主义批评家命名为"个人化写作",得到赞赏。1996年3月,陈染的长篇小说《私人生活》在《花城》发表后,在文学界引起很大震动,批评界给予高度评价,各报刊纷纷刊出书评。这部小说无论从内容还是形式来说都堪称中国"女性主义小说"的经典文本。小说围绕一个具有自传意味的女性"自我",从一个侧面探索了60年代到90年代女性生命意识深层潜在而微妙的演变,并折射出隐匿其后的复杂的社会生活。小说把大量飘忽不定的内心独白、记忆片段和时空交替的遐想折叠到叙事中,使叙事在复杂、

---

① 戴锦华.犹在镜中[M].北京:知识出版社,1999:175.

性感而危险的奇观中闪烁穿行。这部小说在90年代中国文坛中也构成别一种奇特而具有挑战意味的文化景观,它打破了长期以来先锋小说发行市场的凋零局面,发行十余万册。随着90年代中后期《另一只耳朵的敲击声》《凡墙都是门》《沙漏街的卜语》《破开》等一系列小说的发表,陈染的小说已作为"女性私人化写作的代表"和"最具个性化姿态的一位",[①]而被视为"九十年代的女性写作的路标之一"。[②]

陈染的代表作《私人生活》是一部独特的"女性成长史",讲述了倪拗拗从幼年到成年的成长过程;它不仅是女性的生理成长史,也是女性心灵的成长秘史。小说的时间跨度为30年(60—90年代),女主人公的成长环境围绕北京展开,表现倪拗拗从小学到大学的自我塑造、自我确认过程。其中,倪拗拗与邻居禾寡妇之间同性相吸又相斥的若即若离关系,倪拗拗与男教师T之间互相敌视又互相需求的紧张矛盾,倪拗拗与母亲之间相互依恋又相互隔阂的联系,构成了整部小说的主体故事框架。小说结尾以倪拗拗控诉社会对她的改造和沉思自己遗世独立的思想与生活方式,完成了其"私人生活"的价值定位。可以说,这部小说也是90年代女性写作的重要文类形式"女性成长小说"的代表作。

当然,女性成长小说并非始自90年代,不过90年代的女性成长小说确实与以《青春之歌》为代表的宏大历史叙事式的女性成长小说有很大的不同,反倒是更加接近西方文学中诸如《约翰·克利斯朵夫》的个人成长小说。《私人生活》的创作纯粹从女性的视点出发,书写了一个女性身体与精神的成长过程:女性受到伤害——拒绝伤害——确立自我。在这个过程中,展开了对女性生存中诸种基本关系的揭秘:女性与父亲、女性与女性、女性与母亲、女性个体与外部世界,等等。而且,正是对这些女性生存中基本关系的哲理性把握,构成了小说的基本主题,同时也是陈染同类小说的基本主题。首先,"恋父"与"弑父"情结。小说表现了一个重要的创伤性情境,这就是主人公因童年少女时代的家庭破裂和父亲缺席所造成一个典型的心理情结:厄勒克特拉情结(恋父情结)。按照精神分析学的说法,这个因创伤与匮乏而产生的某种心理情结,产生永远迷恋种种父亲形象,不断地在对年长者(父亲形象)、他人之夫(父亲位置的重现)与男性权威者(诸如医生)的迷恋中寻找心理补偿的倾向。在陈染的小说中极易发现一个鲜明的恋父意象序列:从《纸片儿》到《与往事干杯》;从《无处告别》《嘴唇里的阳光》到《私人生活》;从《站在无人的风口》到《巫女与她的梦中之门》。同时,在陈染小说的"父亲场景"中还存在一个无法为弗洛伊德精神分析学所涵盖的"弑父"情结——对父亲

---

① 徐坤.双调夜行船[M].太原:山西教育出版社,1999:51.
② 戴锦华.陈染:个人和女性的书写[M]//陈染文集(第2卷).南京:江苏文艺出版社,1996:386.

(男性权力)的颠覆与复仇心理。其次,"恋母"情结。陈染小说中的母亲场景和父亲场景一样爱恨交织、错综奔突。它时而是一种爱的联结,是亲情、血缘与友谊的融合(《世纪病》《角色累赘》);时而是一种血缘的枷锁,一份无终了的磨难(《无处告别》《另一只耳朵的敲击声》)。这个在陈染系列作品中的母女场景,始终存在着对温情中占有之爱的忧惧,对孤独与爱的祈愿间情感敲诈的疲惫、厌恶与无奈。最后,伴随着这种母女关系书写的,是对女性同性之间复杂情谊的书写。陈染小说对姐妹情谊(sisterhood)的书写呈现出一个清晰而曲折的轨迹:由对庐隐式女儿国乌托邦的营造,到对于姐妹情谊合法性的巨大质疑,再到对充满温情和获救可能的姐妹之邦的归依。从上述主题来看,陈染的女性成长小说敞开了一直为人们所忽略的女性生存、女性境遇的悲凉性,并由此构成对已有的生存体制、性别体制和社会体制的一种全方位的反思与质疑。

"个人化写作"是陈染小说一个无法回避的关键词,也是90年代女性写作的一个重要概念。人们一般倾向于把"个人化写作"概念的产生时间定在20世纪90年代中期,而陈染、林白等女作家确实直接参与了这一概念的建构并导致了它的流行。在《私人生活》的"附录"及其他一些创作谈或访谈中,陈染陆续谈到了她的"个人化写作"观念,她把个体与群体、个体的人与"公共的人""私人生活"与"社会生活"分裂开来,并认为"个人化写作"就是从大时代和大社会中退回个人的内心和生命内部。从某种意义上说,陈染的系列作品从一开始,便呈现了某种直视自我,背对历史、社会、人群的姿态。无论是寓言化的性别书写的《麦穗女与守寡人》《饥饿的口袋》,还是表述特殊家庭场景的《无处告别》《与往事干杯》,抑或呈现两性爱情婚姻情境的《嘴唇里的阳光》《潜性逸事》等,一直萦回在揽镜自照与自我拷问的女性自陈之间,创作主体的个人生活和生命体验成为写作至为重要的来源和思考的对象。因而她的写作日益成为一出女性主义的经典场景:一间自己的房间,一个自立的女性,不断地对镜分析着自己、裸露着自己。从某种意义上说,陈染的所有作品都仅仅在讲述自己,仅仅在记叙着自己不轨而迷茫的心路。

正是由于这种极度个人化的自我关注与自我书写,陈染的写作在其起始之处便具有一种极为明确的性别意识。这种女性的"个人化写作"首先体现出一种文学史的意义。中国女性文学在经历了漫长的历史地表之下的生存,经历了短暂的浮现,以及在平等、取消差异——"男女都一样"的时代于地平线上迷失之后,这是又一次痛楚而柔韧的性别复苏。其次,女性写作的"个人化"也可视为一次多方位的文化突围。借助个人化写作,女性写作得以逃离或者解构种种宏大叙事、主流话语以及现代"神话",从而构成对男权社会的权威话语、男性规范和男性预设的女性形象的颠覆。在陈染的小说中,女主人公几乎都是具有类似外形、气质特点的女性(肖濛、黛二、水水等),她们美丽而忧郁,孤独而无助,常常沉湎于内心,玩味一种近似病态的柔媚与冷艳;她们完全摒弃了世俗式的热闹、强旺,而呈现出一种自我纠结的症结。陈染在这些外表纤丽但不乏女性激情的女性形象中,不断渗入越来越多的为传统性别角色所难容的东西:主体意识、耽于沉思、反叛性乃至不轨性。可以说,《私人生活》中的女主人公倪拗拗把这种新的女性形象推向某种极致:伴随着创伤性成长经历长大的倪拗拗,在小说结尾处终于躲进了浴室,把浴缸当成自己的庇护所和最安全的私人领地,成为一个似乎患了幽闭症的女子。倪拗拗的"幽闭症"其实昭示的是一种并不激烈但执拗拒绝的女性姿态,也是一种主动"隔绝"姿态。作为一个无法认同也拒绝认同任何集团、群体的女性个体,逃离都市的喧嚣、杀机,逃离"稠密的人群",也逃离男性话语无所不在的网罗,固执认可自己的性别身份,力不胜任但顽强地撑起一线女性自己的天空。

  陈染的写作以从未有过的形式回到女性的个人生活,主要的艺术特色首先是擅长运用第一人称叙事的叙事方式。她的几乎所有重要的作品都有着第一人称的女性叙事者,而第一人称叙事也是"自叙传"小说的典型叙事方式。在这种叙事方式中,隐含叙事者与人物形象的高度重合。对于陈染的女性写作来说,第一人称女性叙事人便于逃离男性话语的笼罩,抒发女性一己的真情与经验。正如作者所说,"我们在男人的性别停止的地方,继续思考",从我们女性的边缘的文化角度,发出我们特别的声音。① 其次,真诚袒露丰富、复杂和微妙的内心世界。在由女性第一人称叙事者展开的叙述中,叙事者并不试图娓娓动听地讲述故事,而是始终在辨析,始终在独白,以自我对话与内省的方式沉迷在意义与语言的迷宫之中。这些辨析和独白,只是人物自己的心灵之旅,只是自己丰富而单薄的际遇、梦想、思索与绝望。陈染小说中的女性叙事者"我"在现实与幻觉之间自由地穿梭来往,毫无过渡地从现实场景直接进入想象的情境,是陈染叙事的一大特色。于是在小说中,梦境与现实混淆,梦、幻想、空想比比皆是。梦既表现了女性自我的潜在欲望,同时也是她对现实逃避的方式。在种种对"梦""假想""潜性""卜语"的叙述中,呈现出的是一种神秘的、幻象式的审美情调,透露出女性自我内心对现实的疏离与恐惧之感。最后,陈染小说在感觉、场景和意象方面具有独特的艺术表现力。对那些极端的女性内心生活的体验,对那种独处的女性氛围的创造,以及对女性自怜自虐场景的细致刻画,无不显示了作者对女性"幽居"式的特殊生活状态的体贴与把握。由于小说的第一人称叙事强调对女性主观体验的表达,因此陈染小说中叙述者(或人物)的感觉极为活跃,总能在瞬间无限地蔓延伸展。这些"如头发一样纷乱"意象的

---

① 陈染.陈染对话录[M]//陈染文集(第4卷).南京:江苏文艺出版社,1996.

自由展开,使得陈染小说完全打破了"开端——高潮——结局"线性发展的叙事模式,充分表现出女性思维的情绪性与发散性,呈现出片断性和碎片性的个人生命特质。

林白(1958—),本名林白薇,广西北流人。1982年毕业于武汉大学,曾从事图书馆、电影、新闻等行业工作,现为自由作家。早年写诗,1989年发表小说《同心爱者不能分手》引起文坛关注,1994年发表长篇小说《一个人的战争》,因深刻细致地表现了女性经验而引起极大的反响,被评论界认为是"个人化写作"和"女性写作"的代表人物之一。主要著作有长篇小说《一个人的战争》《说吧,房间》《玻璃虫》《万物花开》等,另有散文随笔集《林白散文》等。1997年出版《林白文集》(4卷)。

林白是90年代中国文坛最具有争议性的女作家之一。她从西南边陲的北流来到北京,从巫风犹存的边地来到现代中心都市,其间所经历的巨大文化差异与精神冲击,玉成了林白的文学想象。于是,带着清凄而浓厚的异域风情的南国"沙街"与喧嚣而华美的主流文化中心"北京",成为林白小说集中书写的两大想象空间。"沙街"系列小说是林白对历史场景中女性受压抑的"失语"命运的诉说与代言。"美丽而奇特的女人,总是在我的某些阶段不期而至,然后又倏忽消失,使我看不清生命的真相。"对于这些消失在历史中的美丽女性的寻访和追溯,正是作者在郁热潮湿、烟雾缭绕的亚热带小镇"沙街"背景下一再展开的故事。朱凉(《回廊之椅》)、蓼(《子弹穿过苹果》)、邵若玉(《往事潜隐》)、姚琼(《日午》)等这些历史中的女人,美丽动人、孤独神秘、命运叵测,林白往往用"月亮"意象来形容她们的气质与美貌,赋予了她们一种清幽孤绝的气息。"月亮"意象在远古文化中就是一种代表女性的文化符号,它指向清幽而又带有神秘气息的意义表征,这无疑与女性本质的沉默与受压抑密切相关。因此,正是通过"月亮"意象,林白将女性美与女性欲望内在结构具象化了,而她为这些女性所设置的在历史中神秘消失和死亡的结局,也意在诉说历史中"失语"女性隐秘而苦难的经验与命运。另一方面,"沙街"郁热浓烈的边地氛围也成为林白女性书写进退试探、爱恨交织和自我迷恋等诸种欲望的布景:《子弹穿过苹果》里的巫女蓼,苦恋不得终以暴力自尽;《回廊之椅》中朱凉与七叶主仆俩在充满欺诈与残杀的男人世界里,忘我地投入了同性相爱的游戏。由此可见,林白对性爱场景的大胆描绘早在她创作初期即已开始,但这一组中篇却不像她后来的小说那样饱受非议,反而是很少被道德的子弹所攻击。其主要原因在于,林白以诗性叙事把文明社会中人们难以启齿的经验写得极其唯美,语言华丽而优雅,颇具先锋派特征的技巧性构思,使读者很容易将这些令人难堪却优美的经验,仅仅作为为文学描写而设置的伤感情绪,是虚幻而美丽的性幻想。当然,这也大大减轻了作品控诉女性欲望被剥夺摧毁的历史境遇的尖锐性。

林白小说中与南国"沙街"对应的是另一个艺术世界"北京"。严格来说,"北京"才是林白小说"女性欲望叙事"的真正叙写地点。正是在"北京",女性的种种欲望获得了调动,女性形象也不再以"月亮"形象而是以现实生活中的"真面目"出现。应当说,正是"北京"这座代表男性主流文化中心的都市引发了林白的女性主义激情。"北京故事"的核心是反"性政治",是女性欲望对于被压抑、被控制的直接拒绝。这使本来潜伏在林白小说里的两个对立世界(女性欲望世界与男性权力世界)的冲突骤然尖锐起来,女性意识不再躲藏在唯美主义的幻想里展示自身,而是准备进入现实社会而含垢忍辱、身败名裂以至置之死地而后生。这种深刻的尖锐与绝望,使林白产生了血腥暴力的奇想,于是有了中篇小说《致命的飞翔》,这也是林白"北京故事"中最动人心魄的一则。这是两个女人(北诺与李苪)的故事,林白通过两个故事的复合重叠,反复讲述男人利用权力诱惑女人的丑陋事件。作家在描述中不断使用"我们"的复数,点破了女性共同的命运与相同的反抗。小说最终使所有受到损害的女性仇恨,都聚集在女主人公北诺的复仇行为里。终于,狂欢的场面出现了:"鲜血立即以一种力量喷射出来,它们呼啸着冲向天花板,它们像红色的雨点打在天花板上,又像焰火般落下来,落得满屋都是。"当充满权欲的阳性世界驱逐了独立女性的最后居住地时,"刀"终于成为女性"致命的飞翔",成为女性反抗"性政治"胜利的象征。

　　从"沙街"到"北京",从天然懵懂状态的女孩到无奈"守望空心岁月"的成熟女人,从诗性女性叙事到"自传体"直白式女性叙事,长篇小说《一个人的战争》无疑是林白小说中包含最为丰富多元因素的女性叙事作品。在90年代女性书写史中,这部作品被称为"是一个具有革命意义的女性文本",这"不光是由于它的奇特的文本生成方式,它的关于女人成长史、关于女性隐秘心理及其性感体验的大胆书写,还由于它所引起的巨大的争议对整个菲勒斯审美体系的极大'破坏性作用'。所有这一切,都使它成为一个文学现象,而不再是单纯的一本书的出版"。① 这部小说最早发表于1994年《花城》第2期,随即成为当时文化市场的"漩涡"中心:一方面是各种包装(甚至是春宫图封面)的版本纷纷出版,不断招致的"准黄色小说""色情小说"的谩骂;另一方面则是女性主义批评家的挺身抗辩,这种种情形构成90年代最为典型的商业文化景观。直至1995年世界妇女大会召开之后,随着女性主义逐渐为社会接受,《一个人的战争》才逐渐占据了文坛正宗地位,成为女性主义文学的代表作。

　　其实,这部被斥为"色情小说"的《一个人的战争》真正纯粹性描写的部分,只有结

---

① 徐坤.双调夜行船[M].太原:山西教育出版社,1999:51.

尾处关于女主人公自慰的描写,除此之外,小说中的性爱场面屈指可数。此前文坛已经有了像王安忆《小城之恋》《岗上的世纪》这样有大胆性爱描写的小说,而且几乎同时还有贾平凹《废都》这样的作品,为什么《一个人的战争》当时会触犯"众怒"呢?主要原因还是在于小说采取了直白式的"自传体"女性叙事方式。林白把她的小说创作看成是一个女人"对镜独坐",这使她小说中的女性形象具有自我幻象的特征。她的自传散文《流水林白》,可以看作是她的全部小说的母体。这篇档案式短小散文记载了一个女人由小而大、由南方而北方、由无名而奋斗成名的全部事实。正是这些事实,衍化生成了《一个人的战争》中的故事及人物。小说始自叙事者林多米孩童时期抚摸自己,初识身体的欲望,一路描写她的少年学习经历,初燃的创作野心,流浪四方的奇遇,一再挫折的恋爱,被迫堕胎的悲伤等情节。她最后辗转由家乡来到北京,"死里逃生,复活过来"。小说实际上是以"当时的我"与"现时的我"构成的双向视角,来检视过去岁月的希望与虚妄,自剖年少的轻狂与虚荣,并由此开展出更成熟的女性视野。在小说中,林多米叙述自己成名心切,曾贸然抄袭了别人的作品,留下洗不清的污点;叙述自己一心壮游他乡,却在最可笑的骗局中失去贞操;也叙述自己为爱献身,几至歇斯底里的绝望,但生命最绝望的时刻反而成就她对叙述最深切的执着。

　　林白洋洋洒洒写来,其汩汩流淌的话语中显示出一种自述身世的狂热,而这种对女性"本我"的讲述自有一股直率动人的力量。在《一个人的战争》中,林白以第一人称直白式叙述时刻提醒着读者——这有很强的自传性,创作主体与这主人公形象具有同一性。正是这个因素冒犯了"众怒",因为他们可以接受作品中的性爱,但不能接受作者把她的自我灵魂与她的身体欲望及其最微小的那些体验联系起来,并从这里寻求合法性、寻求尊严。林白以其强烈的女性自述方式,真诚无伪地从自身的体验中去表达女性自我是何以成立的。恰恰是这样一个女性叙述姿态,拆除了作品与读者之间一贯设置好的"安全"屏障,使人们不得不在阅读过程中去直面现实,尤其是直面不符合男权文化习惯思维中的女性现实:天真无瑕的女童居然会手淫,受骗失身的姑娘居然还继续孤身的旅行,刻骨铭心恋爱过的女人最后否定曾经爱过。这一切构成林白"个人化写作"的革命性意义,"女作家写个人生活、披露个人隐私,以构成对男性社会、道德话语的攻击,取得惊世骇俗的效果"。[①]

　　女性创作思维似乎天然要违背逻辑严密、线性发展的男性创作的思维方式,《一个人的战争》在叙事形态上也采取了碎片式结构。正如林白自述:"在我的写作中,记忆

[①] 戴锦华.犹在镜中[M].北京:知识出版社,1999:198.

的碎片总是像雨后的云一样弥漫,它们聚集、分离、重复、层叠,像水一样流动,又像泡沫一样消失,使我的作品缺乏严密的结构和公认的秩序。"①不过与陈染的出入于现实与幻想之间不同,林白的碎片化叙事主要是由情节线索的旁逸斜出造成的,叙事者的讲述在多数情况下总是打一枪换一个地方,这或许是由于林白的小说创作冲动基本不是来自完整的故事情节,而多半是一些记忆深处的闪烁着女性美的片断,这是任何观念性的因素所无法企及的。

当然,小说中那为数不多的性描写之所以在当时引起如此强烈的反响,还应该归因于这些描写确实具有相当的异质性。小说一开头即描写五岁的林多米在蚊帐中自慰,在"没有人抚摸的皮肤是饥饿的皮肤"的童年孤独里,多米无师自通地学会了用自慰来抚慰自己。成年后的多米在先后几次与男性的身体遭遇中,经历的几乎都是创伤性的体验,先是在一次未遂的"强奸"中险些被掐死,然后又经历了毫无感情的受骗失身,再后来就是在那场"比死残酷"的"恋爱"中堕胎并被弃。作者真诚直白的叙事表明,多米原本并非一个自觉的女权主义的精神标本,相反,她对于男性为主体的社会一直采取迎合态度,以求获得他者的认同。但她没有那么迷人的女性外表,也无法改变自己从小养成的孤僻性格,因此一再遭到这个男权社会的拒绝。这种拒绝最终把多米逼进了一个返回到自我内心深处的封闭性绝境。林多米的不幸命运,深刻揭示出女性自我确证的道路是多么的惨烈。正如小说中所言:"一个人的战争意味着一个巴掌自己拍自己,一面墙自己挡住自己,一朵花自己毁灭自己。一个人的战争意味着一个女人自己嫁给自己。"

在 90 年代女性写作的多元构成中,徐坤和海男的创作也是具有鲜明个性风格的。徐坤,1993 年开始小说创作。她小说创作的主调是批判男性知识分子。在《白话》《呓语》《梵歌》《热狗》《先锋》《鸟粪》等作品中,徐坤以僭越的姿态侵入她所熟知的男性知识精英的世界,恣肆狂放地进行"文本游戏",在对精英文化戏仿与调侃的同时,构成了对男权文化以及 80 年代男性文化英雄们的冒犯。徐坤在这类当代儒林景观叙事中,大量运用反讽、调侃、荒诞、黑色幽默等手法,以增加小说的批判力度与讽刺效果。不过,她冷嘲热讽的叙事语调,显然含有偏狭的因素。

海男,自 80 年代初即开始文学创作。她的《蝴蝶》《私奔者》《鼓手与罂粟》等小说,都是以女性的"出走"和"逃离"为主题,庸常而沉重的现实生活与女性轻盈的自由精神之间构成巨大的生存悖论,迫使海男笔下的女性在不断的逃离之中寻找真实的自己,并

---

① 林白.创作随笔[M]//林白文集(第 4 卷).南京:江苏文艺出版社,1997:293.

进而洞悉生存的真实含义。另一方面,在海男的《粉色》等作品中,女性一改在男性传统中作为玩赏对象的性别角色,而以两性关系中的主体形象出现,她们敢于用自己的身体去体验与认识世界,这无疑开辟了女性写作的新向度。

第八节　长篇小说的新收获

新时期以来的长篇小说创作,无论在数量还是质量上都取得了重要收获,在当代中国文学史上具有不可或缺的重要地位。分阶段来看长篇小说,70年代末开始复苏;80年代影响较大,实绩平稳;而到了90年代,则数量与质量都有大幅度的提升。

新时期文学之初,那些产生影响的长篇小说仍属"伤痕文学"和"反思文学"的范畴。代表性的作品有周克芹《许茂和他的女儿》、李国文《冬天里的春天》、竹林《生活的路》、戴厚英《人啊!人》等,而以古华的《芙蓉镇》最为人称道。与中短篇小说创作中的伤痕与反思文学有所区分不同,长篇领域在写"伤痕"时已有"反思",往往在一部作品中同时存在。可以说,长篇小说中的"伤痕文学"与"反思文学"几乎是同步的,因为长篇的容量,更具历史与现实的深度与广度。

80年代初期,以改革题材的长篇小说为"当头炮"轰响文坛的,有张洁《沉重的翅膀》、李国文《花园街五号》、张贤亮《男人的风格》、柯云路《新星》等。以长篇小说这一需要从容酝酿和深入思考的体裁来写深刻变化着的"改革"现实,这充分反映了当时作家与国人的急切之心,以及焦虑之态。这些长篇小说谱写的改革之歌,既激奋高亢,又常带一种悲剧感。

整个80年代,长篇小说呈缓步推进的态势,而无重大的突破。这一时期较有影响的作品,有贾平凹《浮躁》、王蒙《活动变人形》、刘心武《钟鼓楼》、铁凝《玫瑰门》、张抗抗《隐形伴侣》、霍达《穆斯林的葬礼》、梁晓声《雪城》、老鬼《血色黄昏》等。其中,当数张炜的《古船》为翘楚。此时的长篇创作,大多数还在平面徘徊,超越"五老峰"——老题材、老主题、老故事、老人物、老手法的呼声,不时在长篇领域响起。

相对于前10年中短篇的勃发而"长篇疲软",90年代出现了"长篇热",不仅数量激增,种类繁多,而且题材、手法和风格多种多样。这之中,有两类题材与样式最引人注目。一是写家族史、村社史、城市史、民族史等的作品,如张炜《九月寓言》、莫言《红高粱家族》、陈忠实《白鹿原》、李锐《旧址》、竹林《女巫》、王安忆《纪实与虚构》和《长恨歌》、张承志《心灵史》、阿来《尘埃落定》、韩少功《马桥词典》等,都是这类创作的代表作。它们在深入描写中国人的民族性、挖掘中国的人与事的深度上,都有着出色表现。二是先锋派、新写实、新历史主义的作品。它们在内容和形式上都别开生面。如余华

《在细雨中呼喊》、格非《敌人》、孙甘露《呼吸》、北村《施洗的河》、吕新《抚摸》,以及苏童《米》和《我的帝王生涯》、刘震云《故乡面和花朵》与《故乡天下黄花》、方方《落日》等。它们在长篇小说的意识和文体上,多有革新。值得注意的是,先锋派在长篇小说创作中糅合了更多的现实内容和中国风格,与他们风格新锐的中短篇小说相比,表现出某些向传统靠拢的倾向。此外,长盛不衰的历史题材创作、方兴未艾的女性文学、关注现实的现实主义之作,都有名篇佳构。其中特别值得注意的作品有史铁生的《务虚笔记》和贾平凹的《废都》。它们在读者接受现象上一"冷"一"热",在写作指向上一"精神"一"肉身",但前者触及了中国精神生活的根本问题,后者则构成了值得探讨的文化现象。

这个时期的长篇小说,在创作观念上,自觉地把"历时性"和"共时性"的特征带到了主题的设置、题材的选择和人物的塑造上;同时在长篇小说的文体上进行了革命,强化了叙事意识,确定了新的价值目标,形成了一种"多语和弦"式的存在。

一、古华的《芙蓉镇》

古华(1942—),原名罗鸿玉,湖南嘉禾县人。1961年就读的郴州农业学校解散,未能毕业即被分配到郴州桥口农科所,当了14年农工。1975年转到郴州歌舞剧团任创作员。现客居加拿大。1962年开始发表小说,1978年出版小说集《莽川歌》,1981年发表长篇小说《芙蓉镇》(载《当代》1981年第1期)和短篇小说《爬满青藤的木屋》,1982年出版《古华中短篇小说集》。《爬满青藤的木屋》1981年获第二届全国优秀短篇小说奖,《芙蓉镇》1982年获首届茅盾文学奖。

古华的短篇小说《爬满青藤的木屋》,已表现出从文化角度切入进行反思的艺术视野。而在长篇小说《芙蓉镇》里,作者有机会从容地编织一套小镇风俗风情史。它以湖南五岭山区乡镇为生活背景,写这"一方山水一方人"在风云变幻中的升迁沉浮、悲欢遭际,唱一曲严峻而又深情的悲歌。

作品的艺术表现,是依托潇湘风情的描绘来展开的:夹岸长满木芙蓉的一河绿波,枝叶四张的老樟树,歪歪斜斜的吊脚楼,小镇古老的青石板,街上的鸡鸣犬吠,五岭山脉腹地里悠扬的民歌,互赠吃食的民风,逢圩赶集的习俗。然而这一风俗画面是流动的,政治风云变幻的巨大投影使得这秀山丽水不时云愁雾锁,"运动来,运动去"的政治运动使得圩集的经济活动起伏涨落,"你踩我,我踩你"的斗争使得人和人的关系发生着各种急剧的变化。

在这块被历史和命运、政治风云和社会运动所席卷的土地上,作者特别注意展现人与人之间相互作用的画面,揭示人与人之间的各种关系。他以替人物"立小传"的形式,写出一个"小社会":卖米豆腐的"芙蓉姐"胡玉音,左右为难的大队支书黎满庚,老实巴交的屠夫黎桂桂,"铁帽右派"秦书田,忠烈义气的"北方大兵"谷燕山,"运动根子"王秋赦,"政治女将"李国香,还有她背后的"靠山"、县里头的书记杨民高。其中,胡玉音是提挈全篇的人物,以她为穿针引线而串联起与之相关的各种人物;她也是小说的主角,作者用笔最多,并围绕着她的遭际各个人物的命运发生错综复杂的交织。人称"芙蓉姐"的她,秀外慧中,外柔内刚,却屡被命运捉弄。她有过三次爱情:第一次是与青梅竹马的伙伴、转业军人黎满庚,但因她出身商人之家的"成分问题",与党员干部的他不配,未被"组织准允";第二次是嫁给老实的屠夫黎桂桂,却因勤劳致富招致打击,丈夫自缢,她沦为"新富农婆";第三次爱情,是和她一道被罚扫街的右派秦书田。人称"秦癫子"的他是一个落难的小知识分子,一个任打任罚、混世乐天的"老运动油子",内里却潜藏着自尊和爱的欲望。"扫帚把"和"青石板街"作了两人的媒人,无穷的厄难导致的是压抑中的生命激情喷发。这一次爱情有着更长久的磨难、更惨烈的挣扎,然而来自苦难民间的情义最终维系了他们的存在。作品表现的是小地盘上几个男女人物的人生悲欢,再现的是大世道的沉浮;描绘的是芙蓉镇这个"小社会",隐现的是家国兴衰。

作品特别注意表现人物能够活动的大背景和小舞台的关系,让时代背景与人物活动舞台同转。出身于流氓无产者的王秋赦,不过是一个卑下的小角色。但每逢政治运动一来,"他必定跑红一阵,吹哨子传人开会啦,会场上领头呼口号造气氛啦,值夜班看守坏人啦,十分得力"。因而被赏识者作为"运动根子"重点培养,在"左的竞走"中连连跑红。他也恨不得年年搞运动,时时讲斗争。相比"政治女将"李国香的有些漫画化,她是一个隐含着巨大概括力的人物形象。小说的最后一章《今春民情》,是作者艺术构思的重要组成部分。时至1979年,历史翻过了一页,生活回到常轨,人们各归其位,圩场又是一片喧闹的市声。而王秋赦因失去"运动"铁饭碗而发疯了,声声哀鸣在青石板街上回荡:"文化大革命,五六年又来一次啊——!"这是一个意味深长的结尾。

《芙蓉镇》作为80年代初期长篇小说的新收获,依然带有过渡色彩。它仍然局限于一定的观念模式和结构模式,如按政治观念把人物分成善(正)、有善有恶(中)、恶(反)的人物类型化的观念模式,如"善有善报、恶有恶报"的情节结构模式。但作者也有很强的文学自觉,在把人物和故事写活的过程中,蕴含了丰富的文化和人性深度。从社会政治角度看,作品所描写的"群众运动"和"运动群众"、人物爱情与权力的冲突,表现出权力斗争泛化的中国传统政治体制对人性的异化。从精神分析的观点看,作品中每一人物的行为,在正当的理由下都暗中受性的动机支配,围绕着美女"芙蓉姐"而各个生出独特的爱和恨的方式。从与中国传统文化的联系来看,它的价值向度之一是一个流传久远的"历尽劫难"后"终成正果"故事的现代变形,在其深处显露出传统文化的原型底蕴;与此同时的另一个向度,则是直接或间接地表达出从民间底层汲取生存智慧、生命活力的一种意愿和努力。

作品中的芙蓉镇是一个生存场域,而人物是作为生存场域中的共同体表现出来的,并建构起一个如其所言"寓政治风云于民俗图画,借人物命运演乡镇变迁"为特征的艺术世界。① 它既包含着作家自己对生活的独特感悟,又负载着相当的文化内涵;既形成独立的典型环境,又反映和概括了当时中国千百万小村镇的文化特征。

二、张炜的《古船》和《九月寓言》

张炜(1956—),山东栖霞人。1976年高中毕业后回原籍劳动。1978年考入烟台师范专科学校中文系,1980年毕业后分配至山东省档案局工作。1973年开始发表作品,1984年调山东省文联从事专业创作,曾任山东省作家协会主席。出版有小说集《芦青河告诉我》(1983)、《浪漫的秋夜》(1986)、《秋天的愤怒》(1986)、《如花似玉的原野》(1995)等多部,所创作的《声音》《一潭清水》分获1982、1984年全国优秀短篇小说奖。长篇小说《古船》(1986)、《我的田园》(1991)、《九月寓言》(1992)、《柏慧》(1994)、《家族》(1995)、《怀念与追忆》(1996)、《外省书》(2000)、《能不忆蜀葵》(2001)、《丑行或浪漫》(2003)、《刺猬歌》(2007)等。2010年,费时20多年、长达450万字的《你在高原》出版,2011年获第八届茅盾文学奖。

张炜是一位长篇小说的多产作家,而迄今最重要也最有影响的作品是《古船》(载《当代》1986年第5期)和《九月寓言》(载《收获》1992年第3期)。前者在80年代的长篇小说中是一大突破,获得很高评价也招致严厉非议;后者在其创作中被普遍看好,曾获上海文学奖长篇小说一等奖。

《古船》是张炜的第一部长篇小说,笔调从过去创作的清纯柔美走向浑厚沉郁。作品以胶东小镇洼狸镇为背景,叙述了隋、赵、李三个家族的兴衰变迁,也展示了洼狸镇近40年血与泪的历史:"土改"时期的残酷斗争,"大跃进"过后的饥饿与死亡,"文革"时期人性的沦丧,新时期新权贵造成的新灾难。作家以悲悯的态度、真切的笔触叙述了这方土地数十年间厚积的苦难,叙述了人对人的凶残、人与人之间的冤仇,并站在道德、人性立场上展开了社会和文化的双重批判。然后,再从社会理想、健康人性道德的角度去

---

① 古华.关于《芙蓉镇》的通信[J].星火,1982(8).

寻求解救和超越的方式。他此后创作中注重对道德理想的构建这一倾向,在《古船》中通过隋抱朴、隋见素这两位主人公的寓意及相关描写,尤其是隋抱朴独守磨坊闭门沉思,捧读《共产党宣言》,已有明显表露。

在人物形象的塑造上,颇具特色的是隋抱朴和赵炳这两个人物。隋抱朴是一个独特的"农民知识分子"形象,既知书识理,又因袭传统。他作为隋氏家族和洼狸镇苦难历史的见证人和受害者,背负着沉重的"原罪感"逆来顺受,忍辱负重。然而,在经历了漫长而痛苦的历程后,他终于发生了精神的裂变,从浓重的心理阴影中走出,并借助历史的契机迈出面对现实的积极行动的步伐。在此,作品表达了苦难与觉醒的主题。赵炳既是统治洼狸镇几百年的宗法家长制的族权代表,又是新时代农村基层党的领导,成为镇上"政教合一"的土皇帝。他既有儒道杂糅的传统文化素养,又识时务懂形势会把握政策,以扭曲的形态主持公道做出善举,渔色于人渔利于乡,因此他身体精壮岸然又身染"怪疾"。这是一个概括力相当强的艺术形象,寄寓着作品的社会批判和文化批判之意。

作品继承了现实主义小说的传统,又化用了一些现代主义的表现手法。整部作品既是写实,又有所象征。难以再启的古船,雷击老庙,赵炳的怪疾与人蛇同构等意象,都是或整体或局部的象征及魔幻手法的运用。这些写法上的创新使这部总体写实的作品又带上了诞幻色彩。

《九月寓言》的发表,既标志着张炜创作上的又一超越性进展,也显示了当代长篇小说创作新的美学追求。这是一个关于迁徙、关于野地、关于民间的生存寓言故事。作品所表现的这个小村,历史起源于流浪人,当他们在奔走逃难中来到了濒海的这片广袤野地时才住脚,"停吧,停吧"大伙互相吆喝。当地人根据"停吧"的谐音将他们叫作"䑳鲅"。这是一种剧毒的鱼,谁也不敢碰。这预示着常态社会对小村的拒绝心理,也显示着在此栖居下来的他们一直保留着一些特殊的生活习性和行为特征。别致的黑煎饼,美丽的赶鹦女人和味道醇厚的酒,是他们引以为豪的三样珍品;村里头热气腾腾的"忆苦"聚会和田野上青年男女在夜色中漫无目的的四处奔跑,是他们的狂欢节。村民们悲苦喜乐的情感、生生死死的命运,相互交织出一幅充分自足的农业文化生活景观。然而,就在小村人生存之地的下面,煤矿工人在进行大规模的地下作业,随矿区而来的工业化也渐渐地侵入到小村人生活的各个方面。最后的底被掏空了,小村无可避免地沉落了,小村人则又四处流落。

寓言性是这部小说的首要特征。它表现为社会背景的虚拟性,这个北方小村的村社形态是一块"化外之地",作为村民的"䑳鲅"族是一批"化外之民",这里基本上是处于自在状态下的民间社会。故事时间的非确定性,除了隐隐约约地显出些70年代初的事外,故事本身与时代背景相分离,而且在现实故事中常插入些无特指时间性的叙事。故事形态的虚拟性,这个"小村故事"中占主体的是传说故事、历史故事、口述故事,还有一些隐约其辞的现实故事。故事本身的寓言性,通篇贯穿的"脡鲅"——"停吧"——"奔跑"意象,蕴含着"停吧"和"奔跑"两种生命形态的比照启示,而农业文明与现代文明此长彼消的诗性观照更是意味深长。

诗化性是其第二大特征。它所造设的"野地"境界,融"乐土"原型与田园意象、山野精神与民间元气为一体;它绘取的生命形态,既写基本的食、色,又写真正的痛苦和欢乐;它运用的诗化语言,既"土"又"文",初看有些不自然,实则味道醇厚。作者让诗性的存在"融入野地",又让这"野地"通天接地。"《九月寓言》造天地境界,它写的是一个与外界隔绝的小村,小村人的苦难像日子一样久远绵长,而且也不乏残暴与血腥,然而所有这一切因在天地境界之中而显出更高层次的存在形态,人间的浊气被天地吸纳、消融,人不再局促于人间而存活于天地之间,得天地之精气与自然之清明,时空顿然开阔无边,万物生生不息,活力长存。在这个世界里,露筋与闪婆浪漫传奇、引人入胜的爱情与流浪,金祥历尽千难万险寻找烙煎饼的鳌子和被全村人当成宝贝的忆苦,乃至能够集体推动碾盘飞快旋转的鼹鼠,田野里火红的地瓜,几乎所有的一切都因为融入了造化而获得源头活水并散发出弥漫天地、又如精灵一般的魅力。"①

"组合式"的场型结构,则为其特征之三。小说除题目标明"九月"外,在整个作品中皆未列出明确的故事时间线索,所有情节都具有共时性的特点;章节之间不以"形"连,而是因对位拼接生出的"意"合。作者自况:"我第一次这样结构作品。每一章实际上是一部中篇,由它们合而为一,一部从结构上、气质上看也很完整的长篇。"这样一种"组合式"的结构,按照作者的理解,是"实际生活除了纵的特性外,也还有横的特性。生活本身也具有自己的单元性、重复性"。② 这种组合式结构是空间型的,究其本质为场型式的。具体说来,是"小村"这一地方把所有这里的人与事联系起来,作家生气勃勃的文笔使每个人物、地点和事物都有自己的生命和历史。然而,这一环境作为一种艺术形象实体,也就不仅仅是一个时空框架,而还以其生活样式和文化氛围,为人物性格的塑造以及人物命运的发展提供切实可信的内在基因。

《九月寓言》一出,"农业文明"的歌者,"融入野地"的诗性存在,抵抗"流俗"与返回"民间","纯美的注视",一时成为评论张炜其人其作的关键词。

---

① 张新颖. 大地守夜人——张炜论[M]//栖居与游牧之地. 上海:学林出版社,1996:102.
② 张炜. 关于《九月寓言》答记者问[M]//九月寓言. 上海:上海文艺出版社,1993:366.

三、贾平凹：从《浮躁》《废都》到《秦腔》

贾平凹(1952—)，原名贾平娃，陕西省商洛市丹凤县人。出身农家，14岁初中未毕业即回乡务农。1972年入西北大学中文系学习，1974年开始发表作品。1975年西北大学毕业后，分配到陕西人民出版社任编辑，后调任《长安》文学月刊编辑。1983年后在陕西作协从事专业创作。曾任陕西省作家协会主席、西安市文联主席等职。1992年创刊《美文》。主要作品有中短篇小说集《山地笔记》(1980)、散文集《月迹》(1983)等多种。还有《商州》(1984)、《浮躁》(1987)、《废都》(1993)、《高老庄》(1998)、《秦腔》(2003)、《古炉》(2011)、《带灯》(2013)、《极花》(2016)等长篇小说14部，结集有《贾平凹文集》20卷(译林出版社2012年版)。《满月儿》1978年获全国第一届短篇小说奖，《腊月·正月》获全国第三届中篇小说奖，《浮躁》1987年获美国美孚飞马文学奖，《贾平凹长篇散文精选》2005年获第三届鲁迅文学奖，《秦腔》2008年获第七届茅盾文学奖。继2003年获"法兰西共和国文学艺术荣誉奖"后，2013年获"法兰西金棕榈文学艺术骑士勋章"。

贾平凹是当代文坛中"乡土中国"书写的代表性作家，深情地写出了乡土的美丽，也写出了乡土的哀愁；既继承了传统民族文化，又表现了时代特征。深厚的乡土情结成为其文学创作的根源，"家园回望"成为贯穿其乡土叙事的重要精神线索。纵观贾平凹小说创作的乡土叙事流变的整个轨迹，可以概括为从乡村牧歌，经乡村变奏到乡村挽歌。他的早期创作偏重表现乡村牧歌，从自然的乡村、文化的乡村到变革的乡村；他的中期创作偏重表现乡村变奏，从浮躁的乡土、失根的迷茫到现实与精神的双重还乡；他的近期创作偏重表现乡村挽歌，从式微的乡村、失灵的原乡到城乡间的寻找。他的乡土叙事是发展变化的，经历了一个由欢乐至忧郁至困惑至绝望至超越的过程。贾平凹通过乡土叙事，记录了中国现代化进程中近四十年来乡村的变迁史，继承和拓展了中国传统的乡土写作，同时也拓展和加深了中国本土写作与汉语写作。

1978年贾平凹以短篇小说《满月儿》在文坛初露头角，这前后发表的一批短篇小说，多是田园牧歌式的抒情，清新而清浅。《山镇夜店》后，作品多了对生活阴影和社会弊病的揭示，但亦简单直白。80年代中期开始，贾平凹的创作发生了比较大的转折与变化："欲以商州这块地方，来体验、研究、分析、解剖中国农村的历史发展、社会变革、生活变化，以一个角度来反映这个大千世界的心声。"① 这一设想便落实在"商州三录"

---

① 贾平凹.小月前本·在商州山地《代序》[M]//小月前本.广州：花城出版社，1984.

(《商州初录》《商州又录》《商州再录》)和《小月前本》《鸡窝洼的人家》《腊月·正月》《天狗》等系列中短篇小说的发表。"商州小说"有的侧重于写过去,着眼于表现商州的山川风物、历史掌故、野情野俗等,带有寻根文学的意味,颇具文化品格;有的侧重于写今天,表现改革开放之风初到乡土时所起的波澜,着眼于农村和农民的新变化与新气象,但也流露出对传统文化中一些淳朴美好的东西受现代文明冲击而消散的隐忧。

从80年代中期开始,贾平凹进入了长篇小说创作时期。到1989年,已创作出三部具有内在联系的长篇——《商州》《浮躁》《妊娠》,描绘出一幅当下中国农民社会心理的律动图。其中《浮躁》(载《收获》1987年第1期),是贾平凹"商州系列"的集大成之作,也是其创作转折时期的代表性作品,获得好评。

《浮躁》是一部试图描绘当时农村变革图景的长篇小说,同时也是一部"地方志"小说。它在空间布局上以州河为纽带把州城、白石寨县、两岔镇和仙游川村联结为一个区域整体,在社会关系上则主要是以权力关系、家族关系为纽带的人际关系网络,由此展开视野,写这方土地上的生态和心态。小说的主线是金狗这个出生底层而不肯向命运低头的年轻人的人生奋斗史。围绕这条主线而衍生出的人物主要有两类,一类是权力关系网中的人物——权势者和依附权势者,一类是农民阶层的人物——恪守传统的老一辈农民和不安分守己的农民子弟。金狗便是其着力表现的后一类人物中的代表。他的人生奋斗史走过了一条抛物线:不满于自己的出身和命运,更不满于权势者对农民的欺压,为此他利用镇书记田中正的青睐和其女儿英英的感情,得以跳出"农门",到州上报社当了记者。但他始终不忘自己是农民子弟,利用自己的记者身份与侵犯农民利益的权势者斗争,甚至冒着巨大风险扳倒了从镇上到县上及至州上的书记大人。最后受陷害被打回原形,重新回村当农民。金狗的性格表现出双重性,追求出人头地又坚持社会道义,痛恨权势又利用权势,渴望爱情又利用爱情,呈现为性格和环境因素交互作用的悲剧命运。金狗这个人物形象与《人生》中的高加林有相似性,是在既定体制中巨大的城乡差异的背景下,利用改革潮流的涌动而改变自己命运的"乡村于连"形象。作品表现了这块土地上的历史积淀和传统负荷、改革所带来的社会关系的变化、农民的思想观念与心理情绪的变化,还有年轻一代为改变自己的现实境遇、人生命运的躁动和努力。它给读者传达和描绘了一片浮躁的乡土,这同时也是一种时代情绪的概括。

进入90年代后,贾平凹的创作发生了一系列变化:从"商州"到"西京",从"回归"到"漂泊",从寻求社会价值的认同到更多寻求个体生命体验,从偏重写"故事"到更注重写"生活"。这些变化,最初典型地表现在《废都》上。小说发表在《十月》1993年第3、4期,同时由北京出版社出版,首印50万册。曾有统计,两年内正版、半正版加盗版有

1 200万册,成了中国出版史上最畅销也最受关注的文学作品。《废都》问世后引发了激烈的争议和批评,争议主要集中在文本中所弥漫的"颓废"情绪和大量的"性描写"上,这似乎成了90年代"人文精神大讨论"中关于文学危机和人文精神失落的见证。随着时间的推移,《废都》逐渐闪现出其艺术的光彩,那种随笔纵情的"不道德"书写的"毒笔",恰好切中时代痛点和精神病相。而以其1997年获法国费米娜文学奖为分界线,越来越获得更多的承认与肯定。

贾平凹作为一位在人格气质上深受传统影响的当代作家,在《废都》中复苏了文人小说和世情小说的传统。尤其是其塑造的庄之蝶这一"文人笔下的文人"形象,复活了中国传统文人的形象。相当长的一段时期,知识分子的形象都是被意识形态所框范、被现代性所规约。贾平凹的这一书写弥合了断裂的历史传统,恢复了其在文人形象谱系上应有的位置。与此同时,在那些对世情、性情及激情的描摹,对场景、聚会、饭局和对话的叙写,对梦境、幻想及幻象等的表现中,勾连起了今人与古人相近的生活情致与情感体验,复活了中国传统中一系列基本的人生情景、基本的情感模式,重建了经过现代启蒙洗礼而在现代话语中几乎失去意义的中国人的人生感受与感受人生的眼光和修辞。它使我们看到了活着的传统,看到了传统延伸为某种特定制约所深入到的生命状态和艺术状态,这是《废都》极为独特的意义之所在。

庄之蝶无疑是活在今天生活状态下的文人。在传统文化断裂和社会转型之下,文人自身的存在方式也随之发生了深刻的变化。《废都》文本的主体,是写庄之蝶以名混世、以情性玩世的行状,而这又主要通过其与几个女人的性爱关系表现出来,不过这些被安放在了商业化的现代都市文化浮世绘的巨大背景下来进行观照。庄之蝶是一个典型的文人,以文为生以文名世,是"西京城文坛上数一数二的顶尖人物",被市长称为"市宝"。但当市场经济大潮来临后,他作为以文学为业之人其安身立命之依托动摇了,作为文化名人被推入社会的边缘。他身上那种传统文人关怀苍生的忧思和济世情怀日见苍白,而"文人无行"的放达和放浪迅速放大。一开始庄之蝶还刻意保持着文人所特有的一份清高,但最终还是"下海"随波逐流了,与人合伙开书店办画廊,涉足倒卖赝品骗购收藏;又为各色企业家撰写吹捧文章,为迎合领导意图写些粉饰太平的歌功颂德的文章,一时间从"文化闲人"成为"帮闲文人"。另一方面,他又在浮躁的西京城内无所适从,日子一如既往地无聊,整日如游魂一般飘荡于瓦肆勾栏、市井细民之中,醉心于古城墙上如泣如诉、悲凉苍凉的埙声,他身上的"鬼气"与"废都"气息遥相呼应。他无力于艺术创造的更新与激活,唯有逃向生命本能的宣泄和放纵,沉迷于女人。但这些游戏依然填补不了他空虚的灵魂,浸淫于女性身体乐园的他不仅没有激活复苏他的艺术生命,反而促成了灵肉的双双沉陷。作品的结局,并没见出任何形式的救赎可能。作品提供了一个关于知识分子精神放逐的典型标本,从边缘的焦虑到意义的放逐至灵肉的沉陷,由此展示了时代文化的颓败场景、现代文人的颓废病相。庄之蝶们的欲海沉沦和灵魂挣扎,其实也是对当下知识分子生存困境和精神哗变的写真和曝光,对知识分子或知识群体的审视和反思,对传统文化的再认识以及对知识分子自我救赎路径的忧思。小说在表达方式上借鉴了晚明著名的世情小说《金瓶梅》,内在精神也直接承接着晚明的颓废传统,但它又与现代社会里的"文明病""都市病"及世纪末情绪的综合征混合在一起,散发出强烈的文化迷失感和虚无气息。

《白夜》(1995)可以说是《废都》的姐妹之作,也是写城市生活的。其主人公夜郎从乡下混到城里,那种与世浮沉尤其是那无以附着的精神游荡与庄之蝶一脉相承,并且作品同样是站在乡村立场上来批判城市生活中的浮泛生态,向往回归自然。《土门》(1996)仍执守这样一种价值立场,通过西京城郊一个叫"仁厚村"的自然村,从土地被城市兼并、农民生活方式改变到氏族文化没落,表现了城市化进程中乡村的节节败退,发出了"乡关何处"的慨叹。这两部作品,更自觉地从深层文化的角度去思考和表现乡村与都市、传统与现代之间的复杂关系。然而,作为农裔城籍作家的贾平凹,当其对现实失望之时,又不由自主地展开了精神的还乡之旅。这一时期的两部长篇小说,《高老庄》(载《收获》1998年第4、5期)叙写了一段还乡之旅,《怀念狼》(载《收获》2000年第3期)则呈现了一种梦幻般的回归之旅。

《秦腔》(载《收获》2005年第1、2期)表现出贾平凹创作新的变化和重大突破:从"废都"到"废乡",从牧歌般的"前乡村叙事"经由各种变奏而到挽歌般的"后乡村叙事"。贾平凹多次提过,《秦腔》里的清风街,不是概念上的乡土,而是实实在在的故乡,是他自己曾经生活过的村子,是他自己家族内部的事情,这是故乡留给他的最后一块可供发掘的宝藏。在此,他作为一位贴身体己的叙述者和见证人,以极具个人经验、心理、情感特征的写作方式为故乡树碑立传。这部长篇小说以故乡流传的秦腔兴衰为象征意象,以半疯癫半清醒之人张引生为叙述视角,讲述了清风街发生的各种生活琐事,构筑了一个以自己故乡为原型的乡土中国,挽歌般地表达了对现代化进程中不断衰败的乡村文化的凭吊。小说获得了普遍的赞誉,被认为是贾平凹创作历程中的高峰之作,也是乡土中国叙事的重要里程碑。

《秦腔》以两条线展开,一条线是秦腔戏曲的流变,一条线是农民与土地的关系,这两条线相互交叉递进地演示着清风街的变迁。清风街有白家和夏家两大户,白家早已衰败,但出了一个秦腔戏曲的名演员白雪。清风街的支柱是夏家,夏家家族两代人主导着清风街。老一辈的夏天义像中国历代农民一样,最大的特点就是爱土惜地。为了土地,作为老支书的他敢于带头抗议改造国道,为此而断送位置;看到清风街的人口越来越多,土地越来越少,他又带头如愚公移山般去造田,最后因塌方而被埋葬,这个土地的忠实守护者和自己热爱的土地融为一体。晚辈侄子夏君亭则是乡村改革中涌现出来的风云人物,他成为新支书后干的第一件大事是不惜占用十八亩良田建集贸市场。他作为新一代农民致富的带头人,同时也扮演着农耕文明的送葬者角色。夏天智和夏风是夏家的两个文化人,父子俩一个是当地学校的老师、一个是省城文化名人。白雪嫁给了夏天智的儿子夏风,但他不爱秦腔爱的是美人,已成为家乡的"局外人"。白雪几乎是为秦腔而生,可以说是秦腔的化身与精灵,为了不离秦腔宁愿留在小县城剧团而不愿随夫调往省城,最后与夏风分手。可最终连县剧团也被市场化大潮所淹没,白雪也沦落到为红白喜事唱歌。白雪与夏风所生的女孩是畸形,这也意味着秦腔传人的香火已断。夏天智一生酷爱秦腔,他几乎每天听秦腔、哼秦腔、收藏、展示与出版秦腔脸谱,秦腔戏文和戏中人物的价值取向也成为他人生的精神坐标。这位乡村传统型知识分子,在他老去时目睹了秦腔的衰败,最后他的灵魂在秦腔苍凉悲壮的旋律中飘然而逝。

《秦腔》以散漫的细节来聚集乡村的裂变,展现了一片渐次解体、日渐颓败的乡土社会的生存景观。作家以守望与告别并存的双重姿态的书写,见证了正在城镇化的中国乡村原有的基本生活、经济关系、文化传统、民间伦理等的剧变与瓦解,为故土拍摄了一幅如同夕阳西下般的苍凉相片。乡村不再是自然、原生态的乡村,农民已经脱离了与土地联系在一起的生活方式,也远离了生命的本源,没有了作为农民的本真和活力;村庄原是一片人情的绿洲,而今也日益被功利化"沙化",往昔温暖安宁和谐的氛围一去不复还,故乡成为没落的"废乡"和沦陷的"俗地"。贾平凹多次表示,心中对乡村的记忆越来越模糊,现实中的乡土与曾经魂牵梦萦的故乡越来越远。传统意义的乡土或故乡正在快速淡出我们的生活,乡村原本蕴含的灵光慢慢消逝了,乡土不再适合精神的回归,田园诗画似乎已经被彻底消解了。

贾平凹进入新世纪以来的长篇小说写作,基本上是在以乡村为原点而城乡交错的视野中,沿着现实与历史这两大脉络的探寻与追问展开的。2005年出版的《高兴》是《秦腔》的一个自然延伸,由乡村的凋敝写到"乡下人进城"寻找新的出路。作品中的主人公为此怀抱希望,给自己重新起名叫刘高兴,但其遭遇到的是重重困境。作品之名与作品内容构成了强烈的反讽,令人感到沉重。《古炉》(载《当代》2010年第6期、2011年第1期)一作,则从既往对现实的关切转到了对历史的回溯,回溯到"文革"时期的农村。故事发生在陕西一个自古以来就烧制陶瓷的古炉村。"文革"爆发,村民之间的关系极度恶化,姓夜的和姓朱的彼此仇恨,榔头队和红大刀队不共戴天,大打出手,最后,一个山水清明的宁静村落变成了废墟。其实,古炉村的"文革"运动带有浓厚的乡土宗教色彩,榔头队和红大刀队的争斗,更多表现为夜姓和朱姓两个家族的争斗。小说表现"文革"对罪恶的诱发,它好似打开了人性丑恶的潘多拉魔盒。小说的价值,一方面在于对乡村"文革"的全景式呈现及对人性深层原因的追问,另一方面在于对常态中国乡村世界的艺术发现与形象书写。作家在此依然采取的是细节和场景的密实写法,极力让古炉这个村子有声有色、有气味、有温度,一并呈现出生活本身的混沌、模糊和复杂。

在《秦腔》的绝唱之后,在《古炉》的废墟之上,是《带灯》的光芒(载《收获》2012 年第 6 期、2013 年第 1 期)。这部长篇小说的最大特色是创造了带灯这样一个"新人形象"。主人公"带灯"是个女乡镇干部,原名叫"萤",像带着一盏灯在黑夜中巡行。作品中的带灯是一个视点人物,带着我们看到了矛盾重重的现实乡村世界,让我们看到了那些现实又照亮了那些现实。带灯更是一个撑起全部叙述的核心人物,围绕她的遭遇,乡镇的各色人物、各种事件错综交织。她作为镇上"综合治理办"的主任,日日陷于诸如治安冲突、突发事件、邻里纠纷、计划生育等基层最难办的"维稳"工作,竭尽全力;另一方面,她的个人世界却不时离开地面富于灵性地飞扬起来,喜欢看书和体验自然风物,天天要给那远在省城的省级领导兼散文家元天亮——她"在水一方"的仰慕对象,发散文诗似的短信。她也是一个象征人物,黑暗中熠熠发光的她是美丽的精灵,菩萨心肠的她是身带佛光的神灵;同时这个名字也显示了带灯的命运,拼命地燃烧自己,命里注定的微弱无力与终归悲剧的宿命。日常性和诗性在一个空间里交会碰撞,现实和非现实的奇特结合,赋予这个人物形象以特殊性,从而引起评论界的热议。其实,贾平凹创作的人物谱系中的女性形象系列,从一开始就占有相当重要的位置,而且多带理想化的色彩。历经岁月的磨洗不仅没有消减,反而在此发展到了极致,不过结局还是遵从了生活逻辑,同时,带有理想挽歌的意味。

贾平凹小说的主调是乡土叙事,而在文体形式上也特色鲜明,主要表现为散文化的叙事模式、东方神秘主义元素的融入和化用、语言的自觉和语言风格的形成。首先,散文化的叙事模式,是其主导性的小说作法。他早期的创作虽然不乏灵动之气,但仍拘泥于生活表象的描摹和讲究情节的编织。《浮躁》之后他放弃了那种"老小说的写法",从"线性透视"到"散点透视",从比较严格的写实到虚实相生及至以实寓虚,发展起一种生活漫流的散文化叙事模式。即放弃故事主线和戏剧性的情节编排,以自在和散在的生活单元来结构整部小说,用细节、对话和场面来推进叙事。这些自在和散在的生活单元不以形连而以意合,细节、对话和场面同构地组合在一起,形成一种扩散性结构,以表现生活的混沌面目和驳杂多义。这种散文化叙事模式及写法,先在《废都》里亮相,后在《秦腔》中发挥到极致。《秦腔》中清风街的形象,不是田园诗也不是山水画,而是一个繁杂沉滞的浑然世界。它以一种"回到生活原点"的叙事姿态书写这个"鸡零狗碎的泼烦日子"的日常。《古炉》中的细节更为密集更为精细,试图最大限度地还原实在。作者以细腻得近乎零碎的笔法为每个家庭做起居注,以此表现,就在那样的非常岁月里依然得活着,这里的生存不仅表现出生命的意志,也表现出非生命的意志。细节数量的堆积不仅增添了日常生活的厚度,同时也为作品所表现的历史带来了混沌之感。然而,一种优势也是一种局限。这部长达六十多万字的长篇小说,无数的绵密细节堆砌得让读者简直喘不过气来,依赖细节的洪流推动故事发展的方式对一般读者而言存在着一定的阅读难度,也使历史的呈现过于破碎而漫漶难辨。

其次,东方神秘主义元素的融入和化用,是贾平凹小说叙事的重要特征。"商州系列"便有许多有关民间占卜、风水、鬼神精怪等的描写。之后的长篇小说中,灵异和魔幻也在在可见。《废都》中杨贵妃坟地上一抔土生发出的四色奇花、牛月清的母亲"通神"的话语,"蝶"的形象和"蝶"的迷幻,老牛眼中的世界等。贬之者谓之"神神叨叨",赞之者誉为"鬼才"。而这对于浸润在民间文化和传统文化中的贾平凹,是自然而然的。他继承了魏晋志怪、唐宋传奇、明清小说中的神秘主义传统,形成自己的神秘主义诗学表现。它是对今天看似虚幻而又实际存在的一种生活状态的描摹,更是借此作为一种重要的叙事手段,以呈现独特的审美感知和艺术表现。《秦腔》中清风街的风水安排使东西两街成蝎子形、中星爹上演的神秘的"求寿仪式"等。这种"通灵"的叙事策略,不仅表现为魔幻元素的融入,已衍生为叙事的智慧。如果说《废都》中牛的哲学家般的反思独白还不无生硬,《怀念狼》中人狼变幻的灵异之气便已趋于圆通,而在《秦腔》中借助引生的半疯癫半清醒而形成的灵异视角、《古炉》中狗尿苔的半灵通半混沌的儿童视角,达到了一种既透明又含混、虚实相生的叙述境界。贾平凹用他的奇异之笔,使得现实与荒诞联袂、真实与虚幻融合、世俗世界与象征世界相容。

最后,贾平凹是个语言意识很强的作家,从一开始创作就有了自觉的语言意识。他的文学语言时而清丽婉转,时而幽奇跌宕,时而淡定白描;虽渲染过激情,也填充过绮靡,但在流水年华的磨洗中日渐醇厚。他小说语言的底子是关中地区和陕南的民间语言,用秦语说秦事表秦情,这本身就厚实;同时又从古笔记小品和章回小说等中学习简练、隽永、传神的语言,借助其语素和语用对传统感受模式进行创造性转换。这样,形成了一种文白杂糅、雅俗兼具、朴拙中见灵巧、清空中有醇厚的语言风格。对于这种文白相间的话本式语言批评界多持肯定态度:"看贾平凹的文字,既有现代意识,又有传统气息,还具民间味道。重整体、重混沌、重沉静。憨拙里的通灵,朴素里的华丽,简单里的丰富,达到了语言大师的境界。看似拉拉杂杂,混混沌沌,有话则长,无话则止,看似全没技法,而骨子里却蛮有尽数。"①但《带灯》的笔法有些新变。贾平凹说,《带灯》不再用明清的笔法,要用两汉的文字,要用两汉史的风格,"它没有那么多的灵动和蕴藉,委婉和华丽,但它沉而不靡,厚而简约,用意直白,下笔肯定,以真准震撼,以尖锐敲击"。② 他表示,以后追求向"海风山骨"的风格靠近。

四、莫言:从《红高粱家族》到《蛙》

莫言(1956—),原名管谟业,山东高密人。小学五年级时因"文革"辍学,回乡务农近 10 年。1976 年参军,1981 年开始创作。1983 年调北京部队的机关工作,1986 年解放军艺术学院文学系毕业,1991 年北京师范大学创作研究生班毕业。1997 年转业到北京《检察日报》工作,2007 年调至文化部中国艺术研究院工作。著有《透明的红萝卜》(1985)等中短篇小说百余篇部,《红高粱家族》(1987)、《丰乳肥臀》(1995)、《檀香刑》(2001)、《生死疲劳》(2006)、《蛙》(2009)等长篇小说 11 部,有《莫言文集》20 卷(作家出版社 2012 年版)。2011 年,莫言以《蛙》获第八届茅盾文学奖。2012 年,莫言因"魔幻现实主义融合传说、历史与当下"而获得诺贝尔文学奖。

莫言的小说创作以表现乡野世界的生存之域和生命形态为母题,而以自己的故乡为原型生发开来并构成系列。莫言坦言,受到福克纳笔下的美国南部"约克纳帕法县"和马尔克斯笔下的南美乡镇"马孔多"的启发,建构起属于自己文学故乡的"高密东北乡"。起初,这个名称悄然出现在 1985 年发表的两个短篇小说《秋水》和《白狗秋千架》里,前者为溯源性的家族历史传奇,后者为久在外地的"我"的一段故乡行。此后莫言对"高密东北乡"的建构进入自觉阶段,经过多年写作而发展为一个有着巨大体量的文学景观。他对"高密东北乡"全景式的文学书写,形成长河式的地方史序列,并以此构成一部关于乡土中国的民族寓言。

中篇小说《透明的红萝卜》(载《中国作家》1985 年第 2 期)一经发表,广受好评。这部小说写了一个名叫黑孩的苦孩子的魔幻童年,塑造了一个备受压抑、饱尝艰辛的孩童形象,而他压抑不安、夸张梦幻的内心世界是作品的最引人注目之处。黑孩的世界由现实和幻想这两个世界构成,它们对立而又交错。现实世界的黑孩又黑又瘦,沉默不语;

---

① 栾梅健.与天为徒——论贾平凹的文学观[J].当代作家评论,2012(6).
② 贾平凹.《带灯》后记[J].东吴学术,2013(1).

幻想世界的黑孩奇思妙想,超常异常。黑孩有着超常的忍受肉体疼痛和精神痛苦的能力,同时又有着异常敏锐的感受能力和幻想能力,能看到别人看不到的事物,听到别人听不到的声音,嗅到别人嗅不到的气味,梦境也被透明的红萝卜照得一派通亮。在那样恶劣的环境下,他的生活似乎只剩下幻想了,多少疼痛的现实在他脑中幻化成美好。现实越残酷,幻想越美好;反之,幻想越美好,现实更显残酷。他靠幻想支撑着,幻想也使他的生命变得异常顽强。这部书写自己童年的小说是莫言的成名作,也是其创作的策源地,揭示了激发他从事创作的心灵出发点,以及日后创作的生命底色和缠绕情结之所在。而那种现实性与非现实性同构的叙事、感觉意象化与意象画面化的写法,也将在之后的创作中进一步发展起来。

莫言前期的代表作《红高粱家族》是由五个系列中篇组合而成的长篇小说(《红高粱》《高粱酒》《狗道》《高粱殡》《奇死》),其中《红高粱》(载《人民文学》1986年第3期)问世后产生很大反响。至此,莫言正式开始了对于地方与家族发生史的追本溯源式的想象与建构。"高密东北乡无疑是地球上最美丽最丑陋、最超脱最世俗、最圣洁最龌龊、最英雄好汉最王八蛋、最能喝酒最能爱的地方。"小说讲述了一个集结着情欲、冒险、复仇、反抗的"匪种寇族"的家族传奇,而"我爷爷"余占鳌和"我奶奶"戴凤莲是作品的中心人物。《红高粱》以蓬勃的生命意识作为基调,对先辈乡民的生态和心态进行原生态式描述,浓墨重彩地描绘了余占鳌和戴凤莲这两个"纯种的红高粱"般的男人和女人,通过他们独特的个性和不同寻常的行为展现了他们不羁的品格。小说洋溢着对原始生命力的崇拜:万物有灵的自然崇拜、自然野性的原始崇拜、情如烈酒的性爱崇拜、狂欢与戏谑的酒神崇拜等,充分展现出"原生态"的野性美。小说充满感性生命的张扬:敢作敢当的"我爷爷"、敢爱敢恨的"我奶奶"、坚忍的罗汉大哥、坚毅的任副官,还有众多血性的汉子和刚烈的行为。他们拥有不屈的脊梁、生生不息的精神,体现出一种自然、强悍和悲壮的生命美学。这样的充满着原始生命力的民间生命形态表现,包含了对后代孱弱的批判,对"力的衰减"与"种的退化"的忧虑,以及对民族血性与自由精神的召唤。

小说运用了独特的叙事视点,采用了第一人称的叙事方式,时空转换、人物关系和情节变化都由"我"来介绍和串联,自由灵动,收放自如。这来源于民间的讲故事方式,又有着作者的创造。这一独特的叙述者身份,意味着"我"与其中人的血缘关系,是一种家族记忆;这种回望性、回溯性叙事,也暗示着民间故事的传奇性与传唱性。这种第一人称的历史和现实交会的叙述视点,也意味着具备现代眼光和心理的人讲述、理解当年的事,因而看似是旁观的叙述者,其实又有主观参与意识。小说充满了感官印象的大肆铺写,尤其是其强烈的色彩感。作者在各种场景下以各种色彩充分地表现渲染红高粱的形象,并以不同层次的红构成了一个"红"的海洋,鲜明如印象画。它们浓烈张扬、狂放辉煌,释放着强烈的情绪,以此达到强化和深化主题的目的——红高粱就是自由奔放生命力的象征,也是这片浑厚土地的精魂。

《红高粱家族》经由张艺谋改编成电影《红高粱》而红极一时。它对于传统压抑和现实压力的反拨,契合了"文革"过后由历史反思走向文化反思的时代语境,以及"改革开放"潮流中渴望民族与自我强悍的时代心理,为那个时代提供了共同的想象关系。但这种张扬的生命与狂放的性格往往也只存在于艺术想象之中,这种感性生命的表现具有两面性:它一方面开发了国民性格中被压抑与遮蔽的一面,是对以往创作着重表现受传统文化影响而内敛阴柔的国民性格的补充,乃至重构;另一方面,它过分崇尚感性和本能也可能带来负面的影响。《红高粱家族》引领了莫言"高密东北乡"的历史叙事,就其长篇小说而言,陆续有《食草家族》(1993年)、《丰乳肥臀》(1995)、《檀香刑》(2001)等,它们进一步拓展与丰富了"高密东北乡"的文学疆域和文学景观,从而呈现出带有方志体色彩的历史叙事。

《食草家族》与《红高粱家族》在主题与体例上十分接近,同样讲述着"高密东北乡"与地方家族的起源史,同样是由系列中篇组合而成。如果说《红高粱家族》建构起英雄式的地方历史,那么《食草家族》则颠覆了这一带有祖先崇拜色彩的英雄谱系,使其重返蛮荒时代的混沌。这两部作品如孪生之作,共为"高密东北乡"的地方与家族隐喻,代表乡村传统、文化伦理的两面性。《丰乳肥臀》同样采用了"历史—家族"的民间叙事模式,但主人公变成了女性/母亲。小说叙述了上官鲁氏及其八个女儿、一个儿子在半个世纪战乱中的人生历程,着重表现了女性/母亲如何承担起家族家庭的重压,而中国的民族历史又是如何把它的重负、暴力和灾难堆放在女性肩膀上。上官鲁氏实际上是戴凤莲的变型,也是一个叛逆的女性形象,她因丈夫无能先被迫后主动"借种"之举,如戴凤莲高粱地里"野合"一样惊世骇俗,展现了自在生命的顽强意志。小说颠覆了传统主流伦理规范下的母亲形象,同时凸显出她旺盛的生殖能力和天性之爱;她是生育力、生命力的化身,也是乡村母亲、大地母亲的象征。另一方面,小说表现了上官金童在母亲的溺爱下恋乳成癖,意味深长地写出了母性崇拜的悲剧意味,即过度母爱是生存软弱、生命力退化的要因。其实,小说中的男性形象大多猥琐,上官金童这个宗法制家族最后盼望的男孩,也是与母亲与洋神父偷情的结果,这也体现出对传统文化与现实社会的某种反思与批判。小说中上官鲁氏的女儿们,有的嫁给汉奸、有的嫁给国民党军官,有的嫁给共产党干部,她们的命运各不相同,共同写就了矛盾纠葛、风云变幻的动荡历史。这种历史的叙说具有民间性,也具有混沌感,从而化解了对历史的正统化的政治解读。小说的主要叙述人是上官金童,作者以童稚化的视角,并运用荒诞与反讽。

《檀香刑》继续深入到乡土记忆深处去发掘写作资源,以清末德国人在山东半岛修建胶济铁路为历史线索,把戊戌变法、义和团运动、八国联军入侵等这些近代史上风起云涌的事件作为故事背景,讲述了发生在"高密东北乡"的一场反洋灭洋的民怨之变,而领导这场斗争的民间艺人孙丙最终被施以"檀香刑"。作品以女主人公孙眉娘与她的亲爹孙丙、干爹高密知县钱丁、公爹刽子手赵甲及傻瓜丈夫赵小甲之间的恩怨情仇展开,以"施刑"为主线,以民间戏剧猫腔为主要表现形式,将王权的残酷性及其非人道性表现得淋漓尽致,也凸显了专制权力作用于个体上的历史机制与赖以存活的土壤和法则。刽子手赵甲是个独一无二的文学形象,小说写出了他行刑数十年杀人逾千的行刑史和心理情感的畸变史,更耐人寻味的是他把刑法当作一门艺术,而且是意识到自身价值后的自觉追求才使他达到刽子手最高境界的。作为大清第一刽子手,他能够将冷静的智慧和残忍的疯狂高度融为一体,达到人与刀合二为一的境界,并以此获得自我愉悦的极度满足。而众看客既恐惧又兴奋,将其当作一次狂欢性的宣泄与潜在欲望的满足,乃至连刽子手也认为在场的他们比自己更残酷。刽子手和看客对酷刑的沉迷,透露出人性的黑暗和人存在的悲剧性。植入人性邪恶的制度在很多时候会助长人的邪恶力量,从而使法律的执行远远超出维护社会秩序的需要,变成恐怖而无形的力量。《檀香刑》的书写充满着暴力血腥的美学色彩,对刑法的残酷性、仪式化、观赏性的极致展示表现本身,具有沉迷和批判的双重性。

"高密东北乡"的全景式文学书写,既由历史叙事系列构成,也由现实叙事系列构成,从而形成长河式的地方史序列。随着改革开放的日渐深入,乡村终于被纳入现代化的历史进程。还在20世纪80年代初期,莫言即在中短篇创作中表现出对乡土中国现实问题的关注,长篇小说《天堂蒜薹之歌》(载《十月》1988年第1期)更是对现实生活中发生的真实事件的文学反应。小说讲述了以农民发起的"蒜薹事件"展开的一系列复杂的人物关系及政府和农民之间纠缠的故事,多层面地描写了生活在社会底层的农民当下的生存状态和悲剧境遇。《酒国》(1993)通过检察院侦查员丁钩儿去酒国市调查所谓"红烧婴儿"案件的过程,多层面地表现了荒诞的现实。酒国各种势力和个人都燃烧着欲望,痴迷而疯狂,为了满足吃与喝不惜一切代价,乃至吃婴孩。《四十一炮》(2003),将乡村经济发展及其衍生的矛盾冲突进一步扩展深化。轰轰烈烈的乡村改革在屠宰村被演绎成造假比赛,发家致富的速度与造假的技术成正比。"高密东北乡"如同大多数中国乡村一般,也由乡村进入乡镇,由农业进入第三产业,英雄的子孙由"纯种好汉"转变成投机取巧的商人,英雄崇拜让位为金钱崇拜;快意恩仇被发家致富取代,拜物教在乡村施虐。新世纪后,现实批判和人性批判逐渐变成莫言创作的重心。《生死疲劳》(载《十月·长篇小说》2006年第1期)和《蛙》(载《收获》2009年第6期)是莫言后期创作中影响最大的两部长篇小说。

生死轮回的民间传说为《生死疲劳》提供了魔幻叙事的原始框架,构成了人畜混杂、阴阳并存的艺术画面。莫言式的狂欢与戏谑,在此又一次得到了集中呈现。一个土改被杀的地主西门闹经历了六道轮回,依次投胎变成他家长工蓝脸的驴、牛、猪、狗、猴,最后终于转生为一个有着先天性不可治愈疾病的大头婴儿蓝千岁。这个大头婴儿滔滔不绝地讲述着他身为畜生时的种种奇特经历和感受,以及地主西门闹一家和农民蓝脸一家半个多世纪生死疲劳的悲欢故事。蓝脸也是一个异乎寻常的人物,这个贫农对于土地的痴迷与地主一样,以致他数十年来坚拒农业合作化运动,不畏巨大的压力充当唯一的单干户。小说透过各种动物的眼睛,观照并体味了50多年来中国乡村社会的庞杂喧哗、充满苦难的蜕变历史。那是由驴、牛、猪、狗和猴组成的依次由土改、"大跃进"、"文革"和改革开放所对应的历史。初入鬼门关的西门闹曾认为死得冤屈,拒绝喝下遗忘前世的孟婆汤,一次又一次地要求投胎转世。但畜生道的轮回渐渐涤尽了心中的暴戾之气,他终于悟到了阎王爷的一片苦心。"这个世界上,怀有仇恨的人太多太多了",从而竭力阻止怀有仇恨的灵魂再度转世,为这个世界争取更多的安宁。作品援引佛教观念破除"我执",力图以魔幻叙事超越俗世的逻辑。围绕西门闹和蓝脸殊死搏斗的一批人,他们的后人又被重新以各种关系而宿命般地联结在一起,这批人自身在以后的历史折腾中也无一幸免,而且最终都埋葬于同一块土地,"一切来自土地的都将回归土地"。作品再现历史的时候,借用动物变形记的写法,回避了崇高悲凉美学,而倾心于诙谐、怪诞乃至反讽,也因此把乡土中国的现实主义表现注入某种后现代性的因素。小说章回体形式的采用,则表现出向中国古典叙事传统的归化。

《蛙》以新中国波澜起伏的农村生育史为背景,讲述了从事妇产科工作50多年的乡村女医生姑姑万心的人生经历,反映出中国计划生育的艰难历程,描绘了高密东北乡故土大地上苦痛的生存本相及个人内心的挣扎。小说塑造了姑姑这一丰富复杂的人物形象。她16岁从卫校毕业后被镇卫生所派送学习"新法接生",从此与这门工作结下不解之缘。姑姑年轻漂亮、个性好强、工作投入,却被恋人王小倜称作"红色木头"。恋人的叛逃使她一度割腕自杀,"文革"中遭批斗使其再受重挫,但这些磨难使她变得更坚强,"文革"后她成为乡计划生育领导小组的副组长。姑姑曾接生了一万多名婴儿,深受乡亲们爱戴,被称为"送子娘娘";又曾围追堵截违规怀孕的孕妇并亲手让两千八百名婴儿流产,又被称为"活阎王"。姑姑内心深处虽也有不安,但她试图说服自己这都是为了工作,为了党和国家及人民的长远利益。然而,退休那晚的遭遇令她魂飞魄散,成千上万只青蛙对她进行了围攻。蛙者,娃也,她以为那是多年来被流产而冤死的幽灵来向她讨债了。姑姑的人性良知复苏了,认定自己罪大恶极;通过姑父的手捏出了被流产的两千八百名婴儿的泥塑,供奉在木格子里,对他们焚香祭拜,以此表示忏悔和赎罪。这里出现了此前莫言创作中少有的忏悔意识,之前那些高粱地里出没的好汉及其后代子孙们都是快意恩仇,按照自然的法则生生灭灭。然而,这里的姑姑终于觉得自己有罪:"一个有罪的人不能也没有权力去死,她必须活着,经受折磨,煎熬,……用这样的方式来赎自己的罪,罪赎完了,才能一身轻松地去死。"当然,这种以个体对罪责的担负而回避了更严峻的拷问。姑姑对两千八百名婴儿泥塑的祭拜并没让她摆脱"罪"的捆绑,如果没有一个超越现实的更高位格的神的出现,注定了她的救赎永难完成,她只能活在罪中,承受心灵的煎熬与苦痛。

《蛙》的五个章节分别由五封信、写作材料和一部九幕话剧组成。信是由寓居北京的剧作家蝌蚪写给日本作家衫谷义人的,随信附上的关于"我姑姑"的故事材料是小说的主体,而结尾则是一部同名的九幕话剧《蛙》。书信、材料、剧本,构成了莫言长篇序列中又一次的"三重叙事"。写信式的讲述不仅方便了叙事,也拉近了时空的距离以及作者与读者的距离。话剧则是对信件部分另一种角度的重新叙述和有效补充,把主题意蕴向更纵深处推进,整部小说也因之更加富有意味和张力。莫言的创作多有动物形象,以构成象征、寓言式的表现手法。不过,如果说莫言此前之作多有动物的拟人化形象,多有表现人类的某些动物性异化为可怕的兽性发作,而在《蛙》中的动物意象则上升到了整体的象征,并以传达着对生命的敬畏。人类早期对蛙的崇拜缘于其"多子",即超强的生殖能力,从而把它作为神物来供奉。作品里也借人物之口来表达了蝌蚪与精子同构的想象。但随着社会理性的发展,人类到了干涉自然生育的阶段,曾经神圣的蛙沦为人的盘中餐、口中食。蛙从开篇的被人用火烧着吃,到被损害的蛙们向人反扑,一步步走向它与人类神秘关联的体系,把小说推向一个更高的敬畏、关照和歌赞生命的层次。

莫言小说的总体特征,是"魔幻现实主义融合传说、历史与当下"。莫言的这个特征固然受到拉美魔幻现实主义的影响,但与莫言生长其中的中国传统文化、地域文化和民间文化有着更为密切的关系。他的创作经历了一个由异域发现本土、由先锋发现民间、由他人发现自我、由仿效到创化的过程。莫言的魔幻现实主义,首先表现为现实性与非现实性的同构,从而具有一种超现实的叙事功能。"莫言有一种能力,就是非常有效地将现实生活转化为非现实生活,没有比他的小说里的现实生活更不现实的了。他明明是在说这一件事情,结果却说成那一件事情。仿佛他看世界的眼睛有一种曲光的功能,景物一旦进入视野,顿时就改了面目。并不是说与原来完全不一样,甚至很一样,可就是成了另一个世界。"①莫言的小说多用孩子、傻子和动物充当角色和视点,因为叙述者变化和叙事视角的变形,使越过常规界限向着魔幻区域迸发变得相当自如。"人物志"和"怪异志"是其艺术图景的主要构成方式,"人物志"主要表现为民间传奇的英雄谱系,"怪异志"主要叙写奇人异事、"怪力乱神",有时两者也化合在一起。这种叙事的魔幻化,当然还有作家自己的天马行空般的艺术想象,从而进入了对历史的审美描绘。莫言所处的纷纭复杂并变幻无常的社会环境,也是魔幻色彩出现的重要原因。犹如他回答台湾作家骆以军之问时所言:"你们所谓的'魔幻',其实是我们那儿的现实。"②他坦承:"这种小说里的故事和创作之间的融合,我想也是逼出来的。对社会黑暗和丑恶的现象,如果不用这种方式来处理的话,我也就没有办法。现在也很难完全用这种写法。这种写法实际上是戴着镣铐的舞蹈,反而逼出了一种很好的结构方式,结构也是一种政治。"③因而,莫言这种下笔如有神如有鬼的魔幻现实主义,不妨说也是一种写作策略,它包含有时虚化问题的性质和柔化批判的锋芒。

其次是感官印象的大肆铺写。超感觉与通感联觉的运用四通八达,感觉意象化、意象画面化,印象派绘画式的描写四处可见。在摇曳多姿的笔触下,高粱如血、棉花如雪,刺猬会苦思、鸡会说梦话、死魂灵会独白,而太阳会变得翠绿、大地会旋转、血腥的夜晚飘散着梨花的幽香,刑场上猫腔的歌哭如万千鲜花缤纷地开放……但也有批评认为,他对感觉过分倚重并刻意追求,信马由缰而控制不够,造成意象暧昧。

最后是语言的狂欢化,有时乃至"语言爆炸"。他的小说词与物的联结自由奔放,语言的洪流滔滔不绝,又三兜六转。如《高粱殡》滔滔不绝的句子:"高密东北乡的土匪种子绵绵不绝,官府制造土匪,贫困制造土匪,通奸情杀制造土匪,土匪制造土匪。"又如《爆炸》以慢镜头式的描述句:"父亲的手缓慢地举起来,在肩膀上停留了三秒钟,然后用力一挥,响亮地打在我的左腮上,父亲的手满是棱角,沾满成熟小麦的焦香和麦秸的苦涩。六十年劳动赋予父亲的手,以沉重的力量和崇高的尊严,它落到我脸上,发出重浊的声音,犹如气球爆炸。"作品里民腔、官腔、匪腔、鬼腔众调喧哗,自然也有些不文不

---

① 王安忆:喧哗与静默[J].当代作家评论,2011(4).
② 莫言.《生死疲劳》是充满温情和希望的——与骆以军笔谈[M]//说吧莫言(中卷).深圳:海天出版社,2007:366.
③ 莫言,王尧.莫言、王尧对话录[M].苏州:苏州大学出版社,2003:155.

雅不避粗野的土语俗语,还有写作速度极快时带来的文字的粗放粗疏。对于莫言这种汪洋恣肆的语言的特征,批评界且褒且贬,褒的多是元气淋漓多姿多彩,贬的是任意挥洒不加节制。

五、陈忠实的《白鹿原》

陈忠实(1942—2016),陕西西安市人。1961年高中毕业回乡,1962—1968年,在西安郊区中小学任教。1968—1978年,在西安郊区公社工作。1978—1982年,先后在西安郊区文化馆、西安市灞桥区文化局工作,历任副馆长、副局长。1982年后在陕西作家协会工作,1985年始历任副主席、主席,曾任中国作家协会副主席。1965年开始发表作品,出版过中短篇小说集《乡村》《初夏》《四妹子》《到老白杨树背后去》《夭折》《蓝袍先生》《地窖》等。作者自述:

> 如果我只能写写发发如那时的那些中短篇,到死时肯定连一本可以当枕头的书也没有,50岁以后的日子不敢想象将怎么过。恰在此时由《蓝》文写作而引发的关于这个民族命运的大命题的思考日趋激烈,同时也产生了一种强烈的创作理想,必须充分地利用和珍惜50岁以前这五六年的黄金般的生命区段,把这个大命题的思考完成,而且必须在艺术上大跨度地超越自己。①

1993年长篇小说《白鹿原》问世,引起轰动,好评如潮,并获第四届茅盾文学奖。作者立志要展现"一个民族的秘史",②以超越以往简单的历史演义法。所谓"民族的秘史",意味着他的"史家"意识和立场处在"官史"的对面、"正史"的背面和"大史"的被抽象处,还原到本事、内底和现象来"讲史",侧重从精神史、心态史和命运史来"写史"。因而它是一部隐秘的社会政治演变史,表现了党派政治的"翻鏊子"、非党派政治加入党派政治的"抛铜元";又是一部吾国吾民文化心理结构的动荡史,在沧海桑田中表现宗法文化的恒常与震荡,中国传统伦理道德的美丽与残缺;还是一部复杂民族性格的个体生命史,着重表现了人物命运在历史的阴差阳错下与其本性或本意相悖离的走向。这部长篇小说以一个村镇的两个家族为载体,借助文化的聚焦镜,通过显层次运动斗争的勾勒和深层次人心人性的揭示,重叙和反省民族历史。

《白鹿原》典型地体现了长篇小说这一文体所具有的历时性和共时性的特征,从而

---

① 陈忠实.关于《白鹿原》的答问[J].小说评论,1993(6).
② 陈忠实.白鹿原·卷首引言[M]//白鹿原.北京:人民文学出版社,1993.

拥有一种复杂性的品格。这复杂性既是一种包容性也是一种深邃性。它以一种雄强的艺术力量,把时代历史的许多重大主题包容在作品之中,将乡土中国的历史文化溶解在作品里。这里的历史真实和历史变异,与家族纠葛、国共矛盾、外来侵略等交织在一起。这里有党派之间复杂的政治斗争,有革命有投机,也有不以党派决定人性善恶的历史叙事;这里有文化冲突激起的人性冲突,人性在冲突中裂变,也有在这裂变中的双向逆反运动。还有家族传奇、家恨情仇与民间风水地理神话,有原始情欲和革命浪漫主义的爱情,等等。然而在这一切中,正价值的力量虽然总是闪现着光辉,但负价值的力量往往构成了一种宿命的支配力量。历史仿佛在走着怪圈,人事幻化无比。由于作品中多重主题、多元视角、多种价值蕴含的存在,使它保持了历史过程的某种混沌状态,也保留了活生生的历史形态、还保留了生活本身的丰富复杂与深邃神秘。

  文化人格的塑造,这是小说的又一重要特色。作者仿佛在按乡土中国的文化谱系,来为文化人格登记造册:文化高人文化异人,文化嫡子文化孝子,文化逆子文化浪子等。然而,作者并没有把这些人物抑制在类型的水平上。全书的中心人物是白嘉轩,他顽强雄健的生命力体现在前后娶了七房女人以续香火,坚忍不拔和精明干练表现在中兴家业;讲仁义而与鹿三保持着田园诗似的主仆关系,旁则周济穷人、远则对仇敌也以德报怨;他办学堂、修祠堂、立乡约、正民风;苛政下率民抗税,大旱年为求雨自残其身。与此相反相成的另一面是,他巧取鹿家风水宝地显其机关算尽,惩逆子纠女儿显其绝情,驱浪女小娥并在其死后修塔镇"邪"使其永世不得翻身则显其杀伐手段。作为农耕文化和宗法文化人格代表的白嘉轩,一身和一生凝聚了传统文化的温厚与乖谬。作为道学高人、乡村师表的关中大儒朱先生,表现出儒家先贤的风范,但也会遭遇现世的尴尬。他作为白鹿原乃至中国民族文化精神的动人象征,表现出一定的理想化色彩。白孝文与黑娃分别是文化逆子与文化浪子,二者在曲尽人生波折后皆"浪子回头",前者被政权招安成为新贵,后者被文化招安屈死黄泉。白灵与田小娥,一为灵性的化身,一为"沉重的肉身",都在对自由的追求中飞蛾扑火般地死去,隐含着重要的生命价值问题。

  《白鹿原》艺术手法上的特色主要有三。一是长篇小说的结构形态采用"家族模式",家族经典行为的叙事贯穿始终:出走与回归,繁衍与毁灭,裂变与再生,循环与轮回。二是象征体系的构成,"白鹿原""白鹿""白狼""天狗"及"鏊子"和"铜元"等。"白鹿原"本身就是一个巨大的象征,是关中的象征,也是乡土中国的象征。"白鹿"是善和美的物化形态,"白狼"是丑和恶的化身,"天狗"是拯救的象征。"鏊子"和"铜元"则意味着政治的二元对立和阵线划分中的无奈状态和尴尬处境。这里"白鹿"的象征最具多义性:它是"白鹿精灵",美丽人格精神的化身,喻示着朱先生和白灵那样的人,从而它是精神象征;它是"白鹿精魂",幸福和吉祥的象征,仁义道德的象征,否极泰来的象征,也就是这片土地的"守护神",从而它是文化图腾。三是神秘灵怪魔幻色彩。它将现实与传说、传奇、神话乃至寓言、鬼魂故事融合在一起,像白嘉轩连续几个妻子的神秘死亡、换地迁坟、鹿三的被鬼魂附体、白灵托梦、朱先生的玄机等。这里除了神秘文化意象的承接、艺术气氛的布置外,更在于借助这些来展现和揭示人的非理性的神秘行为及其对人物性格和命运的影响。可以说,凡是理性光芒暗淡的环境,神灵便会从天而降;哪里有悲剧发生,恐惧和神秘就会在哪里逗留。鹿三杀死了儿媳妇小娥后出现了鬼魂附体的情况,或者说出现了精神失常以致精神崩溃,这个情节在作品里表现得令人震惊,令人凄怆。

《白鹿原》好评甚多,但也受到一些批评。其中,对作家所持的文化守成的价值立场质疑最多,认为其缺乏当代意识的观照,对传统文化褒扬多于批判。文化观念的理念化、性事描写的过度化、黑娃性格的不合逻辑,则是另外一些批评之辞。

六、王安忆的《长恨歌》

王安忆(1954—),原籍福建省同安区,出生于南京。1955年随母迁居上海。1969年初中毕业,1970年到安徽五河县插队。1972年考入江苏省徐州地区文工团,在乐队拉大提琴,并参加一些创作活动。1976年开始发表作品。1978年调回上海任编辑,后一直在上海作家协会工作,曾任上海作协主席。现为复旦大学中文系教授。著有中短篇小说集《雨,沙沙沙》《流逝》《小鲍庄》《荒山之恋》《海上繁华梦》《神圣祭坛》《乌托邦诗篇》等,长篇小说《69届初中生》《黄河故道人》《流水十三章》《米尼》《纪实与虚构》《长恨歌》《富萍》等。她是新时期女性作家中一位创作活力持久、多产丰产且不断成长变化着的作家。80年代中期以前的作品多以知青为题材,以自我抒发式的心理描写见长,如带有理想色彩的"雯雯"系列。80年代中期以后则着力于文化与人性的探索,以冷静观照式的叙述见长,如带有文化反思的"两庄"(《小鲍庄》《大刘庄》)、探索性的"三恋"(《荒山之恋》《小城之恋》《锦绣谷之恋》)及《岗上的世纪》等。90年代以后开始进行新的叙事实验,追求新的叙事风格,以《叔叔的故事》为代表性转折点、以《纪实与虚构》铺展开来。完成于1995年且之后获第五届茅盾文学奖的《长恨歌》,是王安忆90年代小说创作的又一高峰,因其对上海的城市风情、都市精神的精到把握和精微传达,而被视为继张爱玲之后的"海派文学的传人"。

《长恨歌》以叙述者一双"惯看长沟流月去无声"的眼睛、一支沉缓而平静的练达之笔,平淡婉转且细腻繁复地叙述了一个旧上海女子四十年的情爱命运、人生风雨。中学时代便竞选为"上海小姐"的王琦瑶,凭着一时的虚浮荣耀成为当时实权人物"李主任"的金丝雀。在经历了"爱丽丝公寓"的短暂浮华之后,上海解放,大员遇难,便华梦初醒落为平民,在平安里这一城市的犄角里艰难地求生活。之后,与"毛毛娘舅"康明逊苟且偷欢并生下私生女,在爱而不能的处境下又与混血儿萨沙结合。至80年代改革开放,与子辈的"老克腊"发生畸形恋,最后因为几根金条死于"长脚"的一时失手中。作者淡化时空背景,虚化历史的风云变幻,以细腻丰富且有声有色的个人记忆的方式,避开大时代的粗线条的梳理,楔入日常私人生活场景中,聚焦小人物的人际生活与日常情态。在时代的缝隙与社会的边缘积攒起家常夜话、儿女私情,淋漓尽致地呈现了王琦瑶这一上海女人尘俗的日常生活与情感纠葛,并于日常的庸俗、平淡、琐碎、无望中耐心地咀嚼生活的艰辛与温馨,感叹命运的无奈与无常,体悟生命的虚妄与虚无。

现代都市一直以来是王安忆创作关注的主题之一。《长恨歌》便是一种都市文学,它以一个女人的故事呈现一个城市的内在精神,以民间的立场讲述一种城市的平民生活,而其中的苍凉意味与虚无感受,某种意义上又承袭了张爱玲式的海派传统与人文精神脉络。作者曾说"要写上海,最后的代表是女性"。又说,此作便"写了一个女人的命运,但事实上这个女人只不过是城市的代言人,我要写的其实是一个城市的故事"。① 在《长恨歌》中,上海的弄堂、流言、闺阁、鸽子与王琦瑶式的女人,一并构成小说独立而自足的日常话语空间与小叙事系统,而大时代和大世界的诸多变幻一概被这日常的不变的小世界给托住,并由此呈现历史的沧桑变幻,城市的风情旧影,命运的无常多变,情爱的虚幻空无以及人生的苍凉虚无。

主人公王琦瑶是典型的上海弄堂女儿,她展现的是一个上海旧时代女子生命成长的全部历程。而上海本身也生着一个女儿身,是女性视域的城市,对于时代与政治,她们是边缘的。王琦瑶一生内在的命运便在于长了一个上海心,而这上海心便是平常心——名利是空的、情爱是虚的,日常生活才是生活的依托。王琦瑶有一种本领,她能够将日常生活变成一份礼物,使你觉得,哪怕是退一万步,也还有它呢! 经历了40年代的"爱丽丝公寓"、五六十年代的苟且求生、"文革"及80年代的改革开放,丝毫也改变不了王琦瑶每日每月精雕细琢的日常生活信念。而与王琦瑶同属上海弄堂女儿的吴佩珍、蒋丽莉的不同情感历程与命运结局,也同样是城市大时代精神变迁在民间个人生命中的折射与呈现。在这流动的时代幻影与不变的平民精神之下,作者又进一步以一种真实客观的叙述语态与冷静节制的抒情语调,挖掘这日常现实之下彻底的虚空。这虚

---

① 王安忆.重建象牙塔[M].上海:上海远东出版社,1997:191—193.

空是一个人走到生命尽头,一个城市经历风雨沧桑褪下一切尘世附庸后剩下的虚无的空心核。王琦瑶一生充满浮华幻梦,最终生命中爱她与她所爱的人一个个离她而去,连与之情感隔膜的女儿最后也飞往异国他乡。甚至生命中剩余的唯一真实可靠的依托与根柢——李主任当年留给她的几根金条,最终也成为她命丧黄泉的凶手。唯有城市上空的鸽子,"从它们的巢里弹射上天空时,在她的窗帘上掠过矫健的身影"。以及亘古流逝的时间,如"对面盆里的夹竹桃开花,花草的又一季枯荣拉开了帷幕"。其中隐含于时间、历史、生命背后的辛酸凄哀的况味,读来可谓倍感苍凉。

在叙述技巧上,《长恨歌》以一个旁观者的身份进行叙述,这种身份的确立,寓示叙述者由时代叱咤风云的启蒙者立场转为日常私人叙事的民间立场。以此种身份与立场,作者设置两个隐含的叙述视角:一个是零度聚焦的无视角限制的全视角式的叙述者眼光,对王琦瑶的日常生活的方方面面作了客观冷静的观照。一个是鸽子视角,鸽子自小说开始至结束一直回旋于城市上空,代表了一个浮于历史时空之上的灵性的眼睛,它俯瞰总览上海城与上海人的人生百态与生存境遇,隐含了作者对生命与存在的宽恕、理解与悲悯之情。《长恨歌》的这种叙述者身份、立场与视角体现了作者强烈的"叙述意识",即不同于传统叙述的侧重主题(讲什么)且作判断的"主题意识",而转为注重"怎么讲"。作者以同一而平淡节制的情感语调,照相式的原原本本地摄取整个过程、场景的种种,以一种真实客观的叙述话语,如编织术般精编日常生活事件的枝枝节节。这一方面体现了王安忆叙事实验上的又一次突破与革新,叙述语态的成熟从容;另一方面也因其对叙述情感的理性节制与低调处理,使其作品在叙述上显得恰到好处的同时,又因为缺乏激情的涌动与精神的腾空而变得平缓、冗长甚至乏味。

作者过分地追求细节和注重庸常生活的描写,造成小说相对空间的狭窄、封闭,人物精神世界的相对贫乏、单调,同时也显示出作者价值观念、意识形态的偏向,即从"精神乌托邦"的解构到"日常生活乌托邦"的重构。

七、阿来的《尘埃落定》和《空山》

阿来(1959—),原名杨永睿,生于四川西北部阿坝藏区,藏族。1976年初中毕业后回家务农,曾当过水电建筑工地上的民工、开过拖拉机。恢复高考后考取马尔康民族师范学校,毕业后任乡村小学教师,一年后到马尔康县二中任教。后在阿坝州文联任文学期刊《新草地》编辑多年,再后在成都历任《科幻世界》杂志的编辑、主编及社长。2009年,当选为四川省作家协会主席。1982开始诗歌创作,80年代中期转向小说创作。主要作品有诗集《棱磨河》(1982)、小说集《旧年的血迹》(1990)、《月光下的银匠》

(2001),长篇地理文化散文《大地的阶梯》(2000),长篇小说《尘埃落定》(1997)、《空山》(2005)、《格萨尔王》(2009),长篇非虚构作品《瞻对:两百年康巴传奇》(2014)。其中《尘埃落定》,2000年获第五届茅盾文学奖。

阿来的代表作长篇小说《尘埃落定》(载《小说选刊·增刊》1997年第2辑),在中国当代文学史上具有特别的意义;作为少数民族文学,具有独树一帜的历史地位。小说讲述了20世纪三四十年代中国政局动荡、内忧外患的时代背景下,隶属于中华民国四川省军政府的藏族土司制的兴衰存亡史。描写了川北藏族"四土"一带的土司之争、罂粟大战、等级惩罚、异教压迫、权位争夺、兄弟相煎、情人背叛、仇人复仇,以及藏族土司家族婚丧嫁娶、祭祀拜神、受礼行刑等异俗风情场面,融历史与民俗一炉、现实与想象一体,具有浓郁的文化色彩与诗化意味。

《尘埃落定》是一部诗化小说,也可称为一首哀悼文化亡灵的寓言诗,演绎的是一个久远古老的土司文化在历史的流程、时间的轨道上日趋滑向末路的悲剧性诗剧。它诗意地传达了一种"普遍的历史感,普遍的人性指向","努力追求一种普遍的意义,追求一点寓言般的效果"。[①] 小说是个由双层叙述结构组成的诗化文本:表层结构讲述的是以麦其家族为首的土司制度日渐走向崩溃的悲剧性历史过程。在此过程中,罂粟花般炽热如火又死寂如灰的情欲空虚如尘埃,同粮食一样多的财富堆积在仓库中腐烂轻浮如尘埃,为着生存的权力而发动的战争盲目如尘埃,人面对自己必然的命运渺小如尘埃,置身于历史的进程中却浑然不知去向归所的人生空无如尘埃,甚至整个历史进程最终也如尘埃般腾空而起,飞扬散尽之后,"大地上便什么也没有了"。正如书记官所说"什么东西都有消失的一天"。其中深深浸润着因果循环与空无意识,以及现代主义诗学的虚无感。深层结构则以"傻子"为内在聚焦视点,建构富有人性原色感及精神原乡意味的诗化世界。"傻子"既隐喻一个行将死去的统治制度的文化亡灵,又象征着历史的亲历见证者、局外旁观兼预知者,在其身上隐含着一种模糊了智愚界限的人性真实,是对人类自身所走历程的反省反观,对人性中灵性存在的自觉呈现。与"傻子"的智愚难辨相对应的书记官的两次"失语",均隐喻了人类历史进程中的理性与非理性、混沌含糊与空无虚无,从而具有一种历史文化与生命人性意义上的普遍性与寓言性。由此,小说整体上弥漫着既轻飘又浓郁的苍凉韵味。

《尘埃落定》中的"傻子"形象是小说的一大特色,他既是参与者又是局外人、既是见证者又是预言者,兼具既傻又不傻的丰富性和多义性。小说正是通过"傻子"这一独

[①] 阿来.落不定的尘埃[J].小说选刊·增刊,1997(2).

特的叙述视角来进行诗化叙述的。"傻子"作为叙述者兼主人公,实写部分如成长线索、人生遭际、命运沉浮与麦其土司的兴衰存亡是紧密结合的;虚写部分如其所思所疑所虑,则具有一种诗化品质、文化寓言性及哲学意味。他身上"傻"与"不傻"的游移变换,使得人物形象、主题意蕴具有一种内在的丰富性、增殖性与隐喻性。作品在出身上,给予他汉族与藏族交融的双重血统;在品性上,又结合了傻子与聪明人的双重特性;在立场上,又以局内人的位置、局外人的视角出现。由此使得"傻子"这一形象作为叙事者具有一种叙事的间距、疏离的效果与诗化虚化的未定性,在文本中形成一种双声式话语与复调性对话,从而使小说具有一种内在的反讽指向与寓言深度。这种双声对话主要从两个向度展开:一个向度是主人公"我"与自我的对话,此种对话带有一种追源式的怀疑论色彩,集中体现为其中两个具有自我反思性的问题:"我在哪里?""我是谁?"具体表现如自我确认"我只不过是个傻子",自我质疑"一个傻子怎么可能同是所生事物的缔造者",自我审视"这样看来,我的傻不是减少,而是转移了。在这个方面不傻,却又在另一个方面傻了"。另一个向度是主人公与他者的对话,"他者"即指父亲、母亲、哥哥、妻子及管家、书记官们,也指所处的整个社会状态与历史情境。在与他们进行对话时,"傻子"便时傻时智,智傻难分。尤其涉及关于历史与现实的对话时,他显得大智若愚,而在面对生活的具体细小事情时则又立显傻态。总之,"傻子"是一个拥有多重意义的形象,既傻又不傻的品性包含着丰富的文化意蕴与人性意义,而其蕴含的象征与隐喻义又使这一形象具有独特的美学价值。

《尘埃落定》在叙事手法上采用现代派的心理意识流、幻觉、幻听、幻想、自由联想、时空倒错、梦境呓语的内心独白,以及不断更换角度的叙事方式,在一种非理性和无逻辑的象征性结构中,追求一种打破时空界限的隐喻性真实,这集中体现于"傻子"的内心活动上。小说在借鉴西方现代派手法的同时,还承袭中国诗歌美学的意象意境传统,以一种诗意化的意象营造一种整体的意境氛围。如小说自第六章二十三节"堡垒"开始便出现"尘埃"的意象,"马的四蹄在春天的大路上扬起一股黄尘。后面的那些人,都落在尘埃里"。其后飞舞的"尘埃"反复出现,如宇宙天地间回旋往复着一首无休无止的黑色的安魂曲,苍凉而凄楚。"我看到土司官寨倾倒腾起了大片尘埃,尘埃落定后,什么都没有了。""我看见麦其土司的精灵已经变成一股旋风飞到天上,剩下的尘埃落下来,融入大地。""尘埃"喻示着昨天、过去、历史;"尘埃落定"则象征着沉寂、死亡与最后的回归,乃至一切了结了然的万般空无。小说中体现出来的原始宗教思维,诸如原始崇拜、巫术作法、神灵祭祀、灵魂鬼魅等,给整个小说笼罩上了一层原始的神秘主义气息。

藏族的异域风情也构成小说中的一种地域化的美学景观。

少数民族文化中保存着大量诗性文化因素,因此在宗教、民俗、牧猎的生活中,很容易含纳接近诗性文化的内容。在开掘民族文学的诗性智慧方面,《尘埃落定》既得天独厚,又有新的贡献。

《空山》是作者多年潜心创作的一部作品,卷一《随风飘散》刊于《收获》2004年第5期,卷二《天火》刊于《当代》2005年第3期,2009年1月人民文学出版社将六卷出齐。相较于《尘埃落定》,《空山》的叙写对象依然是藏区藏民,只是时间下移到了当代。但与前者整体性的历史叙事和完整性的故事结构不同,后者以破碎和拼接的叙事结构表现乡村生活。按阿来的理解:"乡村已不能决定自己的命运,被城镇和外面的社会影响,乡村生活的线索常被打断,由另一个事件更替,现在的乡村生活是多线索、多中心的,不能一个事件一以贯之,乡村生活可以说是一幅幅拼图,我的新小说的结构就是一幅拼图。"①

《空山》分为六卷,阿来将之喻为六个花瓣,经其独具匠心的修剪而成一缤纷的花束。六个故事彼此独立又相互联系,每一卷都有自己的叙事线索和分叙事主题,每篇小说集中写一两个人,但把所有人物结合起来实际上形成了一个村落的历史。而且这一历史是当代史。《随风飘散》讲灵魂飘散的少年格拉的故事,村民对无辜可怜的格拉母子的深度伤害。《天火》以"文革"为背景,展现了"天火"和"人火"共同毁灭村庄的劫难。《达瑟与达戈》表现了格桑旺堆和达戈代表的机村猎人的生活方式,在新的社会形态冲击下渐渐瓦解;而乱世中的读书人达瑟则通过构建树屋为自己营造一个桃花源一般的处所。《荒芜》以索波和林驼子为中心,讲述了他们与土地关系的宿命故事。《轻雷》以拉加泽里为主人公,表现了政治运动的狂飙过后市场经济大潮席卷而来的欲望化生存在乡村带来的喧哗和骚动,以及金钱诱惑下的人性堕落。最后一卷《空山》带有总结性,隐含了机村消失的命运。前面几个故事中的一些主要人物相继到来,如索波、达瑟、拉加泽里、格桑旺堆等人都出现了,而江村贡布喇嘛则贯穿了全书,见证了机村的变迁兴衰。六个故事有时间上的承接关系,但并未完全按照时间的先后顺序来安排故事,而是以机村为中心,从不同的侧面进行艺术表现、历史反思和人性考量。六个分别讲述的故事,因机村这个地方而成为有联系的整体;通过一个个相关的机村故事展现了一个个特色鲜明的藏民形象,从不同的角度拼接出了一幅完整的藏族村落图。小说还有另外一个名字叫"机村传说",它强调了作品与一个乡村的实在关系。所有的故事其实都可以归纳为机村故事,或者机村传说,因为一切先民的故事在后人口中都成了传说。

《空山》讲述的故事发生在新旧两个时代交接处,现代文明的闯入与传统文化的消

---

① 阿来.作家阿来谈新作《空山》[N].人民日报,2005-04-28.

解同步发生。作品多侧面完整地呈现了一个藏族村落的现代史,描写在现代性冲击下趋于消逝的族群文化,探究在现代性烛照下人性的徘徊与迷茫。"空山",这是一个充满象征的诗性名字。机村人一次又一次更深地陷入困境,而精神困境比所有灾难都来得可怕,深深的迷惘将他们包裹着。"雪落无声,掩去了山林、村庄,只在模糊视线尽头留下几脉山峰隐约的影子,仿佛天地之间,从来如此,就是如此寂静的一座空山。"当传统文化遭遇现代性冲击,包括机村本土的藏文化遭受外来的汉文化、机村本土的乡村文化遭受外来城市文化的冲击之下,民族传统日渐逝去,个人信仰变得无足轻重或无所着落,人性在现实中异化,人们的精神在现代化进程中迷失,于是这一地方便成为一座文化与信仰的"空山"。阿来认为,当今时代的乡村旧文化瓦解之后,很难再有新文化生长出来,因现在的乡村已没有自主演进的能力。乡村文化遭受的冲击到处都是一样的,只是中国少数民族地区的情况更为严重,它面临着双重文化的瓦解:本民族文化以及乡村文化,所以他们的悲哀是双重的。作品的价值目光聚焦于少数民族乡村文化在现代性演进中蜕变和崩溃的痕迹,哀悯着注定要消失的旧事物和旧人物,守望着被侵蚀的日益弱化的文化信仰,质疑着盲目的历史乐观主义,呈现出自然与人性、文明与历史、意识形态与人类生态等相互胶着的主题。

无论是《尘埃落定》还是《空山》,都是阿来为藏族文化的消逝吟唱的哀伤而悲烈的挽歌。虽然《尘埃落定》和《空山》讲的都是藏民的故事,但并不只有藏区处于这样尴尬的境地,其实整个乡村中国的每个民族都面临这样的困境。只是旧的东西瓦解之后,是否有超越时间的永恒价值需要我们守护,新生是否就蕴藏在衰亡消失的过程中?《空山》的结尾,将过去、现在和未来的三个时间向度的表现同时汇聚在了机村,意味深长。其实,在过去、现在、未来的流变之间,终究会有一条线将其勾连着,这就是文化的生命线。并且消失的东西并非一概真正彻底地消失,显在层面的、物性的东西可能是不见了,但隐性层面的、精神的东西并没有消失,它们以另一种方式流传了下去。比如,它们就保存在传说里面,又通过传说影响到现实的生活。这也是《空山》书写的一种意义。

【思考题】

1. 伤痕文学的价值意义和局限性是什么?
2. 反思文学中两类主要作家的创作内容是什么?
3. 从文化小说到寻根派小说的历史文化语境是什么?

4. 文化小说的审美特征主要表现是什么?
5. 寻根小说的寻根指向和寻根意识是什么?
6. 何谓"先锋小说"? 先锋小说的主要艺术特点是什么?
7. 结合作品具体分析余华小说几大主题。
8. 概述新写实小说的审美特征。
9. 试析刘震云新写实小说代表作。
10. 概述新生代小说共同的审美特征。
11. 试比较分析邱华栋和毕飞宇小说的不同特点。
12. 试析王朔小说的主题及艺术特色。
13. 试析王小波小说的主题及艺术特色。
14. 概述中国当代文学史上女性小说创作的整体性特征。
15. 试以陈染的《私人生活》和林白的《一个人的战争》为例,分析90年代女性小说的"个人化写作"的特点。
16. 《芙蓉镇》如何体现出伤痕文学和反思文学的特色?
17. 结合具体作品,谈谈新时期长篇小说中的"家族叙事"模式。
18. 《九月寓言》与《尘埃落定》的诗性表现有何异同?
19. 简述《白鹿原》的文化意蕴与文化人格塑造。
20. 从海派文学的角度谈谈《长恨歌》。
21. 简评贾平凹小说创作的乡土叙事的特征。
22. 如何看待莫言小说的魔幻现实主义?

第三章 新时期以来的诗歌

第一节 朦胧诗派

一、朦胧诗潮的兴起:从地下到地上

朦胧诗或曰新诗潮兴起并震动诗坛是在80年代初,而它作为一种艺术变革则发端于70年代初或更早的时间。食指60年代的诗作,六七十年代之交形成的"白洋淀诗群"以及同一时期北京"地下沙龙"的现代诗,均可视为朦胧诗潮的源头。

1978年底,同人文学刊物《今天》(注:由北岛、芒克创办。该刊共出了9期,另出了3期交流资料)在北京创刊,朦胧诗潮的主角"今天诗派",也就从半秘密的状态中破土而出。《今天》聚集的是"文革"中有过曲折的心灵历程的青年诗人,他们是新时期前期最重要的诗人,有北岛、芒克、多多、舒婷、方含、江河、杨炼、严力、晓青、顾城、林莽等。《今天》采用的是手抄和油印的民间传播方式,但这批青年诗人的创作在城市的知识青年中影响逐渐扩大,由此引发的诗歌变革的潮流也随之由地下状态逐步转向公开发表与研讨的地上状态。

从1979年开始,"今天"诗人群的作品开始为部分刊物审慎地、有限度地接纳。中国作协主办的《诗刊》这一年刊登了北岛的《回答》和舒婷的《致橡树》。1980年第4期,又在"新人新作小辑"的栏目下,发表了15位青年作者的诗。当年8月,《诗刊》邀集了舒婷、江河、顾城、梁小斌、张学梦、杨牧、叶延滨、徐敬亚、王小妮、梅绍静等参加"改稿会",并在该刊第10期上以"青春诗会"的专辑,发表他们的作品和各自的诗观。自此,朦胧诗人的创作在公开诗坛上的影响不断扩大,而诗歌界关于它们的评价的尖锐分歧也日趋表面化。

1979年末,复出的诗人公刘发表了题为《新的课题——从顾城同志的几首诗谈起》,这篇文章后来被看作是朦胧诗论争的开端文章,提出朦胧诗人创作中的思想倾向及表达方式问题,认为应加以理解并予以"引导"。① 1980年4月在广西召开的全国诗歌讨论会,为已具有争议的朦胧诗歌评价问题提供了集中发表意见的场合。会后,批评

---

① 公刘.新的课题——从顾城同志的几首诗谈起[J].星星,1979年复刊号.

家谢冕将整理的发言,以《在新的崛起面前》为题发表。作者满怀激情地以五四文学为参照,对新潮诗给以热情肯定,吁请评论界的"宽容":主张"对于这些'古怪'的诗""听听、看看、想想,不要急于'采取行动'"。① 同年 8 月,《诗刊》刊载了章明的《令人气闷的"朦胧"》一文,文章从阅读感受上批评新潮诗的朦胧、晦涩、难懂,引发了诗歌论争的全面展开,青年诗人的创作也因该文而获得"朦胧诗"的共名。在此后长达三四年之久的"朦胧诗"论争中,孙绍振、徐敬亚先后发表了与谢冕持同一态度的文章。孙绍振的《新的美学原则在崛起》认为:"与其说是新人的崛起,不如说是一种新的美学原则的崛起。"②徐敬亚的长文《崛起的诗群》则更为明确地肯定朦胧诗是在"强调诗人的个人直觉和心理再加工""对诗歌掌握世界方式的新理解"基础上,形成了"一套新的表现手法"。③ 谢冕、孙绍振、徐敬亚的这三篇带有"崛起"字眼的文章,后来常被合称为"三崛起",从诗歌理论的高度对朦胧诗潮给予肯定与支持。尽管朦胧诗潮在论争中被反对者斥为诗歌逆流,这三篇"三崛起"的文章在 1983—1984 年间被看作"精神污染"中有代表性的错误理论,但由于 80 年代文学环境已大为改善,不再以政治方式解决文学问题,"朦胧诗"的影响由之迅速扩大,并确立了它在中国当代诗歌转折期的地位。

二、朦胧诗潮的"裂变"特质之一:意识形态对抗诗学与个体诗学的再出发

朦胧诗是从内容到形式都和 20 世纪 30 年代以来的左翼诗歌截然不同的一种诗歌,是对传统的美学观念的一种反叛,是中国新诗发展道路上新诗自身的一次积极的自我否定。孙绍振将这种反叛和否定概括为一种"新的美学原则在崛起"。徐敬亚则说:"正是那些'吹牛诗''僵死诗''瞒和骗的口号诗'将新诗艺术推向了不是变革就是死亡的极端!才带来了整整一代人艺术鉴赏的彻底转移——这是新诗自身的否定,是一次伴着社会否定而出现的文学上的必然否定。"④

这些归纳确实把握到了朦胧诗创作的一个重要特征——它代表的是中国新诗史上的一次革命。用 40 年代袁可嘉《"人的文学"与"人民的文学"》的区分法,不妨将这种革命和范式转型视为"人的文学"对"人民的文学"的一次反叛。⑤ 朦胧诗及其提倡者所取的途径,就是一条对于旧的支配者及其美学原则的反抗道路。在诗学观念和美学原则上,朦胧诗派形成了人本位与阶级本位的对立,文学本位与政治本位的对立。

---

① 谢冕.在新的崛起面前[N].光明日报,1980-05-07.
② 孙绍振.新的美学原则在崛起[J].诗刊,1981(3).
③④ 徐敬亚.崛起的诗群[J].当代文艺思潮,1983(1).
⑤ 袁可嘉."人的文学"与"人民的文学"[N].大公报·星期文艺,1947-07-06.

在"文革"后期自发走上诗歌道路的朦胧诗人们,是在"精神断乳时期"经历了一场漫长的心理危机:那时,生活表面的金粉逐渐脱落,露出了人间的真相和生存的残酷,这种成长时期的迷惘又交织着现实中的混乱与不确定,使他们开始怀疑和拷问这个被粉饰的世界。

北岛(1949—),本名赵振开,曾用笔名北岛、石默。祖籍浙江湖州,生于北京。1978年同诗人芒克创办民间诗歌刊物《今天》,从而成为朦胧诗潮的重要参与者与推动者。1990年旅居美国,现任教于加利福尼亚州戴维斯大学。曾获得诺贝尔文学奖提名。北岛的诗多编入合集中,有《五人诗选》《北岛顾城诗选》。1986年出版个人诗集《北岛诗选》。北岛在七八十年代之交的诗作,主要表达的是与"文革"中非人化的文化现象甚至被当时人们普遍接受的价值观念的彻底决裂的态度。

北岛的《履历》《回答》与《宣告》可谓"文革"后一代青年人精神历程的三部曲。《履历》是北岛为同代人所作的自画像:"我曾正步走过广场/剃光脑袋/为了更好地寻找太阳/却在疯狂的季节/转了向……当天地翻转过来/我被倒挂在/一株墩布似的老树上/眺望。"热情被利用,受骗后更盲目,因之觉醒后只能对过去的滑稽行为自我揶揄,但调侃中有愤激,幽默中有沉思,喜剧化的形式中渗透着深刻的悲剧精神。诗作表明北岛从自我命运的体验中获得了对世界的荒诞感——此诗也正是确证"我"从千人一面的"人民"中脱身,回归为"人"以后体验到的真实与荒谬感。

《回答》正是对一个颠倒的时代的回答:"我不相信。"诗的开头"卑鄙是卑鄙者的通行证,高尚是高尚者的墓志铭",这是典型的悖谬修辞,指诗句字面上不合常理,有悖逻辑,显得荒谬,但实质内涵深刻,体现出去粗取精、去伪存真的突破性思辨力量,穿透了一个时代的假面,因为当时现实,包括道德、伦理、常识、真理都走到了非常荒谬的一面,所以北岛的句法的悖谬和现实的悖谬是对应的——而这就是"话语的良知"。像这样打破意识形态诗学话语常规的"逆说"在诗中还有多处,如"在那镀金的天空中,/飘满了死者弯曲的倒影",将颂歌中常见的祖国、天空、太阳等正面意象,与反程式的"镀金""死者""弯曲的倒影"等负面意象搭配,解构了特定时代的对比反差。

《宣告》诗中的主题句"在没有英雄的年代里/我只想做一个人",这也是北岛借助遇罗克这位他心目中真正的英雄,来传达"裂变"之后将重建的话语范式及诗学理想——人的文学。一个时代的匮乏,造就了一代诗歌英雄。没有经历"文革"的人,也许不能明白这种在没有英雄的年代"做一个人"的宣告竟然有如此强烈的英雄色彩。

北岛是政治意识很强的抒情诗人,形成这种风格的原因,除了苏联诗人叶甫图申科的影响之外,更应归因于诗人自身对社会历史的冷峻观察与强烈的主体精神。北岛承认:"我的诗受外国影响是有限的,主要还是要求充分表达内心自由的需要,时代造成了我们这一代的苦闷和特定的情绪与思想。"①因此,对于北岛诗作中强烈的意识形态对抗的政治意识,应该理解为被时代所扭曲而变形了的对自由的渴求,是一代人"特有的情绪和思想"的折射。在一个曾经充满浓厚的政治意识的历史时段,任何形式上的抒情诗人,都可以说是广义上的政治抒情诗人。

与北岛的诗一样,芒克的诗歌意象也打上了"文革"时代的烙印。芒克(1950—),原名姜世伟,1970年开始写诗,代表作有诗集《心事》《旧梦》《阳光中的向日葵》,长诗《群猿》,组诗《没时间的时间》等。芒克是从"文革"思想专制中较早觉醒过来的青年,他的诗歌因而塑了一些叛逆者和思考者的形象。《阳光中的向日葵》一反"朵朵葵花向太阳"的时代话语,写了一棵有着强烈的叛逆性格的向日葵:"它没有低下头/而是在把头转向身后/它把头转了过去/就好像是为了一口咬断/那套在它脖子上的/那牵在太阳手中的绳索"。这棵敢于"怒视着太阳的向日葵",是拒绝思想专制的一代的形象写照。在造神运动如火如荼的背景上,诗人却指认出一棵"它的头即使是在没有太阳的时候/也依然在闪耀着光芒"的向日葵,提出的是与蒙昧主义相对抗的人的觉醒的命题。这正是朦胧诗的思想核心。

如前所述,朦胧诗及其提倡者对于旧的支配者及其美学原则的反抗,是以"只想做一个人"的新型英雄观,来举起"人的文学"大旗,对"人民的文学"发出了质疑并展开了全面的背离。那么,究竟如何"做一个人"呢?朦胧诗人也以自己的诗歌文本,使"人的文学"的诗歌理念落到实处——这就体现在朦胧诗人对于现代时期业已展开的个体诗学的重新回归与再次出发。

朦胧诗人群体中,北岛、舒婷和顾城是最早被公开接受,也是最大范围为读者所知的诗人,究其原因,一方面是由于三人的诗歌文本其话语的过渡性特质,即表现出前此已形成的诗学传统的某种继承——三人有许多作品都接近何其芳式新格律体:这一体式以其整饬的诗形与外在节奏感被目为新诗体式的正宗;另一方面也是由于三人在诗歌中所营构的话语主体,符合人们对于意识形态转型期亟待建立的"人学"的话语形象的期待,而三人所建构的话语主体也以其鲜明的人格特征树立起新时期的个体诗学。

北岛在新时期这一意识形态转型年代所建构起的男性形象是双重的:一方面,他以强烈的历史感、冷峻的批判力度与内聚的诗歌风格,承担起了一个时代的意识形态对抗诗学,建构起了对抗的新型英雄形象;另一方面,他又以对极具私人特点的日常生活

---

① 王明伟.访问北岛[J].争鸣(香港),1985(9).

的切入,重启了中断已久的属于"小我"的个体诗学,建构起了一个有着孤独而丰富内在的男性知识分子形象。北岛的《日子》一诗,就相当独特地呈现了一个自足的、个体的"我"。全诗12行诗句呈现一连串平凡的、日常的生活意象。其共同含义是,它们都暗示了一种新的"个人化"的隐私空间的可能:"当窗帘隔绝了星海的喧嚣/灯下翻开褪色的照片和字迹"——外界的喧嚣终于被隔绝在外,诗中的"我"在灯下重新拾回一个孤独而丰富的内在世界。此诗的内心取向和婉转低回的语气,与30年代的何其芳有神似之处。相隔40年的时间跨度与巨大的历史变迁,这个完全作为个人的"我"在诗歌中的重现,更具有了其深刻的文学与文化意义。

北岛的诗意象历历,却正因了思路的清晰而显得孤离;另外,过分的内聚,也妨碍了想象力的发扬,限制语言风格的发展。北岛以其传教士般的宣谕与帕斯卡尔式的警句完成了他的独特风格。但遗憾的是,他成熟太早,太早把风格固定下来,出国前发表的《白日梦》已标志其走到了某个终点。

在朦胧诗人群体中,舒婷作为一位外省的女诗人,显得比较特别。她的诗,题材多属爱情与友谊之作,其中吸纳了古典诗词的典雅蕴藉,又能保留口语的新鲜亲切;善于使用美丽的意象,且乐于作直接的描写,真实细腻地表现了一个敢于追求,勇于承担而又不无矜持与顾惜的知识女性的形象。舒婷(1952—),原籍福建晋江。1971年开始诗歌写作,与北岛、江河、芒克等人结识后,遂进入"今天"诗人群。在80年代初,主流诗界较早地接纳了舒婷的一些思想情绪"积极、昂扬"的作品,如《祖国啊,我亲爱的祖国》《这也是一切》等,当然她的《流水线》《墙》等格调较为灰暗的作品也曾受到批评。其诗集《双桅船》出版于1982年,并获得中国作协第一届(1979—1982)全国优秀新诗(诗集)二等奖。

舒婷曾说:"我通过我自己深深意识到,今天,人们迫切需要尊重、信任和温暖。我愿意尽可能地用我的诗来表现我对'人'的一种关切。"①这种"对'人'的关切",在舒婷诗中往往以细腻、温情,尤其是低声慢语的抒情方式,体现出女性的独立生命意识。以这样的性别体验和视角为出发点,舒婷因此从习见现象和惯常的审美趣味中,揭示出其中包含的漠视人(女性)的尊严的心理因素:写到已"成为风景,成为传奇"的福建惠安女子被忽略的苦难(《惠安女子》),并在《神女峰》中表现了对女性长期受压抑命运的反思与抗争:诗歌由巫山神女峰触发的灵魂惊悸写起,神女峰的历史积淀使之成了不嫁二男、贞节重于生命的文化标本。"但是,心／真能变成石头吗?"这是困惑,更是质疑。

---

① 舒婷.生活、书籍与诗[M]//老木选编.青年诗人谈诗.北大五四文学社内部资料.

从《致大海》《船》到《流水线》，可以看见一个年轻女性的灵魂，为了寻找自由，一路上艰难地飞翔。从题材内容与艺术手法来说，舒婷都算不上开拓者，现代时期的郑敏、陈敬容其水准都不在她之下，但舒婷的意义在于恢复，由于语境的贫困，她才与其他朦胧诗人一起成为中国新诗的革命者。对于舒婷，从其忠实于自由天性的方面看，算得上是现代女性；但从其思维的深度来看，她对于现存秩序的认识远不如北岛那样清醒而深刻，"自由"一类的概念，在她那里是朦胧的、游移的，极容易为固有的意识形态所代替。因此，舒婷在诗中建构的女性形象体现出一体两面：自然而又克制，热切而又幽怨。

顾城是《今天》中年龄最小的诗人。由于诗人公刘的推荐，大家都记住了这个名字，连同他著名的短诗《一代人》：

黑夜给了我黑色的眼睛
我却用它寻找光明

顾城（1956—1993），生于北京，"文革"中跟随父亲顾工下放山东农村，在那里度过了寂寞和接近大自然的童年，这段生活对他的人生和创作都产生了很大影响。诗人生前出版有诗集《白昼的月亮》《舒婷顾城抒情诗集》等。死后有多种诗集问世：《顾城新诗自选集》《墓床》《顾城的诗》等。另有自传体小说《英儿》。

大自然培育了顾城自由的幻想和早熟的诗思。天空、阳光、月亮和星星，风、飞鸟、云、海浪和沙滩，以及无边的旷野，交织在他的诗句里。直到进入布满齿轮的城市，诗人的灵魂依然留在原地，在"一片淡漠的烟"中继续讲他"绿色的故事"。由于特殊的家庭关系，他比其他青年诗人获得更为丰富的诗歌资源；在众多的西方诗人中，他酷爱西班牙诗人洛尔加，他自己的创作也汲取了洛尔加的谣曲风格，从意象、想象到节奏，有一种自然的纯美。

顾城是天生的诗人，想象十分奇特，诗性的获得可以说直接来自天性，来自童真。像以下的诗句："太阳带着他的宝物在晴空中行走/穿着漂亮的衣服，在脚下盘旋"；"穷有个凉凉的鼻尖"；"我从单眼皮的小窗里向外看着/窗纸有点困倦"；"阳光像木桨样倾斜"；"水厚起嘴唇/挨着岸，一下下亲着"，这些比喻和拟人的手法，明显地带有童话色彩。其实，他的许多诗篇，都不像其他诗人那样刻意追求深度，而是满足于率真的、任意的涂写，且多采用短句，韵律方面倾向于歌谣，如《回归》："请用凉凉的雪水/把地址写在手上/或是靠着我的肩膀/度过朦胧的晨光"。为此，人们习惯地把顾城称作"童话诗人"。在"文革"刚刚结束，"假、大、空"的诗歌美学还没有完全从历史舞台上退场的背景下，顾城充满童稚气且具现代感的诗作的出现，无疑带来一道别样清新且富于想象力的诗歌风景,由此也使他成为朦胧诗派的代表诗人之一。

顾城坦诚道,他是"一个任性的孩子",惟是寻找爱、自由和梦想。他在一次笔谈中曾对"自我"作如下阐释:"他相信自己的伤疤,相信自己的大脑和神经,相信自己应作自己的主人走来走去。"①正如他憎恶规定成型的城市而神往于牧场那样,他不能忍受任何形式的束缚、禁锢和压迫,一次又一次地描述天国,他的精神乐园。其实,《来临》《门前》《净土》《河口》等诗,都可以读作顾城的政治乌托邦。所有关于自由的话题都必然通往政治,而诗人的政治,又都无一例外地带有乌托邦性质。顾城同样深知,他是"一个悲哀的孩子","始终没有长大",所有的努力,都只是"徒劳地要把泡影带回现实的陆地"而已。《在这宽大明亮的世界上》一诗以马,以蒲公英,以相类或相异的事物作比,表明此在的不自由的境遇:"在这宽大明亮的世界上/人们走来走去/他们围绕着自己/像一匹匹马/围绕着木桩。"在《颂歌世界》里,同样地,阳光与死亡并存:"她老在门口看张大嘴的阳光/一条明亮的大舌头/在地上拖着……一条明亮的大舌头/鲜艳的车辆在空中变甜,一级级颂歌世界/一条明亮的大舌头/早晨的颂歌世界。"这些诗句暗含着一种浓重的"死亡意识"。顾城早年诗作中关于长江的著名的"裹尸布"的意象,已经显示了这种不祥。从1981年的《我是一个任性的孩子》《简历》起,至1984年的《应世》《丧歌》《方舟》《内画》《狼群》《周末》《如期而来的不幸》《在陌生的街上》一组诗,那里的暗淡的、悲观的、绝望的色彩,都可以视作死亡意识的投影,它们因为"颓败"的情绪而获得了不期而遇的深度和罕见的美感,以及不易褪色的现代主义气质。

顾城也是朦胧诗人中孤独的个例。他虽然主要生长于北京,但与北岛所处的北京地下诗歌圈子并无深入的关系。他不像北岛江河们那样具有强烈的启蒙主义情结,诗歌写作也不追求社会性,他几乎完全生活在个人的内心世界里,局外人式的孤独感与错位感使他更接近一个纯粹的诗人。他用自己的一套符号编织着他的梦幻世界和精神深渊,这让他可以持续地专注于生命意义上的写作,专注于对精神现象的探究和表达,他的诗因此而具有了更加原始的属性和苍茫幽深的美感。

顾城的局限性是朦胧诗人共同局限性的生动传达,他的悲剧在于他至死没有走出"精神的童年"。某种意义上,成名和被压制是对朦胧诗人群体的共同考验。顾城曾经领受过明星般的荣耀,在80年代中期备受追捧。但随着国家形势和社会生活的迅速开放,朦胧诗人赖以成名的压力也消散了,文化环境戏剧性地将压力转化成了游戏情境,这样,朦胧诗人如果不调整自己的心态和角色,必然会感受到强烈的失落感。顾城

---

① 顾城.请听听我们的声音[J].诗探索,1980(1).

1987年去国之后的焦虑与困惑与此有很大关系。他的死标志着一场"拒绝成年"和"无法成年"的悲剧,精神的不合时宜的持续"撒娇"终于演化为一场玩火式的毁灭游戏。

三、朦胧诗潮的"裂变"特质之二:"朦胧"与否

新时期的青年诗人及他们的创作被冠以"朦胧诗"的名称作为一个整体,即被当作一个诗人群体及诗歌类型来看待,在很大程度上是80年代的诗歌论争的结果,或者说,"朦胧诗"这一指称是观念差异的产物。

"文革"的结束,必然带来文学创作的解放,诗歌的艺术变革就在这样的背景上发生。实际上,诗歌理论已滞后于创作。"文革"中,公开诗坛上"假、大、空"的标语口号式韵文泛滥,而在民间,"落难"诗人的苦难的生命汁液痛苦地分泌而为真的诗;一些在迷惘中觉醒的青年作者,凭着善感的心灵和有限的新诗知识,尝试着个人化的审美世界的建立。而理论界,公开表达意见要到"思想解放"运动兴起以后才能有"突破"。而即使在这种情况下,仍然有人出于各种考虑会继续站在意识形态立场上看待文学与诗歌,形成与弃旧图新的审美立场的文学观的对立。双方的存在,都依赖于对正在发生变化的文学(诗歌)现象的理解、阐释与批评。当一种背弃了"文革"表述模式的诗歌在获得解放的诗坛上出现,自然会引起不同的反应与评价。

1980年章明的《令人气闷的"朦胧"》一文里所引的两首"朦胧体"诗,其实并不难懂,它只不过是运用了诗歌通常用的象征或借意象表现情绪感受的手法,作为诗人的章明对这类诗的反应,显得没有道理而又有一定的代表性,说明诗歌偏离了意识形态要求,看上去是与一体化文学时期形成的诗歌阅读习惯相扞格,而在深层上是触动了另一种文学利益因而遭到抵制。与章明们不同,不满于文学政治化的审美本位的理论家们,对诗的新变表现出本能的兴奋,他们毫不迟疑地站出来为"读不懂"的诗辩护,呼请对青年诗人给以"宽容",在欢呼叫好中为诗的反叛推波助澜。如果说,质疑变革了的诗是在维护某种观念的话,支持诗的新变就是一种欲望的实现。"朦胧诗",就在这种变革时代的观念交锋中被"构造"了出来。

今天看来,当年朦胧诗人的一些诗并不朦胧,如舒婷、顾城、北岛、杨炼的代表诗作,比起他们后来创作的一些诗作来,甚至还可以说是过于直白显豁了。所谓朦胧,只是建立在一种比较的基础上。但与前代诗人的诗作(尤其是强调"大众化"的左翼诗歌以及中华人民共和国成立后至"文革"的颂歌与新民歌)相比,朦胧诗的朦胧,首先表现为诗歌主题传达的是一种思想观念和情绪的复杂性。作为有着特殊人生经历的一代人,朦胧诗人都经历了狂热、迷惘、怀疑、苦闷、悲愤、探求的心路历程。在最初的信仰破灭以

后，他们在怀疑、苦闷和重新探求的过程中创作的是一种全然不同于上一代诗人的、失去了思想和情绪的明晰和单纯的诗。狂热过后的迷茫与迷茫后的奋起，痛苦中的欢欣与欢欣中的忧伤，既是他们自身生活本身的重要组成部分，也构成了他们诗歌创作中的星云状的情绪谜团。

一场民族的大灾难使他们的价值观念产生了一百八十度的倒转（"倒挂"），从"我不相信"中喊出的不仅是对历史的痛苦的回忆，而且是面对现实时的实实在在的阵痛。虽然顾城的《一代人》常被用来做朦胧诗一代人不屈的精神象征的说明，但在一个"到处都是残垣断壁"的时代里，可以说，复杂对立的观念和情绪奠定了绝大多数朦胧诗的基调。这种复杂对立的观念情绪，在两首互相唱和的朦胧诗中得到具体呈现。当北岛写出《一切》后，舒婷以《这也是一切》来唱和。从中可以说是折射出朦胧诗人们内心的自我争辩：黑夜与曙光，眼泪与欢容，呼吁与回响，损失与补偿……相互对立的两极在诗人那里凝结成心头驱之不去的思想情绪的综合体，诗歌失去了20世纪50年代以降的颂歌和战歌的那种主题的明晰性与情绪的单一性，同时也增加了读者接受和理解的难度。

与前代诗人的诗作相比，朦胧诗的朦胧，还表现为诗人和抒情主人公对主客观世界认识的模糊性所导致的艺术表现上的含混和不确定性。而当诗人将这种现象表现出来时，无疑便构成了艺术表现上的含混和不确定性。这种"隐"的表现手法，按闻一多的说法，"它的手段和喻一样，而目的完全相反。喻训晓，是借另一事物来把本来说不明白的说得明白点；隐训藏，是借另一事物来把本来可以说得明白的说得不明白点"①。由此看来，这种"隐"实际上也就是西方形式主义理论中的"陌生化"。必须指出，这里所谓的诗歌"陌生化"，其所表达的乃是不同于一般"日常语言"的"陌生化语言"。诗歌的"陌生化语言"就是通过文学手段逸出现实世界的逻辑规范和时空秩序，以达成对现实世界的超离和疏远，使得读者得到读起来感觉顺畅，但理解时感到"陌生"的阅读效果。

朦胧诗语言的"朦胧"和"晦涩"，就是其诗歌语言的陌生和变形。朦胧诗语言的晦涩难懂是朦胧诗被称为"朦胧"的最重要的一个层面，也是朦胧诗的反对者即传统的诗学批评话语最"气闷"的诗学问题。就语言来说，朦胧诗的突出特点是凝练化、朦胧化、陌生化，并且极具跳跃性、节奏性。脱离了以前主旋律诗歌的套话、大话，他们用自己的创造给诗歌语言开创了新的天地，激发了诗歌语言的感性魅力，从普遍的形象化、凝练

---

① 闻一多.说鱼[M]//闻一多全集（第1卷）.北京：生活·读书·新知三联书店，1982：117.

化到自身的朦胧化,再到语言效果的陌生化,朦胧诗实践了中国新诗语言的又一次"裂变"。

朦胧诗人在自己独特情感领悟的基础上对语言的加工创作,达到了形象化、凝练化的效果。顾城的《远和近》:"你/一会看我/一会看云/我觉得/你看我时很远/你看云时很近",这首全文总共24个字的小诗将诗歌的形象、凝练用到了极致,用"我""你""云"三个意象,描绘了"我看你""你看云"两组画面,并且寓意多元。北岛的《结局或开始》:"我/站在这里/代替另一个被杀害的人……我的肩上是风/风上是闪烁的星群//……乌鸦,这夜的碎片/纷纷扬扬"这一段诗,诗歌意象的跳跃造成诗歌意思上的断层,语言在意义上的连续性被打破,但这并不妨碍作品意思的传递,把诗意的断层留给读者去修补。这样,诗歌在实现语言凝练的同时也调动了读者的审美积极性。此外,陌生化也是朦胧诗语言的一个重要特点,通过通感、想象、变形、错觉等手法来组合字词,打破常规,使诗歌语言达到陌生、离奇的效果,"葡萄藤因幻想/而延伸的触丝/海浪因退缩/而耸起的背脊"(顾城《弧线》),"河水涂改着天空的颜色/也涂改着我/我在流动/我的影子站在岸边/像一个被雷焦的树"(北岛《界限》),"高原如猛虎/焚烧于激流暴跳的万物的海滨/哦,只有光//落日浑圆地向你们泛滥,大地悬挂在空中"(杨炼《诺日朗》),景物在诗人眼中都产生了变形,葡萄藤会幻想,大地是悬挂的,而这些正是诗人情绪的真实流露,他们选择按照自己的情绪逻辑来打破常态,倾泻情感。也正是这样使得朦胧诗的诗歌语言不仅含蓄、新奇,也更具语言的张力。

朦胧诗在诗歌艺术形式上的"裂变"特征还表现在意象结构的营构上。通过隐喻、象征等手段改变视角和透视关系,打破时空秩序等艺术手法而造成意象的撞击和迅速转换,由此构造的意象结构则破坏了情感和想象的连贯线,这是造成朦胧诗读"不懂"的另一重要原因。在顾城的《生命狂想曲》和江河的《星星变奏曲》中,诗人用自己的审美直觉捕捉到大自然神奇的美,又通过大量意象的选取和叠加再现这样的童话世界,其实是以表层自然景象来烘托渲染深层的心理情感,并且这些意象绝不单单只是一种"象",它融入了诗人的情感,被诗人赋予了极具个人诗学意义的象征意义。顾城笔下"开航"的"贝壳",对应的是他心中那远离束缚、纯真无瑕的理想世界,而江河笔下的"星星"不仅是天幕上的繁星,也指称着在"文革"中失去了宝贵青春的一代青年(星星画家和朦胧诗人)。另外,梁小斌的《中国,我的钥匙丢了》、舒婷《双桅船》、顾城的《一代人》、北岛的《回答》都是象征运用的代表作。除了意象以及象征的使用,朦胧诗人也创造性地运用隐喻,使之从单纯的修辞手法上升到文本结构的层面。从北岛的"我是岸/我是渔港/我伸着手臂/等待穷孩子的小船/载回一盏盏灯光"(《岸》),到江河的"我就是纪念碑/我的身体里垒满了石头/中华民族的历史有多沉重/我就有多少重量/中华民族有多少伤口/我就有多少伤口"(《纪念碑》),词的隐喻成为推进诗句想象力延伸的主要力量,从而使得全诗从肌理到构架都具有了一以贯之的深度意蕴。

作为新时期文坛最为热闹的景观,朦胧诗潮作为30年前的一场诗歌事件已经隐入历史,但是当年所引发的那种罕见的诗歌热度仍使人频频后顾,在那个文学成为时代风向标的年代,"朦胧诗"几乎就是自由和解放的代名词。毋庸讳言,在20世纪的新诗历程中,尤其是在"文革"后期和"文革"结束后的特殊历史语境中,朦胧诗人对集团话语的反叛和"向内转"的话语方式的坚持,对诗歌的本体性和个体主体性的双重关注,都体现了一种可贵的话语良知,完成了由意识形态话语向个人话语的转换。在新时期文学的艰难嬗变与转型过程中,朦胧诗确实以其精英立场和启蒙者的姿态闪烁出长久的激动人心的光辉,起到过照耀蒙昧、解放思想、呼唤民主的重要作用。这都使得在朦胧诗论争过后,在时代语境、文学史、教材和各种诗选的合力作用下,朦胧诗不断被经典化。

从朦胧诗的诗学症候上分析,朦胧诗在当时的历史语境中产生积极意义的同时,也不可避免地带有自身的弊病和局限。朦胧诗在整体上呈现的是追求深度、深沉的立体诗学,强调追求自由的崇高感,反抗社会异化的悲剧意识,保留了古典悲剧崇高开阔的特色,更接近象征主义,语言规范基本是文人式的,带有感伤和浪漫的情调,是理想主义、浪漫主义和启蒙主义相混杂的诗歌体系。总体来看,这种有关"历史承担"的动人、浪漫、自我夸张的幻觉与姿态,在当时的朦胧诗人中普遍存在。然而,这种"代言人"式的英雄姿态同时也造就了朦胧诗人自身的精神围城,重负之下的难以为继。北岛在国外的诗就体现出这种困境:"是通过写作成为同时代人的代言人和见证者,还是相反,成为公众政治的旁观者和隐身人,这一问题贯穿北岛的几乎所有作品。"①

在一定意义上,朦胧诗的诗学"裂变"创造了属于自己的读者。但是,必须澄清的一个重要事实是,朦胧诗的"朦胧"在很大程度上是建立在文学话语贫困的历史背景之上的。尽管朦胧诗人创造了与红色转喻符号系统迥异的属于自己诗歌谱系的意象群,但是朦胧诗人惯用的意象(诸如星星、三角梅、灯塔、船等)在反复使用中,其原初的鲜活意义也在逐渐缩减与磨损。

---

① 欧阳江河.站在虚构这边[M].北京:生活·读书·新知三联书店,2001:193.

第二节 "归来"的诗人

一、"归来的诗群"及其创作倾向

"归来的诗群"是指中国当代诗歌史上因为社会政治原因从20世纪50年代中期起陆续消失于诗坛,在70年代后期得以平反而重新回归的诗人群体。这一诗人群体得名于艾青在1980年出版的诗集《归来的歌》,流沙河、梁南也写了题为《归来》和《归来的时刻》的诗。其时,对于这一诗人群体而言,"归来"既是一种创作现象,也是普遍性的诗歌主题。

先后从"文革"的废墟上"归来"的,是新诗史上的两代诗人:一代以艾青为代表,包括"七月诗派"诗人牛汉、绿原、曾卓、彭燕郊、鲁藜等,以及"九叶诗人"辛笛、陈敬容、杜运燮、穆旦、郑敏、袁可嘉、杭约赫、唐祈、唐湜等。他们成名于三四十年代,50年代因所谓"胡风反革命集团"或其他政治案件牵累而蒙难,有的被错划成右派,有的虽未被罗织罪名,实际也被打入冷宫,失去了写作权利和人的尊严。另一代是50年代走上诗坛的诗人,他们是公刘、邵燕祥、白桦、流沙河、昌耀、孙静轩、邹荻帆、梁南、胡昭、蔡其矫、林希等。这批诗人曾经与共和国一同成长,讴歌过新中国成立初期的建设生活,但在50年代反右运动扩大化中也因不合时宜的作品或言论被打成右派,从此被折断了诗歌的翅膀。

与其说"归来的诗人"这一名称是对一个诗人群体的概括,毋宁说它描述了当代中国文学的一个独特而荒谬的现象。正如谢冕所形容的:"可惜的是,我们的诗歌队伍在人民取得了全国政权之后,却日益缩小。一次又一次的'政治运动',总有一些诗人的名字消失。我们的队伍,得了人为的败血病。到了'文化大革命',这支队伍已荡然无存。"① 政治运动,如同一只无形却极有力的手,把这些诗人从诗坛的各个位置中剔除出来,抛到各种"被改造"之中。二三十年的沉默,使这些诗人付出了十分惨重的代价,创作的黄金时光被荒废,艺术个性被抹杀,已经启程的诗歌探索之旅被搁浅。他们不幸被放逐于诗歌艺术之外,成为精神上的被压迫者和流浪者。直至70年代末,随着社会气候的转晴,这些诗人才陆续在各种公开刊物重新露面,重温久违的歌唱。

从1978年4月30日上海《文汇报》发表艾青的诗《红旗》,到40年代两个诗歌流派

---

① 谢冕.新诗的进步[M]//新诗的现状与展望.南宁:广西人民出版社,1981.

的重要诗人在1981年出版的《九叶集》和《白色花》①中群体亮相,"归来者"诗群已经成为80年代诗歌版图的一个不可忽略的组成部分。他们的"归来",不仅意味着在诗坛消失的两代诗人重见天日,而且象征着中国诗歌的复苏与新生。归来的诗人也确实带给读者曾属于这些诗人的主题、诗风和诗艺的亲切回忆。艾青《光的赞歌》让人联想起三四十年代诗人特有的与太阳与光明有关的一系列诗篇,而邵燕祥《中国的汽车呼唤着高速公路》则是他50年代《中国的道路呼唤着汽车》的续篇。然而,尽管他们中相当多的人自觉延续过去的创作道路,但事实上作为"归来的诗人",他们在中国诗歌史上所留下的无以替代的特质,却是凝聚着他们几十年被放逐的命运与血泪的意象与韵律。

"归来的诗人"们的创作,普遍带有某种"自叙传"的性质:把个体的"归来",与新时期的到来联系在一起——诗与人的"归来",意味着从被"遗弃"到回归文化秩序的中心。几乎所有"归来的诗人"都有"归来"主题的作品。艾青复出后收录新作的第一部诗集命名为《归来的歌》,梁南也写了《归来的时刻》。流沙河在《归来》写道:"我回来了,我回来了/我活着从远方回来了,/远得就像冥王星的距离,/仿佛来自太阳系的边缘。"这种混合着欣喜、感伤和骄傲的"归来"意绪,成为"归来的诗人"的诗情核心。由此,他们不约而同地以追忆的视角,回顾过去岁月中所遭受的屈辱与苦难,在诗中营构出作为"受难者"的自我抒情主体:"然而玫瑰花在额顶盛开,好一顶荆棘的王冠/褴褛的衣衫,通体焕发着光艳的新鲜……"(公刘《爆竹》)值得注意的是,"受难者"形象本应指向诗歌文本与现实间的紧张关系,然而在有的归来诗人那里,"受难"却倾向于被表述为"受难者"到精神升华的必经历程,典型如梁南的《我不怨恨》:"马蹄踏倒鲜花,/鲜花,仍旧抱住马蹄狂吻",甚至热衷于以所谓"九死不悔"的坚贞来获取"受难者"的道德完满。

当然,对个体命运的创痛自述,归根结底会与对历史的反思相结合。归来诗人的诗作里,经常可以读到历史、过去、苦难这样沉重的字眼。公刘在《沉思》中写道:"既然历史在这里沉思,/我怎能不沉思这段历史?"这两句诗集中反映了归来诗人的思想选择与心理定势。就像曾卓《悬崖边的树》中所写的:"它的弯曲的身体/留下了风的形状。"它们是幸存者的证词,是历史的活化石。由个体之伤到民族之伤,再由民族的灾难至个体的灾难,在艾青、公刘、白桦、邵燕祥、流沙河等人的创作中形成回环往复的旋律,它们是

---

① 这两本诗集可视为40年代两个重要诗歌流派的重新集结,既收入其40年代的代表作,也收入了一些诗人迟至1980年的新作。《九叶集》于1981年7月由江苏人民出版社出版,收入的作者有辛笛、陈敬容、杜运燮、穆旦、郑敏、袁可嘉、杭约赫、唐祈、唐湜等9人。《白色花》由绿原、牛汉编选,于1981年8月由人民文学出版社出版,收入的作者有阿垅、鲁藜、彭燕郊、冀汸、曾卓、绿原、芦甸、牛汉、胡征、罗洛等20人。

哀伤、愤怒、茫然、痛楚和冷峻等复杂抒情色调的交叉与融合,其中贯穿的一条主线,则是对中华民族历史和未来的深沉审省。这一思辨在"七月""九叶"诗人笔下,又增加了世界文明史的参照背景,"圣经""中世纪""审判伽利略"等,如绿原的《重读〈圣经〉》,艾青的《古罗马大斗技场》,邵燕祥的《沉思在废墟上》等。发生在中国大地上的"文革"的悲剧,被纳入对人类悲剧的总体反思当中。它使归来诗人的历史之思带上了抽象和玄学的思维印迹,表现出回应40年代新诗现代化主题的某种势头。

二、艾青及其一代诗人的复出与选择

艾青(1910—1996)曾以"出土文物"自况,不无苦涩地谈到从历史深处"归来"的感受。作为一个出生于乡村又受过城市之光照耀,接受过法国象征主义诗歌与绘画影响的诗人,艾青在三四十年代曾用生命与激情拥抱交织着苦难与希望的大地,以含泪的、忧郁的声音,表达对光明的追求、赞颂,创作出承担对民族命运和人类未来的关怀的震撼人心的诗篇。经历了被打成右派放逐到北大荒和新疆垦区劳动20年后重新"归来"的艾青,在1978年以一首短诗《红旗》复现于诗坛,被敏感者视作是诗界一个"新的时期"的到来。从1978年到1983年的五六年间,老诗人共创作了200多首诗,出版了《彩色的诗》《归来的歌》和《雪莲》三部诗集,一部诗论集《艾青读诗》和一系列重版的旧著。对于艾青的复出,读者与评论界几乎毫无例外地表现出极大的热情和极高的期冀。"我们找你找了二十年,我们等你等了二十年"的热情之语,很大程度上是因艾青在中国新诗史上的特殊地位,寄予着人们对新诗复兴的企盼。

"不幸遇到火山爆发,/也可能是地震,/你失去了自由,/被埋进了灰尘;"在《鱼化石》中,艾青将自身的受难岁月概括为"依然栩栩如生""却不能动弹"的现实与心理的困境。"归来"后的艾青秉承自现代时期起就信奉的斗争哲学,在诗作中对脱困后的感受与经验进行了多角度的开掘与拓展:有的作品侧重于对当代重大历史事件的驾驭,以及对这些事件与中国社会总体进程的透视(《在浪尖上》《清明时节雨纷纷》《听,有一个声音》等);有的作品表现出在心理情绪层面以及文化历史层面对个人命运的体察与探究(《关于眼睛》《盆景》《镜子》《互相被发现》等);有的作品则是对人类的历史悲剧中光明与黑暗、生命与死亡、苟活与献身的激烈冲突的集中展现(《光的赞歌》《古罗马大斗技场》等);还有作品更是超越了国界、民族、文化的隔阂,表现出泛泛化的人类之爱的主题(《墙》《维也纳的鸽子》《慕尼黑》等)。

艾青70年代末以来的创作,代表了他50年代以后的最高水平。但是,如果把这一时期的成就估计得过高,甚至将之比肩于诗人三四十年代的创作,则是值得商榷的。

"归来"后的艾青,诗力明显弱化,最显著的标志就是,他似乎失去了会通"实境"和抽象把握时代主题的能力,作品理念的成分大大增加,也不再能如现代时期那样在悲愤中仍体现出内在的温润。长期的自觉与不自觉的"思想改造"和被放逐的命运,实际上有形与无形地剥夺了艾青的整体感受和想象时代的权利与能力。在《失去的岁月》中,诗人有一段无奈的告白:"丢失了不像是纸片,可以捡起来,/倒更像是一碗水泼到地面/被晒干了,看不到一点影子。"作为一个有崇高声望的诗人,艾青"归来"后诗歌创作的意义,不仅体现在诗作的成就方面,也在他被"晒干"的方面。而对这"晒干"过程的反思,也不应只局限于50年代以来的政治运动。

比艾青"离去"得更早,却在"归来"后焕发了创作活力并实现自身超越的诗人,牛汉(1923—2013)和郑敏(1920—)可视为代表。他们固然在"离去"之前就走上了写诗的道路,并都出版过诗集,但主要成就还是在"归来"之后。他们能"重获创作青春",很大程度上与他们的诗歌观念较少受40年代以来体制化的主流文艺思想的影响有关。

牛汉生于山西定襄,曾就读于西北大学外文系。中学时代开始写诗,在1955年因所谓"胡风反革命集团"案被捕前,曾出版过《彩色的生活》等诗集。"归来"后出版的诗集主要有《温泉》《蚯蚓与羽毛》《海上蝴蝶》等,《牛汉诗选》(人民文学出版社1998年版)是他各个时期主要作品的汇编。

在"七月诗派"诗人中,牛汉是在人格和诗歌观念上最接近胡风的诗与生命合一观的诗人,他曾说:"我的诗和我这个人,可以说是同体共生的。"①在70年代被流放于咸宁寂寞而冷清的山中,牛汉创作了他最有影响的一系列诗篇,在他的笔下,有在枯枝、荆棘的巢中诞生的鹰(《鹰的诞生》),有在荒山上被雷电劈去半边仍挺立的树(《半棵树》),有受伤但仍默默耕耘的蚯蚓(《蚯蚓的血》)。《华南虎》一诗,被视作诗人精神人格的自我写照,那只被铰掉齿牙的华南虎终于在囚禁中发出"石破天惊的吼哮","一个不羁的灵魂""腾空而去"。

牛汉"归来"后诗歌的主要魅力一方面来自他渗透在意象与节奏中的人格的力量,另一方面则来自他不固步自封,努力自我超越的精神。80年代后期开始,牛汉把诗的触须伸向梦境和纯净、浩大的"远方"世界,写出了《梦游》《三危山下一片梦境》《空旷在远方》等境界宽阔而富有想象力的作品。这些诗作艺术上虽不算完美,但境界与趣味有了大的开拓,表明牛汉已超越40年代七月诗派对完整、自足的生命个体的信心,察觉到了它的内在裂缝和它的限度。

---

① 牛汉.谈谈我这个人,以及我的诗[M]//牛汉诗选.北京:人民文学出版社,1998.

80年代以后,郑敏是"九叶"诗人中比较活跃的诗人之一,这种艺术活力一直持续到了90年代。1979年秋,在参加了为诗合集《九叶集》举行的聚会后,郑敏构思了她沉寂20多年后的第一首诗《诗呵,我又找到了你》。如果说郑敏"归来"初期写的一系列诗作所表现的对祖国、土地的深爱,在主题上与当时大多数"归来"诗歌并无迥异之处的话,那么她1985年以后诗歌艺术的探索,则明显发生了一些新的变化。她的诗作中开始持续出现关于童年、等待、死亡的三个命题,它们交错呈现,相互喻示,构成郑敏创作的基本格调与旋律。诗人敏锐地在童年经验里体悟到某种抹不掉的时间印迹(《童年》《雪仗》);诗人赞美贝多芬在"圣乐的呐喊"里的等待(《贝多芬的寻找》);"死亡"在郑敏笔下是作为至真的时间和至高的"在"出现的,在组诗《诗人与死》(1990)中,作者将死亡称颂为:"你的最后沉寂/你无声的极光/比我们更自由的嬉戏。"

与其他"归来"的诗人相比,郑敏非常重视诗歌主题、体式和语言的"活力",为此进行过组诗和"图像诗"的实验。组诗是她"归来"后使用较多的一种形式,主要是为了对应人与历史复杂交响的主题,但郑敏似乎对作为"组诗"的结构性要求考虑不足,包括当时受到好评的《诗人与死》,并未处理好自身独立完整的"十四行诗"与"组诗"的关系。而她以"图像诗"形式写的《试验的诗》,则在强调汉语空间效果的同时忽略了韵律方面的特质。尽管郑敏80年代中期以后的诗歌探索本身并不一定达到预期的成功,但诗人保持创新活力的年轻心态确实令人感动。同时,郑敏还把她重新焕发的诗歌热忱投射到新诗的理论探讨上。她的《世纪末的回顾:汉语语言的变革与中国新诗创作》等文章,试图重新体认汉语传统和古典诗歌的魅力,为新诗寻找解困的策略,并且由此在90年代引发了语言、形式上对新诗"局限"与发展道路的新一轮论争。

三、"与共和国一道成长"的一代

1957年的反右运动,使一群曾经与共和国一道成长的青年诗人的艺术生命凋谢,厄运折断了艺术的翅膀。20余年后,这些诗人复出诗坛,他们的创作也随着年龄进入了"中年期"。

公刘(1927—2003),1977年复出诗坛,先后出版了十余部诗集,有《白花,红花》《离离原上草》《仙人掌》《母亲——长江》《骆驼》等。公刘"归来"后的创作是从大声疾呼"诚实"开始的。《为灵魂辩护》一诗,反映了诗人的"诚实"诗观:"我把好诗当好友,一如结交知音,/他们不仅有血有肉,也有活的灵魂,/他们大哭大笑,真爱真愤,/日日夜夜吸引我的眸子,占领我的心。"公刘的诗歌风格,在50年代的《边地短歌》《黎明的城》中即已奠定:英雄主义的情怀,刚健清新的语言。20余年后的"归来"之作,基本持续了这一风格,只是增加了揭露与悲愤的调子。《刑场》《哎,大森林》《上访者及其家族》等都是紧贴现实和政治情势的作品。可以说,公刘"归来"后,主要借助激情与思想相交错的抒情方式,对社会和政治做短兵相接的介入。这种抒情方式本身就带有时事性与"急就章"的特点,一旦疾风暴雨式的社会思潮过去,就很容易显得粗糙直露而难以为继。

邵燕祥(1933—),"归来"后创作了大量诗作,1980年以后陆续出版了诗集《献给历史的情歌》《含笑向70年代告别》《在远方》《为青春作证》《迟开的花》等。他本时期的诗,一类是献给历史、英雄、纪念碑、废墟的沉思之作;另一类是表述个人化的对生命、友情和往昔的咏叹。在《含笑向70年代告别》诗集中,"告别"不仅指向的是一个过去的时代,对于诗人而言更意味着一种新的情绪的到来——历经磨难之后无法压抑的愤懑之情。在《愤怒的蟋蟀》中,那只"因愤怒而忘了纺织/因愤怒而忘了歌唱"的蟋蟀,终于将自己的使命转化为"叮住不放"的抗辩。而在写于八九十年代之交的组诗《五十弦》中,却是断续而散乱地收集着那些遗落在过去岁月中的碎片,"那时不能想象/节日如花凋落/不复见你如花/那时不能想象/一个人能长久地/在别人的节日里生活"(《五十弦·第53首》)。

流沙河(1931—),因50年代写作讽刺时弊的《草木篇》获罪,"归来"后的诗作主要体现出"个人化"的视角。诗人得心应手的题材,或为描述家的变故,或为传达多难岁月中的爱情,前者有《故园九咏》,后者有《情诗六首》。在《故园九咏》中,诗人围绕"我"、妻子和一双儿女,以诙谐谣曲的体式,表现"家"在时代中的惊变与"苦中作乐"式的反讽。

50年代走上诗坛的这一代诗人,由于生活经历和意识形态的影响,大多有某种历史主义的情结。他们往往以历史和时代的主人自诩,以人民的儿子和代言人为荣。20余年被放逐于"历史"与人民之外的生活,虽改变了他们历史主人的自豪感和颂歌风格,却没有改变他们对于历史的信念。"文革"的结束成了"历史公正"的铁证,他们只把光明当作历史的必然,而将苦难当成偶然的曲折。一旦浩劫结束,便发出"春天来了"的欢呼,或是以昨天的伤痕为历史的波折作证,很少深究当代"历史"与"人民"的观念是如何被阐述的,绵延的历史与个体有限的生命又是如何对话的。

因而,在这一代"与共和国一道成长"的归来诗人中,昌耀的独特歌唱显得卓尔不凡。可以说,在同辈的归来者诗人群中,只有昌耀突兀地成为了一位"大诗人"。同为归来诗人的邵燕祥在为昌耀1994年出版的《命运之书》所写的序言《有个诗人叫昌耀》中曾这样写道:"还有什么比'独具风格'对一个诗人更重要的么?在众多因袭的、模仿的、赝造的大路货中间,昌耀的诗,如诗人本人一样,了无哗众取宠之心地,块然兀坐于灯火阑珊处。"①

昌耀(1936—2000)于1950年14岁时应征入伍,1953年朝鲜战争结束时负伤致残,1955年响应国家"开发大西北"的号召赴青海工作,1957年因《林中试笛》等诗作被打成右派,1979年"归来"后重新开始发表作品。《昌耀诗文总集》所收录的第一首诗《船,或工程脚手架》创作于1955年,而早在1957年昌耀就写下了非同凡响的诗篇《高车》。从早期的作品看,昌耀即已背向当时的主流诗坛而独辟蹊径,初步形成个人的风格。像《边城》《月亮与少女》《高车》等,当青藏高原一带的荒原、雪山、河流、湖泊、鸟与兽唤起诗人的灵感时,都变作了"河口汇流处一支沧桑的哦咏";他着意突出其中的苍凉、空旷、冷峭、孤迥、枯槁、幽暗、凄迷,将个人的身世之感寄寓其中。昌耀对远古的事物,对原始美有一种特别的嗜好;显然,由于长期处在被隔离的状态,已然滋生对所恐惧的孤独的喜爱。《内陆高迥》写道:"孤独的内陆高迥沉寂空旷恒大/使一切的可能轰动自肇始就将潮解而失去弹性。/而永远渺小。孤独的内陆。/无声的火曜。/无声的崩毁。"

一个湘人,去芙蓉国而投荒西北,既是囚人,又是"不倦的游子",因此,空间感显得非常特异,一方面被禁锢,跼天蹐地,另一方面羁泊无依,前路茫茫。昌耀诗境的广阔,可以说首先表现在他的空间感上:"戈壁。九千里方圆内/仅有一个贩卖醉瓜的老头儿。"(《戈壁纪事》)即使写到人口稠密地区,昌耀的空间感依然活跃:"静夜。/远郊铁砧每约五分钟就被锻锤抢击一记,/迸出脆生生的一声钢音,婉切而孤单,/像是不贞的妻子蒙遭丈夫私刑拷打。"(《人间》)在这里,可以看到诗歌与地域因素的鲜活关系,大西北独有的广袤空间直接映入了昌耀的诗篇。

与昌耀诗境的广阔相协调的是他对诗行、句式的处理。昌耀同时使用长行和短行,但他的短行是从长行中切割下来的。他的长行不同于从短行生发出来的长行,从这个意义上说,他的基本行式还是长行。在像《内陆高迥》这样的诗中,诗行的长度可以自由地延伸,这为他后期创作趋向于散文化铺垫下了可能性。

昌耀是一个语言冒险家,他在诗歌语言与体式上做了另外两个令人瞩目的突破:一个是使用古奥语汇,另一个是让散文介入诗歌。1986年,诗人出版了《昌耀抒情诗集》。正是这本诗集的出版,标志着昌耀以古奥语汇的入诗,来寻找一种真正属于自己的声音,进一步雕塑个人语言的开始。昌耀的诗并没有因为使用古语而显得文雅或复古,古语对他而言另有意义,即强化了他作为独语者的形象——正如《江湖远人》中所

---

① 邵燕祥.命运之书·序[M]//命运之书.西宁:青海人民出版社,1994:1.

写:"时光之马说快也快说迟也迟说去已去。/感觉平生痴念许多而今犹然无改不胜酸辛。/……而你是人生第几批?/远人的江湖早就无家可归。"滞涩古语有类韩愈所说的"横空盘硬语",这使得昌耀诗获得了一种坚硬的封闭性。昌耀是在一个广阔的荒凉环境中自然而然地走到封闭性这一步的,并通过其封闭性霸然醒目地存在,抗拒任何种类的消解——意识形态的、文学潮流的、小资趣味的、消费主义的。

第二个突破发生在90年代中期,散文的因素终于冲决了诗歌的堤坝。昌耀诗作中开始大量出现散文诗或散文片段,如《苹果树》《空间》《我见一空心人在风暴中扭打》《一种嗥叫》《灵语》等。这些作品是矛盾、焦虑、挣扎的产物,带有噩梦的品质。除此之外,从语言的角度看,它们出现在昌耀的笔下并非偶然,可以视之为昌耀长诗行、长句子的延伸。其长诗行从诗歌首先延伸到散文诗,然后延伸到诗文。从1994年的某些作品开始,昌耀抒情性的诗意让位于叙述性的诗意。尽管在以前的诗歌里他也曾注目他人,但这时他诗文的叙述性更切近和直接地指向了世界和他人:独脚男子、吹笛的青年盲人、与蟒蛇对吻的小男孩、L城过街天桥上的某某、有鲁莽壮实的男低音的女人、流浪者、过客、载运罐装液体化工原料的卡车司机,等等。这些人物以及与这些人物打交道的诗人自己,都不再处身于荒野,而是处身于被荒野包围的城市——人影来去的世界到来了。人影来去的悲苦的、怪诞的、意义不明的、噩梦般的世界,使书写者昌耀别无选择地成为一个悲悯在心的大诗人。他的诗歌,是一意孤行、长驱直入、义无反顾的大地之书、命运之书。

第三节 20世纪80年代中后期的诗歌

一、"pass北岛"与"新生代"诗人的崛起

80年代头两年之后,有关朦胧诗的论争还在激动人心地进行,但是,"新诗潮"的第一个浪头实际上已经过去。在思想解放运动之后,1984年成为80年代社会思潮与文学风向的一个转捩点。先是在文学艺术界的"清除精神污染",接着是对社会各个层面产生了深远影响的经济体制改革。作为对文化环境的一种呼应,诗坛出现了新的变异,这一变异主要由朦胧诗人创作高潮的逐渐低落与"新生代"诗人以诗歌运动与群体亮相的方式登陆诗坛两方面构成。

自80年代中期开始,"朦胧诗"(或"今天诗派")作为一个群体,实际上已逐渐解体。但在解体的同时,经由作品的公开发表与论争等传播方式,朦胧诗逐渐进入文学史的叙述中,从而成为诗歌新的经典与权威样式。而且,由于朦胧诗的影响扩大,北岛、舒

婷、顾城等的诗作,被许多诗歌爱好者模仿,在大量的"复制"中,原来的那种真诚的生命感已变得淡薄,而蜕化为形式的、技巧性的制作。

新诗潮向着另一阶段展开的另一重要因素是,一批比朦胧诗人更年轻的作者开始涉足诗歌。他们大多出生于60年代,对于历史,对于"文革",有着并不相同的记忆。如前所述,在朦胧诗退潮的时候,社会思潮已发生了微妙的变化。曾经相当一致的把握世界的社会政治伦理视角,其重要性也已大为降低。50年代以来所构造的光明与黑暗、美与丑、崇高与邪恶对立分明的世界,在一些人那里,已不再那么清晰,以此作为对事物进行评判的模式,也不再那么有效。世界的复杂性更充分地展示在人们面前,新时期开始时对个人和历史进程的确信,发生了某种程度的动摇。对朦胧诗后的诗歌探索者来说,诗对社会历史的那种承担,也不再是毫无疑义了。在后起的诗歌探索者看来,对新诗的探索,朦胧诗仅是打开一个通道,其潜力和可能性远未被穷尽——而当时的诗界,似乎已存在将朦胧诗经典化的倾向,这使他们感到忧虑。他们尤其感到朦胧诗作者诗歌文本意识的欠缺,而汉语语词的潜能和表达的可能性,尚有着广阔的发掘和实验的天地。

这样,一种有别于朦胧诗的"新的诗歌"和"新的诗人"的出现,就是势所必然。这批诗坛新人的登场,采用了一种和朦胧诗对抗、反叛的姿态——在当时,"pass 北岛"(或"打倒北岛")是他们中一些人喊出的极具象征意味的口号。这一方面可归结为"北岛们"影响的强大,构成了需要大力量才得以突破的"阴影";另一方面也体现出百年新诗"革命"传统:新的诗歌样式的写作者,往往以趋于极端的"断裂"的策略来夺取诗歌话语权并登上历史舞台。

朦胧诗后的探索者,被称为"新生代",创作命名为"新生代诗"。① 其他的称谓还有"第三代人""后朦胧诗""后新诗潮""后崛起""当代实验诗"等。1984年以后,"新生代诗"的活动和写作已达到一定的规模,实验性的诗歌社团、"自办"的诗歌刊物纷纷出现。对于"新生代诗"的"盛况",当时有一种可供参考的描述:"1986——在这个被称为'不可抗拒的年代',全国两千多家诗社和十倍百倍于此数字的自谓诗人,以成千上万的诗集诗报、诗刊与传统实行着断裂……至1986年7月,全国已出的非正式打印诗集达905种,不定期的打印诗刊70种,非正式发行的铅印诗刊和诗报22种。"②自印诗刊诗集的"非正式发行"方式,固然有着"新生代诗"要和官方诗界保持距离的意图,更多的是由于官办诗刊诗报对他们的怀疑和拒绝。新生代的诗歌实验者们出于强烈的受压

---

① 牛汉.编者的话[J].中国,1986(6).
② 1986年9月30日,《诗歌报》与《深圳青年报》以通栏标题,同时发出半个整版的《大展》预告。

抑意识，决定以一种带有行为艺术式的展示方式来昭显他们的存在。于是，在1986年的10月，《诗歌报》和《深圳青年报》联合举办了"中国诗坛1986现代诗群体大展"，介绍了"100多名'后崛起'诗人分别组成的60余家自称'诗派'"，并称这一大展"荟萃了1986年中国诗坛上的全部主要的实验诗派"。

新生代诗歌采取组织诗歌社团、发表宣言的"运动"方式开展。其参与者的集结地，主要分布在南方的四川、上海、南京一带。具体来说，新生代诗歌的中坚主要包括以下几个不同的诗歌社团。首先是创立于1984年冬的南京的"他们文学社"，这个社团的主要成员有韩东、于坚、吕德安、王寅、小君、陆忆敏、丁当、于小韦、朱文、朱朱等人。代表性作品有韩东的《有关大雁塔》《你见过大海》《山民》，于坚的《尚义街6号》《感谢父亲》《弗兰茨·卡夫卡》《0档案》《对一只乌鸦的命名》等。"他们"以"拒绝隐喻"的口语写作与"诗到语言为止"的对诗歌语言意识的空前强调，开辟了新生代诗歌的一个重要发展方向。

同样引人注目的是活跃于上海的一群以对城市人的生活与精神处境的探究表现为显著特色的诗人，这些诗人主要包括孟浪、刘漫流、陈东东、宋琳、张真、默默、张小波等。这些大多就读或毕业于上海的几所大学的诗人们先后组织的诗社有"海上""大陆""撒娇"等。主要的代表性诗作有：孟浪的《本世纪的一个生者》《连朝霞也是陈腐的》，陈东东的《海神的一夜》，宋琳的《中国门牌：1983》等。

以翟永明的组诗《女人》在1985年的正式发表为标志，"女性诗歌"在80年代中期成为新生代诗歌中可观的一部分。所谓"女性诗歌"，是"回到和深入女性自身"，表达她们基于独特的生命体验所获具的人性深度的诗歌。翟永明在80年代创作中所发掘的"黑夜意识"，几乎成为一代女性诗人所钟爱的独特语境。黑夜和黑色的背景成为女诗人80年代中后期诗歌创作的基本色调。女性诗歌的作者还有陆忆敏、唐亚平、伊蕾、海男、林雪等。

从1984年开始，四川就已经成为了新生代实验诗歌最为活跃的一个区域。首先出现的是"整体主义"或"新传统主义"，代表性诗人有石光华、杨远宏、刘太亨、宋渠、宋炜、廖亦武、欧阳江河等，他们在创作上主要追求一种"现代史诗"的风格，主要作品有宋渠、宋炜的《大佛》，廖亦武的《巨匠》，欧阳江河的《悬棺》，石光华的《呓鹰》，万夏的《枭王》等。随后出现的便是"莽汉主义"与"非非主义"，其创作中追求的是一种对于"文化"的反叛与"超越"。主要成员包括李亚伟、万夏、马松、周伦佑、蓝马、杨黎、何小竹、尚仲敏、梁晓明、小安等，作品影响比较大的是李亚伟的《中文系》《硬汉们》，万夏的《打击乐》《莽汉》，胡冬的《女人》《我想乘上一艘慢船到巴黎去》，马松的《咖啡馆》，杨黎的《冷风景》《高处》，蓝马的《世的界》，何小竹的《组诗》等。

随着上述诗歌团体活动的展开，"新生代"和"第三代诗"的称谓后来也得到广泛使用。"新生代诗人"是这批诗人的自况，这批诗人是在"pass 北岛"的呼声中独立和形成起来的。但实际上他们在写作上受朦胧诗人的影响强烈，不过另一方面，他们又更多地借鉴了欧美的后现代主义。

较之朦胧诗，新生代诗歌是更具现代意识的本体论上的诗歌运动。新生代诗歌的想象力方式与朦胧诗的确不同。由此否定朦胧诗是肤浅的，但超越它（包括朦胧诗人后期创作的自我超越）则是诗歌发展的应有之义。新生代代表诗人韩东将这种超越称为"第二次背叛"（以朦胧诗作为对 50 年代以来主流诗歌的第一次背叛）。80 年代中期以来，这些更年轻的诗人，在很短的时间里"共时"目睹了一个相对主义、多元共生的现代世界文化景观。在意识背景上，他们强调个体生命体验高于任何形式的集体顺役模式；在语言态度上，他们完成了语言在诗歌中目的性的转换。语言不再是一种单纯的意义容器，而是诗人生命体验中的唯一事实。这两个基本立场，是进入新生代诗歌的前提。

首先，新生代的第二次背叛是基于朦胧诗所做的第一次背叛的事实，可以将两者的变异归结为：朦胧诗："人"对抗"人民"（第一次背叛）；新生代："个人"对抗"一代人"（第二次背叛）。这一变异最明显、最集中的表现是"人"的意识的转换。相对于朦胧诗人所建构的"人"的主体对于前代主流话语的"人民"主体的第一次背叛，新生代诗歌则体现了对于朦胧诗的"一代人"集体性经验主体的第二次背叛。"回到个人"是《他们》最响亮的口号，并提出："生命的具体性、自足性、一次性、现实性和不可替代性必须得到理解。"[①]正是"回到个人"的强烈诉求，带来了从"经验"到"体验"的转变。新生代诗人多半没有上一代人痛苦不堪的历史记忆，他们如入无人之境，只觉得生命的孤独无援，既感到世界的荒诞，也感到自我的虚无。如新生代诗人杨黎在《对话》一诗所写的："每一种事物都可以在另一种事物中找到虚构／一支香烟最终将被另一个火从头上点燃／我们在对话，于是我们成为对话。"

相较于朦胧诗中为"一代人"立言的集体性经验主体，新生代诗歌的话语主体具有更多体验的性质。经验与体验的不同，就在于经验更具有普遍性，而体验的个性色彩浓郁。新生代诗人在解冻年代冷热失调的环境中释放出了更多个体生命的感受，并通过语言对生命体验的追寻，展开对前代人集体性话语的反抗（包括反抗朦胧诗人）和自我的诗歌话语的构造。新生代诗歌所提供的也是他们自己的精神自传，其中所建构的话

---

① 韩东.《他们》,人和事[J]. 今天,1991(1).

语主体既与诗歌背后的写作主体有一定的相似度,但那种高度重合性已经开始消隐,话语主体开始获得自身的独立性,从而与写作主体有了相当程度的疏离,由此不难理解,"像市民一样生活,像上帝一样思考"会成为新生代诗人中一句流行口号。

其次,新生代诗歌主体的裂变是通过充满自嘲自谑和荒诞感的诗歌话语来完成的,而新生代诗人们在他们的写作中也充分体现出语言的行为主义态度和放逐文本意义的冲动。新生代诗人"拒绝隐喻",摒弃了朦胧诗的对应深度精神的变形诗歌世界,用平面、琐碎的散文风格和生活流中的"语感",表现日常生活的平庸,体现生活的"原色"。新生代诗反抗朦胧诗文本的寓言化,摒弃朦胧诗对应深度精神的象征和意象化技巧,不强调内心意识对万物的笼罩,是希望诗歌具有原创的、自由的活力,同时获得更自然的语言效果。他们在写作上的主要追求有三个方面:一是主张用口语化、生活化的语言代替人工"陌生化"的知性语言,不强求暗示性、内涵、张力、音乐性等语言效果,否定诗歌语言与日常语言的界限;二是追求结构的自然、灵活,反对朦胧诗式的"高层建筑";三是拒绝象征、隐喻等复杂技巧,反抗诗歌的抒情惯性,看重语言自身的繁殖力量,或以"纯粹"、任性的语言携带冗烦、纠缠不清、意义矛盾的细节,造成文本的戏剧性或戏谑效果。

二、"他们"与"非非"

作为80年代中期以来最具影响力的实验性诗歌团体,南京的"他们文学社"创立于1984年冬,主要的核心成员有韩东、丁坚、吕德安、王寅、小君、陆忆敏、丁当、于小韦、朱文、朱朱等人,《他们》的作者来自不同城市和地区,他们的诗歌风格也互有差异。自1985—1995年,《他们》共出过九期。据韩东称,"《他们》仅是一本刊物,而非任何文学流派或诗歌团体"。"它没有宣言或其他形式的统一发言,没有组织和公认的指导原则。它的品质或整体的风格(如果有的话)也是最终形成的结果,并非预先设计。"①

虽然"他们"诗人不赞成别人把自己看成一个诗歌群体,但从其艺术主张、创作风格和语言追求看,事实上是具有较鲜明的"群体"特点的。一是与主流文学保持一定距离的"旁观者"的姿态。这种姿态不是要与主流文学处于激烈对抗的状态,也不包含几年前文学中常见的"反思"和"反省"的成分,而主要是一种偏离、回避与冷淡的人生态度。于坚曾声称是"站在餐桌旁的一代",他说他的创作目的之一,就是"做一个真正的人",而所谓"真正的人"是"世界的局外人,自身的局外人。观照世界,也观照自己。进

---

① 韩东.《他们》略说[J].诗探索,1994(1).

入世界,也进入自己"①。二是对"回到个人"诗歌命题的强调。韩东在阐述"个人"这一命题时,明显注意到它的各种类型和差异内涵的进一步区分,这已超出了朦胧诗所惯常的把"个人"作为与"民族""国家"等相对立的笼统概念。三是强调诗歌作品中的"语感"。对"他们"诗人而言,语感在他们的创作中,又具体表现为语态、语气、言说方式、节奏、韵律和光线色彩等,它最突出的特征,是"口语化"的语言形式和创作实践。

韩东(1961—)是"他们"诗人群中的代表性诗人之一。他在诗歌写作之初曾受过朦胧诗的影响,发表过一些北岛式的具有沉重历史感的作品。韩东诗风转变的标志,是《你见过大海》《山民》《有关大雁塔》等作品的出现。1982—1986年,是韩东诗歌创作的一个高潮期。一方面,《我们的朋友》《明月降临》《你的手》和《温柔的部分》等诗作在诗坛产生实质影响;另一方面,"平民意识""口语化"等艺术口号给诗人带来了声誉。韩东诗歌创作的独特之处在于,"首先,他剔除了诗歌中强加的伪饰成分,使之从概念语言回复到现实的本真语言并具体到个人手中;其次,他使诗歌这种艺术品种从矫情回到源头、回到表意抒情的初始状态"。它们"在文体的突变、感情的强度上都令人耳目一新"。②

平淡、甚至近于冷漠的陈述语调,对修饰语、形容词的清除所达到的诗的质地的具体、清晰,在韩东诗作中有集中的体现。这种强调生活的琐屑、平庸的"日常性"的诗歌方式,在当时诗界产生了震撼的"革命"效应。这种"革命"效应最具戏剧性的例子就是朦胧诗人杨炼的《大雁塔》和韩东的《有关大雁塔》的对比。杨炼的《大雁塔》共219行,具有标准的史诗风范,诗中"大雁塔"成了历史的见证、民族悲剧的记录者,大雁塔的存在如同纪念碑一样都是一种象征符号。然而同样一座大雁塔在《有关大雁塔》中被韩东不动声色地消解了朦胧诗人所赋予它的象征性及历史意义。

> 有关大雁塔
> 我们又能知道些什么
> 有很多人从远方赶来
> 为了爬上去
> 做一次英雄
> 也有的还来第二次

---

① 于坚.于坚诗六十首·自序[M].昆明:云南人民出版社,1989.
② 小海.关于韩东[J].诗探索,1996(3).

或者更多

……

————《有关大雁塔》

在韩东的《有关大雁塔》一诗中,意象的象征作用已经完全被清除了,剩下的只有韩东式的冷酷叙述。诗中的大雁塔所处的历史高度被还原为真实的位移落差,人们上溯和追问历史的途径被消解为"爬上去看看四周风景",人们退回现实的捷径就是"往下跳"。韩东的诗歌体现了新生代诗人的诗学观:退出历史意识,将全部的诗学建立于非文化意识之上。

除了像在《有关大雁塔》那样使诗歌的话语主体成为一个悬置历史意识的还原者,韩东还着力于还原语言的"不及物性"。例如在《你见过大海》中,韩东就通过将关注点从主要意象"大海"的所指转移到能指上来,来揭示日常所见与文化想象之间的反差,并凸显我们与世界真实联系的空缺。在这首诗里,大海被省去崇高、宏阔、雄伟、深沉的美学价值。诗的开篇就指出了全诗的中心话题:"见"和"想象"这两种与"大海"发生联系的方式,"见"即亲历,是日常生活的直接体验;"想象"是虚构,是一种文化参与意义生成的方式。而"大海"一词最终在诗中被还原为"你不情愿/让海水给淹死/就是这样"的世界的原生状态后,凸显出词语能指的"不及物性"。

于坚(1954—),1984年毕业于云南大学中文系,同年与韩东、丁当等创办民刊《他们》,成为该诗群的主要诗人之一。于坚曾声称是"站在餐桌旁的一代",他说他的创作目的之一就是做一个保持真实、普通、日常状态的人,更是一个"世界的局外人,自身的局外人。观照世界,也观照自己"。这实际上代表了一种偏离、回避与冷淡的人生态度,传达出的是与主流社会、主流文学都保持着一定距离的"旁观者"姿态。如于坚的《作品第52号》:

很多年　屁股上拴串钥匙　裤袋里装枚图章

很多年　记着市内的公共厕所　把钟拨到7点

很多年　在街口吃一碗一角二的冬菜面

很多年　一个人靠着栏杆　认得不少上海货

很多年　在广场遇着某某　说声"来玩"

很多年　从18号门前经过　门上挂着一把黑锁

全诗无论是结构或者语言,都呈现为生活化的、平淡的、表面无主体介入的冷淡铺排风格,以表现一种重复、单调的现代都市边缘人的生活。应该说,在于坚等新生代诗人这里,表现出刻骨的清醒、决绝和镇定。满不在乎,目不斜视,存心抹杀现象与"本质"的界限,均表现了诗人对浪漫主义价值立场的怀疑。于坚认定自己属于"餐桌边上"的一个"局外人",由此,对这时代就不必自作多情。这使其诗作呈现出一种准客观的描述和个人的语言兴趣。在于坚的揭示中,本真的庸常生活成为对浪漫升华的反讽。

80年代至90年代,于坚的写作并未发生明显的转型或断裂。在新生代诗人中,他是表现出持续创造力的少数诗人之一。90年代于坚在诗艺上的多种创新实验取得令人瞩目的进展,《对一只乌鸦的命名》《啤酒瓶盖》《0档案》《事件》系列《飞行》等作品,对僵化的文化、意义系统以冷静、精细的解剖方式,做出了强烈的反叛与拆解;在诗歌体式上,也不断修改、挑战惯有的审美成规,为当代新诗注入活力。突出的如《0档案》,于坚在诗中有意把个体生命普遍化、抽象化,试图独创一种"史诗"类型。《0档案》从个人具体的档案到整个档案制度,从一个人一生的时间顺序到政治秩序的发现,开创了一个新的主题——当代中国人生活中的日常性和政治性的无法分割。全诗词语的碎片组成时间的完形,揭露了权力透过符码对人实行全面控制,以最后毁坏真实的鲜活的个体生命为目标——消失为"0"——的秘密。诗中采用政治波普的手段,间中插入许多"小字条""鉴定""检查""批示"等,以这样特殊的互文、反讽手法,回避隐喻以及过程的陈述,而作共时性的整体的呈现与揭示。《0档案》的实验性质,也在诗的本体层面上引发了不同的理解和评价的争论。

非非主义是新生代重要的诗歌流派之一,1986年5月创立于四川西昌—成都,由周伦佑、蓝马、杨黎等人为首发起,先后在"非非"刊物上发表诗作的还有何小竹、尚仲敏、梁晓明、余刚、敬晓东、李亚伟、刘涛、吉木狼格、小安等人。流派的理论和作品主要刊登于周伦佑主编的《非非》和《非非评论》上。《非非》从1986年至今,陆续出版了十卷,每卷30万字至40万字不等。《非非评论》共出两期。在这两份民间刊物上,先后提出、阐发的"流派"诗歌理论与写作命题,有"前文化"理论、"艺术变构"论、"反价值"论、"红色写作""体制外写作"等。

"非非"的含义,周伦佑总结为"'非崇高''非理性'中的两个'非'字"[①]。其诗歌理论的核心,是"前文化"的还原,即所谓感觉、意识、语言三还原,主张对人们日常生活中的习惯用语和文化资源进行彻底破坏,拆解既有的知识、思想、逻辑和价值,从而进入

---

① 周伦佑."第三代"诗论[J].艺术广角,1989(1).

"前文化"的原初存在状态。由周伦佑和蓝马执笔的"非非主义宣言"中声称"要摒除感觉活动中的语义障碍","要捣毁语义的板结性,在非运算地使用语言时,废除他们的确定性;在非文化地使用语言时,最大限度地解放语言"。① 非非的理论在80年代中期,具有一定的颠覆与超越的积极意义。但是"非非"理论的矫枉过正以及概念上的似是而非,都显示出一种文化虚无主义的症状。至90年代彻底分裂为由杨黎、蓝马编印的《非非作品稿件集》和由周伦佑编印的《非非》复刊号为代表的两个"非非",这多少具有一些反讽的意味。

周伦佑(1952—),四川西昌人。1986年5月与蓝马、杨黎共同创办诗歌民刊《非非》,开始受到诗坛注意。在《非非》创刊号上,他和蓝马第一次明确提出了"非非主义诗歌方法",后来又在《反价值:意义的重建》《变构:当代艺术启示录》《第三代诗:对混乱的澄清》《拒绝的姿态》等文章中,对"非非主义"的诗歌理论进行了热情的倡导和比较系统的论述。然而,周伦佑的理论与其自身的诗歌创作不乏自相矛盾之处。他写下《带猫头鹰的男人》《狼谷》《十三级台阶》《自由方块》《头像》等长诗和组诗,集中地以文化典籍的内容、建筑的排列形式,以及怪异的"遁辞",在诗坛产生一定的影响。比如"他迷入花道/我精于烹茶/你志在山水/插花的是你/品茶的是他/我去散步/随便看看/看看山/看看水"(《自由方块》),这些由文化碎片整合而成的诗歌,以文化反文化,以价值反价值,语义互相抵销,思想是空缺的,从整体来说不具革命性,局部的革命也是属于语法学的。只有当他的文化之梦被粉碎时,内在的暴力,才可能激射开来。

90年代,从理论到作品,周伦佑急转直下,"从玄学深处跌回到自身"。他相继提出"红色写作"和"体制外写作",实则为明确地表示一种立场或姿态。其宗旨是:"以人的现实存在为中心,深入骨头与制度,涉足一切时代的残暴,接受人生的全部难度与强度,一切大拒绝、大介入、大牺牲的勇气。"②就周伦佑这个时期的作品来说,其中的主要意象:大鸟、兽、钢铁、石头、火焰,都来源于其自身新的创痛经历,并非书斋里的玄想。这时,他有了"火浴的感觉",因此不可能再像过去那样地"冷抒情"。《邻宅之火中想我们自己》写的是另一种火,那是远方的火,然而"惊动寐中的老人与水",它的燃烧使每个人都在火中:

那是我们的火在烧他们的城堡

---

① 周伦佑,蓝马.非非主义宣言[M]//中国现代主义诗群大观(1986—1988).上海:同济大学出版社,1988.
② 周伦佑.红色写作[J].非非(复刊号),1992.

七十年的结构,用有形无形的
　　石头,用刺刀、谎言和教条
　　精心构筑的城堡,在火中摇摇欲坠
　　这是最后一次机会。看别人流血
　　而自己感动,然后流泪,然后伤感
　　然后在悲怆交响乐里默哀三分钟
　　这还不够。容忍暴行是一个民族的耻辱
　　我们无耻得太久了,几代人的头发
　　在等待中脱落,不只是缺铁
　　需要一次火浴……
　　好大的火哟!……
　　　　　　　　　　——《邻宅之火中想我们自己》

　　整首诗是兴奋的,鼓舞的,几度重复出现"我们的火"和"他们的城堡"这样对立的意象,结尾却是意外的克制:"作为所谓的火种/内在的燃着,这便是我们真实的处境/低度着,直到紧要关头方才说出一切。"欲飞还敛,骨子里仍然是跃动着的。

　　对于中国新诗,周伦佑的主要贡献在于他90年代以来诗歌创作中的"反暴力修辞"。这种"反暴力修辞"在他的诗中却是以同样充满了语言暴力的诗句来完成的。不同于从现代时期左翼诗歌直至中华人民共和国成立后政治抒情诗所特有的党派集体性与政治合法性的语言暴力,周伦佑诗作中的语言暴力是个人性的。他以想象力对抗现实压力,以来自内部的暴力抗拒外部的暴力,既保护自己,同时维护正义免遭侵害。在反暴力的暴力语言深处,隐藏着一颗果核,那就是坚不可摧的自由感,"语言从果实中分离出肉/留下果核成为坚韧的部分"(《果核的含义》)。在90年代,周伦佑以饱满、鲜明的色调,完成了他诗中的抒情主人公的形象:被迫的英雄。

　　杨黎(1962—　),是"非非"诗派的重要成员之一。出版的诗集有《小杨与马丽》等。在创作上杨黎深受法国新小说作家罗伯·格利耶的影响,主张取消以往诗歌抒情、修辞和铺排的成分,尽量使用名词,用"摄像机"般的眼睛来观察社会,处理诗歌题材。他的代表作有《冷风景》《怪客》《撒哈拉沙漠上的三张纸牌》《高处》等。在《冷风景》这首献给罗伯·格利耶的诗中,诗人用无动于衷的眼光,扫描了"静静地"下着的一场雪的情景,"那个人"和"这条街"以其"物理"状态展现在诗中。《怪客》同样叙述一个"怪客"所目睹的一切,穿红衣的女人、矮小的房屋、没有终点的列车。在这些作品中,作者刻画了"物化"社会中人们的生存状态,比如冷漠、隔膜、游戏态度等,揭示出长期极左政治之后当代中国人的精神异化。

三、北大诗歌与"诗人之死"

20世纪80年代中期,随着朦胧诗影响的逐渐削弱,北京的诗坛一度呈现出比较沉寂的局面。而南方的先锋诗这时则社团纷起,渐趋鼎盛。造成上述情况的原因,一是朦胧诗的主要诗人先后移居海外,北京原有的新诗潮创作队伍渐渐散失,二是经过1983年和1984年"清除精神污染",首都文教界形成了不同的氛围。不过,在北京一些大学校园和艺术圈子里,先锋诗歌的萌芽仍在顽强生长,一些青年诗人在继续探寻与朦胧诗不同的新诗道路。

作为中国新文学的发祥地,北京大学可谓"代有才人",80年代中后期,就有一群诗人聚居于未名湖畔,校园不仅是新诗教育的"基地",而且是新诗生长的"母体",一代代的写作者多从校园起步,对北大与中国新诗来说尤其如此。从新诗的策源地到新诗不同阶段的"节点",生活在北大这一空间的诗人、批评家出没其中,反过来又源源不断地生产关于中国新诗的"知识"和"谱系"。再者,北大作为一个超浓缩型的诗歌共同体,提供了一个"诗歌与生活"的标准样态。校园诗人的诗歌资源主要来自阅读,这在北大诗人群体中尤显突出。阅读构成了他们的作品,乃至日后被称为"知识分子写作"的一些基本特点:一,开阔的文化背景,世界主义,历史感;二,观念的、抽象的、知性的、思辨的创作风格;三,诗歌的形式本体论,将诗歌文本视为一个独立的、自足的语言的艺术世界。

与"他们"和"非非"的日常生命经验想象方式不同,北大诗歌是"灵魂超越"型想象方式,其代表人物海子、骆一禾、戈麦以及从80年代中期开始写作至90年代凸显成就的西川。这些诗人虽然从措辞特性上大致属于隐喻—象征方式,但从想象力维度上区别于朦胧诗的社会批判模式。他们也不甚注重琐屑的日常经验和社会生活表达,而是寻求个人灵魂自立的可能性;把自己的灵魂作为一个有待于"形成"的而非认同既有世俗生存条件的超越因素,来纵深想象和塑造。在这些诗人的主要文本里,人的"整体存在"不仅仅意味着"当下的存在",更主要指向人的意识自由的存在。

80年代中后期开始,海子、戈麦、骆一禾的诗就确立了超越性的"个人灵魂"的因素,充任了世俗化的时代硕果仅存的吹响诗歌与精神之号的天使角色。他们反对艺术上的庸俗进化论,对时代语境中终极价值缺席深感不安,发而为一种重铸圣训、雄怀广被的歌唱。

骆一禾(1961—1989)是海子的生前密友和艺术上的同道者。1979年秋天考入北京大学中文系,1983年毕业后被分配至北京出版社《十月》杂志编辑部工作。骆一禾诗歌的成熟期是在1987年之后,此前文学阅读的影响以及青春期写作的特征则比较明显。骆一禾的长诗和海子的长诗一样,没有最终完成(如《大海》),诗界对其评价褒贬不一。

骆一禾和海子之间诗歌的互文性较为明显,尤其是前期诗作中大量存在的带有农耕文明和农耕文化元素的意象,当然这也与那个时代文化寻根的集体心理以及外来文学的动因有关。如果说海子的灵魂体验激烈、紧张、劲哀,如冰与火的交会,骆一禾则沉郁而自明,其话语有如前往精神圣地的颂恩方阵。从1987年开始,骆一禾诗歌的视野、智性、经验,转向生命的内视化以及一定程度的对"当下"的精神介入。这在《汉诗一束》《市井邪狭》《残忍论定:告别》等诗中有明显表现。80年代末,这位青年诗人也开始了关涉"死亡"的诗歌写作。

另外,无论是在海子生前的诗歌交往、诗歌发表还是在海子死亡之后的诗集整理、出版上,骆一禾都是最为重要的人物。在一定程度上,没有骆一禾以及《十月》对海子诗歌的传播和诗人经典化形象的塑造,就可能没有今天的诗人海子形象。而骆一禾的死亡方式也参与了海子诗歌形象的确立和经典化的过程。

戈麦(1967—1991),1985年考入北大中文系。从1985年开始尝试写作算起,戈麦的实际写作时间不到六年,勤于写作的诗人留下了大量诗作及其他一些文学作品。在他的许多优秀诗作中,体现出了对语言的自觉关注,以及在艺术气质上的"严峻和执着"。戈麦是一个渴望"发现奇迹"的诗人,又独自承受着语言对他的压力。曾自编有《核心》《我的邪恶,我的苍白》《彗星》《铁与砂》四种诗集。作为一个孤独的写作者,继海子卧轨自杀之后,戈麦于1991年9月自沉于北京西郊万泉河。在他去世以后,好友诗人西渡编订了《戈麦诗全编》。

虽然戈麦醉心于"词与词的交汇、融合、分解、对抗的创造",并坚信"一定会显现出犀利夺目的语言之光照亮人的生存"①,但与此同时,诗人并未自外于时代,戈麦的《疯狂》《圣马丁广场水中的鸽子》《如果种子不死》《没有人看见草生长》《火》《空望人间》《黄昏时刻的播种者》等,承受了生活和时代的全部分量。

如果种子不死,就会在土壤中留下

---

① 戈麦.关于诗歌[M]//戈麦诗全编.上海:三联书店,1999.

许多以往的果子未完成的东西

这些地层下活着的物件,像某种

亘古既有的仇恨,缓缓地向一处聚集

——《如果种子不死》

从某种程度来说,戈麦的诗歌正是一粒不死的种子,在汉语的土壤里,它和所有其他怀着伟大的诗歌理想的诗人所留下的未竟事业一道,与后来者的写作一起释放着隐秘的力量,这力量终将促使新诗向古典、向世界诗歌索取它应有的成熟。

海子(1964—1989)是一个改变了本时期新诗发展路向的杰出诗人。原名查海生,安徽安庆人。1979年考入北京大学法律系,1982年开始诗歌创作。在短短七年间,海子以不可思议的艺术创造力,写下了大约200万字的诗歌、剧本、小说和论文。其中,自印诗集有《河流》《传说》《但是水,水》《麦地之瓮》(与西川合集)、《太阳·断头篇》《太阳·诗剧选幕》;经友人整理出版的诗集有《土地》《海子的诗》《海子诗全编》等。

1989年3月海子在山海关卧轨自杀。海子死后,在骆一禾等人的大力推介下,海子的作品开始风行于各种文学期刊,人们纷纷给予生前藉藉无名的诗人高度评价,北京大学每年3月都要举行海子作品朗诵活动。至今,海子已经超越了诗歌的范畴,成为一个具有多重指归的文化象征符号。

骆一禾生前曾说,海子是"诗歌烈士"。"诗歌烈士"这一颂辞本身尽管非常形象,也容易诱发诸多阅读的热情,但其所包含的深意,几乎很难转入大众文化语境来详尽地加以解释。不过,"诗歌烈士"这个词还是指涉了海子诗歌中最核心的观念:诗歌是一次行动。没有壮怀激烈的行动,就没有烈士可言。海子真正萦怀的是一种无畏的且勇于担当的诗歌行动。这种诗歌行动的核心是复活。即通过诗歌的行动,从生命主体和生存情景两方面复活我们的生命形象。

海子20岁时即创作了著名的《亚洲铜》:

亚洲铜,亚洲铜。
祖父死在这里,父亲死在这里,我也将死在这里
你是唯一的一块埋人的地方

亚洲铜,亚洲铜

爱怀疑和爱飞翔的是鸟,淹没一切的是海水
你的主人却是青草,住在自己细小的腰上,守住野花的手掌
　　和秘密……

　　这首诗篇幅短小,却寓有大诗的气象,在海子创作中无疑带有"元诗"的性质。他后来的作品中重复出现的主题和意象,都曾在这里呈现:民族的,世界的;传统的,生成的;现实的,幻想的;生命,死亡,黑暗;金属铜,青草和野花,大地和河流;埋没或遗留,沉沦或飞翔,哀悼或重建……众多的元素对称着出现,然而浑然一体,明朗而神秘,迅疾又悠长。

　　海子诗歌大致可分为两类。其一,是大量抒情短诗,以农耕文化的衰亡来隐喻"精神家园"的丧失,并写出一个大地之子对千百年来生存真正根基的感念和缅怀。但是,语境中的明澈与幽暗,称颂与哀伤,充实与空虚,"神恩普照"与"天地不仁",这些彼此纠葛的意象扭结一体,使它们截然区别于那些简单的"农耕庆典诗歌",获得了更纵深的背景。其二,是"现代史诗"类型,即诗歌长卷《太阳·七部书》。《太阳》与诗人抒情短诗的不同不仅在于诗篇宏大,还在于它更多体现了诗人对终极价值的渴慕,以及与它的缺席相伴而生的不安和绝望。

　　海子的小诗极富抒情性。纯净、饱满、朴实、自然。诗人始终不曾离开土地,在他笔下有村庄、草原、月亮和姐妹,却在澄明的意象里,多出雨水和泪水。水垂直下行,和土地结合在一起。在海子的诗中,"麦地"是出现最为频密的实体。"麦子"是富含生殖力的,作为乡村生活的主角,是生命的象征,也是苦难的见证。它是属于经验的,也是属于知识和信仰的。海子的故乡在南方,他不用水稻而刻意使用麦子作为中心意象,与他向往、崇拜古老和神圣的事物有关。正是"麦子"这来自《圣经》的不死的种子,以及由此衍生的系列故事,一再唤起海子关于尘世和天国的想象。两年间,他写下《熟了麦子》《麦地》《五月的麦地》《麦地或遥远》《麦地与诗人》等直接以麦子为题的诗,还有其他许多诗篇也都写到麦子。有人统计过,"麦子"——有时候也称作"粮食"——这一意象的使用,在海子的诗中至少不下百次。他写道:

　　"吃麦子长大的/在月亮下端着大碗/碗内的月亮/和麦子/一直没有声响",这是养性命的麦子,慷慨而悲悯的麦子,永远保持沉静内敛的麦子,"我们是麦地的心上人/收麦这天我和仇人/握手言和"(《麦地》)。麦子普遍地施与,麦子成了人们共同的语言,"全世界的兄弟们/要在麦地里拥抱","有时我孤独一人坐下/在五月的麦地,梦想众兄弟"(《五月的麦地》)。

作为一个精神意义上的"地之子",海子短暂的一生始终深深依恋着乡土中国。但与那些廉价的土地歌者不同,海子不是空洞地歌唱土地,盛赞农夫,写下一些陈旧的农耕庆典,而是将大地作为生命的循环、灵魂的指称和"巨大元素对我的召唤"。他歌唱村庄,"村庄,在五谷丰盛的村庄,我安顿下来/我顺手摸到的东西越少越好!珍惜黄昏的村庄,珍惜雨水的村庄/万里无云如同我永恒的悲伤"(《村庄》);他歌唱新娘,"故乡的小木屋,筷子,一缸清水/和以后许许多多日子/许许多多告别/被你照耀"(《新娘》);他歌唱幸福,"从明天起,做一个幸福的人/喂马,劈柴,周游世界……我有一所房子,面朝大海,春暖花开"(《面朝大海,春暖花开》);返回粗糙的大地、河流、村庄、农耕等凝结成的永恒的人类生存和生命之庞大根块,它们被置于现代社会的参照背景下推出,是一种形而上的寻找"灵魂栖居地"的冲动。然而,失望的答案已在内心深处写出:"黑夜比我更早睡去/黑夜是神的伤口/你是我的伤口/羊群和花朵也是岩石的伤口……今夜九十九座雪山高出天堂/使我彻夜难眠"(《最后一夜或第一日的献诗》)。试图依托"大地"的诗人发现了"黑夜从大地上升起",欲向"远方"的诗人预感到的是"一无所有",歌吟"麦田"的诗人最终看到的是"绝望的麦子"——这几乎是那些敏感的理想主义诗人们在现代社会的共同宿命。

在海子的诗中,不乏宁静、温暖、明快刚健之作,但是他从根本上无法摆脱黑暗和死亡。他常常怀着神秘的魅惑、眷恋的忧伤,内心有一种哲人般的虚无感,就像他在这首疯狂的光华满溢的《春天,十个海子》里自称的:"这是一个黑夜的孩子,沉浸于冬天,倾心死亡。"火的热烈、水的深情,强韧又脆弱,这就给他的诗作带来了多种不同的色调。80年代中期,随着"文化寻根",整个诗坛转向反抒情,海子正是在这个不利于他的语境中逆风而行的。毋庸讳言,海子接受过杨炼、江河写作神话、历史、文化题材的作品的影响,其中,明显地保留并发展了抒情性的方面,但是又刻意表现唯他个人所拥有的一切,那些源于生命的、真实的、自然的东西。

在史诗式微的时代,海子决心重建圣殿,写下《太阳·七部书》。史诗写作之于海子,可以说是一场旷日持久的、壮烈的、几乎没有胜利可言的战争,他曾说:"我写长诗总是迫不得已。出于某种巨大的元素对我的召唤……伟大的诗歌……是主体人类在某一瞬间突入自身的宏伟——是主体人类在原始力量中的一次性诗歌行动……这一世纪和下一世纪的交替,在中国,必有一次伟大的诗歌行动和一首伟大的诗篇。这是我,一个中国当代诗人的梦想和愿望。"[①]可见,在海子心中,对严整的"大诗"(海子对抒情史诗

---

① 海子.诗学:一份提纲[M]//海子诗全集.北京:作家出版社,2009.

的另一种说法)的建构是充分自觉的、代表其诗歌理想的"一次性诗歌行动"。

《太阳·七部书》的意象空间十分浩大,可以概括为东至太平洋沿岸,西至两河流域,分别以敦煌和金字塔为两极中心;北至蒙古大草原,南至印度次大陆,其中是以神话线索"鲲(南)鹏(北)之变"贯穿的。就其中《太阳》长卷的辽阔语境与核心象征体内部的紧张关系而言,"广大的想象空间"涉及了海子诗歌的史诗材料及建构载力;而充满自身能量和内心焚烧的"太阳"与"火"元素,则表明海子的"史诗"不是常规的"史诗"类型,而是"现代抒情史诗",其中不乏浪漫主义诗歌的主体的浓烈抒情性,饱涨的意志力,以及隐喻化了的个体生命的身世感。批评界普遍认为,海子写作长诗的悲剧在于"史诗(构架)抱负"与"浪漫冲刺方式"之间的矛盾,这种说法是有一定道理。不过,如果从海子以个人方式写出的诗歌文本看,《太阳·七部书》还是为诗界提供了个人化的新异的诗歌类型。

海子是少数几个真正在诗歌与价值的关系上进行认真思索的当代诗人。他关注当代诗歌的基础,不能容忍当代诗歌没有一个神圣的基础,他对诗歌基础的敏感超过了他同时代的诸多诗人。他尤其不甘愿当代诗歌只建筑在现代主义的地基上,他更愿看到当代诗歌能对人类的创造力作出一种积极的回应;按海子的理解,这就是对价值的回应。这种回应既指涉我们对生命本体的领悟,也涉及我们对人类的生存图景的总体关怀。

20世纪末的最后10年,是诗人们集中性的非正常死亡的一个时期,海子、骆一禾、戈麦、顾城、昌耀、徐迟……他们中大多数死亡的方式极端而惨烈。虽然,上述诗人的死亡都不乏种种私人化的具体缘由,但他们的逝去也可以说整体性地象征着一个属于诗歌的理想主义时代的远去。

从"断裂感"的角度来考察80—90年代之间诗歌差异的话,那么,无论是"诗人之死"和朦胧诗云散后的反思,还是缘自90年代文化转型后诗歌外部境遇的"骤然降温",甚至还包括90年代诗人身份的蜕变与描写焦点的位移,都造成了90年代诗歌与80年代诗歌的显著不同。90年代的诗坛现实几乎确证了上述论断,无论我们怎样从诗人分化以及阅读群落的减少去看待问题,都无法阻碍80年代诗歌热在90年代成为真正的历史。关于八九十年代之交的诗歌"断裂"是在比较中得出的,而日趋中年的沉潜心态以及90年代诗歌普遍"冷风景"的境遇都无形中加重了这种感受。

第四节 20世纪90年代的诗歌

一、90年代文化场域中的诗歌生态

在1993年5月号的《诗歌报》上,诗人于坚曾发表过一篇诗学随笔《诗人何为》,其中有这样的表述:"我们已经置身于我们一向盼望的市场经济的时代。/无论是天堂还是地狱,我们无从逃避。/就像任何一个时代那样,新的时代又在它的十字路口提出这样的问题:诗人何为?……要么选择并承担责任。乌托邦正在死去,'田园将芜'。/这是一个由个人,而不是由集体;由行动而不是由意识形态承担责任的时代。"

于坚文中所述及的诗歌生存状况,是自20世纪90年代以来至今一直存在的诗歌生态。可以说,自从告别了80年代属于诗歌的短暂的时代共鸣期以后,90年代以降的中国诗歌一直处在历史与文化边缘的阴影与压力之中。随着20世纪80年代这个文学的光辉年代的逝去,灯光转暗,大幕放下,剧情已新。许多东西一夜之间从悲剧变成了喜剧:在财经挂帅和大众传媒的引导下,90年代有多少诗人与读者远离了诗歌,有多少诸如"写诗的人比读诗的还多"的议论。在这种情境中,说八九十年代之交的诗人之死象征了诗歌之死当然是不负责任的,但如果说它突出了新诗写作的危机,呈现了某种诗歌的困境,却非言过其实。

远不止一个诗人感到"季节在一夜间/彻底转变/你还没有来得及准备/风已扑面而来",王家新在一首诗中写道:"如此逼人/风已彻底吹进你的骨头缝里/仅仅一个晚上/一切全变了/这不禁使你暗自惊/把自己稳住,是到了在风中坚持/或彻底放弃的时候了"(《转变》)。诗歌似乎真的走入了黄昏与黑夜,它在公共社会失去了感召力和影响力,没有众望所归的诗人,没有众望所归的诗篇。诗人欧阳江河在那篇被广为关注的《'89后国内诗歌写作:本土气质、中年特征与知识分子身份》中,认为进入90年代后,"在我们已经写出和正在写出的作品之间产生了一种深刻的中断,诗歌写作的某个阶段已大致结束了。许多作品失效了。就像手中的望远镜被颠倒过来,以往的写作一下子变得格外遥远,几乎成了隔世之作,任何试图重新确立它们的阅读和阐释努力都有可能被引导到一个不复存在的某时某地,成为对阅读和写作的双重消除"。[①] 文中所指的"某个阶段"的写作,包括了非意识形态的写作、源于土地亲缘关系的怀乡式写作,以及城市平民口语诗的写作和纯诗写作等,几乎囊括了80年代诗歌的主要写作倾向。

[①] 欧阳江河. '89后国内诗歌写作:本土气质、中年特征与知识分子身份[J]. 今天,1993(3).

然而,值得注意的是,在进入90年代以后,80年代诗歌几种重要路径的"中断"与"失效"虽然确实存在,但这种"中断"与"失效"牵涉进入90年代后中国诗歌的复杂语境,并不是其"可能性已经被耗尽了",而是被转化了。当惯性行进的宏伟历史方阵被市场叫卖迅速瓦解,人们面对的已经不是以往所熟悉的东西,不仅是陌生的"现实",而且是人们曾经盼望现在却压抑着自己的东西。权势被转化了,它不再是一个单纯的东西,不再是某种典型的政治现象,而变成了"超社会有机体的寄生物"(罗兰·巴特语)。这不只是诗的语境变了,也是诗人和读者对诗的认知发生了变化,对语言与存在关系的认识发生了变化。

在社会转型与诗歌探索的交汇点上,在从斗争走向对话、从计划走向市场的时代,大历史的叙述已难以为继,文化英雄向各路明星让位,知识断裂为无数自我指涉、各自为政的单元,整个文化致力反抗的已经不是传统的权势,90年代诗歌的确存在作诗姿态、想象方式、抒情观点和阅读期待的自我调整。正因如此,在80年代就已成名的诗人王小妮,于90年代提出要"重新做一个诗人"①,反对诗歌成为一种社会职业而应作为一种内心需要;而诗评家唐晓渡面对诗歌阅读期待的时空错位,也反思了那种"混合着对'革命'的模模糊糊的记忆、怀旧的需要和文化"的阅读心理定势,倡导"重新做一个读者"。②

在90年代诗坛,这种由诗歌内部引发的对写作姿态和阅读期待的自我调整方面,发挥出巨大凝聚力与特有传播功效的,应该首推诗歌民刊。

民间刊物,简称民刊,在不同的情境下也被称为同人刊物、地下刊物、内部交流刊物等,是中国当代文学范畴内特有的文学现象。它是在刊物的出版、发行受到国家在新闻出版方面相关法规的严格管理的情况下出现的。民间刊物在当代中国的历史可以追溯到50年代反右时期北京等地高校学生自编的刊物,创办于70年代的《今天》使诗歌民刊在社会领域的影响得到很大扩展。新时期以来民刊与诗歌的关系最为密切,造成此种现象的原因,除了政策规定、经济制约等因素之外,主要还基于主流诗歌的四平八稳、缺乏活力和创造力,也缺乏真正意义上的诗学变革。而诗歌民刊,由于它的自由与独立、它的非体制性存在,打破了工具化、模式化的诗歌生产方式。

好诗也可在民间,这是一个不争的事实。自朦胧诗伊始,从早期的油印,经打字胶印,到电脑照排,乃至过渡到正式出版的各类民刊杂志,构成了一个布局分散但影响巨大的民间诗坛。可以说,在当代中国一直存在着两个"诗坛"。一个是正规诗坛,另一

---

① 王小妮.重新做一个诗人[J].天涯,1997(3).
② 唐晓渡.重新做一个读者[J].天涯,1997(3).

个是民间诗坛。尽管民间诗歌刊物的发行量有限,它们的重要性却是不容低估的。从70年代末《今天》的创刊到90年代,民间诗歌一直是当代中国文学实验和创新的拓荒者。或者说一切民间的诗歌先锋无不是在承继朦胧诗组织社团、自办刊物的"传统"中成长壮大,从"地下"转到"地上",再进入话语中心地带,最终得到社会认可和读者接受的。

如果说朦胧诗和新生代诗歌运动时期的诗歌民刊大多与地区性的诗歌团体、流派相对应(如《今天》与"今天派"、《他们》与"口语派"、《非非》与"非非主义"、《现代诗内部交流资料》与"莽汉主义",等等),那么90年代诗歌范畴内的诗歌民刊的情况则要相对复杂一些。就其办刊目的、宗旨和作者的构成而言,大致可能分为三类:

第一类是全国性的诗歌交流平台,它所对应的是整个"民间诗坛",其目的在于展示刊物延伸时段内民间诗坛的写作实绩,具有"成果汇编"和"资料陈列"的意味。属于这一类的刊物主要是90年代前期的《现代汉诗》——由北京的芒克、唐晓渡统筹编务,意在融合八九十年代之交氛围相对沉寂的民间诗坛。

第二类是以局域化的诗人群落作为依托的诗歌民刊。这类民刊对于这些群落的意义侧重于交流、批评。它们有90年代前期的《倾向》《九十年代》《南方诗志》《发现》《象罔》等。这些民刊,尤其是前三种,注重在意趣相投的诗人之间互相探讨、砥砺,进而把探讨心得和结论作为推进"全局化"探索性诗歌写作的一种建设性意见。这一类刊物在90年代中后期更加"局域化",它们要么旨在交往密切的诗人之间仅针对技艺和诗歌的特殊话题(如诗歌中的性别问题、"叙事性"等)的探讨,要么以地域性的集结为己任。前者以《偏移》《翼》《北门杂志》《阿波利奈尔》《小杂志》等为代表,后者以《阵地》《东北亚》《诗镜》《终点》《锋刃》为代表。

第三类诗歌民刊是以民间诗坛的某个阶层作为其依托,以将这一特定的阶层整合进某种立场为目的。这类民刊侧重于全面搜集全国范围内某一阶层或类别的诗人的作品以及相关资料,通过选择、排序、添加按语,使编辑活动直接变为某种"文学史叙述"。这一类刊物集中出现在90年代末期。它们更类似于有着明确选编目的但因各种原因暂时无法出版的诗歌选本。《诗歌与人》(广州)是其代表,它推出的"中国70年代出生的诗人诗歌展"和"中国大陆中间代诗人诗选",旨在倡导"70后"和"中间代"两个代际划分的概念。

从收选的内容上来看,90年代的诗歌民刊主要以刊发诗人新近创作、代表作者最新写作动向的诗歌为主。一些诗人即使不乏正规刊物的发表途径,也愿意首先把新近的作品放到能够在同人之间有效交流的民刊上,因而诗歌民刊是考察诗人写作变化轨迹的重要参照物。除诗歌之外,民刊上还经常刊登诗歌批评、诗学随笔性质的文章。在民刊上发表文章的批评家分为两类:一类是诗人自身,一类是与探索性诗歌写作关系比较密切的诗评家。90年代以来的民刊还经常刊登翻译的诗歌作品和诗歌批评①。这些翻译是"诗人翻译",即诗人自身从事翻译活动选择译介的对象,与诗人们对90年代诗歌所面临的特殊问题的理解相关,90年代民刊上由诗人翻译的奥登、希尼、阿什贝利、毕晓普、拉金等的诗歌和批评,均在90年代诗歌主导性形态的建构活动中起到了重要作用。②

值得注意的是,90年代诗歌民刊和正规刊物的关系变得复杂而微妙。正规刊物接纳在探索性诗歌写作上卓有成效的诗人的现象,80年代就已存在,至90年代这种趋势得到加强。到90年代中后期,探索性的诗歌作者,只要在民间诗歌场域内的象征资本积累到一定程度,都有被顺利地收选到正规刊物的可能。90年代以后正规诗刊和民间诗坛之间渐趋明显的互动关系可见一斑。

二、90年代诗歌的关键词

1990年后,诗歌不仅在时间概念上,也在历史语境上真正进入了90年代。困扰中国新诗发展的许多难题仍然存在,这一阶段的争论仍然在不同领域和范围内发生。而诗人们的写作实践,以及由各种争议与碰撞所引发的探索,都构成了90年代诗歌一系列值得深思的诗学命题。总结与梳理90年代诗歌的关键词,可以将之归纳为叙事性、个人化、知识分子写作与民间立场。

在90年代诗歌中居于核心位置的叙事性这一诗学问题,在90年代具体的历史文化语境和新的诗歌语境下,是有发生学意义上的初衷的。

90年代诗歌写作中对80年代诗风的反思与纠偏,显著地发生于20世纪八九十年代之交。欧阳江河写于1993年初的《'89后国内写作:本土气质、中年特征与知识分子身份》,从理论上宣告了一个与80年代迥然不同的新的诗歌时代的开始,表达了一代诗人对于诗歌写作、人生命运和历史文化语境等诸多重大问题的新的认知。而肖开愚、孙文波在四川创办的《反对》与《九十年代》,陈东东在上海创办的《倾向》《南方诗志》,以及北京诗人编辑、发行的《中国诗选》,则集中反映了新诗在90年代初的显著变化。在这几本集中展示当时诗歌写作最新面貌及理论批评的诗歌书刊上,当代诗人对叙事性

---

① 经常刊登诗歌翻译作品的民刊有《象罔》《声音》《偏移》《翼》《阿波利奈尔》等。
② 和"诗人批评"类似,"诗人翻译"现象也是90年代诗歌的一个独特现象。90年代从事诗歌翻译的主要有黄灿然、西川、张曙光、柏桦、钟鸣、桑克、马永波、姜涛、周伟驰、穆青等。

的全新理解与追求第一次浮出历史的地表：张曙光的《1965年》《给女儿》《岁月的遗照》，肖开愚的《原则》《台阶上》，孙文波的《散步》《地图上的旅行》，王家新的《瓦雷金诺叙事曲》《临海孤独的房子》，翟永明的《土拨鼠》《玩偶》，柏桦的《生活颂》《衰老经》，欧阳江河的《1991年夏天，谈话记录》，等等，几乎均为首次发表。除此之外，对于叙事性的追求与实践在陈东东、钟鸣、臧棣、西川、桑克、西渡等人的诗歌中同样得到强调与彰显，成为90年代诗歌相当突出的诗学特征。

对于90年代诗歌写作中的叙事性倾向，最早进行思考与探讨的是孙文波、王家新、西川等诗人。进入90年代以后，他们很快便觉察到叙事性是呼应新的现实经验对于新的艺术表达的要求，摆脱80年代诗风并予以纠偏，将诗从"纯诗的闺房"引出，导向对存在的开放的一种有效手段，是构造诗意、赋予诗歌以独特性和"综合创造"品质的一种有效的结构性因素，当然，这种叙事性与普通意义上的叙事诗并没有共同之处。

而从理论上对叙事性问题给予集中、全面阐释的，是诗评家程光炜。1997年，程光炜接连发表《90年代诗歌：另一意义的命名》《90年代诗歌：叙事策略及其他》《不知所终的旅行——90年代诗歌综论》三篇影响颇大的诗论，深入考察并辨析了叙事性在90年代诗歌中的重大诗学意义和全新的诗学创造功能。① 程光炜指出，针对80年代浪漫主义和布尔乔亚诗风而提出的"叙事性"，其主要宗旨是要修正诗与现实的传统性关系，其功能在于使诗人在"文化态度、眼光、心情、知识的转变，或者说人生态度的转变"中，获得极其强盛的"叙述"别人的能力和高度的灵魂自觉性。这种功能的实现离不开传统意义上的叙事手法的运用。程光炜认为，在90年代诗人那里，"叙事性"具有扩大诗歌表现功能和使诗歌产生社会批判性的突出作用，在表现现代人复杂生存经验方面，它将发挥越来越大的特殊作用。不过，程光炜也提醒道，对"叙事性"的强调不应使之成为写作的另一种新的被滥用的权力。

应该说，主要在经过程光炜的阐发之后，诗界对于"叙事性"的理解才更多地注意到诗学观念的层面上来，并清楚地意识到其背后的话语转换性质。正如诗人孙文波所言："在这里，诗歌的确已经不再是单纯地反映人类情感或审美趣味的工具，而成为了对人类综合经验：情感、道德、语言，甚至是人类对于诗歌本体的技术合理性的结构性落实。……'叙事'在本质上是对处理经验的全面强调。"面对世界，诗人应该以观察者的

---

① 程光炜.90年代诗歌：另一意义的命名[J].山花,1997(3).
程光炜.90年代诗歌：叙事策略及其他[J].大家,1997(3).
程光炜.不知所终的旅行——90年代诗歌综论[J].山花,1997(11).

身份,从"近处"发现能够构成诗篇的材料,"通过将语言与具体事物相联系使之达到两者关系的亲和度,成为'叙事性'的基本原则"。①

此后,特别是经过90年代末的诗歌论战后,从诗学意义上阐发叙事性问题的诗人与批评家越来越多。其中臧棣从诗歌美学的角度指出,叙事性虽然是先前已有的表现手法,但因为已经是在新的审美视角、新的艺术意识下得到运用,所以在某种意义上它就是新的东西,具有新的诗学意义。在翟永明、陈东东、钟鸣、张曙光、孙文波等一些优秀诗人那里,也的确不再将叙事性仅仅作为一种表现手法,而是把它作为一种新的想象力来运用的;它显形为一种新的诗歌的审美经验,一种从诗歌的内部去重新整合诗人对现实的观察的方法;在文体上,它给当代诗歌带来了新的经验结构,使得当代诗歌在类型上更接近英国批评家瑞查兹所指认的"包容的诗";从具体的诗歌实践上看,为当代诗注入了新的艺术活力。更重要的,结合反讽性修辞,它非常有力地打破了传统叙事诗或叙事诗体建立于线性思维之上的经验模式,和受到一种整体观支配的经验和想象的图式。

"个人化"是90年代诗歌批评中的另一个重要诗学命题。本来,如果只是从写作的角度来说,任何诗歌写作都是"个人"的。但90年代诗歌的"个人化"是语境性的,非常驳杂,既有历史的相对性又有时代的具体性,既是现当代诗歌运动某种合情合理的结果,又是一种矛盾重重的探索。一方面,它是整个20世纪中国现代性主题的一部分。在20世纪中国传统社会向现代社会转型的过程中,个人、自我曾是一个重要的指标。因此,90年代把"个人化"重新提上写作的议事日程,既有历史的承续性,又同时带有历史主题的反省性。另一方面,处在冷战结束后全球化、市场化的社会文化语境中,直接面对后工业社会和后现代文化思潮,"个人化"应该归结为拒绝普遍性定义的写作实践,是相对于国家化、集体化、思潮化的更重视个体感受力和想象力的话语实践。它在某种程度上标志着对意识形态化的"重大题材"和时代共同主题的疏离,突出了诗歌艺术的具体承担方式。

"个人化写作"特别是"个人化谱系"本身还源于后现代语境下的反思与自我发现——此时"个人化写作"的出现,宣告了诗歌写作甚或共同阅读标准的散失,一个充满差异性的时代已经到来。因而,"个人化写作"绝不是诗人无奈之后的自我逃逸,而是摆脱权力话语之后的自我发现和自我深入。所以,"'个人化'更深刻的意义就在于此。它使我们真正回到了自身,回到了那个使一切矛盾冲突得以发生,在探求矛盾冲突

---

① 孙文波.生活:写作的前提[M]//中国诗歌九十年代备忘录.北京:人民文学出版社,2000.

的解决过程中不断被异化,又不断寻找过程;为生命的自发性而苦恼困惑,又不懈地试图将其转化成自觉状态的自身。'个人化'意味着自我的解放!"①

柏桦、吕德安、陈东东等诗人在90年代写作诗歌的意义,就在于其诗作昭示了个人的感受力对于诗歌的解放。当然也可以反过来说,其诗作体现了诗歌对感觉和语言的解放。柏桦、吕德安、陈东东作品的一个共同特点是,以感觉的丰富性和语言的优雅"舞蹈",有效悬置了主题的肯定或否定性处理。这不是说主题和意义被消解了,而是被感觉融化了。读柏桦的《流逝》《往事》《现实》《幸福》,诗人体现出对抽象、庞杂主题敏感而精致的处理。比如,其诗中的"现实",是经由非常感觉化的心理词语支撑的,这些词汇或矛盾、或感觉上互通、或时空存在或然性,"而冬天也可能正是春天/而鲁迅也可能正是林语堂"(《现实》),词性不同但彼此交感互通,完成了诗歌意义上的个人化"现实"。

可以说,90年代的"个人化写作"以心情、视点、方法的个人性和物质性回应现代历史的宏大叙述,探索了一种新的世界观和方法论:这就是在多元的现代世界中坦然承认生活与自我的不完整性,统一把握和还原世界的不可能性。因而,立足每一个具体境遇的交流性、过程性及与物质相涉的机缘,将后现代语境中统一把握世界的不可能性,转变为个人文化想象和自我建构的可实践性:以无数的个人立场和具体情境的对话,留下观察、反思的印记,从而在倾侧的时代探索标准。

90年代末的中国诗歌,是以知识分子写作和民间立场的论争为浓重记忆而结尾的。我们不妨梳理一下它的发生过程。

1998年3月,程光炜编选的《岁月的遗照——90年代诗歌》(洪子诚、李庆西主编"九十年代文学书系"之诗歌卷)由社会科学文献出版社出版。不久,沈浩波发表《谁在拿"90年代"开涮》一文,对这本诗选进行公开指责。接着,于坚的《诗人的写作》、谢友顺的《内在的诗歌真相》接连发表,都对该本诗选及其"导言"提出了批评。而王家新、唐晓渡、孙文波、臧棣等则相继撰文,对上述指责予以反驳。1999年2月,由杨克主编的《1998中国新诗年鉴》由花城出版社出版,明显摆出与程光炜诗选"对立"的姿态。双方的互动,构成一场发生在世纪之交的诗歌论争的导火索。

1999年4月中国社科院文研所、北京市作协、《诗探索》和《北京文学》在北京平谷盘峰宾馆召开"世纪之交:中国诗歌创作态势与理论建设研讨会"(简称"盘峰会议")。与会的诗人与诗评家在诗人写作立场和诗学主张上产生了巨大分歧,形成

---

① 唐晓渡. 不断重临的起点[M]//唐晓渡诗学论集. 北京:中国社会科学出版社,2001.

"知识分子写作"与"民间写作"两种不同立场。"知识分子写作"一方以西川、王家新、唐晓渡、陈超、孙文波、程光炜、臧棣等为主,"民间立场"则是于坚、伊沙、徐江、沈奇、杨克等为代表。双方争论极具火药味,民间阵营指责知识分子写作凌虚蹈空,过分仰赖知识与翻译诗为写作资源,失去了对当下发言的尖锐性;而知识分子写作则指责民间阵营夹杂着作秀和媚俗的成分,放弃了诗歌对现实应有的超越和批判。这次论争的余波不断,在同年11月的龙脉诗会后,论争双方又在《诗探索》《北京文学》《南方文坛》《南方周报》《中国工商时报》《文论报》等报刊发表文章继续论争,引发了诗坛较大反响。

这一场争论中产生的诗学主张的论述文章数量庞杂,各自从不同角度发出声音。杨克主编的《1998年新诗年鉴》理论卷中收入的文章,以及王家新、孙文波主编的《中国诗歌:90年代诗歌备忘录》,可以大致看作"民间写作"与"知识分子写作"两种立场的代表性理论阐述的集结。这场论争的主要焦点集中于以下三方面:

其一,诗人的立场分歧。

"知识分子写作"强调的是诗人本身的身份及其对社会的责任。王家新、西渡、臧棣、欧阳江河、程光炜、唐晓渡等诗人和评论家都认为,在当下的时代里,诗人的自我认同应该"首先是一个具有独立见解和立场的知识分子,其次才是一个诗人"[1],作为知识分子的诗人应当担负起诗歌应担负的社会责任和良知,也应该具有独立的文化视野和精神立场,从这个立场出发写作,不受意识形态话语的控制,通过写作批判社会文化中存在的问题,履行知识分子的社会责任。在抱持"知识分子写作"立场的诗人那里,"知识分子"的立场与精英化的"学院派"并不能画上等号,而应该从对专业的精深(对诗歌艺术可能性的探索、在文化方面的开阔视野和丰富积淀)以及对社会的责任两方面加以解读。

诗人韩东在《论民间》一文中,详细梳理了"民间"的存在与发展历史,阐述了他的"民间立场",即坚持独立精神和自由创造的精神。韩东论述中的"民间立场",是与"权力、奴役和'庞然大物'"相对的,这其中不仅包括主流意识形态话语,也包括他们所认为的西方话语优势。在这篇文章中,韩东将"民间"的精神核心定义为一贯的独立意识和始终的创造可能。[2]

在诗人的自我认同上,虽然双方似乎立场不同,但实际上都强调和追求诗人思想和写作立场的独立,但双方各自从自身立场出发,指出对方立场的可疑性和独立性的缺

---
[1] 程光炜.不知所终的旅行——九十年代诗歌综论[J].山花,1997(11).
[2] 韩东.论民间[J].芙蓉,2000(1).

失。如韩东从对西方文学传统的过分模仿和西方话语的滥用这一点上指责知识分子诗人"毫无独立性可言",而西渡的文章则从根本上否定独立的民间立场的存在。

其二,新诗写作资源与传统的分歧。

韩东、于坚等主张"民间立场"的诗人在诗歌写作传统与资源的问题上质疑"知识分子写作",认为他们的诗歌写作过分依赖西方传统,"使汉语诗歌成为西方'语言资源''知识体系'的附庸",失去了汉语诗歌自身的品格和美学风范。于坚在《穿越汉语的诗歌之光》一文中对唐诗和宋词的回顾,将目光投向中国古典文学传统。① 韩东《论民间》一文更是流露出对主流意识形态话语和西方话语优势的坚拒。

西渡在《写作的权力》一文中对于"民间立场"的上述说法进行了批驳。他认为,毋庸讳言,中国的90年代诗歌受到了西方诗歌的滋养,但这种滋养并未让它沦为韩东等人所说的"西方资源的附庸",相反,正是有了来自西方文化的滋养,中国的90年代诗歌获得了与前不同的独特性和新的可能性。

其三,在诗歌写作的语言上的分歧。

于坚在其《诗歌之舌的硬与软:关于当代诗歌的两类语言向度》一文中,再度将"口语写作"提上了新诗写作的议程,他通过南方方言与普通话"软"与"硬"的对立,追溯这种"软"的、加入方言特征的诗歌写作在近百年的中国诗歌历史中持续的传统,试图证明方言写作"新鲜、实验"之外的更巨大的意义——对抗主流的意识形态话语,坚持独立的精神。② 而"知识分子写作"一方的观点与诗歌创作则显示了对诗歌作为艺术的坚持,他们对诗歌语言和修辞策略的打磨与斟酌,追求诗歌表达的艺术效果,在很大程度上确实吸纳了西方近现代诗歌写作与理论的营养。

"盘峰论争"因诗而起,但由于论争双方将过多的主观偏见与个人恩怨等情绪化的东西带入论争当中,从而使这场论争很快"演变"成双方的意气之争乃至话语权之争。一个有说服力的事实是:在论争中,双方将相当的注意力集中在程光炜的诗歌选本《岁月的遗照》以及杨克的诗歌选本《1998中国新诗年鉴》上,并据此展开了针锋相对的话语交锋,互相指责对方"垄断"了诗歌的话语权,"遮蔽"或"歪曲"了对方的诗歌写作的美学意义与文学史地位。

"盘峰论争"所涉及的关键性诗学主张"知识分子写作"与"民间立场",更大程度上是对两派诗人不同社会身份与文化身份的一种"命名"。同时,"知识分子写作"与"民

---

① 于坚.穿越汉语的诗歌之光[M]//杨克编.1998中国新诗年鉴.广州:花城出版社,1999.
② 于坚.诗歌之舌的硬与软:关于当代诗歌的两类语言向度[M]//陈超编.最新先锋诗歌论选.石家庄:河北教育出版社,2003.

间立场"的诗学主张并不像论争双方所言称的那样存在必然性的对立倾向,其实它们存在"相通与互补"的可能性。比如,两者所强调的诗歌的独立品质、诗歌与时代的精神联系,等等,都是一种"共享资源",由此看出二者对立的"人为"性质。进一步来看,"盘峰论争"反映了许多中国当代诗人和批评家对于不同诗歌写作倾向的美学价值缺乏一种必要的宽容心态,更暴露出部分中国当代诗人和批评家缘于"文学史情结"的"焦虑"以及谋图通过非艺术化的手段"强行"进入文学史(诗歌史)的功利主义心态。

三、90 年代的诗歌创作

1998 年 3 月,洪子诚主编的"90 年代中国诗歌"丛书由文化艺术出版社出版。主编者在"序"中为 90 年代诗歌创作现状进行了辩难,同时指出,进入 90 年代"诗界由于观念和其他更重要的原因出现的对立和分裂,有目共见。一些诗人的辛勤劳作,不能获得承认。社会发展的强大的商品性趋向,也使诗的地位日见窄狭和窘迫。在当今的大多数情况下,诗不可能是获致名利的较好途径。在这种情况下,不少诗的写作者长期坚守于这孤寂的领地而不退缩。他们对词语和技艺的不知疲倦的锤炼,表达对这个纷乱、矛盾、混杂不明的世界的经验,以及他们对人类精神性生活的坚执。在不可能中寻找可能,在无意义中寻找意义,在混杂无序中寻找秩序,在失望中寻找得救,在缺乏诗意中寻找诗意。这是让人感动的精神和态度"。

欧阳江河(1956—),原名江河,四川泸州人。1975 年高中毕业下乡插队,后到军队服役。1986 年转业至四川省社科院,1993 年赴美国,现居北京。其代表作有《玻璃工厂》《计划经济时代的爱情》《最后的幻象》《椅中人的倾听与交谈》《咖啡馆》《雪》等。作为诗人,欧阳江河的诗歌写作强调思辨上的奇崛复杂与语言上的异质混成,强调个人经验与公共现实的深度联系。作为诗学批评家,他在当代诗歌的整体理论及文本细读两方面均有独特建树。迄今为止,已出版诗集《透过词语的玻璃》《谁去谁留》《事物的眼泪》,评论集《站在虚构这边》。欧阳江河的写作实践深具当代特征,其写作理念在同时代诗人中产生了广泛的、持续的影响。

欧阳江河是一位诗歌艺术风格日趋成熟的诗人。1979 年开始发表诗歌作品,早期受朦胧诗影响,追求"史诗"的审美品格,1983—1984 年间,他创作了长诗《悬棺》,显露出善于思辨的特点。1987 年以后,欧阳江河的诗歌写作发生了一系列的变化。对宏大精神的追求有所减弱,诗歌的修辞手段与思辨力量明显增强。在欧阳江河的诗作中,经常出现的是对过去年代的命名而不是对现时代的命名。从"思乡的、怀旧的、英雄城堡的时代"(《一夜肖邦》)到"唯美一代"(《秋天:听大提琴家 DU PRE 演奏》)、"浪漫时代"和"冷兵器时代"(《马》),欧阳江河不断地变幻提法,传达出在他心目中存在的对过去年代的怀旧和哀悼。在写于1988年的《一夜肖邦》中就流露出对一个时代消逝的宿命般的感受,稍后一些的《最后的幻象》毫无疑问是这种身处两个时代间的怀旧和哀悼情绪的集中表达。

当然,欧阳江河关心更多的是中国传统和政治在意识形态、美学和人的生存方式上的暧昧性质。在《悬棺》中,暧昧性被赋予蜂巢般"金黄的蛊惑"的性质,并在第三章《袖珍花园》中得到了极为辉煌的表达。在稍后一些的作品中,欧阳江河将重心放在"政治气候学"的构建上,《手枪》《肖斯塔柯维奇:等待枪杀》和《我们》可以看作他对政治暧昧性阐释的典范之作。另一方面,在政治诗学构建的同时,他也开始建立日常事物的玄学,由此就有了组诗《东西》《汉英之间》和《玻璃工厂》中对日常事物中隐含的暧昧性的兴趣。他发展出一种缺少叙事框架支撑的纯分析性风格,诸如《咖啡馆》和《时装店》等作品也是如此。由于缺少一种与自身性命攸关的事件作为背景或远景,这些诗的技术化倾向给人造成一种面目苍白的感觉,并从反面提示出事件对于诗歌语言生长的重要性。

西川(1963—),本名刘军,祖籍山东,1985年毕业于北京大学英文系。西川自大学时代起投身诗歌写作,与骆一禾、海子同称"北大诗歌三剑客"。1989年海子去世以后,他负责整理、编辑海子遗著,编有《海子诗全编》。西川著有诗集《虚构的家谱》《大意如此》《西川的诗》《个人好恶》、诗文集《深浅》、随笔集《让蒙面人说话》、译著《米沃什词典》(与北塔合译)等。

在大学读书期间,西川与海子、骆一禾等在创作上相互激发,确立了超越性的"个人灵魂"的因素。相对而言,西川诗中的超越性体验,较少海子那种对"无望"感的激烈表达。他拥有疗治灵魂的个人化的方式——纯正的新古典主义艺术精神。这种"新古典主义立场",使得西川在使用超越性的想象力方式时,造就了其诗歌的特殊语言"肌质"。他相信,正是这种不能为口语转述的语言,才是个人信息意义上的"精确的语言",它远离平淡无奇的公共交流话语,说出了个人灵魂的独特体验。

因此,西川于80年代写作的诗,从精神向度上是垂直"向上"升华(而其变体就是对"远方"的渴慕),通往神圣体验和绝对知识的;其隐语世界则是建立在新古典主义(或许还包括对象征主义影响深远的史威登堡的神秘主义哲学)所认为的此在—彼岸、现象—本质、肉体—灵魂、世俗—神性……的分裂上。而西川认为诗人的使命就是使这种分裂重新聚合,所以他才会写下如此诗句:"有一种神秘你无法驾驭/你只能充当旁观者的角色/听凭那神秘的力量/从遥远的地方发出信号/射出光束,穿透你的心……我像一个领取圣餐的孩子/放大了胆子,但屏住呼吸"(《在哈尔盖仰望星空》)。此诗写于80年代中期,可视为一批诗人的精神"姿势"。

90年代以来,西川的诗歌发生了极大变化,体现了向历史想象力、包容力、反讽、情境对话、悖论、戏剧性、叙述性……综合创造力的敞开:"他的黑话有流行歌曲的魅力/而他的秃脑壳表明他曾在禁区里穿行……//可在他愉快时他也抱怨世界的不公正/且看他把喽啰们派进了大学和歌舞厅"(《坏蛋》)在此,"坏蛋"作为一个类似儿童口语语汇的词,有分寸地悬置了斩钉截铁的道德判断(包括反向的意识形态讥诮),而实际上它的反讽却更为犀利。西川在坚持基本的道义关怀的同时,又保留了生存的含混、尴尬、荒诞和复杂喜剧性,正如他说的,"既然生活与历史,现在与过去,善与恶,美与丑,纯粹与污浊处于一种混生状态","既然诗歌必须向世界敞开,那么经验、矛盾、悖论、噩梦,必须找到一种能够承担反讽的表现形式"。① 诗人同时也写出了我们内心的无言之痛和隐蔽之恶的原动力,他迫使我们看清,我们的内心其实也蹲伏着恬不知耻又屈辱无辜,狡黠狂妄又满身灰土,咻咻威慑又羸弱不堪的野兽,在《厄运》《巨兽》《鹰的话语》等诗中都有这种不同声部的紧张争辩。西川没有压抑或删除自己内心深处复杂纠葛的声音,没有对任何绝对主义或独断论的庞然大物的急切认同,从而使自己的诗在具体历史语境和生存处境中真正扎下了根。

王家新(1957—),1974年高中毕业后下放劳动,"文革"结束后考入武汉大学中文系,大学期间开始发表诗作。毕业后任教师、编辑等职,1992—1994年间在英国等地旅居,回国后任教于北京教育学院,现为中国人民大学文学院教授。著有诗集《楼梯》《纪念》《游动悬崖》《王家新的诗》《未完成的诗》,诗论随笔集《人与世界的相遇》《夜莺在它自己的时代》《没有英雄的诗》《取道斯德哥尔摩》《为凤凰找寻栖所:现代诗歌论集》等。

王家新大学期间开始发表诗作,1984年写出组诗《中国画》《长江组诗》,受到关注。王家新早年的诗歌有着明快而浓烈的理想主义色泽,不久又进入"纯诗"写作,但是,由于维度单一,前者显得简单高亢而后者又有些飘忽。虽然诗人的情感是真挚的,可是它们在不期然中变成了另一意义的"美文能指滑动"。

90年代王家新的诗歌写作发生很大的变化。诗评家程光炜描述他于1991年初读王家新刚写就不久的《瓦雷金诺叙事曲》《帕斯捷尔纳克》《反向》等诗时的感受,"我震惊于他这些诗作的沉痛,感觉不仅仅是他,也包括在我们这代人心灵深处所生的惊人的

---

① 西川.大意如此[M].长沙:湖南文艺出版社,1997.

变动。我预感到：八十年代结束了"。程光炜还指出，王家新的这些诗"揭破了八九十年代之交的王家新、也包括许多中国人惊心动魄的命运……米沃什、叶芝、帕斯捷尔纳克和布罗茨基流亡或准流亡的诗歌命运是王家新写作的主要源泉之一，同他不少有趣的文化随笔和诗学文章一样，前者与他的思考形成一种典型的互文性关系"。①

作为一位穿越了80年代和90年代的诗人，王家新自90年代以来一直在诗中相当自觉地充当时代的精神守望者。在他的诗中，一直隐现着一个沉默、坚毅的跋涉者的身影，那是诗人的另一个自我——他"在生与死的风景中旅行"，穿过风霜雨雪和时代的风云变幻，为诗人的写作提供了有力的依据或"理由"。这些穿过精神炼狱的诗句必然是"痛苦的"，诗人却由此获得了决断的勇气，"把自己稳住，是到了在风中坚持/或彻底放弃的时候了"（《转变》）。

王家新诗歌的独特音质出现在90年代初，而那又是一个寻求或重构诗歌话语的时刻。在此意义上，王家新是另一个北岛。王家新将他的语词放置在一个寒冷的地带。然而现实的版图在移动，沉重的记忆越来越轻，商业社会也越来越暖甚至虚热。他的诗保持着记忆的寒冷感。过去的经验由于延续到现在而被改写，被暖化或腐化。

"面对一只乌鸦的期盼/使我重又陷入冰天雪地之中——什么都有了/什么都已被写下/我在等着那唯一的事物的到来"（《乌鸦》），王家新在诗中思考"写"的意义如何在"什么都已被写下"的时代境遇中显露出印迹。20世纪90年代，王家新选择了作为一个驻扎在故都且作为新都的北京的知识分子批判的书写立场。在这个意义上，王家新所坚持的知识分子传统是旧派的。时至今日，无论是怀想着遥远国度曾经有着同样命运的异国诗人，还是直书时代中的个人记忆，王家新的《瓦雷金诺叙事曲》《帕斯捷尔纳克》《一个劈木柴过冬的人》《乌鸦》《挽歌》等，应该是20世纪90年代北京往事中的一个重要部分，也应该是1990年代诗歌中的一个重要部分。

张曙光(1956—)，70年代末开始写诗，自1980年开始发表诗歌和随笔，也从事诗歌翻译。著有诗集《小丑的花格外衣》《午后的降雪》《闹鬼的房子》，随笔集《上帝送他一座图书馆》，译诗集《米沃什诗选》，诗学论文集《堂·吉诃德的幽灵》。

早在80年代，张曙光的创作就与当时流行的纵横捭阖的先锋姿态并不相融合，这决定了创作历史虽长的张曙光，成了当代诗坛少见的"迟到者"。直至90年代初，他的一批诗作开始在《现代汉诗》《九十年代》和《阵地》等民间诗刊陆续露面。这些诗作用意深沉，词锋内含，以其特有的回忆性的叙事品格，很快就在诗坛吸引了一批同道者的

---

① 程光炜.不知所终的旅行[M]//岁月的遗照.北京：社会科学文献出版社，2000.

注意与讨论。

张曙光诗作最基本的特质之一,是他的诗作的叙事性,而他惯用的叙事展开方式是"回忆"。这些诗作表面上叙述的是过去时代的场景,类似"老照片",然而它们指称的是早已在人们记忆中模糊和淡忘的过去岁月的荒谬,以及作者淡淡的悲哀。《1965年》和《1966年初在电影院》述及"文革"开始,童年突然中断,一代人记忆的颠倒与倾斜:"但我还记得那部片子:《鄂尔多斯风暴》/述说着血腥,暴力和革命的意义/1966年,那一年的末尾/我们一下子进入同样的历史。"张曙光是那种倾向于"内心发掘"的诗人。他更愿意把自己当作观察的对象,通过探究自己的历史来探究"大历史"的奥秘。同时把大历史展现在"冬日""傍晚""风雪""疾病""异地"这样的意象、情绪和背景之中,借对事物精细的、长时间的观察,从历史的隧道进入自己曾经封闭的精神世界。

张曙光是90年代诗歌叙事性的先行者之一。与继他之后对叙事技艺感兴趣的诗人相比,张曙光的诗作中更为触目的是一种20世纪50年代出生的人深深经验到的个人存在的沉痛感、荒谬感和摧毁感。对张曙光而言,叙事手法在诗歌中的运用,可以在更大程度上削弱里面的抒情因素,在更大限度上包容经验。张曙光的诗,大多取自一些并不离奇的生活片断:读书、旅行、看电影、交友、回忆、自我想象等。他的视域并不宏大,很少做玄学、抽象的思考,但他的主题稳定、集中,擅长在经验的层面上分析和研究人的生存的秘密。他的技术淳朴,叙述节制。在某种程度上,"叙事"成为张曙光介入生活和诗歌的一个特殊的"平台"。在这个平台上,他通过电影放映中一次"偶然"的停电,窥见了历史的剧烈变动和转向(《1966年初在电影院里》);在"堆满了书"的书房里,描述了充满矛盾的"两个知识分子"和人格的分裂(《西游记》);在《楼梯:盘旋而下或盘旋而上》中,作者的叙述像一把犀利的手术刀,解剖了人在天堂和地狱之间的精神困惑。另外,在张曙光的诗中引人注目的是"第一人称"的使用,是作者的"在场"。在作者的叙述里,读者目睹了历史的突变、亲人的死亡、生活的琐碎和春天的临近,看到了冬雪的飘落、楼梯的神秘、生存的荒诞,感受到在无形力量压抑下的生命的毫无意义的挣扎。这些主题和意象唤起了人们对生活本身亲切的想象,同时提示了他们对生活荒谬性、阴暗面的警惕。

诗歌的想象力,是诗人改造经验记忆表象而创造新形象的能力。诗人想象力方式的发生和发展事关诗人对语言、个体生命、灵魂、历史、文化的理解和表达。90年代诗歌写作,较为集中地出现了想象力向度的重大嬗变与自我更新,它以深厚的历史意识和丰富的写作技艺,体现出90年代诗歌的历史成果。如何在真切的个人生活和具体历史语境的真实性之间达成同步展示,如何提取在细节的、匿名的个人经验中所隐藏着的历史品质,正是 90 年代优秀诗人试图解决的问题。正是这种自觉,使得他们的作品在文学话语与历史话语,个人化的形式技艺、思想起源和宽大的生存关怀、文化关怀之间,建立了一种深入的彼此激活的能动关系。

除了上述四位诗人的创作外,90 年代还有一批优秀的诗人诗作代表了这一时期的创作水准。《重新做一个诗人》《黑暗又是一本哲学》(王小妮),《十四首素歌》《编织和行为之歌》(翟永明),《伪证》《在楼梯上》《为什么我要这样说到在海堤上》(臧棣),《祖国之书,及其他》《铁路新村》《搬家》(孙文波),《来自海南岛的诅咒》《跟随者》《学习之甜》(萧开愚),《在硬卧车厢里》《寄自拉萨的信》《一个钟表匠人的记忆》(西渡),《悲歌》《暴雨来临》(大解),《送斧子的人来了》《炎热的冬天》《由于阴谋,由于顺从》(王寅),《这样一位孩子》《连朝霞也是陈腐的》《怀抱中的祖国》(孟浪),《十夜十夜》《生活》《麦子:纪念海子》(柏桦),《开篇》《玻璃》《青春》(梁晓明),《他》《在落日的祭坛上》(刘翔),《轮回三章之一:叙事》《南方以南》(韩东),《天河城广场》《信札》(杨克),《为上帝补写墓志铭》《现实》《食己宴》(默默),《演讲比赛》《流水线》《在纪念碑顶》(大踏),《反动十四行》《野史》《等待戈多》(伊沙),等等。在这些诗中,可以看到 90 年代诗歌在时代生存的双重压力(权力话语和拜金主义)下,不屈地重新焕发出的历史命名能力和艺术创造活力。他们的诗,既没有重返唯美的乌托邦,也没有追赶肤浅的中国式的"后现代",而是将近在眼前的异己包容进诗歌,最终完成对具体历史语境的揭示、对话、盘诘和批判。正是这类诗歌,在历史维度、生存现场和"说话人"的身份上所进行的巨大调整、修正和纵深挖掘,有力地结束了当时诗坛的茫然和低迷,平庸和自得,避免了使诗歌陷入"集体遗忘"的行列,为新诗的想象力和书写技艺的深入进展,提供了继续进行的机会。

【思考题】

1. 结合百年新诗史与新时期的文化语境,阐述朦胧诗在精神追求与诗歌形式探索方面的价值与局限。

2. "朦胧诗论争"是新时期文学的一个独特现象,请思考其产生的历史背景与论争的主要诗学命题。

3. 北岛、顾城、舒婷是朦胧诗的主要代表诗人,在掌握其诗歌写作风格的基础上,试结合具体作品比较三人不同的诗歌写作特征及形成原因。

4. 结合20世纪七八十年代之交的社会文化语境,阐述"归来"诗人共同的诗歌主题、抒情主体形成的原因。

5. 思考并分析昌耀诗歌的独特风格及诗歌成就。

6. 结合20世纪80年代中后期的文化语境,阐述新生代诗歌与朦胧诗之间在诗歌主张与诗歌创作总体倾向上的差异。

7. 结合具体作品,分析"他们"与"非非"的诗学观点、创作成绩与局限。

8. 在百年新诗史的背景下,观照海子诗歌创作的诗学品格与历史地位。

9. 结合20世纪90年代的文化语境,阐述90年代诗歌写作中的"叙事性"是如何产生的,并举出代表性的诗人诗作具体说明"叙事性"的诗学特性。

10. 选取几位代表性诗人的作品,具体阐述90年代诗歌的"个人化"风格。

11. 如何看待90年代末的"诗歌论争"以及在这场论争中产生的"知识分子写作"与"民间立场"的分歧。

第四章　新时期以来的散文

散文是社会生活存在和主体精神存在最直接的反映,特定历史背景下的社会转型和文化语境变化,必然导致散文作家重构精神生活与价值取向。新时期以来的散文创作,在新的历史文化语境下,解脱了政治意识形态束缚,开始回归文学本体,逐渐恢复了自主性和独立性,并且随着知识分子同一性的解体,走向多元化、个性化。因此,新时期以来的散文创作的基本线索,是从"本体复归"到"异向分流"。

新时期以来的散文创作大致可分为三个阶段:第一阶段是70年代末至80年代末的散文;第二阶段是90年代散文;第三个阶段是21世纪以来的散文。第一阶段的散文处在拨乱反正、思想解放和改革开放的时代背景下,受到祛除"以阶级斗争为纲"的意识形态,祛除文化政治化的思想潮流的影响,强调创作的主体性复归,凸显自由精神和真实品格。这个阶段一些老作家起了引领作用,如巴金、孙犁、萧乾、胡风、杨绛、梅志、曾卓、陈荒煤等,因为他们曾受五四新文化精神滋养又亲历政治沧桑,劫难之后用质朴而深沉的笔写下反思性散文,并且坚持撰写具有"社会批评"和"文明批评"的散文。巴金《随想录》、杨绛《干校六记》和梅志《往事如烟》等,参与思想新启蒙,表现出散文的独立品格和人文精神。

第一阶段是70年代末至80年代末的散文创作。这个阶段,报告文学作为散文的一种特殊形式,以崭新的姿态加入这股反思历史与思想启蒙的写作潮流中。仅在1976年至1980年间,就涌现了《哥德巴赫猜想》《大雁情》《人妖之间》《一个冬天的童话》《船长》等一批具有社会影响的作品。随后掀起知识分子题材的报告文学热潮,特别关注知识分子的坎坷命运和精神创伤。1985年以后,出现关注环保问题、独生子女问题等的问题报告文学热,如沙青的《北京失去平衡》、涵逸的《中国的"小皇帝"》。整个80年代,广义散文的诸多品类包括杂文、抒情散文、随笔、札记、特写、报告文学、序跋、传记、速写、回忆录等,都有长足的进步,甚至出现了极具创新意识的散文。如曾卓的《听笛人手记》,以外国文学为话题,实乃介于评论和随笔之间的书话随笔,因为融合了作者的真情实意,思想和艺术形式上均无所羁绊,开辟了散文文体的新境界,因此在1988年获得中国作家协会新时期(1976—1988)全国优秀散文(集)杂文(集)奖。但散文创作在80年代的文坛,相比小说、诗歌等其他文体,总体上成就和地位并不突出,80年代中期学界甚至出现了所谓散文"解体"与"消亡"的观点。

第二阶段是90年代散文创作。这是散文走出低谷而步入全面繁荣的一个时期。散文家韩小蕙1991年的《太阳对着散文微笑》，敏锐意识到90年代散文的重新崛起。据统计，90年代创作和出版的散文作品超过了前80年的总和，因此被誉为继五四新文学运动以来的第二座创作高峰。当然，散文创作的繁盛有赖于巨大的社会变革及深刻的读者心理变化因素。90年代中国社会由计划经济过渡到了市场经济，日常生活的世俗化本相凸显，文学从社会中心位移边缘；生活节奏加快，人们无暇细读长篇作品，而篇幅短小、明白晓畅的散文成为适宜的选择。因而90年代初文化市场热销20—30年代书写日常生活、世俗人生和闲适情调的散文小品选集。现代散文中一批曾经被遮蔽的作家作品被文化市场重新发掘，像周作人、梁实秋、林语堂、张爱玲、钱锺书等的散文重进市场，畅销一时。这些现代散文以对日常生活的关注、平和冲淡的心态和博学理性的品质吸引读者，并为当代散文创作提供示范。同时，报刊出版业的迅速发展也推动了散文创作的发展。报纸副刊、散文专刊、散文丛书是承载散文作品的最主要的几种形式。当时，报纸"周末版"如雨后春笋般涌现，不少杂志约请作家、学者撰写专栏，余秋雨的《文化苦旅》最初就是在《收获》杂志上，以专栏连载的形式构成的系列文化随笔。

第二阶段的散文特点主要表现在三个方面：一是价值取向个体化与多元化。中国传统散文追求文以载道，现代散文为人生也为艺术，80年代散文讲究文体的自觉和艺术的规范，而90年代受市场经济的影响，作家回归日常生活及其个人生命体验，主体审美意识向着民间性、表现自我性倾斜，散文创作的文化消费性增强。二是散文作家队伍不断壮大，跨文体写作的作家增多。除了专业散文作家，一批诗人、小说家或戏剧家也开始兼写散文，还有不少学者如金克木、张中行、季羡林、黄裳、乐黛云等也加入散文创作队伍。跨文体写作中，颇有代表性的是1998年《大家》杂志开设"新散文"专栏，聚合了张锐锋、庞培、于坚、钟鸣、陈东东、王小妮、海男等诗人，进行一种将诗与散文融合的写作实验。三是散文潮流迭出，文化散文、新生代散文和女性散文在此期间各掀起热潮。文化散文的核心代表是余秋雨的散文，90年代初《文化苦旅》的出现，引发了人们对如何对待文化传承、如何建立健全的文化人格等问题的严肃思考。新生代散文中的所谓"新生代"，是指知青之后的新一代。新生代散文立足于"现在进行时"，摒弃先于文体和文化的种种成见，大胆地探索散文写作的种种可能，其代表作家有曹明华、苇岸、庞培等。女性散文与女性地位崛起和女性性别意识的增强有着密切关系。女性散文不仅以女性的经历和体验为基础表达女性对社会角色的思考，同时还凸显女性独立意识、独特的审美心理与艺术风格。女性散文的代表作家有韩小蕙、唐敏、蒋子丹、斯妤、王英琦等。创作潮流之外,还出现了一些独具个性的作家作品,如刘亮程的《一个人的村庄》,被誉为20世纪最后的文学景观,刘亮程则被称为"九十年代的最后一位散文家",因为关于乡土的散文,很多用笔在描述故事、人物、风俗,或者抒情,"无意于这一切,而集中于写一种哲学,一种心理文化,刘亮程是独步的"。①

第三阶段,21世纪以来的散文进入了一个更加多元的时代。一方面网络新媒介的发展使得散文作品的发表和交流更加便捷,但同时也带来重量轻质、浅话语、浅接受、浅反馈等弊端;另一方面,市场经济和社会文化的商业化,导致散文创作产生明显的雅俗分流。有的作家专为报纸副刊撰写消费性和娱乐性散文,也有的作家坚守艺术本位,为心灵的自由表达和社会的人文关怀而写作。此外,由于新世纪全面进入全球化文化语境,越来越多的台港澳及海外华文作家的散文在大陆发表,如余光中、董桥、蒋勋、林清玄等的散文,它们与大陆本土创作的散文构成互补之势。

综观新时期以来的散文创作,它在总体上映现出我国现实生活与精神文化的发展变化及其复杂形态,并朝着稳健与丰富的方向发展。反思性散文、文化散文、女性散文、学者散文、报告文学等一个又一个散文创作潮流,显示了丰富多样的文学成就。但同时,随着个人化时代与电子媒体时代的到来,散文创作面临新的转型及困境,需要继续提升思辨能力和审美能力。

第一节 反思性散文

反思性散文是新时期"反思文学"潮流的一个重要组成部分,它和反思性小说相呼应,代表了"复出"作家和知青作家对于新中国历史,尤其是反右扩大化、"大跃进"、"文革"等历史事件的重新审视。和"伤痕文学"不同,这种审视并没有停留在感性层面的控诉或对创伤的展示上,而是上升到客观理性的分析,对创伤背后历史缘由进行追究。70年代末80年代初,一批富有人生阅历、敢于思考的老作家率先创作和发表反思性散文,如巴金《随想录》、孙犁《晚华集》《秀露集》、丁玲《"牛棚"小品》、杨绛《干校六记》、黄秋耘《丁香花下》、陈白尘《云梦断忆》等。新中国30余年的风雨人生,使他们在共同的政治文化语境中获取类似的社会认识与反思意识。他们的作品以真实的细节、朴实的语言、诚挚的感情和理性的思索吸引读者、打动读者,引发巨大社会反响,并推动了以小说为发端的"反思文学"的发展。之后,反思性散文的创作源源不断,80年代中后期有梅志《往事如烟》、杨绛《将饮茶》,90年代有巴金《再思录》、韦君宜《思痛录》、季羡林

---

① 林贤治.五十年:散文与自由的一种观察[J].书屋,2000(3).

《牛棚杂忆》、李锐《"大跃进"亲历记》,等等。这些作品是作者历经劫难的生命体验、个人认识和社会希望,正如季羡林所说,它是一面镜子,"从中可以照见善和恶,丑和美,照见绝望和希望"。① 作者所要表达的并不是仇恨和报复,而是对历史与人性的反思和警醒。新时期的反思性散文,汇成当代文坛一条独特的文学河流,一方面以丰富感性的史料映照了历史的本真面目,另一方面表现出知识分子的独立精神和人文情怀,具有较高的历史价值和审美意义。

一、巴金的《随想录》

巴金是在五四新潮思想的影响下开始文学创作的,以《家》《春》《秋》《寒夜》等小说享誉现代文坛,但在中华人民共和国成立后,他转向以写散文为主,出版了《华沙城的节日》《生活在英雄们中间》《保卫和平的人们》《大欢乐的日子》《新声集》《友谊集》《赞歌集》等散文集。其中,《我们会见了彭德怀司令员》《忆鲁迅先生》《从镰仓带回来的照片》等,都是传诵一时的名作。"文革"结束后,巴金的思想和创作有了深刻的转变。新时期他最有影响的作品是《随想录》。如果说,巴金的现代小说主要通过写家庭题材展示了对封建宗法家族制度及其专制主义的鞭挞,那么他的新时期散文则以反思历史与拷问自我显示了一个知识分子真诚而纯洁的心灵。巴金曾说,《随想录》是"我这一代作家留给后人的'遗嘱'",②汇聚了他一生的人生经验。因此,巴金被称为"二十世纪的良心""当代知识分子的良心"。

《随想录》是巴金同题专栏文章总集。巴金应邀在香港《大公报》开辟《随想录》专栏,从1978年12月1日发表第一篇散文《谈〈望乡〉》,到1986年8月20日发表最后一篇散文《怀念胡风》,历时8年共发表文章150篇,共计42万字。这些专栏文章依时间顺序分5集出版,分别为《随想录》《探索集》《真话集》《病中集》《无题集》,总称《随想录》。学界普遍认为,巴金写作《随想录》和他翻译俄国作家赫尔岑的作品有关。巴金自己也说过,在1973年7月,原被打成"大文霸"和"黑老K"的他突然被宣布为"不戴帽子的反革命",并得到允许"搞点翻译",于是他找出四十多年前就准备翻译的亚·赫尔岑的回忆录《往事与随想》,也正是赫尔岑的作品给了他精神的鼓励,让他得以"活了下来"重见光明。③

《随想录》是一部讲真话的大书。一方面,巴金在书中描述了"文革"的历史真相,

---

① 季羡林.祝词[M]//牛棚杂忆.武汉:武汉出版社,2011.
② 巴金.探索集·后记[M].北京:人民文学出版社,1986:187.
③ 巴金.自传:文学生活五十年[M]//巴金自传.南京:江苏文艺出版社,1995:10.

并控诉了十年浩劫给人们带来的巨大的身心灾难。亲人含冤、朋友受辱,多少知识分子家破人亡;自己遭批斗写检查,自我也失去人格的独立。"那种日子!那种生活!那种人与人之间的关系!真是一片黑暗,就像在地狱里服刑。我奇怪我当时喝了什么样的迷魂汤,会举起双手,高呼打倒自己,甘心认罪,让人夺去做人的权利。"①特别是对亲人遭受苦难,他有无比的愤懑和深切的悲悯。比如《怀念萧珊》一文,他记述了妻子萧珊在"文革"中因自己而受到牵连,身患绝症得不到及时治疗,最后连诀别的话也没留下一句就离开人世的悲惨遭遇。他永远也不会忘记她受难的每一个情节:"她不是'作协分会'或者刊物的正式工作人员,可是仍然被'勒令'靠边劳动、站队挂牌,放回家以后,又给揪到机关。她怕人看见,每天大清早起来,拿着扫帚出门,扫得筋疲力尽,才回到家里,关上大门,吐了一口气。"他忍不住质问:"她究竟犯了什么罪?她也给关进'牛棚',挂上'牛鬼蛇神'的小纸牌,还扫过马路。究竟为什么?"在那是非颠倒的年代,到处是没有理由的理由、没有逻辑的逻辑,巴金当然很清楚:"理由很简单,她是我的妻子","她本来可以活下去,倘使她不是'黑老K'的'臭婆娘'"。②后来,他还写了《再忆萧珊》。巴金反复写萧珊,不仅仅是深情悼亡曾与他相濡以沫的亲人,也为了控诉"文革"的罪恶。亲人之外,巴金有近三十篇文章用来叙述友情、追悼亡友。其中有的朋友是在"文革"中被迫害致死的,如老舍、冯雪峰、丰子恺、以群、丽尼等。有的是受到摧残,在"文革"之后去世的,如胡风、赵丹等。

另一方面,巴金对"文革"乃至"十七年"的历史进行了深刻的反思,并进一步深入到对民族心理的反思和自我灵魂的深入剖析。"文革"结束后,人们追究极左政治运动灾难的根源,大多把一切责任全部归咎到"四人帮"身上,巴金却不同,他除了揭露"文革"社会政治层面的错误,还查究封建思想、封建制度及其民族文化心理的积弊与积淀,特别是把这种历史的批判与个体内心的"忏悔意识"结合在一起,率先提出了诸多至今看来仍不乏生命力的思想命题。比如,他在《一颗桃核的喜剧》里说,我常常这样想:"我们不能单怪林彪,单怪'四人帮',我们也得责备自己!我们自己'吃'那一套封建货色,林彪和'四人帮'贩卖它们才会生意兴隆。不然,怎么随便一纸'勒令'就能使人家破人亡呢?"在《十年一梦》一文中,他坦诚而痛苦地剖露自己从"精神奴隶"到逐渐觉醒的心路历程,揭示出极左政治对知识分子的心理奴役及其危害:"我就是'奴在心者',而且是死心塌地的精神奴隶。……我感觉到奴隶哲学像铁链似地紧紧捆住我全身,我不是我自己。"因而他在《五四运动六十周年》里疾呼:"'五四'运动虽然过去了半个多

---

① 巴金.二十年前[M]//随想录(1—5集).北京:人民文学出版社,2000:693.
② 巴金.怀念萧珊[M]//随想录(1—5集).北京:人民文学出版社,2000:15—28.

世纪,但'五四'提出的反封建的战斗任务还远远没有完成,封建的毒素在现实生活中还仍然相当严重地存在着,因此,今天还应当大反封建。"当他以割裂伤口的勇气,揭示出这一切潜隐在个人和民族灾难之下的深层次的内在精神缘由时,他其实也完成了对自己和对整个知识分子群体背叛五四精神的批判。

对于自我,巴金继承了鲁迅无情面地解剖自己的精神,坦承自己在"文革"和"十七年"中的某些不够清醒、不够坚定的矛盾和软弱,深刻反省自己应负的道义责任。巴金曾经是一个以五四精神为人生探索起点的现代知识分子,但经过了一场浩劫之后,才发现在自己身上也有着可怕的"觉新性格",这是令他真正痛心疾首的事情。比如在《"遵命文学"》里,他为自己在柯灵被诬陷和批判的时候,不但未能为之作任何辩护,反而"遵命"写了批判柯灵的《不夜城》的文章而深深自责。在《"人言可畏"》里,他为自己曾经在张洁等几位女作家向自己求援时,只用几句空话来打发她们而深感内疚。巴金还比照李健吾(《"掏一把出来"》)、杨沫(《我的日记》)等知识文人的勇敢和责任心,无情地揭露自己的怯懦、明哲保身和屈服权贵。《怀念胡风》是他最动感情的一篇随想,文中他详细剖析了自己在"反胡风"运动中为了明哲保身而不惜任意上纲写表态文章时的痛苦心情,此时的忏悔之情给他造成的内心伤痛已经无以排解,而使他感到恶心、耻辱。很显然,巴金在这里所忏悔的已不仅是奴隶意识,因为奴隶意识本质上是一种愚昧的表现;他对自己50年代的一些行为的反思,挖掘到一个更深的人性层次上了。他在专制主义淫威下,为了保全自己而被迫牺牲正义,甚至落井下石,这在事实上做了专制主义的帮凶。在这种不义的行为背后,他原是明白是非的,所以他的良心也要为此而受到煎熬。结果就在愈加绝望的生存环境和身心交困的巨大痛苦中,他最终一点点地丧失了清醒的意志,放弃了一个现代知识分子精神独立的自觉和能力,也根本违背了自己曾经奉为生命的自由思想和人文理想。这也正是他何以会在"文革"中变成精神奴隶的心理基础。巴金自揭伤疤、自我忏悔的创作体现了一代知识分子对道德良知的坚守,也是对五四精神的回归。做一个有独立人格的人,一个没有奴性、能够坚持真理的人,那是五四新文化的传统,巴金痛恨自己在"文革"中做了十年的精神奴隶,希望从此能说真话。

在《随想录》中,巴金还郑重呼吁建立"文革"博物馆,希望后人能记住历史,总结经验教训,让悲剧不再重演。他说:"用具体的、实在的东西,用惊心动魄的真实情景,说明二十年前在中国这块土地上,究竟发生了什么事情?!让大家看看它的全部过程,想想个人在十年间的所作所为,脱下面具,掏出良心,弄清自己的本来面目,偿还过去的大小欠债。没有私心才不怕受骗上当,敢说真话就不会轻信谎言。只有牢记'文革'的人才能制止历史的重演,阻止'文革'的再来。"①在中国历史上,他第一个倡导建立"文革"博物馆,而这也是他对当代史的重要贡献之一。在巴金的倡导和影响下,1995年杨克林、草婴编写出版了大型图录《"文革"博物馆》。2004年,一座完全由民众捐资建设的"文革"博物馆在广东省汕头市澄海区建成。从纸面文章到实物建筑,无不折射出巴金直面历史的熠熠发光的精神。

《随想录》在艺术上也堪称当代散文的典范。一个"真"字,可以用来总结其艺术魅力。巴金不但敢于说真话,还坚持抒真情。他说"艺术的最高境界,是真实,是自然,是无技巧"。② 他的"真"表现在真情实感、真诚坦率上。与坚持讲真话与抒真情相适应,巴金在艺术上追求的是朴实无华,自然天成。他擅长直笔,往往直陈其事,寓深沉于平淡,注炽热于冷静,倾真情于纸上,发议论于笔端,将叙事、抒情、议论融为一体。他写的一篇篇叙事怀人文章,比如《怀念鲁迅先生》《怀念方令孺大姐》《怀念马大哥》《怀念萧珊》《再忆萧珊》等,字里行间无不体现他谦卑、仁爱、平和、深情的内心。尤其是《怀念萧珊》,在娓娓动听的叙述和真挚朴实的描写中,运用富有特征性的细节来揭示人物的内心世界,并将感情、信念和理想紧紧地融合在一起,具有动人心魄的力量,达到了返璞归真、自然天成的艺术境界。

正如李辉所说,巴金以写作《随想录》来"履行一个知识分子应尽的历史责任","道德忏悔、从全人类角度看待'文革'、倡导建立'文革'博物馆"是《随想录》在当代思想史上最重要的贡献,它的思想性、社会性、历史性价值"早已超出了文学本身的意义"③。

二、杨绛的《干校六记》

杨绛(1911—2016),原名杨季康,生于北京,江苏无锡人。1932年苏州东吴大学毕业后,成为清华大学研究院外国语文学系研究生。1935—1938年与丈夫钱锺书一同前往英国牛津大学求学,后转往法国巴黎大学进修。回国后曾在清华大学任教,1953年以后任中国社会科学院外国文学研究所的研究员。杨绛通晓英语、法语、西班牙语,是我国著名的作家、翻译家和评论家。其代表作品有:剧本《称心如意》《弄真成假》《风絮》,短篇小说集《倒影集》,长篇小说《洗澡》、中篇小说《洗澡之后》,散文集《干校六记》《将饮茶》《杂忆与杂写》《我们仨》《走到人生边上》,评论集《春泥集》,译作《堂吉诃德》《吉尔·布拉斯》《小癞子》《斐多》等。2013年6月,人民文学出版社出版了八卷本

---

① 巴金."文革"博物馆[M]//随想录(1—5集).北京:人民文学出版社,2000:692.
② 巴金.探索之三[M]//随想录(1—5集).北京:人民文学出版社,2000:183.
③ 李辉.李辉:巴金履行了知识分子的历史责任[J].新京报,2005-10-19.

《杨绛文集》,共约250万字。2001年杨绛把她和丈夫的稿费和版税捐赠给母校清华大学,设立"好读书"奖学金。

《干校六记》(1981)是一部独特的反思性散文集,内收《下放记别》《凿井记劳》《学圃记闲》《"小趋"记情》《冒险记幸》《误传记妄》等六篇散文,记述了作者从1969年底到1972年春在河南"五七"干校中的生活经历。作品的独特性主要体现在它的日常叙事与冷静语调上。"文革"对人造成的伤痛,可以从特定的历史事件和大规模的政治运动去看,因为它们制造了普遍性的苦难,酿成人生的大悲大痛。但是,杨绛却选择了以小见大的写法,记述干校中的日常生活。与此同时,作品流露的思想感情不是当时流行的愤怒和控诉,而是以"冷幽默"的方式来叙述,于平淡中见真情,留给读者无穷的思考,显示了作者的智慧幽默。这里所谓的"冷幽默",就是在不经意间自然流露的幽默,它让你先是深思,然后顿悟发笑,最后感觉回味无穷。

正如钱锺书所说:"学部在干校的一个重要任务是搞运动,清查'五一六分子'。干校两年多的生活是在这个批判斗争的气氛中度过的;按照农活、造房、搬家等等需要,搞运动的节奏一会子加紧,一会子放松,但仿佛间歇疟,疾病始终缠住身体。'记劳','记闲',记这,记那,那不过是这个大背景的小点缀,大故事的小穿插。"[①]在那个特殊的年代里,尤其是在知识分子的生活中,悲剧性事件经常发生。绝大多数知识分子经过屡次政治运动,都惶然地面对现实,无暇作超越性的思考,对社会的批判更在少数。杨绛的心却是坚韧而淡定的,她在那样的大运动大背景中并不惶惑和恐惧,而是以一双智慧的眼睛观察特殊历史语境中的人情与人性。《下放记别》记述夫妻离情、母女别意、女婿之死,虽然也流露出了忧愁、焦虑和悲痛之情,却并没有通常所见的那种狂躁的宣泄和激愤的控诉。全文围绕着一个"别"字从容展开,以平静的语调和朴素含蓄的语言,流水般地依次讲述在他们夫妇下放去"干校"的前后,她个人及身边发生的故事:下放前的不安等待、为丈夫准备行装、送别丈夫、女儿为自己送行、在"干校"与丈夫的会面等生活场景,个人悲剧的社会背景、政治运动对生命与人性的残害,以及内心的痛苦和悲哀,从简约的叙事中自然呈现和流露出来。《凿井记劳》写干校菜园班自己动手凿井的故事,真实表现劳动时的辛苦和成功后的喜悦。同时,作者展现了当时阶级斗争语境下的"我们"与"他们"的复杂关系,尽管有无奈之处,但其心态是达观的。《学圃记闲》一样写劳作之事,但围绕一个"闲"字来展开,写生活有乐有哀。比如,"我和阿香一同留守菜园的时候,阿香会忽然推我说:'瞧!瞧!谁来了!'默存从邮电所拿了邮件,正迎着

---

① 钱锺书.小引[M]//杨绛.干校六记.北京:生活·读书·新知三联书店,2012:1.

我们的菜地走来。我们三人就隔着小溪叫应一下,问答几句。我一人守园的时候,发现小溪干涸,可一跃而过;默存可由我们的菜地过溪往邮电所去,不必绕道。这样,我们老夫妇就经常可在菜园相会,远胜于旧小说、戏剧里后花园私相约会的情人了"。这是乐。"我顺着荒墩乱石间一条蜿蜒小径,独自回村;近村能看到树丛里闪出灯光。但有灯光处,只有我一个床位,只有帐子里狭小的一席地——一个孤寂的归宿,不是我的家。"这是哀。但全文基调是"哀而不伤"。《"小趋"记情》里的"小趋"是一条狗,杨绛夫妇惦记那条狗,因为狗通人性,在那人与人之间难以建立互信的日子,与狗倒能发展出一段真挚而难忘的感情,言外之意很显然。《冒险记幸》于"险"中记"幸",正是一代知识分子在污浊的社会环境中背负苦难前行的写照。其中写了她在黑夜中的三次冒险:第一次违反"校规",雨天访"老头儿"钱锺书;第二次风雪黄昏送钱锺书,几乎迷路;第三次是看电影后迷途难返。行文笔调冷峻平和,却有一种苦涩的幽默。字里行间既可见他们夫妻之间的鹣鲽情深,又可见他们对严酷现实的抗争。《误传记妄》写盼望脱离干校的心理过程。杨绛夫妻在干校时已是步入老年的人,在第一批回京名单下来之前,杨绛听信谣言,以为钱锺书名列照顾人员之中,因此喜出望外滋生妄想:"默存若能回京,和阿圆相依为命,我一人在干校就放心释虑;而且每年一度还可以回京探亲。"但正式公布的名单里并没有钱锺书的名字,因此又心生苦意。幸好钱锺书不这样想,即便被问悔不悔当初留在国内不走,钱也是斩钉截铁说不后悔。无妄之后,他们苦中觅乐。最耐人寻味的是杨绛对改造生活的总结:"改造十多年,再加干校两年,且别说人人企求的进步我没有取得,就连自己这份私心,也没有减少些。我还是依然故我。"既婉讽了改造运动的错误和失败,也表现了作为知识分子的她不随波逐流,坚守常识与自我。文章重心在一个"妄"字,这里的自我辨识折射出特定年代的残酷现实与卑微理想,透露出作者关于历史、人生和人性的反思。

《干校六记》除了表现知识分子的命运和思考,也表达了作者对世事人生的悲悯情怀。《下放记别》里,看到学部搬书腾屋子,沉重的铁书架、大书橱、卡片柜全由年轻人狠命用肩膀扛,贴身的衣衫磨破,露出肉来,让她忍不住心生怜悯,惊叹人的坚韧与不屈。还有,《学圃记闲》里对当地农民清贫生活的感叹,即便是对于偷菜的农妇,她也"但愿她们把青菜带回家吃一顿",充分体现了对底层人民的人道主义关怀。

总之,《干校六记》以简约而含蓄的语言与平淡而真挚的情感,真实展示出那个特殊年代知识分子的生活事件和心理状态,小中见大地揭示出荒谬的历史和隐痛的内心,为散文创作提供了一种新的审美模式。

三、韦君宜的《思痛录》

韦君宜(1917—2002),原名魏蓁一,生于北京,湖北建始人。1934年考入清华大学哲学系,曾参加"一二·九"学生救亡运动。1936年加入中国共产党。1939年到延安。中华人民共和国成立后,历任《中国青年》总编辑、团中央宣传部副部长。1953年调到中国作协,任《文艺学习》主编、《人民文学》副主编。1960年后任作家出版社总编辑、人民文学出版社社长等职。其主要作品有:长篇小说《母与子》,中篇小说《洗礼》(获1981—1982年全国优秀中篇小说奖),中短篇小说集《女人集》,自传体小说《露沙的路》,长篇回忆录《思痛录》,散文集《似水流年》《故国情》《海上繁华梦》等。

《思痛录》是韦君宜晚年的回忆录,大约在1976年"四人帮粉碎之前,周总理逝世的前后"动笔,①于1986年完成在病榻上。《思痛录》与《露沙的路》堪称姊妹篇,因为它们都是自传性的作品,而且都具反思性。不过,《露沙的路》反思的是40年代延安的整风运动,露沙显然具有作者自己的身影,小说采用了虚实结合的手法。《思痛录》的反思则是从延安"抢救失足者"运动至"文革"结束期间所发生的大大小小的政治运动,本着"历史是不能被忘却的"观念,②希望能将真话说给后人听。为此,作者顶着社会压力,大胆涉及不少高层人物,这从《思痛录》的出版过程也可窥见:该书稿1989年交给出版社,1998年才得以出版,而且在出版时其中一部分暂未发表;后来1999年第5次再版印刷时,书中一些人的名字用"×"来代替。然而,对于读者特别是对于关注国家历史和命运的知识分子来说,该书有非同寻常的意义。该书出版后引起了很大的社会反响。2001年邢小群、孙珉编辑出版《回应韦君宜》一书,将人们对韦君宜创作的关注和反馈视为一种"韦君宜现象"。

《思痛录》虽然只有十七章近12万字,但它以作者不仅敢于直面残酷的历史现实,而且勇于剖析自己的行为和心路历程而具有了独特的价值。全书以思想的主线贯穿,并以自述式的回忆文字细致、精确地展开。韦君宜选取了一个独特的视角,那就是她本人的亲历——她亲身经历过的"各种运动"。没有经历过政治运动的人,实难体会什么叫运动,不知道那种人整人、要人交出尊严、人格和良心的如同梦魇一般的运动,是多么残忍而触目惊心。这部书稿的最大特点就是写作态度极为真诚,全无一点造作,甚至是素朴坦诚地回溯史事,不仅讲述了"抢救失足者"运动,还触及当代诸多重大历史事件,

---

① 杨团.附录二:《思痛录》成书始末[M]//韦君宜.思痛录(增订、纪念版).北京:人民文学出版社,2013:323.
② 韦君宜.缘起[M]//思痛录.北京:十月文艺出版社,1998:4.

诸如"反胡风运动""反丁、陈运动""大跃进""反右运动""文革""周扬事件"等。一方面,作者回忆了历次政治运动的非理性和致害性,对长期以来极左思想和政治运动对社会和心灵造成的巨大伤害进行了深刻反思。如在《"抢救失足者"》,作者回忆了当初自己如何抱着"满腔幸福的感觉"和"游子还家"的感觉投奔延安,但很快被一连串荒谬而悲惨的事件震惊。韦君宜联系她和丈夫杨述被怀疑、被批斗的冤屈经历与悲痛体验,揭示了极左思想和政治运动的错误和毒害。《"文化大革命"拾零》则回忆了她被打成"走资派"挨批斗的惨痛经历,也讲述了她亲眼所见的一些无辜者受到迫害的悲剧,包括荒诞不经的"五一六"案子,揭示了"文革"的谬误,也对我们民族的文化心理进行了深刻反思。她直言疾呼"所有这些老的、中的、少的,所受的一切委屈,都归之于'四人帮',这够了吗?我看是还不够"。① 她认为"文革"的社会和思想根源有其内在深层的原因,需要好好反思。

另一方面,作者深刻反省了自己在政治运动漩涡中的盲从与错误。在《记周扬》中,她回忆了自己和周扬交往的点点滴滴,如实写到自己当初的盲从。综观《思痛录》,作者说得最多的两个字是"忏悔"。正如她在《编辑的忏悔》中所说:"卢梭的《忏悔录》,记录了他平生见不得人的事情,有损自己人格的事情。我想,我们中国知识分子,如果尽情去写,写写这些年都搞了些什么运动,写了些什么文章,那真要清夜扪心,不能入睡了。"②《思痛录》中有个别细节的真实性曾遭到异议,这是它的瑕疵,但是从整体来看,它是真实的,尤其是它的个人视角和个人经验给人的真实感受,是一般的史实资料难以替代的。也正因为这种真实的书写和强烈的自省意识,使《思痛录》成为继巴金的《随想录》之后又一部说真话的书。《思痛录》的意义不仅仅属于韦君宜个人,"而是成为20世纪末中华民族的一个精神坐标,成为投身革命的一代知识分子大彻大悟的典型象征。"③

在艺术上,《思痛录》实话实说,娓娓道来,却在朴实无华中显示令人惊心动魄的历史,令人激愤和深思,也显示了反思性散文靠内蕴取胜的特点。

第二节 文化散文

文化散文作为一股文学思潮,形成并逐渐成熟于80年代后期至90年代初期,是90年代"散文热"中最重要的表现领域。20世纪90年代前后,当代中国的文化建设遭遇大众消费文化的强烈冲击。文化散文以缔造、守护并传承人类精神文化为使命,融入

---

①② 韦君宜. 思痛录[M]. 北京:十月文艺出版社,1998:115,152.
③ 邢小群,孙珉. 前言[M]//回应韦君宜. 北京:大众文艺出版社,2001:2.

文知识与理性思考于一体,既是对传统艺术散文的继承与突破,也彰显了当代文艺的文化品位与人文情怀。文化散文的崛起始于余秋雨的散文创作。1988年,余秋雨的系列随笔"文化苦旅"以专栏形式在《收获》上连载,引起读者广泛关注;1992年《文化苦旅》出版,在文坛引起强烈反响,学界称其为大灵魂、大气派、大内涵、大境界的文化散文。自此,"文化散文"这个概念被广泛用于评价《文化苦旅》以及和它风格相似的散文创作。

文化散文又称学者散文或散文创作上的"理性干预"。严格说来,文化散文与学者散文并不完全一致,学者散文是一种以创作主体身份来命名的散文,学者身份的人可以写艺术散文,也可以写文化散文。不过,因为学者散文的特性是知识性和理性较强,所以在很多情况下,学者散文在取材和行文上也表现出鲜明的文化意识和理性思考色彩,人们便用"学者散文"来指代"文化散文"。但在90年代文化散文热潮中,非学者身份的史铁生、贾平凹等作家同样写出了情感节制,具有深厚的人文情怀和终极追问的文化散文。综观90年代的文化散文,主要有三个创作群体。一是学者群体,老年学者以张中行、季羡林、金克木等为代表,他们要么漫论旧学新知,要么回忆故人往事,要么述说人生经历。他们的文化散文既显示出深厚的人文学养,又可见娴熟的文笔,具有学艺俱佳、文质彬彬的特质。"中青代"学者群体,以余秋雨、楼肇明、邵燕祥、朱学勤、王充闾、南帆等为代表,"他们以更加敏锐的社会文化领悟力表达着社会转型期的文化和个人选择"。二是作家群体,张承志、史铁生、韩少功等作家在创作小说的同时,"也以散文的形式表达其对历史文化和社会人生的思考"。① 三是女性作家群体,张抗抗、铁凝、王安忆、叶文玲、毕淑敏、舒婷、韩小蕙、斯妤、马丽华、王英琦、唐敏等是这一写作模式的积极响应者,还有曹明华、周晓枫等年轻的散文新秀。在文化散文的浪潮中,女性写作散文的群体成就普遍较高,成为文化散文的一道风景线。从总体创作成就看,其中最具代表性的作家是余秋雨、贾平凹、史铁生、周涛、王英琦、斯妤、马丽华等。

文化散文是新时期以来中国散文创作的重大收获,它的生命力和艺术感染力将是长久的。其突出成就表现在如下几个方面:首先,或以清醒冷峻的现代理性精神,或以自觉的"边缘意识",反思、批判处于中心、正统地位的传统文化和中原文明,表现出文化转型时期致力于传统文化向现代文化蜕变、新生和主体人格重构的深远文化意向。比如余秋雨借助文化遗迹和自然山水以展示传统文化的兴衰起伏,将传统文化置于具体的语境之中予以历史的读解,是一种"含泪告别"式的理性批判;周涛与严酷伟烈的

---

① 柳杨."文化散文"的得与失——兼论中国当代散文的艺术取向[N].文艺报,2008-12-25.

大自然之间的心灵对话及深沉哲思,同构出与大自然对应的强悍劲健的文化人格,蕴含了对懦弱中庸之国民性格的批判;马丽华倾心于藏北高原之"大美",倡扬生命体验的忍耐苦行及人格的真正完善,等等。其次,凸显了"寻找精神家园"的文化超越性主题。正如史铁生所说,我们不能指望没有困境,可我们能够阻止困境扭曲我们的灵魂。他把文学视作精神家园;周涛、马丽华则在散文中表现出对不无"泛神"色彩的大自然的崇拜。最后在艺术特点上,文化散文表现出一种大散文气度,理性的凝重与诗意的激情浑然一体,为文的章法尽量道法自然,一任文思泉涌,少一点精雕细刻,多一份畅达潇洒。①

文化散文在当代文坛的崛起有重要的文学史意义,因为它兼具启蒙现代性和审美现代性品质,"面对思想深度的平面化和理性思辨精神的弱化,以及审美感知的钝化和诗情诗意的沦陷,它左右出击,既保持了文学的尊严与独立性,也在某种意义上充实并提升了国民精神的现代性品格"。②

一、余秋雨的散文

余秋雨(1946—),浙江余姚人。1966 年毕业于上海戏剧学院并留校任教,曾任上海戏剧学院院长,2010 年起任澳门科技大学人文艺术学院院长。获"国家级突出贡献专家""中国十大艺术精英""中国最值得尊敬的文化人物"等荣誉称号。著有艺术理论专著《戏剧理论史稿》《中国戏剧文化史述》《戏剧审美心理学》《艺术创造工程》等。80 年代末开始创作散文,散文集有《文化苦旅》《山居笔记》《文明的碎片》《霜冷长河》《千年一叹》《行者无疆》《借我一生》《何谓文化》等。

余秋雨创作散文前,已是戏剧理论家,深谙中西文艺理论,具有良好的理论修养和艺术感觉。他的首部散文集《文化苦旅》虽是游记散文,但又突破了传统的写作方法,不停留在移步换形、描绘自然风光、抒写个人感受和情意上,而是从现实与历史的结合点切入,专注于文化寻根、环境忧患和乡愁排解,通过宏大历史题材和现实重大问题的叙事,探究民族文化和知识分子的人格构成。比如,《阳关雪》写了山水古迹和现代人精神故乡的关系,并由此思考做官和为文对今生后世孰轻孰重的问题。文章开篇写道:"中国古代,一为文人,便无足观。文官之显赫,在官场而不在文,他们作为文人的一面,在官场也是无足观的。但是事情又很怪异,当峨冠博带早已零落成泥之后,一杆竹管笔偶尔涂划的诗文,竟能镌刻山河,雕镂人心,永不漫游。""文人的魔力,竟能把偌大一个

---

① 佘树森,陈旭光.中国当代散文报告文学发展史[M].北京:北京大学出版社,1993:10.
② 张光芒.文化散文:在审美现代性与启蒙现代性之间[J].甘肃社会科学,2006(5).

世界的生僻角落,变成人人心中的故乡。"①作者正是冲着王维的《渭城曲》去寻阳关,体验历史的沧桑。《道士塔》写了莫高窟敦煌文书所遭受的历史厄运,追述了道士王圆箓发现敦煌文书,并将其卖给斯坦因等人的历史错误,由此揭示文化认知意识的落后将导致一个民族的文化悲剧。《青云谱随想》叙述堂堂明朝王室后裔朱耷,"躲在冷僻的地方逃避改朝换代后的政治风雨,用画笔来营造一个孤独的精神小天地",盛赞他能将自身凄厉的人生经历,"幻化为一幅幅生命本体悲剧的色彩和线条",以丑直视世界,使其笔下山水、花鸟组成的物象"走向了一个整体性的象征"。并且,由朱耷牵引出一批与他同属一个精神谱系的艺术家,如徐渭、原济、郑板桥、吴昌硕、齐白石等,认为最为上等的艺术品应该浸润着一股生命力,是画家直面人生、与生命对话的产物。同时,作者悲叹一般游人不懂艺术、现代缺乏像朱耷那样有生命元素的艺术家,希望现代艺术家"从精致入微的笔墨趣味中再往前迈一步",因为"人民和历史最终接受的,是坦诚而透彻的生命"。②

《文化苦旅》开启了余秋雨文化散文的写作之旅,一路下来,其所有散文集几乎都没有离开"文化"二字。《文化苦旅》的主调是凭借山水风物以寻求文化灵魂和人生秘谛,探索中国文化的历史命运和人格构成。《山居笔记》基本上与《文化苦旅》同调,是作者以直接感悟方式探访中华文明的第二阶段的记述。《文明的碎片》鞭笞蒙昧和野蛮,呼喊文明。《霜冷长河》则从历史的大话题转向小话题,生命取代历史成为主题,题材主要关涉友情、名誉、谣言、嫉妒、善良、年龄等。《千年一叹》是日记体散文,其文化视角从中国转向世界,记录了伊斯兰文明、两河文明、阿拉伯文明、印度文明、古埃及文明、希伯来文明等世界文明的衰落,并在对比中找寻中华文明之所以延续的原因。《行者无疆》是《千年一叹》的续篇,通过考察欧洲九十六座城市来比较中华文明的缺失。《借我一生》则是一部呕心沥血的自传性散文集,涉及他和他的家族诸多不为人知的经历。余秋雨说,他历来不赞成处于创造过程中的艺术家过于激动,但写这本书,常常泪流不止。作品展示了一种蔑视灾难、不断突破的精神历程。后来他又续写《我等不到了》。《何谓文化》则分别从学理、生命、大地和古典四个层面来回答文化究竟是什么,提出文化的最终目标,是在人世间普及爱和善良。

余秋雨的散文出现在"重写文学史"的历史语境中,在相当程度上,暗合了"重写文学史"所规范的文学要求。1988年,王晓明与陈思和在共同主持《上海文论》时正式提出"重写文学史"的学术命题,主张"去政治原则"和"审美原则"两个标准,目的在于"探

---

①② 余秋雨.文化苦旅[M].上海:东方出版中心,1992:15,72—79.

讨文学史研究多元化的可能性,也在于通过激情的反思给行进中的当代文学发展以一种强有力的刺激"①。余秋雨的散文表现出了极力去政治化倾向,谈历史、文化、人格和良知,所取的都是文化视角。在经历了80年代末期的经济转型和社会动荡之后,知识分子的精神家园急需重建,如何建构一个既能接续传统、又能适应当下的健康向上的精神家园,是迫切的时代命题。文化散文探寻传统文化内在的神光,彰显知识分子的责任意识和文化良知,有强烈的人文精神,这是它成功因素之一。同时,在艺术上,它是戏剧和散文文体的互渗、感性和理性的结合、诗性和知性的统一,具有厚重感、雄壮美,呈现出一种"大散文"的叙事构架。这是它在审美原则上的成功。余光中在《散文的知性与感性》中赞赏余秋雨的文化散文:"比梁实秋,钱锺书晚出三十多年的余秋雨,把知性融入感性,举重若轻,衣袂飘然走过他的《文化苦旅》。"②

然而,余秋雨的文化散文也遭到一些人的质疑和批评,包括知识性的错误、抒情方式的自我重复等问题。尽管如此,余秋雨的文化散文毕竟接续五四文化散文的精神,为当代散文带来一种新的审美范式,有反拨"十七年"虚假散文,力图超越平庸、重建民族文化之意义。

二、贾平凹的散文

1974年,贾平凹在《西安日报》发表第一篇散文《深深的脚印》,之后创作发表大量的散文,代表性的散文集有《月迹》《守顽地》《坐佛》《五十大话》等。他的散文创作独树一帜,他以"独抒性灵、不拘格套"的笔墨,融描写的灵秀、叙述的清幽、抒情的含蓄为一体。他特别钟情于有着深厚历史和文化积淀的西北故土,善于将浓郁的生活情致与绵密的哲理相统一,以真挚的情感拥抱时代、社会、生活,因而它的散文具有既打动人心又紧贴时代的突出特征。他的散文不断创新求变,不同阶段呈现出不同特点。根据贾平凹对自己散文创作三种境界的描述,可将其散文创作的流变分为"单纯入世——复杂处世——单纯出世"三阶段。③ 1981以前是单纯入世阶段,那时他初涉文坛,对生活充满幻想,作品富有诗意和灵性,如《空谷箫人》《丑石》《月迹》等。1981年以后,他由理想转向现实,进入复杂处世阶段,特别关注其周边的生存空间,在地域风情的描述中展示历史文化和乡土文化,如《秦腔》《黄土高原》《延川城感觉》等。80年代中期开始,他又转入单纯出世阶段,宁静地观察世相与体悟人生,有谈禅论性、谈佛说道的意味,如

---

① 陈思和,王晓明. 主持人的话[J]. 上海文论,1988(4).
② 余光中. 散文的知性与感性[J]. 新华文摘,1994(10).
③ 参见沈义贞. 中国当代散文艺术演变史[M]. 杭州:浙江大学出版社,2000:171.

《人病》《生活一种》《闲人》《弈人》等。

从文化散文的角度讲,贾平凹第二个创作阶段的富有地域文化特色的作品最有成就。和沈从文常爱称自己"乡下人"一样,贾平凹也喜欢强调自己的乡土身份。他说:"我是山里人,到西安这个古都里,仍是山里人德性","我的生命,我的笔命,就是那山溪哩"。① 1981—1984年,贾平凹曾四五次回到家乡商州寻访考察,先后写成散文《商州初录》《商州又录》《商州再录》,在文坛引起强烈反响。1988年这三个系列散文结集为《商州三录》,长达十五万字,在天津百花文艺出版社出版。《商州初录》通过描绘秦汉文化环境中特有的生存方式和风土人情,既展示了商州的自然之美,也表现了人情美。作者深情地把商州称作"美丽、富饶而充满着野情野味的神秘的地方",把商州人称作"勤劳、勇敢而又多情多善的父老兄弟",其淳朴、善良、正义、宽容的民风自觉彰显出商周古老的地域文化对现代生活的意义。《商州又录》文风有所变化,采用了类似于中国传统作画的写意法,有意模糊时空和人物,主要表现了现代人的生活及其情绪。《商州再录》又恢复《商州初录》的文风,书写具体时空下的人物,窥视人性,挖掘和批判民族的根性。《商州三录》在整体上具有文化寻根的意味,但其中《商州初录》的发表时间早于1985年的寻根文学热潮,所以说《商州三录》属于80年代寻根文学,但同时又超出寻根文学。

"商州"系列之外,《秦腔》《黄土高原》和《延川城感觉》等作品,也表现出贾平凹的乡土情结和对地域文化的观照。他醉心于展示八百里秦川人们魂系秦腔的心态和黄土高原的风俗民情。如《秦腔》通过形象地描写一个地方剧种的生成、变迁特点,展示了秦川大地上人们的喜怒哀乐,以及他们热情蓬勃的生命力。秦腔是一种艺术,也是秦文化的载体,书写秦腔,传递了作者对秦文化的领悟,并在文化的把握中透视民众的生存状态与生存哲学。《黄土高原》描写了黄土高原的特殊地貌和它生养的人们淳朴的民风,在吃饭、恋爱、婚嫁、公务等常态生活中咂摸黄土文化的韵味。《延川城感觉》写延川这个地方"偏僻而不荒落,贫困而不低俗",女人俊俏,男人精神,红枣、羊肉是最有特色的物产。作者感慨:"这地方花朵是太少了,颜色全被女人占去;石头是太少了,坚强全被男人占去;土地是太贫瘠了,内容全被枣儿占去;树木是太枯瘦了,丰满全被羊肉占去。"②风趣的语言尽显他对这块土地的爱。总之,陕西商县的奇松,甘肃河西的戈壁风沙、张良庙、红石峡、黄陵柏、白浪街、五味巷等到了贾平凹的笔下,都成了有人情味、有文化感的地方和风物。

---

① 贾平凹著,王永生编.贾平凹文集(第14卷)[M].西安:陕西人民出版社,1998:20,10.
② 贾平凹著,王永生编.贾平凹文集(第11卷)[M].西安:陕西人民出版社,2004:201—202.

另外,散文集《老西安》(2006年初版)虽然不属90年代文化热的成果,但它是贾平凹文化散文的又一大力作,甚至可以说是最厚重的一部。书中记录了贾平凹在寻访与追溯西安文化以及他2000年夏行走丝绸之路的考察经历,还收入了他的商州系列文章。他以文化学者的身份考察古城西安的历史演变,融个人的感悟与对历史事件的描述于一体,采取民间百姓的评说方式来阐释西安历史,同时还研究影响历史沿革的长时段民众文化心理和社会意识。文章纵横捭阖,气势磅礴,是典型的"大散文"。

在艺术上,贾平凹散文用"心"取胜。他用真挚的情感去拥抱时代、社会和生活。三毛曾经致信贾平凹:"原先看您的小说,作者是躲在幕后的,散文是生活的部分,作者没有窗帘可挡,我轻轻地翻了数页。合上了书,有些想退的感觉。散文是那么直接,更明显的真诚,令人不舍一下子进入作者的家园……"①谢有顺也说:"他的散文,笔触是松弛的,感人的原因是它里面藏着作者的真心。"②贾平凹早期的散文具有清秀、空灵的风格,但有时也流于文字稚嫩、感情直白;后期则善于将生活的情致和绵密的哲理相统一,余味无穷。

除了散文创作,贾平凹对散文的贡献还表现在他的"大散文"观上。1992年10月,他在《美文》创刊辞中率先提出"大散文"的理念。针对当时"充斥在文坛上的散文一部分是老人们的回忆文章,一部分是那些很琐碎很甜腻很矫揉造作的文章",贾平凹说,"我们的想法是一方面要鼓呼散文的内涵要有时代性,要有生活实感,境界要大,另一方面鼓呼开拓散文题材的路子"。③ 因此所谓的"大散文",就是要求散文在选材上超越狭小的个人情怀,注目时代和社会,在审美境界上追求大气象、大气度、大格局,在文体形式上可以大而化之、多样化。学界曾对"大散文"的说法提出过质疑,如刘锡庆就不赞同散文什么人、什么题材都可以写,而主张规范、净化散文文体,他说,"一时间,散文领域变得海阔天空。这是不合适的"。④ 贾平凹的"大散文"观对当时的散文创作起到了纠偏作用,也呼应了当时文坛出现的文化散文创作热潮。

三、史铁生的散文

史铁生(1951—2010),生于北京,祖籍河北涿州。1967年清华大学附属中学初中毕业,1969年去延安插队,1972年因双腿瘫痪回到北京,在北京某街道工厂做工至

---

① 三毛.三毛致贾平凹的信[M]//李星选编.平凹散文.杭州:浙江文艺出版社,2000:313.
② 谢有顺.散文的后面站着一个人[J].当代作家评论,2006(3).
③ 贾平凹.中国散文的九个问题[J].新闻周刊,2002(14).
④ 刘锡庆.散文新思维[M].郑州:河北教育出版社,1998:299.

1981年。1979年开始文学创作。曾任中国作家协会会员、北京作家协会副主席、中国残疾人联合会副主席。代表作有小说集《我的遥远的清平湾》《命若琴弦》《奶奶的星星》等,长篇小说《务虚笔记》《老屋小记》《我的丁一之旅》等,散文集《合欢树》《想念地坛》《病隙碎笔》《记忆与印象》《扶轮问路》等,还有电影剧本《死神与少女》《边走边唱》等。

  特殊的生活际遇和强健的生命意识,使史铁生的散文创作的文学命题有着与众不同的特点,他的散文的美学意蕴大多与他的身体疾患有关。因此史铁生的创作历程是苦难之旅,也是哲思之旅。史铁生散文的独特性首先就体现在这种痛与思而构成的精神的张力上,显示了人类与困境不断抗争的坚强意志和顽强的生命力。《我与地坛》是这方面的代表作,写他在突然遭遇双腿残废的沉重打击下,无意之间走进一座历经四百多年沧桑的古园,在长达十五年之久的盘桓中,他逐渐汲取顽强生活与奋斗的力量,并获得生命的启示。他曾经这样论及人生的三种困境:"第一,人生来注定只能是自己,人生来注定是活在无数他人中间并且无法与他人彻底沟通。这意味着孤独。第二,人生来就有欲望,人实现欲望的能力永远赶不上他欲望的能力,这是一个永恒的距离。这意味着痛苦。第三,人生来不想死,可是人生来就是在走向死。这意味着恐惧。"①孤独、痛苦和恐惧是史铁生对人生困境的深刻理解。但是,人该怎样来对待生命中的困境或者说苦难?这是他思索的焦点。要解决这个问题,首先需要回答"人为什么活着""人要不要去死""写作到底是为了什么"等一连串有关生命的问题。最初,他进入地坛是为了逃避现实,但通过几年的观察和反省,他终于明白:"一个人,出生了,这就不再是一个可以辩论的问题,而只是上帝交给他的一个事实;上帝在交给我们这件事实的时候,已经顺便保证了它的结果,所以死是一件不必急于求成的事,死是一个必然会降临的节日。"

  想清楚了生死问题,他开始关注怎样活的问题,他的目光由自身转移到母亲身上,由母亲又转移到其他人身上。母亲于他有着特殊的意义,因为他残疾,因为她不是那种光会疼爱儿子而不懂得理解儿子的母亲,"她情愿截瘫的是自己而不是儿子",她一直担心儿子找不到一条通往幸福的路,所以,她"注定是活得最苦的母亲"。他用心理解了母亲的苦难和伟大,终于明白自己写作的最初动机是为了母亲。母亲之外,他还关注到了一个漂亮却弱智的少女,于是,他对苦难的思考由平常心上升到非常心,即不再把不幸简单归咎为命运,祈求自我和命运的妥协,而是将自我置身于天地大宇宙之间,看

---

① 史铁生.自言自语(创作谈)[M]//我与地坛:史铁生散文、小说选.北京:中国社会科学出版社,1993:341.

透包含所有生命个体在内的更大的生命本相,寻找自我超越之路。"看来差别永远是要有的。看来就只好接受苦难——人类的全部剧目需要它,存在的本身需要它。""宇宙以其不息的欲望将一个歌舞炼为永恒。这欲望有怎样一个人间的姓名,大可忽略不计。"①这是他对苦难与生命的了悟。因此,对于上帝给人的三种困境,史铁生认为也可以理解为三种获得欢乐的机会。由悲观转向乐观,这是他的人生和写作最鼓舞人心的地方。

林贤治说:"散文是人类精神生命的最直接的语言文字形式。散文形式与我们生命中的感觉、理智和情感生活所具有的动态形式处于同构状态。"②史铁生散文艺术与他的精神世界同构,他对心灵的审视、对人生的哲思在整体上达到了一般作家难以企及的高度。除了《我与地坛》,散文集《病隙碎笔》也深刻地展示了史铁生的精神世界和生命感悟。他写这部作品时,不但没能离开轮椅站起来,反而病得更重,双肾功能衰竭需要三天一透析。所以,他的人生完全变成了像他自己说的以生病为职业,写作是业余。但他对此并不悲观,他广泛阅读各种哲学和文化著作,在西方哲学的启示下分析人的生存和命运,在儒、道、佛等传统文化的影响下思考人生的价值和意义,甚至用神秘主义来观照人生困境。他对"残疾"的感悟发人深省:"人所不能者,即是限制,即是残疾",懂得人所必有的不能和限制,就像格拉底知道人之必然的无知,这是对存在之澄明。史铁生以平和的心态对关乎人生命运的"成长""生病""爱情""金钱""生存""道义""信仰""死亡"等问题进行思考,字里行间闪烁着理性的光芒。比如:"人可以走向天堂,不可以走到天堂。走向,意味彼岸的成立。走到,岂非彼岸的消失?彼岸的消失即信仰的终结、拯救的放弃。因而天堂不是一处空间,不是一种物质性存在,而是道路,是精神的恒途。""我们太看重了白昼,又太忽视着黑夜。生命,至少有一半是在黑夜中呀——夜深人静,心神仍在奔突和浪游。更因为,一个明确走在晴天朗照中的人,很可能正在心魂的黑暗与迷茫中挣扎,黑夜与白昼之比因而更其悬殊。"③

史铁生散文的独特性还表现在超越自身的不幸对世界的感恩与挚爱上。正如文洁若所说:"20岁是人生的花季,一个天资聪颖、有理想有抱负的青年,竟然被病魔终身固定在轮椅上,前途茫茫。多亏亲情、友情、爱情的支持,他佳作连篇,在中国当代文坛上奠定了地位。"④史铁生是一个很重感情的人,除了在《我与地坛》中书写他对母爱的真

---

① 史铁生.我与地坛[M].北京:人民文学出版社,2011:3—22.
② 林贤治.论散文精神(代序)[M]//中国散文五十年.桂林:漓江出版社,2011:2.
③ 史铁生.病隙碎笔[M].长沙:湖南文艺出版社,2013:58,55,105.
④ 文洁若.史铁生与亲情、友情、爱情[J].上海采风,2011(4).

切体验和感动,在《我二十一岁那年》中,他还写到那些可爱的同学,那些暗中帮助他的护士和医生,尤其是唐大夫对他无微不至的关照,他为她因工作劳累而去世感到无比悲痛。他还在《病隙碎笔》一书和《记忆与印象》中写到夫人陈希米对他的爱。在相濡以沫的爱情中,他感悟了残疾与爱情是"上帝为人性写下的最本质的两条密码",残疾与爱情好比为原罪与救赎,"爱情属灵,是梦想,是对美满的祈盼,是无边无垠的,尤其是冲破边与限的可能,是残缺的补救"。①

史铁生散文在艺术上也有独特性,有人用"哲思体"来概括它,也有人说它是"倾诉体"。前者强调的是他的散文"以务虚为主,凭借生命印象点染人物,以平视的心态叙事,通过哲思意象的营造、周而复始的结构与混淆重叠的手法,来倾诉心魂,追问命运,展现哲思"②;后者则着眼于它幽微细腻、自由随意、诚挚激越的风格。总之,史铁生散文的艺术形式活泼自由,对众多散文体式兼收并蓄,或哲思文,或抒情体,或日记体,或书信体,行文平和却意蕴深厚,具有真诚智性而又悲天悯人的人文特征。

四、张中行的散文

张中行(1909—2006),原名张璇,学名张璹,河北省香河县人。1935 年从北京大学中国语言文学系毕业,先后在中学、大学任教,1947 年创办《世间解》杂志。中华人民共和国成立后,任人民教育出版社编辑。1968 年起,离开工作岗位,被下放劳作,1978 年,恢复退休待遇。曾从事中学语言教材的编辑工作,主编及参编的著作有《文言常识》《文言文选读》(三册)、《古代散文选》(三册)及中学通用语文教材等。80 年代开始散文随笔创作,相继著有《负暄琐话》《负暄续话》《负暄三话》《禅外说禅》《顺生论》《说梦楼谈屑》《流年碎影》《说梦草》《散简集存》等,另有《文言与白话》《文言津逮》《诗词读写丛话》《佛教与中国文学》等著作行世。与季羡林、金克木并称为"未名湖畔三雅士"。季羡林称他是"高人、逸人、至人、超人",并用"学富五车,腹笥丰盈"来评价他。③

张中行的散文在 20 世纪 80 年代末至 90 年代成为热销书,但又不同于普通的畅销书,因为他不迎合潮流,不标新立异,而是靠丰富的学问、深厚的历史感和独立的思想取胜。1986 年出版的《负暄琐话》是一部具有"闲话风"的记人叙事散文集。书以"负暄"名之,取"晒太阳闲话"之意。书中写 30 年代前期以北京大学为中心的旧人旧事,有赫

---

① 史铁生.病隙碎笔:史铁生人生笔记[M].西安:陕西师范大学出版社,2002:65.
② 张路黎.史铁生哲思文体的创建及特征[J].江汉大学学报,2008(1).
③ 季羡林.我眼中的张中行(代序)[M]//张中行.负暄絮语.南京:江苏文艺出版社,2004:1,5.

赫有名的学界名流,也有虽非名流却可一述的奇士,包括章太炎、黄晦闻、马幼渔、马一浮等,共计六十余篇,感情深沉,思想淳厚,文字精美,正如作者自己所说,这些文章他"是当作诗和史写的"。① 1990年,他又将陆续写就的关于辜鸿铭、张庆桐等的五十余篇文章,集为《负暄续话》出版。启功为之作序时说,他写人物"敏锐的观察,轻松的刻画,冷峻的措辞",与温源宁的《一知半解》有"针芥之契",写人勾魂摄魄;②而差异之处在于,温源宁写人不爱交代人物身份,让人不知其谁,张中行总会交代清楚人物来龙去脉,不致让人有丈二和尚摸不着头脑之感,因而张中行写人明晰而有神韵。《负暄三话》1994年出版,内容及格调与琐话、续话相类似,仍以行云流水、冲淡自然之笔记可传之人、可感之事和可念之情。这三本散文集构成"负暄"三种,有"当代的《世说新语》"之誉。

综观张中行"负暄"三种可以发现,在写人记事上他有自己的特色。他总是带着史家的眼光来审人度事,态度不偏不倚,行文有条不紊,评点有理有据。同时,他又不乏杂感家的灵性,勾画人物有神来之笔,反思事件有独到发现。比如,写人物的"怪"和"痴",说熊十力在一般人的眼里是个怪人,除去自己的哲学之外,几乎都不在意,"信与行完全一致,没有一点曲折,没有一点修饰;以诚待人,爱人以德,这些都做得突出,甚至过分,所以确是有点怪"(《熊十力》)。这是从人物的知行合一来写其"怪"。而章太炎身上的多种怪之中,"最突出的是'自知'和'他知'的迥然不同",他不惧世人哂笑,称自己学识最高处是医道。他毫不矫情地秉持内心想法,在大局步步退让时,敢于说出"不要赶走了秦桧,迎来石敬瑭啊"的惊人之句(《章太炎》)。这是从人物守护自我不畏权贵,以致不知变通来写其"怪"。《银闸人物》写无名之辈老邓的"痴",说他恋上了一位没有来头的女性,因为他尊爱情为生命,对这位多情女人一句戏言式的情话信以为真,其实他是活在怀有永远不会成为现实的幻想之中。再有,对名人的书写,他总是能举重若轻,娓娓道来。比如写胡适,他不写大事件,恰恰抓住细微处来写,写他的外貌和言行举止和平易近人,连朋友都爱用"我的朋友胡适之"这样的话来标榜自己的资历。

张中行写人记事的文风与周作人小品文有相似之处。张中行和废名一样,同属周氏弟子,虽然张中行惋惜周作人"大事糊涂,小事不糊涂",但他的性情和文风还是很接近周作人,《负暄琐话》明显受到《知堂回想录》的影响。比如他的《沙滩的住》结尾:"随着时间的流逝,公寓逐渐减少以至于消亡,良禽择木而栖的自由也逐渐减少以至于消亡。但沙滩一带的格局却大部分保留着,所谓门巷依然。我有时步行经过,望望此处彼

---

① 张中行. 小引[M]//负暄琐话. 哈尔滨:黑龙江人民出版社,1986:4.
② 启功. 读《负暄续话》[M]//张中行. 负暄续话. 哈尔滨:黑龙江人民出版社,1990:3.

处,总是想到昔日,某屋内谁住过,曾有欢笑,某屋内谁住过,曾有泪痕。屋内是看不见了!门外的大槐树依然繁茂,不知为什么,见到它不由得暗诵《世说新语》中桓大司马(温)的话:'木犹如此,人何以堪!'。"语言简约而有余味,显现出苦雨斋之风。他为周作人先后写下《苦雨斋一二》《再谈苦雨斋并序》等文章。周作人师法"六朝文",强调闲适化的自由,好性灵抒发。张中行性格温和,淡泊名利,做人行文皆走非功利路线。所以孙郁有评:"同是出身北大,顾随喜欢鲁迅,张中行偏爱知堂。""张中行平淡幽微,乃知堂笔法。"①

除了写人记事,张中行也通过散文来对人生作形而上之思。但他的哲思并不表现为深奥艰涩的理论阐述,而是娓娓道来的通透之论。1993年出版的《顺生论》,将自己四十多年的人生思考分"天心""社会""己身"三部分共六十个小话题来展开论述,融知识性和趣味性于一炉。他40年代曾经创办一份以佛教文化为题旨的《世间解》杂志,那时他对佛学产生兴趣,写过《度苦》一文,但深入接触佛学后发现释迦牟尼也有局限,于是又返回到罗素和笛卡儿那里,重新思考如何对待人生的顺境和逆境问题。他易古人的"率性"为"顺生",顺生不是奴态地顺从,而是遵循生命发展规律来调养生机,将失常和违越的心理解决在萌芽阶段,从而达到增进智慧与健康和谐的状态。正如他自己所说:"对于有些事物不能求甚解,但又必须相信自己的眼睛,选择一条路,向前走。""率性是道,顺生自然同样是道,这道即通常说的人生之道,用大白话说是自己觉得怎么样活才好。"②张中行出身农家,生性谦和,虽历尽坎坷但坚执"读书明理"之念,博览群书。《顺生论》总结了他丰富的人生体验,同时,又超出生命个体,对自由、平等、民本、限权等人类普世的价值观进行深入思考。中国历史上少有人生哲学著作,因而《顺生论》赢得"现代《论语》"的美誉。

第三节 杂文和随笔

杂文和随笔虽然同属于散文,但二者有所区别。杂文是一种直接、迅速反映社会事变或现实动向的文艺性论文。杂文取材现实社会,往往以小见大,多为抨击时政和针砭时弊,体现知识分子的责任与担当。笔法多用讽刺,文风锋利而隽永。在社会剧烈动荡的年代,杂文是思想文化利器,可以寸铁杀人;在和平建设年代,它则能起到弘扬真善美、鞭挞假恶丑的作用。随笔则是议论文的一个变体,即随意、笔录,是一种自由之笔。作为一种散文样式,随笔由法国散文家蒙田所创,兼有议论和抒情两种特性,通常篇幅

---

① 孙郁.从"度苦"到"顺生"[J].读书,2008(8).
② 张中行.顺生论[M].北京:中国社会科学出版社,1993:19,304.

短小,形式多样。随笔选材驳杂,比杂文的要"软"与"淡"一些,笔调平和,多小中见趣,追求幽默或雅致,多体现知识分子的性情爱好或知识学问。在五四新文学中,白话杂文和随笔都曾达到前所未有的发展水平。鲁迅的杂文、周作人的随笔都是现代散文中的精品。

新时期以来的杂文,在思想解放的语境中有了蓬勃的发展。很多作家因为具有自觉的忧患意识、强烈的使命感和社会责任感而选择了这种散文形式来匡正时弊,激浊扬清。1978年3月28日《人民日报》发表了秦牧的杂文《鬣狗的风格》,揭示了"文革"中某些"看到气候差不多的时候就奔上前来咬点骨头",事后又"会立刻装成个文明人、没事人的样儿"的现象,批判了具有鬣狗式性格的人物的丑恶嘴脸和无耻行径。秦牧的这篇文章代表了新时期初期杂文的主流方向。之后有章明的《"吃运动饭"》、林放的《江东子弟今犹在》等作,均对"文革"进行反思,体现了新时期理性批判精神的复活。1988年,《人民日报》"风华杂文征文"和中国作协举办全国首届优秀散文(集)杂文(集)评奖,将新时期杂文发展推向高潮。邵燕祥的《忧乐百篇》、牧惠的《湖滨拾翠》、陈小川的《各领风骚没几年》、曾敏之的《观海录》等十部杂文集在中国作协评奖中脱颖而出。新时期以来杂文作者分布面广泛,主要的作者群有四类:一是作家;二是学者;三是新闻工作者;四是党政机关和其他行业的业余作者。90年代以来,随着社会生活的变化发展,杂文除了对历史政治、文化发展的关注,还在科学、经济、法制等领域发挥作用,科学杂文、法制杂文、经济杂文、乡土杂文等应运而生,拓展了杂文的内容和题材。

说到随笔,1979年6月创刊的《随笔》是一份不能不提的杂志。它以文史、思想随笔为主,素有"南有随笔,北有读书"的美誉。自创刊三十多年来,拥有一大批当代文坛和思想界的重要作家,如王元化、王蒙、贾平凹、刘军宁、鄢烈山、邵燕祥等。它不仅见证了新时期以来中国知识分子的心路历程,而且对随笔这种文学形式的发展作出了重要的贡献。《随笔》之外,《读书》《文学自由谈》等杂志在80年代对随笔的繁荣也起到很大的推动作用。90年代文坛出现"随笔热"的主要原因在于:一是较为宽松的社会环境文化语境给随笔提供了自由生长的土壤。随笔是一种极富个性精神的文体,作者如果没有敢于说真话的勇气和条件,那是不可能写出好的随笔的。二是随笔自身的文体特点决定了它是所有文学体裁中最容易走出纯文学范畴的文体。它通过生活化与思想化的灵活的表达方式,承担起表现复杂多变的时代生活的使命,赢得最大范围内的读者。新世纪以来,受到电子媒介迅猛发展的影响,学者随笔、都市女性随笔等多种类型的随笔已经具有成为散文主流的趋势。

综观新时期以来的杂文和随笔,成就比较高的有邵燕祥、张承志、王小波等。他们都有跨文体创作的特点,邵燕祥从诗歌转向写杂文,王小波在写小说的同时也写杂文和随笔,张承志先以创作小说为主,后来转向以写散文为主。邵燕祥的杂文体现了知识分子的社会责任感,张承志的散文随笔体现知识分子高洁的精神,王小波的杂文和随笔体现知识分子的特立独行。

一、邵燕祥的杂文

邵燕祥(1933—),祖籍浙江萧山,生于北京。北平中法大学法文系肄业,1946年4月第一次在报纸上发表杂文《由口舌说起》,批评习于飞短流长的社会现象。中华人民共和国成立后,任中央人民广播电台编辑、记者,1953年加入中国共产党。1951年出版诗集《歌唱北京城》,1956年出版诗集《到远方去》,这两本诗集收入他在建国初期写的抒情诗,表现了当时年轻一代的理想和激情。1956年加入中国作家协会,不久,他因在诗和杂文中触及当时某些社会的不公正现象和反民主的社会风气,受到批评和斗争。1958年被划为右派,开除党籍,下放劳动。1979年恢复政治名誉,担任中国作协《诗刊》副主编,中国作协第三、四届理事。创作进入第二次高峰,他的诗歌也被称为"归来者的歌"。从1980年到1986年,他出版了《献给历史的情歌》《在远方》《如花怒放》《迟开的花》《邵燕祥抒情长诗集》等八种诗集和诗选,还有诗评集《赠给十八岁的诗人》《晨昏随笔》。邵燕祥集中精力大量写作和发表杂文是在1984年以后,杂文集主要有《蜜和刺》《忧乐百篇》《自己的酒杯》《大题小做集》《审丑》《会思想的芦苇》等,随笔集有《小蜂房随笔》《邵燕祥随笔》《人生败笔》《找灵魂》等,另有自传体散文《沉船》等。

邵燕祥的杂文既有强烈的现实针对性,又有鲜明的启蒙理性色彩。尽管受过精神磨难,但他在新时期能自觉地把杂文创作与历史变革中的国运民瘼联系起来,他说:"一方面是由于时代的需要、社会的需要,一方面也是找到了一个能对社会生活及时作出反应,能把我和群众的一些思考、情绪、意向直接加以表达的形式。"①他用杂文来批判一切专制、特权、愚昧、贪婪和奴性,宣扬科学、民主、平等和人道。比如,他的杂文《话痛痒》提出文学工作者应该具备与群众休戚相关、痛痒相关的感情,《再说"唤起"》批评了脱离群众、只剩下"长官意志"的领导,《切不可巴望"好皇帝"》批评人们头脑中自觉不自觉的皇权意识,《门外说贿》揭露基层选举的"钱"与"票"的交易,《"水变油"论》批判伪科学,《人是有尾巴的吗?》把"翘尾巴""夹尾巴"以及"脱了裤子割尾巴"同脏话、同人格侮辱联系起来,揭示出那动辄指责别人"翘尾巴""夹尾巴",勒令别人"割尾巴"者

---

① 邵燕祥.前记[M]//绿灯小集.北京:人民日报出版社,1987:2.

的封建主义和官僚主义作风。

1988年底,为适应杂文创作的勃兴,《钟山》杂志聘请邵燕祥主持杂文专栏,从1989年底第1期至第4期,邵燕祥在"杂文作坊"当"坊主",共发表他和蓝翎、舒展的12篇文章。这些杂文在题旨上有一个鲜明的共性,那就是抨击极左思潮和官场腐败,呼唤民主与法治。值得一提的是,他受到赵园《记忆洪水》一文中所引潘家铮《千秋功罪话水坝》的一段文字的触动,写了《灾难的记忆》一文,揭示驻马店和遂平县1975年遭遇的洪水实际上不是天灾,而是人祸;1958年遂平县因放农业高产"卫星"成为饿死人最多的地方之一。他的杂文让人蓦然一惊,重返历史现场揆情度理。

因为对社会有高度的责任感和对现实有敏锐的观察力,邵燕祥的杂文具有浓厚的启蒙色彩,颇具鲁迅杂文遗风。他曾在为陈小川杂文选集作的序言里说:"学习鲁迅,不限于鲁迅的杂文;学习鲁迅的杂文,不限于鲁迅的笔法。鲁迅上承历史上我们民族的脊梁,树立了坚韧的战斗的风范,这不仅影响于我们的杂文作者,我们的文学界,而且将影响于我们的全民族。"①正因为如此敬重鲁迅,以鲁迅为文学典范,所以他的作品也表现出对封建思想与不良现实的批评,对永恒真理的追求和对自我的反省。比如,《"土皇帝"也不能要》批判了现代社会土皇帝意识泛滥,不仅电影电视将历代皇帝竞相美化,连人们的日常生活也开始献媚皇权。他在《臣性》中进一步揭示当今地方和基层之所以也产生了土皇帝,和愚昧的"臣性"有密切关系。这"臣性"也是鲁迅笔下的奴性,是国民的劣根性。

对于自我的解剖,邵燕祥也像鲁迅一样自觉。他在评胡风的诗歌时写道:"我也随声附和地写过声讨的诗,伤害过曾经带我上路的人。"(《气势》)1997年,他出版了《人生败笔:一个灭顶者的挣扎实录》,他一件件地忏悔自己在"文革"中的所作所为。后来,因为感觉到光是忏悔自己那些有悖于人情事理的言行是不够的,而是要分析自己怎么在一个相当长的时期里逐步丧失了良知,于是在2004年,他又出版了《找灵魂——邵燕祥私人卷宗:1945—1976》,真实地暴露他在反右运动和"文革"中曲折复杂的精神历程,以拯救自我灵魂。该书封底写道:"我在再一次披阅旧卷宗时,从文学写作的追求与失落入手,却发现了一个整个人格扭曲蜕变以致丧失良知的轨迹,这如此深刻地发生在自己身上,虽不完全意外,仍然十分惊悚。我以为,以真相和本色示人,强似苦心孤诣以角色面具装扮和美化自己,既然已经领悟到过去一个历史时期内的自欺欺人之可悲,那么,除了遵循求真和求实的原则,还有什么能在有生之年减少新的遗憾呢?!"这是梦醒

---

① 邵燕祥.序[M]//陈小川.各领风骚没几年——陈小川杂文选.北京:北京出版社,1988:2.

后的启蒙,也是知识分子的良知。

邵燕祥的杂文艺术上具有泼辣、机智之美。语言尖锐,但不失书卷之气。敏锐的思想使他的杂文具有思辨性,也有理趣,而诗人身份又使他能巧妙地化用诗歌语言。正如张炜天所说,他的杂文有正气和才气。① 正气是因为他的杂文敢于涉及引起现实民众普遍关注的重大政治、思想、文化问题,敢于直陈己见,不讲违心话;才气体现在他能娴熟地驾驭语言,词汇丰富,文笔优美,还能由此及彼、由表及里地发现问题、揭示问题。

二、张承志的随笔散文

张承志(1948—),回族,山东济南人,生于北京。1967年清华附中毕业后,到内蒙古东乌珠穆沁旗插队。1971年进入北京大学历史系考古专业学习,1975年毕业后分在中国历史博物馆考古组工作。1978年考入中国社会科学院研究生院民族系攻读历史学硕士,毕业后留在社科院民族研究所从事北方民族史和蒙古史研究。1987年调入中国人民解放军海军政治部文化部从事专业创作,1989年退伍,成为自由撰稿人。1978年开始发表作品,早期的作品带有浪漫主义色彩,语言充满诗意,洋溢着青春气息的理想主义。后来转向宗教题材写作,曾引起不少争议。80年代以小说创作为主,90年代至今以散文为主。代表作主要有:小说《北方的河》《黑骏马》和《心灵史》等,散文集有《绿风土》(1989)、《荒芜英雄路》(1994)、《大地散步》(1995)、《清洁的精神》(1996)、《鞍与笔的影子》(2001)、《牧人笔记》(2001)、《音乐履历》(2003)、《粗饮茶》(2003)、《相约来世,心的新疆》(2013)等。

本以小说名世的张承志于80年代末转向散文创作,并于1989年出版第一部散文集《绿风土》,之后源源不断地发表散文作品,2009年获华语文学传媒大奖年度散文家奖。张承志曾这样解释其创作文体的变化:"我不知为什么一开头就写起小说来。其实我愈来愈感到自己不适宜也不喜欢小说形式。好像喜欢诗——但至今我还没弄清诗是什么。散文也许是我的一种迟疑和矛盾的中间物吧;我非常喜欢这样写,甚至把论文、书评、前言后记,都写成一种努力近诗的散文体。"②这至少表明,张承志的散文创作一开始,就带有诗性气质和理想主义,自觉追求自由的表达。

张承志散文的主题大致可以分为三类③:一是书写由三块"大陆"构成的"神奇的

---

① 参见张炜天.正气·才气——邵燕祥杂文简论[J].文艺评论,1988(1).
② 张承志.编后小纪[M]//绿风土.北京:作家出版社,1994:259.
③ 参见周会凌,谢有顺.从知青作家到"荒芜英雄"——论张承志的散文写作[J].文艺争鸣,2015(6).

土地",开掘底层民众的生存意志和文化心理,呈现民间文化的巨大力量,如《二十八年的额吉》《离别西海固》和《夏台之恋》等;二是批判话语霸权与世俗社会的思想随笔,表现对道德理想主义人格的构建,如《无援的思想》《清洁的精神》和《墨虽浓时惊无语》等;三是以其人生道路和学术研究为线索,进行自我反省和历史剖析,思考人类的生存价值和文明的终极意义,如《鲜花的废墟——安达卢斯纪行》《敬重与惜别——致日本》等。

就像他的小说叙事一样,张承志是个典型的理想主义者,他的散文创作有三块精神栖息的"大陆",一块是内蒙古草原,一块是新疆的天山南北,一块是伊斯兰的黄土高原。因为特殊的人生经历,内蒙古草原上牧人的背影、奔腾的马群,新疆天山的日出日落,北方雄浑的黄河、大西北悲怆的古歌,都是他刻意书写的对象,散文成为他寻找精神皈依的心灵随想。在《牧人笔记》中,他对乌珠穆沁蒙古族的生活方式和生命意识有着生动而细腻的书写,对蒙古包的额吉用热腾腾的奶茶温暖他因政治磨难而孤寂苍凉的心,一直心存感激,对蒙古族哥哥阿洛华和莲花嫂子身上体现的牧人的品质无比敬佩。而在《荒芜英雄路》里,他追寻成吉思汗时代英雄的蒙古人足迹,为今日英雄道路的荒芜和英雄时代的结束而感伤。

作为回族人,张承志是一位非常热爱母族文化的作家。回族文化是伊斯兰文化与中华本土文化双向交流、互相渗透的产物,是一种带有多元一体性特点的文化。1991年出版小说《心灵史》后,张承志的宗教情绪越来越浓。在《离别西海固》中,西海固的环境虽然恶劣,哲合忍耶却强烈地眷恋着它,数百年来不离不弃,它也让"我"懂了什么叫作Farizo;对于一切简朴地或是深刻地接近了一神论的人来说,Farizo是清洁的人与动物的分界。张承志认为,宗教心理是回族文化的重要特征,回族文化之所以在极端困苦和压迫下存留下来,靠的就是这种宗教心理,所以他在散文中着意表现他的宗教心理,展示回族形成过程,思考回族的语言问题,揭示回族民众在世俗和精神之间的矛盾。但他也清醒地看到了回族文化的负面性,如对回族的乡约传统,他提出只有敢于批判清除自身的病毒,回族才有可能生存下去。从这个意义上说,张承志是当代中国热爱和书写回族文化最优秀的散文家。

张承志的散文不仅有宗教意识和对回族文化的书写,还有对清洁精神的诉求。在20世纪90年代计划经济溃决、商品经济大潮席卷大地时,张承志面对滑坡颓败的文学态势,与功利、世俗社会相抗争,毫无顾忌地批判物质至上的社会思潮,倡导一种精神上的自律与洁净。因此,他被称之为"坚韧的精神旗手"。[①] 他在《危险的生命》(1992)中

[①] 颜敏.审美浪漫主义和道德理想主义:张承志、张炜论[M].北京:华夏出版社,2000:53.

提出美则生，失美则死。在《无援的思想》(1993)中痛感大批中国人屈服于势利，媚外求荣，再次重申失美则死的理念：即使文明失败了，人们也应该看见还有以美为生的中国人。《清洁的精神》(1993)发掘了古代中国许由等人追求正义和清洁的故事，视他们为中华民族精神的典型代表，认为只有坚持这种民族精神，中华民族才能永远立于不败之林。而在《以笔为旗》中，他对中国文学界的剧变和所谓"纯文学"潮流给予尖锐的批评。当然，由于张承志的散文主要写在 90 年代，那时正值中国社会急剧转型和知识分子思想分化，因此张承志浓郁的民族情结、宗教意识和精神至上的理想遭到质疑，被一些人视为思想偏激、文化保守和精神洁癖的代表作家。

艺术上，张承志的散文有诗化特征，具有强烈的主观性和抒情性。他在《艺术即规避》中表示：文学的最高境界是诗，无论小说、散文、随笔、剧本，只要达到诗的境界就是上品，而诗意的两大标准就是音乐化和色彩化。从内蒙古的草原到新疆的山水再至他深爱的神示民族，他总是用充满激情的笔来书写，骏马、鞍子、钩镰月和狗等意象常被用来作情感的寄托。当他从北方大陆感受到平民的高贵和坚韧、底层的尊严和纯洁，或者震撼于南方土地厚重的历史和一个个铮铮傲骨时，他恣意地抒发他的感情，让歌声从内心升起，泪水在眼眶里打转，他被一种悲怆的美所包裹。但有时候，他的情感不是激越而是深沉悠缓，比如《静夜功课》代表了他的思者意识，在夜深人静的"清冷四合"中，亲人在安睡，他却张开思想的翅膀。在外国作家中，他反复提起的是梅里美和三岛由纪夫，因为他的艺术审美与他们有诸多相似之处，他们都推崇浪漫主义和唯美主义。总之，张承志散文文化视野宽广，想象与思辨结合，情感充沛而语言流畅优美。

三、王小波的杂文和随笔

王小波在当代文坛是一个特立独行的作家。尽管他不幸因病英年早逝，但他的创作引起了广泛的关注。他在创作小说的同时创作散文，90 年代是他创作的黄金时代，他接连出版了散文集《思维的乐趣》(1996)、《我的精神家园》(1997)、《沉默的大多数》(1997)等。

王小波的散文的特点，首先是追求有趣。他说："我对自己的要求很低：我活在世上，无非想要明白些道理，遇见些有趣的事"，"我总觉得文学的使命就是制止整个社会变得无趣"。[①] 追求有趣是他人生的精神追求，也是文学的审美追求。何谓有趣？在王小波看来，有趣就是有道理而且新奇，它是个开放的空间，一直伸往未知的领域。如果

---

① 王小波.沉默的大多数：王小波杂文随笔全编[M].北京：中国青年出版社,1997：4,370.

一代人的生活本来是荒诞不经不可能成为现实的,但又恰恰成为现实,那它就是最糟糕的、最无趣的。王小波反抗无趣的路径之一,就是反抗乌托邦。他在《〈代价论〉、乌托邦与圣贤》一文中说,我们曾经历过乌托邦鼓舞的蓬勃朝气,只可惜那是一种特殊的愚蠢而已;人应该是自己生活的主宰,不应该成为别人手里的行货。

其次是追求理性。理性是一切知识分子的生命线,王小波尽管不是哲学家,也不是思想家,但理性是他思想的基石,他是一个有思想的文学家。在《知识分子的不幸》《积极的结论》和《人性的逆转》等杂文里,他集中地论述了理性,他说:"假设我们说话要守信义,办事情要有始有终,健全的理性实在是必不可少。"①如果一个社会失去理性,那就会缺乏正常的伦理观,就会造成全民知识水平的大后退,甚至会直接危及社会成员的生存权利和生命尊严。王小波的人生经历里,有过关于非理性时代的切肤的痛苦体验。他父亲在1952年被错划为"阶级异己分子",他自己16岁去云南农场劳动,19岁到山东牟平插队。在那不理智的年代里,知识分子是最不幸的。他高扬理性的旗帜,为的是反思传统文化,批判现实,倡导科学精神,提升民众的现代性品格。《沉默的大多数》这个集子,收录了大部分他关于对中国文学、艺术、科学和道德的理性认识,显示了他对生活的热爱、对真理的追求。

再次是关注社会伦理。王小波的随笔涉及社会、文化、艺术等多个方面的内容,但其中谈得最多的是社会伦理。他反对愚昧,尤其是装憨卖傻;他反对无趣,尤其是庄严肃穆的假正经。《理想国与哲人王》体现了他对符合人性、理性的伦理原则的追求。在《人性的逆转》里,他揭示了我国民族文化传统中存在许多有悖于人性的伦理原则。而在《中国知识分子与中古遗风》中,他将中外知识分子进行比较,认为中国知识分子关注社会的伦理道德,经常赤膊上阵论说是非,而外国知识分子以科学为基点,关注人类的未来,就是讨论道德问题,也是以理性为基础。从《沉默的大多数》整个集子来看,王小波的思想资源是经验主义的伦理认知方法和自由主义的伦理道德追求。他认为只有详细地讨论有关论据,经过痛苦的思索过程,才能搞清楚什么是对什么是错。而自由主义则是他的精神标签。他认为中国传统文化里,个人主义的东西太少,平等自由的思想太少,而自由是达成自我实现和社会进步的基本条件。

最后是追求自由。他的自由追求建立在理性的基础之上,为此他反权威、反崇高、反愚昧。反权威包括反对道德说教者的哲人王权威,那些哲人王总是高高在上并自以为是。比如,像他插队时管理大家的军代表,一天二十四小时都被权威思想所占领,并

---

① 王小波.沉默的大多数:王小波杂文随笔全编[M].北京:中国青年出版社,1997:54.

用它来早上早请示、晚上晚汇报。军代表自己沉浸在这种思想的乐趣中,可是王小波着实为之感到痛苦。他还对所谓"国学热""文化热"持理性态度,认为一些试图成为内圣外王的"圣人",其实是在觊觎权威。而崇高是一个特殊的审美范畴,王小波并不拒绝成就超我的史诗般的崇高,但反对伪崇高。他以知青为了捡一根因为发大水而冲走的电线杆为例,说知青为了这根电线杆付出了生命,然后被评为革命烈士,这并不是真的崇高,而是伪崇高,因为知青的生命远比一根电线杆有价值,他所作出的牺牲是巨大壮丽而空无的。

自由的理想境界就是特立独行。他本来是学理科的,但最后以创作为生。1992年4月,他辞去中国人民大学会计系教师的公职,成为一名自由撰稿人。这是他逃离体制的束缚追求自由生活的表现之一。更为重要的是,他在散文中表现了对自由精神的赞美。《一只特立独行的猪》是其代表作。他无比怀念一只他在插队时喂养过的猪,因为这只猪与众不同,它敢于反抗人类对他生活和命运的设置,它的身上具有一般的猪所没有的特立独行的品质。为了这一点,王小波称它为"猪兄"。其实,它是他自己理想的化身:讨厌模式化的生活,讨厌无趣的现实,希望自己主宰自己的命运。王小波的自由精神也体现在他的文风上,他的每一篇杂文,似乎都是即兴而作,闲谈般拉杂写来,无拘无束、无遮拦无雕饰,有时,把你想说而不敢说或者不能说的话都给说出来了,无比痛快!王小波的夫人李银河说:"小波是一位浪漫骑士,一位行吟诗人,一位自由思想家。"①

王小波的散文在艺术上也有鲜明的特点:善于说理、幽默风趣。许纪霖说:"王小波给人的一个最深刻的印象,是他的理性,那种清晰的、冷静的英国式的经验理性。"②正因为富有理性,王小波的杂文说理透彻。同时,因为他反对无趣,所以,他能把道理讲得很有趣,如他写那只特立独行的猪,还有《卡拉OK和驴鸣镇》,轻松幽默。李银河也说过,王小波喜欢有趣的、飞扬的东西,他的文学就是思想超越平淡乏味的生活。当然,这与王小波师承的英美经验主义和自由主义,受到以幽默睿智著称的马克·吐温和萧伯纳的文学影响,具有密切的关系。

第四节 报告文学

报告文学是与现实生活密不可分的一种文学样式,又是散文中最接近新闻报道的

---

① 王小波,李银河.爱你就像爱生命[M].上海:上海锦绣文章出版社,2008:129.
② 许纪霖.他思故他在——王小波的思想世界[M]//王毅主编.不再沉默——人文学者论王小波.北京:光明日报出版社,1998:35.

一种文体。新时期以来的报告文学在题材拓展、艺术表现、价值取向等方面都有明显变化。

题材大开放,是新时期报告文学给读者最直观的印象。新时期以来的报告文学的题材涉及社会的方方面面,历史政治、改革风云、社会问题忧思等等。"文革"结束至80年代初期,在拨乱反正、解放思想的历史语境下,受伤痕文学和反思文学潮流的影响,报告文学作家首先将目光聚焦在揭露伤痕、反思历史上。如1978年12月10日,陶铸的女儿陶斯亮在《人民日报》发表《一封终于发出的信》,以泣血的文字和深挚的情感,引起无数读者的共鸣,掀起平反冤假错案的高潮。1979年第2期《当代》刊载的杨匡满、郭宝臣的《命运》,再现了1976年天安门事件的全过程,揭示了正义终将战胜邪恶、历史终将向前,中国大有希望的命运。1980年第3期《当代》发表的遇罗锦《一个冬天的童话》,以血泪交织的语言讲述了一个发生在不正常社会女性的悲惨悲剧,揭露了极左思潮的严重危害,尤其是用革命外衣打扮起来的反动的血统论和封建的株连制对鲜活生命的无情摧残。拨乱反正之后,尊重知识与尊重人才成为社会主潮,知识分子题材因此成为报告文学的新宠。于是,吴吉昌、秦官属、徐凤翔、王运丰、贝汉廷等的人生事迹被写进报告文学,徐迟的《哥德巴赫猜想》《地质之光》《生命之树常绿》,穆青的《为了周总理的嘱托》,黄宗英的《大雁情》《小木屋》,陈祖芬的《祖国高于一切》,柯岩的《船长》《美的追求者》《奇异的书简》,黄钢的《李四光》,孟晓云的《胡杨泪》等是这方面的代表作。不同领域的知识分子身上的优秀品质得以展现,激发了整个社会对知识人才的重新认识。应该说,新时期初期的报告文学,有力推动了社会的思想解放运动。

80年代中后期,随着改革开放的进一步发展,经济、文化领域日新月异,各种社会问题和现实矛盾开始显露出来,报告文学的题材更加丰富多彩,尤其是社会热点问题成为写作焦点。比如,钱钢的《唐山大地震》聚焦于1976年唐山大地震;徐刚的《伐木者,醒来!》对乱砍滥伐行为发出棒喝之声,为环境保护吹响号角;岳非丘的《只有一条江》也是一篇关注生态环境的作品;贾鲁生的《丐帮漂流记》则聚焦于处在社会最底层的人,作者曾经混迹丐帮数月,才写出了丐帮这个"在一种神秘溶剂作用下"掺杂混合而成的奇形怪状的群体;涵逸的《中国的"小皇帝"》反映了独生子女娇生惯养问题。此外,还有李延国的《中国农民大趋势》,胡平、张胜友的《世界大串连》,赵瑜的《强国梦》等。

90年代以后,经济全球化的浪潮席卷而来,报告文学"从宏大的社会问题回归到对人生价值和生命意识的探求,从现象透视转为历史观察,从二元判断改为多元思考,从强化主体意识变为强调客观实在,从煽情激越改为冷峻平静的叙述"。① 这时,出现了航天系列、教育系列等题材的报告文学。比如,鸣生的"航天四部曲":《走出地球村》《远征三万六》《飞向太空港》《澳星风险发射》,以及《中国863》,集中生动地赞颂了中国航天事业的飞速发展。徐剑的《大国长剑》《鸟瞰地球》再现了中国战略导弹的研制发射和阵地工程的建设,显示了中国军事科技现代化的威力。何建明则创作了"大学教育系列":《落泪是金》《龙门圆梦——中国高考报告》和《根本利益》。其中,《落泪是金》最早反映了国家1994年开始大学教育政策改革,取消国家包培,由学生交付上学费用后出现的很多来自贫困地区、贫困家庭的大学生读书艰难的问题。该作不光是在教育界和所有大学生的亲属中间,而且在当时的中国社会生活中都引发了很大的震动。

此外,对弱势群体农民的关注,也是新时期以来报告文学的重要题材之一。如李延国的《中国农民大趋势》,李存葆、王光明的《大王魂》《沂蒙九章》,杨守松的《昆山之路》《苏州"老乡"》等,展示了农民从贫困落后走向富裕文明的道路。而卢跃刚等的《寻找农民的真理》最早以反思、忧患和批判的维度,关注"三农"问题。之后,陈桂棣、春桃的《中国农民调查》,何建明的《根本利益》等作,继续关注世纪之末"三农"问题在城乡二元结构中所遭遇的前所未有的困境。卢跃刚的《大国寡民》,揭示了僵化政治体制下中国农村基层权力的霸道及其灾难性后果。该作曾轰动海内外,被列入1998年文学类十大畅销书。

在艺术上,新时期以来的报告文学"文体意识"日趋自觉,形式更加丰富多样。相比传统报告文学的单一事件和人物描述,出现了全景式结构的作品,如《唐山大地震》,集合式结构的作品,如《中国的"小皇帝"》《中国农民大趋势》。叙事风格上,既有以诗化语言创造诗化境界的叙事,如徐迟、柯岩的作品;也有用小说的方式进行叙事,如理由、刘亚洲的作品;还有用散文式的笔调来叙事,如肖复兴的作品;还有用电影蒙太奇和戏剧对白方式来写的,如黄宗英、陈祖芬、黄钢的作品。他们的叙事风格各异。

在价值取向上,新时期以来的报告文学游走在政治审视、文化反思、道德评判和人性观照之间,越来越多元化。报告文学作为文学中对于政治历史最为直接和敏锐的文体,大胆地触及一些敏感话题,最早揭露诸多不为人知的历史真相。而文化反思是最具有现代性意味的,因为"坚守文化批判性,正是坚守报告文学作家主体独立精神的重要表征"。② 如王宏甲的《智慧风暴》、李鸣生等的《寻找"北京人"》,描述了科技人员的新文化观;钱钢的《唐山大地震》,邓贤的《流浪金三角》和《中国知青终结》,舒云的《噩梦

---

① 杨颖,秦晋. 不倦地探索与创造——报告文学面面观[N]. 光明日报,1996-12-19.
② 王晖. 新世纪报告文学:前沿观察与思考[N]. 文艺报,2004-03-09.

九一三》对不同时期历史事件和历史人物进行重新审视;党益民的《川藏线上生死劫》、陈歆耕的《战争大趋势》再现了当代军事领域的人和事,吴岗的《善待家园》显示了经济建设与环境保护间的激烈冲突,老威的《中国底层访谈录》则呼应了新世纪检视现代化过程中理性精神与公正原则缺失的现代性反思的潮流,等等。报告文学对道德的评判和人性的观照有赖于创作主体的思想文化资源。从这种角度讲,中国社会的启蒙现代性正在建设中,作为参与现代性建设的报告文学依然任重道远。

一、徐迟与黄宗英的报告文学

徐迟(1914—1996),原名商寿,浙江吴兴(今湖州)人。1933年就读于苏州东吴大学文学院,开始发表文学作品。早期主要写诗。中华人民共和国成立后,曾任《人民中国》编辑、《诗刊》副主编、《外国文学研究》主编。朝鲜战争期间,他奔赴前线采访,写了许多战地通讯和特写。新时期后任中国作协理事、湖北省文联副主席。1983年加入中国共产党。主要作品有诗集《二十岁人》《最强音》,散文集《美文集》《徐迟散文选集》,文艺评论集《诗与生活》,译著有《瓦尔登湖》《巴黎的陷落》《托尔斯泰传》《依利阿德选译》。报告文学有《哥德巴赫猜想》《地质之光》《祁连山下》《生命之树常绿》等。其中,《哥德巴赫猜想》与《地质之光》在当时引起强烈的社会反响,并获中国优秀报告文学奖。2002年中国报告文学学会创立"徐迟报告文学奖",专门用于关注和奖励中国报告文学创作中的优秀作家作品。

徐迟早在1956年就发表报告文学《祁连山下》,以新颖的内容和成熟的艺术受到好评。1977年10月他发表的《地质之光》,引发广大读者的热烈反响;1978年1月发表《哥德巴赫猜想》,立刻轰动全国。之后继续发表了《生命之树常绿》《在湍流的漩涡中》等作。《哥德巴赫猜想》是徐迟所有报告文学作品中成就最高和影响最大的一部,它的横空出世,宣告了新时期文学的来临。据《人民文学》当年特约编辑周明说,《哥德巴赫猜想》发表后,"社会各界争相传阅,主人公陈景润和作家徐迟几乎是家喻户晓。这之后不久,1978年3月,科学的春天来了,'文化大革命'后第一次全国科学大会在北京召开,陈景润摘掉了'白专'的帽子,并作为著名科学家代表受到中央领导接见。可以说,《哥德巴赫猜想》的发表,是新时期科学春天的序曲"。[①]

徐迟在报告文学上的成功,首先要归功于他对知识分子题材的开掘。之前,我国报告文学很少涉及科学家的人生事迹,尤其是在1959年以后的文学作品很少写知识分

---

① 周明.春天的序曲——《哥德巴赫猜想》发表前后[J].百年潮,2008(10).

子,而在"文革"期间知识分子基本上是被批判的对象。"文革"刚刚结束时,知识分子题材仍被视为禁区,徐迟勇敢地将笔触延伸到地质、数学、植物学、物理学等科学界的杰出人物的天地,涉及李四光所创建的地质力学,陈景润所从事研究的数论,蔡希陶所致力的植物分类学,周培源所探索的湍流理论等。"在中国刚刚从集体疯狂中走出来的年代,徐迟用诗化的语言塑造了陈景润、周培源、蔡希陶等有风骨、有追求、给人希望的人物形象,揭开了一度被极'左'思潮掩盖的关于知识和知识分子的真相。"①

其次,徐迟成功地塑造了一系列科学家形象,他们身上的高贵品质给人以激励。比如,《地质之光》抓住李四光在极端困苦环境中所表现出来的顽强的科学精神来写,五岭之行时值严冬,人烟稀少,毒蛇猛兽横行,学生朱森在这样恶劣的环境中牺牲了,可李四光还是坚持野外的勘测工作。《哥德巴赫猜想》塑造的陈景润,也是一个十分感人的科学家形象。陈景润性格内向、憨直、天真,但对数学热爱到了痴狂的地步。在最困难的时候,为了积蓄一点钱做科研,他连牙刷都舍不得买;尽管身体不好,一年之内做了三次手术,但他还躲着医护人员偷偷研究数学。"文革"中虽然受到不公正待遇,吃尽苦头,他还是不放弃自己的专研。在生命垂危的时候,在逼仄而烟熏火燎的六平方米住处,他还坚持科学研究。可以说,他靠几十年如一日的艰苦奋斗才攀上了科学的高峰,摘取了"哥德巴赫猜想"这颗数学桂冠上的明珠。

第三,徐迟的报告文学取得了卓越的艺术成就。徐迟的诗人身份为他的报告文学增加了一份浓郁的诗性。他的语言多为诗化,具有节奏感、音乐性和浓郁的感情色彩,比如《在湍流的漩涡中》:"整个天安门广场上,红旗如林。人山人海,载歌载舞。放不尽的鞭炮,唱不尽欢乐的歌!北京市场上,所有的酒销售一空,千家万户,螃蟹成了美味佳肴。"……"湍流在奔腾,涡漩在翻动!一个时代结束,一个时代开了端!"融叙事、写景、抒情于一体,用诗的语言写出了北京人民欢庆粉碎"四人帮"的喜悦。再如《生命之树常绿》:"用不到愧惜的呵,更不需要伤感!倒不如赞扬它,吟咏它,歌唱它,欢呼它呵——大自然的素朴和华丽的统一!毁灭与生命的统一!"将诗情和哲理融于一体,通过描写大自然中蒲公英悲壮的生存斗争,来隐喻人类为生存发展也需要付出努力。除了诗性语言,合理的想象和丰富的联想也是构成他的报告文学诗性气质的一个因素,比如《哥德巴赫猜想》中用了比喻、象征和联想的方法来表现陈景润如何克服困难勇攀科学高峰:"他跋涉在数学的崎岖山路,吃力地迈动步伐。在抽象思维的高原,他向陡峭的巉岩升登,降下又升登。""餐霜饮雪,走上去一步就是一步!他气喘不已,汗流如雨下。

---

① 胡一峰. 真相的黄昏[N]. 科技日报,2014-10-25.

时常感到他支持不下去了。但他还是攀登,用四肢,用指爪。"形象、生动的描述,突出了人物的性格和精神。正因为徐迟报告文学在艺术上有一种独特美,可谓"丽句和深彩并流",①所以,有人用"徐迟体"来称呼他的报告文学艺术风格,就像有人用"冰心体"来称呼冰心的散文艺术风格一样。

徐迟对报告文学的贡献,还表现在他创作的影响力上,因为受《哥德巴赫猜想》的影响,越来越多的人加入到报告文学创作队伍中来,报告文学的数量和质量迅速上升,在新时期文学中很快便有一席之地。甚至可以说,《哥德巴赫猜想》为长期游弋在新闻与文学之间的报告文学,争得了一个正式的名分。鉴于徐迟对报告文学的独特贡献,中国报告文学的最高奖项以他的名字来命名。

黄宗英(1925—),浙江瑞安人,生于北京。天津南开中学肄业。1941年她跟着大哥黄宗江到上海,先后在上海职业剧团、同华剧社、北平南北剧社任演员,因主演喜剧《甜姐儿》而知名。1947年从影,主演过《追》《幸福狂想曲》《丽人行》等影片,因在《乌鸦与麻雀》一片中扮演国民党小官僚的姘妇余小瑛,1957年获文化部1949—1955年优秀影片一等奖。中华人民共和国成立后,任上海电影制片厂演员,曾塑造《家》中的梅、《聂耳》中的冯凤等形象,可谓家喻户晓。1946年开始发表作品,1954年创作电影剧本《平凡的事业》,1965年后在中国作家协会上海分会专事创作,为中国作协第四届理事。报告文学主要有《小丫扛大旗》《天空没有云》《没有一片树叶》《大雁情》《美丽的眼睛》《小木屋》《固氮蓝藻》等,其中《大雁情》《美丽的眼睛》《桔》分别获1979—1980年、1981—1982年、1983—1984年全国优秀报告文学奖。结集出版了《星》《桔》《小木屋》《大雁情》《黄宗英报告文学选》等。另有散文随笔集《半山半水半书窗》等。

黄宗英先以电影演员、后以报告文学作家名世,正如她自己所说:"我是一名没想当作家的作家,演着演着戏,觉得演员的生活比戏里还有戏,就拿起笔来写了。"②与一般的女演员相比,她与众不同之处就在于富有才气,具有写作天赋,尽管她的创作数量不算多,但总体质量高。她的报告文学创作历程可以分为两个阶段:第一阶段是60年代,创作了《特别的姑娘》(与张久荣合作)、《小丫扛大旗》《新泮伯》等。这些作品意在赞颂新人,塑造了一系列有鲜明性格特点的人物。如目标坚定、做事有"韧"性的侯隽,不怕困难、做事有"狠"劲的张秀敏,老当益壮、做事有"拗"劲的新泮伯等。作品中洋溢着

---

① 王利器.文心雕龙校证[M].上海:上海古籍出版社,1980:223.
② 黄宗英.序:贫女的嫁妆[M].半山半水半书窗——黄宗英散文随笔集.北京:中国对外翻译出版公司,1995:Ⅵ.

创作主体火一样的激情,但对生活的思考和挖掘还欠深入,个别地方还有"左"的印记。第二阶段是新时期,黄宗英接连发表了《星》《大雁情》和《美丽的眼睛》等作。在这些作品中,黄宗英以女性特有的细致而敏锐的目光观察生活,把那些司空见惯的事情,常被忽视、被误解、被遗忘的人物发掘出来,展示了普通人的精神风采和非凡的业绩,感应新时代的脉动,体现了时代的正能量。如,《星》书写了在"四人帮"淫威下陨落的影坛明星上官云珠;《美丽的眼睛》记述了一位在上海炼油厂参加化学分析实验的兰州大学化学系女进修生杨光明被严重烧伤,并几次报病危而与疾病顽强斗争的动人事迹,并赞美了我国医疗史上的奇迹;《小木屋》则讲述了女生态学家徐凤翔多年来在西藏人烟稀少的原始森林地区进行科学研究,"在绿稿纸上搭一座小木屋"的感人事迹。

《大雁情》是黄宗英最具代表性、影响最大的一篇报告文学。它是一部情文并茂、情理交融的佳作,也是一篇发人深思的关于人才问题的力作。书中主人公秦官属,长期在西安植物园从事研究工作。"文革"期间下放商洛山区,帮助当地农民驯化和科学种植野生药材,使山区濒临亏损企业扭亏为盈,并促进农业生产的发展,为此深受商洛山区广大农民的怀念和爱戴,光荣地出席1978年全国科学大会。黄宗英在会议期间结识了她,开始追踪采访。黄宗英特意深入秦岑山区进行了专访,写出了数万字的报告文学《大雁情》,1979年载于《十月》第1期,1981年刊于《光明日报》,随后国内各大报刊予以转载,国家科委政策研究室、中科院政策研究室联合发表《荐大雁情》短评,并由《光明日报》倡导"正确对待知识分子"的专题讨论,为落实知识分子政策起到了推波助澜的作用。《大雁情》这个选题本身就有丰富内涵,一层是指秦官属工作在大雁塔下的西安植物园,另一层则象征着秦官属这位屡遭非议的科学家对事业执着追求的大雁情怀。

黄宗英是位富有激情的作家,她的报告文学不仅建立在真实生活的基础上,而且具有真挚的情怀,从而使她的作品具有独特的感染力。记述上官云珠的《星》被赵丹称为"哭出来的一篇文章",因为上官云珠是被迫害致死的,可拨乱反正后电影界公布的最初一批被平反人名单中没有她的名字。黄宗英是上官云珠的好友,非常了解她,因而为之感到意外和不公。为了控诉历史罪行与悼念屈死的亡友,黄宗英含泪奋笔写成这部报告文学,深情笔墨随处可见,如:"云珠,云珠啊,这个名字你伤心地拾来,而今你欣慰地长留着吧。云珠之明珠——星儿呦,你闪光吧……人们对每一个被'四人帮'迫害的同志、战友、兄弟姐妹,无限同情、尊重、怀念……在洁白的银幕上,在排练场上,我们总会想到你,谈起你我们总是觉得你也还是和我们在一起,在一起的。"因此,有读者评论该作为"爱与恨的火焰"。① 即便是在平实、朴素的文字里,也常常流露出她的感情,如《大雁情》中:"老秦干活泼泼辣辣,认认真真。她撂下3岁的娃子,5岁的妮,顾不上照顾孩儿他爹,整年整月在山沟里奔波。每年她不等六九阳坡绿就进了山,待到秋霜打草草枯黄,挖出待收的药草,栽下来春萌发的根块籽种,她还是不愿回家。乡亲们心疼她,常常逼她回城去看顾看顾她的家……"显示了她对秦官属的同情之心和赞美之意。

黄宗英报告文学的艺术特色,突出体现在她对多种艺术方式的综合运用。她将戏剧、电影、小说、诗歌和散文的技巧灵活运用到报告文学中,于是有了报告文学小说化、诗歌化或者电影化的效果。比如,《大雁情》以"她……""她?""她""她?!"为小标题,精炼而又有悬念。为了写好秦官属,她还注意引进戏剧性手法,让人物的外部矛盾集中,意志冲突强烈。《桔》写中科院四川柑橘研究所曾勉的故事,整篇文章就像一篇优美的散文、一首叙事诗。《小木屋》中的"波密会议"一节,不仅运用了拟人手法,还借用了童话笔调,别开生面。《美丽的眼睛》则明显借用了电影特写镜头的技法,让医护人员对主人公杨光明的精心护理、丈夫小周对她的坚贞爱情、党和人民对她的抢救等一幕一幕感人的画面集中展示在她那双美丽的眼睛里。

总之,黄宗英和徐迟一样,是新时期初期以书写知识分子题材为主、富有激情和诗意的第一代报告文学家,她的创作为后来报告文学的发展,奠定了坚实的基础。

二、钱钢与李延国的报告文学

钱钢(1953—　),浙江杭州人。中共党员。毕业于解放军艺术学院文学系。1969年应征入伍,1979年成为职业记者后,曾任中国新闻工作者协会理事。曾参与创办《中国减灾报》《三联生活周刊》、中央电视台《新闻调查》。1984年进入解放军艺术学院文学系,1986年毕业后任《解放军报》记者,并成为中国作家协会的成员。1998—2001年任《南方周末》常务副主编。现为香港大学新闻及传媒研究中心中国传媒研究计划主任,上海大学和平与发展研究中心研究员。1972年开始发表作品,报告文学《蓝军司令》《奔流的潮头》(此二作皆与江永红合作)、《唐山大地震》均获全国优秀报告文学奖,还有《大清海军与李鸿章》(原名《海葬》)、《大清留美幼童记》(与胡劲草合著)、《二十世纪中国重灾百录》(与耿庆国合编)、《中国传媒风云录》(与陈婉莹合编)等。

钱钢首先是一个军旅报告文学作家,然后转向社会关注重大的现实和历史问题。虽然他的创作数量不多,但几乎每一部作品都很厚重,并引发不凡的影响。

---

① 郑锹.爱与恨的火焰——黄宗英的《星》读后[J].福建师范大学学报(哲学社会科学版),1978(4).

80年代初期,钱钢多与江永红合作创作报告文学,他们的作品以军队题材为主,反映军队的改革和建设问题,塑造了一批锐意进取、勇于创新的军人形象,具有浓厚的忧患意识,体现了他们对改革独到的理解和深刻的体察。比如《蓝军司令》(载《解放军文艺》1981年第8期),对极左思潮影响下军事训练中存在的种种僵化陈腐的观念,进行了有力的鞭挞。"蓝军司令"王聚生是一个视野开阔、有胆有识的少壮派指挥员,他反对"游戏式"的军事训练,而且善于从国际现代化战争中学习最新的军事科技知识。在演习中,王聚生率领蓝军通过所谓"不合章法"的打法打败红军,使红军备受实战之苦,显示了新一代军人锐意改革的风范。《奔涌的潮头》(载《昆仑》1984年第3期)则反映了军队干部制度改革问题,通过书写南京军区某师在新的条件下大胆改革干部任免制度一事,揭示和批判了"能上不能下"的旧观念,暴露了旧体制的弊端,呼唤新的用人观念和体制产生,能像那气势磅礴的波涛奔涌而来。

在80年代中后期,钱钢的报告文学开始转向社会,关注重大的现实和历史问题。其中,《唐山大地震》是影响最为深远的一部作品。1976年7月28日的唐山大地震,是迄今为止四百多年世界地震史上最悲惨的一页。时年23岁的钱钢曾以救灾队员的身份来到唐山,参加抗震救灾活动,八年后他又以记者的身份重新奔走在刚刚复苏的唐山大地上,最后以其亲身经历和感受写成了二十多万字的长篇报告文学,发表在《解放军文艺》1986年第3期上,作为纪念唐山大地震十周年之作。该作全景式真实记录了这场大地震,是"一幅属于唐山人民也属于人类的'7·28'劫难日'全息摄影'图"[①]。该作成功突破了过去单一描述自然灾害和以"抗震救灾"为主题的创作模式,从地震学、社会学、人类学、心理学等各个角度,展示了大地震所造成的巨大损失和破坏,以及人类在大灾面前的顽强生命力和复杂的人性,引发人们对人和人、人和自然、灾难和政治、善和恶等关系问题作深层次思考。从某种意义上讲,《唐山大地震》的思考也是启蒙叙事。其中,钱钢在"政治的1976"一节里很敏锐地提到两个问题:一个是中国在震后拒绝外援,一个是"一次地震就是一次共产主义教育",这两个问题是普通人不容易发现的,而这些问题背后有非常多值得反思的内容。同时,这个节标题本身也富有意味,发人深省。此外,该作还突破了创作禁区,将原来被封锁的灾难内情,包括诸多数据清楚地展示出来。对于报告文学来说,真相是最有说服力的,所以该作在多方面给人以震撼。

同样是对悲剧的反思力作,《海葬——大清帝国北洋海军成立一百周年祭》则将笔

---

① 徐怀中.凝神于北纬40°线的思考(代序)[M]//钱钢.唐山大地震.北京:解放军文艺出版社,1986:1.

触伸到了历史更深处。该作首创用报告文学来写近代史上的重大事件,用全景式的宏观视野纵览了北洋海军从建军到全军覆没的悲壮历史。难能可贵的是,作者不仅用历史唯物主义态度来评价李鸿章,而且对李鸿章历史性悲剧的深层原因进行思考和展示。

总之,钱钢的报告文学视野开阔,架构宏阔,以思想性见长。

李延国(1943—),山东牟平人。1964年入伍,同年入党。1970年被选入济南部队文工团,开始文学创作。1985年入武汉大学作家班进修。1990年转业至山东省作家协会,曾任山东省作家协会副主席、中国报告文学学会副会长。从70年代末开始致力于报告文学创作,著有《敢立"军令状"》《穆铁柱出山记》《废墟上站起来的年轻人》《在这片国土上》《中国农民大趋势》《走出神农架》《沂蒙丝绸路》《黄河祭》《根据地——中国共产党人不能忘却的记忆》等。其中,《废墟上站起来的年轻人》《在这片国土上》《中国农民大趋势》等获中国优秀报告文学奖。

80年代初,李延国先后创作了以"人才曲"为题的四篇报告文学:《敢立"军令状"》(1980)、《穆铁柱出山记》(1981)、《废墟上站起来的年轻人》(1981)、《江海情》(1982)。其中,《废墟上站起来的年轻人》(载《泉城》1981年第8期)以呼唤人才为主题,书写了一位年轻的车间主任在工厂突然遭遇大火,原来厂级干部葬身火海之际,勇敢地挑起厂长的重担,将厂子治理得井然有序、红红火火,连年为国家创造上百万元的利润。

"人才篇"之后,李延国的报告文学在艺术上更加成熟,走出单线发展的结构,开始往宏大性、复杂性发展。《在这片国土上》(载《解放军文艺》1983年第10期),是新时期报告文学的正面性宏观作品主要代表作之一。受到北宋张择端《清明上河图》构思的启发,李延国采用宏观的全景式视角,用火一般的热情和大量真实的事例,对李瑞环带领天津市军民兴建引滦入津工程进行报道。但他并没有拘泥于工程建设的具体技术细节,而是把笔触对准了人,通过描写上至市长、将军,下到普通百姓、士兵共计四十多个人物的命运,全方位展示了上下官兵团结合作、无私奉献的高尚品质,并由此赞美了中国人民身上的智慧和爱国心,激起读者对这片国土无尽的热爱。

如果说《在这片国土上》开创了国内"全景式报告文学"的先河,那么《中国农民大趋势》(载《解放军文艺》1985年第5期)则探索了"集合式报告文学"模式。该作以胶东农村为背景反映中国农村改革。艺术上,该作采用新旧对比的方式,每一章都以"褪色的画"作引子,来转换反映现实生活的巨大变化。作品全面深入人们的文化、心理、精神领域,通过描述改革前后的反差,深刻揭示了商品经济大潮对于农民从物质到精神、从肉体到心灵的巨大冲击,也反映了改革的艰难险阻和必然前景。《走出神农架》(载《解放军文艺》1988年第1期)则是一部反映工业改革的作品,开创了"卡片式报告文学"的新模式,全文共有一百节,长短参差,犹如一百张卡片的组合。作品反映我国重要的汽车生产基地——湖北十堰第二汽车制造厂的艰难发展历史,以二汽厂的发展史作为纵线,以国内外诸多相关领域的参照作为横线,在中外今昔的广阔背景上选取所需的材料,纵中推出横、横中拉出纵、纵横交叉,从历史、民族和文化等不同层面深入探究,立体呈现。整个二汽发展史其实就是一部当代中国文化史的缩写。"走出神农架"题目的喻义,就是吁请国人走出落后的民族文化心理氛围。

此外,李延国与许晨合著长篇报告文学《再生之门——中国式监狱探秘》(2013),以辛辣诙谐的笔调,用独特的眼光真实地展示了高墙内狱警和犯人、法制与情感的一个个精彩片段,反映了中国监狱在跨越大半个世纪的时代变迁中的矛盾与冲突、坚守与嬗变。与李庆华合著报告文学《根据地——中国共产党人不能忘却的记忆》(2015),从还原革命历史的角度,揭示了信仰的部分真相,并大力歌颂了革命者的信仰。

总之,李延国的报告文学最突出的特点,是善于宏观把握当代中国经济改革和社会进步的脉搏,感情激越豪迈,具有凝重的历史思考,史诗意识强烈。

三、邓贤与李鸣生的报告文学

邓贤(1953—),祖籍湖北武汉,生于四川。1971—1978 年到云南省国营陇川农场插队,1978—1982 年就读于云南大学中文系,毕业后在四川教育学院任教。1982 年开始文学创作,著有长篇小说《天堂之门》,长篇纪实文学作品《大国之魂》《中国知青梦》《日落东方》《流浪金三角》《中国知青终结》《帝国震撼》等,并已出版《邓贤文集》多卷。曾获两届全国报告文学奖,首届"徐迟文学奖"、全国纪实文学特等奖等。2009 年当选"影响四川改革开放风云人物"。其多部作品被翻译成英文、日文在国外出版。

邓贤本有显赫的家庭背景,祖父是民国时期著名实业家、裕大华资本集团老板,外祖父的叔叔石凤翔是中国纺织工业教育的先行者,石凤翔的女儿石静宜嫁给了蒋纬国。这样的家庭在"文革"时期首当其冲遭受冲击。1971 年他下乡当知青,知青身份和知青生活的特殊体验成为他日后创作的动力和源泉。他写下了《中国知青梦》《天堂之门》《中国知青终结》等一系列知青题材作品,并因此赢得了"知青作家""知青代言人"的称誉。

《中国知青梦》(载《当代》1992 年第 5 期)问世后,很快引起社会的强烈反响。本着不能忘记历史的初衷,邓贤用了四十多万字来真实记录云南建设兵团知青所经历的十年艰难,以及 1979 年知青大返城时,那些生养了孩子的知青的磨难。该作不同于一般知青题材作品的地方在于它以丰富翔实、鲜为人知的史料,首次披露知青大返城的内幕及全过程,令人惊心动魄而又回肠荡气。五年后邓贤又推出长篇小说《天堂之门》,同样以知青为题材,并在思想逻辑上基本是《中国知青梦》的继续和延伸:一群男女知青因为一座千疮百孔的红卫兵公墓、一场令人魂牵梦绕的知青回顾展,又重新集合在一起。在90年代商潮涌动的背景下,他们似乎又成为当年的理想主义者,重又燃起雄心勃勃的理想火焰。但毕竟时过境迁,以邱建国为代表的这群老知青如何生活在断裂的历史与现实之中,这是值得关注的焦点。十年后邓贤又发表了二十多万字的纪实文学《中国知青终结》,再次轰动文坛。该作"不仅在题材上有了新的开掘,更在思想高度上有了新的提升"。① 它讲述了知青运动中一段鲜为人知的历史,记录了一批怀着激情跨越国境、支援世界革命的知青的传奇经历和悲怆命运。这群热血知青像飞蛾扑火一样奔赴燃烧的金三角战场,把青春、热血乃至生命献给了壮丽的理想主义。他们中的大多数在改革开放以后才回到国内,成为中国知青运动的最后终结者。

知青是我国特殊时期庞大的社会群体,珍视历史同时又关注现实的邓贤,以当事人和叙述者的双重身份关注这个特殊的社会群体。他的贡献在于突破一般知青文学流于伤感或骄傲的叙事模式,赋予知青文学厚重的历史感和深刻的反思精神。"他在许多方面超越了以往的知青文学,其中最能体现这种成就的是作品的理性精神。邓贤擅长写史,但不排斥激情,他将理性和激情完美融合在一起,以至于作品显示出一种既凝重冷静又热烈奔放的风格。"②

除了知青题材,邓贤还有其他一些记述重大历史事件的作品。如他的第一部纪实文学《大国之魂》,书写"二战"时期中国远征军在滇缅印战区艰苦的环境中,如何与日军展开激烈的战斗,经历由失败到胜利的艰难过程,并反映了英、美、中、日等国围绕滇缅战役所展开的错综复杂的外交周旋和政治斗争。该作是一部关于中国王牌远征军的英雄史诗,赞美了几十万远征军人在反法西斯战争中,秉着爱国主义和国际主义精神英勇献身的悲壮的国魂,同时,也批判了以蒋介石为代表的政治家表面庄重实际虚浮的灰色"国魂"。还有长篇纪实文学《流浪金三角》,作者只身深入金三角腹地,在出生入死采访各个层次的人物基础上,全景式地记录了金三角五十年的历史变化,揭示了金三角何以成为世界上最大的毒品生产地的源流,以及在这特殊历史环境中人的生存和命运。2012年邓贤出版了纪实文学《父亲的一九四二》,以其父亲邓述义和他的战友为原型,塑造了一群征战印缅的学生兵形象,写到了家族和战场,也触及少年成长、理想破灭、英雄主义情结等父辈的精神核心。该作是继《大国之魂》整体反映中国远征军的历史之后,

---

① 孔庆.《中国知青终结》反思刚过去的历史[N].人民日报,2003-11-09.
② 章罗生.中国报告文学发展史[M].长沙:湖南人民出版社,2002:375.

邓贤再次转入对抗战题材的关注,也是他尝试用家族史方式写抗战历史的新探索。

综观邓贤的报告文学,基本上以历史题材为主,有很强的忧患意识和社会责任感,善于用大量的事实材料来揭开被遮蔽的历史真相,有独到的发现和深刻的反思,给人以历史的震撼和深刻的启示。

李鸣生(1956—),四川简阳人。1974年入伍,毕业于解放军艺术学院文学系。中国作家协会会员,"鲁迅文学奖"三连冠得主,《中国作家》首席纪实作家。现任中国报告文学学会副会长、中国作协报告文学专家委员会委员。他是继徐迟之后中国第二个写科技题材最有成就的作家,被文学界称为"中国航天文学第一人"。主要作品有长篇报告文学《飞向太空港》《走出地球村》《全球寻找"北京人"》《中国863》《国家大事》《千古一梦》《发射将军》《震中在人心》等,中篇小说《火箭今夜起飞》《花太阳》,电影纪录片《飞越人间》,电视剧《长征号今夜起飞》,电视专题片《血印》《撼天记》等。其中,《飞向太空港》《澳星风险发射》获全国优秀报告文学奖,《走出地球村》《中国863》《震中在人心》获鲁迅文学奖。

李鸣生报告文学最突出的地方在于他对科技题材的书写,是新时期"科技兴国""科技强军"和面向世界等时代思潮最强烈的回响,也是徐迟所开创的"哥德巴赫"派报告文学的第二代代表作家。2016年1月天地出版社出版了李鸣生"航天七部曲",包括《飞向太空港》《澳星风险发射》《走出地球村》《远征三万六》《中国长征号》《千古一梦》《发射将军》等。这七部作品合构成一部史诗型航天大书,展现了中国航天六十年辉煌历程。这部大书也是李鸣生对中国航天事业进行了二十年跟踪走访与独立审视的结果,凝聚了他对航天科技的一份关怀与思考。它不但涵盖科技知识,还涉及军事、经济、历史、哲学等多个领域的知识,从地理到天文、从历史到现实、从东方到西方,知识丰富,视野开阔;它对中国航天六十年的历史进行了全方位的理性审视与文学表达,同时还为数百位航天专家、科技人员和发射官兵一一作传。在塑造航天科学家筚路蓝缕、艰苦奋斗的创新形象,描述他们走出地球村、飞向太空港的探索历程时,作者并没有回避他们"文革"中的悲惨遭遇,而是真实再现了他们从迟疑到坚定、从失败到成功、从梦想到实践的复杂过程,深刻地传递出作者对航天大业的人文关怀和理性警示。整个作品既有历史文献价值,又有文学审美品质,呈现出一种威武雄壮之美。

"航天七部曲"之外,李鸣生的科技题材作还有《中国863》《国家大事》《全球寻找"北京人"》等。其中,《中国863》站在历史和时代的高度,对中国高科技走向市场、挑战世界的悲壮历程作了精彩的描述,塑造了一群代表中国最高科技水平和真正科学精神的鲜为人知的科学家形象,客观反映了长达十一年之久的"863计划"全过程。《国家大事》真实记述了"中国的机器人之父"蒋新松富有警示作用的一生,反映了一代科学知识分子的情感与命运。《全球寻找"北京人"》,讲述了近百年来"北京人"从发现到丢失、从丢失到寻找的全过程。书中有多项新突破,为破解"北京人"失踪之谜提供了一把可靠的钥匙。著名的旧石器考古学家、古人类学家贾兰坡为之作序,说:"这是迄今为止我读到的描写周口店和'北京人'最全面、最系统、最真实的一部书。"①

2009年4月李鸣生出版了长篇摄影报告文学《震中在人心》,这是继钱钢的《唐山大地震》之后,又一部书写地震大灾难的长篇力作。他以一个作家、军人、家乡人独有的三重身份和超乎想象的视角,捕捉一个个鲜活生动的细节,讲述大地震如何粉碎、历练、重铸人性、人情和人品的感人故事,深刻地揭示了汶川特大地震对于人心的震撼与重创。独特之处还表现在文学与影像携手联姻,浸泪的文字与逼真的照片共同叙事,为报告文学开创了一种新的叙事风格。

总之,李鸣生作为"哥德巴赫"派报告文学作家,对上一代的超越主要表现在"精神承担、典型叙事与史诗追求等方面"。② 李鸣生的创作以科技题材为基础,但不限于科技,在追求科学精神的同时,也呼求人文关怀,既要"科技兴国",也要"以人为本";在典型叙事上,李鸣生所写的不再是徐迟笔下陈景润那种埋头书斋的知识分子,而是能与时代潮流共进的科技英雄和知识典型;在艺术上,相比徐迟的作品以短篇为主,追求哲理诗情,李鸣生的均为长篇或长篇系列,追求史诗品格,具有雄浑刚健的文学风格,叙事方式也灵活多变,有的突破单一的文字书写,辅之以影像叙事。

【思考题】

1. 概述新时期以来散文发展阶段及其特征。
2. 简论巴金《随想录》的思想价值。
3. 作为反思性散文,杨绛的《干校六记》有何特色?
4. 新时期文化散文的崛起有何意义?
5. 结合创作实际,论余秋雨对文化散文的贡献。
6. 以《我与地坛》为例,说明史铁生散文的独特性表现在哪里。

---

① 贾兰坡.这是一部难得的好书[M]//李鸣生.全球寻找"北京人".北京:北京出版社,2006:1.
② 章罗生,杨玲玲.从徐迟到李鸣生——论"哥德巴赫"派与李鸣生的报告文学创作[J].中国作家,2011(24).

7. 结合作品,说明张承志散文的主要思想内容。
8. 王小波散文有何特色?
9. 新时期以来报告文学在哪些方面取得新的成就?
10. 比较作为"哥德巴赫"派报告文学的徐迟和李鸣生创作的异同。
11. 简述邓贤报告文学对知青文学的贡献。

第五章　新时期以来的戏剧

新时期以来话剧创作,是先于其他文学样式而首先引发深刻变革的。在迅速摆脱极左思想束缚后逐步恢复了尊重生活原貌的现实主义传统,并产生了一批精品之作,成就了沙叶新、李龙云、何冀平、朱晓平等剧作家的成就。而在戏剧观讨论过程中所释放的观念创新,使戏剧家重新审视和反思易卜生—斯坦尼体系对中国话剧根深蒂固的影响,把话剧从封闭的"第四堵墙"中解放出来,重新审视"舞台假定性"的意义,催生了轰动剧坛并引发强烈反响的探索戏剧的热潮。高行健、魏明伦、刘树刚等成为最有影响力的当代剧作家。

第一节　新时期初期的戏剧创作

一、新时期初期戏剧创作概况

话剧是新时期文学中最早复兴的文学样式,可以说新时期的文艺舞台是以戏剧揭幕的。当其他文学样式的变革都还在酝酿之中时,1977年金振家、王景愚的6场讽刺喜剧《枫叶红了的时候》,就将新时期话剧带入了亢奋和复苏阶段。随后,中国新时期的话剧舞台几乎是一片辉煌,涌现了一大批剧目,这些剧目因为及时反映了时代潮汛,在社会上产生了巨大反响,如《战斗的篇章》《十月的风云》《悲喜之秋》《转折》《决战》《曙光》《峥嵘岁月》《枫树湾》等。这些作品反映了党和人民群众与"四人帮"惊心动魄的斗争,也在舞台上刻画了"四人帮"及其亲信走卒的丑恶形象,倾泻了人们积郁多年的义愤。同时,也使戏剧家迅速摆脱所谓"根本任务"论、"三突出"原则等框框的束缚,在历史的反思中开始了新的戏剧进程,初步显示了话剧现实主义逐渐恢复与再生。而《权与法》《救救她》《假如我是真的》等一批"社会问题剧"轰动之后日见严重的戏剧危机,又迫使戏剧家进一步反思中国戏剧观念、手段、方法的更新和创造,在欧美各种戏剧思潮、流派、观念、手法纷至沓来的杂乱之中,在中西戏剧的碰撞当中,中国话剧面临艰难而痛苦的蜕变。

1977年在粉碎"四人帮"后,第一部歌颂老一辈无产阶级革命家的剧目《曙光》问世,它和《枫叶红了的时候》一起,代表了新时期刚刚开始时戏剧创作的两个重要题材,一是对"四人帮"的揭露和批判,一是对老一辈革命领袖的缅怀与歌颂。前者较有代表性的作品还有苏叔阳的《丹心谱》和宗福先的《于无声处》等。《丹心谱》是第一个在舞台上为知识分子平反的作品。剧中以两位是非分明、坚持真理、具有中国知识分子优秀品德的老中医为主人公,他们在周总理的支持下,顶着巨大压力坚持"03"新药的研制工作。方凌轩倔强、正直、光明磊落。丁文中嬉笑怒骂、疾恶如仇。而以方凌轩的女婿、医院党委委员庄济生为另一方,紧跟"风派",抵制科学攻关。剧本围绕"03"新药的研制,大胆展开了翁婿之间、夫妻之间、亲友之间、同志之间的激烈冲突。特别是对反面人物的刻画,一扫过去脸谱化、漫画式的痕迹,从生活实际出发,深刻剖析人物的灵魂。像庄济生,举止文雅、风度翩翩,但内心卑污肮脏。在方凌轩坚定的态度面前,他也曾有过矛盾和犹豫,但最后还是出卖灵魂。这种心理变化十分符合当时社会环境人物心理的发展逻辑。1978年,话剧《于无声处》用高度集中的艺术形式准确地概括了天安门广场革命群众运动的来龙去脉,在主题和题材方面先声夺人,成为在"天安门事件"平反之前,敢于勇闯禁区,大胆为"四五"英雄呐喊的第一部话剧作品,从而引发了强烈的社会反响。

在《曙光》问世之前,从新中国成立直至粉碎"四人帮",舞台上几乎从未出现过一部正面歌颂老一辈无产阶级革命家的戏剧。粉碎"四人帮"以后,人们出于对老一辈革命家的深切怀念,也出于对"四人帮"的痛恨,全国戏剧舞台涌现出以老一辈无产阶级革命家的经历为表现对象的革命历史剧的创作高潮。《曙光》(白桦)勇开先河,随后《丹心谱》(苏叔阳)、《报童》(邵冲飞等)、《陈毅出山》(丁一三)、《秋收霹雳》(赵寰,庞加兴)、《西安事变》(程士荣等)、《朱德将军》(车连滨,王旭东)、《杨开慧》(郦子柏,乔羽,树元)、《东进!东进》(所云平,史超)、《陈毅市长》(沙叶新)、《彭大将军》(王德英等)等,数量丰富,蔚为大观。特别可贵的是,剧作家刻画革命领袖人物开始突破各种禁区,像写普通人那样写领袖的精神领域和感情生活,将话剧的现实主义传统推向新的高度。在这些革命历史剧中,1977年白桦的《曙光》是其中具有鲜明特点的一部作品。该剧描写的是贺龙于第二次国内革命时期在洪湖地区反对和抵制"左"倾路线,保护革命干部的故事,这也是一部具有反思性的作品。它把之所以发生"文革"的思想根源和中国共产党早期革命斗争中所存在的"左"倾肃反路线联系在一起,探索中国革命历史中左倾思潮的渊源,总结历史教训。话剧显示了在政治上饱经沧桑的作者所具有的对政治敏锐洞察力和更为成熟的反思意识。它的出现为戏剧描写老一辈无产阶级革命家的重大题材打开了大门,突破了一个长时期被封闭的禁区。"剧中有诗"是白桦戏剧与众不同的特点,也是他的局限所在。评论家曾委婉地批评:"白桦剧作的文学性重于戏剧性,有时这两者在作品中未能更好地结合,特别是没有完美的舞台体现的时候,会感到他的剧本读起来比演出来更感动一些。"①

尽管话剧在思想内容上冲破了"四人帮"极左思潮对文艺的长期禁锢和束缚,但在艺术的表现手法、舞台语汇和风格样式上还受到某种模式的束缚。特别是长期遵循斯坦尼体系而形成的观念上的狭窄,使话剧界深深感受易卜生—斯坦尼体系对中国话剧根深蒂固的影响。而从1981年持续到1986年戏剧界爆发的前所未有的"戏剧观"的论争,促使话剧进一步从观念上寻找新的突破和出路。从观念出发去思考"戏剧危机",戏剧家"突然"感受到黄佐临1962年在广州全国话剧、歌剧、儿童剧创作座谈会上的发言《漫谈戏剧观》,领悟到他的思想开放和超前。在戏剧观争论过程中,人们谈到戏剧的"传统"与"反传统"、"写实"与"写意"、"幻觉"与"非幻觉"等核心概念。但贯穿中心的是话剧不应该作茧自缚,而应大胆突破易卜生—斯坦尼体系,恢复戏剧作为"假定性"艺术的本质特性。童道明甚至说:"百年来的戏剧发展史证明,戏剧家正是在对舞台和舞台真实的看法上,表明自己的戏剧观的基本倾向。戏剧观的转变与发展,也集中表现在对舞台和舞台真实的观念的转变上。说的再简单点就是:戏剧观主要表现在对舞台假定性的看法如何。"②戏剧家们发现,舞台的假定性,实际上是中国传统戏曲的精髓和本质所在。长期以来,焦菊隐、黄佐临等导演孜孜以求的就是要中国话剧向戏曲学习,并形成鲜明的民族风格。长期以来中国话剧被封闭在"第四堵墙"内,将民族的戏曲精神遗忘殆尽。而"舞台假定性"等戏曲美学的西传,却直接影响布莱希特、梅耶荷德、阿尔托、格洛托夫斯基等西方现代戏剧的创造和成就。随后汹涌于新时期舞台的创新浪潮,正是戏剧观讨论所释放出的巨大潜能。

二、沙叶新的戏剧创作

沙叶新(1939—),江苏南京人,回族。中学时代即发表小说和诗歌。1957年考入华东师范大学中文系,1961年毕业后被保送至上海戏剧学院戏曲创作研究班攻读研究生课程,1963年分配至上海人民艺术剧院任编剧。1985年加入中国共产党,同年任上海人民剧院院长。沙叶新的戏剧创作开始于60年代,1965年发表并公演独幕喜剧《一分钱》,受到好评。"文革"中又创作了《边疆新苗》《一篮菜秧》等剧作。进入新时期后,沙叶新先后创作发表了《约会》《假如我是真的》(与人合作)、《风波亭的风波》(与人合作)、《论烟草之有用》《大幕已经拉开》(与人合作)、《陈毅市长》《马克思秘史》《寻找男子汉》《耶稣·孔子·披头士列侬》《东京的月亮》《尊严》等剧作。从《假如我

---

① 赵寻.战士和诗人(代序)[M]//白桦剧作选.上海:上海文艺出版社,1980.
② 童道明.也谈戏剧观[J].戏剧界,1983(3).

是真的》开始,他的几部作品均引起争议,成为新时期剧坛中最具争议的剧作家之一。

在歌颂老一辈革命家同类作品中,《陈毅市长》(载《剧本》1980年第5期)是一部普遍被看作具有创新精神和突破的优秀作品。它的创造性和开拓性主要体现在两个方面。其一,在选材上不落俗套。它以陈毅在解放初期担任上海市市长期间的生活为题材,通过丹阳讲话、市府受降、主动赴宴、商店调查、夜访专家、理喻亲人、教育部属、义责骄将和剧场自儆等十个片断,突出地表现了陈毅对经济建设的极大热情,严以律己、以身作则的高度党性原则,表现了共产党员不徇私情、不谋私权的高风亮节,以及全心全意为人民服务的精神,深入实际联系群众、对各界人士真诚团结的优良作风。这一选材的角度服务于沙叶新"寄深情于现实"的创作目的。沙叶新一向反对为了写历史而写历史,他赞同黑格尔所说的话,在历史题材中有属于未来的东西,找到了,作家就永恒。用他自己的话来说,就是"寄深情于现实"。在这种明确的创作思想的指引下,作者认为"文革"之后的上海和新中国解放之际的上海有着惊人的相似之处。于是,作者在选材方面有意避开陈毅战争年代的传奇生涯,而选择上海解放初陈毅的生活经历为表现内容,因此剧作在现实感方面超越了同一时期描写陈毅形象的剧目。

其二,在结构上富于创新。陈毅任上海市市长有八年之久,领导参与了许多重大的斗争和事件。然而,作者没有面面俱到,也没有以某一个重大事件为中心构成戏剧冲突,而是精心选择了十个生活小故事,每个故事都以陈毅为焦点展开冲突,环环相扣,从而形成一个艺术整体。有人称之为"冰糖葫芦式"结构。为了使剧情连贯,故事与故事之间不显得突兀,富有内在联系,作者作了一些尝试。一方面以塑造陈毅性格为主线,使剧情万变不离其宗,脉络清晰鲜明。戏剧的开头别具一格。陈毅在丹阳作整训报告,迅速将观众带入戏剧情境,他对改造建设上海充满信心,"究竟是上海把我陈毅染黑了,还是我陈毅把上海染个红彤彤",这番豪言壮语先声夺人,很有气势地渲染了陈毅的性格。接下来,剧本多层次、多侧面地围绕突出这种性格来刻画陈毅。十个故事如同十个艺术"冰糖葫芦",而事件之间没有必然联系,由陈毅的性格作为连接它们的中轴。另一方面,为了加强场次之间的联系,作者"在每一场的尾部或用几句台词或用一个细节来为下一场的情节展开找个由头或埋下伏线,作个简单的铺垫"。例如第一场,陈毅传达了如何进入上海的部署以后,改用了骆宾王的文章,"试看今日之上海,竟是谁家之天下",这样,第二场接管上海市政府的情节就自然而然地展开了。到了最后一场,除了自己独立开展的故事情节外,还将前几场发生的事件都在最后一场有所交代,使之划上"句号",使整部作品结构完整,浑然一体。这种"冰糖葫芦"式的结构方式,和传统的现实主义话剧的情节集中、事件集中、矛盾冲突集中的特点是不同的,也和西方戏剧的"人像展览式""一人多事"的戏剧结构有所区别。它充分吸收了各种话剧文体的长处。就像丁玲所评价的那样,"你会觉得这决不是元曲的改造,莎士比亚的模仿,这是粉碎'四人帮'以后,20世纪社会主义新中国戏剧的独创"。"它的功绩在于用成功的剧作说明,一贯被视为法典的结构模式,不是不可突破的。"①

沙叶新的另外一部话剧作品《假如我是真的》,和《陈毅市长》在精神实质上是一样的。《陈毅市长》是说共产党应该怎样,《假如我是真的》是说共产党不应该怎样。按照过去的文学术语说,一个是歌颂的,一个是批判的。两出戏从两个不同的方面表达了作者的政治诉求和民间立场。剧本开头引用的一段话,很能表明作者在此剧中的用意。它引自俄国讽刺作家果戈理在《剧院门前》的话:"难道正面的和反面的不能为一个目的服务?难道喜剧和悲剧不能表达同样的崇高理想?难道剖析无耻之徒的心灵不有助于勾画仁人志士的形象?难道所有这一切违法乱纪、丑形秽迹不能告诉我们法律职责和正义该是何物?"《假如我是真的》是以1979年夏发生于上海的一起冒充高干子弟招摇撞骗的真实事件为素材创作而成的六场话剧,它讽刺了干部中存在的特权现象和社会上的不正之风。同年10月该剧由上海人民艺术剧院上演。东风农场知青李小璋落实政策上调回城,但他的名额被干部子弟挤占,他的女友周明华已经回城当了工人,且已经怀孕。他们的婚事因李小璋无法调回城里而遭到周家的反对。李焦急之间,偶然在剧院门口听到话剧团赵团长、文化局孙局长和组织部钱处长之间的谈话,于是就冒充中纪委领导干部张老之子张小理行骗,冒名顶替,很快取得了赵、钱、孙的信任,他们各自为着自己的目的热心地为张小理把李小璋调回城里的事情奔波。李小璋的骗子身份在骗局即将成功的最后时刻被农场场长的检举信揭穿。李在法庭上说:"我错就错在我是一个假的,假如我是真的……那么我所做的一切将会是完全合法的。"这出话剧尖锐地批判和揭露了现实生活中的特权主义和党内腐败之风的危害性,不少喜剧性的台词,痛快淋漓,发人深思。这出话剧演出之后,就作者对李小璋"不加分析的同情"的态度引起了一定的争议。

《马克思秘史》是沙叶新为纪念马克思逝世100周年而创作的,时间是1983年。所谓"秘史",正如剧中的马克思所说:"都是一些个人生活、家庭琐事,或者是些重大斗争中的微不足道的插曲。"剧作写马克思与恩格斯的友谊、与燕妮的爱情、对子女的关爱等与普通人一样的家务事、儿女情,把马克思写成了像普通人一样有欢乐,有爱情,有苦恼,有忧愁。整个剧作在结构上一气呵成,序幕更是别具匠心,采用超现实的手法,使一

---

① 丁玲.赞《陈毅市长》[N].文汇报,1980-07-24.

百年前的马克思出现在一百年后他的墓前,与现代的剧作家对话,借此揭示了作者写马克思的主旨及马克思生前死后的敌人、朋友、同志对他的各种姿态。马克思穷尽毕生精力研究货币,揭示资本主义产生、发展,直至灭亡的规律,揭示资本的罪恶本质,然而在现实生活中金钱并没有成为他终身的渴求。为了写完《资本论》和养活家人,马克思只能不停地向别人借钱。剧作家力图完全按照历史的真实,以淳朴的本色把历史人物描绘出来,而不像有的史学家或作家那样,给英雄人物创造出某种圣像似的形象。剧作没有将马克思塑造为一个拘谨的思想家,而是把他写成充满生活气息的人,令人信服的表现了一个伟人丰富的精神世界和多侧面的生活,塑造了血肉丰满、具有丰富性格内涵的马克思形象。

《寻找男子汉》写的是大龄女青年舒欢寻找理想的对象——"真正的男子汉"的故事。然而,剧本真正的用意显然又并不在于提出一个"老大难"的女青年的婚姻问题,作者借题发挥,意在表现的是,不止是一个女青年舒欢需要寻找真正的男子汉,我们的民族和国家都需要真正精神上健全的、富有阳刚之气的男子汉。剧作深刻剖析了社会上懦弱胆小的"缺钙症",崇洋媚外的奴才心理,贪图蝇利的"短视症"等。这部话剧又一次引发了人们对沙叶新话剧的争论。一方面,它在舞台上汇集了社会问题的热点,并引导观众来参与探讨,使他的剧作加入了观众创造的成分。戏剧是在编剧、演员、观众共同探讨下完成的。另一方面,他所提供和剖析的社会热点又维系着民族生存和发展的根系,男子汉这一表层意象下,是民族伟力的呼唤与张扬。显然,作者已经没有先前那种关注社会时的激愤呐喊了,而是要寻找那种使我们民族从孱弱转变为刚强的一种文化。直率的抨击已经为冷静的嘲讽和不动声色的调侃所取代。这部话剧在沙叶新的个人创作史上,具有重要的跃进意义。

80年代末沙叶新创作的《耶稣·孔子·披头士列侬》,是一部努力把引人入胜的话剧场面和深刻的文化思考结合在一起的荒诞话剧。作者以他特有的机敏和幽默为我们讲述了一个有趣而发人深思的故事。孔子、耶稣、披头士列侬(他们分别是儒家文化、西方基督教文化和西方现代文化的代表)组成考察团,前往人间考察,剧作一会儿是天堂,一会儿是月球,一会儿又是人间。他们时而探讨社会问题,时而探讨宗教问题,时而探讨政治问题,时而探讨意识形态问题,并且集中对人类文化进程中出现的反常现象,如拜金主义、极权主义倾向进行了批判。该剧继续保持了沙叶新一贯的对社会、人生、现实的忧患意识。90年代以后,沙叶新的话剧创作减少,主要有《尊严》《太阳·雪·人》和《幸遇先生蔡》,它们在人文精神和思想立场上都和《假如我是真的》和《陈毅市长》一脉相承。90年代后沙叶新主要转向杂文随笔和评论的创作。

沙叶新是一个始终坚守知识分子的道德良知，同时又在锐意求新、不断探索的剧作家。纵观他这一时期的话剧创作，主要艺术特点体现在以下几个方面：其一是干预生活的戏剧观。他坚持认为戏剧应贴近生活，不应该面对真实生活掉头不顾。他坚持不为消遣、不为经济收入或政治利益写作，而将写作看作是对社会尽天职、为人民尽义务，是为了有利于世道人心、为了推动社会进步。这一戏剧观不仅体现在他的现实题材的戏剧中，也表现在他的历史题材的戏剧中，他在谈及《陈毅市长》一剧的创作时就明确指出，他是为了"启示今天的观点，推动当前的生活"才去描写"那些陈毅同志所具有的，而今天现实生活还在大力提倡的或业已有所失去的思想品质"。从《陈毅市长》到《马克思秘史》，标志着作为剧作家的沙叶新的逐渐成熟，他借历史人物寄托自己的社会历史和人生问题的思考。《寻找男子汉》这一话剧，更是背负着强烈的社会责任感和历史使命感的直接干预现实社会生活的作品。其二是"世俗性"的特征。这种"世俗性"首先表现在沙叶新对各种社会问题和社会心理的关注和剖析，对各种腐败现象的揭露和抨击，对普通人命运的忧虑和同情。把握普通市民的心理动向，或喜其所喜，或怨其所怨，剧作从内容到形式都适应广大市民阶层的欣赏习惯和审美需求，从这种意义上讲，世俗性在一定意义上就是求实性。作者笔下的伟人大体都以凡人的身份出现，作者有意使观众平视他们，展现他们实实在在的世俗意义，亦即社会普遍意义，从而产生共鸣。其三是鲜明的喜剧色彩。《陈毅市长》这出话剧与同类作品题材的一个重要不同之处，在于许多地方都运用喜剧手法塑造陈毅的形象。如第三场，陈毅身穿便服、头戴墨镜、手拿芭蕉扇至某资本家家中，自称是上海市大老板，使资本家的太太闹了一场误会，但这场误会展现了陈毅幽默、风趣的性格。众多喜剧手段的成功运用，塑造了陈毅性格的不同侧面，使陈毅的性格在老一辈革命家形象之中格外醒目。沙叶新话剧的喜剧形式的丰富多样。例如《陈毅市长》和《马克思秘史》注意开发人物性格的喜剧因素，《寻找男子汉》着重构造带有喜剧性的故事情节，甚至在《假如我是真的》这类暴露社会问题为主的剧作中，也不乏一些极具喜剧色彩的戏剧冲突以及通俗、轻松而机智的喜剧性台词。

第二节 现实主义话剧

一、新时期现实主义话剧的深化

现实主义话剧发展至新时期从内容到形式都发生了很大的变化，这种变化主要体现在现实主义的进一步深化上。首先，剧作家恢复了中国话剧的现实主义传统，并开始有了一个较大的跨度：突破了单一颂歌式地描写现实的方式，积极干预生活，反映社会问题，在深度和广度上都超过了50年代中期的水平，同时摆脱了形形色色"左"的观念的影响与束缚，大范围地突破禁区，开拓新的题材。出现了如历史剧《大风歌》《秦王李世民》《唐太宗与魏征》，现实题材的《于无声处》《谁是强者》《血，总是热的》等，"领袖题材"的《曙光》《东进，东进》《西安事变》《陈毅市长》等，特别是《于无声处》《血，总是热的》《祸起萧墙》《曙光》等悲剧，承认并反映了社会主义现实生活中的悲剧现实，引人注目，发人深省。

其次，随着各种戏剧观念和手法的深入探索和实践，现实主义开始"去伪存真"，恢复了现实主义的独立个性和真正的本质特征，使话剧走出了片面狭窄的胡同。剧作家不再把笔墨仅仅集中在人物的喜怒哀乐和悲欢离合的渲染上，一味追求逼真地、具象化地再现生活，而是更注重表现剧作家的个性及其对社会生活的独特思考，努力追求剧作内涵的哲理性。因而现实主义的笔触开始从主要重视社会本质开始转向注重人的本质、人的命运以及整体民族文化心理。这种创作追求体现了作家对人类深层意识、人类普遍命运的深切关注和独特思考，真实地反映了中华民族伴随着思想解放、经济发展所开始呈现出的整体内审趋势。如李龙云的《小井胡同》、何冀平的《天下第一楼》、刘锦云的《狗儿爷涅槃》、陈子度和朱晓平等的《桑树坪纪事》、杨利民的《黑色的石头》、郑天玮的《古玩》，以及田沁鑫的《生死场》等。就整体而言，这些剧作给人的感觉是生活气息浓郁，文化底蕴厚重，市井或乡野风俗化色彩鲜明，它们对生活的真实再现和对生活认识的艺术表达，叩动人心。《左邻右舍》《小井胡同》《天下第一楼》等作品不仅继承了话剧关注时代变化及社会本质的优秀传统，而且也像《茶馆》一样，着重揭示了社会政治及文化环境对人的生活、命运的巨大制约和影响，因而丰富了作品的思想内涵和哲理内涵。

最后，在艺术形式上，剧作家不拘一格，打破传统的"封闭式"的结构形式，也改变了单一的"话剧姓话"的传统观念，向着多样化、开放性结构发展：打破"幻觉"真实，时空随意调度，角色变来变去，舞台亦真亦幻；出现小说式结构、音乐式结构、散文式结构等，基本趋向是更开放、更自由，从而丰富了现实主义话剧反映生活与表达情感的手段。总之，新时期现实主义话剧在观念和艺术方法各方面，获得了根本性的突破和发展。

二、《黑色的石头》与《小井胡同》

《黑色的石头》的编剧杨利民，1947年生，黑龙江齐齐哈尔人，毕业于中央戏剧学院戏剧文学系，获硕士学位。几十年来，先后创作了《在这个家庭里》《呼唤》《黑色玫瑰》

《被判处死刑的人》《黑色的石头》《大雪地》《大荒野》《危情夫妻》《黑草垛》《地质师》《特殊的故事》《秋天的二人转》等十几部大型话剧,还写有三百多万字的电影剧本、电视剧本、小说、散文、随笔、理论文章。其中《黑色的石头》《大荒野》《危情夫妻》《地质师》多次获文华大奖、"五个一工程"奖、曹禺戏剧文学奖。后期创作的《秋天的二人转》在话剧走向大众、走向民间的探索中,取得了巨大的成功,标志着杨利民的创作走向了新的里程碑。杨利民以其令人瞩目的文学创作成就震惊文坛,被文坛誉为"文坛怪才""黑土奇葩"。

创作于1985年的两幕话剧《黑色的石头》(副题为《列车房里的两幕对话》),表现的是当代石油工人的生存状态以及生命意识的觉醒。剧作塑造了一组群像式人物。在这组人物群像中,有钻探公司党委书记林间、钻井勘探队秦队长、地质员柳明、工人老兵、大黑以及石海和庆儿等,还有卫生员、秦队长女儿秦芳以及老兵的妻子月梅和绰号"小红袄"的乡下女子彩凤等。这些人长年生活在杳无人烟的荒原僻野,夏天蚊虫叮咬,冬天天寒地冻,生活条件极为恶劣,物质生活极度匮乏。而且极左思想和传统偏见束缚人们的生活和意识,使他们不能舒展自己的人性欲求。老兵为妻子由农村调到油田而苦恼,四处奔波寻找门路;柳明因为老队长粗暴干涉个人爱好感到郁闷不平;大宝子则千方百计调离井队;心爱的大雁被杀,使庆儿悲痛欲绝;还有大黑与彩凤令人心碎的相恋……各人有各人的心事、各自的苦楚,他们无法忍受这种"禁欲"式的生存状态,希望改变这种现状并追求自己合情合理的要求。

剧中最能体现对人性欲求积极追求的是柳明和彩凤。柳明是80年代的大学生,有着强烈的现代意识,留长发,穿牛仔裤,喜爱安格尔的裸体名画《泉》,敢于追求个人自由和人格尊严。当秦队长指责他的长发、牛仔裤并撕毁他的世界名画后,他公然表示不满并义正词严地说道:"队长,你当领导,我有义务尊重你,我当小兵,你也同样有义务尊重我。因为我同样是公民。我愿意把头发留长一点,喜欢穿紧身的牛仔裤,是为了形体健美,这纯属我个人的生活爱好。我并不妨碍别人和工作,也不强加别人,我想,这一点自由是属于我的……"通过柳明对秦队长的一段话,我们看到了"现代"对"传统"的挑战,以及新的石油工人生命意识的觉醒。

"小红袄"彩凤是一位善良、朴实而又有着火一般激情的农村少妇。她从小没了父母,赵家买她为妻,丈夫是个恶棍,婚后第二天就被警察抓走了。对钻井队的到来,她十分兴奋,渴望生活发生变化。她喜欢上了钻井队员大黑,只要跟着大黑,就是苦死她也愿。警察来"抓奸",她主动承担:"这不怨他,是我,是我主动的。我要离婚,我有权利!"当警察要把大黑带走时,她跪下求情:"把他留下,把我带走吧!"最后当她出狱的丈夫欲将她置于死地的时刻,她奋勇反抗,杀死了恶棍丈夫,勇敢地追求属于自己的爱情和幸福。

钻探队秦队长的形象在剧中具有特殊的价值。几个青年工人与秦队长相辅相成,从而把历史和现实贯通起来,使人物心灵的躁动具有更深切的感染力和启示力。在"石头"们中,秦队长是块独特的"石头":开发油田的奠基石、默默无闻的铺路石、"老传统"的活化石、冲锋陷阵的滚擂石。"一个为石油事业奋战了一生的人,一个从历史中走过来的人。""奋战"是他的光荣,"历史",却成了他的羁绊。他喜欢讲"老传统",却赶不上潮流;喜欢训人,又训得常没道理;喜欢发火,偏发得不是地方……年轻人不服他、顶撞他、讥诮他,甚至当面劝他"辞职""退党"。他的悲剧就在于:身子在今天,脑袋还留在昨天;不了解年轻人,也没有把握住自己。他是好人,却算不上好当家人;他是从历史中走过来的人,却不是追赶时代大潮的人。英雄失意、壮士落伍,秦队长形象引起人们深思。

剧作家以无名诗"沉重的石头,燃烧的石头;愤怒的石头,欢乐的石头"作为剧作题记,这既是剧中人物的诗意写照,也是剧作题旨的生动隐喻。① 剧中人物都是普通人,普通似石头,硬似石头。"石头"也有沉重的存在、燃烧的生命、愤怒和欢乐的情感。题记很好地概括了剧中人物生命运动的轨迹,平凡中自有生命的激荡,主人公们对生存、生命、价值和人格的张扬,恰是对人性的渴求。

戏剧的散文化结构是《黑色的石头》的突出特色。戏剧形态的散文化,由借鉴散文叙事方式而来,其特点是灵活、自由、流动、跳跃、不拘一格。从结构看,它不像传统戏剧那样讲究起、承、转、合,不以情节的开端、发展、高潮、结局作为结构框架;没有贯穿始终的情节线索,有意打破按因果关系构成的情节链条,常常选择生活的片断,连缀成篇。从戏剧性看,它不像传统戏剧那样运用"发现""突转""巧合"等,造成令人惊奇的戏剧性,而强调对生活的自然的诗意的表现。在时空处理上,根据剧情需要跳跃、交错、颠倒等。"散文化"并非某种固定的模式,在"散文化"的总体特征下,只要遵循"形散神不散"的原则,戏剧形态尽可自由伸展。以"黑色的石头"隐喻石油工人,着重表现他们生命的沉重、燃烧、愤怒与欢乐。对真实美学的皈依,使剧作形态向散文化靠拢,全剧没有贯穿始终的中心事件,没有正面展开激烈冲突,只是从石油工人们的日常生活中选取几个片断;每个人物都有一段戏,人物之间多有碰撞。由生活片断构成的戏剧场景,更切近生活的真实面貌及自然流程。

---

① 张葆成.黑的石,白的雪——杨利民剧作《黑色的石头》《大雪地》印象[J].文艺评论,1990(6).

在戏剧语言上,作者采用的都是非常朴实、生动的生活语言。如表现矛盾冲突,他不用大喊大叫的语言。写石油工人的生活,不把故事的发生场面放在井架下;在铺排情节中,多用叙述,少用表现,恰到好处地拣拾着戏剧的必须场面。在朴实无华的剧作里,又无处不充盈着激情,浸透着悲壮,流溢着美好。在舞台处理方面,该剧尽管采用了过去惯常用的"写实"手法,但同时融进了形式更新的某些表现方式,如分幕不分场;舞台上虽说用的是实景实场,亦被赋予了"抽象中性"场景所具有的灵动性,同一个不变的舞台设施表现出变化着的不同时空。

《小井胡同》作者李龙云(1948—2012),祖籍河北,1948年出生于北京南城罗圈胡同。1968年上山下乡到黑龙江生产建设兵团,1972年冬发表处女作组诗《风雨楼中的歌》。1978年3月考进黑龙江大学中文系,1979年9月被南京大学录取为研究生,1982年到北京人民艺术剧院任专职剧作家,2002年调入中国国家话剧院。主要作品有:《有这样一个小院》《小井胡同》《荒原与人》《正红旗下》《叫我一声哥,我会泪落如雨》《万家灯火》。其中《小井胡同》作为北京人民艺术剧院的保留剧目,1983年、1985年、1993年三度被搬上舞台,剧本则先后被收入《中国大百科全书·戏剧卷》《中国当代十大正剧集》《中国五十年文学作品精选·戏剧卷》。《小井胡同》奠定了李龙云作为现实主义作家的文学史上的地位。

"写小人物,写普通人",是李龙云戏剧创作的主导思想。《小井胡同》以北京南城为蓝本,展开了一条小胡同里五户人家命运的图景;作品的叙事跨度从1949年初至1980年夏天的30年,其中选择了北京和平解放前夕、"大跃进"时期、"文革"时期、"文革"结束后等几个历史截面表现人物命运的变迁。社会更迭变迁,生活辛酸苦辣,新中国30年不平凡的道路,作品形象地总结了当代中国历史前进的动因和迂回曲折的教训。剧作通过对小人物市民的真实刻画和民俗画卷式的细致描绘,来透视历史风云的变幻和时代精神的实质,通过对历史政治和道德传统的批判与歌颂,抒发剧作家对历史对命运的冷静思考。

剧中所描写的北京城的小井胡同,是一个包括各种人物并表现着形形色色的"社会相"的"小社会"。这里住着以劳动人民为主的各行各业的下层市民,并联系着三教九流、各色人等,有粮店小老板、国民党的小巡警、从良的下等妓女、学过武术的卖水者、做过小买卖的手艺人等。这个"小社会"是整个"大社会"的一角,这里发生的风风雨雨,都与整个大社会的气候相联系、相呼应,通过"小社会"中人物生活上的变迁反映大社会的变迁。由于李龙云在《小井胡同》中描绘了一幅幅下层市民生活变迁的社会风俗画,刻画了一个个小人物心灵变化的历程,从一个侧面反映了我国从解放前夕到80年代 30 多年的历史,因此有评论家称:"《小井胡同》为我们提供了一部现实主义的当代城市居民生活的变迁史",且"开辟了一条以话剧形式写作当代史的艺术创作道路。"①

《小井胡同》结构宏伟,组织严密。剧作者把五个先后相继的历史转折关头,构成了戏剧结构纵向过程的五个层次,又把小井胡同中社会地位不同、思想觉悟有别的五户人家,构成戏剧结构横向关系的五个层次;再贯之以情节发展上的十三条线索,于是经纬交织、纵横交错,构成了《小井胡同》的具有系统性质的完整的戏剧结构。在这一系统中,每一个历史阶段是一个子系统,每一个家庭也是一个子系统;小井胡同和整个社会生活的联系又构成一个系统;每一条情节线索是一个子系统,全部戏剧结构又是一个系统。在这一系统性质的结构中,规模宏大而不紊乱,线索纷繁而清晰。陈白尘曾说:"这种结构,是中国现代戏剧史上罕见之作。"②

《小井胡同》在人物塑造方面也作了新的探索。作者尝试用"说书"的手法刻画人物、塑造人物。《小井胡同》一开始,就有这么一句话:"老街坊们都说,小井胡同要是有个说书的该有多好……"所以,剧作者把这部五幕话剧当作一部评书来写、来说。在人物塑造上他也就采用了不少评书艺人刻画和塑造人物的手法。剧作"人物表"中的每一个人物,他都像评书艺人那样,对他们的人物性格作了概要介绍;关键人物出场,如"小媳妇"出场时,他又像评书艺人那样对她的个性特征和在剧作中的作用作了详细的提示;人物与人物之间的对话,更像是评书艺人表现不同人物之间的对话那样,绘声绘色,情趣横生;即使是刻画人物的外部动作,作者也像评书艺人表演书中的人物动作那样,形神兼备。有时,在人物对话中,作者还捎带着揭示他的内心世界,这也是我国评书艺人刻画人物的常用手法。由于《小井胡同》将评书艺人刻画人物、塑造人物的手法成功地运用到话剧艺术中,因此全剧虽然写了四十多个人物,却都各具鲜明、独特的个性。

显然,李龙云继承了老舍先生对北京文化的透彻领悟和对北京民俗的深入了解。剧中人物的幽默性格、风趣的带有北京泥土味的语言以及独特的行为方式等,无不透视出千年古都所具有的独到韵味。

三、《天下第一楼》与《桑树坪纪事》

《天下第一楼》于 1988 年发表并上演,轰动京城,标志着新时期话剧现实主义的回归与弘扬。作者何冀平,1982 年毕业于中央戏剧学院戏文系,分配至北京人艺任编剧后,创作了多幕话剧《好运大厦》,1989 年移居香港,投身影视创作。

---

① 陈辽.《茶馆》续编《小井胡同》的出现[J].江苏戏剧,1984(4).
② 陈白尘.关于话剧《小井胡同》的通信[J].剧本,1985(1).

《天下第一楼》曾被老作家萧乾先生称为"警世寓言剧"。它通过北京烤鸭店"福聚德"的兴衰浮沉，反映民国初期的老北京世态风貌，刻画出老北京人的众生相，从而透视出我们的民族文化和民族心态。卢孟实、常贵是全剧最成功、最动人心弦的主要人物。卢孟实出身于"五子行"，深深懂得这些低下行当的从业人员的辛酸与困苦，他有老父被辱身死的记忆，难以施展抱负的满腔苦闷；他有自己的风尘知己，更有自己振兴"鸭子楼"的一肚子雄才大略。他是一位对事业有执着追求的开拓型掌柜。由于唐家老掌柜兼东家唐德源的赏识与信赖，他当上了"福聚德"的掌柜，于是如鱼得水地充分使用他手中的权力，不仅用巧妙的"欺骗"行为打发了一群债主带来的威胁，还利用顾客"摸彩"的办法吸引食客，使"鸭子楼"的生意大为兴旺。在他的策划和努力下，"福聚德"盖起了高楼、增加了"热炉"，在同行们当中成了有能力"兼并"他人的大饭庄。由于名妓玉雏儿的支持与帮助，卢孟实不仅在饭庄经营上得益不少，而且在感情生活上也有寄托。正当卢孟实处于事业高峰，把一个气息奄奄濒于倒闭的"福聚德"经营得红红火火、日进斗金的时候，曾迷恋于票友生活和武林生涯的两位不务正业的唐家少爷，决定把这家饭庄收回自己经营。卢孟实满腔悲愤，最后留下一副耐人寻味的对联："好一座危楼，谁是主人谁是客；只三间老屋，时宜明月时宜风"，让世人思索回味无穷。

常贵也是其中一个悲剧人物。他是体贴儿子的好父亲，更是深受广大食客喜爱的"堂头"，又是在同事中谦和善良的长者。这位苦干终身为老唐家立下汗马功劳、却又始终被唐家少爷当作一只老狗任意驱使的老堂头，有着自己的人生理想、自己的哀怨与向往。顾客的夸奖是他的慰藉和至高褒奖，但是他身上残留的封建烙印，让他摆脱不了可怜的屈膝习惯。他有自己的追求和尊严却无权表达；他深知自己卑微的社会地位，却无力摆脱；他有自己的爱憎但又不敢也不习惯加以表达。他喜爱自己的职业，但又深深懂得自己从事行当的低下，并且努力把他心爱的小五子从"下九流"中拯救出来，上升为"祥子号"的伙计，可惜，连这点小小的心愿也难以实现，最后在一腔热望的高峰上一个跟斗栽下当场结束了他悲惨的一生。另外，清朝遗少克五爷、精通美食学的穷酸知识分子修鼎新、"福聚德"的烤鸭技师罗大头、青楼名妓玉雏儿等次要人物也都写得活灵活现。作者通过塑造这些不同性格、不同遭际，有血有肉、命运迥异的人物，让人体味出世间的沧桑和人生的真谛。

这是一出雅俗共赏型的话剧。它走的是老舍先生《茶馆》的路，但并不亦步亦趋模仿《茶馆》，而是另辟蹊径。它写北京市民的生活，即旧社会"五子行"人们的生活，是一幅映现老百姓日常生活的社会风情画卷，其中的人物风貌、语言特色、风俗习惯、人际关系都为广大读者所熟悉，让他们感到亲近。作者在反映"五子行"人们的生活时，并不是采取直奔主题式的说教,而是在丰富的生活资料的基础上,编织了完整的故事情节,叙述方式符合老百姓观剧的习惯,一看就明白,通俗易懂,具有可观性,使戏剧的形式与风格适应广大观众的审美习惯和要求,观众从生动的故事情节中得到欣赏的愉悦。《天下第一楼》的文学性、艺术性也很高,它不避通俗的题材和老百姓喜闻乐见的形式,在这段特定历史社会生活的题材中发现具有哲理意味的神韵,并加以文学化、艺术化,使之更美、更高,而不是生活原材料的堆砌。语言的生动、结构的严谨、情节的跌宕、戏剧化的强化等,都表明《天下第一楼》在审美上有自己的追求。

《桑树坪纪事》是80年代末根据朱晓平的同名中篇小说及《桑塬》《福林和他的婆姨》改编而成的话剧,作者是陈子度、杨健、朱晓平。编剧之一、小说作者朱晓平,1952年生,四川人。1983年开始小说创作,已出版《私刑》《好男好女》等作品集,另有话剧、电影、电视剧作品发表与上演。他与陈子度、杨健合作的剧本,在表现深广的社会生活内容,探索尽可能完美的艺术形式,提高新时期话剧艺术的审美层次的艺术含量方面,均取得令人瞩目的成就,被誉为"里程碑式的巨作","探索戏剧的高峰","新时期中国话剧走向成熟的标志"。

60年代的桑树坪,是黄土高原上一个蛮荒的村落。它作为古老中国的象征、西部农村的缩影,仿佛是一个巨大的年轮,镌刻着华夏民族世世代代、生生不息的历史足迹。它被三条历史的绳索及其合力制约着。第一条集中表现为一种超稳定群体意识的封建主义传统势力:封闭、愚昧、家长制、宗法制。第二条是极左思潮和"脑系们"(官僚)的胡作非为。第三条是物质上的极度贫困。封建主义与极左思潮使原本的贫穷更加贫穷;贫穷又是所有落后的肥沃土壤。这三条绳索合力最终指向贫穷。因而桑树坪村民的人生需要极为简单:收麦幺蒸馍馍,娶婆姨进洞房。而娶婆姨的基本目的也只是为了"做饭生娃娃"。口粮、生育,构成这一原始性的生存状态,也成为村民们生存竞争的主题。剧作家抓住这一主题,精选小说片断,构成了一连串感性的戏剧场面。为了给村民多留下一点口粮,队长李金斗与公社干部明争暗斗,与"霸场"的麦客斗智斗勇。王志科是外地来的"异己分子",背着"杀人犯"的罪名,还带着一个孩子艰难度日,桑树坪的李氏家族为了争得两孔破窑和有限的口粮,不惜置他于死地。在这场角斗中,更为残酷还是男人对女性命运的主宰。一种由"口粮—生育"维系的男女关系,构成最野蛮的婚姻方式。为了筹措五百元钱给得了"阳疯子"病的福林娶妻,福林父母只有把尚未成年的月娃卖到甘肃当童养媳,换来福林的婆姨青女。这种循环式的买卖婚姻,使女人沦为痛苦深重的卑贱动物,一种可供买卖的商品。她们没有了自身爱的权利,只是一种生活工具和生育工具。青女嫁过来后,唯一的愿望就是用自己的肉体治好福林的"阳疯子"病,有一个健康的丈夫,然后为他传宗接代。可是,就连这点最卑微的欲求也破灭了。在濒临绝望的境地中,她俊俏的女儿身成了男人们制造恶作剧的对象。彩芳,勇敢追求自己的爱情,与麦客榆娃相好,却违背了桑树坪传统"法律",因而招致全村人拷打和逼迫,她只有投井自杀以示抗争。剧作不仅写出了民族非凡的韧性和生存力,而且震撼地写出了几千年封建文化的积淀、极左路线及自然经济的贫困是如何交织在一起,如何使桑树坪人盲目而麻木地相互角逐和厮杀,制造别人也制造着自己的惨剧。

李金斗是剧本中塑造得最成功的形象。他是以桑树坪群体的领袖和普通的个体双重身份出现在戏剧场面中的。他是共产党员、一村之长,是集体利益的捍卫者,全村人的顶梁柱。他无休止地为全村集体利益工作着,应付公社估产干部,软磨硬泡;对麦客杀价时又使出浑身解数;甚至在抢险中把一条腿都搭上了。在他身上不乏领袖人物的才智和勇气。然而,他又是封建宗法观念的传播者,竟伙同全村干部把唯一的外姓人王志科送入牢狱;他是封建买卖婚姻的参与者,亲自把未成年的月娃送到遥远的甘肃;他又是封建家长制残余的守护者,把大儿媳彩芳当作私有财产,强迫她"转房"嫁给小叔子,最终逼得她投井自尽。这个艺术形象概括了那个时代的某些重要特征,并且蕴含着复杂的社会历史内容。

该剧集传统戏剧和现代戏剧精华之大成,现实主义传统和近十年来话剧革新、探索的成果,在此剧中都得到了检验。小说原作奠定了坚实基础,改编和导演的二度创作更创造了一个将人、土地和文化溶于一体的全新的艺术世界。在宏观上,作者始终把人物放在传统文化背景上把握;在微观上,则追求对人物深层心态的剖示,而宏观与微观统一的焦点是寻找和体现黄土高原悠远、广袤的诗韵和黄土地人特有的感情表达方式。

作者更多地致力于从现实生活的表层挖掘出富有哲学意蕴和审美意义的"意象",借"意象"来传达艺术家的情感。《桑树坪纪事》一剧的诗化意象是极为明显的。作者笔下的桑树坪村及其村民,就像是历史的活化石,它所展现的虽然是发生在1968年的惨剧,却让我们看到了五千年梦魂在作祟!在剧作中,最具象征意象的是围猎,一群盲兽在猎人布下的罗网里围猎几只小兽并互相围猎。先人开创的围猎,却成了当代的桑树坪村民们的行为模式。"桑树坪就是被布下罗网的围场",在几千年落后的自然经济基础上沉积下来的封建文化心理、宗法家族观念、狭隘保守的心态,都在残害着生灵。在这里,文明与野蛮、人化与兽化、智慧与愚昧共存于一体,而且往往是后者压倒前者。随着故事的进展,诗化形象不断地出现,如彩芳与榆娃幽会时舞台后方出现的翩翩起舞的青年男女,青女受辱后出现的"残破但洁白无瑕的侍女古石雕"、彩芳自尽的井等,都是诗化的意象。井是古老民族文化的象征,残破的古石雕被抽象为千年来数不尽遭受不幸的妇女化身。这些诗化意象起到了言有尽而意无穷的作用,大大丰富了戏剧文本的艺术表现力。

散文化手法使全剧犹如一篇蕴含悲情的散文诗,流溢着一股浓烈的雄浑沉郁的诗情。剧中还采用了一热一冷的两种歌队,如月娃被迫离家远嫁,福林发狂追赶;王志科携子跪伏在亡妻坟前哭诉……歌队呆若木雕、冷似石刻,仿佛早已看透大苦大悲。而在全剧首尾两次出现的现代人歌队,迈着轻快的脚步,唱着激越的主题歌,急切地叩问历史,向往辉煌的未来。情感内容截然不同的两种歌队互为对应,以多层次的立体结构,造成整体效果的内在复杂性,引发人们共同去思索民族的昨天、今天和明天。

第三节 实 验 戏 剧

一、新时期的实验戏剧

实验戏剧也叫探索戏剧,意指敢于突破传统的艺术原则和惯例,大胆进行戏剧艺术创新的戏剧作品。它是戏剧家面对1980年前后中国话剧的严重危机,在苦闷与困惑中积极探寻戏剧出路的产物。当时北京舞台上出现的剧目有:高行健的《车站》《野人》,刘树纲的《十五桩离婚案的调查剖析》《一个死者对生者的访问》,王培公和王贵的《WM(我们)》,朱晓平和陈子度等人的《桑树坪纪事》等。上海舞台上出现的剧目有:马中骏等人的《屋外有热流》《街上流行红裙子》《红房间、白房间、黑房间》,陶骏等人的《魔方》,黄佐临和孙惠柱等人的《中国梦》等。它们都曾轰动剧坛,并激起80年代中后期全国性的探索戏剧热潮。

实验戏剧在新时期中国剧坛的崛起,与西方现代派戏剧思潮、流派、观念和剧作的广泛评介,及其对中国戏剧家的戏剧思维和心灵情感的强劲冲击有着直接的关联。中国在闭关锁国数十年后再次向世界开放,戏剧家如饥似渴地将贝克特和尤奈斯库等人的荒诞戏剧、布莱希特的叙事戏剧、格罗托夫斯基的质朴戏剧、阿尔托的残酷戏剧、谢克纳的环境戏剧、巴尔巴的戏剧人类学理论,以及象征主义、表现主义、存在主义戏剧等,兼收并蓄地评介过来,并予以借鉴和实验。西方现代戏剧流派纷呈,尤其是各种流派的戏剧家向传统艺术挑战的反叛精神,弘扬个性的自我意识和自我创新的执着探索,对中国戏剧家构成强烈的刺激和深刻的影响。

当然,实验戏剧家在面向西方借鉴现代派戏剧以开拓新路的同时,也对民族戏剧传统有了新的认识和发现。因为他们在评介西方现代派戏剧的过程中,也看到20世纪西方戏剧打破写实传统而向东方写意戏剧(包括中国戏曲)靠拢的发展趋势。西方现代戏剧界长期为其不能突破写实规范而苦恼，而东方戏剧的舞台假定性给予他们有力的启迪。梅耶荷德、布莱希特、格罗托夫斯基等，都曾汲取中国戏曲或东方戏剧丰富营养而有杰出的创造。同时，实验戏剧家刻意借鉴西方现代派先锋技巧时，又发现这些东西与世界古老的戏剧传统有深层的联系。从某种意义上说，西方先锋派戏剧是对古老的、甚至早已"过时"的戏剧传统的回归，其艺术创新则着重表现在他们对传统的重新组合、评价与发展。这个"发现"又使实验戏剧家强调对本民族传统戏剧的重视和继承。

实验戏剧家们对戏剧艺术的独特魅力有最原始而又最新鲜的体认，那就是特别注重演剧时演员与观众所形成的相互感应、交流融洽的剧场性。这种人与人的直接交流，是冷漠的电影银幕和电视屏幕所不可能有的。而要创造这种令人神往的剧场性，他们认为就是要打破现实主义演剧的舞台、帷幕与观众席之间的空间间隔，和舞台上下"目中无人"的表演者与冷漠的旁观者之间的心理障碍。于是出现了实验戏剧对剧场变革的新追求。镜框式舞台纷纷被伸出式舞台、弧形舞台、中心舞台、环形舞台和多表演区的剧场所替代，小剧场的演出形式也相当普遍。

更重要的是，实验戏剧家认为，话剧必须借鉴戏曲艺术的文场武场，台上台下创造剧场性的手段，和戏曲从亮相到自报家门、从道白到唱段的同观众交流的方法，尤其要学习传统戏曲天上地下、人鬼神仙、千军万马、游梦惊魂等随心创造的全能的形体表演技艺。于是，出现了一个所谓"完全的戏剧"的概念。这种"完全的戏剧"强调戏剧本质的舞台假定性，给戏剧的时空处理、生活呈现与形象表演带来了极大的自由。这种崭新的戏剧观念主要体现在：第一，反对过分强调戏剧是语言艺术的观念，强调戏剧的基础是其本来意义上的动作，戏剧的本质是动作语言的艺术。第二，戏剧可以写情节完整的故事，也可以只展示生活的若干场景，也可以无故事、无情节、非因果、非逻辑，而表现人物的心理活动和某种喻义的象征。第三，打破"三一律""四堵墙"的传统结构，在叙事上不再与实际生活同形同步，而是重叙述、重表现，强调创造多样的时空关系，现实与回忆、存在与幻觉、思考与梦境、象征与叙述交融，形成多层次的结构形态。第四，注重把人物心理活动还原成舞台形象，在心理时间和心理空间的描写中探究人物内心世界的奥秘。第五，戏剧语言不只限于人物对话，还可以在演员与观众之间建立各种交流，还可以是形体动作和心理活动的直接投射而成为剧场中的直观，即建立起语言的听觉形象，包括暗示、象征、烘托等非陈述性的语言。第六，强调演员的表演是戏剧的生命，表演手段不再是单一的"对话"，而应该恢复戏剧本身所具有的唱、念、做、打等传统手法，借鉴电影、音乐、舞蹈、美术等姐妹艺术，主张相声、傀儡、皮影、魔术、杂技、民间说唱等可以入戏，还调动音响、舞美、灯光等因素为戏剧服务，充分发挥戏剧的综合优势。

最早引起普遍关注的实验戏剧,是 1980 年由马中骏、贾鸿源、瞿新华创作的《屋外有热流》。全剧没有离奇曲折的情节,没有连贯完整的故事,改变了话剧舞台上长期形成的传统格局——完整的故事情节,起承转合的戏剧冲突,凝固呆滞的时间空间;别开生面地将现实生活中常见的、平凡的道理放在不合常理、近乎怪诞的环境和冲突中展示,旨在传达剧作家跨越了写实性表层描写的象征性哲理意蕴。叙述格局只是表现剧作家对社会生活思考的一种形象依托和结果框架。剧作没有对客观物象作逼真的描绘,而是靠一种意念去组织剧本,那就是屋内与屋外,冷与热,生与死,即崇高与卑微的对比。然后综合采用了象征主义、表现主义、意识流、荒诞变形等手法,把屋内与屋外、社会与个人、自然属性与社会属性的冷与热、肉体与精神上的生与死,现实的、具体的与梦幻的、意念的交织在一起,融合成一种无形而又存在的艺术结构,完成了对生活的哲理概括。可以把整个戏全部归结为现实生活中弟弟妹妹的一场噩梦,也可以理解为作者一种虚幻的想象,巴不得有个灵魂来对弟弟妹妹猛喝一声,这个灵魂就是死去的哥哥赵长康,他身处冰天雪地的北疆,生活条件十分艰苦,但充满了乐观的信念和健康的理想,最终在平凡的岗位上献出了自己的生命。而弟弟妹妹居住的屋内,有取暖炉,有音乐、咖啡和面包,但仍冻得上下打颤,因为他们心里结了冰。他们丢失了人生最宝贵的东西,兄妹俩见利忘义,浑浑噩噩,信奉"有钱不捞猪头三"的市侩哲学,在狭小自私的小天地里过着没"灵魂"的生活。剧中哥哥赵长康三次梦幻般出现在他们面前,第一次是在弟弟妹妹做申请补助的美梦时,出现了哥哥奋斗在北疆的身影;第二次是在弟弟妹妹的回忆中,体现了兄长对他们的爱护;第三次是现实的幻影,哥哥一会具象地与他们恳切交谈,为他们灵魂变异惋惜,一会是幻形灵魂的飘移,说些充满象征的话:"快去吧,把丢失的东西找回来,否则,你们要冷的","回来吧,那发光发热有生命的灵魂"。

《WM(我们)》是为 1985 年(国际青年年)而创作的一部关于中国青年生活题材的话剧,也是实验戏剧中最具争议的剧本之一。由王培公编剧,全剧分为四章,分别冠以"冬""春""夏""秋"名称,暗喻 7 个"知青"不同的生活道路和人生经历,表现了他们性格逐渐成长过程中人格的逐步成熟。《WM(我们)》在艺术上的实验剧特征更加鲜明,可是说一部"戏曲化"的话剧。几乎没有什么布景和道具,一切环境和动作都是戏曲式的假定和虚拟。如剧中的偷鸡、宰鸡、吃鸡、跳河、春天、雪原等都是靠戏曲式的假定和虚拟来创造的。在话剧中大胆使用中国戏曲表现手法的,《WM(我们)》可以说是第一个。全剧没有贯穿情节,也没有贯穿冲突,剧中的矛盾主要由人物内心两极追求的拉力,不同性格和感情的对比,以及人物与社会的反差来形成。该剧的时空转换极其灵活多变,有的地方甚至像电影镜头的快速连接,剧中还设有男女乐手各一人,分别演奏电子琴和定音鼓,以此来连接、切割和转换各个戏剧片断,同时起显示情绪、评论人物的作用,创造了一种布莱希特式的"间离效果"。由于有人认为该剧过分展示生活中的阴暗面和消极面,没有体现生活的本质真实,只在内部彩排了三场,便因前所未有的激烈争议而宣布停演,以致在全国戏剧界引起一场轩然大波。1985年9月,《剧本》月刊应广大读者和观众要求,将该剧加上"编者按语"公开发表,并在同期的"争鸣与探讨"栏目中编发了一组对该剧持肯定或否定意见的文章。

后来曾任中央实验话剧院院长的刘树纲,创作了他自己实验戏剧的代表作《一个死者对生者的访问》。该剧1985年在北京首演后,立即引起较大反响。1986年获全国优秀剧本奖,1987年经改编拍成电影。该剧以当时见义勇为的英雄人物安珂和曹振贤事迹为素材创作,主题是表现美与丑、善与恶的斗争。但作者没有像通常所做那样,通过描写英雄与暴徒搏斗的过程,表现英雄舍生取义、不怕牺牲的品质。而是选择了一个非常特殊的角度,主要描写英雄死后的灵魂对各位当事人的访问。让当事人在与"死魂灵"的对话中,暴露自己灵魂深处的自私、冷淡、庸俗和卑微。公共汽车上那么多人,都眼睁睁地看着叶肖肖赤手空拳与手持凶器的坏人搏斗,英雄被刺身亡,坏人扬长而去。通过访问,旁观者"旁观"的理由令人寒噤:膀大腰圆的青年赵铁生只是怕管闲事、回来后自己的座给别人占了;商业局某处长是因为要保护自己瞎眼的女儿;一位妻子怕丈夫吃亏而拉着他,而丈夫只是舍不得手中两串冰糖葫芦;一位哥哥为了护住给妹妹买嫁妆的钱,而妹妹只是为了保护手中20只小兔……这些微不足道的原因,使英雄寂寞地死去。剧作家通过死者与生者的对话,剖析了某些人麻木的灵魂,也指出了社会精神方面的某些严重缺陷。人与鬼的对话,现实与冥界的交叉,使该剧明显具有了表现主义戏剧的特点。同时,歌队、面具的运用,充分制造了戏剧的"间隔"效果,而独特的鼓声自始至终忽隐忽现,空灵缥缈,或烘托气氛,或寄寓褒贬,丰富了戏剧的表现力。

1985年,上海市举行第五届大学生文艺会演,由上海师范大学陶骏、陈亮等编导的《魔方》充满了对传统戏剧观念的挑战,是当时沉寂的上海话剧舞台的一道亮色。后经王晓鹰的操作在北京公演,产生较大影响。它的最大特色是哲理性的思辨色彩。原作由7个微型戏剧组成,后经改编扩展到9个,与玩具魔方每一面的9色色块相合。暗喻该剧的9个小戏的主题如玩具魔方变幻无穷的解法一样,象征着大千世界的繁复多变,人们可以根据自己的感受、理解、思考、领悟去作出判断。9个戏剧片断分别是"黑洞""流行色""女大学生圆舞曲""广告""绕道而行""雨中曲""无声的幸福""和解""宇宙对话"。9个片断互不连贯,各自独立,因此没有一个全剧统一的焦点和主题。而每个片断的含义也是多方面的、辐射的。例如"黑洞"可能在揭露人类的虚伪,"流行色"则可能批评盲从,"广告"可能讥讽庸俗,"和解"则在劝告人们要善于妥协等。但这也许只是魔方的一种解法,完全可能另有许多其他解法,尤其是它们的拼贴、组合,可能更会生长出新的无数解法来。《魔方》的多解并不等于主题的模糊,而是反映了当代青年对社会、对人生的多角度、多层次思考。《魔方》令观众耳目一新的另一原因还在于它的艺术形式,它没有统一的情节、统一的时空和人物,9个片断或话剧,或哑剧,或时装表演,或单口相声,或舞蹈……9种体裁、样式不同又彼此独立的段落,依靠节目主持人穿梭其间,跳进跳出,自由连缀。它台上台下,自由走动,忽向演员发问,忽和观众交谈,成为演员与观众直接沟通的纽带。这种方式有意间离了剧情正常发展,为的是给观众留下判断、思考的充分自由,激发观众主动参与的兴趣。

二、实验戏剧的代表

集中体现80年代实验戏剧的理论成果和创作成果的代表人物是高行健。高行健(1940—　),江苏泰州人,生于江西赣州。1962年毕业于北京外国语学院法语专业,1981年调北京人民艺术剧院任专业编辑。他是从小说创作走向戏剧创作的。在他发表并上演第一个剧本《绝对信号》之前,已有《寒夜的星辰》《有只鸽子叫红唇儿》《朋友》等中短篇小说问世,还有文艺论著《现代小说技巧初探》。后来主要集中精力进行戏剧创作和探索。其主要作品有:《绝对信号》(1982)、《车站》(1983)、《现代折子戏》(包括《模仿者》《躲雨》《行路难》《喀巴拉山口》《横行者》)(1983)、《独白》(1985)、《野人》(1985)、《彼岸》(1986)等。其中《车站》和《野人》曾被搬上舞台,引起国内外戏剧界的高度注目,也奠定了他在新时期戏剧史上的杰出地位。1987年高行健移居法国。

高行健是新时期极具创新意识和探险精神的剧作家,有一套极富创新意义的戏剧思维观念。他在《〈野人〉关于演出的建议与说明》中写道:"本剧将几个不同的主题交织在一起,构成一种复调,又时而和谐或不和谐地重叠在一起,形成某种对立。不仅语言有时是多声部的,甚至同画面造成对立。正如交响乐追求的是一个总体的音乐形象,本剧也追求一种总体的演出效果。而剧中所要表达的思想也通过复调的、多声的对比与反复再现来体现。"这段话可以看作是《野人》一剧的某种指示,也可以看作他多年来所追求的创新告白。在《要什么样的戏剧》一文中,他又说,当戏剧赢得像文学一样的自由,不受时空限制的时候,在剧场中就可以创造出各种各样的时间与空间的关系,把想象与观念、回忆与幻想、思考与梦境,包括象征与叙述,都可以交织在一起。剧场中也可以构成多层次的视像形象,而这种多视像又伴随着多声部的语言的交响的话,这样的戏剧自然不可能只有单一的主题和情节,它完全可以把不同的主题用不同的方式组合在一起……这更加符合现时代人感知和思考的方式。他反复谈论和探索戏剧的多声部、多层次、多主题和复调性,体现了一种崭新的戏剧思维,给人们留下深刻的印象。

无场次话剧《绝对信号》是高行健多声部戏剧的第一次尝试。作者以类似境遇剧的方法,向人们讲述三个经历不同、性格各异的年轻人和老年车长在一节车厢上与车匪遭遇时的行为与心境。尽管黑子在犯罪道路上究竟走多远,车匪扒车的阴谋能否得逞,足够构成牵动观众的悬念;冲突的尖锐程度和三个青年的爱情纠葛,也足够敷演一出环环相扣的情节剧,但作者抛弃传统戏剧的套路,人的外部行为只构成情节的主干,从主干的周围又蔓生出无数的枝杈。这些枝杈便是人物被外部世界所诱发的内心生活,是人物的意识深处世界。在蜜蜂姑娘忐忑不安的心中,回忆与想象、执着的追求与蒙眬的预感交织在一起。她似乎闻到草原苦艾的香味,听到蜂姐熟悉的歌声,又仿佛看到车匪阴冷的脸色。同伴的温暖与罪犯的冷酷,对平凡劳动的向往和铤而走险的惊恐叠合在她意识中。而黑子的形象呈现,包括现实中的他,他的自我回忆,小号的回忆,蜜蜂姑娘想象中的黑子等。现实中他是个涉足犯罪又心怀不安的罪犯;而蜜蜂姑娘想象中,他又是个关怀体贴的君子;在小号的想象中,黑子是粗野凶恶的流氓。几种形象互相矛盾又互相补充,都从特定的视点,透视出黑子复杂性格中的某些本质特征。《绝对信号》着重描写黑子由受车匪诱迫参与劫车,到在老车长、朋友"小号"和恋人蜜蜂姑娘的教育和感召下幡然猛醒,并与车匪展开殊死搏斗,这一情节主线。但剧作有意淡化事件过程,强化人物心路历程,构成了一部耐人寻味的心理剖析剧。

《车站》是高行健剧作中评价最复杂的一部剧作。它叙述某个周末下午,城郊公共汽车站聚集着一群各式各样的人。有想到城里文化宫赶棋局的"大爷",有第一次约好在公园门口会朋友的"姑娘",有想进城遛马路、喝酸奶的"愣小子",有忙于复习功课、准备考大学的"戴眼镜的",有急于回家缝补洗涮的"做母亲的",有专程到城里赴宴的供销社"马主任",以及一个沉默的中年人。他们一等再等,却总等不到靠站的汽车。人们焦急、烦躁、抱怨、失望,虽然觉得应该走,又怕万一人走车来。一年、两年、三年……整整等了十个年头,人们才发现站牌上没有站名,原来是一个废弃的车站。而与此相对应的,是那个"沉默的人"。他等了一阵后,大步走了。此后,"沉默的人"的主题音乐多次隐约再现,与戏剧场景中众人的等待形成一种声画对立。

这是一出典型的象征剧。剧名、场景、音乐都是象征性的,人物则近乎符号。作者甚至对景观作这样的提示,"(车站的)铁栏杆呈十字形,东西南北各端的长短不一,有种象征的意味。表示的也或是一个十字路口,也许是人生道路上的一个交叉点,或是各个人物生命中的一站"。作者非常清楚地告诉我们这部剧作的象征意蕴。当然,我们不必去为它的每一个艺术构成,台词、场景、色彩、音响、动作等寻找现实生活确切的对应物。作者标明这是一出"无场次生活抒情喜剧","无望的等待"是作为喜剧嘲弄的对象,而不是作为对人类生存处境所作的历史性估量。无望的等待和积极的进取,这是两种对立的人生观念,两种不同的处世哲学,两种大异其趣的生活态度。作为象征性的舞台形象,"沉默的人"象征一种人生观念、一种生活态度,不因为其载体是单独的一个人,就象征个人主义。那一批年龄、性别、身份不同的等待者,也不是象征广大群众,而是象征一种思想、一个心理、一种"集体无意识"。"沉默的人"的主题音乐反复隐约出现,既是一种对应,也是一种提示,音画对立所构成的嘲弄,鲜明地表达了剧作家积极的人生态度。

高行健在他的剧作的演出说明、建议或其他文章中,经常提到要把戏剧从所谓"话剧"即语言的艺术这种局限中解脱出来,恢复戏剧这表演艺术的全部功能。他说,"戏剧就不只是一种语言的艺术,原始宗教仪式中的面具,傩舞与民间说唱,耍嘴皮子的相声和拼气力的相扑,乃至于傀儡、影子、魔术与杂技,都可以入戏"。高行健认为,戏剧需要捡回它丧失了一个多世纪的艺术手段,他把充分运用唱、念、做、打多种表演手段的戏剧称作"完全的戏剧",并声称他的《野人》是现代戏剧回复到戏曲传统观念的一次尝试。

《野人》是迄今为止高行健所写的结构最为复杂的一出戏,也可以说是当代话剧创作中结构最为复杂的一出戏。是他理想的"完全的戏剧"的典范。剧作虽以"野人"为名,但它的主线是一位生态学家在一个原始林区所进行的有关生态平衡的调查研究,以及他与妻子芳和幺妹子的感情纠葛。而人类学家对野人的寻访倒成了该剧的副线。副线与主线的关系是隐喻的。令人耳目一新的是,剧作对两条线索并未如传统话剧那样进行充分细致的展开和描写,其着力铺陈和展示的是"完全的戏剧"的魅力;不是生态学家的婚恋和野人的行踪,而是各种艺术手段所造成的交相辉映的艺术氛围和效果。《野人》完全打破了传统剧作惯常使用的闭锁结构,场景忽古忽今,忽城忽乡,时间跨度数万年,空间变幻不定。从地壳颤动、火球翻滚、混沌初开的洪荒年代,到当代人所面临的社会、经济、文化、习俗、环境和事业、婚姻、家庭等课题,剧作一方面对历史进程进行大跨度的纵向历时性考察,一方面又把发生于不同时空的事物进行横向的共时性并列呈现。现实、传说、想象、梦幻交错联结,开放的网络结构,为纵横交错的宏观审视提供了一个多元、多层、多变量的动态模型。剧作将歌舞、音乐、面具、哑剧、朗诵熔于一炉,探索一种将众多的艺术媒介加以综合的总体戏剧。剧中有傩舞、伐木舞,有民谣、俚曲的演唱,有各式各样的面具表演,有民族史诗的吟诵,有近乎多口词的演员朗诵,形体、语言、音响、灯光、色彩等充分发挥了各自独特的艺术表现力,形成多种不同的照应和对应,又共同构成一个严谨的有机整体,以统一的艺术构思与总体的戏剧氛围,呈现剧作家认识、感悟的人类情感,激发观众对人类生存环境与命运的多种深层次体认。

从《绝对信号》到《车站》再到《野人》,高行健完成了对戏剧从"多声部"到"复调"的艰难探索。音乐、音响、舞蹈、灯光、布景、形体、色彩,一切艺术媒介和视听手段都被调动起来为舞台服务,特别是对戏剧假定特征的充分利用,使观众的戏剧热情处于一种前所未有的觉醒和活跃阶段,创造了开放的、多维的戏剧思维,对当代戏剧的发展产生了极其深远的影响。

说到实验戏剧,最后还不得不提到魏明伦的荒诞川剧《潘金莲》。魏明伦(1941—),四川内江人。长期在四川省自贡市川剧团工作,担任演员、导演、编剧,现为中国戏剧家协会副主席。80年代初期的《易胆大》《四姑娘》《巴山秀才》三获全国优秀剧本奖,80年代中期的探索剧《潘金莲》在全国引起极大轰动,影响甚至波及欧美。90年代创作或改编的《夕照祁山》《中国公主杜兰多》《变脸》分获文华优秀编辑奖、曹禺戏剧文学奖、全国"五个一工程奖"等,被人称为戏剧"鬼才",是当今剧坛上最富才华和创意的剧作家。

《潘金莲》是继著名剧作家欧阳予倩先生1928年创作五幕话剧《潘金莲》之后,又一出为"潘金莲"翻案的探索戏曲。通过潘金莲与张大户、武大郎、武松、西门庆四个男人的种种纠葛,以她反抗、委屈、追求到沉沦,从无辜到有罪的生命历程为主线,引发人们对中国古代妇女命运的思考,对封建制度和封建观念摧残妇女、戕害人性的罪恶作了深刻的揭露和批判。剧本是在文化观念、道德观念上以现代意识观照传统题材的一次尝试和实践。魏明伦一反传统偏见,力图用现代意识重塑潘金莲形象,并探索其悲剧的历史和社会成因,促使观众由对潘金莲的再认识,来反思千百年来的民族心理积淀和因袭的重负。特别是对封建婚姻观、贞节观给予了猛烈抨击。剧作肯定了她对异性的追求,肯定了她符合人性的生理欲望,因此也就肯定了她对无爱的、被强加的惩罚式婚姻抗拒的合理性。潘金莲对性爱自由的渴望,对压抑人性的苦闷、挣扎和反抗,必然促使她与摧残妇女的男权社会,同窒息性爱的封建伦理发生激烈冲突。但由于潘的个性及社会原因,她一步步沉溺于私欲,最后走向谋杀丈夫堕落犯罪的深渊。她的形象既有真、善、美的一面,又有封建制度使人性扭曲的假、恶、丑的一面。这一形象亦美亦丑的复杂性,善始恶终的沉沦史,让人正视妇女的正当人性要求在男权社会压抑下的异化,洞察罪恶的封建制度和道德观念如何使美受玷污,使心被扭曲,使人畸变,看到妇女个性悲剧后面潜藏的巨大而沉重的历史阴影。

剧作的表现手法极富创意。剧作家大胆借鉴布莱希特"间离效果"和现代派"自由联想"的手法，赋予主人公潘金莲意识与潜意识的跳动性、随意性，展示其情感与理智，从善与作恶的思想斗争。总体构思上打破时空、生死、古今的界限，形成荒诞与非荒诞交织、现实与超现实并存的基本艺术特征。它抛弃了传统的故事情节直叙性结构，而采取人物评点情节方式，借鉴电影的画外音、评弹的说表、川剧的帮腔等手法，在剧中设置主副两条线索。主线是潘金莲的沉沦史，沿用古典小说《水浒》的故事情节框架，讲述潘金莲的主要传奇经历。副线是吕莎莎、施耐庵、贾宝玉、安娜·卡列尼娜、红娘、武则天、上官婉儿、七品芝麻官、人民法庭庭长、现代阿飞等古今中外各类人物的言论和评价，并使两条线索契合呼应，虚实沟通。演一段情节，发一通议论。主线用非荒诞的传统表现方法，表现情调苦涩的悲剧；副线用超现实的荒诞手法，表现充满讽喻的喜剧。古今中外人物倏忽缥缈，不仅站在戏外议论抒情，而且跳进戏中跟剧中人物交流探讨，比较人生命运，展开矛盾冲突，向观众提出引发思考的问题。这些不同时代、国别，处于不同社会梯阶上的人物，从各自的道德观念、思想观念、人生观念出发对潘金莲行为的和命运的认识和评判，一方面加强了叙述体戏剧的叙述人作用，另一方面又制造了"间离效果"，促使观众形成情感共鸣与理智判断。

《潘金莲》的舞台表演形式也热闹有趣。主线所展示的情节采用传统川剧手法，副线的古今中外各色人物，则除了说白外还分别唱越剧、豫剧、流行歌曲、江南小调、俄罗斯民歌等，交织成南腔北调大合唱。而剧中的舞蹈也糅进了交谊舞、迪斯科、摇摆舞等，构成古今中外舞蹈"大杂烩"。这种五味俱全、荒诞不经的舞台风格，创造了前所未有的舞台新视野，给观众留下极为深刻的印象。

【思考题】

1. 沙叶新戏剧创作的特点是什么？创新之处在哪里？
2. 新时期现实主义话剧进一步深化的特征是什么？
3. 《桑树坪纪事》的思想文化意义是什么？
4. 实验话剧的舞台创新体现在哪些方面？举例说明。
5. 实验戏剧中的"多声部"和"复调戏剧"有什么特色？与传统话剧有什么不同？

图书在版编目(CIP)数据

中国现当代文学史. 下册/颜敏,王侃主编. —3
版. —上海：上海教育出版社,2019.2（2022.8重印）
ISBN 978-7-5444-8904-1

Ⅰ.①中… Ⅱ.①颜…②王… Ⅲ.①中国文学-现
代文学史②中国文学-当代文学-文学史 Ⅳ.①I209.6

中国版本图书馆 CIP 数据核字（2019）第 006554 号

责任编辑　王　鹏
封面设计　陈　芸

中国现当代文学史（第三版）（下册）
颜　敏　王　侃　主编

出版发行　上海教育出版社有限公司
官　　网　www.seph.com.cn
地　　址　上海市闵行区号景路159弄C座
邮　　编　201101
印　　刷　上海展强印刷有限公司
开　　本　700×1000　1/16　印张 29.25
字　　数　535 千字
版　　次　2019 年 7 月第 1 版
印　　次　2022 年 8 月第 2 次印刷
书　　号　ISBN 978-7-5444-8904-1/I·0126
定　　价　84.00 元

如发现质量问题，读者可向本社调换　　电话：021-64373213